LA STIRPE DI GENGIS KHAN

IL VOLO
DELL'AQUILA

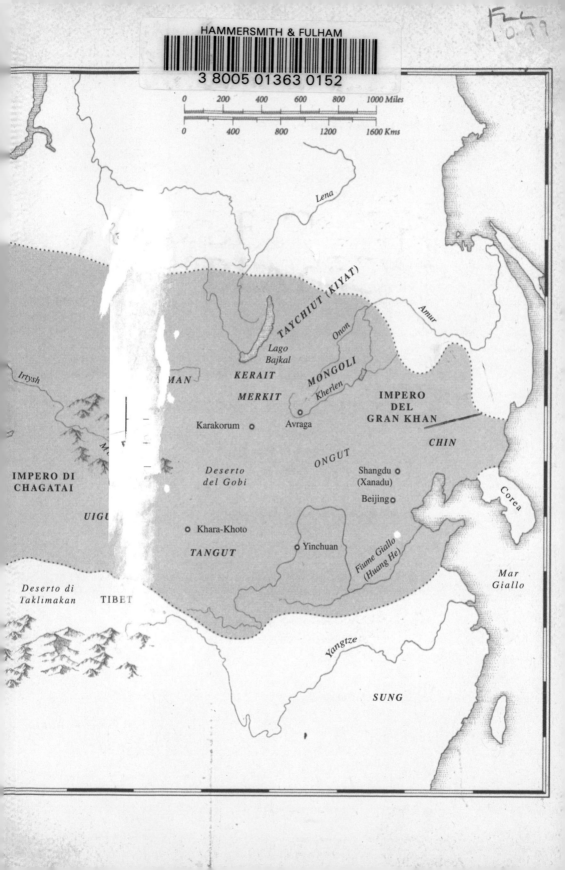

0   200   400   600   800   1000 Miles

0   400   800   1200   1600 Kms

Lena

Irtysh

TAYCHIUT (KIYAT)

Amur

Onon

Lago
Bajkal

MONGOLI

KERAIT

MAN

MERKIT

Kherlen

IMPERO
DEL
GRAN KHAN

Karakorum

Avraga

ONGUT

CHIN

IMPERO DI
CHAGATAI

Deserto
del Gobi

Shangdu
(Xanadu)

Beijing

Corea

UIGU

Khara-Khoto

TANGUT

Yinchuan

Fiume Giallo
(Huang He)

Mar
Giallo

Deserto di
Taklimakan

TIBET

Yangtze

SUNG

CONN IGGULDEN

LA STIRPE DI GENGIS KHAN

IL VOLO DELL'AQUILA

PIEMME

Titolo originale dell'opera: *Lords of the Bow*
Copyright © Conn Iggulden 2008

Traduzione di *Alessandra Roccato e Maria Cristina Castellucci / Grandi & Associati*

ITA 199.

Realizzazione editoriale: *Agostudio, Alessandria*

I Edizione 2008

© 2008 - EDIZIONI PIEMME Spa
15033 Casale Monferrato (AL) - Via Galeotto del Carretto, 10
info@edizpiemme.it - www.edizpiemme.it

A mia figlia Sophie

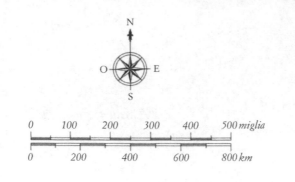

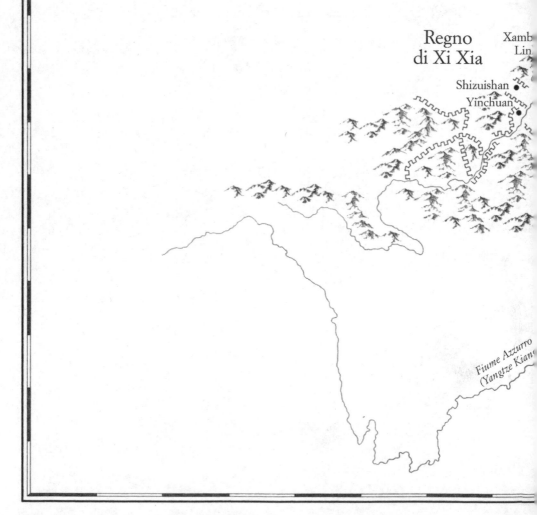

Desert

Regno
di Xi Xia

Xamb
Lin

Shizuishan
Yinchuan

*Fiume Azzurro
(Yangtze Kian*

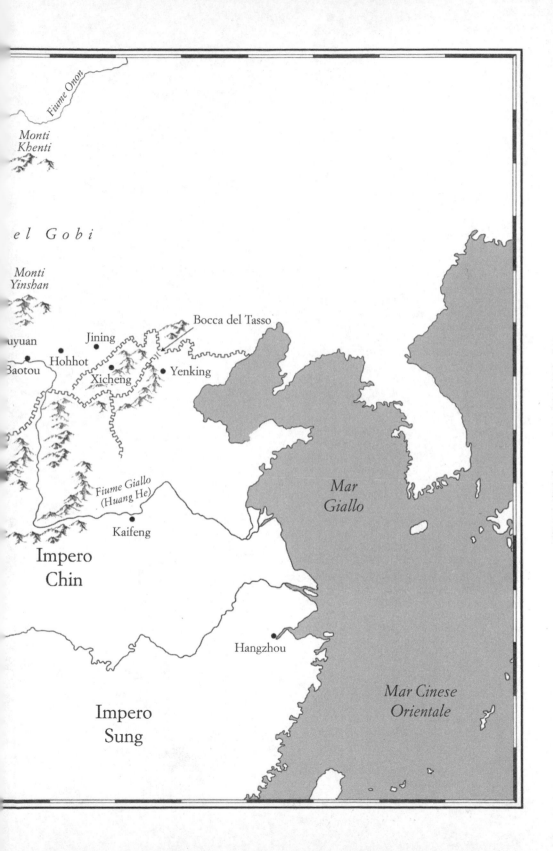

PARTE PRIMA

Ecco, un popolo viene dal nord, un popolo grande e re potenti sorgono dalle estremità della terra. Impugnano arco e dardo, sono crudeli e non hanno pietà; il loro grido è come mare in tempesta. Montano cavalli e sono pronti come un sol uomo alla battaglia...

Geremia 50, 41-42

PROLOGO

Il khan dei Naiman era vecchio, e il vento che soffiava gelido sulla collina lo faceva rabbrividire. A valle, l'esercito che aveva radunato per combattere l'uomo che si faceva chiamare Gengis Khan teneva la posizione. Erano più di una dozzina le tribù che si erano unite alla sua e che ora combattevano fianco a fianco contro il nemico che a ondate si riversava su di loro. L'aria cristallina della montagna portava fino a lui grida di guerra e lamenti di feriti ma, ormai quasi cieco, non era in grado di vedere la battaglia.

«Dimmi che cosa sta succedendo» sussurrò allo sciamano. Kokchu non aveva ancora compiuto trent'anni e la sua vista era acuta.

«I Jajirat hanno deposto archi e spade, mio signore» rispose il giovane, mentre un'ombra di rammarico gli offuscava lo sguardo. «Hanno perso il coraggio, proprio come avevi pronosticato tu.»

«Gli tributano un grande onore, dimostrando di temerlo» commentò il khan dei Naiman, stringendosi addosso la *deel*, la tipica veste mongola. «Dimmi dei miei guerrieri... stanno ancora combattendo?»

Kokchu rimase a lungo in silenzio, osservando la massa vorticante di uomini e cavalli che guerreggiavano ai piedi della collina. Gengis li aveva colti di sorpresa, sbucando nella pianura all'alba, benché, secondo i migliori esploratori mandati in ricognizione, dovesse essere ancora a centinaia di miglia di distanza. Erano piombati sui Naiman e sui loro alleati con tutta la ferocia di guerrieri abituati a vincere, eppure l'occasione di infrangere il loro impeto c'era stata, pensò Kokchu, maledicendo in cuor suo i Jajirat, che si erano aggiunti alla coalizione così numerosi da illuderlo che avrebbero potuto vincere. All'inizio quell'alleanza era parsa una cosa grandiosa, un successo che anche solo pochi anni prima sarebbe stato impensabile; ma aveva resistito solo fino al primo scontro, dopodiché la paura l'aveva fatta vacillare... e alla fine i Jajirat si erano ritirati.

Kokchu imprecò sottovoce nel vedere che alcuni degli uomini che il suo khan aveva accolto come fratelli ora combattevano contro i loro stessi alleati. Avevano la mentalità di un branco di cani e cambiavano schieramento a seconda di dove tirasse il vento. «Stanno ancora combattendo, mio signore» rispose infine. «Hanno resistito alla carica e le loro frecce tormentano gli uomini di Gengis, seminando vittime.»

L'anziano khan dei Naiman congiunse le mani ossute, stringendole così tanto che le nocche diventarono bianche. «È una buona cosa, Kokchu, ma dovrei tornare a combattere in mezzo a loro, per infondere nuovo coraggio nei loro cuori.»

Lo sciamano lanciò un'occhiata febbricitante all'uomo che serviva da quando era diventato adulto. «Se lo facessi, moriresti, mio signore. Li ho visti con i miei occhi. I tuoi prodi guerrieri difenderanno questa collina da qualsiasi pericolo, persino dalle anime dei morti.» Nascose la vergogna che provava. Il khan si era fidato del suo consiglio, ma quando la prima linea dei Naiman si era frantumata sotto l'attacco nemico, lui aveva visto la morte corrergli incontro e in quel momento aveva desiderato soltanto fuggire.

Il khan sospirò. «Mi hai servito bene, Kokchu, e te ne sono grato. Ora dimmi di nuovo che cosa vedi.»

Kokchu respirò profondamente prima di rispondere. «Ora sono scesi in campo anche i fratelli di Gengis. Uno di loro ha attaccato ai fianchi il nostro schieramento, penetrando in profondità.» Si interruppe, mordendosi le labbra. Vide una freccia volare, sibilando verso di loro, e conficcarsi nel terreno a pochi passi dal punto in cui si trovavano lui e il khan. «Dobbiamo salire più in alto, mio signore» disse, alzandosi in piedi senza distogliere lo sguardo dalla battaglia che infuriava poco lontano.

Due guerrieri aiutarono l'anziano khan ad alzarsi. Fino a quel momento avevano osservato, impassibili, amici e parenti che venivano trucidati dal nemico, ma al cenno di Kokchu si avviarono su per la collina aiutando il vecchio a salire.

«Abbiamo reagito al loro attacco, Kokchu?» domandò il khan con voce tremolante.

Kokchu si girò e rimase senza parole di fronte a ciò che vide più in basso. Il cielo era oscurato da un nugolo di frecce che sembravano muoversi lentamente nell'aria. L'armata dei Naiman era stata divisa in due dalla carica dei nemici, e le armature che Gengis aveva copiato dai Chin erano di gran lunga più resistenti di quelle di cuoio bollito usate dai Naiman. Ciascuno dei suoi guerrieri indossava centinaia di piastre di ferro larghe un dito, cucite su una spessa tela, posta sopra una tunica di seta; non erano in grado di resistere a un colpo molto forte, anche se in genere la seta intrappolava la punta della freccia limitandone i possibili danni. Kokchu vide i guerrieri di Gengis superare indenni la tempesta di frecce. Quando i Merkit videro le proprie insegne cadere nella polvere, deposero le armi e si arresero, sfiniti dalla stanchezza. Soltanto gli Oirat e i Naiman continuavano a combattere come furie, pur sapendo di non poter resistere ancora a lungo. Avevano formato quella grande alleanza per opporsi al nemico comune, e con la sua fine veniva meno ogni speranza di libertà. Kokchu si accigliò, riflettendo sul futuro che lo aspettava. «I nostri stanno combattendo con onore, mio signore» rispose. «Non si daranno alla fuga, non sotto i tuoi occhi.» Notò che un centinaio di guerrieri di Gengis aveva raggiunto i piedi della collina e stava scrutando con aria minacciosa le ultime linee nemiche. Il vento a quelle altitudini era terribilmente freddo e Kokchu avvertì il crudele morso della disperazione e della rabbia: era arrivato troppo in alto per morire su un'arida collina, con il sole freddo che gli illuminava il viso. Tutti i segreti che aveva carpito a suo padre, superandolo in abilità, sarebbero stati spazzati via da un colpo di spada o da una freccia. Per un istante odiò il vecchio khan che aveva tentato di resistere alla nuova potenza che imperversava sulle pianure. Aveva fallito, e questo lo rendeva uno sciocco nonostante la passata grandezza. Kokchu maledisse silenziosamente la sfortuna che lo perseguitava.

Il khan dei Naiman ansimava per la fatica. «Devo fermarmi» disse agli uomini che lo sorreggevano.

«Mio signore, sono troppo vicini» replicò Kokchu.

I guerrieri lo ignorarono e aiutarono il khan a sedersi su una striscia d'erba.

«Abbiamo perso, dunque?» domandò il vecchio. «In che altro modo i cani di Gengis avrebbero potuto raggiungere questa collina, se non passando sui cadaveri dei Naiman?»

Kokchu non ebbe il coraggio di guardare negli occhi i guerrieri scelti del khan. Anche loro sapevano la verità, ma nessuno osava pronunciare le parole fatidiche e infrangere l'ultima speranza di un vecchio. Sotto di loro, il terreno era segnato dai cadaveri, quasi fossero lettere insanguinate tracciate sull'erba. Gli Oirat avevano combattuto con ardore e coraggio, ma anche loro, alla fine, erano stati piegati. L'armata di Gengis si muoveva fluida, approfittando di ogni punto debole nelle linee nemiche. Si vedevano gruppi di dieci, cento guerrieri sfrecciare sul campo di battaglia, gli ufficiali che comunicavano tra loro a una velocità e con un'efficienza impressionanti. Solo l'immenso coraggio dei Naiman si opponeva al dilagare della tempesta, ma non sarebbe stato abbastanza. Kokchu ebbe un istante di speranza quando i guerrieri riconquistarono il terreno alla base della collina, ma si trattava di un numero esiguo di uomini ormai esausti, che presto sarebbero stati spazzati via dalla carica successiva.

«I tuoi guerrieri sono pronti a dare la vita per te, mio signore» mormorò Kokchu. Non poteva dire altro. Dell'armata che il giorno precedente era stata così forte e brillante non rimanevano ormai che pochi superstiti. Le urla strazianti dei guerrieri feriti e agonizzanti imperversavano.

Il khan annuì e chiuse gli occhi. «Credevo che oggi avremmo potuto vincere» disse, con un filo di voce. «Se è finita, dì ai miei figli di deporre la spada. Non voglio che muoiano inutilmente.»

I figli del khan erano già morti, caduti durante il primo attacco dell'armata di Gengis. I due guerrieri fissarono Kokchu con i volti impassibili, senza lasciar trasparire la collera e il dolore. Il vecchio estrasse la spada e ne tastò la lama con un dito; sul viso e sul collo le vene si delineavano come fili delicati sotto la pelle.

«Porterò ai tuoi figli il tuo messaggio, mio signore, se mi concedi di andare.»

Il khan sollevò il capo e annuì. «Dì loro di vivere, Murakh, così vedranno dove ci condurrà questo Gengis.»

Gli occhi del guerriero si riempirono di lacrime; le asciugò con un gesto rabbioso voltandosi verso il compagno e ignorando Kokchu, quasi non esistesse. «Proteggi il khan, figlio mio» disse con dolcezza. Il giovane chinò il capo e Murakh gli posò una mano sulla spalla, protendendosi in avanti fino a toccare la sua fronte con la propria. Poi, senza degnare di uno sguardo lo sciamano che li aveva condotti fin lì, si avviò lungo il pendio della collina.

Il khan sospirò, la mente annebbiata. «Dite loro di lasciar passare il conquistatore» sussurrò, il viso imperlato di sudore. «Forse avrà pietà dei miei figli dopo che avrà ucciso me.»

Intanto, Murakh aveva raggiunto gli ultimi guerrieri che ancora resistevano. Pur esausti e vinti, nel vederlo si raddrizzarono, sollevando il capo con fierezza nel tentativo di nascondere la paura. Kokchu li udì salutarsi per l'ultima volta prima di avviarsi con passo leggero incontro al nemico.

Ai piedi della collina vide Gengis avanzare tra i suoi guerrieri, l'armatura schizzata di sangue e lo sguardo rivolto su di lui. Rabbrividì e istintivamente portò la mano al pugnale. Quell'uomo avrebbe risparmiato uno sciamano che aveva tagliato la gola al suo khan? Il vecchio sedeva con il capo chino, il collo sottile completamente vulnerabile. Forse un gesto del genere gli avrebbe salvato la vita, e in quel momento lui aveva una terribile paura della morte.

Gengis rimase a lungo immobile, lo sguardo rivolto verso l'alto, e Kokchu lasciò cadere le braccia. Non conosceva quel freddo guerriero arrivato all'alba da chissà dove. Si sedette accanto al khan e guardò gli ultimi Naiman andare incontro alla morte. Intonò un incantesimo di protezione che gli aveva insegnato suo padre per ingraziarsi i nemici, e quella bizzarra cantilena parve tranquillizzare il vecchio.

Murakh era il primo guerriero dei Naiman e quel giorno non aveva combattuto. Con un grido agghiacciante si scagliò contro le linee nemiche senza badare a difendersi, e gli ultimi Naiman lo seguirono urlando, la fatica improvvisamente svanita. Le loro frecce fecero roteare su se stessi i guerrieri di Gengis, che tuttavia si rialzarono in fretta e scoccarono a loro volta, digrignando i denti mentre si preparavano ad affrontarli. Murakh uccise il primo che gli si parò davanti, ma una dozzina di loro lo accerchiò, bersagliandolo di colpi.

Kokchu, che continuava a cantare la sua nenia, sgranò gli occhi quando Gengis suonò il corno e i suoi guerrieri si ritirarono dinanzi ai Naiman superstiti.

Murakh era ancora vivo, e in piedi, benché vacillasse. Kokchu vide che Gengis stava rivolgendogli la parola, ma da dove si trovava non aveva modo di sapere che cosa gli stesse dicendo. Murakh scosse il capo e sputò un grumo di sangue per terra, sollevando la spada. Erano pochi i Naiman ancora in piedi, erano tutti feriti e grondanti di sangue ma, come un sol uomo, si unirono a Murakh sollevando le spade.

«Vi siete battuti valorosamente» gridò Gengis. «Arrendetevi e vi darò il benvenuto al mio campo. Vi renderò onore.»

Murakh sogghignò, mostrando i denti rossi di sangue. «Sputo sull'onore dei Lupi» disse sprezzante.

Gengis rimase immobile sulla sella, poi scrollò le spalle e, non appena abbassò il braccio, i suoi uomini si lanciarono in avanti, travolgendo Murakh e i suoi.

Sulla cima della collina, Kokchu si alzò in piedi, e le parole dell'incantesimo gli morirono sulle labbra quando Gengis balzò a terra e iniziò a salire verso di lui. La battaglia era finita. I morti erano centinaia, e più di mille si erano arresi, ma allo sciamano non importava che ne sarebbe stato di quella gente.

«Sta arrivando» disse sottovoce. Aveva lo stomaco contratto e i muscoli delle gambe gli tremavano come quelli di un cavallo tormentato dai tafani. L'uomo che aveva unito sotto la propria insegna le tribù delle pianure stava salendo deciso verso la cima della collina, il viso impenetrabile. Kokchu notò che la sua armatura era ammaccata e che diverse placche di metallo si erano staccate e penzolavano appese a qualche filo. Era stata un'aspra battaglia, eppure lui avanzava veloce, con la bocca chiusa, senza uno sforzo apparente.

«I miei figli sono sopravvissuti?» sussurrò il khan, tirando Kokchu per la manica della *deel*.

«No, mio signore» rispose lui con un rigurgito d'amarezza.

Il vecchio lasciò cadere la mano e si accasciò su se stesso. Poi sollevò di nuovo gli occhi lattiginosi su di lui, e Kokchu notò una forza sorprendente nel modo in cui si teneva eretto. «Allora lasciate che Gengis venga a prendermi» disse. «Cosa volete che mi importi, ormai?»

Lo sciamano non rispose; non riusciva a distogliere lo sguardo dal guerriero che saliva lungo il fianco della collina. Sentì il soffio gelido del vento sulla nuca, e gli parve più dolce che mai. Aveva visto molti uomini fronteggiare la morte; talvolta era stato lui stesso a ucciderli con i suoi riti oscuri, facendo volare via le loro anime. In quell'uomo che avanzava con passo sicuro e regolare vide la propria morte avvicinarsi, e per un momento perse quasi il controllo e pensò alla fuga. Non fu il coraggio a tenerlo inchiodato dov'era. Lui era un uomo di parole e riti magici, e tra i Naiman era temuto più di quanto lo fosse stato suo padre. Fuggire avrebbe significato morire, ne era sicuro come era sicuro che sarebbe arrivato l'inverno. Sentì il sibilo della lama che usciva dal fodero quando il figlio di Murakh sguainò la spada, ma non ne trasse alcun conforto. C'era qualcosa che incuteva soggezione nel passo cadenzato del distruttore. Nemmeno gli eserciti l'avevano fermato.

Il vecchio khan sollevò il capo per guardarlo avanzare, avvertendo la sua vicinanza con la stessa facilità con cui i suoi occhi lattiginosi potevano fissare il sole.

Gengis si fermò di fronte ai tre uomini, osservandoli. Era alto e la sua pelle brillava di grasso di montone e salute. Aveva occhi gialli, da lupo, e Kokchu non vi intravide alcuna pietà. Impietrito, lo guardò sguainare una spada ancora macchiata di sangue.

Il figlio di Murakh fece un passo avanti e si mise fra i due khan. Gengis gli lanciò un'occhiata irritata e il giovane si irrigidì. «Vattene da questa collina se vuoi vivere, ragazzo» gli disse. «Ho visto morire troppi uomini del mio popolo, per oggi.»

Il giovane guerriero scosse il capo, senza parlare, e Gengis sospirò. Con un colpo secco gli fece saltare di mano la spada, mentre con l'altra mano gli conficcava un pugnale nella gola. In fin di vita, il figlio di Murakh si lasciò cadere addosso a Gengis, che grugnì per lo sforzo e lo spinse via. Kokchu guardò il corpo senza vita del giovane guerriero rotolare giù per la collina.

Con calma, Gengis pulì la lama del pugnale e ripose l'arma nel fodero che portava sul petto, la stanchezza all'improvviso evidente nei suoi gesti. «Avrei reso onore ai Naiman, se vi foste uniti a me» disse.

Il vecchio khan sollevò su di lui le pallide iridi degli occhi vuoti. «Hai sentito la mia risposta» replicò con voce ferma. «Ora mandami a raggiungere i miei figli.»

Gengis annuì. La sua spada calò con apparente lentezza, spiccando la testa dalle spalle del khan e facendola rotolare giù per la collina. Il corpo fu scosso da un lieve sussulto e si inclinò leggermente di lato.

A Kokchu parve di sentire il sangue gocciolare sulla roccia, tanto i suoi sensi erano acuiti dal disperato desiderio di vivere.

Impallidì quando Gengis si voltò verso di lui, e un torrente di parole gli scaturì dalle labbra. «Non puoi versare il sangue di uno sciamano, mio signore. Non puoi. Io sono un uomo di potere, uno che il potere lo capisce. Colpiscimi, e scoprirai che la mia pelle è di ferro. Permettimi di servirti, e io proclamerò la tua vittoria.»

«Sei convinto di aver servito bene il khan dei Naiman, portandolo qui a morire?» replicò Gengis.

«Non l'ho forse condotto lontano dalla battaglia? Ti ho visto arrivare in sogno, mio signore. Ho preparato il terreno per te quanto meglio ho potuto. Non sei forse tu il futuro delle tribù? La mia voce è la voce degli spiriti. Io sto nell'acqua, mentre tu stai sulla terra e nell'aria. Permettimi di servirti.»

Gengis esitò, immobile come una statua. L'uomo che aveva di fronte indossava una tunica e un paio di brache sudice, una *deel* marrone scuro ricamata con motivi geometrici, così unta e sporca che le spirali viola sembravano quasi nere, e gli stivali, tenuti insieme con della corda, avevano visto giorni migliori. Eppure c'era qualcosa in lui, nei suoi occhi febbricitanti che ardevano nel viso scurito dal sole, qualcosa che gli ricordava Eeluk dei Lupi, l'uomo che aveva ucciso lo sciamano di suo padre. Forse, pensò, il destino di Eeluk era stato deciso proprio in quel giorno cruento di tanti anni prima.

Kokchu lo guardava, aspettando il colpo che avrebbe posto fine alla sua vita. «Non ho bisogno di un altro cantastorie» disse infine Gengis. «Ho già tre uomini che affermano di parlare per conto degli spiriti.»

Notando un bagliore di curiosità nello sguardo del condottiero, Kokchu si lanciò. «Sono soltanto dei bambini, mio signore. Lascia che te lo dimostri.» Senza aspettare risposta, infilò una mano nella *deel* e ne estrasse un pezzo di ferro lungo e sottile, legato alla meno peggio a una specie di elsa di corno. Si accorse che Gengis aveva sollevato la spada e alzò la mano libera per parare il colpo, chiudendo gli occhi.

Appellandosi a tutta la sua forza di volontà, escluse dalla mente il vento che gli accarezzava la pelle e il gelo della paura che gli consumava le viscere; mormorò le parole che suo padre gli aveva insegnato e sentì la calma della trance avvolgerlo più in fretta di quanto avrebbe immaginato. Gli spiriti erano con lui, la loro carezza rallentava il battito del suo cuore. In un istante si trovò da un'altra parte, come se stesse guardandosi dall'esterno.

Gengis sgranò gli occhi quando Kokchu posò la lama del pugnale sulla pelle dell'avambraccio, conficcandola nella carne come se non avvertisse alcun dolore. Affascinato, vide la punta del pugnale trapassare il braccio e sollevare la pelle dalla parte opposta. Lo sciamano ammiccò leggermente, quasi con pigrizia, mentre estraeva la lama sporca di sangue, e guardò il giovane khan. Gengis aveva lo sguardo fisso sulla ferita.

Kokchu prese fiato e si calò più profondamente nella trance, fino ad avvertire un intenso freddo pervadergli le membra. «C'è sangue, mio signore?» sussurrò, conoscendo già la risposta.

Gengis si accigliò. Non ripose la spada nel fodero, ma fece un passo avanti e sfiorò con il pollice la ferita ovale nel braccio di Kokchu. «Nemmeno una goccia» ammise a malincuore. «Si può imparare?»

Kokchu sorrise. Non aveva più paura. «Gli spiriti non si manifestano a coloro che non sono stati scelti, mio signore.»

Gengis annuì, allontanandosi. Anche nel vento gelido, lo sciamano puzzava come un vecchio caprone e lui non sapeva che cosa pensare di quella strana ferita esangue.

Sbuffando, passò le dita sul filo della spada e la rinfoderò. «Ti concedo un anno di vita, sciamano, così potrai provarmi il tuo valore.»

Kokchu cadde in ginocchio e si prostrò toccando la terra con la fronte. «Tu sei il grande khan, come avevo predetto» disse con le guance rigate di lacrime. In quel momento sentì il gelo degli spiriti abbandonarlo e si affrettò a tirarsi giù la manica della *deel* per nascondere la macchia di sangue che si andava allargando.

«E così il mondo intero conoscerà il mio nome» replicò Gengis, guardando l'armata che attendeva il suo ritorno ai piedi della collina. Rimase a lungo in silenzio, e quando si rimise a parlare fu a voce così bassa che Kokchu a malapena riuscì a sentirlo. «Non è questo il momento di morire, sciamano. Siamo un unico popolo, e non ci saranno più battaglie tra di noi. Io chiamerò a raccolta tutte le tribù. Davanti a noi cadranno città e avremo nuove terre su cui cavalcare. Le donne piangeranno, e nel sentirle io mi sentirò appagato.» Abbassò lo sguardo sullo sciamano prostrato ai suoi piedi e corrugò la fronte. «Tu vivrai, sciamano. Sono io che lo dico. Alzati e vieni a valle insieme a me.»

Giunto ai piedi della collina, Gengis fece un cenno ai fratelli, Kachiun e Khasar. Entrambi avevano acquisito autorevolezza negli ultimi anni, ma erano ancora giovani, pensò. Kachiun sorrise mentre il fratello si avvicinava.

«E questo chi è?» domandò Khasar fissando quello strano personaggio nella sua misera *deel*.

«Lo sciamano dei Naiman» rispose Gengis.

Un uomo a cavallo si avvicinò loro e balzò a terra senza distogliere lo sguardo dal giovane sciamano. Un tempo Arslan era stato il fabbro della tribù dei Naiman, Kokchu si ricordava di lui. Quell'uomo era un assassino, che era stato punito con l'esilio. Non lo sorprendeva ritrovarlo lì, tra i più fedeli ufficiali di Gengis.

«Mi ricordo di te» disse Arslan. «Tuo padre dunque è morto?»

«Anni fa, spergiuratore» replicò Kokchu, infastidito dal suo tono. Per la prima volta si rese conto di aver perso tutta l'autorità che tanto faticosamente si era guadagnato tra i Naiman. Non erano molti gli uomini della tribù che avrebbero osato guardarlo dritto negli occhi, tutti temevano di essere accusati di slealtà e di dover affrontare i suoi coltelli e il fuoco. Kokchu ricambiò lo sguardo del traditore naiman senza batter ciglio. Avrebbero imparato a conoscerlo anche lì, giurò a se stesso.

Gengis osservava divertito la tensione tra i due. «Non offendere, sciamano. Hai di fronte il primo guerriero che mi ha giurato fedeltà. I Naiman non esistono più: ora sono tutti ai miei piedi.»

«L'ho visto nelle mie visioni» replicò Kokchu immediatamente. «Tu sei stato benedetto dagli spiriti.»

A quelle parole il viso di Gengis si indurì. «Di quale benedizione parli? L'armata che vedi intorno a te è il frutto della mia forza e abilità. Se davvero le anime dei nostri padri ci stanno aiutando, il loro intervento è decisamente troppo oscuro perché io possa vederlo.»

Kokchu distolse lo sguardo. Il khan dei Naiman era stato un credulone, facile da plagiare, mentre quest'uomo non era disposto a lasciarsi influenzare. Tuttavia l'aria entrava dolce nei suoi polmoni: era vivo, e soltanto un'ora prima non l'avrebbe creduto possibile.

Gengis tornò a girarsi verso i fratelli, allontanando lo sciamano dai propri pensieri. «Organizza le cose in modo che i nuovi arrivati mi giurino fedeltà questa sera, al tramonto» ordinò a Khasar. «Fa' che si mescolino agli altri, così che inizino a sentirsi parte del nostro popolo anziché dei nemici vinti, ma sta' attento: non vorrei ritrovarmi con un coltello piantato nella schiena.»

Khasar chinò il capo e, passando in mezzo ai guerrieri, si diresse verso le tribù vinte, che ancora aspettavano in ginocchio.

Kokchu notò il sorriso affettuoso che si scambiarono Gengis e il suo giovane fratello, Kachiun. Quei due erano amici, e lui doveva tenerli sott'occhio il più possibile, pensò. Anche il più piccolo dettaglio sarebbe potuto tornargli utile negli anni a venire.

«Abbiamo distrutto l'alleanza, Kachiun. Te l'avevo detto, no?» disse Gengis dandogli una pacca sulle spalle. «I tuoi cavalli corazzati sono arrivati al momento giusto.»

«Così mi hai insegnato» replicò Kachiun, accettando il complimento con disinvoltura.

«Con l'aiuto dei nuovi arrivati, questo esercito controllerà le pianure» continuò il condottiero sorridendo. «Finalmente è giunta l'ora di procedere.» Rifletté per qualche istante, e poi aggiunse: «Manda dei cavalieri in tutte le direzioni, Kachiun. Voglio che cerchino tutti gli erranti e i pastori nomadi e le piccole tribù che vivono nella steppa, e che dicano loro di venire alla montagna nera la prossima primavera, nei pressi del fiume Onon. Lì c'è una vasta pianura in grado di accogliere tutto il nostro popolo. Ci raduneremo laggiù, pronti per cavalcare».

«Quale messaggio dovranno riferire?» domandò Kachiun.

«Dite loro che vengano a me» rispose Gengis con voce sommessa. «Dite loro che Gengis li chiama a raccolta. Non c'è più nessuno in grado di fermarci, ora. Possono seguirmi, oppure trascorrere i loro ultimi giorni aspettando che i miei guerrieri si profilino all'orizzonte. Dite loro questo.» Si guardò intorno, soddisfatto. In sette anni aveva raccolto sotto di sé più di diecimila uomini, che sommati ai superstiti delle tribù dell'alleanza appena sconfitta erano diventati quasi il doppio. Non era rimasto più nessuno nella steppa che potesse sfidare la sua autorità. Distolse lo sguardo dal sole che si levava a est, immaginando le ricche e arroganti città dei Chin. «Ci hanno tenuto separati per migliaia di generazioni, Kachiun. Ci hanno oppressi fino a ridurci a cani selvaggi. Ma è acqua passata, ormai. Io ho unito il nostro popolo, e li faremo tremare. Gliene darò io il motivo.»

1

L'accampamento dei Mongoli si estendeva per miglia in ogni direzione, nella pianura sconfinata ai piedi della montagna nera. Il paesaggio era punteggiato a perdita d'occhio dalle *ger*, le tende, attorno alle quali erano stati accesi migliaia di fuochi per cucinare il pasto serale. Mandrie di cavalli e greggi di pecore, capre e yak, costantemente affamati, si sparpagliavano tutto intorno per pascolare oziosamente. Ogni giorno all'alba si spostavano lungo le rive del fiume, e la sera facevano ritorno alle tende di feltro.

Benché la presenza di Gengis garantisse la pace, la tensione tra gli uomini era andata crescendo nel corso dell'estate. Nessuno di loro aveva mai visto una tale moltitudine prima d'allora, ed era facile sentirsi schiacciati dal numero. Spesso volavano insulti, reali o immaginari, e per nessuno era semplice vivere a stretto contatto con gente sconosciuta. Benché fosse espressamente vietato, ogni sera scoppiavano risse tra i più giovani, e all'alba si scoprivano invariabilmente i cadaveri di chi aveva cercato di saldare vecchi conti rimasti in sospeso. Le famiglie brontolavano inquiete, aspettando di sapere per quale motivo Gengis le avesse condotte così lontano dalle loro terre.

Al centro della distesa di tende e carri c'era la *ger* di Gengis. Alta e ampia il doppio delle altre, era fatta di un materiale più resistente delle stecche di legno di salice comunemente usate per la struttura circolare, e poiché si era rivelato piuttosto difficile smontarla, l'avevano sistemata su un carro trainato da otto buoi. Al calar della sera, centinaia di guerrieri passavano ad ammirarla o semplicemente a verificare se ciò che avevano sentito dire sul suo conto fosse vero.

All'interno, la grande *ger* era illuminata da lampade a olio che diffondevano il loro bagliore dorato e rendevano l'aria fumosa. Le pareti erano tappezzate di stendardi di guerra in seta, ma per il resto non c'era alcuna esibizione di ricchezza. Lo stesso Gengis sedeva su una dura panca di legno, e i suoi fratelli, stravaccati su pile di coperte da sella, chiacchieravano bevendo *airag*.

Davanti a Gengis era seduto un giovane guerriero molto agitato, ancora grondante di sudore dopo la lunga cavalcata attraverso l'accampamento. Gli uomini che circondavano il khan non sembravano prestargli attenzione, ma le loro mani erano pronte a impugnare le armi. Non parevano preoccupati o disturbati dalla sua presenza; forse, semplicemente, le loro mani erano *sempre* pronte per impugnare la spada. Il suo popolo aveva preso una decisione e lui, che era lì per riferirla al grande condottiero, si augurava di cuore che i khan più anziani della sua tribù sapessero cosa stavano facendo.

«Quando avrai finito il tè, ascolterò il messaggio» disse Gengis.

Il messaggero annuì, posando la tazza sul pavimento davanti a sé. Inghiottì l'ultimo sorso, chiuse gli occhi e recitò: «Queste sono le parole di Barchuk, khan degli Uiguri». Il brusio e le risate si spensero d'incanto, e lui si rese conto, sempre più nervoso, che tutti lo stavano ascoltando. «È con gioia che ho appreso delle tue gesta gloriose, mio signore Gengis Khan. Ci siamo stancati di aspettare che i nostri popoli si conoscano e cavalchino insieme. Il sole è sorto. Il fiume non è più ghiacciato. Tu sei il sommo khan, il nostro condottiero. A te io consacrerò la mia forza e la mia conoscenza.»

Il messaggero si interruppe e si asciugò il sudore dalla fronte.

Quando aprì gli occhi e si accorse che Gengis lo stava guardando con aria interrogativa, sentì la paura afferrargli lo stomaco.

«Belle parole» commentò Gengis, «ma gli Uiguri dove sono? Hanno avuto un anno di tempo per arrivare fin qui. Se dovessi andare a prenderli...» Si interruppe, lasciando la minaccia in sospeso.

«Mio signore» si affrettò a continuare il messaggero, «ci sono voluti mesi soltanto per costruire i carri per il viaggio. Non ci spostavamo dalle nostre terre da molte generazioni. Abbiamo dovuto smantellare cinque grandi templi, pietra dopo pietra, numerandone ciascuna così da poterli ricostruire. La nostra scorta di pergamena occupa una dozzina di carri e non è possibile spostarla in fretta.»

«Possedete dei testi scritti?» domandò Gengis, protendendosi verso il giovane, interessato.

Il messaggero annuì umilmente. «Da molto tempo ormai, mio signore. Abbiamo raccolto gli scritti dei popoli che vivono a Oriente ogni volta che hanno accettato di venderceli. Il nostro khan è un uomo di grande cultura e ha persino copiato opere dei Chin e degli Xi Xia.»

«Debbo dunque dare il benvenuto a studenti e insegnanti?» commentò Gengis. «Combatterete con i rotoli?»

Il messaggero arrossì mentre i guerrieri presenti nella *ger* ridacchiavano.

«Ci sono anche quattromila guerrieri, mio signore. Seguiranno Barchuk ovunque li condurrà.»

«Seguiranno me, o moriranno» ribatté Gengis. Per un istante il messaggero lo fissò inerme, poi chinò lo sguardo sul pavimento di legno lucido e rimase in silenzio. Gengis decise di attizzare il fuoco della sua irritazione. «Non mi hai ancora detto quando arriveranno, questi sapienti Uiguri.»

«Non possono essere che a pochi giorni di viaggio da qui, mio signore. Li ho lasciati tre lune fa ed erano quasi pronti a partire. Non ci vorrà molto, ormai, se avrai la pazienza di aspettare.»

«Per quattromila guerrieri aspetterò» rispose Gengis, pacato e riflessivo. «Conosci la scrittura dei Chin?»

«Io non sono istruito, mio signore. Ma il mio khan sa leggerla.»

«E quei rotoli dicono come si fa a conquistare una città di pietra?»

Il messaggero esitò, avvertendo l'intenso interesse degli uomini che lo circondavano.

«Non ho mai sentito parlare di una cosa simile, mio signore. I Chin scrivono di filosofia, registrano le parole di Buddha, di Confucio, di Lao-Tzu. Non si occupano di guerra, o se lo fanno non ci hanno mai permesso di vedere quei documenti.»

«Allora quei rotoli non mi servono a niente» sbottò Gengis. «Prenditi un piatto di carne e bada a non scatenare risse con le tue vanterie. Giudicherò gli Uiguri quando si degneranno di arrivare.»

Il messaggero gli fece un profondo inchino prima di andarsene e, quando uscì dalla *ger* fumosa, trasse un profondo sospiro di sollievo, chiedendosi se il suo khan si rendeva conto di ciò che aveva promesso. Gli Uiguri non erano più padroni di se stessi.

Guardandosi intorno, vide i fuochi delle *ger* baluginare a perdita d'occhio. Sarebbe stata sufficiente una parola dell'uomo che aveva appena incontrato per mettere in moto tutta quella gente, rifletté. Forse, dopotutto, il khan degli Uiguri non aveva avuto scelta.

Hoelun inzuppò la pezza di stoffa in un secchio e la posò sulla fronte del figlio. Temuge era sempre stato più debole di costituzione rispetto ai suoi fratelli, e il fatto stesso che si ammalasse più spesso di Khasar o di Kachiun o dello stesso Temujin era un peso in più che doveva sopportare. Sorrise con amarezza al pensiero che ora doveva chiamare il maggiore dei suoi figli *Gengis*. Significava "oceano" ed era una parola bellissima, che lui aveva distorto oltre il suo significato comune a causa della propria smisurata ambizione. Lui che non aveva mai visto il mare in ventisei anni di vita. E nemmeno lei l'aveva mai visto, naturalmente.

Temuge si agitò nel sonno, strizzando forte gli occhi quando lei gli tastò la pancia con le dita.

«È tranquillo, ora» disse Borte. «Magari me ne vado per un po'.»

Hoelun lanciò un'occhiata gelida alla donna che Temujin aveva preso per moglie. Gli aveva dato quattro figli perfetti e per un attimo lei aveva pensato che sarebbero state come sorelle, o che almeno sarebbero diventate amiche. Ma poi gli eventi avevano ferito nel profondo quella giovane donna che un tempo era stata piena di vita e di brio. Hoelun aveva notato come Temujin guardava il figlio maggiore, mentre con il piccolo Jochi non giocava mai e quasi lo ignorava. Mentre i suoi fratelli veneravano Temujin, lui correva da sua madre quando aveva bisogno di essere coccolato o consolato, incapace di comprendere la freddezza del padre. Borte aveva lottato a lungo contro il sentimento di sfiducia che con il tempo si era frapposto tra lei e il marito come un cuneo di ferro in un tronco robusto, ma era stato tutto inutile. E il fatto che gli occhi di Jochi fossero scuri mentre gli altri tre figli avevano ereditato gli occhi gialli del padre non era stato certo d'aiuto.

Hoelun vide la giovane donna lanciare un'occhiata alla porta della *ger*, e intuì che pensava ai suoi figli. «Possono metterli a letto le tue serve» la rimproverò. «Se Temuge si sveglierà, avrò bisogno di te.»

Mentre parlava le sue dita scivolarono sulla tumefazione scura che si era formata sotto la pelle del figlio, sul ventre, due dita sopra la peluria del pube. Aveva già visto ferite simili, di uomini che avevano sollevato pesi eccessivi: il dolore era terribile, ma la maggior parte di loro si era salvata. Temuge tuttavia non aveva quel genere di fortuna, non l'aveva mai avuta. Crescendo, non aveva acquisito l'aspetto del guerriero, e nel sonno aveva il viso di un poeta. Lei gli voleva bene per questo. Aveva sempre avuto un debole per Temuge, forse perché suo padre sarebbe stato fiero di ciò che gli altri figli erano diventati. Temuge non era diventato spietato, anche se aveva passato ciò che avevano passato loro. Sospirò, e sentì gli occhi della nuora posarsi su di lei nella penombra.

«Forse ce la farà» disse Borte, e Hoelun ammiccò. Suo figlio si riempiva di pustole sotto il sole e raramente portava alla cintura un pugnale più grande di un coltello da cibo. Non si era preoccupata quando aveva iniziato a imparare le storie delle tribù, apprendendole a una velocità tale che gli anziani si stupiva della sua memoria. Non tutti potevano essere abili con le armi e i cavalli, diceva a se stessa. Sapeva che lui detestava gli scherzi e le risatine che lo seguivano ovunque, sebbene pochi avessero il coraggio di rischiare che Gengis li sentisse. Ma non parlò mai di quegli insulti con il fratello maggiore sopportando in silenzio. Era una forma di coraggio anche quella, considerò Hoelun; nessuno dei suoi figli mancava di spirito.

Entrambe le donne sollevarono lo sguardo quando la porticina della *ger* si aprì. Hoelun si accigliò nel vedere Kokchu entrare e salutarle con un cenno del capo. I suoi occhi spiritati dardeggiarono sulla figura supina di Temuge e lei lottò per non lasciar trapelare l'antipatia istintiva e inspiegabile che provava nei confronti dello sciamano. C'era qualcosa in lui che le faceva digrignare i denti, per questo aveva ignorato i messaggi che lui le aveva mandato. Per un istante si raddrizzò, combattuta tra la stanchezza e l'indignazione. «Non ti ho mandato a chiamare» disse con freddezza.

Kokchu non badò al tono che aveva usato. «Ho mandato uno schiavo a chiederti di concedermi udienza, madre dei khan. Forse non è ancora arrivato. L'intero accampamento parla della malattia di tuo figlio.»

Mentre guardava ancora una volta Temuge, Hoelun avvertì lo sguardo dello sciamano soffermarsi su di lei come se si aspettasse un benvenuto ufficiale. Quell'uomo osservava tutto, come se dentro il suo corpo ci fosse un'altra persona che guardava fuori. Lei l'aveva visto insinuarsi tra le persone più vicine a

Gengis, e il suo modo di fare non le era piaciuto. I guerrieri puzzavano di sterco di pecora, grasso di montone e sudore, era quello l'odore dei giovani in salute. Kokchu invece emanava un odore di carne marcia; difficile dire se provenisse dai vestiti o dalla pelle.

Di fronte al suo silenzio avrebbe dovuto andarsene, oppure correre il rischio che lei chiamasse le guardie. Invece le rivolse la parola, sfacciatamente, come se avesse la certezza che non lo avrebbe mandato via. «Possiedo doti di guaritore; forse sarai disposta a permettere che lo visiti.»

Hoelun si impose di ingoiare il disgusto, visto che lo sciamano degli Olkhun'ut fino a quel momento si era limitato a cantare le sue nenie senza alcun risultato e Temuge continuava a peggiorare. «Sei il benvenuto, Kokchu» disse infine. Notò che il giovane si stava rilassando impercettibilmente e non riuscì a scuotersi di dosso la sensazione di essere troppo vicina a qualcosa di spiacevole. «Mio figlio sta dormendo. Il dolore è terribile quando è sveglio, e voglio che riposi.»

Kokchu attraversò la piccola *ger* e si accucciò accanto alle due donne, che inconsciamente si scostarono da lui. «Credo abbia bisogno di essere curato più che di riposare» disse osservando Temuge e chinandosi su di lui per annusargli l'alito. Hoelun si irrigidì nel vederlo tendere un braccio sul ventre nudo del giovane per tastare il rigonfiamento, ma non lo fermò. Temuge gemette nel sonno e lei trattenne il fiato.

Dopo un po' Kokchu annuì, pensieroso. «Preparati, vecchia madre. Tuo figlio morirà.»

Hoelun tese una mano di scatto e lo afferrò per un polso, stringendolo con un vigore che lo sorprese. «Gli si sono attorcigliate le budella, sciamano. È una cosa che ho visto accadere molte volte, sia agli uomini sia ai cavalli e alle capre, e sono sempre sopravvissuti tutti.»

Kokchu si sciolse dalla sua stretta tremante, compiaciuto di vedere la paura brillare nello sguardo della vecchia: in quello stato non gli sarebbe stato difficile impadronirsi di lei, anima e corpo. Se fosse stata una giovane madre dei Naiman avrebbe preteso favori sessuali in cambio della guarigione del figlio, ma in quel nuovo accampamento la cosa che più gli premeva era ingraziarsi il grande khan. «Vedi com'è scuro il rigonfiamento?» spiegò, sforzandosi di non lasciar trapelare alcuna emozione. «Significa che non si può asportare. Se fosse stato sulla pelle avrei forse potuto bruciarlo, anche se avrebbe affondato i suoi artigli nel ventre e nei polmoni. Stando così le cose, lo divorerà dall'interno e non si fermerà finché non lo avrà ucciso.»

«Ti sbagli» scattò Hoelun con gli occhi colmi di lacrime.

Kokchu abbassò lo sguardo per impedirle di vedere il lampo di trionfo che gli brillava negli occhi. «Vorrei che fosse così, vecchia madre. Ho già visto questo genere di male, e so come si comporta: continuerà a consumarlo dall'interno, tormentandolo finché non morirà.» E, per rafforzare il proprio punto di vista, tese una mano e schiacciò la tumefazione.

Temuge sobbalzò e si svegliò con un gemito. «Chi sei tu?» domandò, annaspando in cerca d'aria. Cercò di mettersi a sedere, ma il dolore gli strappò un grido, facendolo ricadere sul letto. Afferrò le coperte per coprire la propria nudità e arrossì sotto lo sguardo attento di Kokchu.

«È uno sciamano, Temuge» lo rassicurò la madre. «Ti farà stare meglio.» Temuge era di nuovo in un bagno di sudore, così gli tamponò la pelle con il panno bagnato mentre lui si sdraiava di nuovo. Dopo un poco, il respiro del ragazzo si regolarizzò, e quando lui si assopì Hoelun riuscì a rilassarsi leggermente, pur non sfuggendo alla morsa di terrore che Kokchu aveva portato nella sua casa. «Se è senza speranza, sciamano, come mai sei ancora qui?» domandò. «Ci sono altri uomini e donne che hanno bisogno delle tue capacità di guaritore.» Non riuscì a escludere l'amarezza dalla voce e non si rese conto che Kokchu ne aveva tratto soddisfazione.

«Ho combattuto ciò che lo divora due volte nel corso della mia vita. È un rito oscuro, pericoloso sia per chi lo pratica sia per il paziente. Te lo dico per non farti disperare, anche se sarebbe sciocco illudersi. Consideralo già morto, così, se riuscirò a guarirlo, conoscerai la gioia.»

Hoelun guardò negli occhi lo sciamano e rabbrividì. Quell'uomo puzzava di sangue, anche se sulla sua pelle non ce n'era traccia, e la sola idea che toccasse il suo figlio prediletto la indusse a serrare i pugni; ma quei discorsi di morte l'avevano spaventata e si sentiva impotente. «Che cosa vuoi che faccia?» sussurrò.

Kokchu rimase seduto immobile, riflettendo. «Ci vorrà tutta la mia energia per portare gli spiriti da tuo figlio» disse infine. «Avrò bisogno di una capra che prenda su di sé la tumefazione e di un'altra per purificare tuo figlio con il sangue. Le erbe necessarie le ho già; spero di avere anche la forza.»

«E se fallirai?» domandò all'improvviso Borte.

Kokchu trasse un respiro profondo, e lo rilasciò lentamente tra le labbra tremanti. «Se la forza mi verrà meno all'inizio del rito, sopravvivrò. Se invece reggerò fino alle fasi finali e gli spiriti si impossesseranno di me, mi strapperanno l'anima dal corpo. Per qualche tempo vivrò, ma, senz'anima, il mio corpo sarà soltanto un guscio vuoto. Non è un rito da poco, vecchia madre.»

Hoelun lo guardò, sospettosa. Quel giovane diceva cose apparentemente sensate, ma i suoi occhi non smettevano mai di osservare, di controllare se ciò che affermava sortiva l'effetto voluto. «Va' a prendere due capre, Borte» ordinò alla nuora. «Vediamo che cosa sa fare.»

Fuori era buio e, mentre Borte andava a procurarsi gli animali, Kokchu prese il panno e pulì il petto e il ventre di Temuge. Quando gli infilò due dita in bocca, il ragazzo si svegliò di nuovo, gli occhi colmi di terrore.

«Rimani sdraiato, ragazzo. Ti aiuterò, se ne avrò la forza» gli disse Kokchu. Non si voltò a guardare quando le capre belanti furono portate nella *ger* e trascinate accanto a lui, ma rimase concentrato sul giovane affidato alle sue cure.

Con lentezza rituale, estrasse dalla *deel* quattro ciotoline di ottone e le posò per terra. Dentro ciascuna di esse versò una polverina grigiastra e accese una candela al fuoco della stufa. Poco dopo, lente spirali di fumo biancastro resero l'aria della *ger* fosca e pesante. Il giovane sciamano respirò a pieni polmoni. Hoelun tossì coprendosi la bocca con una mano e arrossì. Il fumo le faceva venire le vertigini, ma non aveva intenzione di lasciare il figlio da solo con un uomo di cui non si fidava.

Sottovoce, Kokchu iniziò a salmodiare nell'antica lingua del loro popolo, una lingua ormai dimenticata dai più. Hoelun si ritrasse nell'udirla, ricordando i guaritori e gli sciamani della sua giovinezza, mentre a Borte riportò alla mente oscuri ricordi; suo marito aveva recitato quelle antiche parole una notte di tanto tempo prima, quando aveva fatto a pezzi i suoi rapitori e l'aveva costretta a mangiare brandelli del loro cuore arrostito. Era una lingua crudele e sanguinaria, adatta all'inverno della steppa e completamente priva di parole gentili o amorevoli. Mentre ascoltava, Borte respirò le volute di fumo e sentì la pelle diventare insensibile. Il canto ossessivo dello sciamano evocò in lei immagini raccapriccianti, provocandole un conato di vomito.

«Sta' tranquilla, donna» borbottò Kokchu, gli occhi spiritati. «Rimani in silenzio mentre vengono gli spiriti.» Riprese a salmodiare con maggior forza quella nenia ipnotica, ripetendo le stesse parole all'infinito, con voce sempre più alta e incalzante. La prima capra belò disperata mentre, sospesa sopra Temuge, fissava il giovane uomo terrorizzato. Kokchu tagliò la gola all'animale e lasciò che si dissanguasse. Temuge gridò nel sentire il sangue tiepido sulla pelle, ma Hoelun gli posò la mano sulle labbra e lui si quietò.

Lo sciamano lasciò quindi cadere la capra che ancora scalciava nei sussulti dell'agonia. Il ritmo della cantilena si fece più rapido mentre lui chiudeva gli occhi e affondava la mano nelle viscere di Temuge. Con sua grande sorpresa il ragazzo rimase in silenzio e, per farlo gridare, dovette strizzare forte il gonfiore. Il sangue nascose il suo gesto mentre scioglieva la strozzatura che bloccava le viscere e rimandava l'intestino al di là della parete dei muscoli. Suo padre gli aveva mostrato il rituale operando un vero tumore, e lui l'aveva visto cantare i suoi incantesimi mentre uomini e donne gridavano di dolore, a volte urlando così forte da rimanere senza voce. Il padre di Kokchu li aveva portati oltre la loro capacità di sopportazione, facendoli quasi impazzire, al punto che sarebbero stati disposti a credere a qualunque cosa. Aveva visto delle escrescenze oscene ridursi e addirittura sparire una volta raggiunto quel livello di agonia e fede. Se un uomo si abbandonava totalmente nelle mani di uno sciamano, a volte gli spiriti ricompensavano la sua fede...

Non c'era alcun onore nell'usare l'astuzia per ingannare un giovane uomo con le viscere aggrovigliate, ma la ricompensa sarebbe stata grande. Temuge era fratello del khan e sarebbe stato sempre un prezioso alleato. Ripensò a ciò che gli aveva detto suo padre riguardo a coloro che offendono gli spiriti con trucchi e menzogne. Lui non aveva mai capito la natura del potere, non aveva mai saputo quanto potesse essere inebriante. Gli spiriti ronzavano intorno alle superstizioni come mosche sulla carne marcia. Non sarebbe stato sbagliato far lievitare la superstizione nel campo del khan, soprattutto se questo avrebbe accresciuto la sua autorità.

Respirò profondamente durante il canto, rovesciando gli occhi e premendo le dita nel ventre di Temuge. Con un grido di trionfo finse di strappare dal ragazzo un pezzettino di fegato di capra che aveva nascosto precedentemente. Tra le sue dita fremeva come se fosse vivo e le due donne si ritrassero, disgustate.

Kokchu continuò a salmodiare mentre con una mano afferrava l'altra capra e la trascinava accanto a sé. L'animale, impazzito dal terrore, cercò di resistere, ma lui infilò le dita tra i suoi denti ingialliti, benché gli morsicasse le nocche, e spinse la carne sanguinolenta giù per la trachea finché la bestiola non poté fare altro che inghiottirla, contorcendosi. Quando vide la gola muoversi, la massaggiò con forza, di modo che il boccone scendesse nello stomaco della capra. «Non permettetele di toccare altri animali» disse ansimando prima di lasciarla andare, «o la malattia si manifesterà e si diffonderà di nuovo, e forse tornerà persino nel corpo di tuo figlio.» Il sudore gli colava dal naso mentre si guardava intorno. «La cosa migliore sarebbe bruciarla fino a ridurla in cenere. La sua carne non si può mangiare perché ora contiene la malattia. Assicuratevene, perché non credo che avrei la forza di celebrare questo rito un'altra volta.» Si accasciò su se stesso come se avesse perso i sensi, pur continuando ad ansimare come un cane sotto il sole d'estate.

«Il dolore è scomparso» osservò Temuge, meravigliato. «Sono indolenzito, ma non c'è paragone rispetto a prima.»

Kokchu udì le sue parole e sentì Hoelun chinarsi sul figlio, che emise un lieve gemito quando lei toccò il punto in cui il suo intestino era uscito dalla barriera dei muscoli dell'addome.

«La pelle è integra» continuò Temuge, e lo sciamano, avvertendo una certa riverenza nella sua voce, scelse quel momento per aprire gli occhi e mettersi a sedere.

Le sue lunghe dita frugarono nella tasca della *deel* e ne estrassero una cordicella fatta di crini di cavallo intrecciati, macchiata di sangue rappreso. «Questa è stata benedetta» spiegò ai presenti. «La legherò sopra la ferita così che nulla possa entrarvi.»

Nessuno fiatò mentre lo sciamano tirava fuori dalla *deel* un sudicio nastro di stoffa e faceva sedere Temuge. Kokchu mormorò qualcosa sottovoce fasciando i fianchi del giovane e coprendo il rigido pezzo di corda con le bende finché non fu completamente nascosto. Fissata la fasciatura, tornò a sedersi, constatando soddisfatto che l'intestino non era uscito di nuovo, vanificando il suo lavoro. «Tenete l'amuleto fino alla prossima luna nuova» prescrisse stancamente. «Se lo farete cadere, è possibile che il gonfiore torni a manifestarsi.» Chiuse gli occhi, come se fosse esausto. «Ora devo dormire, per questa notte e per gran parte della giornata di domani. Bruciate la capra prima che la malattia si diffonda. Morirà entro due ore al massimo.» Lo sapeva per certo, dato che nel pezzetto di fegato c'era tanto veleno da uccidere un uomo adulto.

«Grazie per ciò che hai fatto» gli disse Hoelun. «Non capisco...»

Kokchu le rivolse un sorriso sfinito. «Mi ci sono voluti vent'anni di studio per avere la padronanza di quest'arte, vecchia madre. Non avere la pretesa di capirla nel volgere di una sola sera. Tuo figlio guarirà, ora, come sarebbe successo se la tumescenza non avesse iniziato a muoversi dentro di lui.» Rifletté per qualche istante. Non conosceva quella donna, ma di certo lei avrebbe raccontato a Gengis quanto accaduto. «Devo chiederti di non raccontare a nessuno ciò che hai visto» aggiunse per averne la certezza. «Ci sono tribù in cui si uccide chi osa praticare le antiche arti magiche. Le ritengono troppo pericolose.» Si strinse nelle spalle. «E forse hanno ragione.» A quel punto era sicuro che la voce si sarebbe diffusa in tutto l'accampamento prima del giorno seguente. C'era sempre qualcuno che desiderava incantesimi contro le malattie o maledizioni contro i nemici. Avrebbero lasciato latte e carne davanti alla porta della sua *ger*, e con il potere sarebbero giunti presto anche il rispetto e il timore. Kokchu desiderava essere temuto, solo così avrebbe ottenuto tutto ciò che desiderava. Se anche non fosse riuscito a salvare la vita a qualcuno di loro, non avrebbe avuto importanza, perché la fede in lui e nelle sue capacità si sarebbe risvegliata ogni volta che una vita fosse stata nelle sue mani. Aveva lasciato cadere un sasso nell'acqua, e i cerchi si sarebbero allargati fino all'infinito.

Gengis e i suoi generali erano soli nella grande *ger* quando la luna sorse sull'accampamento mongolo. Era stata una giornata faticosa per tutti, ma non potevano andare a dormire finché Gengis rimaneva sveglio, e il giorno seguente di certo si sarebbero visti occhi cerchiati e bocche sbadiglianti. Gengis sembrava fresco come lo era stato quel mattino, quando aveva accolto duecento uomini e donne di una tribù di origine turca che proveniva dall'estremo nord-ovest e parlava in modo strano e quasi incomprensibile. Anche loro erano giunti per il grande raduno delle tribù.

«Mancano ancora due lune alla fine dell'estate, e ogni giorno arrivano altre genti» disse Gengis, guardando orgoglioso gli uomini che l'avevano sostenuto fin dall'inizio.

A cinquant'anni, Arslan iniziava a mostrare i segni dell'età, dopo le numerose battaglie. Lui e il figlio Jelme si erano uniti a Gengis quando non possedeva altro che la propria intelligenza e i tre fratelli. Entrambi gli erano stati accanto con indiscussa lealtà negli anni più duri e lui li aveva ricompensati con mogli e ricchezze. Gengis fece un cenno al fabbricante di spade che era diventato suo generale, compiaciuto di vederlo attento e fiero come sempre.

Temuge non era mai presente alle loro discussioni nemmeno quando stava bene. Dei quattro fratelli, era l'unico a non avere alcuna attitudine per la guerra e le sue strategie. Gengis gli era affezionato, ma non credeva nelle sue capacità di condottiero. Scosse il capo, rendendosi conto che i suoi pensieri stavano divagando. Anche lui era stanco, benché non si concedesse il lusso di darlo a vedere.

«Alcune delle nuove tribù non hanno mai nemmeno sentito parlare dei Chin» disse Kachiun. «Quelli che sono arrivati stamattina si vestono in modo curioso, come non avevo mai visto. Non sembrano Mongoli come noi.»

«Può darsi che non lo siano» replicò Gengis. «Ma farò sì che si sentano i benvenuti. Lasciamo che diano prova del loro valore in guerra, prima di giudicarli. Dopotutto, non sono Tartari, e nemmeno nemici di sangue di qualcuno dei nostri, il che significa che non sarò chiamato a risolvere qualche faida che risale a una dozzina di generazioni fa. Ci saranno utili, vedrai.» Bevve un sorso di *airag* nero da una rozza tazza d'argilla, schioccando le labbra nell'assaporarne il sapore forte e amaro. «Siate cauti, quando circolate nell'accampamento, fratelli miei. Molti sono venuti soltanto per timore che li distruggessimo.

Non si fidano ancora di noi e perlopiù conoscono soltanto il mio nome.»

«Accanto a ogni fuoco ci sono uomini con il compito di tenere occhi e orecchie ben aperti» gli assicurò Kachiun. «C'è sempre qualcuno che cerca di approfittarne, in situazioni del genere. Persino in questo momento si stanno svolgendo migliaia di conversazioni in cui si parla di noi, e i miei uomini capteranno anche i sussurri. Se dovremo agire, lo sapremo immediatamente.»

Gengis annuì, guardando il fratello con orgoglio. Crescendo, Kachiun era diventato un uomo tarchiato, con spalle smisuratamente larghe anche per un arciere mongolo di prim'ordine, quale del resto era. Con lui, Gengis condivideva un legame che non aveva con nessun altro, nemmeno con Khasar. «Comunque, avverto uno strano prurito tra le scapole, quando cammino per il campo. L'attesa rende gli uomini inquieti, ma devono arrivarne ancora molti altri e non posso ancora muovermi. Varrebbe la pena di aspettare anche solo per gli Uiguri. Quelli che sono già qui potrebbero volerci mettere alla prova, quindi state allerta e non permettete che qualche insulto rimanga impunito. Ho piena fiducia nella vostra capacità di giudizio, dovesse costare anche una dozzina di teste.»

I generali nella *ger* si guardarono l'un l'altro senza sorridere. Per ogni uomo che avevano condotto nella pianura, ne erano arrivati altri due. L'unico vantaggio che avevano era che nessuno dei khan più forti aveva idea di quale fosse la portata del proprio supporto rispetto alla globalità dell'esercito. Chiunque arrivasse ai piedi della montagna nera vedeva un'unica armata e non si soffermava a pensare che era composta da centinaia di singole entità, l'una diversa dall'altra e tutte che si guardavano con uguale diffidenza.

Alla fine Gengis sbadigliò. «Andate a dormire, fratelli» disse. «L'alba è vicina e occorre condurre le greggi in nuovi pascoli.»

«Faccio un salto a vedere come sta Temuge, prima di andare a dormire» annunciò Kachiun.

Gengis sospirò. «Speriamo che il padre del cielo lo faccia guarire. Non posso perdere l'unico fratello saggio che ho.»

Kachiun sbuffò, spalancando la porta e facendo entrare una folata d'aria fresca. Quando tutti furono usciti, Gengis si alzò e, stiracchiandosi le membra intorpidite, si avviò verso la *ger* di Borte. I suoi figli probabilmente dormivano già, pensò. Del resto, non sarebbe stata la prima volta che si infilava sotto le coperte senza che la sua famiglia si accorgesse che era tornato a casa.

2

Gengis scrutò con ansia il fratello minore. Temuge aveva trascorso la mattinata raccontando a chiunque gli si parasse davanti di come Kokchu l'avesse curato. Il campo, malgrado le dimensioni gigantesche, era un posto opprimente e le notizie si diffondevano in un batter d'occhio. Entro mezzogiorno anche l'ultimo degli erranti delle pianure ne sarebbe stato a conoscenza.

«E come lo sai, tu, che non era una classica strozzatura dell'intestino?» domandò Gengis, guardando il fratello negli occhi. Temuge sembrava più alto del solito nella *ger* di famiglia, e il suo viso era acceso dall'eccitazione e da qualcos'altro che lui non riusciva a definire. Ogni volta che pronunciava il nome di Kokchu abbassava la voce come se provasse soggezione, e Gengis iniziava a trovarlo irritante.

«L'ha tirato fuori da me, fratello, l'ho visto con i miei occhi! Tremolava e guizzava nella sua mano e ho quasi vomitato nel vederlo. Una volta tolta quella cosa, il dolore è scomparso.» Temuge si toccò la parte dolente e sobbalzò.

«Non del tutto scomparso» commentò Gengis.

Temuge si strinse nelle spalle. La zona sopra e sotto la fasciatura era violacea, anche se il segno stava già sbiadendo.

«Prima era come se mi mangiasse vivo. Adesso non è peggio di un normale livido.»

«Eppure dici che non c'è ferita» disse Gengis, pensieroso.

Temuge scosse il capo, di nuovo eccitato. Aveva esplorato l'area con le dita nell'oscurità che precede l'alba. Sotto la benda stretta sentiva un taglio nel muscolo, che era ancora incredibilmente tenero. Era sicuro che la tumescenza fosse stata strappata da lì. «Ha potere, fratello. Più di tutti i ciarlatani che abbiamo visto finora. Io mi fido di ciò che vedo. E lo sai anche tu che gli occhi non mentono.»

Gengis annuì. «Lo ricompenserò con giumente, pecore e abiti nuovi. Magari anche un coltello e degli stivali. L'uomo che ha guarito mio fratello non può andarsene in giro conciato come un pezzente.»

Temuge ammiccò, dubbioso. «Non voleva che questa storia saltasse fuori, Gengis. Se gli darai una ricompensa, tutti sapranno cosa ha fatto.»

«La notizia è già di dominio pubblico» replicò Gengis. «Kachiun me l'ha detto all'alba e sono venute a parlarmene altre tre persone, prima che venissi a trovarti. Non ci sono segreti in questo campo. Dovresti saperlo.»

Temuge annuì, pensoso. «Allora non può prendersela, e se lo farà dovrà perdonarmi.» Esitò, prima di proseguire, nervoso sotto lo sguardo del fratello. «Con il tuo permesso, vorrei imparare da lui. Credo che mi prenderebbe come allievo e non ho mai desiderato così tanto sapere...» Si interruppe, vedendo che Gengis si era accigliato.

«Speravo che una volta guarito avresti ripreso il tuo posto fra i guerrieri, Temuge. Non vuoi cavalcare con me?»

Il ragazzo arrossì e abbassò lo sguardo, fissando il pavimento. «Sai bene che non sarò mai un grande comandante. Magari imparerò a essere un ufficiale competente, ma tutti sapranno che sono stato promosso in virtù della nostra parentela e non per le mie capacità. Lascia che impari da Kokchu. Credo che accetterà di buon grado di diventare il mio maestro.»

Gengis rimase seduto perfettamente immobile, riflettendo. Più di una volta Temuge era stato deriso; era un pessimo arciere, e nemmeno con la spada aveva saputo guadagnarsi il rispetto dei compagni. Si accorse che il fratello tremava, il volto contratto dal timore che non gli accordasse il permesso. Il ragazzo si sentiva fuori posto nella tribù, e spesso lui si era augurato che trovasse qualcosa in cui realizzarsi, ma non riusciva lo stesso a lasciarlo andare. Uomini come Kokchu in un certo senso restavano sempre degli estranei nella tribù. Erano temuti, certo, e questo era un bene, ma non facevano parte della famiglia. Non venivano mai accolti e salutati come vecchi amici. Gengis scosse il capo, lievemente. Anche Temuge era sempre stato un pesce fuor d'acqua tra di loro, un osservatore. Forse era destino che la sua vita dovesse andare così. «D'accordo» capitolò alla fine, «a patto che tu ti eserciti con spada e arco per almeno due ore ogni giorno. Dammi la tua parola e io ti appoggerò nella tua scelta, nel cammino che hai intenzione di imboccare.»

Temuge annuì, sorridendo timidamente. «Lo prometto. Forse ti sarò più utile come sciamano di quanto non lo sia stato da guerriero.»

Gengis lo fissò con freddezza. «Sei ancora un guerriero, Temuge, anche se per te non è mai stato facile. Impara ciò che vuoi da quell'uomo, ma nel profondo del tuo cuore ricorda che sei mio fratello e il figlio di nostro padre.»

Temuge sentì gli occhi colmarsi di lacrime e chinò il capo prima che Gengis se ne accorgesse e si vergognasse di lui. «Non lo dimenticherò» promise.

«Allora dì al tuo nuovo maestro di venire da me a prendere la sua ricompensa. Lo abbraccerò davanti ai miei generali, così sapranno che ho stima di lui. La mia ombra garantirà che tu sia trattato con rispetto nell'accampamento.»

Temuge gli rivolse un profondo inchino prima di andarsene, e Gengis rimase solo con i suoi cupi pensieri. Aveva sperato che il fratello si facesse uomo e cavalcasse con lui e i suoi fratelli. Doveva ancora incontrare uno sciamano che gli piacesse, e Kokchu possedeva tutta l'arroganza dei suoi simili. Sospirò. Forse era comprensibile: in fondo si era trattato di una guarigione straordinaria, e lui ricordava ancora quando il giovane si era passato una spada sul braccio senza che ne sgorgasse una sola stilla di sangue. Si diceva che i Chin fossero dei grandi maghi, ricordò. Sarebbe stato utile avere uomini in grado di competere con loro. Sospirò ancora. Che suo fratello diventasse uno di loro, però, non era mai stato nei suoi piani...

Khasar passeggiava per il campo, godendosi il trambusto e il rumore. Nuove *ger* sorgevano in ogni spiazzo libero e Gengis aveva ordinato che a tutte le intersezioni dei sentieri fossero scavate delle buche per le latrine. Un gruppo così numeroso di uomini, donne e bambini comportava ogni giorno nuovi problemi e a lui non interessavano i dettagli. Kachiun invece sembrava apprezzare ogni sfida e aveva organizzato squadre di una cinquantina di uomini robusti per scavare le latrine e aiutare a montare le *ger*. Khasar ne vide due che costruivano dei ripari per i fasci di frecce, in modo che la pioggia non li bagnasse. La maggior parte dei guerrieri preferiva occuparsi personalmente della propria scorta di dardi, ma Kachiun aveva ordinato che fossero preparate frecce in quantità, e presso tutte le *ger* davanti a cui Khasar passava c'erano donne e bambini alle prese con piume, spago e colla; le frecce che preparavano venivano raccolte in fasci di cinquanta, pronti per essere portati via. Le forge ruggivano e sibilavano giorno e notte per fabbricare le punte e ogni mattina all'alba venivano portati nuovi archi al campo d'esercitazione perché fossero collaudati.

Nel vasto accampamento fervevano le attività e a Khasar piaceva vedere il suo popolo così industrioso. In lontananza, un neonato iniziò a strillare e lui sorrise, seguendo sentieri tracciati nell'erba dal passaggio di molte persone. Il giorno in cui fossero partiti, pensò, cercando di immaginarsi la scena, al posto dell'accampamento sarebbe rimasto un enorme disegno fatto di tante figure geometriche.

Rilassato com'era, non si accorse subito di quanto stava accadendo all'incrocio di due sentieri poco più avanti. Un gruppo di sette uomini stava cercando di immobilizzare un focoso stallone per poterlo castrare. Khasar si fermò a osservarli e sussultò quando uno zoccolo prese in pieno uno degli uomini, facendolo rotolare sull'erba, dove rimase a contorcersi per il dolore. Il cavallo, giovane e dalla muscolatura possente, lottava contro gli uomini per liberarsi dalle corde con cui l'avevano imbrigliato. Una volta a terra, gli avrebbero legato le zampe per renderlo inoffensivo, e avrebbero proceduto con l'evirazione. Sembrava quasi che quegli uomini non sapessero che cosa stavano facendo, pensò, scuotendo il capo divertito mentre riprendeva a camminare.

Cercando di divincolarsi, l'animale indietreggiò e mandò a gambe levate uno degli uomini. Impazzito dal terrore, il cavallo nitrì e indietreggiò ulteriormente, questa volta colpendo Khasar, che lanciò un urlo di dolore. L'uomo più vicino a lui, sentendolo gridare, gli diede istintivamente una manata per toglierlo di mezzo.

Khasar reagì con una furia pari a quella del cavallo legato e gli restituì il colpo. L'uomo barcollò, intontito, e gli altri improvvisamente lasciarono cadere le corde e gli si avvicinarono minacciosi. Il cavallo, intanto, approfittò della momentanea libertà per schizzare via, attraversando l'accampamento a rotta di collo, e tutto intorno gli altri stalloni della mandria nitrirono in risposta al suo richiamo. Khasar rimase da solo davanti a quegli uomini inferociti. Li affrontò senza timore, sicuro che avrebbero riconosciuto la sua armatura. «Siete Woyela, vedo» disse cercando di allentare la tensione. «Manderò qualcuno a riprendere il vostro stallone e ve lo farò portare.»

Gli uomini rimasero in silenzio, guardandosi l'un l'altro. Si assomigliavano tutti e Khasar si rese conto che erano i figli del khan dei Woyela. Il loro padre era arrivato qualche giorno prima con cinquecento guerrieri e le rispettive famiglie. Aveva fama di essere un uomo irascibile e permaloso, e vedendo i suoi figli Khasar pensò che dovevano aver ereditato il carattere del padre.

Per un attimo sperò che lo avrebbero lasciato andare senza combattere, ma l'uomo con cui si era battuto era pazzo di rabbia e si avvicinava baldanzoso, forte della presenza dei fratelli. Aveva un livido in faccia, là dove Khasar lo aveva colpito.

«Che diritto avevi di interferire?» domandò uno di loro.

Lo stavano deliberatamente accerchiando, e Khasar notò che nell'accampamento tutti si erano fermati. Molte persone avevano assistito alla scena, e a quel punto non gli era più possibile passare oltre. Andarsene sarebbe stato un disonore per Gengis e forse avrebbe persino messo a repentaglio la sua autorità. «Stavo cercando di non immischiarmi» spiegò a denti stretti, preparandosi a combattere. «Se quel bue di vostro fratello non mi avesse colpito, a quest'ora quello stallone sarebbe per terra. La prossima volta, prima legategli le zampe.»

Uno dei più robusti sputò per terra vicino ai suoi piedi e Khasar strinse i pugni mentre una voce tagliò l'aria. «Che cosa sta succedendo, qui?»

Gli uomini si immobilizzarono all'istante. Khasar lanciò un'occhiata al nuovo arrivato: era anziano e con i loro stessi lineamenti, poteva essere soltanto il khan dei Woyela, e lui non poteva far altro che chinare il capo in segno di rispetto. Non avevano ancora messo mano alle armi e lui sapeva che non sarebbe stato saggio insultare l'unico uomo in grado di controllare i suoi figli.

«Tu sei il fratello dell'uomo che si fa chiamare Gengis» continuò il khan. «Eppure questo è il campo dei Woyela. Perché sei qui a far arrabbiare i miei figli e a disturbare il loro lavoro?»

Khasar arrossì per l'irritazione. Senza dubbio Kachiun sarebbe stato avvertito dello scontro che stava per scoppiare e avrebbe mandato degli uomini, ma sulle prime non si azzardò a rispondere. Era evidente che il khan dei Woyela stava divertendosi e non c'era dubbio che avesse assistito alla vicenda fin dall'inizio. Quando riuscì a tenere sotto controllo la rabbia, Khasar parlò lentamente e con chiarezza rivolgendosi al khan. «Ho colpito l'uomo che mi ha colpito per primo. Non c'è motivo di spargere sangue.»

Per tutta risposta la bocca del vecchio si torse in un ghigno. Aveva centinaia di guerrieri a portata di voce e i suoi figli erano pronti a insegnare l'umiltà a forza di botte all'uomo che se ne stava orgoglioso di fronte a lui.

«Mi aspettavo una risposta simile. Ma l'onore non si può accantonare quando fa comodo. Questa parte dell'accampamento è terra dei Woyela, e tu hai sconfinato.»

Khasar indossò la maschera impassibile del guerriero per nascondere l'irritazione crescente. «Gli ordini di mio fratello sono chiari» replicò. «Il territorio su cui ci siamo riuniti appartiene a tutte le tribù nella stessa misura. Non ci sono terre che appartengono ai Woyela, qui.»

I figli del khan borbottarono nell'udire le sue parole, e il loro stesso padre parve irrigidirsi. «Io invece affermo il contrario, e non vedo nessuno con l'autorità necessaria a mettere in dubbio le mie parole. Tu, invece, ti nascondi dietro l'ombra di tuo fratello.»

Khasar prese fiato. Se avesse invocato la protezione di Gengis, l'incidente si sarebbe chiuso all'istante. Il khan dei Woyela non sarebbe stato così sciocco da sfidare suo fratello nell'accampamento, con un esercito di quelle dimensioni ai suoi ordini. Ma in questo momento lo stava fissando con l'espressione di un serpente pronto a colpire e lui si chiese se fosse un mero caso aver incontrato i suoi figli e lo stallone quel giorno. C'era sempre qualcuno che voleva mettere alla prova chi si era conquistato il diritto di guidare il popolo in battaglia. Khasar scosse il capo per schiarirsi la mente. A Kachiun piacevano la politica e le sue macchinazioni, a lui invece non andavano a genio, esattamente come non gli andava a genio l'atteggiamento di quel vecchio e dei suoi figli. «Non ho intenzione di spargere sangue» iniziò, cogliendo la nota di trionfo nello sguardo del khan, «e non ho bisogno di nascondermi nell'ombra di mio fratello.» E prima ancora di finire la frase assestò un vigoroso pugno sul mento del più vicino dei fratelli, stendendolo. Con un ruggito, gli altri gli balzarono addosso come un sol uomo. Mentre indietreggiava gli piovve una gragnola di colpi su testa e spalle, poi, dopo essersi piazzato a gambe larghe, rispose con un pugno in faccia, che frantumò il naso del malcapitato. A Khasar piaceva combattere come a qualunque uomo cresciuto insieme ai fratelli, ma era in netto svantaggio e mancò poco che crollasse quando i colpi si abbatterono selvaggiamente sulla sua corazza. Se non altro aveva una specie di protezione, si disse, e finché fosse rimasto in piedi avrebbe potuto evitare i loro colpi martellandoli a sua volta con tutto ciò che aveva.

Mentre formulava quel pensiero, uno di loro lo abbrancò per la vita e lo rovesciò a terra. Khasar scalciò con tutta la propria forza, e si coprì la testa per ripararsi dai pesanti stivali che lo colpivano. Per tutti gli spiriti, dov'era finito Kachiun? Il sangue gli sgorgava dal naso e aveva le labbra tumefatte. La testa gli ronzava per un calcio che gli aveva centrato l'orecchio destro. Ancora un po' di quel trattamento, e avrebbe riportato danni permanenti.

Uno dei Woyela gli montò addosso a cavalcioni, cercando di togliergli le mani dalla faccia. Khasar lo sbirciò tra le dita, e colse il momento giusto per infilargli un dito in un occhio. L'avversario parve soccombere al suo attacco, e quando rotolò via, urlando, lui si augurò di averlo accecato. Poi i calci si fecero più violenti.

A un tratto udì un grido di dolore che sembrava provenire da poco lontano, e dopo un istante si ritrovò da solo; mentre cercava di rimettersi in piedi si rese conto che uno sconosciuto era balzato tra i fratelli woyela, abbattendone uno e assestando un violento calcio alla gamba di un altro. Per essere poco più che un ragazzo, con i pugni se la cavava egregiamente, notò, cercando di sorridergli malgrado le labbra gonfie e spaccate.

«Finitela!» ordinò una voce alle sue spalle, e Khasar conobbe un istante di speranza prima di realizzare che Temuge, giunto in suo soccorso, non aveva portato con sé altri guerrieri a dargli manforte. Il fratello minore si immischiò nella rissa e subito spintonò via uno dei Woyela.

«Chiama Kachiun» gridò Khasar, sentendosi mancare. Temuge sarebbe riuscito soltanto a farsi pestare, e allora sì che ci sarebbe stato spargimento di sangue. Gengis avrebbe potuto accettare che uno dei suoi fratelli si fosse battuto con altri uomini, ma difficilmente avrebbe ignorato una rissa che ne vedeva coinvolti due; di sicuro l'avrebbe intesa come un attacco personale. Il khan dei Woyela apparentemente non si rendeva conto di tale pericolo, e si mise addirittura a ridere quando uno dei suoi figli tirò un pugno in faccia a Temuge, facendolo accasciare a terra. Il giovane sconosciuto aveva ormai perso il vantaggio della sorpresa ed era completamente in balia degli avversari, che se la spassavano a tartassarlo con calci e pugni. Lo stesso Temuge non era messo meglio e Khasar provò una rabbia bruciante nel sentirlo gridare per il dolore e l'umiliazione.

A un certo punto risuonò un rumore diverso, una serie di aspri colpi che strapparono grida di dolore ai Woyela. Khasar, riverso sul terreno, continuò a proteggersi la testa finché non udì tuonare la voce di Kachiun, vibrante di furia. Aveva portato con sé degli uomini, ed erano stati i loro bastoni a produrre quel suono.

«Alzati, fratello. Dimmi chi vuoi che uccida» disse Kachiun mentre lui si tirava su, sputando un grumo di sangue sull'erba. Il suo viso era una maschera di graffi e sangue, e il khan dei Woyela si irrigidì nel vederla, improvvisamente serio.

«È una faccenda privata» disse rapidamente il vecchio. «Tuo fratello non ha fatto appello alla sua posizione ufficiale.»

Kachiun guardò Khasar, che si strinse nelle spalle con una smorfia.

Temuge, che si era alzato in piedi, era pallido come il latte. Il suo sguardo era di ghiaccio e la vergogna lo rendeva così furioso come Khasar e Kachiun non l'avevano mai visto. Il terzo uomo si risollevò, indolenzito, e Khasar gli fece un cenno di ringraziamento. Anche lui era malmesso, ma riuscì a rispondergli con un sorriso, mentre riprendeva fiato.

«State in guardia» mormorò sottovoce Kachiun ai fratelli. Aveva portato con sé una dozzina dei suoi uomini, quanti era riuscito a radunarne quando gli era giunta voce della rissa. Non avrebbero resistito a lungo contro gli uomini armati dei Woyela.

Nella folla che assisteva alla scena c'erano uomini con lo sguardo duro, e il khan riprese un po' di sicurezza. «Abbiamo difeso il nostro onore» dichiarò. «Non c'è faida tra noi.» Si voltò verso Khasar per vedere come aveva accolto le sue parole e lui ricambiò lo sguardo con un ghigno. Aveva udito avvicinarsi degli uomini in marcia. Tutti i presenti si irrigidirono, allarmati, quando il vento portò loro il tintinnare tipico delle armature dei guerrieri. Poteva essere soltanto Gengis.

«Nessuna faida?» sibilò Kachiun al khan. «Non sta a te deciderlo, Woyela.»

Gengis avanzò tra due ali di folla insieme ad Arslan e altri cinque guerrieri in armatura. Tutti portavano la spada e i Woyela si guardarono l'un l'altro, improvvisamente preoccupati. Volevano mettere alla prova uno dei fratelli di Gengis, e fino a quel punto non avevano avuto alcun problema, ma l'arrivo di Temuge li aveva trascinati in acque molto meno tranquille e nessuno di loro aveva idea di come sarebbe andata a finire.

Gengis osservò la scena, l'espressione imperscrutabile. Il suo sguardo indugiò su Temuge, e per un istante gli occhi gialli si serrarono nel vedere le mani tremanti del fratello.

«È tutto risolto» affermò il khan dei Woyela prima che qualcun altro avesse il tempo di aprire bocca. «Si è trattato soltanto di un litigio da nulla, una zuffa a causa di un cavallo.» Deglutì nervosamente. «Non occorre che tu ti scomodi per una simile piccolezza.»

Gengis lo ignorò. «Kachiun?»

Kachiun si sforzò di tenere a bada la rabbia e di rispondere con voce pacata. «Non so che cosa abbia scatenato la rissa. Khasar potrà spiegartelo.»

Khasar fece una smorfia nel sentire il proprio nome. Sotto lo sguardo impassibile di Gengis, rifletté accuratamente prima di parlare. Prima o poi tutto il campo avrebbe saputo quanto accaduto, e non voleva fare la figura del ragazzino che si lamenta sulla spalla del padre; non poteva permetterselo se voleva guidare quegli uomini in battaglia. «Per ora mi ritengo soddisfatto, fratello» disse a denti stretti. «Se mai avessi qualcos'altro di cui discutere con queste persone, lo farò in un altro momento.»

«Non lo farai» scattò Gengis, cogliendo la minaccia implicita nelle sue parole esattamente come l'avevano colta i Woyela. «Lo proibisco.»

Khasar chinò il capo. «Come vuoi, mio signore» replicò.

Gengis guardò Temuge, gli lesse in faccia sia l'imbarazzo per essere stato picchiato in pubblico sia una intensa rabbia, che già poco prima aveva sorpreso Khasar e Kachiun. «Anche tu sei stato colpito, Temuge. Non riesco a credere che tu possa esserti immischiato in una rissa.»

«Ha cercato di dividerli» replicò Kachiun. «Quelli l'hanno fatto cadere in ginocchio e...»

«Basta così!» sbottò Temuge. «Con il tempo restituirò loro ogni colpo.» Era paonazzo e sembrava prossimo alle lacrime, come un bambino. Gengis lo fissò e all'improvviso fu preso dalla collera. Con un ruggito, scosse il capo e attraversò il gruppo dei fratelli Woyela. Uno di loro fu lento a togliersi di mezzo e lui lo urtò con la spalla facendolo cadere. Il khan sollevò le mani, implorante, ma Gengis lo afferrò per il bavero della *deel* e lo trascinò in avanti, sguainando la spada. I guerrieri Woyela lo seguirono all'istante.

«Fermi!» ruggì Gengis, con lo stesso tono imperioso con cui aveva comandato i Mongoli in centinaia di battaglie, ma quelli ignorarono l'ordine. Mentre si facevano sotto, Gengis diede uno strattone al khan, sollevandolo come fosse una marmotta, e con due rapidi colpi gli recise i tendini delle gambe. «Hai fatto inginocchiare mio fratello, woyela, e d'ora in avanti non ti alzerai più» disse. Il khan gridò e mentre si accasciava a terra un fiotto di sangue gli inzuppò i piedi. Prima che i suoi guerrieri potessero raggiungerlo, Gengis sollevò il capo e li fissò. «Se tra dieci battiti del mio cuore vedrò ancora una spada alzata, nessun woyela, uomo, donna o bambino che sia, vedrà sorgere un nuovo giorno.»

I guerrieri esitarono, sollevando le braccia per tenere indietro i compagni. Gengis rimase fermo davanti a loro senza batter ciglio, mentre il vecchio ai suoi piedi giaceva su un fianco, gemendo, sotto lo sguardo terrorizzato dei figli. Con uno sforzo estremo, il khan fece un gesto che i suoi guerrieri interpretarono come un cenno d'assenso; così rinfoderarono le spade, seguiti da tutti gli altri.

Gengis annuì. «Quando cavalcheremo in battaglia, voi Woyela formerete la guardia personale di mio fratello» disse. «Sempre se tu li accetti» concluse guardando Khasar.

Questi borbottò il suo consenso, pallidissimo.

«Allora abbiamo finito. Non c'è faida di sangue, e giustizia è stata fatta» dichiarò Gengis e, chiamati a raccolta i fratelli, se ne andò, avviandosi verso la grande *ger*.

Khasar acciuffò al volo il giovane che lo aveva aiutato, onde evitare di lasciarlo lì a prenderle di nuovo. «Questo ragazzo è corso in mio aiuto» spiegò mentre camminavano. «Non ha paura di niente, fratello.»

Gengis lanciò una rapida occhiata al giovane, cogliendone il carattere orgoglioso. «Come ti chiami?» domandò, brusco, ancora furibondo per ciò che era accaduto.

«Tsubodai degli Uriankhai, mio signore.»

«Vieni da me quando avrai bisogno di un buon cavallo e di un'armatura.»

Tsubodai era raggiante e Khasar gli diede un'affettuosa pacca sulla spalla, approvando. Dietro di loro, il khan dei Woyela era stato affidato alle cure delle sue donne; con quelle ferite sarebbe stato un miracolo se fosse riuscito a reggersi di nuovo in piedi.

Mentre Gengis e i suoi fratelli attraversavano l'immenso accampamento ai piedi della montagna nera, molti li guardarono con soggezione e approvazione. Ora era chiaro a tutti che a nessuno era permesso di sfidare la sua autorità; quel giorno il loro condottiero aveva riportato una piccola ma fondamentale vittoria.

Gli Uiguri furono avvistati alla fine dell'estate, quando già le acque dei torrenti in piena si riversavano giù dalle colline gonfiando il fiume Onon fino a farlo quasi straripare. Le pianure erano ancora di un verde vivido e le allodole si alzavano in volo quando i carri passavano vicino ai loro nidi.

Era un dispiegamento di forze impressionante, e subito Gengis ordinò che fossero schierati cinquemila cavalieri davanti al grande accampamento. Non uscì a incontrarli personalmente, sapendo che la sua assenza sarebbe stata interpretata come una sottile disapprovazione per il ritardo con cui si presentavano al raduno.

Fu Khasar che cavalcò loro incontro, circondato dai guerrieri woyela che non osavano fare altro che fissare la sua nuca. Si accostò al carro che guidava il nero serpente di uomini e animali, e il suo sguardo attento scrutò rapidamente i guerrieri, valutandone la qualità. Erano ben armati e sembravano coraggiosi e vigili, anche se lui sapeva per esperienza che talvolta l'apparenza può ingannare. O avrebbero imparato le tattiche che avevano portato Gengis alla vittoria, si disse, oppure avrebbero dovuto rassegnarsi a portare messaggi da una parte all'altra dell'immenso esercito.

Gli Uiguri, oltre che studiosi, erano anche commercianti di cavalli e Khasar osservò compiaciuto l'enorme mandria che li seguiva. Dovevano esserci tre cavalli per ogni guerriero, calcolò, sapendo che nel mese seguente la loro parte di accampamento sarebbe stata presa d'assalto dalle altre tribù, interessate a comprare cavalli per rafforzare la razza dei propri animali.

Un uomo alzò la mano, e i guerrieri che circondavano il carro si schierarono in posizione di difesa, le mani sull'elsa delle spade. Gli Uiguri dovevano avere ottime riserve di ferro, a giudicare da quanti di loro portavano lame lunghe, pensò Khasar. Forse disponevano anche di acciaio... e sarebbe stato un bene, visto che ancora troppi uomini nel campo, oltre all'arco, non possedevano altro che un pugnale. Il suo sguardo si posò su un uomo piuttosto piccolo, con i capelli grigi, seduto a cassetta. Era stato lui a sollevare il braccio per segnalare alla colonna di fermarsi e Khasar notò che i guerrieri si rivolgevano a lui per prendere ordini. Benché la sua *deel* fosse estremamente semplice, doveva essere il khan degli Uiguri, Barchuk, immaginò, e decise di fargli l'onore di rivolgersi a lui per primo. «Sei il benvenuto nel nostro accampamento, signore» disse in tono formale. «La tua è l'ultima grande tribù ad arrivare, ma il mio signore Gengis ha ricevuto il tuo messaggio e ha riservato alle tue famiglie della terra da pascolo.»

L'ometto annuì, pensoso, guardando oltre Khasar i guerrieri che aspettavano schierati.

«Mi sembra evidente che siamo gli ultimi: mi riuscirebbe difficile credere che al mondo possano esistere altri guerrieri, data la dimensione dell'esercito che si è radunato su questa pianura. Siete i primi esseri umani che vediamo da molti giorni.» Scosse il capo, come se l'idea lo meravigliasse. «Gli Uiguri giureranno fedeltà a Gengis, come ho promesso. Mostraci dove possiamo montare le nostre *ger*, e noi faremo il resto.»

Khasar apprezzò la sua schiettezza, una qualità poco diffusa tra gli altri khan. Sorrise. «Io sono Khasar, fratello di Gengis» si presentò. «Ti mostrerò io stesso dove potete sistemarvi.»

«Allora accomodati di fianco a me, Khasar. Sono affamato di notizie» replicò il khan indicando la panca di legno su cui era seduto.

Khasar balzò a terra e con una pacca sulla groppa rispedì il suo cavallo verso la prima linea dei guerrieri woyela. «Se siamo gli ultimi, forse non ci vorrà molto prima che Gengis rivolga questa enorme freccia contro i suoi nemici» commentò Barchuk mentre lui saliva sul carro. Poi fece schioccare la lingua e il carro trainato dai buoi partì con uno scossone.

Khasar notò compiaciuto l'abilità con cui i guerrieri uiguri si disponevano in formazione intorno al carro. Se non altro sapevano cavalcare, pensò. «Solo lui può dirlo, signore.» I lividi della rissa con i Woyela erano quasi scomparsi, tuttavia avvertì che il khan li notò, sia pure senza fare commenti. Il campo era stato tranquillo per diverso tempo dopo l'episodio con i Woyela, ma giunta la fine dell'estate l'inquietudine serpeggiava di nuovo tra le *ger* e adesso che gli Uiguri erano arrivati era convinto che nel giro di qualche giorno suo fratello avrebbe dato l'ordine di partire. Sentì l'eccitazione crescere al solo pensiero. Le tribù erano radunate e Gengis avrebbe ricevuto il loro giuramento di fedeltà, dopodiché sarebbero scesi in guerra e lui e i suoi fratelli avrebbero liberato il popolo mongolo dal giogo dei Chin.

«Mi sembri allegro, Khasar» osservò Barchuk facendo passare il carro intorno a una zolla di terra sollevata dal terreno. Il vecchio khan era un tipo forte e asciutto e il suo sguardo sembrava costantemente divertito.

«Stavo pensando che mai prima d'ora ci eravamo uniti. C'è sempre stata qualche faida di sangue o qualche congiura dei Chin a metterci l'uno contro l'altro.» Tese un braccio e lo ruotò come per abbracciare tutto l'accampamento. «E questa... questa è una cosa nuova.»

«Che potrebbe causare la distruzione del nostro popolo» mormorò Barchuk, fissandolo.

Khasar sorrise. Ripensò a Kachiun e Gengis che discutevano dello stesso argomento e ripeté le loro parole. «Sì, ma nessuno di noi, uomo, donna o bambino, sarà vivo tra cento anni. Tutto quello che vedi qui, allora sarà polvere.»

Notò che Barchuk si accigliava, sconcertato, e in quel momento desiderò di avere la stessa abilità di Kachiun nell'esprimersi. «Qual è il senso della vita se non conquistare terre e donne? Preferisco essere qui e vedere tutto questo, piuttosto che vivere tutta la vita in pace.»

Barchuk annuì. «Sei un filosofo, Khasar.»

Il giovane ridacchiò. «Sei l'unico a pensarla così. No, sono soltanto il fratello del grande khan, e questo è il nostro momento.»

3

Barchuk degli Uiguri parlò per ore mentre il sole calava dietro la grande *ger*. Gengis era affascinato dalla conoscenza di quell'uomo, e se qualche concetto non gli era chiaro gli chiedeva di spiegarglielo, e di rispiegarglielo ancora e ancora, finché non aveva capito.

Di tutti gli argomenti, qualunque cosa avesse a che fare con i Chin lo faceva scattare in avanti come un falco, gli occhi che gli brillavano di interesse. Gli Uiguri venivano da una terra all'estremo sud-ovest della steppa, al confine con il deserto del Gobi e il regno chin degli Xi Xia, e lui era particolarmente incuriosito dai dettagli sulle carovane di commercianti, sugli abiti e sulle usanze di quel popolo, e soprattutto sulle armi e le armature. Sapeva bene che i mercanti probabilmente non erano scortati dalle guardie migliori, tuttavia ogni frammento di informazione cadeva sul deserto della sua fantasia come acqua di sorgente, scomparendo nelle sue profondità.

«La pace vi ha portato ricchezza e sicurezza» disse Gengis quando Barchuk si interruppe per rinfrescarsi la gola con un sorso di tè. «Avresti potuto stipulare un'alleanza con il re degli Xi Xia contro di me, non ci hai pensato?»

«Certo» rispose Barchuk, spiazzandolo con la sua sincerità. «Ma se ti ho dato l'impressione che siano gente amichevole, sappi che non è così. Commerciano con noi perché hanno bisogno di pelli di leopardo delle nevi, di legno duro, e persino di rarissime piante medicinali che crescono solo sulle montagne. In cambio ci vendono ferro non lavorato, tappeti, tè e talvolta un rotolo o due che loro hanno già copiato molte volte.» Si interruppe e sorrise sardonico agli uomini raccolti nella *ger*. «Portano i loro palanchini e le loro guardie nelle città degli Uiguri, ma sul viso di tutti loro, compresi quelli che chiamano schiavi, si legge una profonda avversione per noi.» Avvampò di irritazione al ricordo, e si asciugò la fronte imperlata di sudore prima di continuare. «Avendo imparato la loro lingua, ho avuto modo di conoscerli abbastanza da sapere che sarebbe inutile rivolgersi a loro per avere aiuto. Bisogna vederli per capire, mio signore. Non danno alcun valore a chi non appartiene alla loro gente. Persino i Chin li considerano un popolo a sé stante, benché abbiano molte usanze in comune. Gli Xi Xia pagano tributi all'imperatore chin, e tuttavia, pur essendo sotto la sua protezione, si considerano indipendenti dai loro potenti vicini. Sono di un'arroganza colossale, mio signore.» Barchuk si protese in avanti e diede una pacca su un ginocchio a Gengis, senza notare, almeno in apparenza, che gli uomini intorno a lui si erano improvvisamente irrigiditi. «Per molte generazioni abbiamo ricevuto i loro scarti, mentre loro si tenevano ben stretta la carne migliore dietro mura e fortezze.»

«Le vedrai crollare» mormorò Gengis.

«Me lo auguro. Tutto quello che chiedo è che le loro raccolte di testi scritti siano affidate agli Uiguri affinché possano studiarle. Inoltre abbiamo visto delle gemme preziose e una pietra che è come latte e fuoco. I Chin non hanno mai accettato di vendercele, a prescindere da quanto offrissimo.»

Gengis osservava il khan con attenzione mentre parlava. Barchuk sapeva di non avere il diritto di esigere alcun bottino di guerra. Le tribù non venivano pagate per combattere e tutto ciò che conquistavano o saccheggiavano spettava loro di diritto. Gli stava chiedendo molto, ma non gli veniva in mente nessuno che potesse desiderare le biblioteche degli Xi Xia. La sola idea lo fece sorridere. «Puoi avere i rotoli, Barchuk. Ti do la mia parola. Tutto il resto va ai vincitori ed è nelle mani del padre celeste. Non posso garantirti privilegi.»

Barchuk annuì, riluttante. «È sufficiente, insieme a tutto quello che conquisteremo. Ho visto la mia gente travolta dai loro cavalli nelle strade, mio signore, l'ho vista morire di fame mentre gli Xi Xia ingrassavano senza dividere una sola briciola del loro raccolto con noi. Ho portato i miei guerrieri per ottenere il riscatto della loro arroganza, e ci siamo lasciati alle spalle città e campi deserti. Gli Uiguri sono con te, *ger*, cavalli, sale e sangue.»

Gengis si protese verso di lui, e i due uomini sigillarono il patto con un rapido abbraccio che nascondeva l'importanza di una simile dichiarazione. Le tribù attendevano fuori dalla *ger*, e di lì a poco Gengis avrebbe chiesto a tutti loro un giuramento analogo. Ma il fatto che il khan l'avesse pronunciato in privato era una dimostrazione di fedeltà che non si poteva trattare con leggerezza. «Prima che andiamo da loro, Barchuk, voglio chiederti una cosa.» Il khan degli Uiguri, che stava per alzarsi, si bloccò e il suo viso divenne una maschera quando si rese conto che la conversazione non era terminata. «Il mio fratello più giovane» continuò Gengis, «ha espresso il desiderio di studiare. Alzati, Temuge, fatti vedere.» Barchuk si girò a guardare il ragazzo snello che si era alzato e gli aveva fatto un inchino. Accettò l'omaggio con un rigido cenno del capo prima di tornare a guardare Gengis.

«Il mio sciamano, Kokchu, gli farà da guida quando verrà il momento, ma vorrei che entrambi imparassero a leggere e apprendessero tutto ciò che a tuo giudizio è importante. Compresi i rotoli già in tuo possesso, oltre a quelli che prenderemo ai nostri nemici.»

«Gli Uiguri sono ai tuoi ordini, mio signore» disse Barchuk. Non era poi una gran richiesta, e non riusciva a capire come mai Gengis fosse così a disagio nell'affrontare l'argomento. Temuge, alle sue spalle, era raggiante e Kokchu aveva chinato il capo, come se avesse ricevuto un grande onore.

«Allora siamo d'accordo» sentenziò Gengis. I suoi occhi erano in ombra, e baluginavano alla luce delle lampade che erano state accese al primo imbrunire. «Se gli Xi Xia sono ricchi come dici, saranno i primi a sapere che ci stiamo muovendo. Credi che i Chin li appoggeranno?»

Barchuk si strinse nelle spalle. «Chi può dirlo? Le loro terre confinano, ma il regno degli Xi Xia è sempre stato indipendente. I Chin potrebbero allestire un esercito contro di te per scongiurare ogni minaccia futura. Oppure potrebbero lasciarli morire fino all'ultimo uomo senza alzare un dito. Nessuno è in grado di capire il loro modo di ragionare.»

Gengis scrollò le spalle. «Se tu mi avessi detto dieci anni fa che i Kerait avrebbero affrontato un grande esercito, mi sarei sbellicato dalle risa e mi sarei considerato fortunato a non essere nei pressi della battaglia. Ora li chiamo fratelli. Se i Chin ci attaccheranno, li distruggerò. A dire il vero, preferirei affrontarli in campo aperto anziché dover scalare le mura delle loro città.»

«Anche le città possono cadere, mio signore» replicò Barchuk, che iniziava ad avvertire l'eccitazione crescere dentro di sé.

«E così sarà» dichiarò Gengis. «Con il tempo, cadranno. Mi hai mostrato il ventre molle dei Chin in questi Xi Xia. Li colpirò lì, e poi gli strapperò il cuore.»

«Sarà un onore seguirti» gli assicurò Barchuk. Si alzò in piedi e si inchinò, rimanendo chinato fino a quando Gengis non gli fece segno di alzarsi.

«Le tribù si sono unite» affermò allora Gengis, alzandosi in piedi e stiracchiandosi la schiena. «Se dobbiamo attraversare il deserto, occorrerà fare scorta d'acqua e di cibo per i cavalli. Dopo che avrò ricevuto il giuramento, non ci sarà più motivo di rimanere in questo luogo.» Tacque per qualche momento, riflettendo. «Siamo giunti qui come singole tribù, Barchuk. Ce ne andremo come un solo popolo. Se nei rotoli di cui mi hai parlato tieni nota degli avvenimenti, assicurati di scriverlo.»

Barchuk fissò affascinato l'uomo che comandava l'immensa armata. «Sarà fatto, signore. Insegnerò al tuo sciamano e a tuo fratello, così potranno leggertelo personalmente.»

Gengis ammiccò, meravigliato e affascinato all'idea che suo fratello si mettesse a ripetere parole intrappolate su un pezzo di pergamena. «Sarebbe molto interessante» disse, e posò una mano sulla spalla di Barchuk, facendogli il grande onore di lasciare la *ger* al suo fianco. I generali li seguirono. Dall'esterno, arrivava loro il brusio soffocato della folla che aspettava il loro condottiero.

L'accampamento splendeva come una macchia dorata nella notte, illuminato da diecimila fiamme tremolanti. Al centro, tutto intorno alla *ger* di Gengis, era stato liberato un enorme spiazzo circolare, dove si erano radunati i guerrieri di oltre cento tribù. Stavano in piedi l'uno accanto all'altro, alcuni con le corazze di cuoio bollito, altri con gli elmi e le armature a piastre metalliche copiate dai Chin. Qualcuno portava addosso il simbolo della propria tribù, ma la maggior parte non aveva segni di riconoscimento, come a testimoniare che erano uomini nuovi e che sotto il cielo c'era una sola tribù. Molti di loro avevano spade appena forgiate nelle fucine costruite nell'accampamento, che non si erano mai fermate dal primo giorno in cui erano giunti nella pianura. Gli uomini, sotto il caldo sole estivo, avevano scavato immense buche per estrarre il minerale di ferro e rifornire le forge, dove i fabbri plasmavano le spade sotto i loro occhi trepidanti. Alcuni di loro si erano persino scottati nella fretta di impugnarne una prima che si fosse raffreddata del tutto, perché mai avrebbero sognato di possedere una lama lunga.

Il vento che sempre soffiava sulle pianure quella sera era una brezza gentile. Quando uscirono dalla *ger*, Barchuk scese i gradini e si unì alla prima fila, accanto alle ruote di legno e ferro del carro. Gengis rimase immobile per un istante, fissando stupito la marea di teste che si stendeva di fronte a lui. Quando i suoi fratelli, Arslan, Jelme e per ultimo lo sciamano Kokchu uscirono all'aperto, anche loro si fermarono per un istante ad ammirare lo spettacolo.

Poi Gengis rimase solo; chiuse gli occhi e ringraziò il padre celeste per averlo condotto in quel luogo, a capo di quell'immensa armata. Sussurrò alcune brevi parole allo spirito di suo padre, augurandosi che potesse vederlo. Yesugei sarebbe stato orgoglioso di lui, ne era sicuro. Aveva guidato il suo popolo su una nuova strada, e solo gli spiriti sapevano fino a dove lo avrebbe condotto. Quando riaprì gli occhi, vide Borte in prima fila con i suoi quattro figli, tre di loro ancora troppo piccoli per rimanere soli. Gengis rivolse loro un brusco cenno del capo, indugiando con lo sguardo sul maggiore, Jochi, e su Chagatai, al quale aveva dato il nome dello sciamano dei Lupi. Jochi, che aveva quasi nove anni, abbassò lo sguardo, intimidito dal padre, mentre Chagatai si mise a fissarlo, nervoso.

«Noi veniamo da centinaia di tribù diverse» tuonò Gengis. Desiderava che la sua voce arrivasse lontano, ma anche una gola allenata sul campo di battaglia aveva dei limiti. Quelli che non riuscivano a sentirlo, avrebbero dovuto affidarsi a quelli che erano più vicini. «Ho portato i Lupi in questa pianura, gli Olkhun'ut e i Kerait. Ho portato i Merkit e i Jajirat, gli Uirat e i Naiman. Sono venuti i Woyela, i Tuvan, gli Uiguri e gli Uriankhai.» Via via che nominava le varie tribù, queste si animavano con un leggero fremito, e Gengis fu felice nel vedere che riuscivano a rimanere una accanto all'altra. Non sarebbe stato facile integrarsi per gente che considerava l'onore della propria tribù più importante di qualunque altra cosa. Ma non aveva importanza, si disse. Lui li avrebbe portati a guardare più in alto. Nominò tutte le tribù che si erano unite a lui all'ombra della montagna nera, senza tralasciarne nessuna, sapendo che ogni omissione sarebbe stata notata e ricordata.

«Inoltre, ho chiamato coloro che non hanno tribù» proseguì, «e che tuttavia hanno onore e sentono il richiamo del sangue. Anche loro hanno avuto fiducia e ci hanno raggiunto. Così, oggi, io dico a tutti voi che non ci sono tribù sotto l'Eterno Cielo. C'è soltanto un popolo, quello dei Mongoli, e nasce questa notte, in questo luogo.»

Alcuni lo acclamarono, altri rimasero impassibili. Anche Gengis aveva calato la maschera del guerriero sul proprio volto.

Doveva far capire loro che non c'era alcun disonore in ciò che chiedeva.

«Nelle nostre vene scorre lo stesso sangue, anche se siamo rimasti separati per troppo tempo perché qualcuno di noi possa ricordarlo. Io dico che siamo una sola grande famiglia, che siamo fratelli, e come fratelli vi chiedo di unirvi a me, sotto le mie insegne, per cavalcare insieme come un'unica famiglia, un unico popolo.» Si interruppe, studiando l'effetto che le sue parole avevano prodotto sui presenti. L'idea circolava già da qualche tempo tra le tribù, una voce appena sussurrata, ma sentirla proclamare con tale enfasi li turbava. La maggior parte degli uomini non esultava, e lui dovette ingoiare un'improvvisa irritazione. Gli spiriti sapevano quanto quella gente lo amasse, e tuttavia a volte lo facevano infuriare.

«Ammasseremo ricchezze a sufficienza da eguagliare in altezza la montagna alle vostre spalle. Avrete cavalli, mogli e oro, unguenti e cibo in abbondanza. Conquisterete nuove terre e sarete temuti ovunque. Ognuno dei presenti sarà khan di coloro che si inchineranno a lui.»

Finalmente la folla applaudì, e Gengis azzardò un mezzo sorriso, compiaciuto di aver trovato il tono giusto. "Lascia che siano i piccoli khan a preoccuparsi delle ambizioni di coloro che li circondano" pensò. Lui credeva veramente a ciò che aveva detto. «A sud c'è un grande deserto» continuò, e all'istante tornò il silenzio. «L'attraverseremo a una velocità che i Chin non riescono nemmeno a immaginare. Piomberemo sul primo dei loro regni come lupi sugli agnelli, e loro fuggiranno di fronte alle nostre spade e ai nostri archi. Le loro ricchezze e le loro donne saranno vostre. Lì pianterò le mie insegne, e quando lo farò, la terra tremerà. La madre terra saprà che i suoi figli e fratelli hanno trovato la loro eredità e sarà felice di sentire il tuono correre nelle pianure.»

Di nuovo gli uomini lo acclamarono e Gengis sollevò le braccia per chiedere il silenzio, benché gli facesse piacere sentirli. «Cavalcheremo nelle terre aride, portando con noi acqua sufficiente per attaccarli di sorpresa. Dopodiché, non ci fermeremo finché il mare non ci impedirà di proseguire. Sono io, Gengis, che vi dico queste cose, e la mia parola è ferro.»

Un ruggito d'approvazione si levò dalla folla e Gengis schioccò le dita per chiamare Khasar, che era in attesa ai piedi del carro. Il fratello gli passò una pesante asta di legno di betulla alla cui estremità erano state legate otto code di cavallo. Un brusio percorse la folla quando le videro. Alcuni riconobbero quella nera dei Merkit, o quella rossa dei Naiman, intrecciata con le altre. Ciascuna di esse era stata l'insegna del khan di una delle grandi tribù e Gengis le aveva riunite tutte. Mentre prendeva l'asta, Khasar gli porse anche una coda tinta del blu degli Uiguri.

Barchuk, ancora eccitato dalle parole di Gengis, alla vista di quel simbolo potentissimo sgranò gli occhi, e quando sentì lo sguardo del condottiero posarsi su di lui chinò il capo.

Con dita agili, Gengis legò la punta dell'ultima coda alle altre e piantò l'asta nel terreno di fronte a sé. La brezza agitò gli stendardi variopinti, facendo ondeggiare le code come se fossero dotate di vita propria. «Ho unito tutti i colori» dichiarò. «Quando i singoli stendardi saranno scoloriti al punto da diventare bianchi, e non ci sarà più alcuna differenza tra loro, saranno diventati il simbolo e l'insegna di un nuovo popolo.»

Sotto di lui, i suoi comandanti sollevarono le spade e la folla rispose, travolta dall'emozione del momento. Migliaia di lame pugnalarono il cielo, mentre Gengis annuiva, sopraffatto. Passò molto tempo prima che tornasse il silenzio, malgrado lui avesse sollevato le mani parecchie volte per chiederlo.

«Il giuramento che siete chiamati a pronunciare è vincolante, fratelli, e tuttavia non lo è quanto il sangue che già ci lega gli uni agli altri. Inginocchiatevi di fronte a me.»

Via via che i guerrieri si chinavano, un'onda parve increspare il mare di teste, avanzando dalle prime file verso l'esterno, fino all'ultima. Gengis li osservò con attenzione, cercando segni di esitazione, ma non ve ne furono. Erano tutti con lui.

Kokchu salì di nuovo sul carro, sforzandosi di restare impassibile. Mai, nemmeno nei momenti di più sfrenata ambizione, aveva sognato di poter vivere un momento simile. Temuge aveva messo una buona parola per lui, e lo sciamano si congratulò con se stesso per l'abilità con cui aveva indotto il giovane a compiere quel passo spontaneamente.

Mentre le tribù si inginocchiavano, Kokchu gioì della considerazione in cui era tenuto. Si chiese se Gengis avesse considerato il fatto che lui sarebbe stato l'unico a non pronunciare il giuramento. Khasar, Kachiun e Temuge erano in ginocchio sull'erba come tutti gli altri, khan e guerrieri insieme. «Sotto un solo khan, noi siamo un solo popolo» salmodiò, il cuore che gli batteva forte per l'eccitazione. Udì l'eco delle sue parole tornare verso di lui, diffondendosi nella valle come un'onda via via che gli uomini le ripetevano agli altri. «Offro *ger*, cavalli, sale e sangue, e tutto il mio onore.» Kokchu afferrò la sponda del carro mentre la folla ripeteva il giuramento. Dopo quella notte, tutti avrebbero saputo chi era lo sciamano del grande khan, pensò guardando il cielo. Sotto la volta celeste, gli spiriti erano ebbri di gioia; nessuno poteva vederli o percepirli tranne uno sciamano potente come lui, ma c'erano, poteva sentirli volteggiare nell'aria. Esultò, e quando infine la folla tacque emise un lungo sospiro.

«Adesso tocca a te, sciamano» mormorò Gengis alle sue spalle, e Kokchu sobbalzò, sorpreso, prima di cadere in ginocchio e pronunciare il giuramento.

Quando Kokchu ebbe raggiunto gli altri intorno al carro, Gengis estrasse la spada che era stata di suo padre, gli occhi che gli brillavano di soddisfazione. «È fatta: ora siamo un popolo e cavalcheremo insieme. Per questa notte, che nessuno di voi rimpianga la sua tribù di origine. Siamo una famiglia più grande, ora, e il mondo è nostro.»

Quando abbassò il braccio, tutti lo acclamarono, all'unisono. La brezza portava con sé un intenso odore di montone, e gli uomini si prepararono a una notte di festa. Prima dell'alba, dai guerrieri ubriachi sarebbero stati messi in cantiere un migliaio di bambini. Gengis pensò di tornare da Borte, ma l'idea di incontrare il suo sguardo accusatore lo faceva sentire a disagio. Lei aveva fatto il suo dovere di moglie, era innegabile, ma la paternità di Jochi rimaneva un dubbio che lo torturava come una spina nella carne.

Scosse il capo per togliersi dalla mente quei pensieri oziosi e accettò l'otre di *airag* che Kachiun gli porgeva. Quella notte si sarebbe ubriacato fino a perdere i sensi, da vero khan di tutte le tribù. Poi, al mattino, si sarebbero preparati ad attraversare il deserto del Gobi, e i Mongoli l'avrebbero seguito lungo il sentiero che aveva scelto per loro.

4

Il vento vorticava ululando intorno ai carri, sollevando un pulviscolo di sabbia che costringeva uomini e donne a sputare in continuazione e che si infilava ovunque, persino nel cibo. Gli insetti, attratti dal sudore, li tormentavano senza tregua riempendoli di punture rosse sulla pelle. Gli Uiguri avevano mostrato loro come proteggersi il viso durante il giorno, avvolgendosi in strisce di stoffa che lasciavano scoperta soltanto una fessura dalla quale sbirciare il paesaggio monotono e scintillante sotto il sole implacabile. Gli elmi e le gorgiere dei guerrieri in armatura erano così caldi che era impossibile toccarli, eppure nessuno si lamentava.

Dopo una settimana, l'armata di Gengis attraversò una catena di colline color ruggine ed entrò in una vasta pianura di dune ondulate. Ai piedi delle alture erano andati a caccia, ma via via che il caldo si faceva più intenso la selvaggina era diventata sempre più rara. Sulla sabbia rovente, l'unico segno di vita erano i minuscoli scorpioni neri che schizzavano via da sotto gli zoccoli dei cavalli e svanivano nelle loro tane. Di tanto in tanto i carri sprofondavano nella sabbia e bisognava liberarli lavorando sotto il sole cocente. Era un'operazione faticosissima, e per ogni ora persa in quel modo cresceva il rischio di rimanere senz'acqua.

Avevano riempito al fiume migliaia di otri fatti con vesciche di capra, chiuse con tendini e lasciate essiccare al sole. Poiché non avevano modo di rifornirsi durante il viaggio, le scorte si riducevano a vista d'occhio e con quel caldo molti otri scoppiarono sotto il peso degli altri. Avevano riserve per una ventina di giorni e ne erano passati già dodici. I guerrieri bevevano il sangue dei loro cavalli un giorno sì e uno no, insieme a poche ciotole d'acqua calda e salmastra, ma erano al limite della resistenza, avevano le labbra aride e piene di tagli, e sembravano trasognati e apatici.

Gengis cavalcava insieme ai fratelli in testa all'esercito, strizzando gli occhi per difendersi dalla luce abbagliante nella speranza di scorgere in lontananza il profilo delle montagne che segnavano la fine del deserto. Gli Uiguri si erano inoltrati spesso nel deserto per i loro commerci, e lui dipendeva totalmente dalla guida di Barchuk. Si accigliò alla vista di quell'estensione ondulata di dune nere e gialle che si stendeva a perdita d'occhio. La calura era la peggiore che avesse mai provato, la pelle si era scurita e il suo viso era segnato da strisce di sporco e sabbia. Era stato quasi felice del freddo della prima notte, finché non si era fatto così pungente che neanche le pellicce nella *ger* riuscivano a contrastarlo. Gli Uiguri avevano insegnato loro a scaldare delle pietre nel fuoco e a dormirci sopra mentre si raffreddavano. Parecchi guerrieri andavano in giro con delle chiazze nere sulla schiena, là dove le rocce avevano bruciato le *deel*, ma erano riusciti a sconfiggere il freddo, e se fossero sopravvissuti alla sete che li torturava il deserto non avrebbe fermato la loro avanzata. Ogni tanto, mentre cavalcava, Gengis si passava una mano sulle labbra, spostando da una guancia all'altra un sassolino che teneva in bocca per evitare che si inaridisse fastidiosamente.

Lanciò un'occhiata alle proprie spalle mentre Barchuk lo raggiungeva. Gli Uiguri avevano bendato con della stoffa gli occhi dei cavalli. Lui aveva provato a fare lo stesso con i suoi, ma, non essendo abituate ad avere gli occhi coperti, le bestie scalciavano e sgroppavano spaventate, e così aveva dovuto rinunciare. Molti animali avevano croste di muco giallastro sulle palpebre e avrebbero dovuto essere medicati se mai fossero riusciti a uscire dal deserto. E per quanto robusti fossero avevano bisogno della loro razione d'acqua giornaliera, perché senza di loro il suo popolo sarebbe morto in quella distesa di sabbia rovente.

Barchuk indicò il terreno e gridò, alzando la voce per farsi sentire al di sopra dell'ululato del vento: «Vedi quelle chiazze blu nella sabbia, mio signore?».

Gengis si limitò ad annuire, perché aveva la bocca troppo secca per rispondere.

«Segnano l'inizio dell'ultimo tratto prima dei monti Yinshan. Qui ci sono giacimenti di rame. Lo vendevamo agli Xi Xia.»

«Allora quando vedremo quelle montagne?» domandò Gengis con voce rauca, cercando di non farsi troppe illusioni.

Barchuk scrollò le spalle e lo guardò con l'espressione imperscrutabile tipica dei Mongoli. «Non lo so di preciso, ma i mercanti che vengono dalle terre degli Xi Xia sono ancora freschi quando ci incontriamo qui, e i loro cavalli non sono quasi impolverati. Non può volerci molto, ormai.»

Gengis si girò a guardare il lungo serpente silenzioso di cavalieri e carri. Aveva condotto sessantamila guerrieri nel deserto, insieme alle loro mogli e ai loro figli. Non riusciva nemmeno a vedere la fine della colonna, che si snodava per miglia e miglia, le sagome che si facevano progressivamente più indistinte fino a diventare una striscia scura che ondeggiava nella calura. L'acqua era quasi finita e presto avrebbero dovuto uccidere il bestiame, portando con sé solo la carne che riuscivano a trasportare e lasciando il resto nella sabbia.

Barchuk seguì il suo sguardo e ridacchiò. «Hanno sofferto, mio signore, è vero, ma tra poco busseremo alla porta del regno degli Xi Xia.»

Gengis sbuffò stancamente. Erano state le informazioni del khan degli Uiguri a condurli in quella landa desolata, e per di più avevano soltanto la sua parola che il regno degli Xi Xia era ricco e fertile come lui sosteneva. A nessuno dei guerrieri uiguri era mai stato permesso di spingersi al di là delle montagne che costeggiavano il deserto a sud, e non c'era modo di pianificare l'attacco, rimuginava irritato. Aveva scommesso con tutti loro sulla possibilità di trovare il punto debole delle difese dei Chin, ma si chiedeva come sarebbe stato vedere una grande città di pietra, alta come una montagna. Di fronte a un portento simile, i suoi cavalieri non avrebbero potuto fare altro che guardare, inermi.

Le striature verde-azzurro sul terreno si fecero via via più marcate, allungandosi in tutte le direzioni. Quando si fermavano per mangiare, i bambini lanciavano in aria quella strana sabbia colorata e vi disegnavano figure con dei bastoncini. Gengis però non riusciva a condividere la loro allegria, perché la provvista d'acqua scemava sempre più e le notti erano gelide nonostante il letto di pietre calde.

In quei giorni i guerrieri avevano ben poco di cui gioire, prima di crollare in un sonno di piombo. Per due volte in dodici giorni Gengis era stato chiamato a dirimere qualche disputa, perché il caldo e la sete rendevano tutti più nervosi. In entrambe le occasioni aveva condannato a morte gli uomini coinvolti, per rendere chiaro a tutti che non avrebbe permesso a nessuno di turbare la pace dell'accampamento. Si considerava già in territorio nemico, e se i suoi comandanti non erano in grado di gestire la situazione e richiedevano il suo intervento, il suo giudizio non poteva che essere implacabile. La minaccia era sufficiente a trattenere i guerrieri più riottosi dal disobbedire apertamente, ma il suo non era mai stato un popolo facile da guidare, e le troppe ore trascorse in silenzio rendevano gli uomini litigiosi e scontrosi.

All'alba del quattordicesimo, torrido giorno, Gengis scostò le coperte con una smorfia di dolore e si alzò sparpagliando le pietre su cui aveva dormito e che i servi avrebbero raccolto per la notte seguente. Era indolenzito e stanco, con uno strato di polvere addosso che gli faceva prudere la pelle. Quando il piccolo Jochi gli ruzzolò tra i piedi giocando con i fratelli, gli diede uno scappellotto così forte che il bambino, in lacrime, corse dalla madre per farsi consolare. Il caldo torrido del deserto rendeva tutti irritabili, e la promessa di Barchuk che ci sarebbero state verdi praterie e un fiume alla fine del deserto li teneva con lo sguardo puntato sull'orizzonte, come se con l'immaginazione fossero già lì.

Il sedicesimo giorno comparve in lontananza il profilo di una catena montuosa. I guerrieri uiguri che erano andati in avanscoperta tornarono al galoppo, i cavalli che per lo sforzo sbuffavano sabbia dalle narici. Tutto intorno, la terra era quasi completamente verde di minerale di rame, costellata di rocce nere che vi sembravano infilzate come lame affilate. Iniziarono a comparire i primi ciuffi di licheni e di cespugli spinosi che si aggrappavano alla vita all'ombra delle rocce, e all'alba i cacciatori iniziarono a tornare con lepri e piccoli roditori che durante la notte erano caduti nelle loro trappole. L'umore generale migliorò impercettibilmente, ma erano ancora tormentati dalla sete e dal dolore agli occhi, e i litigi erano all'ordine del giorno. Pur sapendo che gli uomini erano esausti, Gengis aumentò il numero di sentinelle tutto intorno al corpo centrale dell'esercito e costrinse gli uomini a tenersi in allenamento con gli archi e le spade. I guerrieri erano scuriti dal sole e asciutti come fruste dopo aver attraversato il deserto, ma non si sottrassero dall'eseguire i nuovi compiti con cupa determinazione, decisi a non fallire davanti agli occhi del grande khan. A poco a poco il ritmo con cui avanzavano accelerò, mentre i carri più pesanti finivano in coda alla processione.

Via via che si avvicinavano alle alture, Gengis si rese conto che quelle che aveva creduto colline in realtà erano montagne molto più alte di quanto avesse immaginato. Erano della stessa roccia nera che sbucava dalla sabbia, aspre e scoscese. Arrampicarsi fino in cima e scendere dalla parte opposta era impossibile, e sperava che da qualche parte ci fosse un varco; in caso contrario avrebbero dovuto aggirare il massiccio, e chissà quanto tempo ci sarebbe voluto. Con le riserve d'acqua ormai agli sgoccioli, i carri erano più leggeri, ma sapeva che se non avessero trovato a breve la valle di Barchuk la sua gente avrebbe iniziato a morire. Le tribù lo avevano accettato come khan, ma se portandoli in quel luogo li avesse condannati, prima di perdere tutte le forze, sicuramente si sarebbero vendicati.

Continuò a cavalcare dritto sulla sella, la bocca piagata. Alle sue spalle, le tribù borbottavano astiose.

Kachiun e Khasar osservarono le colline velate dall'afa. Si erano spinti in avanscoperta per cercare un valico, e i due esploratori che li accompagnavano, due uomini esperti con occhi di falco, avevano individuato una fenditura tra i picchi che sembrava promettente. Dal fianco scosceso dell'altura partiva una stretta gola che si inoltrava nel cuore della montagna, fra pareti di roccia che svettavano verso il cielo. Non ci volevano abilità particolari per accorgersi che il terreno era stato battuto fino a creare un sentiero piuttosto largo, e i quattro cavalieri spronarono le loro cavalcature, convinti di aver trovato il passaggio che attraverso le alture conduceva al regno degli Xi Xia.

Usciti da una curva a gomito, gli esploratori si fermarono, sbalorditi: la fine della gola era bloccata da un gigantesco muro costruito con la stessa pietra scura delle montagne. Ciascun blocco era così grande e pesante che per la loro gente sarebbe stato impensabile poterlo spostare, e c'era qualcosa di strano in quel muro, qualcosa di... sbagliato. I Mongoli non avevano artigiani che lavorassero la pietra. I contorni netti e la superficie perfettamente liscia non lasciavano alcun dubbio che fosse opera dell'uomo, ma loro avevano visto rocce di quelle dimensioni e proporzioni soltanto nei monti e nelle valli. Alla base c'era la prova che non si trattava di un'opera della natura: un cancello di ferro nero e legno si apriva ai piedi della barriera, antico e resistente.

«Guarda quanto è grande!» esclamò Kachiun scuotendo il capo. «Come facciamo a passare di qui?»

Gli esploratori si limitarono a scuotere il capo e Khasar emise un sibilo sommesso, riflettendo. «Sarebbe facile intrappolarci in questo posto senza spiriti. Dobbiamo avvertire Gengis immediatamente, prima che entri nella gola.»

«Vorrà sapere se lassù ci sono dei guerrieri, fratello, lo sai.»

Khasar lanciò un'occhiata alle pareti di roccia che si innalzavano su entrambi i lati, e all'improvviso si sentì vulnerabile. Non ci voleva una gran fantasia per immaginare uomini che si mettessero a lanciare pietre dall'alto, e non avrebbero avuto modo di evitarle. Scrutò i due esploratori che li avevano accompagnati fin lì. Erano guerrieri dei Kerait prima che Gengis li reclamasse per sé. Ora attendevano impassibili i suoi ordini, nascondendo la soggezione che incuteva loro il muro gigantesco che avevano davanti.

«Forse l'hanno costruito per bloccare un eventuale esercito proveniente dal deserto» disse Khasar al fratello, «e l'hanno lasciato incustodito.»

Mentre parlava, uno dei due esploratori fece loro cenno di guardare verso l'alto: una figura minuscola stava muovendosi in cima al muro. Non poteva essere altro che un soldato, pensò Khasar, avvilito. Barchuk non conosceva altri passi, e se avessero dovuto trovare un'altra via attraverso le montagne l'esercito mongolo avrebbe iniziato a indebolirsi. «Cavalcate fino al cancello e poi tornate subito indietro» ordinò, pur sapendo che quella decisione avrebbe potuto costare la vita agli esploratori. I due guerrieri chinarono il capo, scambiandosi un'occhiata impassibile, e poi all'unisono spronarono i cavalli gridando: «Chu!». I cavalli si lanciarono al galoppo sollevando una nuvola di sabbia, mentre Khasar e Kachiun li osservavano con gli occhi socchiusi.

«Credi che ce la faranno?» domandò Kachiun. Il fratello si limitò a stringersi nelle spalle, senza distogliere lo sguardo dal muro di roccia nera.

Kachiun ebbe l'impressione che la sentinella in lontananza facesse un gesto deciso. Gli esploratori avevano avuto il buonsenso di non cavalcare vicini, e di procedere a zig zag per sottrarsi alla mira di eventuali arcieri. Per parecchio tempo non si udì altro suono che lo scalpitio degli zoccoli dei cavalli e i due fratelli continuarono a osservare con il fiato sospeso.

Poi una linea di arcieri comparve sulla sommità del muro. Kachiun imprecò. «Forza» incitò sottovoce i compagni. Delle macchioline scure piovvero sui due esploratori che galoppavano a tutta velocità, e lui vide uno di loro curvare bruscamente non appena raggiunto l'enorme portone. Il guerriero picchiò il pugno contro il battente di legno e fece voltare il cavallo, ma gli arcieri scoccavano frecce a ripetizione e un istante dopo lui e l'animale furono trafitti da dozzine di aste. Ormai spacciato, l'uomo urlò e il cavallo iniziò il tragitto di ritorno, incespicando e rallentando mentre veniva colpito ancora e ancora. Caddero quasi contemporaneamente, e restarono immobili sulla sabbia.

Il secondo esploratore fu più fortunato, anche se non arrivò a toccare il muro. Per un attimo Kachiun e Khasar pensarono che ce l'avrebbe fatta e si misero a urlare per incitarlo a galoppare più in fretta. Poi anche lui sobbalzò sulla sella, il cavallo scartò di lato e cadde scalciando sopra di lui.

Un istante dopo l'animale si rialzò e tornò zoppicando verso i due fratelli, lasciandosi alle spalle il corpo privo di vita del padrone.

Khasar smontò e lo prese per le redini. L'animale aveva una zampa rotta e non avrebbe più potuto cavalcare; in silenzio legò le redini alla sua sella: non lo avrebbe lasciato lì, con così tante bocche da sfamare al campo. «Abbiamo avuto la nostra risposta, fratello» disse a Kachiun, «anche se non è quella che speravo. Come faremo a passare attraverso quel muro?»

Kachiun scosse il capo. «Troveremo un modo» rispose, lanciando un'ultima occhiata alla linea scura di arcieri che li osservava dall'alto. Alcuni di loro sollevarono le braccia, non avrebbe saputo dire se in segno di scherno o di saluto. «Troveremo un modo, dovessimo smantellarlo pietra dopo pietra.»

Non appena avvistarono Khasar e Kachiun che tornavano da soli, le truppe di Gengis si fermarono. Prima di raggiungere la prima linea di guerrieri a cavallo, i due fratelli superarono qualche piccolo gruppo che si girò a guardare le montagne alle loro spalle. Intanto dei ragazzini si precipitarono al galoppo ad annunciare al grande khan che i suoi fratelli erano di ritorno.

Né Khasar né Kachiun risposero agli uomini che li chiamavano. Cupi e silenziosi, cavalcarono fino alla *ger* del fratello, che si ergeva bianca sul carro.

Khasar balzò a terra e lanciò un'occhiata all'uomo che si era fatto avanti per prendere le redini. «Tsubodai» disse, costringendosi a sorridere. Il giovane guerriero sembrava nervoso e lui rammentò che gli erano stati promessi un'armatura e un buon cavallo. Il tempismo del ragazzo lo fece sorridere. «Abbiamo parecchie cose da discutere con il khan. Vieni a reclamare il tuo cavallo un'altra volta.»

Tsubodai si rabbuiò, deluso, ma mentre si girava per andarsene Khasar sbuffò e gli posò una mano sulla spalla, ricordando quanto coraggio aveva avuto balzando in mezzo ai figli del khan dei Woyela. Era un favore che doveva ripagare, pensò. «Forse riusciremo a trovare un momento per te, una volta finito. Accompagnami, dunque, se sei capace di rimanere in silenzio.» Sul viso di Tsubodai ricomparve all'istante il sorriso, benché velato da un pizzico di agitazione all'idea di incontrare il grande khan in persona. Con la bocca arida, salì i gradini del carro e seguì i due fratelli all'interno della grande *ger*.

Gengis li stava aspettando, insieme a un giovane messaggero ancora ansante. «Dove sono gli esploratori?» domandò, cogliendo le loro espressioni gravi.

«Morti, fratello. Il passo è sbarrato da un muro di pietra nera alto almeno come cento *ger*.»

«Abbiamo visto un centinaio di arcieri schierati» aggiunse Kachiun. «Non erano abili come noi, ma in quel posto è praticamente impossibile sbagliare mira. Il muro si trova alla fine di una stretta gola tra pareti di roccia a picco. Non ho individuato alcuna possibilità di aggirarli.»

Gengis si accigliò e, alzatosi in piedi, schioccò la lingua e uscì dalla *ger*. Khasar e Kachiun lo seguirono, senza quasi notare Tsubodai, che si accodò al gruppo con gli occhi sgranati.

Gengis si era fermato sulla sabbia verde-azzurro sotto di loro, e guardava in alto. Teneva in mano un bastone, con il quale tracciò una riga sulla sabbia. «Fatemi vedere» ordinò.

Fu Kachiun a prendere il legnetto e a disegnare poche linee

essenziali sotto gli occhi affascinati del fratello, raffigurando la gola che avevano visto poche ore prima.

Di lato aveva tratteggiato anche il portone ad arco, e Gengis si stropicciò il mento, irritato. «Potremmo smantellare i carri e costruire degli scudi di legno che permettano agli uomini di avvicinarsi» suggerì tentennando.

Kachiun scosse il capo. «Ci consentirebbero di arrivare fino al portone, ma una volta lì potrebbero bombardarci dall'alto con grosse pietre. Da quell'altezza, poche assi di legno non resisterebbero a lungo prima di andare in frantumi.»

Gengis sollevò il capo, spaziando con lo sguardo sul deserto brullo che si estendeva in tutte le direzioni. Non c'era nulla con cui costruire gli scudi. «Allora dovremo attirarli fuori» decise. «Fingeremo di ritirarci lentamente, lasciando sulla nostra scia alcuni oggetti di valore. Manderò ad attaccarli i nostri uomini con le migliori armature, che sopravvivranno alle loro frecce e si metteranno in fuga disordinatamente, facendo un sacco di rumore.» Sorrise immaginando la scena. «Forse questo insegnerà ai nostri guerrieri un po' di umiltà.»

Kachiun strisciò lo stivale lungo il bordo del disegno. «Potrebbe funzionare, se sapessimo quando aprono le porte, ma la gola è molto tortuosa. Oltrepassata la prima curva, non avremo modo di vederli uscire. Forse potrei far salire un paio di ragazzini in cima alle pareti e loro potrebbero segnalarcelo, ma è un'arrampicata molto difficile; e poi la parete è troppo esposta: li vedrebbero subito.»

«Posso parlare, mio signore?» disse d'un tratto Tsubodai.

«Ti avevo detto di rimanere in silenzio» sbottò Khasar, indignato. «Non capisci che è una cosa importante?»

Sotto lo sguardo dei tre uomini, il giovane guerriero avvampò. «Mi dispiace. Mi era venuto in mente un modo per sapere quando escono.»

«E tu chi sei?» domandò Gengis.

Il ragazzo chinò il capo e rispose con voce tremante: «Tsubodai degli Uriankhai, mio signore». Si interruppe, imbarazzato. «Volevo dire dei Mongoli, mio signore. Io...»

Gengis sollevò una mano. «Mi ricordo. Dimmi che cosa hai pensato.»

Sforzandosi di controllare il nervosismo, Tsubodai espose la sua teoria. Era sorpreso che non ci avessero già pensato. Lo sguardo di Gengis in particolare sembrava trafiggerlo, così lui, imbarazzato, scelse di fissare un punto imprecisato in lontananza, soffrendo in silenzio mentre i tre uomini riflettevano.

Dopo quella che gli parve un'eternità Gengis annuì. «Potrebbe funzionare» ammise a denti stretti. Tsubodai parve diventare una spanna più alto. Khasar gli sorrise, come se l'intelligenza del ragazzo fosse merito suo.

«Occupatene tu, Kachiun» ordinò Gengis, sorridendo nel vedere l'espressione colma d'orgoglio di Tsubodai. «Poi andrò a vedere il posto che hai disegnato.» Il suo umore cambiò non appena volse il pensiero ai carri che avrebbe dovuto distruggere, carri che aveva portato la sua gente attraverso il deserto e che erano rappezzati e consumati dall'uso di numerose generazioni. Ma non c'era modo di evitarlo. «Prendi i primi dieci carri che vedi e fa' costruire una barricata che si possa sollevare e spostare» ordinò. Notò che lo sguardo di Kachiun si era posato sulla *ger* alle sue spalle, la sua, e sbuffò. «Inizia dal prossimo che vedi, fratello. Non sperare che ti lasci il mio.»

Con un sorriso, Kachiun si allontanò rapidamente per radunare gli uomini e il materiale necessari, e Gengis si voltò verso il giovane guerriero. «Ti avevo promesso un cavallo e un'armatura. Che cos'altro vuoi da me?»

Tsubodai impallidì, confuso. Non aveva pensato a ricompense quando aveva parlato, solo a risolvere un problema che lo incuriosiva. «Niente, mio signore. Mi basta cavalcare con il mio popolo.»

Gengis lo fissò, grattandosi una guancia. «È coraggioso e intelligente, Khasar. Dagli dieci uomini da comandare durante l'attacco al muro.» I suoi occhi gialli tornarono a posarsi su Tsubodai, che pareva aver messo radici, tanto era stupito. «Ti osserverò, per vedere come te la cavi a comandare dei guerrieri con più esperienza di te.» Gli lasciò qualche istante per assimilare la notizia e poi aggiunse un piccolo particolare per minare la crescente sicurezza del giovane. «Se li deluderai, non vivrai oltre il tramonto di quel giorno.»

Tsubodai si inchinò, l'eccitazione appena scalfita dalla minaccia del grande khan, e Gengis borbottò qualcosa fra sé. «Fa' portare il mio cavallo, Khasar» disse infine. «Voglio vedere il muro e gli arcieri che pensano di intralciarmi il passo.»

5

I difensori xi xia non avevano idea di quanti fossero i Mongoli che avevano attraversato il deserto per attaccarli. Anche se si era spinto fino a tiro d'arco dal muro con una dozzina di ufficiali, Gengis aveva tenuto ben nascosto l'esercito nei meandri della forra rocciosa. Aveva deciso di non mandare nessuno a scalare le pareti della gola. Il piano dipendeva esclusivamente dalla loro capacità di convincere il nemico che erano soltanto semplici pastori. Sentinelle sulla cima dei picchi avrebbero rivelato una seppur rudimentale capacità strategica e avrebbero reso sospettosi i soldati del forte. Gengis si mordicchiò il labbro, scrutando il forte degli Xi Xia. Gli arcieri affollavano le mura come formiche e di quando in quando scoccavano una freccia, prendendo le misure per un eventuale attacco. L'ultima si era conficcata a una dozzina di passi da lui. I suoi uomini erano in grado di lanciare più lontano, pensò sputando sprezzante all'indirizzo degli arcieri nemici.

L'aria era immobile e calda nella gola, dove il vento non poteva arrivare. Il calore del deserto era ancora intenso mentre il sole splendeva a picco sopra di loro, cancellando quasi del tutto le ombre. Sfiorò la spada di suo padre perché gli portasse fortuna, poi fece girare il cavallo e tornò dove lo aspettavano un centinaio di guerrieri.

Stavano in silenzio, come lui aveva ordinato, ma l'eccitazione che animava i loro giovani visi era evidente. Da veri Mongoli, trovavano l'idea di prendersi gioco del nemico più allettante che vincerli con la loro schiacciante superiorità numerica.

«Lo scudo di legno è pronto» annunciò Khasar alle sue spalle. «È rudimentale, ma li proteggerà finché non avranno raggiunto la base del muro. Ho dato loro martelli da forgia per saggiare la resistenza del cancello. Chissà, potrebbero persino farvi breccia.»

«Tieni pronti altri cento cavalieri per dar loro supporto caso mai ci riuscissero» ordinò Gengis. Poi si rivolse a Kachiun, che si trovava poco distante per controllare gli ultimi dettagli. «Trattieni gli altri, Kachiun. Sarebbe una carneficina se solo pochi di loro riuscissero a entrare e gli altri rimanessero lì sotto ad affollarsi. Non voglio che corrano avanti alla cieca.»

«Metterò Arslan a capo del secondo gruppo» replicò Kachiun. Era una buona scelta, e Gengis annuì in segno d'approvazione. Il fabbricante di spade era in grado di seguire gli ordini anche in mezzo a una tempesta di frecce.

Dietro di loro, il muro sembrava incombere benché non fosse possibile vederlo, da dove si trovavano. Gengis non aveva idea di che cosa ci fosse oltre la parete di pietra nera, e nemmeno di quanti fossero gli uomini che difendevano il passo. Non aveva importanza, a quel punto. In meno di due giorni sarebbero finiti anche gli ultimi otri d'acqua e la gente avrebbe iniziato a morire, per colpa della sete e della sua ambizione. No, il forte doveva cadere.

Gli uomini avevano splendide spade e lance da abbandonare sulla sabbia, e molti altri oggetti che potevano attirare l'attenzione dei soldati che difendevano il muro, inducendoli a uscire. Indossavano tutti le migliori armature, copiate da quelle dei Chin. Sotto il sole cocente, le placche di ferro larghe un dito erano roventi al tatto e le tuniche di seta zuppe di sudore. Di tanto in tanto, qualcuno beveva un sorso d'acqua da un otre. Gengis non aveva imposto restrizioni agli uomini che avrebbero rischiato la vita.

«Abbiamo fatto tutto ciò che era in nostro potere, fratello» disse Khasar, interrompendo il corso dei suoi pensieri.

Kokchu passò in mezzo ai guerrieri spruzzando preziosa acqua su di loro e invocando la protezione degli spiriti. Molti chinarono il capo per accogliere la sua benedizione e Gengis, vedendoli, si accigliò. Immaginò Temuge che faceva la stessa cosa, in un futuro ancora lontano, e non vi trovò alcunché di glorioso. «Dovrei andare all'attacco con loro» borbottò tra sé e sé.

Kachiun lo udì e scosse il capo. «Gli uomini non devono vederti fuggire di fronte a niente, fratello. Se qualcosa non funzionasse, potremmo essere costretti a ritirarci, e nessuno di loro deve pensare che tu sia un codardo. Tieni presente che al momento più di metà dell'esercito non è al corrente del nostro piano. A loro basta che tu sia qui a guardare. La maggior parte di loro è stata scelta per il coraggio e la forza. Eseguiranno gli ordini.»

«Devono» mormorò Gengis.

I suoi fratelli indietreggiarono per lasciare spazio alle truppe d'assalto e all'ampio scudo di legno. Gli uomini lo sollevarono in alto sul capo con orgoglio, e la tensione si fece quasi palpabile.

«Vedrò cadere questo muro» disse loro Gengis. «Se non crollerà con spade e martelli, lo prenderemo con l'astuzia. Alcuni di voi moriranno, ma il cielo ama le anime dei guerrieri e vi accoglierà nelle sue braccia. Voi aprirete la via verso il dolce regno che si estende oltre quel muro. Suonate tamburi e corni. Fate che li sentano e si preoccupino dentro il loro prezioso forte. Lasciate che questo suono giunga al cuore degli Xi Xia e persino ai Chin nelle loro città.»

I guerrieri respirarono a fondo, preparandosi a scattare. In lontananza un uccellino cinguettava librandosi sopra le montagne. Kokchu gridò che era un buon presagio e quasi tutti sollevarono lo sguardo verso la volta azzurra che li sovrastava. Una dozzina di tamburi iniziò a rullare il ritmo della battaglia, e quel suono familiare li risollevò, facendo battere più forte i loro cuori. Gengis abbassò le braccia, i guerrieri gridarono e i corni squillarono. Il primo gruppo corse fino alla curva a gomito oltre la quale si snodava l'ultimo tratto di sentiero e poi accelerò lanciando il grido di battaglia. Dal forte giunsero in risposta grida d'allarme.

«E adesso stiamo a vedere» disse Gengis, aprendo e chiudendo la mano sull'impugnatura della spada.

Le grida di battaglia dei guerrieri rimbalzavano sulle pareti della gola mentre correvano, sotto il peso della tettoia di legno che reggevano sopra il capo, ormai mezzi accecati dal sudore. Lo stratagemma rivelò la sua efficacia qualche istante più tardi, quando lo scudo fu bersagliato da frecce nere che si conficcarono nel legno, il piumaggio colorato che vibrava sotto il sole. Gli arcieri erano ben addestrati, notò Gengis; scoccavano i loro dardi all'unisono non appena qualcuno latrava un ordine. Uno o due colpi andarono a segno, e quando la barricata raggiunse il muro, nella sua scia erano rimasti tre corpi senza vita, sdraiati a faccia in giù sulla sabbia.

Un cupo rimbombo risuonò nella valle quando gli uomini iniziarono a martellare il portone. Gli arcieri si affollavano sulla sommità del muro, sporgendosi per lanciare le loro frecce sui nemici, sfruttando anche i più piccoli pertugi. Diversi uomini gridarono e caddero a terra ai bordi dello scudo di legno, e i loro corpi rimasero riversi sulla sabbia, bersagliati dai dardi nemici.

Gengis imprecò sottovoce quando vide che sui parapetti venivano issate delle enormi pietre. Aveva preso in esame quella possibilità insieme ai suoi generali, ma rabbrividì nel vedere un ufficiale con l'elmo crestato sollevare un braccio e gridare un ordine. Il primo macigno parve impiegare molto tempo a raggiungere il bersaglio e all'impatto si udì un forte boato. La tettoia fu gravemente danneggiata, e gli uomini che la sostenevano crollarono a terra sotto l'ingente peso. Mentre lottavano per rialzarsi, gli altri guerrieri martellavano il cancello con vigore sempre maggiore, colpendolo al ritmo dei tamburi che si erano lasciati alle spalle.

Altri due macigni caddero su di loro prima che la barricata di legno si frantumasse completamente. Allora gli uomini gettarono a terra i martelli e le loro grida di terrore salirono al cielo quando gli arcieri si accanirono contro di loro, finalmente visibili. Gengis strinse i pugni mentre osservava i suoi uomini disperdersi e battere in ritirata. Il portone aveva resistito e loro non potevano fare altro che agitare rabbiosamente le armi verso il nemico. I guerrieri caddero uno dopo l'altro; poi, senza preavviso, i superstiti si diedero alla fuga, facendo disperatamente a gara per raggiungere la salvezza.

Molti furono trafitti da ondate di frecce che si abbatterono sibilando su di loro. Poco più di una dozzina riuscì a mettersi in salvo, e appena fuori dalla portata dei dardi nemici si fermarono, ansanti. Dietro di loro, il sentiero era coperto dagli oggetti che avevano abbandonato durante la fuga e dai corpi irti di frecce dei compagni caduti.

Gengis avanzò lentamente al centro del sentiero, sollevando lo sguardo verso i nemici che festeggiavano la vittoria. Le grida di giubilo arrivavano fin lì e solo a fatica riuscì a costringersi a voltar loro le spalle. Quando si girò, il clamore che giungeva dagli spalti si intensificò, e lo seguì mentre si allontanava camminando rigidamente, fino a scomparire alla loro vista.

Sul punto più alto del muro fortificato, Liu Ken osservò il condottiero mongolo che si allontanava, faticando a mantenere la sua consueta espressione impassibile. I soldati intorno a lui sorridevano apertamente, scambiandosi pacche sulle spalle come se avessero riportato una grande vittoria, e la loro stupidità alimentò la sua rabbia. «Cambiate turno e fate venire cinque *sui* di arcieri freschi» sbraitò. I sorrisi si spensero all'istante. «Abbiamo perso almeno un migliaio di frecce nella gola, quindi assicuratevi di riempire di nuovo le faretre. E date agli uomini una razione d'acqua.»

Liu posò le mani sull'antica pietra, scrutando il passo sottostante. Avevano ucciso quasi tutti quelli che erano arrivati a portata di tiro ed era soddisfatto della prestazione dei suoi arcieri. Prese mentalmente nota della necessità di congratularsi con gli ufficiali al comando sugli spalti. Il suono dei martelli inizialmente lo aveva preoccupato, ma il portone aveva tenuto, pensò sorridendo tra sé. Ma se anche le cose fossero andate diversamente, i Mongoli si sarebbero infilati in una specie di recinto circondato su tutti i lati da alte mura presidiate da arcieri. Il forte era stato progettato con grande intelligenza strategica ed era contento che il suo giro d'ispezione non fosse terminato prima che avesse avuto la possibilità di verificare di persona le qualità della costruzione.

Si accigliò vedendo i frammenti di legno che costellavano la sabbia. Tutto quello che aveva sentito raccontare delle tribù mongole suggeriva che se mai avessero avuto l'ardire di presentarsi avrebbero attaccato come animali selvaggi; costruendo quella specie di scudo, invece, avevano dimostrato di possedere capacità organizzative che lo impensierivano. Doveva ricordarsi di inserire un accenno a quella problematica nel suo rapporto al governatore della provincia. Meglio che fosse lui a decidere come sarebbe stato meglio reagire. Liu rifletté su quel problema mentre osservava i cadaveri sparpagliati qua e là. Non avevano mai avuto la necessità di usare i macigni, in precedenza, e molti di essi erano coperti di muschio per essere rimasti tanti anni inutilizzati sugli spalti. Anche quelli avrebbero dovuto essere sostituiti con altre pietre prese dai magazzini, ma per fortuna avevano personale addetto a quel genere di attività. Era ora che facessero qualcosa di più che distribuire cibo e acqua agli uomini, pensò.

Si voltò nell'udire un rumore di passi e ingoiò il disappunto nel vedere il comandante del forte salire i gradini che conducevano sugli spalti. Shen Ti era un amministratore più che un soldato, e Liu si preparò a rispondere alle sue insulse domande. Arrampicarsi fin lassù aveva lasciato l'ometto senza fiato, e Liu fu costretto a distogliere lo sguardo per non sottolineare la debolezza del suo superiore. Attese in silenzio che Shen Ti lo raggiungesse e ammirasse lo spettacolo sottostante con gli occhi pieni d'eccitazione, il respiro ancora affannato.

«Abbiamo messo in fuga quei cani» disse il comandante dopo aver ripreso fiato.

Liu inclinò il capo, concordando silenziosamente con il superiore. Shen Ti durante l'attacco non si era fatto vedere, pensò; di certo era nei suoi appartamenti dalla parte opposta del forte a spassarsela con le concubine. Con un pizzico di sarcasmo, pensò alle parole di Sun Tzu a proposito della guerra di difesa. Shen Ti era senza dubbio uno di quelli che si nascondevano "nei recessi della terra", ma solo perché Liu era lì a disperdere gli aggressori. E tuttavia doveva inchinarsi al rango di quell'uomo.

«Lascerò lì i cadaveri per il resto della giornata, mio signore, così da avere la certezza che nessuno di loro si finga morto. All'alba manderò fuori degli uomini a raccogliere le armi e le aste delle frecce.»

Shen Ti lanciò un'occhiata ai corpi disseminati lungo la gola. C'erano scatole abbandonate per terra e magnifiche lance lunghe quanto un uomo. Sapeva che se le avesse lasciate ai soldati, ogni cosa di valore sarebbe finita in qualche collezione privata. Mentre guardava, qualcosa brillò nella sabbia dorata screziata di verde. «Sarai tu a sovrintendere alle operazioni, Liu. Manda anche qualcuno a controllare che il portone non sia danneggiato. E quando torneranno ordina che mi portino tutti gli oggetti di valore che hanno recuperato, affinché possa esaminarli.»

Liu nascose accuratamente la propria reazione alla dimostrazione di avidità del grasso comandante. Gli Uiguri non avevano mai nulla di prezioso, pensò. Non c'era ragione di aspettarsi più di qualche pezzo di metallo lucente da quei selvaggi vestiti di stracci. Tuttavia, non essendo di nobile lignaggio, si inchinò quanto più l'armatura gli permetteva. «Come desideri, mio signore.» Quando se ne andò, Shen Ti stava ancora guardando giù dagli spalti con un lieve sorriso sulle labbra tumide.

Liu schioccò le dita per attirare l'attenzione di un gruppo di arcieri che si alternavano a bere da un secchio d'acqua. «Esco a spogliare i morti» annunciò. Poi sbuffò, rendendosi conto di aver lasciato trapelare l'amarezza che provava a causa dell'infame ordine che doveva eseguire. «Riprendete posizione e tenetevi pronti a fronteggiare un nuovo attacco.»

Gli uomini si affrettarono a ubbidire, lasciando cadere il secchio che atterrò fragorosamente roteando come una trottola mentre gli arcieri correvano verso il parapetto. Liu sospirò prima di concentrarsi su ciò che doveva fare. Senza dubbio gli Uiguri avrebbero pagato caro per quell'attacco, non appena l'imperatore ne fosse stato informato. Nella corte del pacifico regno degli Xi Xia sarebbe stato argomento di discussione per mesi. Gli uomini delle tribù non avrebbero più potuto commerciare con loro per una generazione e sarebbero state organizzate spedizioni punitive contro tutti gli insediamenti degli Uiguri. A Liu quel genere di guerra non piaceva, e aveva iniziato a riflettere seriamente sulla possibilità di chiedere il trasferimento a Yinchuan. Là c'era sempre bisogno di buone guardie con una solida esperienza.

Ordinò a una dozzina di lancieri di seguirlo e imboccò la scala che scendeva al portone. Dall'interno sembrava intatto, constatò, pensando al destino di chiunque fosse così stupido da abbatterlo. Non gli sarebbe piaciuto essere nei loro panni. Controllò automaticamente che il cancello interno fosse sprangato prima di sollevare una mano verso quello esterno. Sun Tzu era forse il miglior teorico di strategia militare che i Chin avessero mai prodotto, ma non aveva tenuto in considerazione le difficoltà che derivavano dal dover prendere ordini da un uomo avido come Shen Ti.

Trasse un profondo respiro e spinse il battente, facendo entrare una lama di luce. Gli uomini alle sue spalle si mossero, preparandosi a entrare in azione, e lui fece un cenno al loro capitano. «Voglio due uomini di guardia alla porta. Gli altri raccoglieranno le aste delle frecce ancora utilizzabili e qualunque altra cosa di valore. Se ci sono problemi, lasciate tutto e correte verso il cancello. Rimarrete in silenzio e nessuno si allontanerà più di cinquanta passi, dovesse anche esserci uno smeraldo grande come un uovo d'oca poco più avanti, sono stato chiaro?»

I soldati si misero sull'attenti all'unisono e il capitano toccò due di loro sulla spalla perché rimanessero di guardia. Liu annuì, socchiudendo gli occhi per ripararli dal barbaglio del sole finché non si fossero abituati alla luce. Non si aspettava granché dai soldati che avevano avuto la sventura di essere mandati al forte. Sicuramente dovevano aver commesso qualche errore nella loro precedente posizione nell'esercito oppure dovevano aver offeso qualche personaggio influente. Persino Shen Ti doveva essersi macchiato nel suo passato di politico, ne era certo, anche se il grassone non si sarebbe mai confidato con un semplice soldato come lui, a prescindere dal grado che portava.

Liu emise un lunghissimo sospiro, ripercorrendo mentalmente l'elenco delle misure di difesa. Aveva fatto tutto ciò che era in suo potere, ma continuava ad avvertire una sensazione che non gli piaceva. Scavalcò un cadavere, notando che aveva addosso un'armatura molto simile alla sua, e si acciglò. Nei rapporti non si citava il fatto che gli Uiguri copiavano le armature dei Chin. Era rozza, ma di qualità discreta e la sua inquietudine crebbe ulteriormente.

Pronto a balzare indietro, salì con tutto il proprio peso sulla mano di un cadavere. Sentì l'osso spezzarsi sotto la suola della scarpa e non percependo alcun movimento annuì e andò avanti. I cadaveri erano più numerosi vicino al cancello; ne vide due con la gola trafitta da parte a parte. Vicino a loro c'erano dei martelli pesanti, Liu ne prese uno e lo appoggiò contro il muro per prenderlo al ritorno. Era decisamente ben fatto.

Mentre scrutava sospettoso verso la fine del passo, i suoi uomini si disposero a ventaglio, chinandosi per raccogliere le armi dalla sabbia. Liu iniziò a rilassarsi un poco, osservando due di loro strappare frecce da un corpo che pareva un porcospino, tante ne aveva conficcate addosso. Uscì dall'ombra del muro, strizzando gli occhi per l'improvvisa luminosità. Trenta passi più avanti c'erano due casse, e si sentì addosso lo sguardo di Shen Ti, in trepidante attesa di conoscerne il contenuto. Perché mai i Mongoli avrebbero dovuto portare con sé oro o argento durante un attacco? Liu proprio non riusciva a spiegarselo, tuttavia si avviò sulla sabbia rovente verso le casse, tenendo la mano posata sulla spada. Che contenessero serpenti o scorpioni? Non poté fare a meno di chiederselo. Aveva sentito dire che stratagemmi simili erano stati usati per attaccare le città, anche se di solito le casse venivano gettate all'interno delle mura. E i Mongoli non avevano portato con sé catapulte o scale.

Liu estrasse la spada e conficcò la punta nella sabbia, rovesciando una delle casse su un fianco. Ne uscirono degli uccelli, che volarono alti nel cielo mentre lui si ritraeva, spaventato.

Per un attimo Liu rimase fermo a guardare gli uccelli, chiedendosi come mai li avessero lasciati ad arrostire sulla sabbia. Poi sollevò il capo per guardarli volare, e all'improvviso capì. Gli uccelli erano un segnale, pensò, gli occhi dilatati dal terrore. In quel momento un rullare di tamburi giunse alle sue orecchie e il terreno prese a vibrare sotto i suoi piedi.

«Tornate al cancello!» gridò, agitando la spada. Tutto intorno, i soldati lo guardavano sorpresi, alcuni con le braccia cariche di frecce e di spade. «Svelti! Tornate indietro!» sbraitò di nuovo. Lanciando un'occhiata verso il passo, vide la prima, scura linea di cavalli al galoppo e allora si girò verso il portone e iniziò a correre. Se quegli idioti erano troppo lenti, dovevano rimproverare soltanto se stessi, pensò. Ma dopo aver percorso qualche passo si fermò, inorridito. Intorno al cancello, alcuni dci cadaveri si stavano rialzando, ancora irti di frecce. Uno di loro era quello a cui aveva rotto la mano poco prima, eppure non aveva mosso un muscolo, pensò, sforzandosi di dominare il panico e di correre più veloce che poteva mentre il rombo risuonava sempre più forte alle sue spalle. Vide che il cancello iniziava a chiudersi, ma uno dei nemici fu pronto a infilare la spada tra i battenti, bloccandolo. Il poveretto gridò di dolore quando i soldati di guardia all'interno gli fecero a fette il braccio, ma accanto a lui c'erano altri guerrieri, pronti a spalancare i battenti e a precipitarsi all'interno del forte.

Liu levò al cielo un ululato di rabbia, e un istante dopo una freccia gli si conficcò nella parte posteriore del collo, facendolo precipitare a faccia in giù nella sabbia. Sentì il dolore causato dalla punta metallica fino a quando l'oscurità non venne a reclamare la sua vita. Il cancello interno era sbarrato, ne era certo. Aveva controllato che lo chiudessero, prima di uscire, e dunque il forte aveva ancora una speranza. Poi il suo stesso sangue lo soffocò e lo scalpitio degli zoccoli si affievolì fino a svanire del tutto.

Tsubodai si sollevò dalla sabbia sotto cui si era nascosto. La freccia che l'aveva abbattuto era stata seguita da altre due che erano penetrate più in profondità nell'armatura. Le costole gli dolevano terribilmente, ogni passo era un'agonia e sentiva un tiepido rivolo di sangue scorrergli lungo la coscia. Nella gola risuonò un fragore di tuono quando i cavalieri mongoli vi entrarono a tutta velocità. Tsubodai sollevò lo sguardo nel sentire lo schiocco degli archi e vide un nugolo di frecce dall'asta nera piovere dagli spalti. Un cavallo poco lontano lanciò un nitrito terrorizzato. I suoi compagni stavano spingendo contro il portone per aprirlo, e lui si avviò barcollando verso di loro.

Si guardò intorno cercando i dieci uomini che Gengis gli aveva assegnato. Ne riconobbe quattro che stavano correndo verso il cancello, mentre gli altri erano ancora distesi sulla sabbia, evidentemente morti. Deglutì per ricacciare indietro la tristezza nel vedere il corpo riverso di un guerriero degli Uriankhai che aveva conosciuto.

Alle sue spalle, il fragore dei cavalieri si fece assordante, tanto che iniziò a pensare che lo avrebbero travolto da un momento all'altro. Pensò che la ferita lo avesse tramortito, perché gli sembrava che tutto stesse succedendo troppo lentamente; eppure riusciva a percepire il respiro affannoso che gli usciva dalla bocca aperta. La chiuse di scatto, irritato per quell'involontaria esibizione di debolezza. Davanti a lui, quelli che erano sopravvissuti si stavano riversando all'interno della fortezza con le spade sguainate. Tsubodai sentì gli archi schioccare, anche se il rumore gli giunse attutito dalle spesse pareti di pietra. Intravide alcuni uomini che cadevano mentre attraversavano il cancello, trafitti dalle numerose frecce che piovevano dall'alto. In quel momento la mente gli si snebbiò e i suoi sensi si acuirono. Le frecce continuavano a conficcarsi nella sabbia tutto intorno a lui, ma le ignorò. Quando i suoi guerrieri raggiunsero il cancello ruggì l'ordine di tornare indietro. Aveva gridato con voce roca, ma notò sollevato che gli uomini gli ubbidivano.

«Fate degli scudi con il legno. Prendete i martelli» gridò loro, indicando gli attrezzi. Sentì tintinnare le piastre delle armature quando gli uomini balzarono sulla sabbia vicino a lui. Khasar si sporse dal cavallo in corsa e Tsubodai si aggrappò al suo braccio. «Ci sono arcieri appostati all'interno. Forse possiamo ancora usare qualche pezzo di legno come scudo.»

Le frecce sprofondavano nella sabbia intorno a loro fino all'impennatura nera. Con calma, Khasar abbassò lo sguardo sulla mano di Tsubodai soffermandovisi giusto quel tanto da ricordare al giovane guerriero la sua condizione, e non appena il ragazzo allentò la presa iniziò a impartire secchi ordini. Tutto intorno a loro, gli uomini raccolsero i pezzi della tettoia di legno e tenendoseli sopra il capo si precipitarono verso il cancello.

I martelli entrarono nuovamente in azione, mentre gli arcieri nemici bersagliavano dall'alto i guerrieri rimasti bloccati tra i due cancelli. Malgrado i rozzi scudi, alcune frecce andarono ugualmente a segno. All'esterno, sulla sabbia rovente, Khasar ordinò di lanciare ondate di frecce contro gli arcieri sugli spalti, così da tenere impegnato il nemico e impedirgli di prendere la mira finché non fosse arrivato l'esercito. Si morse le labbra, infastidito all'idea di trovarsi in quella condizione di vulnerabilità pressoché assoluta; finché non fossero riusciti a sfondare il cancello interno, sarebbero rimasti bloccati. «Va' dentro e assicurati che non stiano battendo la fiacca mentre noi siamo qui ad aspettare» gridò a Tsubodai.

Il giovane guerriero chinò il capo e corse a raggiungere i suoi uomini. Passando da una striscia d'ombra alla luce accecante

del sole, lanciò un'occhiata alla schiera di arcieri che scoccavano a ripetizione verso quella specie di trappola. Ebbe a malapena il tempo di accucciarsi sotto un pezzo di tavola, che una
freccia lo sfiorò sul braccio, strappandogli un'imprecazione.
Dei dieci uomini che gli erano stati assegnati solo uno era ancora vivo.

Lo spazio che i costruttori della fortezza avevano lasciato tra
i due cancelli era volutamente angusto, così che non ci potessero stare più di una dozzina di guerrieri alla volta. Fatta eccezione per quelli che martellavano il portone con la forza della
disperazione, tutti gli altri stavano in piedi riparandosi alla meglio sotto i pezzi di legno. Anche lì il terreno era sabbioso e irto
di frecce, fitte come il pelo di un cane. Dall'alto ne piovevano
sempre di più e Tsubodai udì qualcuno urlare ordini in una lingua che non conosceva. Se si fossero messi a lanciare delle pietre, l'assalto si sarebbe trasformato in una carneficina prima che
il portone interno cedesse, pensò, cercando di non lasciarsi
prendere dal panico. Si sentiva in trappola. L'uomo più vicino
a lui, che aveva perso l'elmo durante l'attacco, lanciò un grido
di dolore e cadde con una freccia conficcata nel collo. Tsubodai
afferrò la tavola che l'uomo aveva lasciato cadere e la sollevò
per ripararsi, strizzando gli occhi ogni volta che una freccia vi
si conficcava. I colpi di martello continuavano a risuonare
con una lentezza insopportabile; poi, all'improvviso, uno dei
guerrieri sbuffò soddisfatto e il suono cambiò, mentre quelli
che gli stavano vicino iniziavano a sferrare calci alle grosse travi
che finalmente si stavano spezzando.

Il cancello cedette di botto, mandando gli uomini a ruzzolare
in avanti sul terreno polveroso. I primi a varcare la soglia morirono quasi all'istante, bersagliati dai dardi dei soldati nemici
schierati all'interno. Alle loro spalle, si levò il ruggito agguerrito
degli uomini di Khasar, che avevano capito che la via era
aperta. Si precipitarono in avanti con veemenza, travolgendo
i compagni che li avevano preceduti e inciampando nei cadaveri.

Tsubodai quasi non poteva credere di essere ancora vivo.

Sguainò la spada ricevuta dalle mani di Gengis e si unì alla massa di guerrieri sbraitanti, finalmente liberi dagli angusti confini di quel mattatoio. I balestrieri non riuscirono nemmeno a ricaricare; Tsubodai uccise il primo, immobilizzato dal terrore, con un colpo secco alla gola. Metà dei guerrieri che entrarono nel forte era ferita e sanguinante, ma erano sopravvissuti ed esultarono nell'incontrare la prima linea dei difensori. Alcuni salirono le ripide scale di legno fino ai parapetti e ghignarono soddisfatti nel vedere gli arcieri che continuavano a scoccare dardi nel buco sottostante. Imbracciarono gli archi e bersagliarono gli arcieri xi xia che caddero al suolo come se fossero stati colpiti da martelli.

L'esercito di Gengis iniziò a riversarsi all'interno della fortezza, invadendola. La prima carica si svolse in modo piuttosto disordinato. Fino a quando i generali più esperti, come Khasar e Arslan, non avessero preso il comando dell'operazione, Tsubodai sapeva di essere libero di uccidere tutti i nemici che voleva, e gridò selvaggiamente per dar sfogo all'eccitazione.

Senza Liu Ken a organizzare la difesa, i guerrieri xi xia ruppero le file e si diedero alla fuga davanti agli invasori. Lasciati i cavalli nella gola, Gengis attraversò il cancello e si chinò per passare nella breccia aperta nel portone interno. Il viso gli si illuminò di trionfo e d'orgoglio quando vide i suoi guerrieri sbaragliare i soldati del forte. In tutta la loro storia, le tribù non erano mai state in grado di rispondere ai colpi degli oppressori. A lui non interessava che gli Xi Xia si ritenessero diversi dai Chin. Per lui e per il suo popolo erano tutti parte della stessa antica e odiata razza. Vide che alcuni dei difensori avevano deposto le armi e scosse il capo, chiamando Arslan che stava passando poco lontano. «Niente prigionieri» gli disse. Il generale chinò il capo.

A quel punto il massacro proseguì con metodo. Furono scovati degli uomini nascosti nelle cantine del forte e furono trascinati fuori per essere giustiziati. Con lo scorrere del tempo, cresceva il numero di cadaveri accatastati sulle pietre rosse del cortile centrale. E il pozzo diventò una sorta di occhio del ciclone: uno dopo l'altro gli uomini arsi dal deserto e stremati dal combattimento si fermavano a dissetarsi, secchio dopo secchio.

Al tramonto, Gengis stesso si accostò al pozzo, camminando sopra uno strato di cadaveri contorti. Nel vederlo, i guerrieri ammutolirono, e uno di loro si affrettò a riempire un secchio per porgerglielo. Mentre Gengis finalmente beveva soddisfatto, i suoi guerrieri lo acclamarono a gran voce. Avevano trovato la via attraverso il labirinto di stanze e saloni, chiostri e passaggi, tutti estranei ai loro occhi. Come un branco di cani selvaggi, erano arrivati fino alla parte opposta del forte, lasciandosi dietro una scia di morte e sangue.

Il comandante xi xia era stato scovato in una stanza con le pareti tappezzate di sete e i pavimenti coperti di tappeti di inestimabile valore. Ci erano voluti tre uomini per abbattere la porta di ferro e legno di quercia dietro la quale Shen Ti si era nascosto insieme a una dozzina di donne terrorizzate. Alla vista di Khasar, Shen Ti aveva cercato di togliersi la vita con un pugnale, ma la lama gli era sfuggita dalle mani bagnate di sudore. Khasar allora prese la mano grassoccia dell'uomo che stringeva l'elsa, e la guidò verso il suo collo una seconda volta. Shen Ti, pazzo di terrore, cercò di resistere, ma il mongolo era più forte e questa volta il pungnale andò a segno.

«Questo è l'ultimo» aveva detto Khasar. Poi diede uno sguardo alle donne, annuendo tra sé. Erano creature insolite, con la pelle bianca come latte di cavalla, ma non per questo poco attraenti. Il profumo di gelsomino si mescolava al lezzo del sangue e lui sorrise con aria da predatore. Suo fratello Kachiun si era conquistato una moglie olkhun'ut e nella sua *ger* gattonavano già due bambini. La prima moglie di Khasar invece era morta, e da allora lui non si era più risposato. Si domandò se Gengis gli avrebbe permesso di prendere in moglie due o tre di quelle donne.

Era una splendida idea, pensò più tardi, avvicinandosi alla finestra ad ammirare le terre degli Xi Xia. Il forte era in cima alle montagne e da lì si vedeva l'immensa vallata sottostante, con le alte cime innevate che si susseguivano su entrambi i lati per miglia e miglia. In lontananza si scorgeva una terra verde costellata di fattorie e villaggi...

Khasar sospirò deliziato. «Sarà come cogliere un frutto maturo» disse girandosi verso Arslan, che entrava in quel momento. «Manda qualcuno a chiamare i miei fratelli. Non possono perdersi questo spettacolo.»

6

Nella stanza più alta del suo palazzo, il re guardava dalla finestra l'ampia vallata di Xi Xia. La nebbia che all'alba saliva dai campi conferiva al paesaggio un aspetto particolarmente suggestivo, considerò. Se non avesse saputo che da qualche parte laggiù, nascosto alla vista, era schierato un esercito, la sua terra gli sarebbe parsa pacifica come sempre. I canali scintillavano al sole come nastri d'oro, portando preziosa acqua alle messi. Qualche contadino, in lontananza, lavorava senza curarsi dell'armata che aveva invaso la loro terra a nord-est.

Rai Chiang si sistemò la veste di seta verde ricamata in oro. Appariva sereno, ma con una mano continuava a tormentare un filo dell'abito, finché questo impigliandosi in un'unghia non si spezzò. Si acciglò, e si fece ancora più nervoso: la veste era stata tessuta dai Chin, e lui l'aveva indossata perché gli portasse fortuna. Non appena era stato informato dell'invasione, aveva incaricato due dei suoi messaggeri più veloci di andare a cercare rinforzi, ma la risposta tardava ad arrivare.

Sospirò, mentre le sue dita tornavano ad attorcigliare il filo senza che lui se ne accorgesse. Se il vecchio imperatore dei Chin fosse stato ancora vivo, avrebbe mandato almeno quindicimila soldati a difendere il suo piccolo regno, ne era sicuro. Pensò a quanto fossero volubili gli dèi, che gli avevano portato via un alleato tanto prezioso proprio in un momento così cruciale. Il principe Wei era un estraneo, e lui non sapeva se quel giovane arrogante sarebbe stato generoso come il padre.

Rifletté sulle differenze tra le due terre, chiedendosi se avrebbe potuto fare di più per assicurarsi l'appoggio dei Chin. Un suo lontano antenato era stato un principe chin che aveva governato la regione come fosse un feudo personale. Non si sarebbe vergognato a chiedere aiuto. Secoli prima, il regno di Xi Xia non era stato coinvolto nei grandi conflitti che avevano dilaniato l'impero chin, quando i principi più potenti combattevano l'uno contro l'altro per la supremazia. Da allora erano saliti al trono sessantatré sovrani, e lui, Rai Chiang, era il sessantaquattresimo. Dopo la morte di suo padre, aveva passato quasi tre decenni ad allontanare l'ombra dei Chin dal suo popolo, procurandosi altri alleati e badando a non fare mai nulla che potesse indurre i suoi potenti vicini a riprendersi con la forza il regno di un tempo. E un giorno, uno dei suoi figli avrebbe ereditato quella pace precaria. Per questo pagava regolarmente i tributi, mandava i suoi mercanti a commerciare con i Chin e i suoi guerrieri a ingrossare i ranghi dell'esercito imperiale. In cambio, veniva trattato come un alleato d'onore.

D'altro canto, Rai Chiang aveva dato ordine di studiare un nuovo sistema di scrittura, che non assomigliasse in nulla a quella dei Chin. Il vecchio imperatore gli aveva mandato dei preziosi testi di Lao-Tzu e del Buddha Sakyamuni perché li facesse tradurre, e di certo si era trattato di un segno di accettazione, se non di approvazione. La valle di Xi Xia, racchiusa tra le montagne e il Fiume Giallo, era separata dalle terre dei Chin; con una scrittura tutta loro, gli Xi Xia si sarebbero allontanati ancora di più dalla loro influenza. Era un gioco pericoloso e delicato, ma lui era consapevole di possedere la visione e la forza necessarie per dare al suo popolo un futuro migliore. Ripensò alle nuove vie commerciali che aveva aperto a ovest, a quanto fossero vantaggiose per il suo regno. E ora tutto questo era messo a repentaglio da un gruppo di tribù che aveva valicato il deserto.

Si chiese se il principe Wei si fosse reso conto che i Mongoli, per entrare nel regno di Xi Xia, dovevano aver aggirato il suo prezioso forte a nord-est. Ora che il lupo aveva trovato la porta dell'ovile, per i Chin si metteva male, pensò.

«*Devi* mandarmi rinforzi» sussurrò tra sé. Gli seccava dover chiedere aiuto militare ai Chin, dopo aver tanto faticato per sottrarre il suo popolo alla loro influenza e renderlo indipendente. Non sapeva se sarebbe stato in grado di pagare il prezzo che il principe Wei gli avrebbe chiesto in cambio del suo sostegno. Probabilmente, il regno si sarebbe salvato soltanto diventando di nuovo una provincia dell'impero.

Rai Chiang tamburellò le dita, stizzito, al pensiero dei soldati chin sulle sue terre. Aveva un bisogno disperato di loro, ma cosa avrebbe fatto se una volta finita la battaglia non se ne fossero andati? E se non si fossero fatti vedere del tutto?

Duecentomila persone avevano trovato rifugio all'interno delle mura di Yinchuan, e molte altre migliaia si erano accampate fuori dalle porte della città. Nella notte, i più disperati tentavano di scalare le mura e le guardie del re erano costrette a ricacciarli indietro con le spade o con una raffica di frecce. Ogni giorno il sole si levava su nuovi cadaveri, e un numero sempre maggiore di soldati doveva uscire a seppellirli per evitare il diffondersi di qualche epidemia. Era un compito triste e ripugnante. Rai Chiang tormentò il filo dorato finché non si ferì sotto alle unghie.

I fortunati che avevano trovato rifugio dentro alle mura dormivano per le strade, perché i letti nelle locande e negli ostelli erano già tutti occupati. Il prezzo del cibo continuava a salire e il mercato nero prosperava nonostante le guardie avessero l'ordine di impiccare chiunque fosse stato sorpreso a fare incetta di cibo. Yinchuan tremava di paura all'idea del prossimo attacco dei selvaggi, ma erano passati tre mesi da quando Gengis aveva varcato il forte e ancora non erano giunte altre notizie. I Mongoli non erano ancora arrivati a Yinchuan, anche se in lontananza erano stati avvistati i loro esploratori.

Il suono di un gong lo fece sobbalzare. Gli sembrava impossibile che fosse già l'ora del dragone. Come d'abitudine, si era dedicato alla contemplazione prima di iniziare a lavorare, eppure non ne aveva tratto il consueto senso di pace. Scosse il capo per allontanare gli spiriti maligni che fiaccano la volontà degli individui forti. Forse l'alba avrebbe portato notizie migliori, si augurò. Preparandosi a dare udienza, si raddrizzò sul trono laccato d'oro e infilò la manica con il filo tirato dentro l'altra. Dopo aver parlato con i ministri, si sarebbe fatto portare un'altra veste e si sarebbe concesso un bagno rinfrescante per far sì che il sangue gli scorresse meno impetuoso nelle vene.

Il gong risuonò di nuovo e le porte della sala si aprirono senza far rumore. I suoi più fidati consiglieri entrarono in fila, i passi attutiti da pantofole di feltro per non segnare i pavimenti perfettamente lucidati. Rai Chiang li guardò, impassibile, sapendo che il suo atteggiamento avrebbe dato loro coraggio. Se avesse tradito anche solo una traccia di nervosismo, anche loro si sarebbero lasciati travolgere dal vento di terrore che imperversava nei vicoli e nelle strade della città.

Due schiavi presero posto ai lati del re, facendogli vento con grandi ventagli. Rai Chiang quasi non li notò, concentrato com'era sul Primo Ministro, che a stento riusciva a mantenere la calma. Si costrinse ad aspettare finché tutti non si furono prostrati davanti a lui, toccando il pavimento con la fronte e giurandogli fedeltà con parole che avevano un suono antico e confortante. Suo padre e suo nonno le avevano sentite migliaia di volte in quella stessa sala.

Alla fine si accinsero al lavoro e le grandi porte si chiusero alle loro spalle. Era sciocco illudersi di poter mantenere l'assoluta segretezza, riflesse Rai Chiang. Ogni parola pronunciata in quella stanza sarebbe diventata materia di pettegolezzi prima del calar del sole. Scrutò i ministri con attenzione, cercando di capire se nei loro cuori albergasse la paura, e non trovandone traccia si rilassò un po'.

«Altezza Imperiale, Figlio del Cielo, re e padre di tutti noi» iniziò il Primo Ministro, «ti porto una lettera di Wei, imperatore dei Chin.» Senza avvicinarsi, porse il rotolo di carta pregiata a uno schiavo, che si inginocchiò e lo consegnò al sovrano.

Nel riconoscere il sigillo personale del principe Wei, Rai Chiang sentì la speranza rinascere. Prese il rotolo, ruppe il sigillo di cera, e scorse rapidamente il messaggio. Malgrado il ferreo autocontrollo, si accigliò. La sete di notizie era quasi tangibile e la sua imperturbabilità era stata compromessa al punto che si mise a leggere ad alta voce.

«Torna a nostro vantaggio se i nostri nemici si combattono l'un l'altro. Quale pericolo dovremmo correre? Versate il sangue degli invasori e i Chin vendicheranno la vostra memoria.»

Un silenzio di tomba calò sulla sala mentre i ministri assimilavano quelle parole. Alcuni erano impalliditi visibilmente. Non sarebbero arrivati rinforzi. Peggio, il nuovo imperatore si era riferito a loro chiamandoli nemici e non poteva più essere considerato un alleato, come lo era stato suo padre. Era possibile che quelle poche parole segnassero la fine del regno di Xi Xia.

«Il nostro esercito è pronto?» domandò Rai Chiang, infrangendo il silenzio.

Il Primo Ministro si inchinò profondamente prima di rispondere, sforzandosi di nascondere il terrore. Non trovò il coraggio di dire al re che i soldati non erano preparati alla guerra. Generazioni di pace li avevano resi più esperti nell'abusare della propria autorità per ottenere i favori delle prostitute che nelle arti marziali. «Le caserme sono ben fornite, Maestà. Con le guardie reali al comando delle truppe, ricacceremo quegli animali nel deserto.»

Rai Chiang rimase seduto immobile, sapendo che nessuno avrebbe osato interrompere il corso dei suoi pensieri. «Chi difenderà la città se la mia guardia personale va a combattere nelle pianure?» domandò infine. «I contadini? No, ho dato vitto e alloggio ai soldati per anni. È ora che si guadagnino ciò che hanno ricevuto.» Ignorò deliberatamente l'espressione tesa del Primo Ministro: quell'uomo era solo un cugino, e anche se dirigeva gli scribi della città con inflessibile fermezza, era una nullità per tutto ciò che richiedeva un pizzico di iniziativa. «Manda a chiamare i generali, così che possiamo preparare un piano d'attacco. A quanto pare, il tempo delle lettere e dei discorsi è finito. La risposta da dare all'imperatore Wei può aspettare. Ora la nostra priorità è un'altra.»

I ministri uscirono in fila come erano entrati, con un portamento rigido che lasciava trasparire l'inquietudine. Il regno era in pace da più di tre secoli, e nessuno aveva più memoria della guerra.

«Questo posto è perfetto» disse Kachiun, osservando la verde vallata di Xi Xia. Alle sue spalle incombevano i monti, ma il suo sguardo indugiava su prati verdi e campi dorati, dove crescevano messi rigogliose. I Mongoli avevano proceduto a una velocità incredibile nei tre mesi precedenti, razziando un villaggio dopo l'altro senza incontrare resistenza. Tre grandi città erano cadute prima che la notizia si diffondesse e che gli abitanti del piccolo regno si dessero alla fuga. All'inizio i Mongoli avevano fatto prigionieri, ma quando il loro numero superò i quarantamila Gengis non riusciva più a sopportare i loro piagnucolii. Il suo esercito non era in grado di sfamare tutta quella gente, ma non si sentiva neppure tranquillo a lasciarsela alle spalle, anche se quei poveri contadini non sembravano una minaccia. Così aveva dato l'ordine di ucciderli, operazione che li occupò un intero giorno. Gengis si era recato sul luogo della carneficina soltanto una volta, per controllare che i suoi ordini fossero stati eseguiti, dopodiché non ci aveva più pensato.

Le donne erano state risparmiate per essere distribuite come bottino di guerra, e Kachiun proprio quel mattino si era impossessato di una coppia di fanciulle di rara bellezza. Ora lo stavano aspettando nella sua *ger*, pensò, distraendosi anziché concentrarsi sul prossimo assalto. Scosse il capo per snebbiarsi la mente. «Questi contadini non sembrano affatto bellicosi e tutti questi canali sono l'ideale per abbeverare i nostri cavalli» proseguì, lanciando un'occhiata al fratello maggiore.

Gengis era seduto su una pila di selle vicino alla sua *ger*, il mento appoggiato sulla mano. La gente delle tribù era di buon umore, pensò, osservando un gruppo di ragazzini che piantava dei bastoncini di betulla nel terreno. Sollevò il capo, interessato, nel vedere che i suoi due figli maggiori facevano parte della banda e che stavano spintonandosi l'un l'altro, litigando su come fosse meglio sistemare i pezzi di legno. Jochi e Chagatai erano compagni pericolosi per i ragazzini della tribù, finivano inesorabilmente per trascinarli nei guai.

Sospirò, passandosi la lingua sul labbro inferiore. «Siamo come un orso che ha messo le zampe sul miele, Kachiun, ma prima o poi si ribelleranno. Barchuk mi ha detto che i mercanti xi xia si vantavano di possedere un immenso esercito. E non lo abbiamo ancora incontrato.»

Kachiun si strinse nelle spalle: quella prospettiva non lo preoccupava affatto. «Può darsi. Dobbiamo ancora incontrare la loro città più grande, e potrebbero essersi nascosti là dentro. Dobbiamo soltanto scegliere se sfinirli per la fame oppure fargli crollare addosso le mura.»

Gengis gli lanciò un'occhiataccia. «Non sarà così facile, Kachiun. So che Khasar è impulsivo, ma da te mi aspetto cautela e buonsenso. Non abbiamo ancora combattuto una sola battaglia in questo reame, e non voglio che nel frattempo gli uomini diventino grassi e lenti. Fa' riprendere l'addestramento e cancella da loro ogni traccia di pigrizia. E anche da te.»

A quel rimprovero, Kachiun arrossì. «Come vuoi, fratello» disse chinando il capo. Notò che Gengis si era distratto e stava osservando i figli montare sui loro cavallini dal pelo lungo. Si stavano cimentando in un gioco d'abilità che avevano imparato dagli Olkhun'ut, notò, guardando Jochi e Chagatai che si preparavano a passare al galoppo lungo la fila di bastoni nel terreno.

Jochi partì per primo e sfrecciò davanti a loro con il piccolo arco completamente teso, scoccando una freccia che andò a conficcarsi nel legno tenero. Nello stesso istante, il ragazzo si chinò e con la sinistra afferrò il pezzo di legno che stava cadendo, sollevandolo con aria trionfante mentre tornava dai compagni. Tutti gli altri ragazzi lo applaudirono, tranne Chagatai, che si limitò a sbuffare prima di partire a sua volta al galoppo.

«Tuo figlio diventerà un grande guerriero» mormorò Ka-chiun. Gengis si irrigidì nel sentire quelle parole e lui non lo guardò, sapendo quale espressione gli avrebbe visto in volto.

«Finché hanno la possibilità di ritirarsi dietro mura alte cin-que volte più di un uomo» dichiarò con caparbia fermezza Gengis, «possono farsi beffe di noi che cavalchiamo in lungo e in largo nelle pianure. In fondo, che importanza hanno agli occhi del loro re poche centinaia di villaggi? Noi non siamo che una piccola spina nel fianco, finché la città di Yinchuan è salva e lui se ne sta lì al sicuro.»

Kachiun non rispose, lo sguardo fisso su Chagatai che stava ultimando il percorso. La freccia colpì il bastone, ma il ragazzo non riuscì a prendere al volo l'asta prima che toccasse terra. Jo-chi lo canzonò, e Kachiun notò che il viso di Chagatai si incu-piva di rabbia. Naturalmente sapevano di avere addosso gli oc-chi del padre, pensò.

Alle sue spalle, Gengis si alzò in piedi. Aveva deciso. «Fa' tornare sobri gli uomini e dì loro che si preparino a muoversi. Voglio vedere la città di pietra che ha tanto impressionato i miei esploratori. In un modo o nell'altro, dev'esserci la possibi-lità di entrare.» La sua espressione non lasciò trapelare le pre-occupazioni che lo angustiavano. Non aveva mai visto una città cinta da mura tanto alte, e sperava che vederla con i propri oc-chi gli avrebbe suggerito un modo per entrarvi.

Mentre si allontanava per eseguire gli ordini, Kachiun notò che Chagatai diceva qualcosa al fratello maggiore. Jochi gli saltò addosso quando gli passò davanti, e i due ragazzi rotolarono nella polvere in un groviglio di gomiti e piedi nudi. Kachiun sorrise, ricordando la propria infanzia.

La terra che avevano trovato al di là delle montagne era fertile e ricca. Forse avrebbero dovuto combattere per difenderla, ma non riusciva a immaginare una forza in grado di sconfiggere l'armata che avevano condotto fin lì, a mille miglia dalla loro terra natale. Una volta, da bambino, aveva fatto rotolare un grosso masso giù per il fianco di una collina, osservandolo prendere velocità. Al-l'inizio sembrava lento, ma un istante dopo era inarrestabile.

Scarlatto era il colore di guerra degli Xi Xia. I soldati del re indossavano armature laccate di rosso vivido e la sala in cui Rai Chiang incontrò il suo generale era disadorna, fatta eccezione per le lucide pareti della stessa tonalità. I due uomini erano chini sull'unico tavolo che turbava il vuoto della stanza, e osservavano una mappa della regione, tenuta ferma ai quattro angoli da pesi di piombo. All'interno di quelle mura rosse, molto tempo prima, era stata progettata la secessione dai Chin; per questo quella stanza era diventata il simbolo stesso del regno. L'armatura del generale Giam era della stessa sfumatura di rosso delle pareti della sala, tanto che con il muro sullo sfondo si riusciva a malapena a coglierne i contorni. Rai Chiang indossava invece una tunica dorata su pantaloni di seta nera.

Il generale aveva i capelli bianchi e un grande senso della dignità. Percepiva la storia degli Xi Xia aleggiare tra le pareti di quell'antica sala, pesante come la responsabilità che gli gravava sulle spalle.

Posò un altro segnaposto d'avorio sulle linee tracciate con inchiostro blu scuro. «Il loro accampamento si trova qui, Maestà, non lontano dal punto in cui sono entrati nel regno. Mandano dei guerrieri a compiere razzie in un raggio di cento *li* in tutte le direzioni.»

«Non è possibile spingersi più lontano in una giornata, e quindi devono accamparsi altrove per la notte» mormorò Rai Chiang. «Forse possiamo attaccarli là.»

Non volendo contraddire apertamente il sovrano, il generale si limitò a scuotere lievemente il capo. «Non si fermano per riposare, Maestà, e nemmeno per mangiare. I nostri esploratori riferiscono di averli visti cavalcare andata e ritorno tra l'alba e il tramonto. Quando prendono prigionieri sono più lenti: li fanno camminare davanti a loro. Non portano con sé soldati o carri di vettovaglie quando si allontanano dall'accampamento principale.»

Rai Chiang corrugò lievemente la fronte, sapendo che in quel gesto ci sarebbe stata una disapprovazione sufficiente a far sudare freddo il generale. «L'accampamento non è importante, generale. L'esercito deve combattere e annientare questi razziatori che hanno sparso così tanta distruzione. Mi hanno riferito di un cumulo di cadaveri di contadini alto come una montagna. Chi mieterà il raccolto? La città potrebbe morire di fame persino se gli invasori se ne andassero oggi stesso!»

Il generale Giam lo fissò impassibile, deciso a non rischiare un altro scatto di collera. «Avremo bisogno di tempo per formare l'esercito e preparare il terreno. Con la guardia reale al comando, posso far disseminare nei campi chiodi appuntiti che sgomineranno qualunque carica. Se la disciplina tiene, li annienteremo.»

«Avrei preferito che ci fossero dei soldati chin a dare manforte alla mia guardia personale» borbottò tra sé Rai Chiang.

Il generale si schiarì la voce, sapendo di avventurarsi su un terreno pericoloso. «A maggior ragione avremo bisogno delle tue guardie, Maestà. Con le armi se la cavano un po' meglio dei contadini. Da soli, loro non potrebbero mai farcela.»

Rai Chiang puntò gli occhi chiarissimi sul generale. «Mio padre aveva quarantamila soldati ben addestrati che difendevano le mura della città. Da bambino assistevo alla parata delle truppe rosse che sfilavano per la città in occasione del suo compleanno, e sembravano non finire mai.» Fece una smorfia. «Ho dato ascolto a degli sciocchi, ritenendo che perdere qualche vita fosse preferibile rispetto alla minaccia che dovevamo affrontare. La mia guardia personale conta meno di ventimila soldati e tu vorresti che li mandassi fuori? Chi difenderebbe la città, allora? Chi organizzerebbe le squadre per i grandi archi e presidierebbe le mura? Credi che contadini e mercanti serviranno a qualcosa dopo che la mia guardia sarà uscita? Ci saranno sommosse per via del cibo e incendi. Pensa a come vincere senza di loro, generale: non c'è altro modo.»

Il generale Giam era figlio di uno degli zii del re e per questo aveva fatto carriera facilmente. Ora era il momento di tirare fuori tutto il coraggio necessario per affrontare la disapprovazione di Rai Chiang. «Concedimi diecimila delle tue guardie, mio signore; esse daranno stabilità al resto delle truppe formando il cuore di un esercito che sarà imbattibile.»

«Anche diecimila sono troppe» ribatté Rai Chiang.

Il generale Giam deglutì. «Senza cavalleria non posso batterli, Maestà. Potrei provarci con cinquemila guardie e altre tremila a cavallo. Ma se non puoi darmele, è meglio che tu mi faccia giustiziare subito.»

Rai Chiang sollevò gli occhi dalla mappa e affrontò lo sguardo fermo del generale Giam, sorridendo nel vedere il sudore che gli imperlava la fronte. «D'accordo. Sono disposto ad arrivare a un compromesso tra quello che mi chiedi e la necessità di difendere la città. Prendi mille balestrieri, duemila cavalieri e altri duemila picchieri. Saranno loro a guidare gli altri contro il nemico.»

Il generale Giam chiuse gli occhi e ringraziò il cielo. Rai Chiang non se ne accorse, essendo già tornato a studiare la mappa. «Puoi prendere tutte le armature che troverai nei magazzini. Gli uomini della milizia cittadina non sono certo le mie guardie rosse, ma forse indossare lo stesso costume darà loro coraggio. Di certo vincerà la noia di impiccare delinquenti e ridipingere gli alloggi dei soldati. Non deludermi, generale.»

«Non succederà, Maestà.»

Gengis cavalcava alla testa del suo esercito, una lunga fila di uomini a cavallo che si snodava lungo le terre degli Xi Xia. Quando arrivavano ai canali, la fila si scomponeva e gli uomini si sfidavano in gare di velocità lungo gli argini, ridendo e sbeffeggiando quelli che cadevano nelle acque scure e restavano indietro.

La città di Yinchuan si profilava all'orizzonte ormai da ore quando finalmente Gengis diede ordine di fermarsi. I corni squillarono da un capo all'altro della colonna e lentamente l'armata si arrestò, mentre i generali allertavano i soldati alle ali: si trovavano in territorio ostile e non si sarebbero lasciati cogliere di sorpresa.

La città si stagliava in lontananza. Benché fossero distanti ancora molte miglia, sembrava una fortificazione massiccia, di dimensioni impressionanti. Gengis socchiuse gli occhi per difendersi dal bagliore del sole pomeridiano. La pietra usata dai costruttori della città era grigio scuro e riusciva a distinguere delle torri all'interno delle mura, anche se non capiva a che cosa servissero. Sforzandosi di non lasciar trapelare la soggezione che l'imponente costruzione gli incuteva, si guardò intorno, constatando che in quel territorio piatto la sua gente non correva il rischio di cadere in qualche imboscata. Il grano avrebbe potuto nascondere dei soldati che strisciavano, ma i suoi esploratori li avrebbero avvistati molto prima che potessero avvicinarsi. Era un posto come un altro per accamparsi, così decise che si sarebbero fermati lì e smontò da cavallo, diramando ordini.

Dietro di lui, la gente delle tribù si mise all'opera per piantare il campo. Ogni famiglia montò rapidamente la sua tenda, e in un batter d'occhio dai carri scaturì una città. Poco dopo arrivò il carro con la *ger* di Gengis e il profumo del montone arrosto si levò nell'aria.

Arslan stava risalendo la fila di guerrieri insieme al figlio Jelme. Sotto il loro sguardo i guerrieri mongoli si irrigidivano con fierezza e smettevano di chiacchierare, notò Gengis soddisfatto, e quando i due lo raggiunsero li accolse con un sorriso.

«Non avevo mai visto una terra così piatta» disse Arslan. «Non c'è un posto in cui arroccarsi in difesa, nulla verso cui ritirarsi... Siamo troppo vulnerabili qui.»

Suo figlio Jelme sollevò lo sguardo nell'udire le sue parole, ma non parlò. Arslan aveva il doppio dell'età degli altri generali e li guidava con prudente saggezza. Non sarebbe mai stato una testa calda, era stimato per la sua intelligenza e temuto per la sua collera.

«Non ci lasceremo cacciare, Arslan. Non da qui» replicò Gengis, dandogli un'affettuosa pacca sulla spalla. «Li attireremo fuori dalla città, oppure darò ordine di costruire una rampa di terra fino alla cima delle loro mura. Sarebbe uno spettacolo notevole fare irruzione al galoppo dall'alto, no?»

Arslan gli rispose con un sorriso tirato. Era uno di quelli che più si erano avvicinati a Yinchuan, giungendo abbastanza vicino da indurre il nemico a sprecare qualche freccia nella speranza di colpirlo. «È come una montagna, mio signore. Lo vedrai tu stesso quando ti avvicinerai alle mura. A ogni angolo c'è una torre, e le mura sono dotate di feritoie da cui si affacciano gli arcieri. Difficilmente potremmo centrarli, mentre loro potrebbero colpirci con facilità.»

Gengis si rabbuiò. «Prima di decidere voglio vedere. Se la città non si arrende, la prenderemo per fame.»

Jelme annuì. Insieme a suo padre, si era spinto abbastanza vicino da sentire sulla schiena l'ombra della città. Per un uomo come lui, abituato agli spazi sconfinati della steppa, il pensiero di un simile formicaio umano era insopportabile. La sola idea gli pareva un affronto. Poi si rivolse a Gengis: «I canali giungono fino alla città, mio signore, attraverso tunnel chiusi da barre di ferro. Mi hanno detto che li usano per portare via lo sterco di tutta quella gente e degli animali. Potrebbe essere un punto debole».

Gengis si illuminò. Aveva passato tutto il giorno in sella ed era stanco. Ci sarebbe stato tempo per pianificare l'assalto l'indomani, dopo che avesse mangiato e dormito. «Troveremo il modo di entrare» promise.

7

Poiché i nemici non si facevano vedere, i più giovani fra i guerrieri di Gengis trascorrevano le giornate sfidandosi l'un l'altro a chi aveva il coraggio di spingersi più vicino alla città. I più arditi galoppavano fino a dove giungeva l'ombra delle mura e le frecce degli Xi Xia passavano fischiando sopra le loro teste. Le grida di guerra echeggiavano sui campi tutto intorno, eppure soltanto in tre giorni una freccia xi xia riuscì ad andare a segno. Il cavaliere mongolo colpito riuscì comunque a rimanere in sella e si allontanò al galoppo, strappandosi la freccia dall'armatura e gettandola per terra con un gesto sprezzante.

Anche Gengis si avvicinò alle mura, insieme ai suoi generali e ufficiali. Ciò che vide non gli fu di alcun aiuto. Persino i canali che entravano nella città erano protetti da sbarre di ferro spesse quanto l'avambraccio di un uomo e conficcate in profondità nella pietra. Probabilmente da lì sarebbero riusciti a entrare, in qualche modo, anche se la sola idea di strisciare in quelle gallerie maleodoranti era a dir poco stomachevole.

Al calar della sera, i suoi fratelli e i generali si riunirono nella grande *ger* per mangiare e discutere della situazione. Gengis era ancora una volta di umore cupo, ma Arslan, che gli aveva giurato fedeltà quando lui era soltanto Temujin dei Lupi, non si fece scrupolo nel parlare con franchezza.

«Con tettoie di legno simili agli scudi che abbiamo usato per conquistare il forte, potremmo proteggere gli uomini finché non avranno sfondato a martellate le grate che sbarrano l'accesso del canale. Però non mi piacciono affatto quegli enormi archi sulle mura. Non avrei mai creduto che potessero esisterne di quelle dimensioni. Se sono veri, possono scoccare frecce lunghe come un uomo. E non oso pensare ai danni che potrebbero causare.»

«Non possiamo nemmeno rimanere qui in eterno, mentre loro mandano messaggi ai loro alleati» mormorò Kachiun, «e men che meno passare oltre la città con il rischio che il loro esercito ci attacchi alle spalle. Dobbiamo entrare là dentro, o tornare nel deserto e rinunciare a tutto quello che abbiamo conquistato fino a ora.»

Gengis lanciò un'occhiata stizzita al fratello minore. «Questo non accadrà» affermò con maggior sicurezza di quanta in realtà ne avesse. «Il loro raccolto è nelle nostre mani. Quanto può durare una città prima che i suoi abitanti inizino a mangiarsi l'un l'altro? Il tempo è dalla nostra parte.»

«Per il momento non mi sembra che ne risentano» replicò Kachiun tra un boccone e l'altro. «Hanno l'acqua dei canali, e per quel che ne sappiamo potrebbero avere enormi scorte di grano e carne salata.» Notò che Gengis si era accigliato, ma continuò. «Potrebbero volerci anni per costringerli alla resa, e chissà quante truppe di rinforzo sono già in marcia per portare loro aiuto... Prima che inizino a patire la fame, potrebbero arrivare i Chin, e allora saremmo presi tra due fuochi.»

«Allora datemi una valida soluzione alternativa!» sbottò Gengis. «Gli studiosi uiguri mi hanno detto che tutte le città dei Chin sono come questa o più grandi ancora. Se sono state costruite dall'uomo, l'uomo può distruggerle, ne sono certo. Ditemi soltanto come.»

«Potremmo avvelenare l'acqua dei canali» propose Khasar, prendendo con la punta del coltello un altro pezzo di carne. «Be', cosa c'è?» domandò accorgendosi che era calato il silenzio. E con una punta di sfida nella voce aggiunse: «Questa non è mica la nostra terra».

«Rifletti, fratello» lo rimproverò scherzosamente Kachiun, a nome di tutti, «che cosa berremmo noi, se lo facessimo?»

Khasar si strinse nelle spalle. «Berremmo l'acqua pulita un poco più a monte.»

Gengis ascoltava attento, e rifletteva. «Dobbiamo punzecchiarli fino ad attirarli allo scoperto» disse infine. «Non ho intenzione di avvelenare dell'acqua pura, ma possiamo distruggere i canali e prendere la città per sete. Mandare in rovina il lavoro di generazioni sotto i loro occhi, forse li convincerà ad affrontarci in campo aperto.»

«Ci penso io» si offrì Jelme.

Gengis annuì. «Invece tu, Khasar, prenderai cento uomini e ti occuperai delle sbarre dei canali che entrano nella città.»

«Per fabbricare le tettoie dovrò smantellare parecchi carri. Le famiglie non saranno contente» replicò Khasar.

Gengis sbuffò. «Gliene costruirò molti di più quando saremo in quella maledetta città. Allora ci ringrazieranno.»

In quel momento, tutti i presenti nella *ger* udirono distintamente il rumore di un cavallo che si avvicinava a spron battuto. Gengis rimase immobile, con un pezzetto di carne di montone tra le dita. Sollevò lo sguardo solo quando sulla soglia risuonò un rumore di passi e la porta si spalancò.

«Stanno uscendo, mio signore.»

«Di notte?» domandò incredulo Gengis.

«Non c'è la luna, ma ero abbastanza vicino da sentirli, mio signore. Cinguettano come uccellini e fanno più chiasso dei bambini.»

Gengis gettò la carne nella ciotola al centro della *ger*. «Tornate dai vostri uomini, fratelli, e dite loro che si preparino.» Il suo sguardo passò da un viso all'altro fino a soffermarsi su quelli di Arslan e Jelme, l'uno accanto all'altro. «Arslan, avrai cinquemila uomini per proteggere le famiglie. Tutti gli altri guerrieri cavalcheranno con me.» Sorrise all'idea, e tutti gli altri lo imitarono.

«Non anni, Kachiun. Non ci vorrà un giorno di più. Manda

in ricognizione i migliori esploratori. All'alba voglio sapere che cosa stanno facendo. A quel punto vi dirò come ci comporteremo.»

A sud l'autunno era ancora tiepido e le messi si incurvavano sotto il proprio peso e iniziavano a marcire nei campi. Mentre alcuni degli esploratori mongoli lanciavano grida di sfida all'armata rossa che aveva lasciato la relativa sicurezza di Yinchuan, altri tornavano al galoppo da Gengis a riferire i dettagli, per tenerlo costantemente aggiornato sull'evolversi della situazione.

Gengis camminava avanti e indietro per la *ger*, ascoltandoli descrivere la scena, uno dopo l'altro. «Vorrei sapere che cosa fanno con quei cesti» disse a Kachiun. «Cosa possono seminare, su questo terreno?» Gli avevano riferito di centinaia di uomini che camminavano in formazione a scacchiera davanti all'esercito di Yinchuan, con una gerla sulle spalle dalla quale pescavano qualcosa che poi spargevano a piene mani tutto intorno.

Aveva fatto chiamare il khan degli Uiguri perché gli spiegasse il mistero. Barchuk aveva posto alcune domande agli esploratori, strappando loro anche la più piccola informazione che potesse tornargli utile. «Potrebbe trattarsi di qualche stratagemma per rallentare i nostri cavalli» disse infine. «Pietre appuntite, forse, o chiodi di ferro. Ne hanno seminato per un lungo tratto tutto intorno all'esercito e non danno segno di voler attraversare quella zona. Se hanno intenzione di attirarci lì, forse si aspettano che la carica fallisca.»

Gengis gli diede una pacca sulla spalla. «Qualunque cosa sia, non permetterò che siano loro a scegliere il terreno» disse. «Tu avrai i tuoi rotoli, Barchuk.» Guardò le facce dei guerrieri che lo circondavano, i suoi fedelissimi. Nessuno di loro conosceva il nemico che stavano per affrontare. La vittoria che avevano riportato al forte per entrare nella valle di Xi Xia non aveva nulla a che vedere con le truppe d'assalto che difendevano la capitale del regno. Il cuore gli batteva forte all'idea che finalmente avrebbe combattuto contro i nemici del suo popolo. Di certo non avrebbero fallito, dopo una preparazione così lunga, pensò. Kokchu aveva detto che secondo gli astri il suo popolo sarebbe andato incontro a un nuovo destino. E lui aveva sacrificato una capra bianca al padre celeste, chiamandolo con il nome più antico della lingua degli sciamani, Tängri, affinché non li abbandonasse. Erano stati divisi per molto tempo, e resi deboli dai Chin nelle loro città d'oro. Ma ora erano di nuovo forti, e avrebbero visto cadere quelle stesse città.

I generali rimasero perfettamente immobili di fronte a Kokchu mentre lo sciamano intingeva le dita in minuscole ciotole tracciando linee sui loro visi. Quando si guardarono l'un l'altro, i loro visi erano irriconoscibili, maschere da guerra con occhi feroci e terrificanti.

Lo sciamano lasciò per ultimo Gengis, tracciandogli in viso due linee rosse che partivano dalla fronte e, passando sopra gli occhi, arrivavano fino agli angoli della bocca. «Il ferro non ti toccherà, mio signore. La pietra non ti spezzerà. Tu sei il Lupo, e il padre celeste ti guarda dall'alto.»

Gengis tenne lo sguardo fisso davanti a sé senza batter ciglio, mentre lo sciamano gli tracciava quei segni sulla pelle con il sangue ancora caldo. Alla fine annuì e uscì dalla *ger*, montando a cavallo mentre i guerrieri si schieravano ai suoi lati. La città si stagliava in lontananza, e davanti alle mura una moltitudine di soldati rossi aspettava di vedere la fine delle proprie ambizioni. Guardò i guerrieri schierati a destra e a sinistra, poi sollevò un braccio.

Un centinaio di ragazzini iniziarono a picchiare sui tamburi. Ciascuno di loro aveva combattuto con i coetanei per avere il diritto di cavalcare insieme ai guerrieri, e molti di loro portavano ancora i segni della lotta. Gengis sentì un fiotto di energia pervaderlo quando sfiorò l'impugnatura della spada di suo padre. Poi lasciò cadere il braccio e i Mongoli si lanciarono come un sol uomo sulla pianura degli Xi Xia, verso la città di Yinchuan.

«Stanno arrivando, mio signore» annunciò eccitato il Primo Ministro. Dalla torre del re, il punto più alto della città, si poteva spaziare con la vista sulla pianura tutto intorno, e Rai Chiang non aveva sollevato obiezioni alla presenza dei consiglieri nei suoi appartamenti privati.

I soldati nelle loro armature vermiglie sembravano una macchia di sangue sul terreno davanti alla città. Rai Chiang credette di distinguere in lontananza la figura imponente del generale Giam che passava in rassegna le truppe. Le picche splendevano nel sole del mattino mentre i reggimenti si allineavano, e la guardia reale, notò, era schierata sulle ali. Erano i migliori cavalieri degli Xi Xia, e non rimpiangeva di aver affidato loro quella missione.

Gli era costato molto rimanere nascosto nella città mentre le sue terre venivano messe a ferro e fuoco dai Mongoli, e il solo fatto di vedere un esercito fronteggiare gli invasori gli risollevava il morale. Giam era un solido stratega, un uomo affidabile. Non aveva mai combattuto in guerra durante la sua ascesa al potere nell'esercito, ma Rai Chiang aveva passato in rassegna i suoi piani e non vi aveva trovato alcuna pecca. Nell'attesa, il sovrano sorseggiava un vino chiaro, sognando il momento in cui avrebbe visto con i propri occhi il nemico distrutto. Allora, la notizia della sua vittoria sarebbe giunta alla corte dei Chin e il principe Wei l'avrebbe accolta con amarezza. Infatti, se i Chin avessero mandato loro dei rinforzi, Rai Chiang sarebbe stato in debito con lui per sempre. L'imperatore era abbastanza intelligente da rendersi conto di aver sprecato una grande opportunità, e per Rai Chiang il solo pensiero era inebriante. Avrebbe fatto in modo che i Chin venissero a sapere ogni dettaglio della battaglia, si ripromise.

Il generale Giam osservò la nuvola di polvere che il nemico sollevava avanzando. Il terreno era sempre più arido, perché i contadini non avevano il coraggio di uscire per irrigare i campi. I pochi che ci avevano provato erano stati uccisi dagli esploratori mongoli, semplicemente per gioco o per dare il battesimo del sangue ai guerrieri più giovani. Ma da quel giorno avrebbero smesso, Giam giurò a se stesso.

I suoi ordini venivano trasmessi ai soldati per mezzo di alte aste che svettavano nel cielo, così che tutti potessero vederle. Mentre guardava l'esercito schierato, croci nere si mescolarono alle bandiere rosse, segnalando che le truppe avrebbero tenuto la posizione. Più avanti, nei campi, erano stati sparsi nell'erba alta centinaia di migliaia di chiodi di ferro, e non vedeva l'ora che quei selvaggi ci finissero sopra. Sarebbe stata una carneficina, e allora lui avrebbe ordinato l'attacco a ranghi serrati mentre i Mongoli erano ancora frastornati.

La cavalleria reale era schierata sulle ali, e lui osservò compiaciuto i loro splendidi cavalli che sbruffavano e raspavano il terreno, eccitati. I picchieri del re presidiavano la parte centrale dello schieramento, splendidi nelle armature scarlatte, quasi fossero scaglie di pesci esotici. La loro espressione cupa e risoluta comunicava forza e tenacia e fu di grande sostegno agli altri soldati mentre la nuvola di polvere si ingrandiva sempre più e la terra iniziava a tremare sotto i loro piedi. Giam vide abbassarsi una delle bandiere di segnalazione e mandò un uomo a castigare il portatore che ne era responsabile. L'armata degli Xi Xia era nervosa, lo vedeva dallo sguardo dei soldati. Vedere le linee nemiche infrangersi avrebbe dato loro coraggio, si disse. Aveva la vescica piena e imprecò sottovoce sapendo di non poter smontare da cavallo mentre il nemico si accingeva ad attaccare. Tra i soldati, molti stavano urinando sul terreno polveroso, preparandosi alla battaglia.

Dovette urlare gli ordini a pieni polmoni per sovrastare il rombo prodotto dai cavalli lanciati al galoppo. Gli ufficiali erano sistemati a intervalli lungo la prima linea e ripetevano ai soldati l'ordine di mantenere la posizione e stare allerta.

«Ancora un poco» mormorò Rai Chiang. Riusciva a distinguere i singoli individui nell'esercito nemico e lo stomaco gli si contrasse nel constatarne l'ingente numero. Sentiva gli sguardi dei suoi concittadini perforargli la schiena e sapeva che il re sarebbe stato sugli spalti insieme a tutti quelli che fossero riusciti a trovare un posto. La salvezza di Yinchuan dipendeva da lui, e i suoi uomini sarebbero stati all'altezza, si ripeté.

Accanto a lui c'era il suo secondo in comando, pronto a scattare al suo ordine. «Sarà una grande vittoria, generale» gli disse.

Giam colse una sfumatura di inquietudine nella voce dell'ufficiale e si costrinse a distogliere lo sguardo dal nemico che avanzava per rispondergli. «Il re ci sta guardando, e gli uomini non devono scoraggiarsi. Sanno che il sovrano si trova sulle mura?»

«Me ne sono accertato personalmente, Maestà. Loro...» A un tratto l'uomo sgranò gli occhi e Giam tornò a guardare i nemici che avanzavano verso di loro nella pianura.

Dal centro della linea d'attacco si staccarono un centinaio di cavalieri che formarono una colonna simile all'asta di una freccia. Giam li osservò senza capire mentre si avvicinavano alla zona con i chiodi nascosti nell'erba. Esitò, chiedendosi quali ripercussioni avrebbe avuto sul suo piano quella nuova formazione. Sentì un rivolo di sudore colargli lungo le tempie e sguainò la spada per bloccare il tremito che gli scuoteva le mani.

«Ci siamo quasi» mormorò. I cavalieri galoppavano chini sul collo dei cavalli per opporsi alla forza del vento. Giam li guardò oltrepassare la linea che aveva preparato e per un terrificante momento pensò che sarebbero riusciti a passare incolumi attraverso lo sbarramento. Poi un cavallo lanciò un nitrito agonizzante e rovinò a terra, seguito poco dopo da dozzine di altri animali, quando le punte di ferro dei triboli si conficcarono nella parte morbida degli zoccoli; gli uomini furono sbalzati di sella, la colonna si scompose e Giam conobbe un istante di gioia sublime nel vedere i guerrieri nemici tirare selvaggiamente le redini delle proprie cavalcature nel tentativo di fermarsi. Quelli che erano piombati a tutta velocità sulle punte di ferro sparse nel terreno giacevano feriti o morti nell'erba, e un'ovazione si levò dai ranghi degli Xi Xia.

Giam notò che le aste delle bandiere di segnalazione svettavano orgogliose e strinse il pugno sinistro in un gesto di esultanza. "Lascia che avanzino a piedi" pensò, "e vedranno che bella sorpresa ho in serbo per loro!"

Alle spalle degli uomini e dei cavalli agonizzanti, l'esercito nemico turbinava disordinatamente, avendo perso del tutto l'impeto della carica. I guerrieri mongoli, palesemente non addestrati, erano stati travolti dal panico. Non avevano altra tattica che scagliarsi al galoppo in una carica selvaggia, e il loro tentativo era fallito. Completamente allo sbaraglio, fecero dietrofront e tornarono a rotta di collo verso le proprie linee. Il caos si propagò con una rapidità impressionante e Giam vide gli ufficiali mongoli abbaiare ordini agli uomini in fuga, colpendoli di piatto con la spada mentre passavano. Alle sue spalle, gli abitanti di Yinchuan esultavano.

Giam si girò sulla sella. Tutta la prima linea del suo schieramento fece un mezzo passo in avanti, come cani che tirano il guinzaglio. I loro occhi brillavano assetati di sangue e lui si rese conto che occorreva tenerli sotto controllo. «Fermi!» gridò. «Ufficiali, trattenete gli uomini. L'ordine è di tenere la posizione!» Troppo tardi. Un istante dopo, gli uomini ruppero gli indugi, avventandosi sul nemico come un'urlante onda scarlatta. Si levò una nube di polvere. Solo la guardia imperiale mantenne la posizione, mentre la cavalleria sulle ali fu costretta ad avanzare insieme al resto dell'esercito per non lasciare i compagni privi di protezione. Giam continuò a urlare ordini, disperatamente, mentre i suoi ufficiali correvano su e giù per le linee, cercando invano di trattenere i soldati. Ma dopo quasi due mesi di attesa, non avevano intenzione di farsi sfuggire l'opportunità di attaccare il nemico. I soldati lanciarono grida di sfida nel raggiungere la barriera di triboli, e dal momento che non costituiva un pericolo per gli uomini a piedi la oltrepassarono rapidamente, uccidendo i guerrieri ancora vivi e accanendosi sui morti riducendoli a non più che ammassi sanguinolenti sull'erba.

Giam usò il cavallo per arginare il maggior numero possibile di uomini. Aveva dato ordine di suonare la ritirata, ma i soldati sembravano sordi e ciechi a qualunque cosa che non fosse il nemico e il re che li stava guardando. Era impossibile richiamarli.

Dalla sella del suo cavallo, Giam si accorse prima di tutti gli altri dell'improvviso contrattacco del nemico. Davanti ai suoi

occhi, la fuga disordinata dei Mongoli si tramutò in una formazione d'attacco perfettamente disciplinata. L'armata scarlatta
degli Xi Xia si era spinta già mezzo miglio oltre le trappole e
le buche che gli uomini avevano scavato la notte precedente
e continuava ad attaccare alla cieca per ricacciare gli invasori
lontano dalla città. Colta di sorpresa, si ritrovò ad affrontare
in campo aperto un esercito di cavalieri ben organizzati e sicuri
di sé. Gengis diede un singolo ordine e la formazione avanzò al
trotto. I guerrieri mongoli estrassero gli archi dalle custodie di
pelle agganciate alla sella e presero una freccia dalle faretre che
portavano sulla schiena o al fianco. Guidavano i cavalli con le
sole ginocchia, cavalcando con gli archi puntati verso il basso.
A un altro ordine di Gengis accelerarono progressivamente e
sollevarono gli archi, pronti a scoccare la prima raffica.

Gli Xi Xia si fecero prendere dal panico e serrarono i ranghi,
mentre qualcuno nelle retrovie continuava a esultare, ignaro del
contrattacco dei Mongoli. Giam continuava a urlare ordini nel
tentativo di spingere gli uomini ad aumentare lo spazio tra le
varie file, ma soltanto le guardie imperiali reagirono con prontezza. Trovandosi ad affrontare un secondo, massiccio attacco, i
soldati dell'armata rossa si strinsero istintivamente ancor di più
l'uno all'altro, terrorizzati e confusi.

Ventimila frecce sibilarono nell'aria abbattendosi sull'armata
degli Xi Xia, che improvvisamente decimata non fu in grado di
rispondere all'attacco. I balestrieri poterono a stento scoccare
dardi alla cieca verso il nemico, ostacolati dai compagni che
cercavano di fuggire. I Mongoli scoccarono dieci volte consecu-
tive, con una precisione di tiro ai limiti dell'incredibile. L'armata rossa era imponente, ma ogni volta che i soldati xi xia
si lanciavano alla carica urlando, venivano colpiti ripetutamente, e alla fine rinunciarono. Quando i Mongoli si spinsero
in avanti per impegnare gli avversari in un combattimento
corpo a corpo, Giam spronò il cavallo e galoppò davanti alla
prima linea fino a raggiungere i picchieri della guardia imperiale, augurandosi disperatamente che resistessero. Chissà
come, riuscì a passare incolume.

Le guardie del re non sembravano diverse dal resto dei soldati, nella loro armatura rossa. Nel prendere il comando, Giam notò che alcuni dei regolari correvano verso di loro, inseguiti dai guerrieri mongoli. Le guardie non fuggirono e Giam ordinò di sollevare le picche. I guerrieri mongoli si resero conto troppo tardi che quei nemici non si erano lasciati prendere dal panico come gli altri. La lama di una picca tenuta ferma secondo una certa angolazione era in grado di tagliare in due un uomo alla carica e i Mongoli caddero a dozzine nel tentativo di rompere lo schieramento nemico. Giam sentì rinascere la speranza.

Le guardie a cavallo erano avanzate per difendere le ali dell'esercito da quel nemico straordinariamente mobile. Quando i soldati di leva cedettero, a Giam rimasero soltanto le poche migliaia di guardie imperiali ben addestrate e qualche centinaio di sbandati. I Mongoli sembravano divertirsi a colpire i cavalieri xi xia. Ogni volta che una guardia a cavallo tentava di caricare, gli uomini delle tribù lo trafiggevano con lance e frecce, passando a tutta velocità. I più coraggiosi impegnarono le guardie rosse con la spada, colpendo e spostandosi come fossero insetti. Benché disciplinati, i cavalieri della guardia imperiale erano stati addestrati a combattere in campo aperto contro forze di fanteria; non erano in grado di rispondere a un attacco che proveniva da ogni direzione, e una volta isolati dalla città furono massacrati.

I picchieri sopravvissero alla prima carica squartando il ventre dei cavalli mongoli, ma quando la cavalleria imperiale fu sgominata e dispersa, la fanteria si ritrovò esposta. I picchieri non erano in grado di girarsi facilmente ad affrontare il nemico e ogni volta che ci provavano erano troppo lenti. Giam continuava a strillare ordini, ma i Mongoli li circondarono e li fecero a pezzi, bersagliandoli con una tempesta di frecce dalla quale il generale riemerse ancora una volta illeso, mentre intorno a lui i soldati xi xia cadevano trafitti da dozzine di frecce oppure tranciati in due da un colpo di spada vibrato da un cavallo in corsa. Nella calca, le picche si spezzarono e furono calpestate. I soldati sopravvissuti cercarono di ripiegare verso le mura, dove gli arcieri avrebbero potuto proteggerli, ma quasi tutti furono presi e uccisi prima di raggiungere la salvezza.

Le porte della città furono chiuse. Guardando le mura alle proprie spalle, Giam arrossì per la vergogna all'idea che il re stesse guardando, inorridito. L'esercito era stato sbaragliato, distrutto. Solo pochi uomini malconci erano riusciti a raggiungere le mura. Chissà come, Giam era ancora in sella. Affranto, sollevò la spada e si diresse al piccolo galoppo verso le linee nemiche, finché i Mongoli non lo avvistarono.

Via via che si avvicinava, nella sua armatura rossa si conficcarono decine e decine di frecce; poi, prima che raggiungesse la prima linea, un giovane guerriero cavalcò verso di lui con la spada sollevata. Giam lanciò un grido d'attacco, ma il guerriero schivò il colpo abbassandosi e contrattaccò ferendolo sotto il braccio destro. Il generale xi xia oscillò sulla sella mentre il suo cavallo rallentava fino a procedere al passo. Riusciva a sentire i cavalieri mongoli gridare alle sue spalle, ma il colpo gli aveva tranciato i legamenti e non poté sollevare la spada. Con il sangue che gli ruscellava sulle gambe, sollevò lo sguardo per un istante, ma non sentì il colpo che gli tranciò di netto la testa mettendo fine alla sua vergogna.

Gengis cavalcò trionfante attraverso i cumuli di cadaveri scarlatti, le cui armature sembravano lucidi carapaci di giganteschi scarafaggi. Nella mano destra teneva una lunga picca su cui era conficcata la testa del generale xi xia, la barba bianca che fremeva nella brezza. Il sangue scorreva lungo l'asta ricoprendogli la mano, dove si seccava formando una crosta appiccicosa. Alcuni nemici si erano messi in salvo attraversando di corsa la zona cosparsa di triboli, dove i suoi cavalieri non potevano avventurarsi, ma lui aveva mandato ugualmente dei guerrieri a inseguirli, ordinando loro di condurre i cavalli a piedi. La faccenda era andata per le lunghe e appena un migliaio di soldati xi xia erano riusciti ad arrivare abbastanza vicino alle mura da essere protetti dagli arcieri. Gengis rise nel vederli raggruppati sotto le mura di Yinchuan: le porte della città erano rimaste chiuse e i poveretti non potevano far altro che fissare con occhi colmi di disperazione i suoi guerrieri che si avvicinavano cavalcando tra i cadaveri.

Raggiunta la zona disseminata di punte di ferro smontò, appoggiando la pesante picca contro il fianco del cavallo ansante, e si chinò a raccoglierne una, esaminandola incuriosito. Era semplicissima, fatta con quattro chiodi uniti in modo che uno fosse sempre rivolto verso l'alto. Se fosse stato costretto ad arroccarsi in posizione di difesa, pensò, anche lui avrebbe seminato quelle punte in fasce concentriche tutto intorno all'esercito, eppure, nonostante quell'astuto stratagemma, era evidente che i difensori di Yinchuan non erano veri guerrieri. I suoi uomini erano più disciplinati e meglio addestrati, abituati a sopravvivere in una terra molto più dura della pacifica valle di Xi Xia.

Mentre passeggiava, vide per terra frammenti di armature spezzate e contorte. Ne esaminò un pezzo con interesse, notando come la lacca rossa si fosse scheggiata, saltando via alle estremità. Alcuni dei soldati xi xia avevano combattuto bene, e tuttavia gli archi dei Mongoli avevano avuto la meglio. Questo era un ottimo segno, la conferma definitiva che aveva condotto il suo popolo nel posto giusto. Gli uomini lo sapevano, e lo guardavano con reverenza. Avevano attraversato il deserto, e si erano trovati ad affrontare nemici che non sapevano combattere. Era un buon giorno.

Il suo sguardo si posò su una decina di uomini che indossavano le *deel* con i caratteristici ricami azzurri degli Uiguri. Stavano camminando in mezzo ai cadaveri; uno di loro portava sulle spalle un sacco mentre gli altri si chinavano sui corpi e facevano un rapido gesto con il coltello. «Che cosa state facendo?» gridò.

Loro si raddrizzarono con fierezza nel vedere chi li aveva interpellati. «Barchuk degli Uiguri ha detto che avresti voluto sapere il numero preciso dei morti» replicò uno di loro. «Così gli tagliamo un orecchio per poterli contare in seguito.»

Gengis fece un ghigno. Guardandosi intorno, notò che molti

dei cadaveri avevano uno squarcio rosso là dove quel mattino c'era stato un orecchio. Il sacco era già quasi pieno. «Potete ringraziare Barchuk da parte mia» disse; poi la sua voce si spense. Mentre gli uomini si scambiavano occhiate nervose, il grande khan fece tre passi tra i cadaveri, dai quali si sollevò un nugolo di mosche. «Qui, però, ce n'è uno a cui mancano entrambe le orecchie» disse.

I guerrieri uiguri si avvicinarono, e nel constatare l'errore dei compagni l'uomo che reggeva il sacco imprecò all'indirizzo dei compagni. «Razza di idioti! Come facciamo a sapere il numero esatto dei caduti se tagliate loro entrambe le orecchie, eh?»

Gengis lanciò un'occhiata ai loro visi contriti e scoppiò a ridere, tornando al suo cavallo. Stava ancora ridacchiando quando raccolse la picca e gettò nell'erba la manciata di chiodi che aveva raccolto. Lentamente, si diresse verso le mura con il suo raccapricciante trofeo, valutando a occhio la distanza a cui gli arcieri xi xia sarebbero potuti arrivare con le loro frecce.

Giunto in prossimità delle mura, dove tutti avrebbero potuto vederlo, piantò la picca nel terreno e sollevò lo sguardo. Come si aspettava, diverse frecce solcarono il cielo dirette verso di lui, ma era troppo lontano perché potessero raggiungerlo e così non si mosse. Sguainò la spada di suo padre e la agitò verso i nemici, mentre alle sue spalle l'esercito mongolo esultava, acclamandolo.

Poi la sua espressione tornò a incupirsi. Quel giorno il suo popolo aveva ricevuto il battesimo del sangue. Aveva dimostrato loro che potevano avere la meglio persino sui soldati chin. Eppure non aveva ancora trovato il modo di entrare in quella città, che sembrava sbeffeggiarlo con la sua potenza. Cavalcò lentamente verso i fratelli, e dopo averli salutati con un cenno del capo disse: «Distruggete i canali».

8

Ci vollero sei giorni di strenuo lavoro per ridurre in macerie i canali intorno a Yinchuan. Dapprima Gengis osservò compiaciuto il procedere della distruzione, augurandosi che i torrenti che scendevano dalla montagna allagassero la città; ben presto, però, l'acqua che inondava la pianura iniziò a salire così in fretta che i suoi guerrieri si ritrovarono immersi nel fango fino alle caviglie ancor prima di aver finito di demolire gli argini. Con il caldo di quei giorni si era sciolta una gran quantità di neve sulle cime dei monti, e Gengis non si era minimamente preoccupato di dove sarebbe andata a finire tutta l'acqua che fino a quel momento era stata incanalata verso la città e i campi.

Il terzo giorno le coltivazioni erano completamente allagate; anche il terreno in leggera pendenza era ormai fangoso, e l'acqua continuava a salire. Gengis notò che i suoi generali si scambiavano sguardi beffardi, rendendosi conto del suo errore. All'inizio le battute di caccia diedero risultati eccellenti: con tutta quell'acqua era possibile individuare anche da molto lontano gli animali che fuggivano dalla piena; furono uccise centinaia di lepri, che gli uomini riportavano al campo legate in viscidi grappoli di pellicce bagnate. A quel punto, però, anche le *ger* erano in pericolo, e Gengis fu costretto a spostare il campo di parecchie miglia verso nord prima che l'intera valle venisse allagata.

Al calare della sera raggiunsero un punto in cui il terreno era ancora asciutto. La città di Yinchuan era una macchia scura all'orizzonte; in mezzo, un lago era spuntato dal nulla. Era profondo appena un piede, ma la luce dorata del sole al tramonto si rifletteva sullo specchio d'acqua per miglia e miglia.

Gengis era seduto sui gradini che portavano alla sua *ger* quando Khasar lo raggiunse, badando a mantenere un'espressione impassibile. Nessuno aveva avuto il coraggio di rivolgere la parola al loro condottiero, ma quella sera al campo c'era una tensione palpabile. La gente delle tribù adorava scherzare, ed essere costretti a fuggire dalla valle dopo averla allagata con le proprie mani stuzzicava il loro senso dell'umorismo.

Khasar seguì lo sguardo irritato del fratello. «Be', abbiamo avuto una bella lezione, non c'è che dire» mormorò. «Devo dare ordine alle sentinelle di vegliare perché il nemico non ci sorprenda arrivando a nuoto?»

Gengis gli lanciò un'occhiata stizzita, prima di tornare a fissare i ragazzini che si rincorrevano strillando e cercando di spingersi nel fango maleodorante. Come sempre, Jochi e Chagatai erano al centro del gruppo, deliziati dal nuovo aspetto della valle degli Xi Xia.

«L'acqua verrà assorbita dal terreno» replicò Gengis, accigliandosi.

Khasar scrollò le spalle. «Sì, se la devieremo. Ma credo che il terreno per qualche tempo sarà troppo morbido perché i cavalli lo possano attraversare. Senza dubbio questa idea di demolire i canali non è stata delle migliori.»

Gengis si girò a guardare il fratello, che lo fissava con un sorriso sardonico, e scoppiò a ridere rumorosamente. «Noi impariamo in fretta, fratello. Ci sono così tante cose da apprendere. La prossima volta di certo non demoliremo i canali. Sei soddisfatto?»

«Sì» annuì allegramente Khasar. «Iniziavo a pensare che il mio fratellone non potesse commettere errori. È stato un bel giorno, per me.»

«Mi fa piacere» replicò Gengis, ed entrambi tornarono a osservare i ragazzini che continuavano ad azzuffarsi poco lontano.

Chagatai si scagliò sul fratello e i due rotolarono insieme nel fango.

«Dal deserto non può attaccarci nessuno, e con questo lago in mezzo nessun esercito può arrivare fin qui. Festeggiamo, dunque, e celebriamo la nostra vittoria!» disse Gengis.

Khasar annuì, sogghignando. «Questa, fratello, è davvero un'ottima idea.»

Rai Chiang strinse le mani sui braccioli dorati della poltrona, fissando la pianura allagata. La città aveva magazzini stipati di carne salata e grano, ma il raccolto era perduto e non ci sarebbe stato altro da mangiare. Si arrovellò a lungo sul problema, disperato: anche se ancora ne erano ignari, molti dei suoi sudditi sarebbero morti di fame. Quando fosse giunto l'inverno, le poche guardie che gli erano rimaste sarebbero state sopraffatte dalla gente affamata e Yinchuan sarebbe crollata dall'interno.

L'acqua si stendeva a perdita d'occhio, fino alle montagne. Alle spalle della città, verso sud, c'erano ancora campi e cittadine che non erano stati toccati dagli invasori e dall'alluvione, ma non sarebbero stati sufficienti per dare da vivere all'intero popolo degli Xi Xia. Pensò alla milizia civica che quelle città avevano a disposizione. Richiamando in servizio tutti gli uomini disponibili forse avrebbe potuto allestire un altro esercito, ma le province si sarebbero ribellate ai primi morsi della fame, e lo avrebbero abbandonato. Era frustrante, ma non vedeva alcuna soluzione ai suoi dilemmi.

Sospirò, e il suo Primo Ministro sollevò il capo.

«Mio padre mi diceva sempre di nutrire a sufficienza i contadini» disse Rai Chiang ad alta voce. «A quell'epoca non capii l'importanza di quell'affermazione. Che problema c'è se ogni inverno muore qualche contadino? Non è forse la manifestazione del malcontento degli dèi?»

Il Primo Ministro annuì, solenne. «Maestà, se non gli balenasse costantemente davanti agli occhi lo spettro della sofferenza, il nostro popolo non lavorerebbe. Ma se mostriamo loro a che cosa porta la pigrizia, lavoreranno sodo sotto il sole per dare cibo alle loro famiglie. È questo l'ordine che gli dèi hanno dato al mondo, e noi non possiamo opporci alla loro volontà.»

«Ma adesso tutti noi moriremo di fame» scattò Rai Chiang, stanco di ascoltare la voce soporifera del Primo Ministro. «E i moniti e gli esempi morali non serviranno a niente, quando metà del popolo insorgerà chiedendo cibo e combattendo nelle strade.»

«Potrebbe succedere, Maestà» replicò il Primo Ministro senza batter ciglio. «Molti moriranno, ma il regno sopravvivrà. Le messi cresceranno di nuovo, e tra un anno ci sarà cibo in abbondanza per i contadini. Quelli che riusciranno a superare l'inverno diventeranno grassi e benediranno il tuo nome.»

Rai Chiang non trovò parole per replicare e continuò a osservare le strade affollate dalla torre del Palazzo reale. La notizia che l'inondazione aveva danneggiato il raccolto era ormai di dominio pubblico, e benché il cibo ancora non scarseggiasse la gente pensava già all'inverno imminente e ovunque scoppiavano risse. Dietro suo preciso ordine, le guardie avevano agito con implacabile rigore, effettuando centinaia di arresti al primo accenno di sommossa, e il popolo aveva imparato a temere il re. Ma in cuor suo, lui aveva ancor più paura. «Si può salvare qualcosa?» domandò infine. Forse era uno scherzo dell'immaginazione, ma gli pareva di sentire nell'aria l'odore della vegetazione che marciva.

Il Primo Ministro rifletté a lungo, scorrendo un elenco di manifestazioni cittadine come se potessero suggerirgli qualche idea. «Se gli invasori se ne andassero oggi stesso, Maestà, senza dubbio riusciremmo a salvare almeno parte del grano. Potremmo seminare riso nei campi allagati e ricavarne almeno un raccolto. Ricostruiremmo i canali, o quanto meno devieremmo il corso dell'acqua verso i margini della pianura. Probabilmente sarebbe possibile salvare o rimpiazzare un decimo delle messi.»

«Ma gli invasori non se ne andranno» proseguì Rai Chiang, picchiando il pugno sul bracciolo della poltrona. «Ci hanno battuto. Quei pulciosi selvaggi puzzolenti hanno colpito al cuore gli Xi Xia, e io devo starmene seduto qui a regnare su questo fetore di grano marcio.»

Il Primo Ministro chinò il capo, scosso da quella sfuriata. Due suoi colleghi erano stati giustiziati quel mattino per aver fatto irritare il re, e lui non voleva fare la stessa fine.

Rai Chiang si alzò e intrecciò le mani dietro la schiena. «Non ho altra scelta. Se anche rastrellassi la milizia di tutte le cittadine del sud del regno, non riuscirei comunque a radunare un esercito numeroso come quello che è stato battuto. E quanto tempo ci vorrebbe perché quelle cittadine diventassero roccaforti di banditi, senza la guardia civica a mantenere l'ordine? Perderei anche il sud del regno, e allora per Yinchuan sarebbe davvero la fine.» Imprecò sottovoce e il Primo Ministro impallidì. «Non me ne starò qui seduto a guardare i contadini che si ribellano o ad aspettare che questo nauseante puzzo invada ogni angolo della città. Manda dei messaggeri dal capo di quella gente. Digli che gli propongo una tregua per discutere delle sue richieste.»

«Maestà, sono poco più che cani selvaggi» ribatté l'altro, scandalizzato. «Non possiamo negoziare con loro.»

Rai Chiang gli lanciò un'occhiata di fuoco. «Manda i messaggeri, ho detto. Cani selvaggi o no, non sono stato capace di distruggere il loro esercito. Quel che è certo è che non possono portarmi via la mia città. Forse offrendo loro denaro e ricchezze riuscirò a convincerli ad andarsene.»

Il Primo Ministro arrossì all'idea di doversi occupare di un compito così degradante, ma si prostrò davanti al sovrano, posando la fronte sul fresco pavimento di legno.

Al calare della sera, nell'accampamento mongolo erano tutti ubriachi e decisamente allegri. I cantastorie avevano narrato della battaglia e di come Gengis avesse astutamente attirato il nemico fuori dal cerchio di ferro che lo proteggeva, aggiungendovi episodi comici che facevano ridere a crepapelle i bambini. Prima che facesse buio si disputarono parecchie gare di lotta e tiro con l'arco, e ai vincitori fu consegnata in premio una corona d'erba.

Durante la festa, cui partecipò insieme ai suoi generali, Gengiş benedisse una dozzina di nuovi matrimoni, e premiò con armi e cavalli della propria mandria i guerrieri che si erano distinti in battaglia. Le *ger* straripavano di donne catturate nei villaggi, ma non tutte le mogli gradivano la concorrenza delle nuove arrivate e più di una rissa si concluse in un bagno di sangue, dove le forti donne mongole ebbero la meglio sulle prigioniere scelte dai loro mariti come concubine. Nel corso della serata Kachiun fu chiamato a sedare diverse zuffe, tre delle quali erano degenerate in uccisioni a causa dell'*airag* che scorreva a fiumi. Diede ordine di legare due uomini e una donna a un palo e di frustrarli a sangue, non perché gli importasse qualcosa dei morti, ma perché non sopportava di vedere la sua gente abbandonarsi a un'orgia di lussuria e violenza. Forse proprio in virtù della sua fermezza, l'atmosfera rimase serena, e benché al sorgere delle prime stelle si diffuse una vaga nostalgia della steppa, tutti guardavano al loro condottiero con orgoglio.

Accanto alla *ger* in cui Gengis incontrava i generali c'era quella riservata alla sua famiglia, che non era né più grande né più ornata delle altre. Mentre lui presenziava alle gare di lotta e nell'enorme accampamento venivano accese le torce, nella *ger* sua moglie Borte accudiva i quattro figli. All'imbrunire Jochi e Chagatai avevano cercato di nascondersi per non essere costretti ad andare a dormire mentre tutti festeggiavano e si divertivano, e lei aveva dovuto mandare tre guerrieri a cercarli nelle *ger* dei vicini. Glieli avevano riportati che ancora scalciavano e si dibattevano, e adesso entrambi i ragazzini sedevano tra le pareti di feltro guardandosi in cagnesco mentre lei cantava la ninnananna a Ogedai e al piccolo Tolui. Era stata una giornata faticosa, e non ci volle molto prima che i due bambini si addormentassero.

Borte a quel punto si voltò verso Jochi, accigliandosi nel vedere il suo visetto adirato. «Non hai ancora mangiato, ometto» gli disse. Lui tirò su con il naso senza rispondere, e lei allora gli si avvicinò. «Non sarà mica odore di *airag* quello che sento, vero?» domandò.

Immediatamente Jochi cambiò atteggiamento e raccolse le ginocchia sotto il mento, come per difendersi.

«Invece sì» rispose Chagatai, deliziato all'idea di vedere il fratello in difficoltà. «Degli uomini gli hanno dato da bere, e lui ha vomitato sull'erba.»

«Tieni il becco chiuso!» gridò Jochi, schizzando in piedi, ma Borte lo afferrò per un braccio, costringendolo a fermarsi, e Chagatai sogghignò soddisfatto.

«È così acido perché stamattina ha rotto il suo arco preferito» aggiunse Jochi, divincolandosi per sfuggire alla stretta della madre. «Lasciami andare!»

Per tutta risposta, lei gli diede uno schiaffo che lo mandò a ruzzolare sulle coperte. Non era stato un colpo molto forte, ma il ragazzino si massaggiò la guancia, allibito.

«Vi ho sentito litigare tutto il giorno» strillò Borte, furiosa. «Quante volte devo dirvelo che non potete azzuffarvi davanti agli occhi di tutti? Non voi! Credete forse che vostro padre ne sia contento? Se gli dicessi che tu...»

«Non dirglielo» disse rapidamente Jochi, spaventato.

Borte si addolcì all'istante. «Non lo farò, se vi comporterete bene e farete il vostro dovere. Non erediterete nulla da lui solo perché siete suoi figli. Forse che Arslan è sangue del suo sangue? O Jelme? Se dimostrerete di essere in grado di comandare, lui vi sceglierà, ma non aspettatevi che favorisca voi se ci sono uomini più meritevoli.»

Entrambi i ragazzini l'ascoltarono con attenzione, e Borte si rese conto che era la prima volta che parlava loro con quel tono. La sorprese constatare che pendevano dalle sue labbra e si chiese che cosa avrebbe potuto aggiungere prima che si distraessero di nuovo. «Mangiate mentre vi parlo» disse, e constatò compiaciuta che entrambi si tuffarono sul piatto di carne e lo trangugiarono senza batter ciglio benché ormai fosse diventato freddo. I loro occhi non abbandonarono mai i suoi, in attesa che continuasse. «Credevo che vostro padre ve l'avesse già spiegato» mormorò. «Se fosse il khan di una piccola tribù, forse il suo primogenito potrebbe aspettarsi di ereditare da lui la spada, il cavallo e i guerrieri scelti. Lui stesso, un tempo, si aspettava che vostro nonno Yesugei avrebbe fatto lo stesso, benché il maggiore in realtà fosse suo fratello Bekter.»

«Che cosa accadde a Bekter?» volle sapere Jochi.

«Lo uccisero nostro padre e Kachiun» rispose Chagatai, compiaciuto.

Borte ammiccò mentre Jochi sgranava gli occhi, sorpreso. «Davvero?»

Sua madre sospirò. «È una vecchia storia, e ve la racconterò un altro giorno. Non so dove Chagatai l'abbia sentita, ma credo che dovrebbe evitare di ascoltare i pettegolezzi che circolano nell'accampamento.»

Di nascosto, Chagatai rivolse un brusco cenno a Jochi, ridacchiando nel vedere che il fratello era a disagio, ma prima che la sua espressione fosse tornata impassibile Borte gli scoccò un'occhiata irritata. «Vostro padre non è un piccolo khan delle colline. Comanda più tribù di quante se ne possano contare sulle dita delle mani. Vi aspettate che potrebbe affidarle a uno smidollato?» Si girò verso Chagatai. «Oppure a uno sciocco?» Scosse il capo. «Non lo farà mai. Ha dei fratelli più giovani, e anche loro avranno dei figli. Il prossimo khan potrebbe essere uno di loro, se vostro padre non sarà soddisfatto di ciò che diventerete.»

Jochi chinò il capo, riflettendo sulle parole della madre. «Io sono meglio di tutti gli altri» borbottò infine. «E il mio cavallo è lento solo perché è piccolo. Quando ne avrò uno da uomo, sarò più veloce.»

Chagatai sbuffò.

«Non sto parlando dell'abilità nel combattere» replicò Borte, alzando gli occhi al cielo. «Diventerete entrambi dei grandi guerrieri, si vede già ora.» E prima che i due ragazzini potessero pavoneggiarsi per quell'inaspettato complimento aggiunse: «Vostro padre giudicherà se sarete veloci nel pensare e nel dare ordini. Avete visto come ha affidato a Tsubodai il comando di cento guerrieri? Quel ragazzo è uno sconosciuto, che non ha legami di sangue significativi, eppure vostro padre ne rispetta l'intelligenza e le capacità. Lo metterà alla prova, naturalmente, ma quando sarà adulto potrebbe diventare un generale; potrebbe comandare mille guerrieri in battaglia, o persino diecimila. E voi, sarete in grado di farlo?»

«Perché no?» replicò immediatamente Chagatai.

Borte si girò verso di lui. «Quando giochi con i tuoi amici, è a te che guardano? Sono loro a seguire le tue idee, o sei tu a seguire le loro? Pensaci bene, ora, perché ci saranno molte persone che ti aduleranno solo perché sei figlio di tuo padre. Pensa a quelli che *tu* rispetti. Ti danno ascolto?»

Chagatai si morse il labbro, riflettendo. Infine scrollò le spalle. «Alcuni, ma sono dei bambini.»

«Perché mai dovrebbero seguirti, se tu passi le giornate a litigare con tuo fratello?» replicò lei, incalzandolo.

Il ragazzino la fissò risentito mentre lottava con un concetto più grande di lui. Poi sollevò il mento in un gesto di sfida. «Non seguiranno nemmeno Jochi. Lui ne è convinto, ma non succederà mai.»

A quelle parole Borte avvertì una lama di ghiaccio trafiggerle il cuore. «Davvero, figlio mio?» replicò con dolcezza. «E perché non dovrebbero seguire tuo fratello maggiore?»

Chagatai distolse lo sguardo, e lei si protese ad afferrargli il braccio con forza. Il ragazzino non si lasciò sfuggire nemmeno un gemito, anche se gli si inondarono gli occhi di lacrime.

«Ci sono dei segreti fra di noi, Chagatai?» gli domandò la madre con voce stridula. «Per quale motivo non seguiranno mai Jochi?»

«Perché è il bastardo di un tartaro!» gridò Chagatai. Questa volta il ceffone di sua madre non fu affatto gentile. Gli fece scattare la testa di lato e lo mandò a ruzzolare sul letto, stordito. Un rivolo di sangue gli colava dal naso e lui iniziò a piangere, sbalordito.

Alle spalle della madre, Jochi disse con calma: «Lo ripete in continuazione». La sua voce era cupa di risentimento e disperazione, e Borte si disperò allo stesso modo pensando a quanto stesse soffrendo. Il pianto di Chagatai aveva svegliato i due fratellini minori, che iniziarono a piagnucolare, spaventati da quella scena che non riuscivano a comprendere.

Borte si protese verso Jochi e lo strinse fra le braccia. «Ormai non puoi pensare che tuo fratello si rimangi quelle sciocchezze» gli sussurrò fra i capelli. Poi si ritrasse per guardare il figlio negli occhi, sperando che capisse. «Certe parole possono essere un peso crudele da sopportare, a meno che non si impari a ignorarle. Dovrai essere il migliore per ottenere l'approvazione di tuo padre. Ora lo sai.»

«Allora è vero?» mormorò Jochi, distogliendo lo sguardo dal viso della madre. La sentì irrigidirsi mentre pensava alla risposta da dargli, e le lacrime scesero a inondargli il viso.

«Tuo padre e io ti abbiamo concepito nella steppa, d'inverno, a centinaia di miglia da qualunque accampamento tartaro. È vero che in seguito fui fatta prigioniera, e che lui... uccise gli uomini che mi avevano presa; ma tu sei nostro figlio, mio e suo. Il suo primogenito.»

«Però i miei occhi sono diversi» disse Jochi.

Borte sbuffò. «Bekter da giovane li aveva uguali. Era figlio di Yesugei, eppure i suoi occhi erano scuri come i tuoi. E *nessuno* ebbe mai l'ardire di mettere in discussione la sua origine. Non pensarci, Jochi. Tu sei nipote di Yesugei e figlio di Gengis. Un giorno, anche tu diventerai khan.»

Mentre Chagatai tirava su con il naso e si puliva il sangue con il dorso della mano, Jochi fece una smorfia e guardò di nuovo la madre. Con uno sforzo eroico raccolse tutto il proprio coraggio e respirò profondamente prima di parlare. La voce gli tremò un poco, e si vergognò di fronte ai fratelli. «Ha ucciso suo fratello, e ho visto come mi guarda» disse. «Prova almeno un po' d'affetto per me?»

Con una stretta al cuore, Borte abbracciò il figlioletto. «Certo che ti vuole bene. E tu saprai dimostrargli che sei il suo erede, figlio mio. Lo renderai orgoglioso di te.»

9

Per deviare il corso dei canali con terra e pietrisco ci vollero mille guerrieri e più tempo di quanto avessero impiegato a demolirli. Gengis aveva dato l'ordine quando il livello dell'acqua era salito al punto da minacciare l'altura su cui era stato piantato il nuovo accampamento. Al termine dei lavori c'erano due nuovi laghi, uno a est e uno a ovest, e in mezzo si era creata una strada per Yinchuan, che stava asciugandosi al sole. Il terreno era cosparso di piante marce e nugoli di zanzare tormentavano le tribù. I cavalli affondavano fino ai garretti nel fango appiccicoso, e questo rendeva difficile qualunque perlustrazione. La sensazione di essere confinati nelle *ger* acuiva il malcontento degli uomini, e ogni sera Kachiun doveva faticare parecchio per sedare le numerose risse.

La notizia che otto cavalieri stavano avvicinandosi attraverso la pianura fu accolta con un sospiro di sollievo; tutti erano logorati dall'inattività a cui erano costretti. Non avevano attraversato il deserto per rimanere fermi in quel luogo, e persino i bambini avevano perso interesse per l'inondazione; per giunta, molti di loro avevano bevuto l'acqua stagnante e si erano ammalati.

Gengis osservò i cavalieri xi xia avanzare faticosamente nel fango. Aveva fatto schierare cinquemila dei suoi guerrieri sul terreno asciutto poco prima dell'inizio del fango, così che il nemico non avesse modo di riposare: i cavalli degli Xi Xia arrivarono stremati e i cavalieri avevano un bel daffare per mantenere un portamento dignitoso mentre rischiavano di essere sbalzati di sella.

Con grande soddisfazione di Gengis, uno di loro cadde quando il suo cavallo incespicò in una buca. Gli uomini delle tribù lanciarono grida di scherno mentre il malcapitato si aggrappava disperatamente alle redini e risaliva in sella, tutto infangato. Gengis lanciò un'occhiata a Barchuk, al suo fianco, notando che anche lui aveva un'espressione soddisfatta. Era lì per fare da interprete, e con lui c'erano anche Kokchu e Temuge, curiosi di ascoltare il messaggio del re. Entrambi si erano dedicati allo studio della lingua chin con un entusiasmo a detta di Gengis indecente, ed erano chiaramente eccitati all'idea di mettere alla prova le loro conoscenze novelle.

I cavalieri xi xia si fermarono non appena Gengis sollevò una mano. Erano ormai abbastanza vicini da permettergli di udire il messaggio, e anche se non sembravano armati non c'era da fidarsi. Se fosse stato nei panni del re degli Xi Xia, avrebbe certo escogitato un modo per assassinare il condottiero nemico. Alle sue spalle, i Mongoli osservavano in silenzio, gli archi pronti a scoccare.

«Vi siete persi?» gridò loro Gengis, e notò che tutti si girarono verso un soldato che indossava una bella armatura completa e un elmo a placche di ferro. Annuì fra sé e sé, rendendosi conto che quell'uomo era il portavoce. La cosa non gli dispiacque affatto.

«Porto un messaggio del re degli Xi Xia» esordì il soldato. Con grande disappunto di Temuge e Kokchu, la frase era stata formulata alla perfezione nella lingua delle tribù.

Gengis lanciò un'occhiata interrogativa a Barchuk, e il khan degli Uiguri rispose sottovoce, muovendo appena le labbra: «L'ho conosciuto quando ancora commerciavamo con il suo popolo. È un ufficiale di medio livello, molto orgoglioso».

«Ne ha l'aspetto, in effetti, con quell'armatura» replicò Gengis, prima di rivolgersi direttamente al soldato a voce più alta.

«Se volete parlare con me, smontate» ordinò loro. I cavalieri si scambiarono sguardi rassegnati e lui li guardò divertito scendere nel fango: erano praticamente immobilizzati dalla melma, e la loro espressione lo mise di buon umore. «Ebbene, che cosa ha da dire il vostro re?» domandò, fissando l'ufficiale.

L'uomo era avvampato di rabbia nel vedere i propri stivali irrimediabilmente rovinati dal fango e gli ci volle un attimo per riprendere il controllo e rispondere. «Ti propone una tregua e ti invita a incontrarlo personalmente sotto le mura di Yinchuan. Ti dà la sua parola d'onore che nessuno ti attaccherà mentre sarai lì.»

«Che cosa vuole dirmi?» ripeté Gengis, come se l'uomo non gli avesse risposto.

L'ufficiale divenne paonazzo. «Se fossi al corrente delle sue intenzioni, non ci sarebbe bisogno di quell'incontro» rispose, secco. I suoi compagni guardarono nervosamente la moltitudine di guerrieri mongoli che aspettava con l'arco in pugno. Avevano conosciuto la precisione di quelle armi e i loro sguardi parevano implorare l'ufficiale di non pronunciare parole che potessero indurre i nemici ad attaccare.

Gengis sorrise. «Come ti chiami, uomo collerico?»

«Ho Sa. Hsiao-Wei di Yinchuan. Potresti chiamarmi khan, forse, o ufficiale anziano.»

«Non ti chiamerò khan» replicò Gengis. «Ma sei il benvenuto nel mio accampamento, Ho Sa. Manda a casa quelle capre, e io ti ospiterò nella mia *ger* e ti offrirò tè e sale.»

Ho Sa si girò verso i compagni e con un brusco cenno del capo indicò la città in lontananza. Uno di loro pronunciò una serie di sillabe incomprensibili che indussero Kokchu e Temuge a protendersi in avanti nel tentativo di sentirle. Ho Sa si limitò a scrollare le spalle, e un attimo dopo i sette cavalieri xi xia risalirono in sella e tornarono verso Yinchuan.

«Sono cavalli magnifici» disse Barchuk alle sue spalle. Gengis si girò a guardare il khan degli Uiguri e annuì, incrociando lo sguardo di Arslan, schierato tra i guerrieri, in prima linea. Poi puntò due dita verso i cavalieri che si allontanavano, come un serpente che attacca, e un istante dopo un centinaio di frecce sibilarono nell'aria sbalzando i sette cavalieri di sella. Fu colpito anche uno dei cavalli, e Gengis udì Arslan rimproverare con asprezza il responsabile di quel tiro infelice per l'incompetenza di cui aveva dato prova. Sotto i suoi occhi, il generale strappò l'arco dalle mani del guerriero e tagliò la corda con il coltello, prima di restituirglielo. Il guerriero lo prese, tenendo il capo chino per l'umiliazione.

I corpi degli Xi Xia caddero a faccia in giù nel fango. Con un terreno simile, i cavalli non potevano correre facilmente, e senza i cavalieri a spronarli rimasero fermi, guardando verso l'accampamento mongolo. Due di essi sfiorarono con il muso i padroni, scalpitando nervosi nel sentire l'odore del sangue.

Ho Sa, le labbra strette in una linea sottile per la rabbia, fissò Gengis senza batter ciglio.

«Sono bei cavalli» disse il condottiero mongolo. L'espressione del soldato non mutò, e il khan scrollò le spalle. «Le parole non hanno alcun peso. Basta uno solo di voi per portare la mia risposta.»

Diede ordine che l'ufficiale xi xia fosse condotto nella grande *ger* e che gli fosse offerto del tè salato, mentre lui aspettava che i suoi uomini gli portassero i cavalli. «Io sceglierò per primo» disse a Barchuk.

Il khan degli Uiguri annuì, sollevando gli occhi per un istante. Gengis si sarebbe preso il cavallo migliore, ma anche le altre bestie non erano da meno.

Benché l'estate fosse quasi finita, il sole era ancora molto caldo nella valle di Xi Xia e quando Gengis si avviò a cavallo verso la città il terreno era ormai asciutto. Il re aveva chiesto che conducesse con sé soltanto tre compagni, ma per le prime miglia lo seguirono altri cinquemila guerrieri. Quando fu abbastanza vicino da distinguere i particolari del padiglione che era stato eretto di fronte alle mura, la curiosità di Gengis si fece irresistibile. Che cosa poteva volere da lui il re?

Si lasciò alle spalle la scorta con una certa riluttanza, pur sapendo che Khasar era pronto a correre in suo aiuto al primo segnale di pericolo. Aveva pensato alla possibilità di attaccare di sorpresa il re mentre discutevano, ma Rai Chiang non era uno sciocco: il tendone era stato montato molto vicino alle mura, e gli enormi archi armati con aste dalla punta di ferro l'avrebbero distrutto in un istante, dandogli la garanzia che Gengis non sarebbe sopravvissuto. Fuori dalle mura il re era sicuramente più vulnerabile, ma l'equilibrio era molto delicato.

Gengis cavalcava orgogliosamente ritto sulla sella insieme ad Arslan, Kachiun e Barchuk. Tutti e quattro erano armati fino ai denti e per precauzione sotto l'armatura avevano nascosto altre lame, per non rimanere disarmati se il re avesse insistito perché deponessero le spade.

Gengis tentò di rasserenare la propria espressione mentre osservava attentamente il padiglione color pesca. Quel colore gli piaceva e si chiese dove avrebbe potuto trovare della seta di quel tipo e di quella misura. Digrignò i denti al pensiero della città inviolata che si profilava davanti a lui. Se fosse riuscito a trovare il modo di entrarvi, non avrebbe dovuto incontrare il re degli Xi Xia. Il pensiero che tutte le città dell'impero chin fossero altrettanto ben protette lo tormentava, e ancora più lo preoccupava il fatto di non avere scoperto un modo per espugnarle.

I quattro cavalieri mongoli restarono muti mentre si avvicinavano all'ombra del padiglione e smontavano da cavallo. Il tendone li nascondeva alla vista degli arcieri appostati sulle mura e Gengis si rilassò un poco, fermandosi in cupo silenzio davanti alle guardie del re.

Senza dubbio erano state scelte per impressionarlo, pensò, osservandole. Tutto sembrava appositamente architettato e l'entrata del padiglione era abbastanza ampia da permettergli di controllare che all'interno non ci fossero sicari appostati per assassinarlo. Le guardie erano imponenti e al loro arrivo non si scomposero; continuarono a fissare con sguardo di pietra la linea di guerrieri mongoli schierati in lontananza.

Benché ci fossero diverse sedie, all'interno del padiglione c'era un solo uomo e Gengis gli rivolse un cenno del capo. «Dov'è il tuo re, Ho Sa? È ancora troppo presto per lui?»

«Verrà, mio signore. Un re non arriva mai per primo.»

Gengis inarcò un sopracciglio, chiedendosi se doveva considerarla un'offesa. «Forse dovrei andarmene. Dopotutto, non sono stato io a chiedergli di incontrarlo.»

Ho Sa arrossì e Gengis sorrise. Quell'uomo si irritava facilmente, ma nonostante il suo suscettibile senso dell'onore gli piaceva. Prima che potesse rispondergli, sulle mura della città squillarono i corni e i quattro mongoli istintivamente posarono le mani sulle spade. Ho Sa li fermò con un gesto. «Il re ha garantito che si tratterà di un incontro pacifico, signore. I corni suonano per avvisarmi che il sovrano sta per uscire dalla città.»

«Va' fuori e osserva» ordinò Gengis ad Arslan. «E poi torna a dirmi quanti uomini ha portato con sé.» Fece uno sforzo per rilassare i muscoli che si erano irrigiditi. Aveva già incontrato dei khan, e altri ne aveva uccisi nella loro stessa *ger*. Non lo aspettava nulla di nuovo, considerò, e tuttavia si sentiva un po' in soggezione, probabilmente per via dell'atteggiamento deferente di Ho Sa. Gengis sorrise della propria stupidità, dandosi come alibi la lontananza da casa. Era tutto molto diverso dalle steppe che ricordava, ma non per questo avrebbe voluto essere altrove.

Arslan tornò poco dopo. «Sta arrivando su una portantina trasportata da schiavi. Sembra molto simile a quella che usava Wen Chao.»

«Quanti schiavi?» volle sapere Gengis, accigliandosi. Si sarebbe ritrovato in inferiorità numerica, e l'irritazione era ben visibile sul suo viso.

«Sono eunuchi, mio signore» intervenne Ho Sa, prima che Arslan avesse il tempo di rispondere. «Otto uomini forti, che tuttavia non sono guerrieri. Sono poco più che bestie da soma, ed è loro proibito portare armi.»

Gengis rifletté. Qualora se ne fosse andato prima dell'arrivo del re, gli abitanti della città avrebbero pensato che gli fosse venuto meno il coraggio. Forse avrebbero pensato lo stesso persino i suoi guerrieri. Si costrinse a rimanere immobile. Ho Sa aveva al fianco una lama lunga e anche le due guardie erano bene armate. Soppesò i rischi che correva e li accantonò. A volte ci si preoccupava troppo di ciò che poteva accadere, si disse ridacchiando ad alta voce. Ho Sa ammiccò, sorpreso, poi si sedette ad aspettare l'arrivo del re.

Mentre si avvicinavano al padiglione, gli schiavi tenevano il loro prezioso fardello all'altezza del petto. Dall'interno, Gengis e i suoi tre compagni li osservarono incuriositi deporre a terra il palanchino e rimanere in piedi in silenzio mentre due di loro stendevano una passatoia di seta nera sul terreno fangoso. Con grande sorpresa di Gengis, estrassero dei flauti di legno dalla fusciacca che portavano a tracolla e iniziarono a suonare una sottile melodia mentre venivano aperte le cortine della lettiga. Le note che si libravano nell'aria davano una sensazione di pace e Gengis si ritrovò a fissare affascinato Rai Chiang che usciva dalla portantina.

Il re degli Xi Xia era un uomo di corporatura esile, anche se indossava un'armatura completa, perfettamente modellata sulla sua figura. Le piastre di ferro erano state lucidate al punto che brillavano al sole. Al fianco portava una spada con l'elsa ingioiellata e Gengis si chiese se l'avesse mai sguainata in un impeto d'ira. La musica crebbe di volume al suo apparire e Gengis si mise ad ammirare lo spettacolo.

Il re degli Xi Xia fece un cenno alle due guardie, che si allontanarono dal padiglione per prendere posizione al suo fianco. Solo allora il sovrano vi entrò. Gengis e i suoi compagni si alzarono in piedi per accoglierlo.

«Grande khan» disse Rai Chiang, inclinando il capo. Aveva uno strano accento e pronunciava le parole come se le avesse memorizzate senza comprenderle.

«Maestà» replicò Gengis, usando la parola xi xia che gli aveva insegnato Barchuk, e notò compiaciuto che negli occhi del sovrano si era accesa una scintilla d'interesse. Per un fugace istante desiderò che suo padre fosse ancora vivo e potesse vederlo incontrare il re di una terra straniera.

Le due guardie si misero di fronte a Kachiun e Arslan, quasi per segnalare quale sarebbe stato il loro bersaglio in caso fossero sorti problemi. Da parte loro, i due generali li fissarono senza batter ciglio. Erano semplici spettatori a quell'incontro, ma nessuno dei due si sarebbe lasciato cogliere di sorpresa. Se il re aveva intenzione di ucciderli, nemmeno lui sarebbe sopravvissuto all'attentato.

Arslan si accigliò all'improvviso pensiero che nessuno di loro aveva mai visto il re degli Xi Xia. Se quello che avevano davanti fosse stato un impostore, l'esercito di Yinchuan avrebbe potuto radere al suolo il padiglione dalle mura senza perdere altro che qualche leale soldato. Fissò Ho Sa per vedere se era particolarmente teso, ma l'ufficiale non dava segno di aspettarsi un'imminente azione distruttiva.

Rai Chiang iniziò a parlare nella lingua della sua gente, con voce ferma, come ci si aspettava da una persona abituata a comandare. Sostenne lo sguardo di Gengis con calma imperturbabile; nessuno dei due pareva battere le palpebre.

Quando il re terminò il suo discorso, Ho Sa si schiarì la voce e con espressione imperturbabile tradusse le parole del suo sovrano. «Perché gli Uiguri hanno devastato le terre degli Xi Xia? Non abbiamo sempre commerciato onestamente con voi?»

Barchuk emise un suono gutturale, ma lo sguardo di Rai Chiang non lasciò mai il viso di Gengis.

«Io sono il khan di tutte le tribù, Maestà» replicò Gengis, «e gli Uiguri sono soltanto una di esse. Se abbiamo invaso le vostre terre, è solo perché abbiamo la forza di governarle. Per quale altro motivo dovremmo farlo?»

Mentre ascoltava la traduzione di Ho Sa, il re corrugò la fronte. La sua risposta tuttavia fu misurata e non tradì la rabbia che ribolliva dentro di lui. «Hai intenzione di rimanere accampato davanti alla mia città fino alla fine del mondo? Questo non è accettabile, grande khan. La tua gente non tratta, in tempo di guerra?»

Gengis si protese in avanti, improvvisamente interessato. «Non ho intenzione di negoziare con i Chin, Maestà. Il tuo popolo è nemico del mio dal tempo dei tempi e io vedrò le vostre città ridotte in polvere. La tua terra mi appartiene e vi cavalcherò in lungo e in largo finché ne avrò voglia.»

Gengis aspettò che Ho Sa riferisse le sue parole al re, e tutti i presenti notarono l'improvvisa animazione che colorò le gote di Rai Chiang mentre le ascoltava. Il sovrano xi xia si raddrizzò sulla sedia e la sua voce si fece d'un tratto tagliente. Gengis si irrigidì, sospettoso, aspettando che Ho Sa traducesse la risposta. Invece, fu Barchuk a farlo.

«Dice che il suo popolo non appartiene alla stessa razza dei Chin» disse il khan uiguro. «Se sono loro i tuoi nemici, perché mai perdi tempo qui, nella valle degli Xi Xia? Le grandi città dei Chin si trovano a settentrione e a Oriente.»

«Non siamo più loro amici come un tempo, mio khan» continuò il re, mentre Barchuk annuiva. «E a questo re non dispiacerebbe se tu facessi guerra alle città dei Chin.»

Gengis si mordicchiò il labbro, riflettendo. «Perché dovrei lasciarmi un nemico alle spalle?» domandò infine.

Rai Chiang rispose non appena ebbe capito il senso della domanda. Ho Sa impallidì, ma tradusse prima che Barchuk avesse il tempo di farlo. «Allora lascia un alleato, grande khan. Se il tuo vero nemico sono i Chin, pagheremo tributi alle tue tribù per tutto il tempo in cui saremo alleati.» Ho Sa deglutì, nervoso. «Il mio re vi offre seta, falconi e pietre preziose, provviste di cibo e armature.» Prese un profondo respiro e continuò: «Cammelli, cavalli, stoffe, tè e un tributo annuale di un migliaio di monete di bronzo e d'argento. Questa è un'offerta che si fa a un alleato, e che mai rivolgerebbe a chi considera un nemico».

Rai Chiang parlò ancora, impaziente, e Ho Sa lo ascoltò, immobile come una statua; solo alla fine si azzardò a porre una domanda, alla quale il sovrano rispose con un brusco gesto. Ho Sa chinò il capo, palesemente irritato. «Oltre a tutto ciò, il mio sovrano ti offre in moglie sua figlia Chakahai.»

Gengis ammiccò, chiedendosi se la ragazza fosse così brutta

da non riuscire a trovarle un marito fra gli Xi Xia. Il tributo promesso era generoso e avrebbe soddisfatto le tribù, mettendolo al riparo da eventuali complotti dei khan minori. L'idea di stipulare un trattato non era completamente estranea alla sua gente, anche se non erano mai stati in una posizione tale da poter esigere alcunché da un nemico abbastanza ricco. Avrebbe preferito veder crollare la città di pietra, ma nessuno dei suoi uomini era stato in grado di suggerire un piano che potesse funzionare. Se un domani avesse trovato il modo, sarebbe sempre potuto tornare. Allo stato dei fatti, era comunque conveniente lasciar credere loro di essersi comprati la pace. Le capre si potevano mungere molte volte, ma uccidere una sola. A quel punto, tutto quello che rimaneva da fare era spuntare il prezzo migliore. «Dì al tuo padrone che la sua generosità è benaccetta» disse con una smorfia. «Se aggiungerà a quanto elencato duemila dei suoi soldati migliori, ben equipaggiati con armatura e cavallo, me ne andrò da questa valle prima della prossima luna. E i miei uomini smantelleranno il forte che sbarra il passo sulle montagne. Del resto, gli alleati non hanno bisogno di mura che li separino.»

Mentre Ho Sa si accingeva a tradurre, Gengis si rammentò dell'interesse che Barchuk aveva mostrato per le biblioteche di quel popolo e lo interruppe. «Tra la mia gente ci sono degli studiosi» disse, «ai quali farebbe piacere avere l'opportunità di leggere i rotoli degli Xi Xia.» Notò che Ho Sa apriva la bocca per ribattere, ma proseguì, imperterrito, senza dargli la possibilità di parlare. «Sempre, naturalmente, che non trattino di filosofia, ma di problemi pratici, di argomenti che possano interessare a un guerriero, ammesso che ne abbiate.»

Rai Chiang ascoltò senza tradire la minima reazione mentre Ho Sa cercava di tradurre tutto ciò che aveva ascoltato. L'incontro sembrava ormai giunto al termine e il re degli Xi Xia non fece alcuna controproposta, atteggiamento che Gengis interpretò come somma disperazione. Stava per alzarsi, ma poi decise di spingersi un poco oltre. «Per entrare nelle città dei Chin, avrò bisogno di armi in grado di sfondare le mura.

Chiedi al tuo re se insieme a tutto il resto può fornirci anche quelle.»

Ho Sa riferì nervosamente, avvertendo la rabbia di Rai Chiang crescere via via che comprendeva la richiesta. «Il mio signore dice che dovrebbe essere uno sciocco per farlo» rispose Ho Sa, senza avere il coraggio di guardare Gengis negli occhi.

«È vero» ammise il khan con un sorriso. «Il terreno si è asciugato, ormai, e potete caricare i vostri doni su carri nuovi, con assali robusti e ben oliati, in grado di affrontare un lungo viaggio. Puoi dire al tuo re che sono contento della sua offerta e che lo dimostrerò ai Chin.»

Ho Sa tradusse, ma il viso di Rai Chiang non tradì alcuna soddisfazione. A quel punto tutti i presenti si alzarono in piedi e Gengis se ne andò per primo con i suoi compagni, lasciando Rai Chiang e Ho Sa soli con le guardie.

Mentre osservava i generali mongoli salire a cavallo e partire al galoppo, Ho Sa cercò di rimanere in silenzio, ma una domanda lo tormentava. «Maestà, in questo modo abbiamo dichiarato guerra ai Chin?»

Rai Chiang puntò il suo gelido sguardo sull'ufficiale. «Yenking è lontana oltre mille miglia, protetta da monti e fortezze che farebbero apparire Yinchuan un villaggio di provincia. Quell'uomo non riuscirà mai a conquistare le loro città.» Le sue labbra si incurvarono in un impercettibile sorriso, ma l'espressione rimase di pietra. «E poi... "Per noi è solo un bene che i nostri nemici si combattano l'un l'altro. Quale pericolo possiamo correre noi?"»

Ma Ho Sa, che non era stato presente alla riunione dei ministri, non riconobbe quelle parole.

L'umore dei Mongoli era ottimo, quasi fossero in festa: non avevano conquistato la città di pietra che si profilava in lontananza, era vero, ma tutti erano eccitati per il bottino ottenuto da Gengis. Dopo un mese dall'incontro con il re, dalla città erano arrivati i carri con il tributo, e giovani cammelli sbuffavano e sputavano tra le greggi di pecore e capre. Barchuk era scomparso nella sua *ger* con Kokchu e Temuge per decifrare la strana scrittura degli Xi Xia. Rai Chiang aveva mandato diversi rotoli bilingui, ma si trattava comunque di un lavoro che richiedeva parecchio tempo.

L'inverno era giunto, alla fine, anche se in quella vallata le temperature non erano mai molto rigide. Khasar e Kachiun avevano iniziato ad addestrare i guerrieri forniti da Rai Chiang assieme ai loro cavalli migliori. I soldati xi xia avevano protestato quando erano stati requisiti i loro animali, così i Mongoli ne diedero loro in cambio altri, meno possenti e pregiati. Con il passare delle settimane l'aria si fece più fredda e giorno dopo giorno i Mongoli impararono a controllare quelle bestiacce dure e testarde nella formazione di battaglia. L'esercito si preparava a partire, ma Gengis indugiava nella sua *ger*, irritabile e nervoso, aspettando che Rai Chiang mandasse gli ultimi carri e sua figlia. Non aveva idea di come l'avrebbe presa Borte, e sperava che la principessa xi xia fosse almeno attraente.

La fanciulla arrivò il primo giorno della luna nuova, a bordo di una portantina molto simile a quella che suo padre aveva usato per l'incontro con il khan dei Mongoli. Gengis osservò la guardia d'onore di un centinaio di guerrieri marciare in formazione stretta intorno a lei, e notò divertito che i cavalli non erano all'altezza dei precedenti. Evidentemente, Rai Chiang non intendeva perdere anche quelli, nemmeno per dare una degna scorta alla figlia.

La portantina fu deposta a terra a pochi passi da Gengis, che attendeva vestito con l'armatura completa. Aveva al fianco la spada del padre, e la sfiorò perché gli portasse fortuna. Intuì la rabbia dei soldati di Yinchuan all'idea di dovergli cedere la principessa, e sorrise con immenso piacere, godendosi la loro frustrazione. Come aveva esplicitamente richiesto, c'era anche Ho Sa, l'unico a mantenere un'espressione fredda e distaccata.

Quando la figlia del re scese dalla portantina, un mormorio d'approvazione si levò dai guerrieri che si erano radunati per assistere a quell'ultimo segno del loro trionfo. Indossava un abito di seta bianco a ricami d'oro che nel sole sembrava farla risplendere di luce, e i capelli erano raccolti in un'elaborata acconciatura e fermati da spilloni d'argento. Gengis trattenne il fiato nel vedere la bellezza impeccabile della sua pelle d'alabastro. Paragonata alle donne mongole, era come una colomba tra i corvi, pensò. I suoi occhi erano scure pozze di disperazione mentre avanzava verso di lui. Non lo guardò, e con grande eleganza si prostrò ai suoi piedi, incrociando graziosamente i polsi davanti a sé.

Gengis avvertì la collera montare nei soldati del re, ma li ignorò. Se si fossero mossi, i suoi arcieri li avrebbero uccisi prima che avessero il tempo di estrarre la spada. «Benvenuta nella mia *ger*, Chakahai» disse dolcemente. Ho Sa tradusse le sue parole, la voce poco più che un sussurro. Gengis si chinò a sfiorarle la spalla e lei si alzò, il viso accuratamente inespressivo. Non aveva la forza scattante e nervosa delle donne mongole, e Gengis sentì un brivido di eccitazione quando una debole scia del suo profumo gli solleticò le narici. «Ho idea che tu valga più di tutti gli altri doni di tuo padre» disse, rendendole onore davanti ai suoi guerrieri, anche se le sue parole per lei erano incomprensibili. Ho Sa iniziò a tradurre, ma lui lo zittì con un gesto.

Tese una mano e le sollevò il mento in modo che lei lo guardasse negli occhi, meravigliandosi del forte contrasto tra la sua carnagione scurita dal sole e la pelle bianchissima della fanciulla. Si accorse che lei aveva paura e la sentì ritrarsi disgustata quando le sue dita ruvide la sfiorarono. «Ho fatto un buon affare, ragazza. Tu mi darai dei bei figli» disse. Non avrebbero mai potuto essere suoi eredi, naturalmente, ma la bellezza esotica di quella fanciulla gli intossicava i sensi. Non avrebbe certo potuto sistemarla nella *ger* di Borte e dei suoi figli, realizzò. Una cosina tanto fragile non sarebbe sopravvissuta. Avrebbe fatto costruire una nuova tenda per lei e per i figli che avrebbe partorito, decise.

A un tratto si accorse di essere rimasto in piedi in silenzio per parecchio tempo, e che la gente lo stava guardando, spiando le sue reazioni con crescente interesse. Diversi guerrieri sorridevano sornioni, dandosi gomitate e bisbigliando con gli amici. Gengis sollevò lo sguardo e fissò l'ufficiale che stava accanto a Ho Sa. Entrambi gli uomini erano pallidi di rabbia, ma quando il grande khan fece un cenno indicando la città alle proprie spalle, Ho Sa si girò di scatto insieme a tutti gli altri. L'ufficiale gli impartì un ordine e lui lo fissò a bocca aperta, esterrefatto.

«Tu mi servi qui, Ho Sa» lo informò Gengis, contento di averlo colto di sorpresa. «Il tuo re ti ha ceduto a me per un anno.»

Ho Sa si irrigidì e serrò la bocca in una linea dura, mentre osservava amareggiato il resto della scorta tornare verso Yin-chuan, lasciandolo lì con la fanciulla spaventata che era venuto a consegnare ai lupi.

Gengis si girò offrendo il volto al vento che soffiava da est, inspirandone il profumo e immaginando le città dei Chin oltre l'orizzonte. Avevano mura invalicabili, e lui non aveva intenzione di mettere di nuovo a repentaglio la sicurezza del suo popolo.

«Perché hai voluto che rimanessi?» domandò all'improvviso Ho Sa, infrangendo il silenzio di cui Gengis pareva non essersi reso conto.

«Forse faremo di te un vero guerriero» replicò lui, picchiandosi la coscia con una mano, divertito da quell'assurda idea. Ho Sa lo fissò senza lasciar trapelare alcuna espressione, e alla fine il khan scrollò le spalle. «Vedrai» concluse.

Nell'accampamento risuonavano rumori e grida mentre venivano smontate le tende e i Mongoli si preparavano a partire. A mezzanotte, soltanto la grande *ger* di Gengis era ancora intatta sul suo carro, e le lampade a olio che ardevano all'interno la facevano risplendere nelle tenebre, come se vegliasse sulla gente che, avvolta in coperte e pellicce, avrebbe trascorso la notte sotto le stelle.

Gengis era chino su un tavolino e studiava con grande attenzione una mappa. Era stata disegnata su uno spesso foglio di carta e Ho Sa notò che era stata copiata in fretta e furia dalla collezione di Rai Chiang, benché persino le scritte riproducessero alla perfezione quelle originali in lingua chin. Il re degli Xi Xia era un uomo troppo astuto per permettere che una mappa con il suo sigillo cadesse nelle mani del principe Wei.

Gengis inclinò il capo prima da una parte e poi dall'altra, cercando di immaginare le linee e i simboli delle città come luoghi reali. Era la prima vera mappa che vedeva, anche se in presenza di Ho Sa non avrebbe mai rivelato la propria ignoranza.

Seguì con un dito la linea blu che correva verso nord. «Questo è il grande fiume di cui hanno parlato gli esploratori» disse, e rivolse uno sguardo interrogativo a Ho Sa.

«Huang He» confermò il soldato xi xia. «Il Fiume Giallo.» Non aggiunse altro, perché non voleva sembrare troppo loquace agli occhi dei generali mongoli riuniti nella *ger*. C'erano Arslan, Khasar, Kachiun e altri che non conosceva. Quando Gengis gli aveva presentato Kokchu, si era istintivamente ritratto, perché l'ossuto sciamano gli ricordava i mendicanti folli di Yinchuan e aveva addosso un odore che ammorbava l'aria tutto intorno, tanto che era stato costretto a fare respiri brevi e leggeri per contenere la nausea.

Sotto lo sguardo attento dei presenti, Gengis continuò a seguire con il dito il corso del fiume, prima verso nord e poi verso est, fino a soffermarsi su un piccolo simbolo. «Questa città si trova al confine delle terre dei Chin» mormorò. Di nuovo guardò Ho Sa per avere una conferma, e il soldato annuì, riluttante.

«Baotou» disse Kokchu, leggendo la scritta sotto il minuscolo disegno. Ho Sa non guardò lo sciamano, lo sguardo fisso su Gengis, che stava sorridendo.

«Che cosa sono questi segni verso nord?» domandò il condottiero mongolo.

«Una sezione della muraglia esterna» rispose Ho Sa.

Gengis corrugò la fronte, sconcertato. «Ne ho sentito parlare. I Chin si nascondono dietro di essa per difendersi da noi, vero?»

Ho Sa si sforzò di soffocare l'irritazione. «Niente affatto. La muraglia non è stata costruita per te, bensì per tenere separati i regni dei Chin. Voi siete passati attraverso la più debole delle due muraglie, ma non riuscirete a superare quella interna che circonda Yenking. Nessuno ci è mai riuscito.» Gengis sorrise, prima di tornare a concentrarsi sulla mappa, e il soldato xi xia lo fissò, irritato dalla sua tranquilla sicurezza.

Da bambino, Ho Sa si era spinto con il padre fino al Fiume Giallo, e ricordava che quando il vecchio gli aveva mostrato la grande muraglia a nord, aveva notato dei varchi e interi tratti in rovina. In tutti gli anni successivi nessuno aveva lavorato per restaurarla. Mentre Gengis continuava a studiare la mappa, Ho Sa si chiese come mai i Chin fossero diventati tanto sconsiderati. La muraglia esterna non era servita a nulla, considerò, deglutendo nervosamente, i Mongoli l'avevano ormai alle spalle. Il regno di Xi Xia era stato il punto debole delle fortificazioni e le tribù nomadi si erano riversate verso sud. Con un profondo senso di vergogna, osservò Gengis, chiedendosi che cosa stesse architettando. «Attaccherai Baotou?» domandò d'impulso, senza preavviso.

Gengis scosse il capo. «Per poi fermarmi fuori dalle sue mura, come è successo qui? No. Tornerò a casa, sui Monti Khenti, cavalcherò sulle colline della mia infanzia, farò volare la mia aquila e sposerò la figlia del tuo re.» La sua espressione feroce si addolcì al solo pensiero. «I miei figli devono conoscere la terra in cui sono nato, e là cresceranno forti.»

Ho Sa sollevò lo sguardo dalla mappa, confuso. «Allora perché parli di Baotou? Per quale motivo mi hai voluto qui?»

«Ho detto che *io* andrò a casa, Ho Sa. *Tu* non ci verrai. Quella città è troppo lontana da qui per temere il mio esercito. Le sue porte sono ancora aperte e carovane di mercanti entrano ed escono liberamente.» Ho Sa notò che Arslan e Khasar lo fissavano sogghignando e si costrinse a prestare attenzione alle parole del khan. Gengis gli diede una pacca sulla spalla. «In una città fortificata come Baotou ci saranno costruttori esperti del mestiere, no? Uomini che conoscono le fortificazioni fin nei minimi dettagli.»

Ho Sa non rispose e Gengis ridacchiò. «Il tuo re non me li avrebbe mai dati, ma tu, Ho Sa, tu li troverai laggiù. Viaggerai fino a Baotou con Khasar e mio fratello Temuge: tre uomini possono entrare dove un esercito non riuscirebbe mai. Chiederai informazioni fino a trovare i costruttori delle mura, che conoscono tante cose utili. E li porterai da me.»

Ho Sa si accorse che tutti stavano schernendolo, divertiti dalla sua espressione sconcertata.

«Se non lo farai, ti ucciderò e chiederò al tuo re di mandarmi qualcun altro» proseguì Gengis, con ingannevole dolcezza. «Un uomo deve sempre avere la possibilità di scegliere, quando si tratta di vita o di morte. Gli si può togliere tutto, ma non questo.»

Ho Sa ripensò a quando i suoi compagni erano stati uccisi per via dei cavalli che cavalcavano e non dubitò nemmeno per un istante che la sua vita potesse dipendere da una singola parola. «Sono legato a te da un ordine del mio sovrano» disse infine.

Gengis borbottò qualcosa di incomprensibile e tornò a occuparsi della mappa. «Bene, allora parlami di Baotou e delle sue mura. Dimmi tutto quello che hai visto e sentito dire.»

All'alba del giorno seguente l'accampamento era tranquillo, solo nella *ger* del khan era ancora accesa la luce e chi aveva dormito lì accanto sull'erba ghiacciata riusciva a sentire un mormorio di voci, come tamburi di guerra in lontananza.

10

I tre cavalieri raggiunsero la riva del fiume e smontarono, mentre i cavalli si abbeveravano. La luna, bassa sulle colline, illuminava di un chiarore argenteo l'acqua scura ed era abbastanza luminosa da disegnare ombre nere dietro i tre uomini che si erano fermati a osservare le sagome delle piccole imbarcazioni ormeggiate poco lontano.

Khasar tolse una borsa di lino da sotto la sella e controllò che la carne al suo interno si fosse ammorbidita a sufficienza durante la giornata. Staccò un pezzo della polpa fibrosa e se lo mise in bocca; era un po' rancida, ma aveva fame e la masticò pigramente mentre guardava i compagni. Temuge era così stanco che vacillava leggermente di fianco a lui; teneva gli occhi socchiusi, come se avesse bisogno di dormire, e fissava distrattamente le barche che dondolavano cigolando sull'acqua.

«I barcaioli se ne stanno ben lontani dalla riva, di notte» mormorò Ho Sa. «Hanno paura che i banditi possano assalirli nel buio e probabilmente saranno stati informati della presenza del vostro esercito a ovest. Dovremmo trovare un posto per dormire, e proseguire domattina.»

«Non capisco ancora perché vuoi arrivare a Baotou via fiume» replicò Khasar.

Ho Sa ingoiò l'irritazione. L'aveva spiegato almeno una dozzina di volte da quando avevano lasciato l'accampamento di Gengis, ma l'attaccamento del guerriero mongolo al suo cavallo si stava rivelando difficile da contrastare. «Ci è stato ordinato di non attirare l'attenzione, e di entrare a Baotou come fossimo dei mercanti o dei pellegrini» ribadì con voce pacata. «I mercanti non vi entrano a cavallo come fanno i nobili, e anche i pellegrini non viaggiano a cavallo.»

«Però sarebbe più veloce» borbottò ostinato Khasar. «Se la mappa che ho visto era accurata, potremmo tagliare attraverso l'ansa del fiume e arrivarci in pochi giorni.»

«Facendoci notare da tutti i contadini che lavorano nei campi e dai viaggiatori che percorrono le strade» sbottò Ho Sa. Si rese conto che Khasar si era indispettito per il tono che aveva usato, ma aveva sopportato fin troppo a lungo le sue continue lamentele. «E comunque non credo che tuo fratello apprezzerebbe l'idea di cavalcare per un migliaio di *li* in aperta campagna.»

Khasar sbuffò, ma fu Temuge a rispondere. «Ha ragione lui, fratello. Questo grande fiume ci porterà a nord, fino a Baotou, e noi ci confonderemo nella folla di viaggiatori. Non vorrei che dovessimo aprirci la strada combattendo contro una pattuglia di soldati chin sospettosi.»

Khasar preferì non rispondere. All'inizio l'idea di infiltrarsi tra i Chin lo aveva esaltato, ma ora Temuge si era messo a cavalcare come una vecchia con le giunture irrigidite e non era un compagno adatto per un guerriero. Ho Sa era un po' meglio, ma lontano da Gengis la collera per il compito che gli era stato assegnato lo rendeva acido e scontroso. Ed era persino peggio quando Temuge lo convinceva a chiacchierare in quella lingua che assomigliava al chiocciare di una gallina e di cui lui non capiva neanche una parola. Aveva chiesto a Ho Sa di insegnargli imprecazioni e insulti, ma il soldato xi xia lo aveva guardato storto. Ben lungi dall'essere una piacevole avventura, quel viaggio si stava trasformando in un battibecco continuo e lui non vedeva l'ora che finisse. Inoltre, l'idea di andare lentamente alla deriva su una di quelle barchette lo deprimeva ancor di più.

«Potremmo condurre a nuoto i cavalli dall'altra parte del fiume e poi...» continuò.

Ho Sa emise un sibilo di irritazione. «La corrente ti trascinerebbe via» sbottò. «Questo è il Fiume Giallo, da una sponda all'altra misura almeno un *li*, e siamo nel punto più stretto! Non è uno dei fiumiciattoli a cui voi Mongoli siete abituati. Qui non ci sono traghetti, e se andassimo a Shizuishan per salire a bordo di uno di essi, qualcuno noterebbe la nostra presenza e avviserebbe le autorità. I Chin non sono degli sciocchi, Khasar. Ci sono spie che sorvegliano i confini, e tre uomini a cavallo sono un fatto troppo insolito per poterlo ignorare.»

Khasar tirò su con il naso e si infilò in bocca un altro pezzo di carne di montone. «Il fiume non è poi così largo» replicò. «Se scoccassi una freccia, arriverebbe sull'altra sponda.»

«No, non ci arriverebbe» ribatté immediatamente Ho Sa. Strinse i pugni, e Khasar posò la mano sull'arco. «E comunque al buio non la vedremmo atterrare.»

«Allora te lo farò vedere domattina» replicò Khasar.

«E a che cosa servirà?» volle sapere Ho Sa. «Credi che i barcaioli non farebbero caso a un arciere mongolo che tira frecce sul loro fiume? Oh, ma perché tuo fratello ha scelto proprio te per questa missione?»

Khasar lasciò cadere la mano che stringeva l'arco e si girò verso Ho Sa. In effetti si era chiesto la stessa cosa, ma non lo avrebbe mai ammesso con il soldato xi xia e nemmeno con il fratello letterato. «Per proteggere Temuge, immagino» rispose. «Lui è qui per imparare la lingua dei Chin e per controllare che tu non ci tradisca quando arriveremo in città. Tu sei qui soltanto per parlare, e l'hai già dimostrato parecchie volte, oggi. Se dovessimo essere attaccati dai soldati, il mio arco sarebbe più utile della tua bocca.»

Ho Sa sospirò. Non avrebbe voluto affrontare quell'argomento, ma era stanco e arrabbiato, al punto che riusciva a stento a controllare le proprie reazioni. «Dovrai lasciarlo qui, il tuo arco. Puoi seppellirlo nel fango del fiume prima dell'alba.»

Khasar rimase senza parole. Prima che potesse dar voce alla propria indignazione, Temuge gli posò una mano sulla spalla, per calmarlo, e lo sentì sobbalzare. «Lui conosce questa gente, fratello, e fino a ora ha mantenuto la parola data. Dobbiamo proseguire lungo il fiume, e il tuo arco solleverebbe un sacco di sospetti. Abbiamo monete di bronzo e d'argento per comprare delle merci lungo il tragitto, così da arrivare a Baotou con qualcosa da vendere. E dei mercanti di certo non porterebbero con loro un arco mongolo.»

«Potremmo fingere di volerlo vendere» propose Khasar, posando una mano sull'arma assicurata alla sella come se il semplice toccarla gli desse conforto. «Lascerò libero il cavallo, ma non rinuncerò al mio arco, nemmeno per una dozzina di viaggi in incognito lungo il fiume. E non cercare di convincermi, perché non cambierò idea, qualunque cosa tu possa dire o fare.»

Ho Sa fece per aggiungere qualcosa, ma Temuge scosse il capo, stanco dei loro continui battibecchi. «Lascia perdere, Ho Sa» disse. «Avvolgeremo l'arco in un panno nella speranza che nessuno lo noti.» Tolse la mano dalla spalla di Khasar e andò a liberare il cavallo da sella e redini. Per seppellire tutta quella roba ci sarebbe voluto parecchio tempo e non poteva rischiare di crollare addormentato prima di averlo fatto. Si chiese per quale motivo Gengis avesse incaricato proprio lui di accompagnare i due guerrieri. C'erano altri al campo che conoscevano la lingua dei Chin, per esempio Barchuk degli Uiguri... Forse lui era troppo vecchio, si disse, sospirando e iniziando a slegare le cinghie della sella. Conoscendolo, sospettava che Gengis non avesse ancora rinunciato del tutto alla speranza di trasformarlo in un guerriero. Ma Kokchu gli aveva mostrato una strada diversa e gli sarebbe piaciuto che il suo maestro fosse lì in quel momento per aiutarlo a meditare prima di prendere sonno.

Mentre conduceva il cavallo al riparo di un gruppo di alberi vicino alla riva, sentì i compagni ricominciare a litigare sottovoce. Si chiese se sarebbero davvero riusciti a sopravvivere al viaggio fino a Baotou. Quando ebbe finito di seppellire la sella si sdraiò e cercò disperatamente di estraniarsi ripetendo le frasi che secondo Kokchu gli avrebbero donato la calma. Non ebbero l'effetto sperato, ma nell'attesa si addormentò ugualmente.

Il mattino seguente, Ho Sa sollevò un braccio per attirare l'attenzione di un'imbarcazione che procedeva bordeggiando controvento sul fiume. Per già nove volte quel gesto era stato ignorato, benché accompagnato dal tintinnio di una borsa di cuoio piena di monete, e tutti e tre tirarono un sospiro di sollievo quando infine quella barca si diresse verso di loro. A bordo, sei facce scurite dal sole li guardavano sospettose.

«Non dite nulla» mormorò Ho Sa a Temuge mentre aspettavano che l'imbarcazione si avvicinasse. Lui e i due fratelli indossavano delle semplici vesti chiuse in vita da una cintura, che non sarebbero risultate troppo strane agli occhi della gente del fiume. Khasar portava in spalla una coperta nella quale erano avvolti il suo arco nella custodia di cuoio e una faretra piena di frecce. Fissava la barca con un certo interesse, non avendone mai vista una alla luce del giorno. La vela era alta quasi quanto lo scafo era lungo, pressappoco una quarantina di piedi da un'estremità all'altra. Non riusciva a capire come avrebbe fatto ad avvicinarsi abbastanza da permettere loro di salire a bordo. «La vela sembra un'ala d'uccello. Riesco a distinguere l'ossatura» osservò.

Ho Sa si girò di scatto verso di lui. «Se dovessero chiederlo, dirò che sei muto, Khasar. Non devi parlare con loro, hai capito?»

Khasar gli lanciò un'occhiata truce. «Capisco solo che vuoi farmi trascorrere intere giornate in silenzio. Ma ti garantisco che quando questa faccenda sarà finita io e te ci apparteremo in un posticino nascosto e...»

«Zitto!» lo redarguì Temuge. «Sono abbastanza vicini da sentirti.» Khasar ammutolì, ma fissò a lungo Ho Sa con aria minacciosa.

L'imbarcazione manovrò in modo da avvicinarsi alla riva e Ho Sa, senza aspettare i compagni, avanzò nell'acqua bassa dirigendosi verso di essa, ignorando l'imprecazione borbottata da Khasar mentre delle braccia robuste lo issavano sul ponte.

Il padrone della barca era un uomo basso e forte con un panno rosso attorcigliato intorno al capo così da impedire al sudore di colargli negli occhi. A parte questo, non portava altri indumenti a eccezione di un perizoma e di due coltelli che gli sbattevano sulle cosce nude. Ho Sa si chiese per un istante se quella barca non fosse di una delle bande di pirati che si diceva saccheggiassero i villaggi lungo il fiume, ma a quel punto era troppo tardi per avere ripensamenti.

«Potete pagare?» si informò il padrone della barca, dando un colpetto con il dorso della mano sul petto di Ho Sa. Mentre anche Temuge e Khasar venivano issati a bordo, il soldato xi xia posò tre monete di bronzo nel palmo proteso dell'ometto, che sbirciò attraverso il foro al centro di ciascuna prima di infilarle in una cordicella che portava sotto la cintura. «Mi chiamo Chen Yi» si presentò, fissando Khasar che si stava alzando in piedi. Il mongolo superava di almeno una testa il più alto degli uomini dell'equipaggio e si guardava intorno accigliato, come se lo avessero offeso. Ho Sa si schiarì la voce e Chen Yi riportò lo sguardo su di lui, inclinando il capo di lato. «Siamo diretti a Shizuishan» li informò.

Ho Sa scosse il capo e infilò di nuovo la mano nella borsa. Chen Yi lo fissò con maggiore attenzione nel sentire il tintinnio di altre monete. «Altre tre se ci porti fino a Baotou» propose Ho Sa.

Il capitano prese le monete e le aggiunse alle altre con consumata abilità. «Per andare così lontano ce ne vogliono altre tre.»

Ho Sa lottò per trattenere la collera. Aveva già pagato più che a sufficienza per farsi portare fino a Baotou, ma dubitava che l'ometto gli avrebbe restituito il denaro se avesse deciso di aspettare che passasse un'altra barca. «Te ne ho già date abbastanza» ribatté con fermezza.

Gli occhi di Chen Yi si posarono sulla borsa di monete che Ho Sa portava nella cintura e scrollò le spalle. «Altre tre o vi faccio buttare fuori» disse.

Ho Sa non si mosse, avvertendo su di sé lo sguardo confuso e irritato di Khasar, che seguiva la conversazione senza comprenderla. Da un momento all'altro sarebbe saltato fuori con qualche domanda, ne era certo. «A quale punto della ruota della vita ti troverai la prossima volta, mi chiedo?» mormorò. Notando sorpreso che a Chen Yi la cosa non sembrava importare più di tanto, scosse il capo, sconcertato. Forse era troppo abituato alla vita nell'esercito, dove la sua autorità non veniva mai messa in discussione, considerò. Il capitano, appollaiato sulla sua piccola barca nei suoi miseri stracci, sembrava curiosamente sicuro di sé, riflettè, lanciandogli un'occhiata truce mentre gli porgeva le altre monete.

«I mendicanti non vanno a Baotou» spiegò allegramente l'ometto. «E adesso statevene fuori dai piedi mentre i miei uomini e io fatichiamo per farvi risalire il fiume.» Indicò una pila di sacchi di granaglie a poppa, vicino al timone, e Ho Sa vide che Khasar ci si era seduto sopra prima che avesse avuto il tempo di indicarglieli.

Chen Yi lanciò un'occhiata sospettosa ai due mongoli, ma pensò alle monete infilate nella cordicella, che tintinnavano a ogni movimento, e ordinò ai marinai di manovrare in modo che le vele prendessero il vento. Poco dopo, la piccola imbarcazione si mise lentamente in movimento verso nord. Il ponte era affollato e non c'erano cabine, notò Ho Sa; probabilmente di notte la ciurma si sdraiava sul ponte per dormire. Stava iniziando a rilassarsi, quando Khasar si avvicinò al parapetto e urinò nel fiume con un rumoroso sospiro di sollievo. Ho Sa alzò gli occhi al cielo ascoltando il rumore del getto che schizzava nell'acqua e che continuava come se non dovesse mai finire.

Un marinaio indicò Khasar e fece una battuta oscena, dopodiché lui e i suoi compagni si diedero delle grandi pacche sulle spalle ridendo a crepapelle. Khasar arrossì e Ho Sa si spostò rapidamente in modo da mettersi tra lui e la ciurma, lanciandogli un'occhiata ammonitrice. Gli uomini li osservarono ridacchiando, ma quando Chen Yi abbaiò un secco ordine si affrettarono a tornare ai posti di manovra per issare le vele.

«Cani gialli» borbottò Khasar alle loro spalle.

Chen Yi, che stava sorvegliando le operazioni, lo sentì e si avviò verso di loro. «Che cosa ha detto?» domandò.

«È un musulmano» spiegò in fretta e furia Ho Sa, «e non parla una lingua civile. Ah, valla a capire quella gente!»

«Non sembra affatto un musulmano» replicò Chen Yi. «Dov'è la barba?»

Ho Sa avvertì gli occhi dei marinai su di sé e si rese conto che ciascuno di loro aveva posato la mano sull'impugnatura del coltello. «Tutti i mercanti hanno i loro segreti» rispose, sostenendo lo sguardo del capitano. «Perché dovrei curarmi della sua barba quando ha merce da vendere? L'argento parla una lingua universale, no?»

Chen Yi sogghignò. Tese una mano e quando Ho Sa con espressione imperturbabile vi fece cadere una moneta d'argento annuì. «È vero» convenne, chiedendosi quante monete avesse nella borsa il soldato. Perché era certo che, qualunque cosa affermassero di essere, quei tre non erano mercanti. «È dunque un idiota a fidarsi di te?» domandò, indicando Khasar con il pollice. «Hai intenzione di buttarlo nel fiume con la gola tagliata, una di queste notti?»

Con grande disagio di Ho Sa, il capitano aveva accompagnato quelle parole con un gesto assai esplicito che Khasar non si era lasciato scappare. Anche Temuge si era accigliato, e il soldato xi xia si chiese quanto avesse compreso di quel rapido scambio di battute. «Non ho l'abitudine di tradire le persone a cui ho dato la mia parola» si affrettò a precisare a beneficio di Temuge e di tutti gli altri. «E benché non sia molto intelligente, quell'uomo è un guerriero assai abile. Fa' attenzione a non offenderlo, perché potrei non essere in grado di trattenerlo.»

Chen Yi inclinò il capo di nuovo. Non si fidava degli uomini che aveva preso a bordo, e quello alto e stupido sembrava ribollire di rabbia. Alla fine tuttavia si strinse nelle spalle. Prima o poi tutti dovevano dormire, e se gli avessero creato dei problemi non sarebbero stati i primi passeggeri a cadere accidentalmente fuori bordo.

Quando si girò, dopo aver indicato la pila di sacchi di granaglie, Ho Sa raggiunse i suoi due compagni a poppa, sollevato oltre ogni dire e sforzandosi di non lasciar trasparire quanto lo avesse angosciato quel piccolo incidente.

Khasar non sembrava intenzionato a scusarsi. «Che cosa gli hai detto?» volle sapere.

Ho Sa fece un respiro profondo. «Che sei un viaggiatore che viene da molto lontano. Speravo che non avesse mai sentito parlare dei seguaci dell'Islam, ma deve averne incontrato qualcuno in passato. È convinto che gli abbia mentito, ma non farà troppe domande. E comunque, la mia versione spiega come mai non sai parlare la lingua dei Chin.»

Khasar tirò il fiato, soddisfatto. «Allora non sono muto, dopotutto» disse, compiaciuto. «Non credo che sarei riuscito a portare avanti quella finzione.» Si sistemò sui sacchi, facendo spostare Temuge per trovare una posizione più comoda. Poi, mentre l'imbarcazione risaliva il fiume, chiuse gli occhi e Ho Sa pensò che intendesse dormire. «Come mai si è passato il dito sulla gola?» domandò invece Khasar senza aprire gli occhi.

«Voleva sapere se ho intenzione di ucciderti e di gettarti fuori bordo» sbottò Ho Sa. «E devo ammettere che l'idea mi alletta.»

Khasar ridacchiò. «Inizia a piacermi quel piccoletto» disse con voce impastata dal sonno. «Sono contento che abbiamo preso una barca.»

Gengis attraversò l'immenso accampamento all'ombra delle montagne che lo avevano visto bambino. Durante la notte era nevicato, e lui si riempì i polmoni con una boccata d'aria gelida e frizzante. Udiva i nitriti delle giumente che chiamavano il loro compagno e in lontananza qualcuno che cantava una ninnananna. In quel luogo si sentiva in pace e di buon umore, e spesso ricordava i giorni in cui suo padre era ancora vivo e lui e i suoi fratelli erano ancora ignari del mondo che li circondava. Scosse il capo, ripensando alle terre che gli erano state mostrate. L'oceano d'erba era più sconfinato di quanto avesse immaginato e una parte di lui agognava a vedere nuove cose, persino le città dei Chin. Era giovane e forte, e comandava un immenso esercito di uomini che avevano la capacità di conquistare quello che volevano. Sorrise tra sé quando raggiunse la *ger* che aveva fatto costruire per la sua seconda moglie, Chakahai. Suo padre si era accontentato di una sola donna, sua madre, ma era stato il khan di una piccola tribù e non gli avevano mai offerto come tributo delle splendide fanciulle.

Chinò il capo per entrare nella *ger*. Chakahai lo stava aspettando, i grandi occhi scuri che brillavano al riflesso di una lampada a olio. Gengis non parlò quando lei si alzò per accoglierlo. Non sapeva come, era riuscita a procurarsi due giovani serve chin; probabilmente erano state catturate dai suoi guerrieri e lei le aveva comprate o riscattate. Mentre le ragazzine sgattaiolavano fuori dalla *ger*, Gengis percepì il loro profumo e rabbrividì leggermente quando una di loro, passando, gli sfiorò il braccio nudo. Sentì le loro voci affievolirsi mentre si allontanavano nella notte e seppe di essere rimasto solo.

Chakahai stava in piedi di fronte a lui, orgogliosa e composta. Le prime settimane al campo erano state dure, ma lui aveva colto la sua forza d'animo nel suo sguardo vivace già prima che lei imparasse le prime parole nella lingua dei Mongoli. Camminava come la figlia di un re e guardarla lo eccitava sempre. Sembrava strano, eppure gran parte del fascino dipendeva essenzialmente dalla sua postura aggraziata e perfetta.

Chakahai sorrise, sapendo di avere la sua totale attenzione, e si inginocchiò di fronte a lui, chinando il capo e poi sollevandolo di nuovo per controllare se aveva ancora addosso i suoi occhi. Gengis rise e le afferrò un polso per farla alzare, poi la prese in braccio e la depose sul letto.

La baciò, affondando le dita nei suoi serici capelli neri, e con un gemito lei sollevò le mani e gli sfiorò delicatamente le cosce e il petto, eccitandolo. La notte era calda e non gli dispiacque aspettare mentre lei si slacciava la tunica di seta rivelando il candore del ventre sopra la cintura e i pantaloni di seta che indossava al pari degli uomini.

Chakahai trattenne il fiato quando lui le baciò il seno, mordicchiandole i capezzoli. Poi il resto dei vestiti seguì rapidamente la sorte degli altri, e Gengis fece sua la principessa degli Xi Xia mentre l'accampamento tutto intorno dormiva.

11

Il battello di Chen Yi impiegò una settimana per arrivare a Shizuishan, che si ergeva sulla sponda destra del fiume. Durante quelle lunghe e calde giornate sul fiume limaccioso, Ho Sa ebbe tutto il tempo di farsi un'idea precisa del capitano. Sospettava che avesse riempito la stiva di merci di contrabbando, beni di lusso, magari, che gli avrebbero fruttato un discreto gruzzolo, ma non aveva avuto modo di verificarlo perché l'equipaggio non aveva perso d'occhio i passeggeri nemmeno per un momento. Probabilmente lavoravano per un ricco mercante e non avrebbero dovuto mettere a rischio il carico prendendo a bordo dei passeggeri.

Chen Yi si dimostrò un navigatore esperto, e Ho Sa si rese conto che doveva conoscere il fiume meglio degli esattori delle tasse dell'imperatore. Più di una volta si erano immessi in canali laterali, deviando dal corso d'acqua principale e tornandovi solo dopo aver compiuto un lungo giro. L'ultima volta che era successo, Ho Sa aveva scorto l'ombra indistinta di una chiatta alle loro spalle. Quelle deviazioni, in effetti, non erano un problema per lui e non gli importava della perdita di tempo, tuttavia dormiva con il pugnale nella manica e il suo sonno era sempre leggero; il minimo fruscio bastava a svegliarlo.

Khasar, invece, russava a un volume impressionante. Ho Sa realizzò con irritazione che la ciurma lo aveva preso in simpatia.

Gli avevano già insegnato alcune frasi scurrili, inutilizzabili al di fuori dei bordelli del porto, e dovette far finta di niente quando il guerriero mongolo vinse a braccio di ferro contro tre dei marinai più nerboruti, aggiudicandosi una borraccia di robusto vino di riso che si rifiutò di dividere con loro.

Temuge era quello che sembrava apprezzare meno il viaggio. Sebbene il fiume fosse tranquillo, il secondo giorno di navigazione si era sporto dal parapetto per vomitare, salutato dalle urla di scherno della ciurma. Le zanzare lo tormentavano durante la notte, e ogni mattina esibiva nuove punture intorno alle caviglie. Osservava l'allegro cameratismo di Khasar con espressione di severa disapprovazione, e non faceva alcun tentativo di unirsi a lui, sebbene padroneggiasse meglio la lingua.

Ho Sa non vedeva l'ora che quel viaggio finisse, ma Shizuishan era soltanto una sosta intermedia, dove si sarebbero fermati per approvvigionarsi.

Assai prima che comparisse la città, il fiume cominciò ad affollarsi di piccole imbarcazioni che facevano la spola tra una riva e l'altra, portando pettegolezzi e notizie da ogni dove. Chen Yi non cercò nessuno in particolare, tuttavia, mentre ormeggiava l'imbarcazione a un palo del molo, diverse barche si avvicinarono per scambiare qualche parola con lui. Il capitano era ben conosciuto sul fiume, si rese conto Ho Sa. Tutti osservavano i passeggeri con curiosità, e Ho Sa, che sosteneva impassibile gli sguardi, non dubitava che la loro descrizione li avrebbe preceduti a Baotou. Cominciava a pensare che la missione fosse destinata al fallimento, e non gli era certo d'aiuto che Khasar, ritto a prua, strillasse orribili insulti all'indirizzo degli altri battellieri. In altre circostanze, probabilmente sarebbe stato pestato o addirittura sgozzato, invece Chen Yi si sbellicava dalle risate, quasi ci fosse qualcosa, nell'espressione di Khasar, che cancellava ogni offesa dalle sue parole. Gli altri, da parte loro, ridevano ancor più fragorosamente, e prima del tramonto Khasar riuscì a barattare un paio di monete con frutta fresca e pesce. Chiuso in un cupo silenzio, Ho Sa diede un paio di pugni a un sacco per dargli una forma più comoda e vi si adagiò contro, cercando di prendere sonno.

Temuge si svegliò di soprassalto: qualcosa aveva colpito il fianco dell'imbarcazione. Nell'aria umida e calda della notte ronzavano nugoli di insetti e lui era intontito dal sonno. Stiracchiandosi, chiamò Ho Sa, ma nessuno gli rispose. Allora sollevò il capo e si accorse che il soldato xi xia e suo fratello erano svegli e scrutavano con attenzione nelle tenebre.

«Cosa succede?» bisbigliò. Sentiva degli scricchiolii e un suono ovattato di passi, come se qualcuno si stesse muovendo con circospezione, ma la luna non era ancora sorta e non riusciva a distinguere nulla nel buio. Si rese conto di aver dormito per poco tempo.

Un bagliore improvviso illuminò il ponte quando uno dei marinai sollevò lo sportellino della lanterna a olio di prua. Temuge vide la sua sagoma stagliarsi contro il cielo nero per un istante, poi a bordo si scatenò il caos. Khasar e Ho Sa furono inghiottiti dalle tenebre, e lui si alzò in piedi, impietrito dal terrore. Corpi scuri piombavano sulla barca, saltando oltre i parapetti e facendola beccheggiare. Cercò a tentoni il pugnale, accovacciandosi dietro i sacchi perché non lo vedessero.

Qualcuno gridò di dolore vicino a lui e Temuge imprecò ad alta voce, convinto che le guardie imperiali li avessero scoperti. Sentì Chen Yi abbaiare degli ordini. Intorno a lui risuonavano le grida e i respiri affannosi degli uomini che combattevano nell'oscurità pressoché totale. Temuge si rannicchiò ancor di più, aspettandosi di essere aggredito da un momento all'altro. D'un tratto vide la lanterna librarsi nel cielo, descrivendo un arco dorato, e la sentì atterrare con un tonfo su una superficie di legno, facendo esplodere una vampata di fuoco. Temuge si lasciò sfuggire un grido di paura: la lanterna era caduta sul ponte di un'altra imbarcazione, che oscillava violentemente mentre la ciurma si tuffava in acqua per scampare all'incendio. Come Chen Yi e i suoi marinai, anche gli aggressori indossavano poco più di uno straccio intorno ai fianchi. Erano armati di lunghi coltelli e combattevano urlando e imprecando. Alle loro spalle, l'incendio divampava sempre più violento illuminando i corpi luccicanti di sudore che lottavano avvinghiati. Alcuni erano feriti, e perdevano molto sangue.

Mentre osservava la scena, sempre più spaventato, Temuge udì il suono inconfondibile di un arco mongolo. Si girò di scatto e vide Khasar ritto a prua, con i piedi ben saldi sul ponte, che scoccava una freccia dopo l'altra. Ciascuna colse il bersaglio, tranne una che finì con un sibilo nell'acqua quando Khasar fu costretto a chinarsi per evitare un pugnale che qualcuno gli aveva scagliato contro. Un uomo cadde poco lontano da lui, e con un brivido di raccapriccio, Temuge vide l'asta della freccia che lo aveva colpito uscirgli dalla schiena.

I nemici li avrebbero comunque sopraffatti se le fiamme non avessero cominciato a propagarsi sulla barca degli assalitori. Temuge vide alcuni di loro balzare a bordo del proprio battello e afferrare dei secchi di cuoio. Ma prima che potessero gettare una sola secchiata d'acqua sul fuoco, furono trafitti dalle frecce di Khasar.

Chen Yi tagliò le due robuste cime che legavano insieme le due barche e facendo forza contro il parapetto di legno spinse via il battello degli aggressori, che si allontanò sulle acque scure del fiume, trascinato dalla corrente. L'equipaggio stava ancora cercando di domare le fiamme, ma ormai era troppo tardi, e poco dopo si udirono i tonfi dei loro corpi che si tuffavano in acqua. Via via che la barca si allontanava, anche il crepitare delle fiamme diminuì progressivamente, fino a spegnersi del tutto. Una colonna di scintille si innalzò nell'oscurità, alta come la vela. Solo allora Temuge si alzò in piedi. Era molto scosso e sobbalzò nel sentire che qualcuno gli si stava avvicinando. Si tranquillizzò solo nel vedere che si trattava di Ho Sa, che puzzava di fumo e di sangue.

«Sei ferito?» gli domandò il soldato.

Temuge scosse la testa ma, rendendosi conto che il suo compagno non poteva vederlo nel buio, dopo aver fissato la luce vivida delle fiamme, aggiunse: «Sto bene. Chi erano quelli?».

«Pirati, probabilmente. Miravano a ciò che Chen Yi custodisce nella stiva. Criminali.» Tacque, udendo la voce di Chen Yi che impartiva ordini nel buio. Un istante dopo il vento gonfiò la vela e Temuge udì lo sciabordio della chiglia sull'acqua mentre si allontanavano dal molo di Shizuishan, diretti verso il centro del fiume. A un altro ordine di Chen Yi la ciurma ammutolì, e la barca continuò a scivolare invisibile sull'acqua.

Nel cielo brillava una sottile falce di luna, la cui luce fioca rischiarava appena i marinai superstiti. Due uomini dell'equipaggio erano morti, e Temuge vide che i loro corpi venivano gettati fuori bordo senza tante cerimonie.

Chen Yi era tornato indietro con Khasar per sorvegliare le operazioni, l'espressione indecifrabile nell'oscurità. Rivolse un cenno del capo a Temuge e si girò per tornare al suo posto accanto alla vela; poi di colpo si bloccò, come se avesse preso una decisione. Si fermò di fronte a Khasar, che lo sovrastava di parecchie spanne, e lo guardò di sotto in su. «Questo tuo mercante non è affatto un seguace dell'Islam» disse, rivolto a Ho Sa. «I musulmani pregano più volte al giorno, e non l'ho ancora visto inginocchiarsi nemmeno una volta.»

Ho Sa si irrigidì, ma il capitano scrollò le spalle e aggiunse: «Combatte bene, però. E io posso essere cieco, di giorno e di notte, capisci cosa voglio dire?».

«Capisco» rispose Ho Sa, e Chen Yi batté una mano sulla spalla di Khasar con espressione soddisfatta, imitando il sibilo dell'arco.

«Chi erano?» mormorò Ho Sa.

Chen Yi rimase in silenzio per un po', riflettendo. «Degli imbecilli» rispose infine. «Adesso sono degli imbecilli morti. La cosa non vi riguarda.»

«Invece sì, se ci attaccheranno ancora prima di arrivare a Baotou» replicò Ho Sa.

«Si dice che agli uomini non è dato di conoscere il proprio destino, soldato-mercante, ma io non la penso così. Hanno avuto la possibilità di derubarci, e l'hanno sprecata. Non ci prenderanno di nuovo.»

Ancora una volta imitò il sibilo dell'arco di Khasar, e sorrise.

«Cosa c'è nella stiva? Che cosa cercavano?» si intromise d'un tratto Temuge. Si era preparato con cura la frase da dire, ma Chen Yi lo guardò sorpreso nel sentire quegli strani suoni. Temuge stava per ripetere la domanda, quando il capitano rispose: «Erano curiosi, e ora sono morti. E tu, sei un tipo curioso?».

Temuge comprese e arrossì. Fortunatamente al buio non potevano vederlo, pensò, e scosse il capo. «No, non lo sono» rispose, distogliendo lo sguardo.

«Sei fortunato ad avere amici che sanno combattere al posto tuo» osservò Chen Yi. «Non ti ho visto muoverti, quando siamo stati attaccati.» Ridacchiò, vedendo Temuge corrugare la fronte. Pur non avendo capito tutte le parole, evidentemente il ragazzo aveva colto il tono di scherno.

Prima che Temuge potesse ribattere, Chen Yi si girò verso Khasar e lo afferrò per il braccio. «Tu, figlio di buona donna» disse. «Vuoi qualcosa da bere?»

Khasar, che aveva capito che Chen Yi stava offrendogli dell'alcol, sorrise e si lasciò condurre a prua per brindare alla vittoria. Temuge e Ho Sa rimasero dov'erano, la tensione che aleggiava palpabile fra loro.

«Non siamo qui per combattere contro i ladri che imperversano sul fiume» si lamentò Temuge, dopo un po'. «Ho soltanto un pugnale, che cosa avrei potuto fare?»

«Cerca di dormire» borbottò l'altro, aspro. «Non credo che faremo altre soste, per qualche giorno.»

Era una splendida giornata invernale, sui monti. Gengis, insieme alla moglie e ai figli, aveva raggiunto a cavallo un fiume dove era stato da ragazzo, lontano dall'enorme accampamento delle tribù. Jochi e Chagatai cavalcavano da soli, mentre Borte li seguiva al passo sul suo cavallo, con Ogedai e Tolui saldamente legati alla sella.

Non appena si erano allontanati dal campo, Gengis si era sentito pervadere da una sensazione di benessere. Conosceva da sempre quella zona, e l'intensa emozione che aveva provato tornando dal deserto l'aveva sorpreso. Sapeva che le montagne esercitavano su di lui un'attrazione speciale, ma galoppare nella verde prateria di quando era bambino gli aveva colmato gli occhi di lacrime, che a fatica era riuscito a ricacciare indietro.

Quando era giovane, una passeggiata del genere sarebbe stata rischiosa, perché erranti o banditi potevano essere in agguato ovunque, fra le colline intorno al fiume. Forse ce n'era ancora qualcuno che non si era unito a lui nel viaggio verso sud, ma ora aveva alle spalle un'intera nazione, nell'accampamento, e sulle colline non c'erano né greggi né pastori.

Mentre smontava da cavallo notò soddisfatto che Jochi e Chagatai stavano già legando ai cespugli le redini delle loro cavalcature. Le acque basse del fiume scorrevano veloci poco lontano, ai piedi di una ripida collina, portando con sé frammenti di ghiaccio staccatisi dalle rocce. Gengis lasciò vagare lo sguardo sulle erte pendici dell'altura, ripensando a suo padre e a quando si era arrampicato sulla collina rossa alla ricerca degli aquilotti.

Yesugei lo aveva condotto in quello stesso posto, ma lui non ricordava di avergli visto alcuna gioia sul volto, forse gliel'aveva semplicemente nascosta. Così decise di non mostrare ai figli il suo immenso piacere.

Borte fece scendere a terra i due figli minori, prima di scivolare a sua volta giù dalla sella, con aria distaccata. Da quando Gengis aveva sposato la figlia del re degli Xi Xia, non avevano avuto modo di scambiare che poche parole, ma di certo lei aveva sentito parlare delle sue visite notturne nella *ger* della ragazza. Non ne aveva parlato con lui, ma la sua espressione sembrava incupirsi ogni giorno di più. Gengis la guardò stiracchiarsi all'ombra degli alberi che crescevano lungo la sponda del fiume, e non poté fare a meno di paragonarla a Chakahai. Borte era alta, muscolosa e forte, mentre la fanciulla xi xia era morbida e arrendevole. Sospirò fra sé. Entrambe sapevano suscitare in lui il desiderio, ma solo una sembrava desiderarlo. Aveva trascorso molte notti con la nuova moglie, lasciando

Borte da sola, e forse proprio per questo aveva organizzato quella passeggiata lontano dai guerrieri e dalle famiglie, dove avevano sempre gli occhi puntati addosso e i pettegolezzi sembravano scaturire dal nulla.

Il suo sguardo si posò su Jochi e Chagatai, che si erano avvicinati alla riva del fiume e fissavano l'acqua. Sospirò ancora. A prescindere da come andavano le cose con Borte, non poteva trascurare quei ragazzini lasciandoli alla sola guida della madre. Ricordava fin troppo bene l'influenza che Hoelun aveva avuto su Temuge, e sapeva quanto lo avesse reso debole.

Si avvicinò ai due figli maggiori, soffocando un brivido al pensiero di entrare nell'acqua gelata. Ripensò a quando si era nascosto dai nemici in un fiume ghiacciato come quello, tanto tempo prima, e a come il suo corpo si fosse intorpidito fino a diventare insensibile, mentre la vita sembrava abbandonarlo. Eppure era sopravvissuto, e quell'esperienza lo aveva reso più forte.

«Porta qui gli altri due» disse a Borte. «Voglio che mi ascoltino, anche se sono troppo piccoli per entrare in acqua.»

Vide Jochi e Chagatai scambiarsi uno sguardo preoccupato, mentre le sue parole confermavano i loro timori. Nessuno dei due aveva voglia di entrare nell'acqua gelata. Jochi guardò il padre con il solito, sfrontato scetticismo che gli faceva prudere le mani, mentre Borte conduceva Tolui e Ogedai sulla riva.

Gengis avvertì lo sguardo di Borte fisso su di sé e aspettò finché lei non tornò ai cavalli e si sedette accanto a loro. Li stava osservando, ma lui non voleva che i bambini si rivolgessero a lei per avere sostegno. Dovevano sentirsi soli, per mettersi alla prova e per mostrare a lui la loro forza e la loro debolezza. Gli stavano accanto, nervosi, e lui si rammaricò per il tempo trascorso lontano da loro. Da quanto non sfidava la disapprovazione di Borte per giocare con i suoi figli? Lui ricordava suo padre con affetto, ma loro come avrebbero ricordato lui? Cacciò quei pensieri dalla mente, rammentando le parole che Yesugei aveva pronunciato in quello stesso posto, una vita prima.

«Immagino che abbiate sentito parlare della faccia di pietra» esordì, «l'espressione dei guerrieri, che non lascia intendere nulla ai nemici. Essa viene da una forza che non ha niente a che vedere con i muscoli, o con l'abilità nel tiro con l'arco. È il cuore della dignità, è ciò che vi permette di affrontare sprezzanti la morte. È molto più di una semplice maschera, ed è questo il suo segreto. Ha una sua potenza, e imparare a indossarla significa conquistare la calma interiore e il controllo sulla propria carne.»

Con un rapido movimento slacciò la cintura della *deel*, si liberò dei calzoni e degli stivali e rimase nudo sulla sponda del fiume. Il suo corpo era segnato da vecchie cicatrici e il suo torace era più chiaro delle braccia e delle gambe scurite dal sole. Rimase per un momento davanti a loro, senza alcun imbarazzo, poi entrò senza esitare nell'acqua gelida, sentendo lo scroto contrarsi al contatto con l'acqua.

Mentre si immergeva, sentì i polmoni irrigidirsi e il respiro farsi affannoso; il suo viso, tuttavia, non tradì alcuna emozione. Guardando i figli con espressione imperturbabile, immerse la testa nell'acqua e infine si lasciò galleggiare sulla superficie, sfiorando con le mani i sassi della riva.

I quattro bambini guardavano affascinati il padre che appariva completamente a suo agio nell'acqua gelida. Il suo viso era impassibile, come poco prima, ma i suoi occhi erano ardenti, ed era impossibile sostenerne a lungo lo sguardo.

Jochi e Chagatai si scambiarono un'occhiata di sfida. Poi Jochi si strinse nelle spalle e, spogliatosi senza imbarazzo alcuno, entrò in acqua a grandi passi e si immerse. Gengis lo vide rabbrividire, ma il muscoloso ragazzino si girò a fissare il fratello, come se non desse alcun peso alla presenza del padre né alla lezione che voleva impartire loro.

Chagatai sbuffò, sprezzante, e si spogliò a sua volta. Anche Ogedai, che aveva appena compiuto sette anni, iniziò a togliersi i vestiti, e Gengis vide sua madre alzarsi per richiamarlo. «Lascialo entrare, Borte» disse.

Avrebbe tenuto d'occhio il suo terzogenito perché non annegasse, ma non gli avrebbe concesso il conforto di dirlo ad alta voce. Spaventata, Borte guardò Ogedai entrare in acqua appena dietro Chagatai.

Tolui, rimasto solo sulla riva, iniziò a togliersi la *deel*, anche se con evidente riluttanza. Gengis, ridacchiando soddisfatto per il coraggio che dimostrava, lo fermò prima che Borte potesse intromettersi. «Tu no, Tolui. Forse l'anno prossimo, ma non questa volta. Rimani lì e ascolta.» Con evidente sollievo, il bambino si legò la fascia intorno ai fianchi e sorrise al padre, che gli strizzò l'occhio.

Jochi si era sistemato in una pozza vicino alla sponda del fiume, dove l'acqua era immobile. Si era immerso completamente, a parte la testa, e teneva la mascella serrata per impedire ai denti di battere. Riusciva a controllare il respiro, adesso, e osservava suo padre con i grandi occhi scuri. Per l'ennesima volta, Gengis si chiese se quel ragazzo fosse davvero suo figlio. Senza quella certezza, non poteva amarlo completamente. Talvolta, la barriera fra loro sembrava assottigliarsi, perché Jochi stava crescendo alto e forte, ma lui non poteva fare a meno di cercare nei suoi lineamenti quelli dello stupratore tartaro, uno di quelli a cui aveva mangiato il cuore per vendetta. Era difficile amare quel viso dagli occhi così scuri e diversi dai suoi.

Che Chagatai fosse figlio suo, invece, era evidente. I suoi occhi sembravano ancor più chiari per il freddo, e Gengis dovette sforzarsi di non mostrare i propri sentimenti e guastare l'intensità del momento. Si impose di respirare a fondo, lentamente. «Nell'acqua così fredda un bambino perde conoscenza dopo sei, settecento battiti del cuore» disse. «Un adulto può resistere poco di più. Il corpo inizia a morire lentamente, a cominciare dalle mani e dai piedi, che si intorpidiscono e a poco a poco perdono sensibilità. I pensieri rallentano e se si rimane immersi troppo a lungo dopo un po' non si hanno più né la forza né la volontà di uscire dall'acqua.»

Tacque, osservandoli. Le labbra di Jochi erano diventate blu, ma non aveva ancora detto nulla. Chagatai sembrava concentrato a combattere il freddo, e muoveva le membra nell'acqua. Ogedai si sforzava di imitare i fratelli più grandi, ma era un impegno troppo gravoso per lui e Gengis sentì distintamente i suoi denti battere con forza. Non poteva tenerli in acqua ancora a lungo, e forse era il caso di rimandare Ogedai a riva. Suo padre non lo aveva fatto, ricordò, nemmeno quando il piccolo Temuge, verso la fine, era svenuto rischiando di annegare.

«Cercate di non farmi vedere ciò che provate» proseguì, «bensì la faccia di pietra che mostrerete ai vostri nemici. Ricordate che anche loro hanno paura. E se vi è capitato di pensare di essere dei codardi in un mondo di guerrieri, ricordatevi sempre che è successo anche ai vostri nemici. Grazie a questa consapevolezza sarete in grado di nascondere lo smarrimento e di non abbassare mai lo sguardo.»

I tre ragazzini si sforzarono di eliminare ogni espressione di paura e dolore dal viso, e sulla riva il piccolo Tolui li imitò, concentrandosi con la massima serietà.

«Respirate piano, attraverso il naso, per rallentare il battito del cuore. La carne è debole, ma non dovete ascoltare le sue suppliche. Ho visto un uomo conficcarsi un coltello nel corpo senza che dalla ferita uscisse una sola goccia di sangue. Lasciate che la forza entri in voi, e respirate. Non mostratemi nulla, svuotatevi.»

Jochi comprese subito cosa doveva fare e il suo respiro rallentò, come quello del padre. Gengis lo ignorò e si concentrò su Chagatai, che stava lottando per ottenere lo stesso risultato. Ci riuscì, infine, appena prima che Gengis decidesse che era giunto il momento di farli uscire dall'acqua perché non svenissero.

«Il vostro corpo è debole come quello di qualunque animale affidato alle vostre cure» aggiunse. «Vi chiederà cibo e acqua, calore e sollievo dal dolore. Trovate il viso di pietra, e sarete in grado di ignorare la sua voce.»

I tre bambini erano intirizziti. Gengis, che si aspettava di doverli aiutare a uscire, si alzò in piedi per dar loro una mano, ma Jochi si alzò insieme a lui, la pelle rossa e tesa. I suoi occhi non lasciarono mai il padre. Gengis tese una mano a sfiorare un braccio di Chagatai: non voleva aiutarlo ad alzarsi, ora che Jochi ce l'aveva fatta da solo. Il bambino si mosse appena, intorpidito, e fissò il fratello con gli occhi vitrei, ma quando si rese conto che lui era in piedi serrò le mascelle e si raddrizzò faticosamente, scivolando sul fondo fangoso. Gengis avvertiva la tensione fra i due ragazzini e non poté fare a meno di ricordare Bekter, il fratello che aveva ucciso tanti anni prima.

Ogedai non riuscì ad alzarsi da solo, così suo padre lo prese in braccio e lo mise sulla riva ad asciugarsi al sole. Poi Gengis uscì a sua volta, sentendo la vita e l'energia fluire di nuovo in lui. Jochi e Chagatai gli si avvicinarono, ansimando e sforzandosi di riprendere il controllo. Tremavano così forte che nessuno dei due osò aprire bocca.

«Ebbene, vi ha ucciso?» domandò Gengis.

Un tempo Yesugei aveva posto ai suoi figli la stessa domanda, e Khasar gli aveva risposto: «Quasi», facendolo scoppiare a ridere. Jochi, Chagatai e Ogedai invece non dissero nulla, e Gengis, accorgendosi che i suoi figli non provavano per lui la stessa amicizia che lo aveva legato a Yesugei, giurò a se stesso che avrebbe passato più tempo con loro. La principessa xi xia era come una droga, ma avrebbe cercato di ignorare il suo richiamo, mentre i ragazzi crescevano.

«Non è il vostro corpo che comanda» continuò, rivolto a se stesso quanto ai figli. «È una stupida bestia che non sa niente degli affari degli uomini, è soltanto il carro che vi trasporta. Potete dominarlo con la forza di volontà, respirando attraverso il naso quando invece vorreste ansimare con la lingua a penzoloni, come i cani. Quando sarete colpiti da una freccia in battaglia, e il dolore sarà intollerabile, sarete capaci di ignorarlo e di seminare la morte fra i vostri nemici prima di cadere.»

Guardò in alto, lungo il fianco della collina, ripensando a giorni così innocenti e lontani che la nostalgia era quasi insopportabile.

«Adesso riempitevi la bocca d'acqua, correte fino in cima alla collina e tornate indietro. Quando arriverete qui, sputerete l'acqua, per dimostrarmi di aver respirato correttamente. Chi arriverà per primo mangerà, gli altri resteranno a digiuno.»

Non era una prova equa: Jochi era più grande e a quell'età anche solo un anno faceva la differenza, ma Gengis non diede a vedere in alcun modo di esserne consapevole. I bambini si guardarono l'un l'altro, valutando le difficoltà. Anche Bekter era il maggiore, eppure lui lo aveva battuto. Sperava che Chagatai avrebbe fatto lo stesso.

Senza preavviso, Chagatai si lanciò verso il fiume e immerse il viso nell'acqua per riempirsi la bocca. Ogedai scattò subito dietro di lui. Gengis rammentò la sensazione dell'acqua in bocca, e di come fosse diventata via via più calda e densa.

Jochi non si era mosso. «Tu non vai?» gli chiese il padre.

Lui si strinse nelle spalle.

«Posso batterli» disse. «Lo so già.»

Gengis lo fissò, vedendo sul viso del ragazzino un'aria di sfida che non riusciva a capire. Nessuno dei figli di Yesugei aveva rifiutato di affrontare la prova, anzi Gengis da bambino era stato contento di avere la possibilità di umiliare Bekter. Si sentì rodere dalla rabbia. Gli altri suoi figli stavano già arrancando su per la collina, sempre più lontani.

«Hai paura» mormorò, tirando a indovinare.

«No» replicò Jochi senza scomporsi, allungando una mano verso i vestiti. «Mi ameresti di più, se li battessi?» aggiunse, e per la prima volta la sua voce tremò per l'emozione. «Io non credo.»

Gengis guardò il ragazzino, sbigottito. Nessuno dei figli di Yesugei avrebbe osato parlare al padre in quel modo. E lui, come si sarebbe comportato in una situazione simile? Di certo non lo avrebbe tollerato. Gli tornarono alla mente gli scappellotti che gli dava suo padre, e per un attimo pensò di introdurre a suon di schiaffi un po' di buonsenso nel figlio. Ma poi si accorse che Jochi si era già irrigidito, e l'impulso svanì ancor prima di nascere. «Mi renderesti orgoglioso di te» disse.

Jochi tremava, ma non per il freddo. «Allora oggi correrò» disse. E sotto lo sguardo esterrefatto del padre prese una sorsata d'acqua e partì all'inseguimento dei fratelli.

Quando si fu allontanato, Gengis accompagnò il piccolo Tolui dalla madre. Il viso di Borte sembrava scolpito nella pietra, e non lo guardò.

«Trascorrerò più tempo con loro» annunciò Gengis, che ancora non si spiegava il suo scambio con Jochi.

Lei alzò lo sguardo per un fuggevole istante e, vedendolo turbato, si addolcì. «Vuole soltanto che tu lo accetti come tuo figlio» disse.

«Ma io l'accetto. Quando mai non l'ho fatto?» sbuffò Gengis di rimando.

Borte si alzò in piedi e lo guardò negli occhi. «Quando mai lo hai preso in braccio? Quando mai gli hai detto quanto sei orgoglioso di lui? Credi che non senta cosa dicono gli altri bambini? Hai mai messo a tacere quegli idioti con una dimostrazione d'affetto?»

«Non voglio che diventi un debole» replicò Gengis, preoccupato.

Non immaginava che il suo atteggiamento fosse così evidente, e per un istante si rese conto di aver costretto Jochi a una vita durissima. Tuttavia, la sua vita era stata ancor più difficile, e lui non poteva costringersi ad amare il ragazzino. Con il passare degli anni, si riconosceva sempre meno in quegli occhi scuri.

La risata di Borte interruppe il corso dei suoi pensieri. Non era un suono gradevole. «La cosa più triste è che lui è tuo figlio più di tutti gli altri. Ma tu non te ne accorgi. Ha il coraggio di sfidare suo padre, e tu sei cieco.» Sputò nell'erba. «Se Chagatai avesse fatto altrettanto, saresti scoppiato a ridere e mi avresti detto che ha il coraggio di suo nonno.»

«Adesso basta» la zittì lui, stanco della sua voce e delle sue critiche. La giornata era ormai rovinata, non c'era alcuna traccia della gioia e della sensazione di trionfo di quando era stato lì con suo padre e i suoi fratelli.

Borte fissò il suo volto rabbioso con espressione torva. «Che cosa farai se batterà Chagatai?» domandò.

Gengis imprecò, l'umore più acido del latte andato a male.

Non aveva preso in considerazione quella possibilità, e sapeva che, se Jochi avesse vinto, non lo avrebbe abbracciato sotto gli occhi di Borte. I pensieri gli turbinavano nella mente, e non aveva idea di come avrebbe reagito.

Temuge ascoltava i grugniti del fratello con espressione furente. Khasar si era guadagnato parecchia considerazione fra i membri dell'equipaggio in seguito all'assalto dei pirati, e nei giorni successivi Chen Yi lo aveva regolarmente coinvolto nella vita a bordo. Khasar aveva imparato diverse frasi nella loro lingua e la sera condivideva le loro razioni di alcol, riso e gamberi. Persino Ho Sa sembrava essersi ammorbidito nei confronti del capitano, mentre Temuge era più che mai deciso a rimanere per conto proprio. Comunque, non lo sorprendeva vedere Khasar che si comportava come un animale, come gli altri. Era uno stolto, e avrebbe voluto che si rendesse conto di non essere altro che un arciere incaricato di proteggere il fratello minore. Gengis, se non altro, era consapevole di quanto lui sarebbe potuto tornargli utile. La sera prima della loro partenza, lo aveva convocato e gli aveva chiesto di memorizzare ogni dettaglio delle mura di Baotou, ogni particolare dei sistemi di difesa. Se non fossero riusciti a tornare con i costruttori della città, i suoi ricordi sarebbero stati essenziali per pianificare una nuova campagna di guerra durante l'estate. Gengis riponeva la massima fiducia nella sua memoria e nella sua acuta intelligenza, qualità che Khasar senz'altro non aveva.

Temuge stava cercando di trarre conforto da quel pensiero, quando si avvicinarono a una barca con a bordo due donne. Khasar aveva mostrato loro delle monete d'argento, invitandole a raggiungerli, e loro si erano spogliate e tuffate in acqua, nuotando come lontre verso la loro imbarcazione. Evidentemente, Chen Yi aveva trovato divertenti gli appetiti di Khasar, e aveva gettato l'ancora, in modo che le donne potessero poi tornare alla loro barca.

Temuge chiuse gli occhi, sentendo gli strilli di una delle due donne. Era molto giovane, snella e con il seno piccolo. Aveva notato che era molto attraente, anche se lei non aveva guardato nella sua direzione mentre prendeva le monete di suo fratello. I gridolini si interruppero soltanto quando Khasar, con le sue poderose spinte, non le fece scappare di mano le monete, che rotolarono lontano sul ponte. Fra le risate dell'equipaggio, che stava a guardare, la ragazza spinse via Khasar e le rincorse a quattro zampe per riprenderle. Con la coda dell'occhio, Temuge vide il fratello approfittare della situazione e le risatine della fanciulla gli strapparono un'imprecazione. Che cosa avrebbe pensato Gengis di quella pausa? Aveva assegnato loro un compito di vitale importanza, non c'erano dubbi in proposito. Se non avessero scoperto il modo di entrare nelle città chin, non sarebbero mai riusciti a sconfiggere l'esercito imperiale.

Mentre aspettava che suo fratello finisse di fare i suoi comodi, Temuge sentì una collera bruciante montare dentro di sé. Stavano perdendo tempo prezioso, ma se avesse detto qualcosa Khasar non avrebbe perso l'occasione di sbeffeggiarlo davanti a tutti. Così continuò a ribollire di umiliazione in silenzio. Non aveva dimenticato perché erano lì, come sembrava avesse fatto Khasar.

Era ormai il tramonto quando Borte vide Jochi guidare i fratellini esausti attraverso il fiume. Gli sanguinavano i piedi per la corsa, quando si fermò davanti a lei, ansimante. Con una stretta al cuore, lo vide guardare tutto intorno nella vana ricerca del padre. Quando si rese conto che Gengis non c'era, parve sgonfiarsi. Sputò l'acqua, lasciandosi sfuggire un sonoro sospiro.

«Tuo padre è stato richiamato all'accampamento» mentì Borte, ma lui non le credette. Vedendo il suo visetto addolorato, fece del proprio meglio per nascondere la rabbia che provava nei confronti del marito.

«Sarà andato dalla sua seconda moglie, la straniera» disse a un tratto Jochi, e lei si morse il labbro, senza replicare. Anche in questo aveva perso l'uomo che aveva sposato. Guardando il maggiore dei suoi figli, smarrito e ferito davanti a lei, era facile odiare Gengis per il suo cieco egoismo. Decise che se non fosse riuscita a trovarlo, sarebbe andata a cercarlo nella *ger* della donna xi xia. Forse non gli importava più della moglie, ma di certo gli importava dei figli, e lei avrebbe fatto leva su questo per riportarlo indietro.

Chagatai e Ogedai arrivarono inciampando nell'oscurità, e sputarono l'acqua come era stato loro ordinato. Ma senza il padre, la loro vittoria era monca, quasi una sconfitta.

«Gli dirò come avete corso» disse Borte con gli occhi lucidi di lacrime.

Ma per loro non era abbastanza, e il tragitto fino all'accampamento fu segnato da un cupo silenzio.

12

Ho Sa raccontò a Khasar e Temuge che il centro abitato di Baotou distava qualche miglio dall'affollato porto fluviale che la serviva. La città era l'ultima stazione commerciale tra il confine settentrionale dell'impero Chin e il regno di Xi Xia, e il fiume brulicava di barche. Erano passate tre settimane da quando avevano abbandonato i cavalli, e Temuge non ne poteva più del lento trascorrere delle ore, del caldo afoso e della dieta a base di riso e pesce. Chen Yi e i suoi marinai bevevano l'acqua del fiume senza problemi, e Khasar sembrava avere uno stomaco di ferro, mentre Temuge da tre giorni soffriva di un terribile disturbo intestinale, che lo aveva indebolito e gli aveva reso i vestiti sudici e maleodoranti. Fino a quel momento non aveva mai né visto né mangiato pesce, e non si fidava delle creature dalle squame argentee che guizzavano nel fiume. L'equipaggio della barca, invece, sembrava apprezzarle moltissimo: le pescavano con la lenza e le gettavano sul ponte, dove rimanevano a contorcersi fino a quando non le uccidevano con una botta in testa.

Temuge si era lavato i vestiti quando avevano gettato l'ancora, ma il suo stomaco continuava a brontolare e a produrre fastidiose flatulenze da entrambe le estremità.

Lungo le rive del Fiume Giallo, che scorreva sinuoso tra le colline, si vedevano sempre più uccelli, che si cibavano dei rifiuti lasciati dalle barche e dai mercanti. Temuge e Khasar erano affascinati dalla quantità e dalla varietà di uomini e imbarcazioni che si spostavano sul fiume trasportando i propri carichi.

A differenza di Chen Yi, che pareva in grado di trovare un varco in quella folla manovrando con la sola vela, molti dei barcaioli erano muniti di lunghe pertiche per allontanare le barche che si avvicinavano troppo. Il chiasso e la confusione regnavano sovrani ovunque, e centinaia di venditori gridavano cercando di sovrastare la voce degli altri, offrendo di tutto, dal pesce fresco ai tessuti rovinati dall'acqua, buoni solo per confezionare abiti rozzi. Un odore di spezie sconosciute aleggiava nell'aria mentre Chen Yi manovrava il battello alla ricerca di un posto dove gettare l'ancora per la notte. Da quelle parti, sembrava ancor più conosciuto e Temuge osservava sospettoso l'incessante via vai di persone che lo salutavano. Benché l'equipaggio, almeno apparentemente, considerasse Khasar come uno di loro, Temuge non si fidava del capitano: concordava con Ho Sa sul fatto che la stiva della piccola imbarcazione doveva essere colma di merci di contrabbando, ma forse quell'uomo sperava di poter guadagnare qualche moneta in più rivelando ai soldati imperiali la loro presenza. Dunque, rimanere a bordo senza alcuna garanzia di sicurezza accresceva la sua tensione, e quella dei suoi due compagni di viaggio.

Entrarono in porto al calar della sera, chiaramente non per caso. Chen Yi si era volutamente attardato nei meandri del fiume e non si era degnato di rispondere quando Temuge gli aveva chiesto di fare più in fretta. Qualunque cosa ci fosse nella stiva, doveva essere scaricata con il favore delle tenebre, quando gli esattori delle tasse e i soldati erano meno vigili.

Temuge imprecò rabbiosamente fra sé e sé. Non gli importava nulla dei problemi di Chen Yi. A lui premeva sbarcare il prima possibile per potersi dirigere verso la città. Ho Sa aveva detto che distava appena qualche ora di cammino e che la strada era buona, ma quel luogo così estraneo lo innervosiva e non vedeva l'ora di muoversi. La tensione si era acuita anche fra gli uomini dell'equipaggio da quando avevano calato l'ancora nell'attesa di attraccare al molo traballante.

Il porto fluviale di Baotou non era un granché a vedersi, con poco più di una dozzina di edifici di legno che sembravano appoggiarsi l'uno sull'altro per stare in piedi. Evidentemente era soltanto uno scalo commerciale, privo di qualunque comodità, ma a Temuge non importava. A preoccuparlo erano piuttosto le due guardie armate che controllavano le operazioni di scarico.

Sentì Chen Yi impartire ordini a bassa voce e vide gli uomini annuire. Cercò di nascondere l'irritazione per quell'ulteriore ritardo. Lui e i suoi compagni dovevano allontanarsi al più presto dal fiume e da quello strano mondo che non capiva. Per un po' si era chiesto se fosse possibile acquistare manoscritti illustrati al mercato del porto, ma non aveva visto niente del genere e non gli interessavano i lingotti d'argento o le figurine intagliate che sudici ragazzini propinavano a ogni imbarcazione che entrava nel porto. Quando finalmente il capitano si recò a poppa per parlare con lui e i suoi compagni, era di pessimo umore.

«Dobbiamo aspettare fino a quando non si libererà un posto sul molo» annunciò Chen Yi. «Potrete partire prima di mezzanotte, o poco più tardi.» Poi, con grande fastidio di Temuge, si rivolse a Khasar. «Se non mangiassi così tanto, ti ingaggerei nel mio equipaggio.» Khasar non capì che cosa aveva detto, ma gli rispose con un'amichevole pacca sulla spalla. Anche lui era impaziente di partire e il capitano parve comprendere il suo stato d'animo. «Se volete, posso aiutarvi a trovare un passaggio su uno dei carri che vanno in città per un prezzo accettabile» propose.

Temuge notò che l'ometto li stava fissando con attenzione. Non aveva idea di come sarebbe stato il tragitto fino a Baotou, ma immaginava che un mercante non avrebbe rifiutato la possibilità di ottenere un passaggio; così, si costrinse a sorridere e rispose nella lingua dei Chin: «Accettiamo volentieri, a meno che le operazioni di scarico non si protraggano troppo a lungo».

«Ho amici che mi aiuteranno, non ci vorrà molto» replicò Chen Yi, stringendosi nelle spalle. «Siete piuttosto impazienti, per essere dei mercanti» aggiunse.

Non aveva smesso di sorridere, ma il suo sguardo li scrutava attentamente, e Temuge ringraziò il cielo che Khasar non capisse che cosa diceva, perché il suo viso era come un libro aperto.

«Decideremo dopo» disse, e gli volse le spalle per essere certo che Chen Yi comprendesse di essere stato congedato, ma Khasar intervenne, indicando i soldati sul pontile.

«Chiedigli di quegli uomini» disse a Ho Sa. «Vorrei passare senza attirare la loro attenzione, e penso che anche per lui sia lo stesso. Chiedigli come farà a scaricare la merce senza dare nell'occhio.»

Ho Sa esitò, temeva di parlare apertamente a Chen Yi della merce che trasportava. Ma prima che potesse aprire bocca, Khasar sbuffò, e puntando il dito verso le guardie che sorvegliavano il molo disse: «Chen Yi».

Il capitano gli abbassò il braccio, prima che qualcuno potesse notare il suo gesto. «Ho degli amici nel porto» disse, «non ci saranno problemi. Baotou è la mia città, ci sono nato, capisci?»

Ho Sa tradusse, e Khasar annuì.

«Dovremmo prendere in considerazione l'idea di rimanere con il piccoletto, fratello» disse a Temuge. «Non può tradirci finché non ha scaricato la merce, se non vuole attirare l'attenzione su ciò che abbiamo avuto sotto il culo nelle ultime settimane, di qualunque cosa si tratti.»

«Grazie dell'interessamento, Khasar» borbottò Temuge, acido. «Ho già pensato al da farsi. Accetteremo il passaggio che ci ha offerto ed entreremo in città con lui. Dopodiché troveremo i nostri uomini e ce ne andremo.»

Pur sapendo che Chen Yi non capiva ciò che dicevano, Temuge aveva un cattivo presentimento: trovare i costruttori di Baotou era la parte più imprevedibile della loro missione; non avevano modo di sapere se e quando sarebbero riusciti a individuarli, né quali rischi avrebbe presentato loro la città. E anche se ci fossero riusciti, Temuge non aveva idea di come avrebbero fatto a portare con sé dei prigionieri recalcitranti senza attirare l'attenzione dei soldati, visto che sarebbe bastato un solo grido per farli arrivare di corsa. Valutò la quantità di monete d'argento che Gengis gli aveva affidato per risolvere quel genere di situazioni. «Quando tornerai sul fiume, Chen Yi?» chiese. «Potremmo non trattenerci a lungo, in città.»

L'uomo scosse il capo. «Manco da casa da parecchio tempo, e ho molte cose da fare. Non ripartirò prima di qualche mese.»

Temuge ripensò a quanto aveva chiesto loro per trasportarli e a quanto fosse parso riluttante all'idea di spingersi così lontano. «Allora eri diretto qui fin dall'inizio?» domandò, offeso.

«I poveracci non vanno a Baotou» ridacchiò l'ometto, tornando a occuparsi dell'equipaggio sotto lo sguardo furente di Temuge.

«Non mi fido di quel tipo» mormorò Ho Sa. «Non si preoccupa dei soldati sulla banchina. Trasporta merce così pregiata che i pirati hanno cercato di impadronirsene e tutti i barcaioli di Baotou lo conoscono. Questa situazione non mi piace per nulla.»

«Staremo in guardia» replicò Temuge, anche se quelle parole lo avevano precipitato nel panico.

Gli uomini del porto e quelli del fiume erano tutti nemici allo stesso modo, e lui desiderava soltanto allontanarsi da loro senza essere visto. Gengis aveva riposto in loro tutte le sue speranze, ma a volte quella missione gli sembrava impossibile.

La luna era appena un frammento bianco nel cielo e la sua luce si rifletteva fioca sull'acqua quando si accostarono al molo, tanto che Temuge realizzò che Chen Yi aveva pianificato il loro arrivo con la massima cura. Nell'oscurità, Chen Yi slegò le corde che assicuravano la barca a una boa al centro del fiume e spedì due marinai a manovrare il timone di poppa, mentre lui si apriva un passaggio fino al molo con una lunga pertica, incurante delle imprecazioni degli uomini che infastidiva nell'urtare le loro imbarcazioni.

Il molo era immerso nell'oscurità, ma le finestre di alcuni edifici erano illuminate e di quando in quando risate attutite echeggiavano nel silenzio. Quella fioca luce giallastra era tutto ciò che serviva a Chen Yi per trovare un posto tra le altre imbarcazioni ormeggiate, e l'ometto fu il primo a balzare sul pontile di legno per legarvi la barca con una corda. Non aveva ordinato il silenzio, ma gli uomini dell'equipaggio non aprirono bocca mentre ammainavano la vela, e anche quando aprirono il portello della stiva si udì appena un tonfo attutito.

Temuge tirò un sospiro di sollievo quando toccarono terra, ma allo stesso tempo avvertì una certa inquietudine. Qua e là si distinguevano le sagome di persone sdraiate o addormentate, e Temuge le osservò sospettoso, chiedendosi se fossero mendicanti, prostitute o addirittura spie. Di sicuro i soldati che aveva visto si aspettavano degli sbarchi notturni, e lui temeva che da un momento all'altro sarebbe echeggiato un grido o sarebbero arrivate delle guardie, vanificando tutti i loro sforzi per arrivare fin lì. Come Gengis aveva ordinato, erano arrivati alla città, o quasi, e forse proprio perché erano così vicini alla meta temeva che tutto sarebbe andato in fumo. Passò davanti ad alcuni marinai, scavalcò il parapetto della barca e scese sul pontile incespicando. Ho Sa lo afferrò per un braccio per aiutarlo, mentre Khasar si dileguava nelle tenebre.

Temuge non desiderava altro che lasciare la barca e il suo equipaggio, ma temeva che Chen Yi potesse tradirli: se aveva intuito il significato dell'arco mongolo che Khasar si portava dietro, avrebbe potuto vendere l'informazione in cambio della salvezza, e se i soldati avessero dato loro la caccia difficilmente sarebbero riusciti a cavarsela in quella terra straniera, anche con l'aiuto di Ho Sa.

Nel buio risuonò uno scricchiolio, e istintivamente la mano di Temuge corse al pugnale, ma si trattava soltanto di due carri trainati da muli e si costrinse a rilassarsi. Gli uomini alla guida scesero a terra e confabularono sottovoce con Chen Yi, prima di iniziare a caricare la merce sui carri. Temuge cercò di aguzzare la vista per vedere cosa stessero trasportando, ma non riuscì a distinguere i dettagli; qualunque cosa fosse, notò, doveva pesare parecchio, a giudicare da quanto gli uomini ansimavano nel caricarsela in spalla. Mentre Temuge e Ho Sa si avvicinavano, spinti dalla curiosità, Khasar passò loro accanto con un fagotto scuro sulle spalle e sussurrò: «Seta. Ho toccato l'estremità di un rotolo».

Lo sentirono sbuffare mentre caricava il pesante fardello sul carro più vicino, prima di tornare verso di loro. «Se non c'è altro, stiamo portando in città seta di contrabbando» sussurrò.

Ho Sa si mordicchiò un labbro. «Così tanta?» osservò. «Deve venire da Kaifeng o magari da Yenking, allora. Un carico così vale molto più della vita di un pugno di marinai.»

«Quanto di più?» volle sapere Khasar, a voce sufficientemente alta da far trasalire Temuge.

«Migliaia di monete d'oro» rispose Ho Sa. «Abbastanza per comprare un centinaio di barche come questa e una casa di lusso per mettercele dentro. Questo Chen Yi non è un commerciante o un ladruncolo da strapazzo. Se ha organizzato il trasporto lungo il fiume, deve averlo fatto per depistare quelli che avrebbero potuto derubarlo. E avrebbe rischiato di perdere tutto, se noi non fossimo stati a bordo.» Tacque un momento, pensieroso, prima di continuare. «Se la stiva è piena, la seta può provenire soltanto dai magazzini imperiali. Viene protetta con la massima cura prima di essere messa in vendita. Forse questa non è che la prima tappa di un viaggio di molte miglia fino alla sua destinazione finale.»

«Che cosa importa?» osservò Khasar. «Noi dobbiamo entrare in città e lui è l'unico ad averci offerto un passaggio.»

Ho Sa trasse un profondo respiro per controllare la rabbia. «Se qualcuno sta cercando quella seta, correremo pericoli maggiori rimanendo con lui che proseguendo per conto nostro. Entrare a Baotou con questa roba potrebbe essere un errore fatale. Se le guardie dovessero perquisire i carri, ci arresterebbero e ci tortureffrebbero per farci dire tutto quello che sappiamo.»

Temuge sentì le viscere torcersi per la paura. Stava per dire ai compagni di allontanarsi dal molo, quando Chen Yi spuntò alle sue spalle. Teneva in mano una lanterna cieca, e il suo viso si intravedeva appena nel fioco bagliore. Sembrava più teso del solito e il viso era imperlato di sudore. «Salite sul carro» ordinò, «tutti quanti.»

Temuge fece per obiettare, ma poi si rese conto che gli uomini dell'equipaggio erano scesi a terra e li avevano circondati con in pugno i coltelli, e ammutolì per la paura. Era evidente che non avrebbero permesso loro di allontanarsi a piedi, dopo quello che avevano visto, e maledisse Khasar per averli aiutati a scaricare i rotoli di seta. Doveva essere stato quello ad aver rafforzato i loro sospetti.

Chen Yi parve intuire il suo disagio. «Non vorrete andare a piedi in città in piena notte» disse. «Non posso permetterlo.»

Temuge si issò a capo chino su uno dei carri, e notò che gli uomini indicavano a Ho Sa di salire sull'altro carro, mentre a Khasar fu concesso di sedersi accanto al fratello. Sentendosi mancare, comprese che Chen Yi li aveva deliberatamente separati e si chiese se avrebbe mai visto Baotou o se lo avrebbero scaricato lungo la strada, con la gola tagliata. Per lo meno non li avevano disarmati: Khasar aveva ancora il suo arco, avvolto in una striscia di tessuto, e lui aveva il pugnale, anche se sapeva che non gli sarebbe stato di grande aiuto se avessero dovuto combattere.

I carri non si mossero finché dall'ombra delle costruzioni sul molo non giunse un sommesso fischio. Chen Yi balzò a terra e quando rispose con il medesimo fischio una sagoma scura si staccò dalle ombre avvicinandosi ai carri. Doveva essere uno dei soldati, o quanto meno uno che gli somigliava molto.

Chen Yi gli consegnò una pesante borsa di cuoio. «Conosco la tua famiglia, Yan» gli disse a bassa voce. «E so dove abiti. Mi hai capito?»

L'uomo si irrigidì, comprendendo la velata minaccia, ma non disse nulla.

«Sei troppo vecchio per fare la guardia portuale» proseguì Chen Yi. «Ti ho dato un bel po' di denaro, così adesso potrai ritirarti. Ce n'è abbastanza per comprare un po' di terra, una moglie, delle galline. Forse è giunto il momento che tu te ne vada di qui.»

L'uomo annuì nel buio, stringendosi al petto la borsa.

«Se dovessero prendermi, Yan, ho degli amici che ti troveranno, ovunque tu vada.»

L'uomo annuì ancora, palesemente spaventato, e Temuge si chiese ancora una volta chi fosse Chen Yi in realtà, sempre ammesso che quello fosse il suo vero nome. Di certo nessuno avrebbe affidato a un semplice barcaiolo un carico di seta imperiale rubata.

Il soldato scomparve di nuovo nelle tenebre, e quando Chen Yi salì a bordo i carri si misero in moto. Temuge insinuò una mano sotto di sé per tastare la morbida seta, ma trovò soltanto del tessuto ruvido con cuciture grossolane. Il carico era stato nascosto, ma c'era da augurarsi che Chen Yi avesse corrotto qualcun altro perché li facesse entrare in città, pensò. Si sentiva un pesce fuor d'acqua, prigioniero di eventi che non poteva controllare. Se alle porte di Baotou qualcuno avesse perquisito il carro con cura, non avrebbe mai più rivisto i Monti Khenti. Rivolse una preghiera agli spiriti, come Kokchu gli aveva insegnato, perché lo guidassero sano e salvo attraverso le acque minacciose dei giorni a venire.

Sul pontile era rimasto un uomo dell'equipaggio che doveva riportare l'imbarcazione in mezzo al fiume; difficilmente sarebbe riuscito a manovrarla da solo e Temuge immaginò che Chen Yi gli avesse ordinato di affondarla appena fuori dal raggio visivo delle guardie, così da non suscitare sospetti. Non era uomo da commettere errori, e a quel punto gli sarebbe piaciuto sapere se doveva considerarlo amico o nemico.

Ho Sa aveva valutato correttamente la distanza che li separava da Baotou, pensò Temuge. La città sorgeva a circa otto miglia dal fiume, o venticinque *li*, secondo il sistema di misura dei Chin. La strada era buona, lastricata di larghe pietre piatte perché i mercanti potessero percorrerla rapidamente. L'alba iniziava appena a schiarire il cielo a Oriente quando la sagoma scura delle mura della città si profilò all'orizzonte. In breve tempo si sarebbe decisa la loro sorte: pagare con la vita la perquisizione dei carri oppure entrare pacificamente a Baotou. Sentì un rivolo di sudore scorrergli sotto le vesti e si grattò un braccio: a innervosirlo non era tanto il pericolo che correvano, quanto l'ansia di entrare in una città di pietra; non riusciva a togliersi dalla testa l'immagine di un gigantesco formicaio che lo inghiottiva. L'idea di ritrovarsi in mezzo a una moltitudine di estranei lo terrorizzava, e il suo popolo gli sembrava più lontano che mai. «Se ci scopriranno, o se troveranno la seta, dovremo scappare e nasconderci da qualche parte in città» sussurrò all'orecchio del fratello.

Khasar guardò Chen Yi, seduto nella parte anteriore del carro.

«Speriamo che non sia necessario. Non saremmo più in grado di ritrovarci di nuovo, e ho idea che il nostro amico sia ben più di un contrabbandiere.»

Chen Yi si girò a guardarli, e Temuge tornò ad appoggiarsi ai ruvidi sacchi. Perfino in quella luce ancora fioca, lo sguardo acuto e perspicace di quell'uomo era sconcertante, pensò girandosi a osservare le mura della città, sempre più inquieto.

Non erano più soli, sulla strada, notò quando i primi raggi di sole illuminarono una lunga fila di carri fermi davanti alla porta della città, molti dei quali avevano trascorso la notte lì vicino, in attesa di poter entrare. Chen Yi li oltrepassò, senza degnare di uno sguardo i carrettieri assonnati ai quali stava rubando il posto. Tutto intorno, i campi si stendevano a perdita d'occhio, ormai ridotti a una distesa fangosa dopo che il riso era stato raccolto e portato in città. Baotou si innalzava possente su quel paesaggio piatto e Temuge lasciò correre lo sguardo sulle mura grigie, deglutendo.

La porta della città era di legno e ferro, così massiccia da impressionare qualunque viaggiatore. Ai suoi lati si levavano dei torrioni alti quasi il doppio della porta e collegati da una piattaforma su cui si distinguevano dei soldati. Erano armati di balestra, notò Temuge con una stretta al cuore, e da lì potevano scorgere tutto quello che passava di sotto.

La porta si aprì, e altri soldati sollevarono verso l'alto le grate di ferro, bloccando il passaggio con una sbarra di legno. I carri più vicini non si mossero, in attesa che i soldati si sistemassero ai loro posti, pronti a iniziare la giornata. I due carrettieri di Chen Yi tirarono le redini, fermandosi. Non sembravano per nulla inquieti, e Temuge si sforzò di indossare la maschera impenetrabile del guerriero; se i soldati lo avessero visto sudare in quel freddo mattino, di certo si sarebbero insospettiti.

Dietro di loro, un altro mercante si avvicinò e si fermò, salutando allegramente qualcuno fermo sul ciglio della strada. La fila di carri si mosse lentamente, e Temuge notò che i soldati fermavano un carro ogni tre, scambiando qualche parola con i conducenti. La sbarra di legno era stata sollevata al passaggio del primo carro e non era più stata abbassata; lui iniziò a recitare mentalmente le frasi che Kokchu gli aveva insegnato per rilassarsi, sperando che il loro suono familiare lo aiutasse a calmarsi. Il canto del vento. La terra sotto i piedi. L'anima delle colline. Le catene che si spezzano.

Il sole era ormai alto sull'orizzonte quando il primo dei carri di Chen Yi raggiunse la porta. Temuge, che si era messo a studiare la regolarità con cui le guardie perquisivano i carri, notò che avevano controllato il mercante davanti a loro, e si convinse che li avrebbero lasciati passare senza fermarli. Sempre più nervoso, vide i soldati guardare l'impassibile carrettiere di Chen Yi. Poi uno di loro, che sembrava più attento degli altri, si avvicinò. «Cosa ti porta a Baotou?» chiese al conducente.

Mentre l'uomo balbettava una risposta, Temuge notò con il cuore in gola che Chen Yi stava fissando un punto alle spalle della guardia, dove si apriva una piazzetta in cui fervevano già le attività del mercato, e a un suo cenno, di punto in bianco, si udì un forte rumore proveniente dalle bancarelle, che costrinse il soldato a girarsi.

Bambini sciamavano ovunque, gridando e correndo a zigzag per evitare i venditori. Stupefatto, Temuge vide degli sbuffi di fumo levarsi da più punti e udì il soldato imprecare e gridare ordini ai compagni. Molte bancarelle si rovesciarono, cadendo le une sulle altre, mentre qualcuno gridava: «Al ladro! Al ladro!».

Il soldato diede un colpo sulla sponda del carro di Chen Yi, e insieme ad altri cinque compagni corse a sedare quello che in pochi istanti stava trasformandosi in una sommossa. Temuge sbirciò verso l'alto, ma non riuscì a scorgere i balestrieri sulla piattaforma che sovrastava la porta. Augurandosi che fossero distratti dai tafferugli, si costrinse a tenere lo sguardo fisso davanti a sé mentre il carro entrava in città.

Nella piazza, le bancarelle stavano prendendo fuoco una dopo l'altra, fra le grida disperate dei venditori. Con la coda dell'occhio, Temuge vide i soldati lanciarsi all'inseguimento dei bambini, ma i piccoli erano più veloci e in pochi istanti si dileguarono fra i vicoli.

Chen Yi trascurò completamente quella baraonda, mentre i suoi carri si allontanavano dalla piazza imboccando una strada più tranquilla. Il rumore andò scemando alle loro spalle, e Temuge si abbandonò contro i sacchi, asciugandosi il sudore dalla fronte.

Non si era trattato di una coincidenza, lo sapeva bene: il tafferuglio era scoppiato a un segnale di Chen Yi. Ancora una volta, si interrogò sull'identità dell'uomo che avevano incontrato sul fiume. Con un carico così prezioso nella stiva, di certo non li aveva presi a bordo per quella esigua somma di denaro. Forse mirava soltanto ad avere qualche uomo in più per difenderlo.

Si addentrarono in un labirinto di viuzze, svoltando più volte e imboccando angusti vicoli fra le case. Temuge e Khasar si sentivano soffocare da tutti quegli edifici, così vicini fra loro che il sole non riusciva neppure a penetrare tra l'uno e l'altro. Tre volte altri carri avevano dovuto arretrare per cedere loro il passo, e con il passare del tempo nelle strade si era riversata una quantità incredibile di gente. Temuge notò dozzine di botteghe che servivano cibo caldo attingendo da pentole di terracotta. Non avrebbe mai creduto che fosse possibile procurarsi da mangiare ogni volta che se ne aveva voglia, senza dover combattere o andare a caccia. Gli uomini si affollavano attorno ai venditori, mangiando con le mani e ripulendosi le dita sui vestiti prima di immergersi nuovamente nella calca. Molti di loro avevano delle monete di bronzo forate al centro che tenevano infilate in una cordicella o in un filo metallico. Pur avendo una vaga idea del valore dell'argento, Temuge non aveva mai visto nessuno scambiare monete con delle merci e si guardava intorno stupito da tutte quelle novità. Vide anziani scrivani scarabocchiare messaggi a pagamento, una rivendita di galline, rastrelliere di coltelli e uomini intenti ad affilarli su mole di pietra che tenevano fra le gambe. Vide tintori con le mani macchiate di blu e di verde, mendicanti e venditori di amuleti. Ogni strada era affollata, chiassosa, vibrante di colori e profumi, e lui si rese conto sorpreso che tutto ciò gli piaceva. «È bellissimo» mormorò.

Khasar lo guardò di sottecchi. «C'è troppa gente e la città puzza» osservò.

Temuge non gli badò, irritato dalla stupidità del fratello che non riusciva a cogliere il fascino di quel luogo. Per un po' si dimenticò persino della paura che lo tormentava. Si aspettava che da un momento all'altro un grido li bloccasse, anche se era altamente improbabile che i soldati li avessero seguiti fin lì. Nessuno li fermò, e Temuge notò che anche Chen Yi iniziava a rilassarsi, via via che si allontanavano dalle mura e si immergevano nel cuore della città.

13

I due carri proseguirono traballando sulle strade di pietra fino a imbattersi in una solida cancellata di ferro che si aprì al loro arrivo, per poi richiudersi subito dopo alle loro spalle. Voltandosi a guardare, Temuge vide che alle sbarre di ferro del cancello venivano appoggiate delle imposte di legno, così che i passanti non potessero guardare all'interno. Dopo il caos che avevano attraversato, avrebbe dovuto sentirsi sollevato, invece aveva la sensazione di essere in gabbia.

La città lo aveva impressionato per la sua complessità, ma aveva la sensazione che lo sovraeccitasse; avrebbe desiderato tornare nelle praterie sconfinate della sua infanzia, anche solo per prendere una boccata d'aria pura prima di rituffarsi nel caos. Scosse il capo per snebbiarsi la mente, sapendo che doveva essere lucido per affrontare ciò che li aspettava, qualunque cosa fosse.

Gli uomini balzarono a terra facendo cigolare e sobbalzare i carri, mentre Chen Yi impartiva ordini a tutti quelli che gli stavano intorno. Temuge, di nuovo nervoso, scese insieme a Khasar, ma l'ometto parve essersi dimenticato di loro. Alcuni uomini uscirono di corsa dagli edifici, si caricarono sulle spalle i rotoli di seta, e in breve il prezioso carico scomparve all'interno della casa.

Il proprietario di quel luogo era evidentemente un uomo ricco, si disse Temuge. Il contrasto con le catapecchie che avevano visto lungo la strada era stridente, ma forse in città c'erano altre costruzioni ugualmente lussuose e altrettanto ben nascoste. Aveva un solo piano, con il tetto di tegole rosse, fatta eccezione per l'ala di fronte al cancello che si innalzava a formare un secondo piano con il tetto a punta. Dovevano aver utilizzato centinaia o addirittura migliaia di tegole, si sorprese a pensare Temuge, e nel paragonare quella costruzione alle *ger* di feltro e vimini nelle quali aveva vissuto per tutta la vita provò una fitta d'invidia: il suo popolo, nella steppa, non aveva mai conosciuto un simile lusso.

Su tutti i lati, il tetto sporgeva oltre le pareti formando una specie di lungo porticato sorretto da colonne di legno dipinte di rosso. Agli angoli stavano uomini armati, e Temuge si rese conto che erano praticamente prigionieri di Chen Yi. In nessun modo sarebbero riusciti a scappare di lì.

Non appena i carri furono vuoti, i conducenti li portarono via. Temuge rimase in piedi accanto a Ho Sa e Khasar, sentendosi terribilmente vulnerabile sotto gli sguardi di tutti quegli estranei. Notò che il fratello teneva la mano all'interno del fagotto in cui aveva nascosto l'arco. «Non possiamo uscire di qui combattendo» gli sibilò all'orecchio, dando voce a ciò che anche suo fratello stava pensando.

«A quanto pare, nessuno intende aprirci il cancello» gli rispose Khasar in un sussurro.

Chen Yi era scomparso all'interno della casa e i tre furono sollevati nel vederlo tornare. Si era cambiato, e ora indossava un'ampia tunica nera a maniche lunghe e sandali di cuoio. Temuge notò che aveva una spada, e che sembrava portarla con disinvoltura, come se ci fosse abituato.

«Questa è la mia *jia*, la mia casa» disse, e mentre Temuge si sforzava di dissimulare lo stupore proseguì: «Siete i benvenuti. Volete dividere il pasto con me?».

«Abbiamo affari urgenti da sbrigare in città» rifiutò Ho Sa, con un cenno al cancello.

Chen Yi si accigliò. Non c'era più alcuna traccia dell'affabile capitano nell'uomo che ora stava ritto di fronte a loro, le mani intrecciate dietro la schiena e lo sguardo severo. «Devo insistere. Abbiamo molte cose da discutere» replicò.

Senza attendere la loro risposta, si girò e tornò verso la casa, dando per scontato che lo avrebbero seguito. Con uno sguardo di rimpianto al cancello, Temuge entrò nell'ombra del portico, soffocando un brivido al pensiero di quanto dovevano pesare tutte quelle tegole che incombevano sulla sua testa. Ho Sa non sembrava preoccupato, notò, mentre lui non riusciva a sconfiggere il timore che il tetto potesse crollare, schiacciandoli tutti. Intonò a fior di labbra una delle cantilene di Kokchu, sperando potesse fornirgli la calma che non riusciva a trovare.

Si entrava in casa attraverso una porta di legno ricoperta da una lamina di bronzo lucidato, sulla quale erano stati eseguiti a sbalzo complicati motivi decorativi. Temuge vi scorse delle sagome di pipistrello, e si domandò che cosa potessero significare. Prima di trovare una risposta, entrò nella sala più bella che avesse mai visto. Per non lasciar trapelare lo stupore, Khasar indossò la faccia di pietra del guerriero; Temuge invece si guardò intorno a bocca aperta, gli occhi sgranati da tanta magnificenza. Per uomini come loro, nati in una *ger* nel cuore della steppa, era uno spettacolo sconvolgente.

L'aria profumava di incenso, eppure, per uomini cresciuti sulle montagne e avvezzi al vento, vi era un vago odore di stantio. Temuge non poteva fare a meno di guardare in alto, di quando in quando, per controllare il soffitto che lo sovrastava. Anche Khasar non sembrava a proprio agio, e continuava a far schioccare le nocche di nascosto.

C'erano divani e poltrone, sistemati contro paraventi di ebano e seta dipinta che lasciavano filtrare la luce dalle stanze adiacenti. A prima vista, ogni cosa sembrava realizzata con legni pregiati i cui gradevoli accostamenti cromatici erano un piacere per gli occhi. Slanciate colonne di legno sorreggevano le travi del soffitto, e il pavimento a mosaico era composto di migliaia di piccole tessere, così lucide che sembravano scintillare.

Rispetto al sudiciume delle strade, la sala era pulita e accogliente, e il legno dorato comunicava un senso di calore.

Temuge notò che Chen Yi, prima di entrare, aveva indossato un paio di sandali puliti, e arrossendo tornò indietro per fare lo stesso. Non appena si sfilò gli stivali, comparve un servo che si inginocchiò davanti a lui e lo aiutò a indossare delle pantofole di candido feltro. Nel frattempo, Chen Yi si era avvicinato a un tavolo di legno intagliato addossato a una parete, dove c'erano dei piatti di ottone dai quali saliva un esile filo di fumo biancastro. Temuge non aveva idea di chi potesse meritare tali segni di devozione, ma vide Chen Yi chinare il capo davanti al piccolo altare e mormorare una preghiera di ringraziamento. «Hai una casa molto bella» gli disse, cercando di pronunciare correttamente le parole.

Chen Yi inclinò il capo con un gesto che era loro familiare. «Sei molto gentile» rispose. «A volte, tuttavia, penso di essere stato più felice quando ero giovane e trasportavo merci lungo il Fiume Giallo. Allora non possedevo nulla, ma la vita era più semplice.»

«Come hai fatto a diventare così ricco?» volle sapere Ho Sa.

Chen Yi si limitò a scuotere leggermente il capo, senza rispondere. «Scommetto che vorrete lavarvi, prima di mangiare» disse. «Abbiamo ancora addosso l'odore del fiume.»

Temuge, Khasar e Ho Sa si scambiarono un'occhiata e lo seguirono in un altro cortile, tirando istintivamente un sospiro di sollievo nel ritrovarsi alla luce del sole, lontano dalle pesanti travi del soffitto che incombevano su di loro. Un sommesso chioccolio d'acqua proveniva da una vasca in cui nuotavano pigramente dei pesci rossi.

Vedendo Khasar avvicinarsi alla fontana e togliersi i vestiti, Chen Yi scoppiò a ridere. «Così ucciderai i miei pesci!» esclamò. «Vieni con me, ti porto dove potrai lavarti.»

Khasar scrollò le spalle, irritato, e buttandosi la tunica su una spalla seguì Temuge e Ho Sa, evitando lo sguardo divertito del soldato xi xia. In fondo al secondo cortile si aprivano delle porte dalle quali uscivano sbuffi di vapore. Chen Yi fece loro cenno di entrare. «Fate come me» disse. «Vi piacerà.»

All'interno c'erano due vasche d'acqua incassate nel pavimento, una delle quali fumante. Chen Yi si spogliò rapidamente, e sotto lo sguardo meravigliato di Temuge due schiavi gli rovesciarono addosso dei secchi pieni d'acqua. Poi, dopo essersi avvolti delle strisce di tessuto intorno alle mani, gli cosparsero il corpo con una sostanza bianca e schiumosa e lo massaggiarono a lungo. Solo dopo che lo ebbero sciacquato con l'acqua dei secchi, Chen Yi entrò nella vasca, con un sospiro di piacere.

Temuge lasciò scivolare gli abiti sporchi sul pavimento, deglutendo nervosamente all'idea che degli estranei toccassero il suo corpo. Chiuse gli occhi mentre mani ruvide lo frizionavano così forte da farlo ondeggiare, prima di sciacquarlo con dell'acqua gelida. Poi, seguendo l'esempio di Chen Yi, scese con cautela nella vasca di acqua calda e subito sentì i muscoli della schiena e delle gambe rilassarsi. Avvertì la presenza di un sedile, sotto la superficie dell'acqua, e si sedette con un sospiro di puro piacere. Quella sì che era vita!

Alle sue spalle, Khasar scostò bruscamente le mani degli schiavi che volevano prendere i suoi vestiti. Quelli si bloccarono, sconcertati, poi uno di loro tentò ancora una volta di avvicinarsi. Khasar scattò e lo colpì con un violento pugno alla testa, mandandolo a gambe levate.

Chen Yi scoppiò a ridere e impartì un secco ordine agli schiavi, che indietreggiarono. Khasar strappò la pezza di stoffa dalle mani dell'uomo che aveva colpito e, senza mai togliergli gli occhi di dosso, si strofinò vigorosamente il corpo; infine, preso un secchio d'acqua, se lo rovesciò addosso e si immerse nell'acqua calda della prima vasca, snocciolando una sfilza di imprecazioni che fecero impallidire i servi.

Per un po', i quattro uomini rimasero seduti in silenzio, poi Chen Yi si alzò ed entrò nella seconda vasca, imitato dai suoi ospiti, esasperati da quei lunghi e complicati rituali. L'acqua questa volta era fredda e Khasar vi si immerse completamente, riemergendone un istante dopo con un ruggito vibrante di rinnovata energia. Né lui né suo fratello avevano mai fatto il bagno nell'acqua calda, mentre quella fredda ricordava loro i fiumi della loro terra.

Temuge guardò con un'ombra di rimpianto la vasca di acqua calda, ma rimase dov'era fino a quando Chen Yi non uscì e lasciò che gli schiavi lo asciugassero. Lo seguì rapidamente, imitato dal fratello, e mentre i servi si occupavano di lui notò che nessuno di loro osava avvicinarsi a Khasar. Si limitarono a porgergli un telo, grande e ruvido, con il quale si strofinò vigorosamente. Aveva tolto il laccio di cuoio con cui teneva legati i capelli, e quando scosse la testa le lunghe ciocche nere gli caddero sul viso.

Temuge guardò sconsolato la pila di vestiti sudici ammucchiati sul pavimento, e stava per raccogliere i suoi quando Chen Yi batté le mani e i servitori portarono loro delle tuniche pulite. Era piacevole non sentirsi più addosso l'odore del fiume, pensò Temuge accarezzando la morbida stoffa. Eppure, mentre uscivano dalla stanza da bagno, si chiese con una certa inquietudine che cos'altro Chen Yi avesse in serbo per loro.

Durante il pranzo fu servito cibo in abbondanza, ma con rammarico Khasar e Temuge si accorsero che nessuna pietanza era a base di montone.

«Che cos'è questo?» volle sapere Khasar, prendendo un pezzo di carne bianca con le dita.

«Zuppa di serpente allo zenzero» rispose Chen Yi. «Quella, invece, è carne di cane. Immagino che tu la conosca.»

Khasar annuì. «Mi è capitato di mangiarla, quando non c'era altro» rispose, immergendo le dita nella zuppa alla ricerca di un altro boccone di carne.

Senza ombra di disgusto, Chen Yi prese una coppia di bastoncini di legno e mostrò ai due mongoli come utilizzarli per prendere il cibo. Solo Ho Sa appariva a proprio agio con le bacchette, mentre Khasar e Temuge avevano qualche difficoltà e fecero cadere parecchi pezzetti di carne e riso sulla tovaglia. Arrossendo un poco, Chen Yi mostrò loro di nuovo come fare, ma questa volta depose il cibo direttamente nei loro piatti, così che potessero prenderli con le mani.

Khasar iniziava a dare segni di insofferenza. Era stato strofinato, lavato, vestito con abiti che gli pizzicavano la pelle ed era circondato da cose strane che non capiva e che lo facevano ribollire di rabbia. Quando rinunciò a utilizzare le bacchette e le piantò nella ciotola del riso, Chen Yi borbottò qualcosa sottovoce e le tolse con un gesto stizzito. «Lasciarle così è un insulto» lo rimproverò, «anche se tu non potevi saperlo.»

Senza scomporsi, Khasar adocchiò un piatto di spiedini di grilli, decisamente più semplici da maneggiare, e si mise a sgranocchiarli di gusto. «Così va meglio» biascicò, con la bocca piena.

Temuge, invece, si sforzò di imitare il padrone di casa, e assaggiò delle palline di pasta fritta che andavano immerse in acqua salata prima di essere mangiate. Finiti i grilli fritti, suo fratello prese un paio di arance; incise la buccia con i denti, finì di sbucciarle con le mani e le trangugiò con un sospiro di sollievo. Entrambi si aspettavano che Chen Yi parlasse, ma lui non sembrava avere alcuna fretta: attese che tutti avessero finito di mangiare, posò i bastoncini sul tavolo e rimase in silenzio mentre gli schiavi sparecchiavano.

Poi, quando rimasero soli, si appoggiò allo schienale del divano e li fissò con lo stesso sguardo penetrante che aveva quando navigavano sul fiume. «Perché siete venuti a Baotou?» domandò a Temuge.

«Affari» rispose questi, senza esitare. «Siamo mercanti.»

Chen Yi scosse il capo. «I mercanti non se vanno in giro armati di arco e di certo non sanno usarlo come tuo fratello. Voi siete uomini del popolo mongolo. Perché siete venuti qui, nelle terre dell'imperatore?»

Temuge deglutì, cercando di prendere tempo per pensare. Chen Yi sapeva da un pezzo chi erano e non li aveva traditi, ma non riusciva ugualmente a fidarsi di lui. «Apparteniamo alle tribù del grande khan, è vero» ammise, «ma siamo venuti qui per avviare trattative commerciali tra i nostri due popoli.»

«Ebbene, io sono un mercante. Che cosa avete da vendere?» replicò Chen Yi.

La sua espressione rimase impassibile, ma Temuge percepì una certa curiosità nelle sue parole. «Ho Sa ti ha chiesto come hai fatto a diventare così ricco» disse, scegliendo le parole con cura. «Possiedi una casa lussuosa e molti schiavi, eppure hai finto di essere un barcaiolo che trasportava merce di contrabbando; hai corrotto le guardie e hai organizzato un diversivo davanti alla porta della città. Chi sei, in realtà, e perché mai dovremmo fidarci di te?»

Chen Yi lo squadrò con freddezza. «L'idea che ve ne andiate in giro per la mia città mi inquieta. Quanto ci vorrà perché i soldati imperiali vi catturino? E quanto impiegherete voi a spifferare loro tutto quello che avete visto?»

Attese, mentre Temuge traduceva le sue parole al fratello.

«Digli che se ci uccideranno o ci faranno prigionieri, Baotou sarà rasa al suolo» disse Khasar, spezzando in due la seconda arancia e succhiandone rumorosamente il succo. «Gengis verrà a cercarci, il prossimo anno. Sa dove ci troviamo e questo ometto vedrà la sua preziosa casa in fiamme. Diglielo.»

«È meglio che tu ti dia una calmata, fratello, se vuoi che usciamo di qui vivi.»

«Lascialo parlare» lo interruppe Chen Yi. «In che modo la mia città sarà rasa al suolo se vi uccidessero?»

Sgomento, Temuge si rese conto che Chen Yi parlava la lingua delle tribù, anche se in maniera approssimativa. Si sentì gelare, al pensiero di tutto quello che doveva aver sentito nelle settimane di viaggio fino a Baotou. «Come fai a conoscere la nostra lingua?» chiese, dimenticando per un momento la paura.

Chen Yi scoppiò a ridere, ma la sua era una risata stridula che non mise a proprio agio i suoi ospiti. «Credevate di essere i primi a visitare la terra dei Chin? Gli Uiguri hanno percorso la via della seta, e alcuni di loro sono rimasti.»

Batté le mani, e un uomo entrò nella stanza. Era pulito come loro e indossava una semplice tunica, ma i suoi lineamenti erano quelli di un mongolo e dall'ampiezza delle spalle era evidente che era cresciuto tirando con l'arco. Khasar si alzò per salutarlo, stringendogli la mano e battendogli un pugno sulla schiena. Lo sconosciuto rispose a quel caloroso saluto con un sorriso raggiante.

«Che piacere vedere una faccia normale, in questa città» disse Khasar.

«È un piacere anche per me» rispose l'uomo, palesemente emozionato nel sentirsi rivolgere la parola nella lingua natia. «Com'è la steppa? Sono anni che non torno a casa» aggiunse, lanciando una timida occhiata a Chen Yi.

«Sempre la stessa» rispose Khasar. Tutto a un tratto portò la mano al fianco, dove di solito portava la spada. «Quest'uomo è uno schiavo?» domandò, sospettoso.

Chen Yi lo guardò con la massima calma. «Naturalmente. Quishan era un mercante, una volta, ma ha deciso di fare una scommessa con me.»

«È vero» confermò il mongolo. «Ma non sarò schiavo per sempre. Tra qualche anno avrò finito di pagare il mio debito, e allora tornerò nella steppa e mi troverò una moglie.»

«Vieni da me, prima» gli propose Khasar. «Ti aiuterò a ricominciare daccapo.»

Quishan chinò il capo in segno di riconoscenza, e nel vedere come Khasar accettava il gesto di buon grado lo sguardo di Chen Yi si indurì. «Allora, raccontami chi e come brucerà la mia città.»

Temuge aprì la bocca, ma Chen Yi lo fermò con un gesto della mano. «No, non tu. Di te non mi fido. Tuo fratello ha detto la verità quando credeva che non potessi capirvi. Lascia che sia lui a parlare.»

Khasar lanciò un'occhiata maliziosa al fratello e rifletté per qualche istante prima di parlare, come se volesse scegliere accuratamente le parole: forse Chen Yi avrebbe ordinato ai suoi schiavi di ucciderli, dopo averlo ascoltato. Posò la mano sul pugnale che aveva nascosto fra le pieghe della tunica. «Siamo nati nella tribù dei Lupi» disse infine, «ma poi mio fratello ha unito le tribù. Il regno di Xi Xia è stato il primo a diventare nostro vassallo, ma ce ne saranno molti altri.» Ho Sa si agitò, nell'udire quelle parole, ma nessuno dei due lo guardò. Immobile come una statua, Khasar non distolse mai lo sguardo dal viso di Chen Yi. «Forse io potrei morire qui stanotte, ma se accadrà, il mio popolo verrà nella terra dei Chin e distruggerà le vostre preziose città, una per una, pietra dopo pietra.»

Chen Yi si era irrigidito. La sua padronanza della lingua era appena sufficiente per trattare con i mercanti uiguri, e avrebbe preferito tornare alla propria, se non avesse temuto che i suoi ospiti potessero interpretarlo come un segno di debolezza. «Le notizie viaggiano veloci sul fiume» replicò, senza reagire al tono minaccioso di Khasar. «Mi era giunta notizia della guerra nel regno di Xi Xia, ma non sapevo che la vostra gente aveva vinto. Il re è dunque morto?»

«Quando io sono partito era vivo e vegeto» rispose Khasar. «Ha pagato un sostanzioso tributo e ha dato a mio fratello una delle sue figlie. Una donna stupenda.»

«Non hai risposto alla mia domanda» gli ricordò Chen Yi. «Perché siete venuti qui, nella mia città?»

Khasar notò la lieve enfasi con cui Chen Yi aveva pronunciato la parola "mia", ma sapendo che la sua retorica era debole optò per la semplice verità. «Cerchiamo dei muratori» disse, ignorando lo sconcerto di Temuge. «Abbiamo bisogno di qualcuno che ci sveli i segreti delle vostre città. È stato il grande khan in persona a mandarci qui. Baotou non è che un puntino su una mappa, per noi. Non significa nulla.»

«Ma è casa mia» mormorò Chen Yi, pensoso.

«E può rimanerlo» disse Khasar, cogliendo l'occasione al volo. «Baotou non sarà toccata, se al nostro ritorno racconteremo che ci hai aiutato.»

Tacque, aspettando che Chen Yi terminasse le sue riflessioni. Era certo che a una sola parola di quell'uomo la stanza si sarebbe riempita di uomini armati, e la prospettiva lo inquietava. Che Gengis avrebbe distrutto la città per vendicarsi era la pura verità, ma Chen Yi avrebbe potuto prenderla per una spacconata.

«Le tribù si sono unite?» chiese Quishan, che era impallidito leggermente nell'udire le parole di Khasar. «Anche gli Uiguri?»

Khasar annuì, senza distogliere lo sguardo da Chen Yi. «La coda blu è diventata parte dello stendardo del grande khan. I Chin ci hanno dominato per molto tempo, fratello, ma ora tutto ciò sta per finire. Stiamo preparandoci alla guerra.»

Lo sguardo penetrante di Chen Yi si concentrò su Quishan; la notizia gli aveva illuminato il viso di stupore e speranza. «Vi propongo uno scambio» disse d'un tratto. «Io vi darò tutto quello di cui avrete bisogno, e voi tornerete dal vostro khan e gli direte che qui c'è un uomo di cui può fidarsi.»

«A che cosa ci servirebbe un contrabbandiere?» replicò Khasar. E aggiunse, implacabile: «Chi sei tu per negoziare il destino di questa città?».

«Se fallirete, o se avete mentito, non ci avrò perso nulla. Ma se dite il vero, avrete bisogno di alleati. E io sono un uomo potente, qui.»

«Tradiresti l'impero? Il tuo stesso sovrano?» lo provocò Khasar.

Con suo grande stupore, Chen Yi sputò sul pavimento lucido. «Questa è la mia città. Niente di ciò che vi accade sfugge alle mie orecchie. E non mi piacciono i nobili convinti di poter schiacciare le persone sotto i loro carri come se fossero animali. Ho visto parenti e amici morire per mano delle guardie imperiali, persone che mi erano care sono state impiccate perché si rifiutavano di fare il mio nome. Dimmi un solo motivo per cui dovrebbe importarmi qualcosa dell'imperatore.»

Mentre parlava si era alzato in piedi, e Khasar lo imitò. «La mia parola è di ferro» dichiarò. «Se dico che la città sarà tua, tua sarà.»

«Hai il diritto di parlare a nome del khan?» volle sapere Chen Yi.

«Sono suo fratello. Sì, posso parlare a suo nome» rispose Khasar sotto lo sguardo allibito di Temuge e Ho Sa.

«Avevo capito che eri un guerriero già sulla barca» disse Chen Yi. «Non sei un granché come spia.»

«E io sapevo che sei un ladro, e di quelli bravi» replicò Khasar.

Chen Yi ridacchiò e i due uomini suggellarono l'accordo con una vigorosa stretta di mano.

«Ho molti uomini ai miei ordini» aggiunse Chen Yi, tornando a sedersi e battendo le mani perché fosse servito del vino. «Vi darò ciò di cui avete bisogno e farò in modo che torniate sani e salvi dalla vostra gente.»

"Incredibile" pensò Temuge. Non riusciva a capire come quell'uomo fosse arrivato a fidarsi di Khasar, ma non aveva importanza: ora avevano un alleato a Baotou.

All'imbrunire, Khasar, Ho Sa e Temuge accettarono di riposare un po' in vista della lunga notte che li aspettava, e si ritirarono nelle camere che si aprivano sul secondo cortile. Chen Yi, al quale bastavano poche ore di sonno, rimase sveglio a giocare a *mahjong* con Quishan e due guardie. Lo schiavo mongolo era particolarmente taciturno quella sera. Conosceva Chen Yi da una decina d'anni e aveva visto la sete di potere crescere dentro di lui. Quell'uomo si era sbarazzato dei capi delle tre bande criminali più aguerrite di Baotou, e in città nulla accadeva senza che lui ne fosse informato. Scartò una tessera e osservò Chen Yi posarvi sopra una mano, titubante. Il suo amico – perché tale lo considerava – era evidentemente distratto, come se avesse altro per la testa. Forse avrebbe potuto approfittarne per alzare la posta e ripagare parte del suo debito, pensò, ma decise di non farlo, ricordando che altre volte Chen Yi aveva adottato la medesima strategia e poi aveva vinto.

Chen Yi pescò un'altra tessera e il gioco proseguì, finché una delle guardie dichiarò *pung*. Quishan borbottò un'imprecazione, e Chen Yi posò le proprie tessere sul tavolo. «Basta così» decise. «Stai migliorando, Han, ma sei di guardia alla porta, stasera, ed è ora che tu entri in servizio.»

Entrambe le guardie si alzarono e se ne andarono con un profondo inchino. Chen Yi li aveva salvati dai peggiori vicoli di Baotou, e loro avevano messo la loro forza fisica e la loro incondizionata fedeltà al servizio del capo della tong più potente della città.

Intuendo che Chen Yi aveva voglia di conversare, Quishan rimase nella stanza. «Stai pensando agli stranieri» disse, raccogliendo le tessere d'avorio dal tavolo.

Chen Yi annuì, fissando il buio attraverso i pannelli di carta di riso della porta. La temperatura era calata bruscamente, e si preannunciava una notte piuttosto rigida. «Sono gente strana, Quishan, te l'ho già detto. Li ho presi a bordo della barca perché mi aiutassero a proteggere la seta, visto che tre dei miei uomini si erano ammalati. Forse sono stati i miei antenati a guidarmi.» Sospirò, stropicciandosi gli occhi. «Hai fatto caso a come Khasar ha preso nota mentalmente della posizione delle guardie? I suoi occhi sono sempre in movimento; credo di non averlo mai visto rilassato, mentre eravamo sul fiume. E mi rendo conto, ora, che tu sei uguale. Forse tutta la vostra gente è così.»

Quishan si strinse nelle spalle. «La vita è una battaglia, padrone. Non è ciò che credono anche i buddhisti? A casa mia, nella steppa, i deboli muoiono giovani. È sempre stato così.»

«Non ho mai visto nessuno tirare con l'arco come lui. Nell'oscurità pressoché totale di una notte senza luna, su una barca ondeggiante, ha trafitto sei uomini senza alcuna esitazione. Siete tutti così abili, dalle tue parti?»

Quishan ripose le tessere del *mahjong* nella custodia di cuoio. «Io non lo sono, ma gli Uiguri a differenza delle altre tribù privilegiano l'istruzione e il commercio. I Lupi sono famosi per la loro ferocia.» Tacque per qualche istante, prima di aggiungere: «Mi riesce difficile credere che le tribù si siano davvero unite sotto la guida di un unico uomo, un unico khan. Dev'essere un individuo straordinario». Chiuse il cofanetto e si appoggiò allo schienale. Avrebbe voluto qualcosa da bere, per calmare la tensione che gli stringeva lo stomaco, ma Chen Yi non permetteva che si bevesse alcol quando era necessario avere la mente lucida. «Darai il benvenuto alla mia gente, quando arriveranno sotto le mura?»

domandò, senza avere l'ardire di guardare Chen Yi negli occhi.

«Credi che abbia tradito la mia città?» ribatté Chen Yi.

Quishan avvertì una cupa rabbia nelle sue parole. «Tutto questo non è mai successo, prima. Forse questo nuovo khan sarà sconfitto dall'esercito dell'imperatore e tutti gli alleati andranno incontro al medesimo destino. Ci hai pensato?»

«Certo» sbuffò Chen Yi, «ma ho subìto per troppo tempo, Quishan. Questa casa, i miei schiavi, il mio seguito, tutto ciò che possiedo è solo frutto dell'indolenza o della corruzione dei ministri dell'imperatore. Ai loro occhi siamo insignificanti, come i topi nei loro magazzini. A volte mandano qualcuno a ricordarcelo, e impiccano qualche centinaio di persone. A volte hanno catturato persone che mi erano molto care, persone che amavo.»

Il viso di Chen Yi si fece duro come la pietra, e Quishan capì che stava pensando a suo figlio. Era poco più di un bambino quando, due anni prima, era stato catturato durante una retata al porto. E fu lo stesso Chen Yi a liberare il suo corpo dalla corda a cui lo avevano appeso.

«Il fuoco non guarda in faccia nessuno» osservò Quishan. «Se permetti alle fiamme di entrare in casa tua, nella tua città, non puoi prevedere come andrà a finire!»

Chen Yi non rispose. Entrambi sapevano che avrebbe potuto far sparire facilmente i tre stranieri. Nel Fiume Giallo galleggiava sempre qualche cadavere e nessuno avrebbe mai potuto accusarlo di aver ucciso i tre stranieri. Ma qualcosa negli occhi di Khasar aveva risvegliato in Chen Yi una sete di vendetta, che covava fin dalla mattina in cui aveva raccolto fra le sue braccia il corpo esanime del figlio.

«Lasciamo venire la tua gente, con i suoi archi e i suoi cavalli. Il mio giudizio si basa più su di te, che non sulle promesse di uomini che non conosco. Da quanto tempo lavori per me?»

«Nove anni, padrone.»

«In tutto questo tempo hai onorato il tuo debito nei miei confronti. Quante volte avresti potuto fuggire e tornartene dalla tua gente?»

«Tre volte» ammise Quishan. «Tre volte ho pensato che sarei riuscito a farla franca.»

«Lo sapevo» disse Chen Yi. «Il capitano che ti ha fatto la prima offerta era uno dei miei. Non saresti arrivato lontano: ti avrebbe tagliato la gola.»

Quishan aggrottò la fronte. «Vuoi dire che mi hai messo alla prova?»

«Certo. Non sono uno stupido, Quishan, non lo sono mai stato. Lasciamo che le fiamme arrivino a Baotou. Quando tutto sarà finito, io sarò in piedi sulle sue ceneri. Che gli ufficiali imperiali brucino: mi sarò tolto una soddisfazione, finalmente, e sarò felice.» Chen Yi si alzò, stiracchiandosi. «Sei un giocatore d'azzardo, Quishan, ed è per questo che lavori da così tanto tempo per me. Io invece non lo sono mai stato. Questa è la mia città, eppure devo chinare il capo ogni volta che vedo una delle favorite dell'imperatore passare a cavallo per le strade. Le *mie* strade, Quishan. Eppure mi inchino e per cedere loro il passo mi sposto persino nei canali di scolo.» Guardò fuori, con occhi privi di espressione. «Questa volta non mi piegherò, Quishan, vada come vada.»

14

Verso mezzanotte iniziò a cadere una pioggia torrenziale. Mentre distribuiva le armi ai suoi uomini, Chen Yi parve contento di quel tempaccio che avrebbe costretto perfino i mendicanti a starsene al riparo.

Uscendo sulla strada immersa nelle tenebre, Khasar e Ho Sa si guardarono intorno per controllare che nessuno li stesse osservando. Il cielo era coperto, e solo di tanto in tanto il fioco chiarore della luna filtrava attraverso uno squarcio tra le nubi. Temuge sperava che la pioggia avrebbe alleviato il fetore nauseabondo che aleggiava nella città, invece sembrava che l'umidità lo accentuasse. I canali di scolo al centro delle strade erano già colmi fino all'orlo e nell'acqua nerastra Temuge vide galleggiare cose su cui preferì non indagare. Rabbrividì, al pensiero improvviso della quantità di persone che lo circondavano. Senza Chen Yi non avrebbe saputo da che parte cominciare la sua ricerca, in quel labirinto di case e botteghe che si affastellavano le une sulle altre in ogni direzione.

Altri due uomini li raggiunsero appena fuori dal cancello. Anche se non c'era un vero e proprio coprifuoco, i soldati di ronda avrebbero senz'altro notato un gruppo così numeroso, e per evitare spiacevoli sorprese Chen Yi ordinò a uno dei suoi uomini di precederli per dare loro il via libera a ogni incrocio, e ad altri due di rimanere indietro per controllare che nessuno li seguisse. Temuge aveva la sgradevole sensazione che stessero per scendere in battaglia, e continuava a giocherellare nervosamente con l'impugnatura della spada che Chen Yi gli aveva dato, augurandosi di non doverla utilizzare. All'udire il tonfo del portone che si chiudeva alle loro spalle rabbrividì, ma si unì agli altri sotto la pioggia senza voltarsi indietro.

In alcune zone, i cornicioni dei tetti sporgevano sulla strada formando una striscia di terreno asciutto, e allora Chen Yi rallentava l'andatura per evitare che lo scalpiccio dei passi attirasse l'attenzione di chi abitava in quelle case. La città non era completamente buia, e non tutti dormivano. Temuge scorse sprazzi di luce provenire da fucine e magazzini, dove il lavoro non si fermava nemmeno la notte. Nonostante le precauzioni di Chen Yi, aveva la perenne sensazione di avere gli occhi di qualcuno puntati addosso.

Dopo un po' perse la cognizione del tempo, al punto che gli sembrava di aver corso per ore in quel caotico groviglio di strade e stradine. Era senza fiato, e più di una volta qualcuno lo prese per un braccio, nel buio, tirandolo in avanti per costringerlo a tenere il passo.

Solo una volta l'uomo che era stato mandato in avanscoperta tornò indietro e fece imboccare loro una strada alternativa. Temuge si augurò che i soldati stessero trascorrendo la notte al caldo nelle caserme e che, in via eccezionale, avessero tralasciato di pattugliare la città.

Si fermarono a riprendere fiato solo quando raggiunsero le mura di Baotou. L'ombra sembrava più fitta, lì, e pensando che oltre quella parete di tenebra c'era il suo mondo si rese conto del senso di protezione che i bastioni dovevano dare agli abitanti. Erano come le mura di Yinchuan, entro le quali si era asserragliato il re di Xi Xia. Neanche tutti i guerrieri che Gengis aveva radunato intorno a sé sarebbero riusciti a scalfirle. Si allungavano a perdita d'occhio lungo un'ampia strada costeggiata da case simili a quella di Chen Yi. Queste, però, invece di essere nascoste nei sobborghi della città, sorgevano a una certa distanza l'una dall'altra, immerse in rigogliosi giardini che emanavano un lieve profumo di fiori. Persino la disposizione degli isolati era diversa in quella zona di Baotou, era più ordinata e regolare e ciascun edificio era recintato da muri e cancellate.

Stava ancora ansimando, quando Khasar gli diede una pacca sulle spalle, sorridendo: era fresco come una rosa, come se fosse uscito a fare una passeggiatina serale.

I due uomini della retroguardia li raggiunsero poco dopo, scuotendo il capo: nessuno li aveva seguiti. Senza perdere altro tempo, Chen Yi ordinò al gruppo di rimanere nascosto nell'ombra delle mura mentre lui si avvicinava al cancello della casa di fronte. Passando accanto a Temuge gli sussurrò: «Ci saranno delle guardie. Sveglieranno il loro padrone e io gli parlerò. Non minacciare nessuno nella mia città, mongolo. Il proprietario sarà nervoso all'idea di avere degli estranei in casa a quest'ora della notte, e non voglio ricorrere alle armi». Dopodiché si diresse verso il cancello, lisciandosi la tunica nera.

Due dei suoi uomini lo seguirono, mentre il resto del gruppo si confondeva con le ombre. Khasar prese Temuge per la manica e lo trascinò con sé prima che potesse protestare.

Chen Yi bussò al portone e Temuge vide il suo viso illuminarsi per la luce giallastra che uscì dallo spioncino nel battente. «Dì al tuo padrone che un emissario dell'imperatore vuole vederlo» disse Chen Yi con voce ferma. «Se dorme, sveglialo.»

Poco dopo lo spioncino si aprì di nuovo e comparve il viso di un'altra persona. «Io non ti conosco» disse l'uomo.

«Ma la Tong Blu conosce te, Lian» replicò Chen Yi senza batter ciglio. «Questa notte salderai i tuoi debiti.» Il cancello si aprì, ma Chen Yi non varcò la soglia. «Se ci sono guardie con le balestre spianate, Lian, questa sarà la tua ultima notte. Ho portato degli uomini con me, perché le strade sono pericolose di notte. Non angustiarti e andrà tutto bene.»

L'uomo assentì con voce tremante, e Chen Yi fece cenno agli altri di seguirlo all'interno.

Temuge si rese conto immediatamente che il padrone di

casa, Lian, era terrorizzato: aveva spalle larghe quasi quanto quelle di Khasar, eppure tremava come una foglia. C'era una sola guardia al cancello, e anch'essa non osò guardare in faccia gli uomini che stavano entrando. Rassicurato, Temuge osservò intorno incuriosito mentre il cancello si chiudeva alle sue spalle. La corsa nel buio e sotto la pioggia era ormai terminata e la rispettosa deferenza con cui il capomastro di Baotou li aveva accolti lo aveva sollevato.

Lian, con i capelli arruffati e gli occhi gonfi di sonno, sembrava stordito. «Faccio preparare da mangiare e da bere» mormorò, ma Chen Yi scosse il capo.

«Non è necessario. Portami dove possiamo parlare in privato» disse, guardandosi intorno. Il capomastro sotto il governo imperiale si era arricchito; oltre a occuparsi delle riparazioni alle mura, aveva guidato la costruzione di tre caserme e dell'ippodromo nel cuore del distretto imperiale, eppure la sua casa era semplice ed elegante. I suoi occhi si soffermarono sulla guardia, e vide che vicino a lei c'era una campana appesa a una trave. «Non vorrai che il tuo uomo chiami i soldati, Lian. Digli di allontanarsi da quella campana, o dovrò credere che dubiti della mia parola.»

Il capomastro fece un cenno alla sentinella, che trasalì visibilmente prima di spostarsi più vicino all'edificio principale. La pioggia flagellava il cortile e il capomastro, zuppo fino all'osso e infreddolito, parve finalmente svegliarsi. Li fece entrare in casa e si sforzò di nascondere la paura armeggiando con le lampade; ma Temuge si accorse che la mano gli tremava mentre accostava un mozzicone di candela a uno stoppino dopo l'altro, accendendo molte più lanterne del necessario, quasi cercasse sostegno nella luce.

Chen Yi si accomodò su una panca, in attesa che il capomastro finisse, mentre Khasar, Ho Sa e Temuge rimasero in piedi a osservare la scena. Le guardie di Chen Yi si sistemarono alle spalle del padrone, e Temuge notò che il capomastro le guardava di sottecchi, consapevole della minaccia che rappresentavano. Quando finalmente non ebbe più alcuna scusa per tergiversare, sedette di fronte a Chen Yi, giungendo le mani per dissimularne il tremito. «Ho pagato il mio tributo alla tong» disse. «Non era abbastanza?»

«No» rispose Chen Yi. Si passò una mano sul viso bagnato e sui capelli, scuotendo le gocce sul pavimento. Lian le seguì con lo sguardo. «Non è per questo che sono venuto.»

«Gli operai, allora?» disse precipitosamente Lian. «Ho messo all'opera tutti gli uomini che potevo, ma due di quelli che mi hai mandato non vogliono saperne di lavorare. Gli altri si sono lamentati, sostengono che si rifiutano di trasportare la loro parte di carico. Volevo mandarli via questa mattina, ma se desideri che restino...»

Chen Yi squadrò il capomastro, impassibile. «Sono figli di amici, devono rimanere. Ma non è per questo che sono qui.»

Il capomastro si rilassò leggermente. «Non capisco.»

«C'è qualcuno che può occuparsi della manutenzione delle mura al posto tuo?»

«Mio figlio, signore.»

Chen Yi rimase in silenzio fino a quando il capomastro non lo guardò in faccia. «Io non sono un signore, Lian. Sono un amico che ha bisogno di un favore.»

«Qualunque cosa» replicò l'uomo, irrigidendosi.

Chen Yi annuì, soddisfatto. «Chiama tuo figlio e digli che dovrà occuparsi dei lavori per un anno, forse due. Ho sentito parlare molto bene di lui.»

«È un bravo figliolo» convenne Lian. «Darà ascolto a suo padre.»

«Bene Lian. Digli che devi partire, inventati una scusa, magari che vai a cercare una nuova cava di marmo da qualche parte. Bada che non si insospettisca e ricordagli che mentre sarai via dovrà essere lui a onorare i tuoi debiti. Spiegagli che deve pagare un tributo alla tong, se vuole lavorare. Non vorrei doverglielo rammentare di persona.»

«Va bene, non ti preoccupare.»

Temuge notò che sulla fronte di Lian, lungo l'attaccatura dei capelli, si era formata una linea di minuscole gocce di sudore.

Era evidente che stava cercando di trovare il coraggio di porre una domanda. «Dirò la stessa cosa a mia moglie e ai miei figli, ma io posso sapere la verità?»

Chen Yi si strinse nelle spalle, piegando la testa da una parte. «Cambierebbe qualcosa, Lian?»

«No, signore, mi spiace...»

«Non importa. Accompagnerai questi miei amici fuori dalla città. Hanno bisogno della tua esperienza, Lian. Porta i tuoi utensili con te, e quando avrai finito provvederò io stesso a ricompensarti. Parla con i tuoi cari» concluse, alzandosi di scatto, «e poi vieni con me.»

Il capomastro annuì, afflitto, e scomparve nel buio della casa. La tensione nella stanza si allentò leggermente e Khasar si avvicinò a un arazzo di seta con cui si asciugò il viso e i capelli bagnati di pioggia. Si udì il pianto di un bambino.

«Non so cosa avremmo fatto, se non ci avessi aiutato» disse Ho Sa a Chen Yi.

Il capo della tong sorrise appena. «Avreste vagato senza meta per la città, e alla fine le guardie vi avrebbero catturato; forse anche io sarei andato ad assistere all'esecuzione delle spie straniere. Gli dèi sono volubili, ma questa volta sono stati dalla vostra parte.»

«Hai pensato a come farci uscire dalla città?» domandò Temuge, ma prima che Chen Yi potesse rispondere, Lian tornò. Aveva gli occhi arrossati, ma il portamento era fiero e sembrava meno spaventato. Indossava un mantello di tessuto ricoperto da uno spesso strato di cera che lo rendeva impermeabile, e su una spalla portava una sacca di cuoio che stringeva forte, come se gli desse conforto.

«Ho preso i miei attrezzi» disse. «Sono pronto.»

Ancora una volta, quando uscirono dalla casa di Lian, Chen Yi mandò uno degli uomini in avanscoperta per evitare di imbattersi in eventuali pattuglie di sentinelle. Non pioveva quasi più, e Temuge scorse per un attimo la stella polare fra le nuvole. Chen Yi non aveva risposto alla sua domanda, poco prima, e lui non aveva idea di cosa lo aspettasse. Non gli restò che seguire il gruppo che si avviava di corsa verso ovest.

A un tratto si sentì un grido davanti a loro, che li costrinse a fermarsi di colpo.

«Tenete ben nascoste le spade» sibilò Chen Yi.

Temuge deglutì con forza udendo dei passi sull'acciottolato della strada. Si aspettavano che fosse l'uomo mandato in avanscoperta che tornava, invece riconobbero il tipico rumore di sandali con le suole di metallo. Chen Yi si guardò intorno con una smorfia, valutando le possibilità di fuga.

«Fermi» ordinò la voce.

Davanti a loro c'erano sei soldati in armatura, guidati da un ufficiale che indossava un elmo con un pennacchio di setole rigide. Temuge soffocò un gemito nel vedere che erano tutti armati di balestra. Gli uomini di Chen Yi avevano poche speranze di uscire vittoriosi da un eventuale scontro, valutò, e involontariamente fece un passo indietro. Khasar lo prese per un braccio, bloccandolo.

«Dov'è il vostro capitano?» chiese Chen Yi. «Lujan può garantire per me.» Notò che avevano catturato il suo uomo e lo tenevano per la collottola, ma non lo degnò di uno sguardo.

Indispettito dal tono imperioso di Chen Yi, l'ufficiale con l'elmetto aggrottò la fronte e fece un passo avanti. «Lujan non è in servizio, stasera. Cosa ci fate in giro per le strade di notte?»

«Te lo spiegherà Lujan. Mi ha detto che il suo nome sarebbe stato sufficiente come lasciapassare.»

«A me non ha detto nulla» replicò l'ufficiale. «Vi porteremo in caserma, e glielo chiederemo di persona.»

Chen Yi sospirò. «No, non lo faremo» disse e come un fulmine scattò in avanti, sfoderando un pugnale che conficcò con violenza nel collo dell'ufficiale. L'uomo cadde senza un grido. I soldati alle sue spalle tolsero immediatamente la sicura alle balestre e scoccarono i dardi nel mucchio. Urlando, gli uomini di Chen Yi si scagliarono su di loro mulinando le spade.

Khasar sguainò la sua e si gettò nella mischia con un ruggito, abbattendo il soldato che gli era più vicino con una violenta gomitata in pieno viso. Avanzò come un turbine, colpendo tutto ciò che gli arrivava a tiro con i gomiti, i piedi, la testa, tanto che i soldati non poterono far altro che sollevare le balestre nel tentativo di difendersi. Khasar ne affettò uno con la spada, prima di conficcare la lama nel collo di un altro. Le guardie erano impacciate sotto il peso dell'armatura, mentre lui si muoveva agile e rapido, come se avvertisse il pericolo prima che gli fosse troppo vicino. Qualcuno lo afferrò da dietro, bloccandogli il braccio armato di spada, ma Khasar colpì il suo avversario con i gomiti, facendolo cadere rovinosamente.

Uno dei soldati finì addosso a Temuge, che gridò e cominciò ad agitare la spada a destra e a manca, terrorizzato. Da qualche parte, una campana iniziò a suonare l'allarme e lui si accorse che qualcuno stava sollevandolo. Urlò, atterrito, fino a quando Ho Sa non lo schiaffeggiò. «Alzati, è finita» gli disse con durezza il soldato xi xia.

Vicino a lui, Khasar stava ritto in piedi fra i corpi mutilati. «E questi li chiami soldati, Chen Yi?» disse, dando il colpo di grazia a uno degli avversari, che ancora si muoveva. «Sono lenti come pecore malate.»

Chen Yi era sbalordito dalla velocità con cui Khasar aveva combattuto. Aveva selezionato accuratamente le sue guardie in base alla loro abilità, ma davanti a quell'uomo avevano fatto una ben misera figura. Poi si trovò a voler difendere i soldati imperiali, sebbene li odiasse. «Ci sono sei caserme, in città, ciascuna con cinquecento o più di queste "pecore malate", come le chiami tu» disse «e finora è stato sufficiente.»

Khasar spinse uno dei corpi con un piede. «La mia gente se li mangerà vivi» disse con una smorfia, portandosi una mano alla clavicola e ritraendola sporca di sangue. La pioggia che continuava a cadere gliela ripulì, facendo scivolare il sangue fra le dita.

«Sei ferito» osservò Temuge.

«Sono abituato a indossare l'armatura quando combatto, fratello; ho permesso che mi colpisse» borbottò stizzito, e diede un calcio all'elmo dell'ufficiale che giaceva accanto a lui, mandandolo a rotolare lontano.

Due degli uomini di Chen Yi erano morti, e il loro sangue scorreva copioso mescolandosi alla pioggia. Chen Yi li osservò con attenzione, sfiorando con le dita le frecce che sporgevano dal loro petto. Rifletté in fretta su come modificare il suo piano. «Nessuno può sfuggire al proprio destino» disse infine. «Lasciateli qui, gli ufficiali imperiali vorranno dei corpi da mostrare alla folla, domani.» Poi si girò verso Temuge, e sul suo viso il disprezzo prese il posto della rabbia. «Per il momento sei salvo, fifone, ma adesso butteranno all'aria tutta la città per trovarci. Se non vi faccio uscire stanotte, sarete costretti a rimanere qui fino a primavera.»

Temuge si sentì avvampare per l'umiliazione. Tutti lo fissavano, e Khasar distolse lo sguardo. Chen Yi rinfoderò la spada e riprese a correre verso le mura, ancora una volta preceduto dal suo uomo.

La porta ovest era più piccola di quella che avevano varcato quando erano arrivati dal fiume. Temuge si sentì prendere dallo sconforto quando vide una luce balenare davanti a loro e udì delle grida. Qualcuno aveva dato l'allarme, i soldati nelle caserme si erano svegliati e Chen Yi ebbe un bel daffare per evitare che li vedessero. Li guidò di corsa verso una costruzione scura vicino alla porta e bussò con violenza mentre il rumore di passi si faceva sempre più vicino. Quando finalmente l'uscio si aprì, scivolarono all'interno e lo richiusero in fretta.

«Manda qualcuno all'ultimo piano a guardare dalla finestra» ordinò Chen Yi all'uomo che aveva aperto, «e digli di tornare a riferirmi che cosa succede.»

Temuge non ebbe il coraggio di rivolgergli la parola, e per dominare la paura si concentrò sulla ferita di Khasar. Chiese a uno degli uomini di Chen Yi di procurargli ago e filo da sutura e ricucì il profondo squarcio, augurandosi che la pioggia l'avesse ripulito a sufficienza e che non si infettasse. Tenere le mani occupate lo aiutò a calmarsi e gli impedì di pensare al copioso esercito che dava loro la caccia.

Uno degli uomini che erano saliti ai piani superiori si sporse dalla ringhiera delle scale e sussurrò con voce bassa e concitata: «La porta è chiusa e barricata. Ho visto un centinaio di soldati, ma ne stanno arrivando altri. Almeno trenta sono a guardia della porta».

«Balestre?» volle sapere Chen Yi.

«Venti, forse più.»

«Allora siamo in trappola. Ci cercheranno in tutta la città.» Si girò verso Temuge. «Non posso più aiutarvi. Se mi trovano, mi uccideranno e la Tong Blu avrà un nuovo capo. Devo lasciarvi qui.»

A un tratto la voce del capomastro risuonò nel silenzio. «Io conosco una via d'uscita» disse a Chen Yi, «se non avete problemi a sporcarvi un po'.»

«Soldati nella strada!» sibilò l'uomo in alto. «Bussano alle porte e perquisiscono le case.»

«Parla, Lian, sbrigati» sbottò Chen Yi. «Se ci prendono non risparmieranno nemmeno te.»

L'uomo annuì, torvo. «Andiamo. Non è lontano da qui.»

Le lampade a olio bruciavano scoppiettando, illuminando la *ger* con la loro fioca luce giallastra. Davanti a Gengis c'erano sei uomini in ginocchio, con le mani legate dietro la schiena e l'espressione impassibile dei guerrieri, come se non avessero paura del khan che camminava avanti e indietro di fronte a loro, rabbioso. Era a letto con Chakahai quando lo avevano svegliato, e benché fosse stato Kachiun a chiamarlo nella notte era furibondo.

I sei uomini erano fratelli: il più giovane era appena un ragazzo ma i maggiori erano già guerrieri adulti con mogli e figli.

«Ciascuno di voi mi ha giurato fedeltà» scattò, sentendo divampare in petto una rabbia tale che per un istante fu tentato di decapitarli tutti e sei. «Uno di voi ha ucciso un ragazzo degli Uriankhai. Che parli, e sarà solo a morire. Se non lo farà, prenderò tutte le vostre vite, come è mio diritto.»

Sguainò la spada del padre con deliberata lentezza, così che udissero il suono della lama che strideva contro il fodero. Avvertiva la presenza della gente delle tribù appena fuori dal cerchio di luce delle lampade. Avevano lasciato il calore delle loro *ger* per assistere a un atto di giustizia, e non aveva intenzione di deluderli. Si fermò accanto al più giovane dei fratelli e sollevò la spada.

«Posso dirti io chi è stato, mio signore» mormorò Kokchu, emergendo dall'oscurità. I sei fratelli sollevarono lo sguardo e videro lo sciamano avanzare nel cerchio di luce; aveva uno sguardo spiritato che incuteva terrore. «Mi basta posare la mano sulle loro teste per sapere chi è l'uomo che cerchi.»

Gengis annuì e ripose la spada nel fodero. «Fa' i tuoi incantesimi, sciamano. Il ragazzo uriankhai è stato fatto a pezzi. Trovami il colpevole.»

Kokchu gli fece un profondo inchino, dopodiché si avvicinò ai sei uomini; non avevano il coraggio di guardarlo, e benché si sforzassero di rimanere impassibili la loro espressione tradiva tensione e insicurezza. Sotto gli occhi affascinati di Gengis, lo sciamano posò la mano sulla testa del primo uomo e chiuse gli occhi. Le parole dell'antica lingua rotolarono fuori dalle sue labbra in un susseguirsi di suoni melodiosi, e uno dei fratelli si ritrasse con tale veemenza che rischiò di cadere.

Kokchu sollevò una mano, e il primo della fila oscillò, stordito e pallido. Nell'oscurità che li circondava, la folla era diventata più numerosa e la notte vibrava del sommesso brusio di centinaia di persone. Kokchu si spostò davanti al secondo uomo, trasse un respiro profondo e chiuse gli occhi. «Il ragazzo...» disse. «Il ragazzo ha visto...» Di colpo si immobilizzò, e l'intero accampamento parve trattenere il fiato. Dopo un po' scrollò le spalle, come se volesse liberarsi di un pesante fardello. «Uno di questi uomini è il traditore, mio khan. Io l'ho visto. Ho visto il suo volto. Ha ucciso il ragazzo per impedirgli di rivelare quanto aveva veduto.»

Con decisione, Kokchu si spostò davanti al quarto della fila, il più anziano dei fratelli. La sua mano scattò in avanti e le dita ossute affondarono nei suoi capelli neri.

«Non ho ucciso il ragazzo!» gridò l'uomo, lottando per liberarsi.

«Se menti, gli spiriti ti ruberanno l'anima» sibilò Kokchu nel silenzio attonito. «Menti *ancora*, e mostra al nostro khan il destino dei traditori e degli assassini.»

Folle di terrore, l'uomo gridò ancora una volta: «Non ho ucciso il ragazzo. Lo giuro!». Poi all'improvviso fu scosso da uno spasmo sotto la mano di Kokchu, e dalla folla si levò un grido d'orrore. Sotto lo sguardo atterrito della gente, strabuzzò gli occhi e cadde su un fianco, sottraendosi infine alla terrificante stretta dello sciamano. Si dibatté per un poco sull'erba ghiacciata sotto lo sguardo impassibile di Kokchu, poi giacque immobile, il bianco degli occhi che brillava macabro nel chiarore delle lampade.

Un silenzio terribile calò sull'accampamento. Solo Gengis poteva infrangerlo, e anche lui dovette fare uno sforzo per superare l'orrore che si era impadronito di lui. «Liberate gli altri» ordinò. «La morte del ragazzo è stata vendicata.»

Kokchu si inchinò davanti a lui, e Gengis mandò tutti a casa, a vegliare in attesa del ritorno del sole.

15

Le campane d'allarme risuonavano in tutta Baotou mentre correvano nella notte, seguendo Lian. Il buio non era più così fitto, via via che gli abitanti si svegliavano e accendevano le lanterne ai cancelli.

I soldati non li avevano visti uscire, anche se erano passati loro vicini. Lian conosceva la zona come le sue tasche e si muoveva agile lungo i vicoli contigui alle case dei ricchi. La maggior parte delle guardie imperiali si era riversata verso le porte della città, e ora si stava spostando a cerchi concentrici verso il centro, perquisendo sistematicamente le abitazioni in cerca dei criminali che avevano ucciso i loro compagni.

Temuge arrancava ansimando dietro agli altri. Stavano seguendo le mura, anche se talvolta Lian faceva delle deviazioni per evitare spiazzi e incroci. Khasar correva accanto a lui, sempre allerta. Da quando si erano battuti contro i soldati, ogni volta che lo guardava lo vedeva sorridere, ma sospettava che fosse il sorriso di un idiota che non aveva la percezione di quale rischio stessero correndo. Lui, invece, ne era ben consapevole.

Quando infine giunsero in una zona tranquilla, Lian si fermò. Si erano lasciati alle spalle i quartieri che brulicavano di soldati, ma l'allarme aveva svegliato la gente, che ora indugiava sulla soglia di casa sbirciando impaurita gli uomini in fuga.

«Stiamo riparando le mura, in questo punto» annunciò Lian, senza fiato. «Dobbiamo arrampicarci lungo le corde dei cesti che trasportano il pietrisco. Non c'è altro modo di uscire da Baotou, stanotte.»

«Fammi vedere» ordinò Chen Yi.

Lian lanciò un'occhiata ai volti pallidi che li osservavano dalle finestre, deglutì nervosamente e annuì, avviandosi verso un punto a ridosso del muro dove erano posizionate le funi, accanto alle ceste.

Dall'alto delle mura pendevano tre corde. Chen Yi ne afferrò una, con un'esclamazione compiaciuta. «Ottima idea, Lian. Non ci sono scale?»

«Sono chiuse in magazzino, per la notte» replicò Lian. «Potrei rompere facilmente i lucchetti, ma perderemmo tempo.»

«Le funi andranno benissimo. Prendi questa e fammi vedere come si fa.»

Il capomastro lasciò cadere la sacca con gli attrezzi e iniziò ad arrampicarsi, ansimando per lo sforzo. Era difficile valutare l'altezza delle mura, al buio, ma guardando verso l'alto Temuge ebbe l'impressione che fosse considerevole. Strinse i pugni nell'oscurità, deciso a non subire l'ennesima umiliazione davanti a Khasar. Doveva farcela. Non sopportava l'idea che lo issassero fino in cima come un sacco di patate.

Ho Sa e Khasar si avvicinarono per salire insieme, ma prima di iniziare l'arrampicata Khasar si voltò a guardare il fratello, convinto che Temuge avrebbe lasciato la presa e sarebbe caduto addosso a Chen Yi. Temuge ricambiò lo sguardo fissandolo con espressione furiosa, finché Khasar non sorrise e prese ad arrampicarsi svelto come un ratto, nonostante la ferita.

«Voi aspettate qui» mormorò Chen Yi ai suoi uomini. «Io salirò con loro, ma tornerò non appena saranno al sicuro. Qualcuno dovrà recuperare le funi dopo che si saranno calati dall'altra parte.»

Porse una robusta corda a Temuge e rimase a guardarlo mentre il giovane iniziava a salire, tirandosi su con le braccia tremanti per lo sforzo. «Non cadere, fifone» disse, scuotendo la testa esasperato, e presa un'altra fune si arrampicò rapidamente, abbandonando Temuge da solo nel buio. I muscoli delle braccia gli bruciavano e il sudore gli colava sugli occhi, ma si costrinse a continuare la salita puntellandosi con i piedi sulla parete di pietra ruvida. In cima alle mura era buio pesto, e rischiò di precipitare di sotto quando due robuste braccia lo afferrarono e lo aiutarono a salire.

Temuge si abbandonò sul camminamento dei bastioni, ansimante e oltremodo sollevato. Recuperate rapidamente le funi, le lanciarono dall'altra parte delle mura. Il camminamento, lassù, era largo dieci piedi, così le corde non arrivavano fino a terra. «Dovremo saltare, speriamo di non romperci una gamba» disse Lian.

All'estremità dell'ultima fune che recuperarono era legato il fagotto con gli attrezzi di Lian, insieme all'arco di Khasar e a tre spade. Lian calò il tutto all'esterno delle mura e si fermò, in attesa degli ordini di Chen Yi.

«Andate» disse questi. «Dovrete camminare a lungo, se non troverete un posto dove comprare dei muli.»

«Non intendo cavalcare un mulo» obiettò subito Khasar. «Non ci sono cavalli che vale la pena rubare, da queste parti?»

«Troppo rischioso. Per tornare dalla vostra gente dovete dirigervi verso nord, a meno che non intendiate attraversare di nuovo la terra degli Xi Xia. Da qui sono poche centinaia di *li*, ma ci saranno presidi armati di soldati imperiali a ogni strada e passo. Vi consiglio di procedere verso ovest e di attraversare le montagne, viaggiando solo di notte.»

«Vedremo» disse Khasar. «Addio, piccoletto. Non dimenticherò l'aiuto che ci hai dato.»

Accovacciatosi sul bordo del muro, si lasciò scivolare verso l'esterno tenendo i gomiti sul camminamento prima di afferrare la corda penzolante. Ho Sa lo seguì, rivolgendo appena un breve cenno del capo a Chen Yi, e anche Temuge sarebbe andato via senza una parola se lui non lo avesse fermato posandogli una mano sulla spalla. «Il tuo khan ha quello che vuole. Mi aspetto che mantenga le promesse fatte a suo nome.»

Temuge annuì. Per quel che gli importava, Gengis poteva anche radere al suolo Baotou. «Certo» gli assicurò. «Siamo uomini d'onore.»

Chen Yi rimase a guardarlo mentre scendeva, più goffo e debole che mai. Quando rimase solo in cima al muro, il capo della Tong Blu sospirò, scrollando le spalle. Non si fidava di Temuge, così nervoso e codardo. Con Khasar sentiva invece di avere una certa affinità: certo, era un tipo imprevedibile e inquieto, ma sperava che avesse il suo stesso senso dell'onore. Si strinse nelle spalle e si voltò verso la città. Scommettere non gli era mai piaciuto, non era mai riuscito a capire che cosa ci trovassero di eccitante i giocatori d'azzardo. «Le tessere volano» mormorò, iniziando la discesa. «Chissà come cadranno.»

Dopo dieci giorni, i quattro uomini erano completamente sudici e avevano i piedi indolenziti. Khasar, che non era abituato a camminare, zoppicava vistosamente ed era di pessimo umore. Poco dopo aver lasciato Baotou, Lian aveva posto loro qualche domanda, dopodiché era sprofondato in un cupo mutismo. Camminava in silenzio con il suo fagotto sulle spalle, e anche se accettava di condividere con loro le lepri che Khasar uccideva con l'arco, non faceva alcun tentativo di partecipare alla conversazione quando programmavano l'itinerario. Il vento gelido li costringeva a camminare stringendosi addosso la *deel* con le mani.

Khasar avrebbe voluto dirigersi dritto verso nord, nonostante le accese proteste di Temuge, ma Ho Sa l'aveva convinto a rinunciare descrivendogli le fortezze dei Chin e la grande muraglia costruita per tenere lontani gli invasori dall'impero. Pur essendo interrotta in molti punti, questa era presidiata da un cospicuo numero di soldati, su cui difficilmente avrebbero potuto avere la meglio. La soluzione migliore era dunque procedere verso ovest, lungo il Fiume Giallo, fino a raggiungere le montagne che separavano il regno di Xi Xia dal deserto del Gobi.

Alla fine del decimo giorno, Khasar aveva insistito per entrare in un villaggio chin a cercare dei cavalli. Lui e Temuge disponevano ancora di una piccola fortuna in monete d'argento e d'oro, che avrebbe impressionato qualsiasi contadino non avvezzo a tali ricchezze. Tuttavia, non riuscirono a farne nulla. Ebbero qualche difficoltà persino a trovare un mercante disposto a cambiare le loro monete con l'equivalente in bronzo. Così, all'imbrunire, ripartirono a mani vuote, perché preferivano non trascorrere troppo tempo nello stesso posto.

Quando sorse la luna erano in mezzo a un bosco, e procedevano con una lentezza esasperante lungo piste segnate dagli animali selvatici, cercando di non perdere di vista le stelle che guidavano il loro cammino. Per la prima volta in vita sua, Temuge provava disgusto per la puzza di sudore e sporcizia che aveva addosso e sognava di potersi fare un bagno. Ripensava con rimpianto al periodo trascorso a Baotou nella linda casa di Chen Yi. Non gli importava dei mendicanti né delle persone che brulicavano nelle strade come vermi sulla carne marcia: era figlio e fratello di khan, e non sarebbe mai caduto così in basso. Scoprire che i ricchi potevano vivere come Chen Yi era stata una rivelazione, e mentre avanzavano nel buio della notte pose a Lian molte domande in proposito. Il capomastro parve sorpreso che Temuge sapesse così poco della città, senza capire quanto ogni nuova informazione fosse preziosa per la sua curiosità. Parlò a Temuge di luoghi in cui si imparavano arti e mestieri, e di altri che si chiamavano università, dove grandi pensatori si incontravano per scambiarsi idee e discutere senza spargimenti di sangue. Raccontò che anche nei quartieri più poveri erano state costruite le fognature, sebbene la corruzione avesse bloccato i lavori per oltre dodici anni. Temuge lo ascoltava rapito, sognando di passeggiare in cortili inondati di sole con le mani intrecciate dietro la schiena, discutendo di argomenti importanti con uomini istruiti. Poi invariabilmente finiva per inciampare in una radice e Khasar lo prendeva in giro, infrangendo i suoi sogni a occhi aperti.

A un tratto Khasar si fermò di colpo. Ho Sa gli finì addosso, ma essendo un soldato di grande esperienza non si lasciò sfuggire una parola. Lian si fermò, confuso, e Temuge riemerse dalle proprie fantasticherie con il cuore in gola. Non era possibile che li avessero seguiti, si disse. Lungo la strada avevano visto un posto di guardia, due giorni prima, e lo avevano evitato facendo un ampio giro. Possibile che fosse giunta notizia della loro fuga e che li stessero cercando? Avvertì una fitta di disperazione, improvvisamente certo che Chen Yi li avesse traditi per salvarsi la pelle. Era ciò che avrebbe fatto lui se si fosse trovato nei suoi panni, e nell'oscurità si sentì sopraffare dal panico, vedendo nemici in ogni ombra.

«Cosa succede?» sussurrò al fratello.

Khasar girò la testa lentamente, in ascolto. «Voci. Il vento è girato, adesso, ma le ho sentite distintamente.»

«Dirigiamoci verso sud per qualche miglio, per seminarli» bisbigliò Ho Sa. «Se ci stanno cercando, possiamo nasconderci nel bosco per un giorno.»

«I soldati non bivaccano nel bosco» osservò Khasar, «è troppo facile cadere in un agguato o essere colti di sorpresa. Proseguiremo lentamente. Tenete pronte le armi.»

Lian estrasse dalla sacca un martello dal lungo manico e se lo mise in spalla. Temuge fissò il fratello, ribollendo di rabbia. «Ho Sa ha ragione, dobbiamo aggirarli.»

«Se hanno dei cavalli, vale la pena di rischiare. Penso che nevicherà e sono stanco di camminare» replicò Khasar, e proseguì, muovendosi furtivo e costringendo gli altri a seguirlo. Temuge lo maledisse in silenzio. Uomini come Khasar non passeggiavano nei viali della città che immaginava; al massimo potevano stare a guardia delle mura, mentre agli uomini migliori erano riservati l'onore e la dignità che meritavano.

Procedendo lungo il sentiero, intravidero il bagliore di un fuoco fra gli alberi e sentirono i rumori e le risate che prima aveva percepito soltanto l'orecchio allenato di Khasar, il quale sorrise raggiante quando echeggiò il sommesso nitrito di una giumenta.

I quattro uomini si avvicinarono di soppiatto alla luce, e tenendosi al riparo degli alberi sbirciarono in una piccola radura attraverso il groviglio di rami.

Legato a un tronco con una cinghia di cuoio c'era un mulo, e al limitare della radura pascolavano tre cavallini dal manto irsuto. Khasar notò che avevano delle cicatrici sui fianchi e il suo sguardo si indurì. Con pochi, rapidi gesti liberò l'arco e posò delle frecce per terra.

Intorno al fuoco c'erano tre uomini che schernivano un giovane esile con una tunica color rosso scuro, spintonandolo e schiaffeggiandolo con crudeltà. Non indossavano armatura, ma avevano dei coltelli alla cintola e uno di loro aveva un arco, appoggiato a un albero vicino. Il capo perfettamente rasato del giovane luccicava di sudore al bagliore delle fiamme, e il suo viso era gonfio ed escoriato, ma uno dei suoi aguzzini perdeva sangue dal naso e non rideva come gli altri. Khasar lo vide percuotere il piccoletto con un bastone, con tanta cattiveria che il colpo echeggiò nella radura. Con un ghigno feroce, incordò l'arco, poi strisciò all'indietro verso Ho Sa. «Abbiamo bisogno dei loro cavalli» sussurrò. «Non sembrano soldati, e posso stenderne due con l'arco, se tu ti occupi dell'altro. Un piccoletto con la testa che sembra un uovo sta lottando contro di loro, ma non può farcela contro tre avversari.»

«Potrebbe essere un monaco» bisbigliò Ho Sa. «Sono uomini duri, che vivono di preghiera e carità. Non sottovalutarlo.»

Khasar lo guardò, divertito. «Da bambino mi allenavo nell'uso delle armi dall'alba al tramonto. E non ho ancora visto nessuno della tua gente che sia in grado di battermi.»

Ho Sa scosse il capo, corrugando la fronte. «Se è un monaco, cercherà di non uccidere i suoi aggressori. Li ho visti dare una dimostrazione di ciò che sanno fare davanti al mio re.»

«Siete proprio strani, voialtri» sbuffò Khasar. «Soldati che non sanno combattere e monaci che lo sanno fare. Dì a Lian di tenersi pronto con il martello per sfondare loro la testa, quando avrò scoccato la freccia.»

Tornò strisciando al suo riparo tra gli alberi e lentamente si mise in ginocchio. Con sua grande sorpresa, l'uomo con il naso sanguinante si contorceva per terra al centro della radura, e i suoi compagni non ridevano più. Il giovane monaco, ancora in piedi nonostante i colpi che aveva subìto, disse qualcosa con voce ferma. Uno degli uomini lasciò cadere il bastone e sfilò dalla cintura il pugnale.

Khasar tese l'arco, che scricchiolò leggermente; in quell'istante il monaco sollevò lo sguardo e quando lo vide improvvisamente parve più agile, pronto a spiccare la fuga. I suoi avversari non si erano accorti di nulla, e uno di loro si scagliò sul monaco, cercando di colpirlo al petto.

Lasciando andare il respiro, Khasar scoccò la freccia, che si conficcò nella spalla dell'aggressore. L'uomo cadde rovinosamente a terra, mentre il suo compagno si girava di scatto verso Lian e Ho Sa, che erano balzati nella radura urlando. Contemporaneamente, il monaco si avvicinò al secondo uomo e lo colpì con forza alla testa, facendolo cadere sul fuoco. Ho Sa e Lian furono al suo fianco in un istante, ma il piccoletto li ignorò e corse a trascinare il malcapitato lontano dalle fiamme, battendogli delicatamente sui capelli, là dove si levava un esile filo di fumo. L'uomo era svenuto, eppure il monaco non sembrava avvertirne il peso.

Solo dopo averlo sistemato per terra si girò a guardare i nuovi arrivati, salutandoli con un cenno del capo. L'uomo che perdeva sangue dal naso ora gemeva di dolore e di paura. Khasar incoccò un'altra freccia avanzando verso di lui, con Temuge alle calcagna.

Intuendo che cosa voleva fare, il monaco balzò in avanti e si mise tra loro e l'uomo sanguinante, facendogli scudo con il proprio corpo. Il cranio rasato lo faceva sembrare un ragazzino.

«Fatti da parte» gli ordinò Khasar.

Il monaco non batté ciglio, incrociò le braccia e fissò con sguardo inespressivo l'arco.

«Digli di spostarsi, Ho Sa» fece Khasar, stringendo i denti per lo sforzo di tener teso l'arco. «Digli che ci serve il suo mulo, ma che potrà andarsene quando avrò ammazzato questo cane.»

Ho Sa tradusse, e Khasar notò che il viso del monaco si illuminava, sentendo una lingua che conosceva. Subito iniziò un acceso dialogo, che terminò solo quando il mongolo, esasperato, proruppe in una colorita imprecazione nella lingua dei Chin, abbassando l'arco.

«Dice che non ha bisogno di noi e che non abbiamo il diritto di prendere la vita di quest'uomo» disse infine Ho Sa. «Dice anche che non può darci il mulo, perché non è suo. Glielo hanno prestato.»

«Non vede l'arco?» ribatté Khasar, agitando l'arma in direzione del monaco.

A quel punto Ho Sa intervenne, spiegando: «Potrebbe averne una dozzina puntati addosso, e non gliene importerebbe nulla. È un uomo di Dio, e non ha paura».

«Un *bambino* di Dio, con un mulo per Temuge» replicò Khasar. «A meno che tu non preferisca prendere mio fratello sul tuo cavallo.»

«Non è un problema» rispose Ho Sa, e si rivolse al monaco, inchinandosi tre volte. Il giovane annuì, guardando Khasar, e Ho Sa tradusse: «Dice che possiamo prendere i cavalli. Lui resterà qui per occuparsi dei feriti».

Khasar scosse il capo, sconcertato. «Mi ha ringraziato per averlo salvato?»

«Non aveva bisogno di essere salvato» ribatté Ho Sa.

Khasar fissò accigliato il monaco, che gli restituì lo sguardo, serafico. «A Gengis piacerebbe» disse infine. «Chiedigli se vuole venire con noi.»

Ho Sa riferì, e il giovane scosse il capo, senza mai distogliere lo sguardo da Khasar. «Dice che la mano di Buddha può guidarlo su strani sentieri, ma che il suo posto è fra i poveri.»

«Poveri ce ne sono dappertutto» sbuffò Khasar. «Chiedigli come fa a sapere che non è stato proprio questo Buddha a farci incontrare in questo luogo.» Notò che mentre Ho Sa traduceva le sue parole, il giovane monaco si faceva sempre più interessato.

«Vuole sapere se la tua gente conosce il Buddha.»

Khasar sorrise. «Digli che crediamo nel padre celeste che sta sopra di noi e nella madre terra che sta sotto. Il resto non è che lotta e dolore fino alla morte.»

Ho Sa lo guardò, sorpreso da quella spiegazione filosofica. «È tutto qui, quello in cui credete?»

Khasar lanciò un'occhiata al fratello, ridacchiando. «Alcuni sciocchi credono anche agli spiriti, ma la maggior parte di noi crede in un buon cavallo e in un braccio destro forte. Non conosciamo questo Buddha.»

Quando Ho Sa ebbe riferito quelle parole, il giovane monaco si inchinò e si avvicinò al mulo. Khasar e Temuge lo guardarono balzare in sella, mentre l'animale scartava e sbuffava, irritato.

«Che brutta bestia» osservò Khasar. «Dunque viene con noi?»

«Sì» rispose Ho Sa. «Dice che nessun uomo sa qual è la sua strada, ma che forse avevi ragione nel dire che è stato Buddha a farci incontrare.»

«Va bene. Ma digli che non intendo lasciare in vita i miei nemici, e che non si azzardi mai più a interferire nelle mie faccende, o gli staccherò quella buffa testolina pelata dal collo.»

Quando Ho Sa tradusse, il monaco scoppiò a ridere. Khasar lo guardò, accigliato, poi si presentò: «Io sono Khasar dei Lupi. E tu? Qual è il tuo nome?».

«Yao Shu» rispose il monaco, battendosi un pugno sul petto due volte a mo' di saluto, senza smettere di ridere.

Khasar lo fissò ancora per un momento, poi ordinò: «A cavallo, Ho Sa. La giumenta marrone è mia. Se non altro abbiamo finito di camminare».

Lian e Temuge tolsero la sella a uno dei cavalli e vi salirono insieme. Rendendosi conto di essere vivi per miracolo, gli aggressori li guardarono andar via senza fiatare. Solo quando furono certi di essere soli si azzardarono ad alzarsi imprecando.

Il passo che separava il regno di Xi Xia dal confine meridionale del deserto era sguarnito in quella stagione. Sui Monti Khenti, a più di mille miglia di distanza verso nord, l'inverno avrebbe tenuto la terra nella sua salda presa per molti mesi ancora, ma anche lì il freddo era tagliente. Non c'era più traccia del forte che aveva bloccato la gola rendendola un luogo silenzioso e tranquillo, e ora il vento si incuneava liberamente nel valico, spazzandone la sommità.

Khasar e Temuge smontarono da cavallo, rammentando i primi sanguinosi tentativi di conquistare la fortezza che un tempo sorgeva in quel luogo. Gengis aveva ordinato che fosse smantellata, e ora non rimanevano che pochi enormi blocchi di pietra qua e là sulla sabbia; tutte le pietre e i mattoni erano stati portati via e solo alcuni fori quadrangolari nelle rocce indicavano dove erano state fissate travi e putrelle. Per il resto sembrava che il forte non fosse mai esistito. Non esisteva più alcuna barriera per le tribù che volevano spostarsi verso sud, e quella consapevolezza colmò Khasar d'orgoglio.

Percorse la gola lentamente, insieme a Temuge, guardando le alte pareti di roccia che si innalzavano da entrambe le parti. Il monaco e il muratore li guardavano senza capire, poiché nessuno dei due aveva visto il passo quando un altissimo muro di pietra sbarrava la gola e il regno di Xi Xia viveva in splendido isolamento.

Ho Sa si era voltato verso sud, e contemplava la distesa bruna dei campi della sua terra; in lontananza si vedevano chiazze d'erba annerite dove i raccolti marciti erano stati bruciati e le ceneri sparse al suolo. Gli abitanti dei villaggi, e forse perfino di Yinchuan, avrebbero sofferto la fame quell'inverno, pensò avvilito.

Mancava da casa da circa quattro mesi, ormai, e non vedeva l'ora di riabbracciare la moglie e i figli. Si chiese come se la fosse cavata l'esercito, dopo la cocente sconfitta subita per mano del grande khan. Le tribù avevano interrotto una pace che durava da molti, moltissimi anni, seminando morte e distruzione. Aveva perso amici e compagni, in quei mesi, e l'amarezza era ancora viva e cocente dentro di lui. Dover consegnare una figlia del re a quei selvaggi era stata solo l'umiliazione finale, pensò, inorridito all'idea di una donna di tale rango costretta a vivere in una tenda puzzolente, fra pecore e capre.

Mentre il suo sguardo vagava sulla valle, si sorprese a pensare che gli sarebbe mancata la compagnia di Khasar. Malgrado la brutalità e la violenza di cui quell'uomo era capace, l'impresa che avevano portato a termine lo colmava d'orgoglio. Nessun altro tra gli Xi Xia sarebbe stato capace di entrare di nascosto in una città chin e di tornarne vivo con un capomastro. Per molti versi, Khasar era l'uomo più irritante che Ho Sa avesse mai conosciuto, ma il suo ottimismo temerario lo aveva contagiato, tanto che non poteva fare a meno di chiedersi se sarebbe stato in grado di tornare alla rigida disciplina dell'esercito reale. Decise che si sarebbe offerto volontario per guidare attraverso il deserto i soldati incaricati di consegnare a Gengis il tributo annuale, giusto per farsi un'idea della terra in cui erano sempre vissute le tribù.

Khasar era euforico all'idea di tornare a casa e di consegnare a Gengis la loro preda. Tornato dai compagni, li guardò uno a uno, sorridendo. Erano coperti di polvere, con gli abiti sudici e il viso incrostato. Yao Shu aveva chiesto a Ho Sa di insegnargli la lingua dei Mongoli, e persino Lian, che non aveva una particolare attitudine per quel genere di studio, aveva imparato alcune parole utili. Tutti e tre ricambiarono il sorriso di Khasar, pur non sapendo come interpretare il suo atteggiamento.

Ho Sa, confuso dalla tristezza che gli chiudeva la gola all'idea di abbandonare quella singolare compagnia, stava cercando le parole per esprimere ciò che provava, quando Khasar disse: «Guardala bene, Ho Sa. Perché non rivedrai la tua terra per un bel pezzo».

«Che cosa vuoi dire?» In un istante, Ho Sa sentì svanire tutto il buon umore.

«Il tuo re ti ha ceduto a noi per un anno, e sono passati meno di quattro mesi. Ce ne vorranno altri due per arrivare alle montagne e una volta lì avremo bisogno di te per fare da interprete tra Gengis e il capomastro e per insegnare la lingua al monaco. Pensavi che ti avrei lasciato qui? Lo hai pensato davvero?» Khasar sembrava deliziato dall'amarezza che aveva incupito il volto del soldato xi xia. «Stiamo tornando nella steppa, Ho Sa» proseguì. «Attaccheremo qualche collina con ciò che Lian ci insegnerà, e quando saremo pronti scenderemo in guerra. Forse a quel punto ci sarai così utile che chiederò al tuo re di lasciarti rimanere per un altro anno o due. Ho idea che sarebbe ben felice di detrarre il tuo costo dal suo tributo, se chiederemo di trattenerti.»

«Lo fai per torturarmi» sbottò Ho Sa.

Khasar sogghignò. «Forse un pochino, ma tu sei un guerriero e conosci i Chin. Avremo bisogno di te, quando cavalcheremo contro di loro.»

Ho Sa lo fissò, furibondo, ma il guerriero mongolo gli batté allegramente una mano sulla gamba prima di allontanarsi, dicendo: «Dobbiamo fare provvista d'acqua dai canali. Dopodiché attraverseremo il deserto e andremo finalmente a casa, dalle nostre donne. Cosa può volere di più un uomo? Ti troverò una donna che ti tenga caldo il letto nelle fredde notti d'inverno, Ho Sa. Ti sto facendo un favore, se solo riuscissi a capirlo».

Balzò in sella e si avvicinò a Temuge, che stava montando a cavallo con l'aiuto di Lian. «La steppa ci chiama, fratello, la senti?»

«Sì» rispose Temuge.

Desiderava tornare a casa almeno quanto il fratello, ma solo perché ora aveva ben chiaro ciò che avrebbero potuto ottenere. Khasar sognava guerre e saccheggi; lui, invece, immaginava le città, e tutta la bellezza e il potere che queste potevano offrirgli.

PARTE SECONDA
1211 d.C.

Xin-Wei
(Radice celeste di metallo. Ramo terrestre della pecora.)
Dinastia Chin: Imperatore Wei

16

Gengis osservava la piana di Linhe, le sue risaie ridotte a una distesa di fanghiglia per una dozzina di miglia, in ogni direzione, dall'esercito che ora assediava la città. Lo stendardo a nove code pendeva floscio nell'aria immobile e il sole del tramonto dardeggiava sul suo esercito.

Attorno a lui alcuni guerrieri scelti attendevano i suoi ordini su cavalli scalpitanti, e poco lontano un servo teneva per le redini la sua giumenta, ma il khan non era ancora pronto per montare in sella.

Fissò la tenda di tessuto rosso sangue che ondeggiava nel vento tra lui e la città. La sua armata aveva annientato ogni forma di resistenza in un raggio di cinquanta miglia tutto intorno, finché non era rimasta che Linhe, esattamente come era successo a Yinchuan, dove si era rifugiato il re di Xi Xia. A mano a mano che loro avanzavano, i soldati chin abbandonavano le fortezze e gli avamposti, ritirandosi davanti a un nemico che non potevano fronteggiare. Con le nuove macchine da guerra, nemmeno la grande muraglia si era rivelata un problema e si era divertito un mondo a vedere le catapulte e le scale mandare in frantumi vasti tratti dei bastioni. I suoi uomini avevano spazzato via i difensori, dando alle fiamme le baracche di legno dei posti di guardia con una furia selvaggia. I Chin non erano riusciti a frenare la loro avanzata: tutto ciò che avevano potuto fare era fuggire o soccombere.

Prima o poi ci sarebbe stata la resa dei conti, lo sapeva, quando fosse arrivato un generale in grado di comandare i Chin oppure quando i Mongoli avessero raggiunto Yenking. Ma non sarebbe successo quel giorno.

Xamba era caduta in sette giorni, Wuyuan era stata ridotta in cenere in tre, e ora le sue catapulte stavano aprendo vaste brecce nelle mura di Linhe, pensò con un sorriso soddisfatto. Il capomastro portato dai suoi fratelli gli aveva mostrato un modo nuovo di fare la guerra: nessun muro sarebbe mai più riuscito a fermarlo. Per due anni, la sua gente aveva costruito catapulte e appreso i segreti e le debolezze delle alte mura dei Chin. Nel frattempo i suoi figli erano cresciuti, ora erano alti e forti, e il maggiore era giunto alla soglia dell'età adulta. Così, era tornato dai nemici del suo popolo e gliel'aveva fatta vedere.

Anche se stava alle spalle della linea delle catapulte, sentiva chiaramente il boato dei colpi. I soldati Chin asserragliati dentro le mura non avrebbero osato uscire dalla città per discutere, e se anche lo avessero fatto sarebbero stati annientati. Nulla sarebbe servito, ora che la tenda rossa era stata montata. Le mura stavano cedendo, pezzo dopo pezzo, sotto la pioggia di massi con cui i suoi uomini caricavano le catapulte. Lian gli aveva mostrato il disegno di una macchina da guerra ancor più spaventosa, e lui già si figurava l'enorme contrappeso che faceva volare i proiettili a centinaia di piedi di distanza con una potenza letale. Il capomastro chin sembrava aver trovato la sua vocazione nel progettare armi sempre più raffinate per un signore che le apprezzava. Gengis, dal canto suo, valorizzava il suo talento e riusciva a comprendere gli schizzi di Lian senza alcuna difficoltà. La parola scritta era ancora un mistero per lui, ma forza e attrito, leve, pesi e corde parlavano un linguaggio che comprendeva senza problemi. Avrebbe detto a Lian di approntare quella nuova macchina per l'attacco a Yenking.

La città imperiale dei Chin non sarebbe stata facile da sottomettere come Linhe. Gengis ripensò ai fossati e alle mura immense che Lian gli aveva descritto, larghe alla base come sette uomini sdraiati uno dietro all'altro. Le mura di Xamba erano crollate perché avevano scavato delle gallerie sotto di esse, ma quelle della città-fortezza di Yenking erano state costruite sulla pietra e non era possibile indebolirle dal basso. Gli sarebbe servito qualcosa di più delle semplici catapulte per far breccia in quelle mura, ma aveva anche altre armi a sua disposizione e, a ogni vittoria, i suoi guerrieri diventavano più esperti.

All'inizio, Gengis aveva temuto che i suoi guerrieri si sarebbero rifiutati di combattere lavorando su delle macchine ma Lian li aveva introdotti ai segreti dell'ingegneria e Gengis presto scoprì che molti di loro comprendevano bene le dinamiche che legavano forze e pesi. E quando lui aveva mostrato di apprezzare la presenza di "distruttori di città" nel suo esercito, loro ne erano stati orgogliosi.

Sorrise quando un'ampia sezione di mura crollò verso l'esterno. Tsubodai aveva messo un migliaio di uomini alle catapulte, allineate davanti ai bastioni, mentre il corpo principale dell'esercito si era suddiviso in quattro colonne che stazionavano davanti alle porte della città, pronte a irrompere all'interno alla prima opportunità. Gengis vide Tsubodai muoversi con sicurezza fra le squadre di addetti alle catapulte, dirigendo il bombardamento. Era tutto una novità, eppure la sua gente si era adattata in fretta, pensò Gengis con orgoglio. Se solo suo padre fosse stato lì a vederlo.

Tsubodai fece avanzare le tettoie di legno che proteggevano i guerrieri mentre scalzavano le pietre alla base delle mura con lunghe sbarre uncinate. Gli arcieri della città non potevano scoccare nemmeno una freccia senza mettere a repentaglio la propria vita, e quand'anche avevano successo i dardi si infrangevano contro i giganteschi scudi.

A un tratto, un gruppo di uomini fece capolino in cima alle mura e rovesciò sugli assedianti il liquido nero contenuto in un pentolone di ferro. Molti di loro caddero trafitti dalle frecce degli arcieri mongoli, ma una dozzina di uomini rannicchiati sotto una tettoia fu inzuppata da quello strano liquido; poi dagli spalti caddero delle torce accese, e le fiamme divamparono con un boato che coprì le grida delle vittime.

Intorno a Gengis si levò un coro di imprecazioni. I picchieri di Tsubodai, avvolti dalle fiamme, piombarono in mezzo ad altre squadre compromettendo l'efficacia dell'attacco, e gli arcieri chin approfittarono della confusione per colpire chiunque capitasse loro a tiro.

Tsubodai urlò nuovi ordini e i guerrieri protetti dagli scudi di legno indietreggiarono, abbandonando i compagni agonizzanti sul terreno. Gengis annuì, approvando silenziosamente fra sé, quando vide che le catapulte avevano ripreso il bombardamento. Aveva sentito parlare dell'olio che brucia, ma non lo aveva mai visto usare a quello scopo. Prendeva fuoco molto più in fretta del grasso di montone che bruciava nelle lampade dei Mongoli. Decise che doveva procurarsene un po'. Forse, una volta espugnata Linhe, lo avrebbero trovato lì, pensò aggiungendo anche quel dettaglio alle migliaia che già doveva tenere a mente ogni giorno.

Dai corpi carbonizzati che giacevano ai piedi delle mura saliva un sottile filo di fumo, e Gengis ebbe l'impressione di sentire grida di gioia provenire dall'interno della città. Non vedeva l'ora che Tsubodai facesse breccia nelle mura; la luce non sarebbe durata ancora a lungo e al tramonto il ragazzo avrebbe dovuto ordinare ai suoi uomini di ritirarsi per la notte.

Si chiese quante perdite avessero subìto in quella sfortunata circostanza. Non che gli importasse: Tsubodai comandava i guerrieri meno esperti, che avevano bisogno di andare in battaglia per fare esperienza. Nei due anni passati fra i Monti Khenti, altri ottomila ragazzi erano diventati adulti e si erano uniti al suo esercito. La maggior parte di loro apparteneva al reparto di Tsubodai, e si facevano chiamare Giovani Lupi in onore di Gengis. Il giovane l'aveva quasi implorato di mandarli in prima linea, non sapendo che il khan aveva già deciso che quel giorno lui e i suoi guerrieri avrebbero guidato l'attacco e ricevuto il battesimo del sangue.

Caddero altre due sezioni del bastione; una torretta di pietra fu abbattuta e un manipolo di arcieri precipitò nel vuoto atterrando quasi ai piedi dei guerrieri di Tsubodai. Le mura di Linhe sembravano una bocca sdentata e le squadre addette alle catapulte si fermarono, esauste e trionfanti, mentre alcune scale venivano avvicinate agli squarci.

I Giovani Lupi si lanciarono sui difensori, arrampicandosi con mani e piedi sui cumuli di pietre in rovina, mentre i suoi arcieri scelti, capaci di centrare un uovo a cento passi di distanza, coprivano l'avanzata dal basso. Ogni soldato Chin che si mostrava sugli spalti cadeva istantaneamente trafitto da numerose frecce.

Con un brusco cenno del capo, Gengis prese le redini della giumenta dalle mani dello schiavo e montò in sella. L'animale nitrì, avvertendo il suo stato d'animo. Si girò a destra e a sinistra, lasciando scivolare lo sguardo sull'espressione paziente dei suoi guerrieri scelti, e sulle truppe che accerchiavano la città. Aveva creato degli eserciti nell'esercito, così che ciascun generale comandava un *tumen* di diecimila uomini ed era completamente indipendente dagli altri. Non riusciva a scorgere Arslan, che probabilmente si trovava dall'altra parte delle mura, ma vedeva lo stendardo di Jelme che fluttuava nella brezza. Cercò con lo sguardo Khasar e Kachiun, pronti a fare irruzione dalle porte est e ovest non appena si fossero aperte; entrambi desideravano essere i primi a entrare nella città di Linhe.

Lanciò una rapida occhiata a Tolui, il gigantesco guerriero che un tempo aveva fatto parte della guardia personale di Eeluk dei Lupi, e notò che si raddrizzava con orgoglio. Gli amici che lo circondavano risposero al suo sguardo con un cenno del capo. La prima fila della colonna era composta di venti cavalieri, tutti vicino ai trent'anni. Gli risollevava il morale vederli tesi in avanti, gli sguardi avidi puntati sulla città.

Da una dozzina di punti diversi, all'interno di Linhe, si alzarono colonne di fumo e Gengis le osservò salire verso il cielo, le mani tremanti per l'emozione. Poi una voce che conosceva bene interruppe il corso dei suoi pensieri. «Posso benedirti, grande khan?»

Gengis si girò e fece cenno allo sciamano di avvicinarsi. Kokchu, primo fra coloro che percorrevano i sentieri oscuri, si era sbarazzato degli stracci che indossava quando serviva il khan dei Naiman e ora portava una *deel* di seta blu, chiusa da una fusciacca color oro. Ai polsi portava braccialetti fatti con strisce di cuoio alle quali erano appese delle monete chin che tintinnavano ogni volta che alzava le braccia. Gengis chinò il capo e rimase impassibile mentre Kokchu gli tracciava sulle guance delle linee verticali con del sangue di pecora. Sentì una fredda calma impadronirsi di lui, mentre lo sciamano invocava la madre terra. «Accetterà il sangue che verserai per lei, mio signore, con la stessa gratitudine con cui accoglie la pioggia.»

Gengis espirò lentamente, notando che tutti intorno a lui osservavano il giovane con soggezione mista a timore. Erano tutti guerrieri scelti, forgiati nel fuoco della battaglia fin dall'infanzia, eppure ogni volta che Kokchu camminava in mezzo a loro ammutolivano atterriti. Gengis ne era consapevole e aveva approfittato di questa soggezione per imporre la disciplina nelle tribù, concedendo a Kokchu un enorme potere.

«Vuoi che faccia smontare la tenda rossa, mio signore?» chiese Kokchu. «Il sole sta tramontando, e quella nera è pronta.»

Gengis rifletté. Era stato lo stesso Kokchu a suggerire il sistema delle tende per diffondere il terrore nelle città dei Chin. Il primo giorno veniva montata all'esterno delle mura una tenda bianca, che con la sua sola presenza indicava che nessun soldato sarebbe stato in grado di salvare la città. Se gli abitanti non aprivano la porta entro il tramonto, all'alba veniva sostituita da una tenda rossa, con cui si prometteva la morte a tutti gli uomini. Infine, la tenda nera che veniva eretta all'alba del terzo giorno comunicava agli assediati che non vi sarebbe stata pietà per nessuno, solo morte.

L'esempio di Linhe sarebbe servito di lezione alle città che si trovavano a est, e Gengis si domandò se davvero si sarebbero arrese più facilmente, come sosteneva Kokchu. Di certo lo sciamano sapeva come usare la paura, rifletté. Tuttavia sarebbe stato difficile impedire ai suoi uomini di accanirsi contro le città arrendevoli con la stessa brutalità con cui avevano espugnato quelle che opponevano resistenza. Ma quell'idea gli piaceva: la velocità era fondamentale, e se il nemico si ritirava senza combattere, la sua avanzata sarebbe stata più rapida.

Fece un cenno del capo allo sciamano, in segno di omaggio. «Il giorno non è ancora terminato, Kokchu. Le donne vivranno senza i mariti e gli uomini che sono troppo vecchi o inadatti a lottare diffonderanno la notizia e semineranno il terrore.»

«Come desideri, mio signore» replicò Kokchu, con gli occhi che gli brillavano e Gengis accennò un sorriso soddisfatto. Aveva bisogno di uomini intelligenti, per percorrere il sentiero tracciato dalla sua immaginazione.

«Mio khan!» gridò un ufficiale, e Gengis girò la testa di scatto accorgendosi che i giovani guerrieri di Tsubodai avevano sfondato la porta nord. I difensori combattevano ancora strenuamente e alcuni Giovani Lupi persero la vita per difendere la posizione guadagnata. Con la coda dell'occhio scorse il *tumen* guidato da Khasar partire al galoppo, e capì che la città aveva ceduto in almeno due punti. Kachiun invece era ancora fermo davanti alla porta est, e osservava frustrato il vantaggio dei fratelli.

«Avanti!» ruggì Gengis, spronando la giumenta, e mentre sfrecciava verso le mura gli tornarono alla mente le folli corse nella steppa di molti anni addietro. Sollevò la lunga lancia di legno di betulla che teneva nella mano destra, rivolgendo la punta verso l'alto. Era una delle tante innovazioni e, sebbene solo alcuni degli uomini più valorosi avessero iniziato a prendere dimestichezza con essa, tutti i guerrieri ne subivano il forte fascino.

Mentre galoppava verso le mura di Linhe circondato dai suoi guerrieri scelti, pensò che quelle prime conquiste avrebbero avuto per sempre un posto speciale nei suoi ricordi. Poi lanciò un agghiacciante grido di battaglia e irruppe nella città sbaragliando gli ultimi difensori e lasciandosi alle spalle una scia di sangue.

Temuge camminò nell'oscurità fino alla *ger* di Kokchu. Mentre entrava, udì un pianto sommesso provenire dall'interno, ma non si fermò. Non c'era la luna, quella notte, e Kokchu gli aveva detto che quello sarebbe stato un momento propizio per imparare. In lontananza si vedeva ancora il bagliore dell'incendio che aveva distrutto Linhe, ma l'accampamento dopo la battaglia era tranquillo.

Accanto alla *ger* dello sciamano ce n'era un'altra, talmente bassa che Temuge dovette inginocchiarsi per entrare. Un'unica lampada a olio spandeva la sua fioca luce giallastra tutto intorno e l'aria era così densa di fumo che dopo pochi istanti iniziò a sentirsi stordito. Kokchu sedeva a gambe incrociate sul pavimento ricoperto di seta nera e grinzosa. Tutto quello che c'era lì dentro era un dono personale di Gengis allo sciamano e Temuge avvertì una fitta di invidia mescolarsi al timore che nutriva nei confronti di quell'uomo. Ma era stato convocato, e si era presentato.

Sedette con le braccia conserte di fronte allo sciamano, notando che teneva gli occhi chiusi e che il suo respiro non era più che un lieve fremito nel petto. Rabbrividì nel silenzio, immaginando una miriade di spiriti volare nel fumo che gli riempiva i polmoni. Chissà da dove arrivavano i piccoli bracieri d'ottone in cui bruciava l'incenso, si chiese. Le *ger* della sua gente in quei giorni sanguinosi si erano riempite di oggetti strani, dei quali spesso nessuno conosceva l'uso.

Gli sfuggì un colpo di tosse, e il torace nudo di Kokchu tremò leggermente mentre lui apriva gli occhi, senza vederlo. Quando riuscì a mettere a fuoco sorrise. «Non sei venuto da me per un'intera luna» lo rimproverò con voce roca.

Temuge distolse lo sguardo. «Ero confuso. Alcune delle cose che mi hai detto mi hanno... turbato.»

«Come i bambini temono il buio, così gli uomini temono il potere. Esso li tenta, ma al contempo li consuma. Non è cosa da prendere alla leggera» osservò Kokchu con una nota tagliente nella voce. Poi fissò Temuge finché questi non alzò lo sguardo, trasalendo: gli occhi dello sciamano erano stranamente lucidi, e le pupille erano più dilatate e più scure del solito.

«Perché sei venuto questa notte» mormorò Kokchu, «se non per affondare le mani nel buio ancora una volta?»

Temuge inspirò a fondo. Il fumo non gli dava più fastidio e si sentiva leggero, quasi sicuro di sé. «Ho saputo che hai smascherato un traditore, mentre ero a Baotou. Mio fratello, il khan, me lo ha raccontato. Mi ha detto che è stato miracoloso il modo in cui hai scelto quell'uomo dalla fila di guerrieri in ginocchio.»

«Sono cambiate molte cose da allora, figliolo» replicò lo sciamano stringendosi nelle spalle. «Ho sentito l'odore della sua colpa. Imparerai a farlo anche tu.» Si sforzò di mantenere la concentrazione. Era abituato al fumo, e poteva assumerne una quantità maggiore rispetto al suo giovane compagno, tuttavia iniziava a vedere delle lucine lampeggianti ai margini del campo visivo.

Temuge sentiva tutte le sue preoccupazioni dissolversi mentre sedeva davanti a quello strano giovane che, nonostante gli abiti nuovi di seta, puzzava di sangue. «Gengis ha detto che hai posato le mani sulla testa del traditore e hai parlato in una lingua antica» sussurrò, strascicando le parole senza rendersene conto. «L'uomo ha gridato ed è morto davanti a tutti, senza una ferita.»

«Ti piacerebbe saper fare lo stesso, Temuge? Non c'è nessun altro qui, e non devi vergognarti di me. Dillo, pronuncia quelle parole. È questo quello che vuoi?»

Temuge si abbandonò, lasciando cadere le mani sul telo di seta e avvertendone la morbidezza in modo distinto. «Sì, è ciò che voglio.»

Kokchu sorrise, scoprendo le gengive annerite. In realtà non conosceva l'identità del traditore, e non sapeva nemmeno se ve ne fosse uno. Nella mano che aveva premuto contro la testa dell'uomo erano nascosti due minuscoli denti di serpente e una piccola sacca di veleno ricoperta di cera. Gli ci erano volute molte notti per catturare quella vipera, con il rischio di essere morso lui stesso. Sogghignò fra sé, ripensando all'espressione di orrore sul volto del khan quando la vittima era caduta, agonizzante, al semplice tocco della sua mano. Il viso del moribondo era diventato quasi nero, verso la fine, e nessuno si era accorto dei due forellini nascosti sotto i capelli. Kokchu aveva scelto lui per via della ragazza chin con cui era sposato. Aveva suscitato in lui il desiderio, passando accanto alla sua *ger* per andare a prendere l'acqua, e poi aveva osato respingerlo, comportandosi come una donna delle tribù e non come una schiava. Ridacchiò, rammentando come la consapevolezza della verità si era fatta strada negli occhi del marito, prima di scomparire insieme a tutto il resto.

Da quel momento, Kokchu era temuto e onorato nell'accampamento. Nessuno degli altri sciamani aveva osato sfidare la sua autorità dopo quella dimostrazione di potere e lui non era minimamente pentito di quell'inganno: il suo destino era stare accanto al grande khan e trionfare sui nemici, anche se questo avesse comportato la morte di mille persone.

Notò che Temuge, avvolto dal fumo asfissiante, aveva gli occhi vitrei. Chiuse la bocca, imponendosi di tornare serio e concentrato: doveva avere la mente lucida per legare a sé il giovane in modo definitivo.

Lentamente, infilò un dito in un vasetto colmo di una sostanza nera e cremosa e lo tenne sollevato, osservando i minuscoli semi che ne punteggiavano la superficie lucida. Poi si sporse verso Temuge, gli aprì la bocca senza incontrare resistenza, e gli spalmò sulla lingua quella crema nerastra. Sentendone il sapore amaro Temuge tossì, ma prima che potesse sputare avvertì una sensazione di torpore impadronirsi delle sue membra. Gli sembrava di sentire delle voci sussurrare dietro di sé e scosse il capo avanti e indietro per cercare l'origine di quei suoni, lo sguardo vitreo.

«Sogna i sogni più neri, Temuge» disse Kokchu, soddisfatto, «io ti guiderò. Anzi, ancor meglio, ti darò i miei.»

All'alba Kokchu strisciò fuori dalla sua *ger*, i vestiti che puzzavano orribilmente di sudore. Temuge, ancora privo di coscienza, era sdraiato sul pavimento di seta nera e avrebbe dormito per la maggior parte del giorno. Lui non aveva toccato la sostanza nerastra: lo faceva farfugliare e non era sicuro di quanto Temuge avrebbe ricordato svegliandosi. Non gli piaceva cadere in balia degli altri, soprattutto ora che il futuro appariva così radioso. Inspirò a fondo l'aria fresca del mattino, e sentì che la sua mente si snebbiava. Sorrise fra sé tornando alla sua *ger* e spalancando la porta.

La ragazza chin era inginocchiata dove l'aveva lasciata, sul pavimento vicino alla stufa. Era così bella, con la pelle diafana e delicata, che risvegliò con prepotenza il desiderio dello sciamano. Kokchu si rese conto di non aver alcun controllo su di sé, forse a causa del fumo che gli era rimasto nei polmoni. «Quante volte mi hai disobbedito e ti sei alzata?» chiese.

«Mai» rispose lei, tremante.

Fece per sollevarle il viso, ma le sue mani scivolarono via goffamente, facendolo infuriare così tanto che la carezza si trasformò in un violento ceffone che la scaraventò a terra. Rimase a guardarla, ansimando, mentre lei si sollevava carponi e si rimetteva in ginocchio. Quando iniziò a slacciarsi la cintura della *deel*, la fanciulla sollevò il capo; aveva la bocca insanguinata e il labbro inferiore iniziava a gonfiarsi. Quella vista lo infiammò.

«Perché mi fai del male? Che cosa vuoi da me?» chiese la ragazza, con gli occhi colmi di lacrime.

«Voglio averti in mio potere, piccola» rispose Kokchu con un sorriso. «Cos'altro vuole un uomo, se non questo? Ce lo abbiamo nel sangue, tutti. Saremmo tutti tiranni, se solo potessimo.»

17

La pace regnava nella capitale dell'impero, nelle ore che precedevano l'alba. Quella quiete era conseguenza del gozzovigliare della sera precedente, più che del timore degli invasori mongoli. Tutti avevano mangiato e bevuto a sazietà facendo onore alla Festa delle Lanterne. Al tramonto, l'imperatore Wei era salito su un palco, in modo da poter essere visto dalla folla, e mille danzatori, al suono di cimbali e corni, avevano fatto tanto baccano da svegliare i morti. Era rimasto davanti a loro a piedi nudi, in segno di umiltà, mentre un milione di voci urlava: «Diecimila anni! Diecimila anni!».

In occasione della Festa delle Lanterne la notte era bandita e ovunque scintillavano migliaia di fiammelle che facevano brillare la città come un gioiello. Perfino i tre grandi laghi risplendevano, coperti di minuscole barchette sormontate da candele che si riflettevano sulla superficie scura. La Porta dell'Acqua era aperta sul grande canale che si allungava per tremila *li* verso sud, fino alla città di Hangzhou, e le barchette la varcavano trascinate dalla corrente, formando un lungo fiume di fuoco. Al giovane imperatore piaceva assistere a quello spettacolo suggestivo, mentre i fuochi d'artificio illuminavano il cielo a giorno. Tanti bambini sarebbero stati concepiti quella notte, per amore o per violenza; ci sarebbero stati almeno un centinaio di omicidi, e una dozzina di ubriachi sarebbero annegati nei laghi nel tentativo di attraversarli a nuoto. Era sempre così, anno dopo anno.

Si sentiva intrappolato da quei canti di adorazione che echeggiavano da un capo all'altro della città; perfino i mendicanti, gli schiavi e le puttane lo acclamavano, quella notte, e illuminavano le loro catapecchie con preziose lampade a olio. Lui sopportava tutto quanto con il sorriso sulle labbra, ma talvolta il suo sguardo si faceva freddo e duro, e la sua mente lavorava febbrile, escogitando nuovi sistemi per annientare l'esercito che aveva osato entrare nelle sue terre.

I contadini erano all'oscuro della minaccia incombente e perfino i venditori di notizie erano a corto di informazioni perché lui aveva ordinato di tenere a bada i pettegolezzi. Così, malgrado qualche arresto di tanto in tanto, la festa era proseguita regolarmente tra canti, brindisi e fuochi d'artificio. La folla che danzava per le strade gli faceva venire in mente i vermi che si contorcevano sui cadaveri. Poco prima della festa i messaggeri imperiali gli avevano portato brutte notizie: oltre le montagne, le città erano in fiamme.

Quando le prime luci dell'alba rischiararono l'orizzonte, le grida e i canti per le strade finalmente si spensero e l'imperatore si gustò quella tranquillità. Era sparita anche l'ultima barchetta con il suo lumicino e il silenzio veniva rotto solo dall'esplosione di qualche petardo in lontananza. Affacciato a una finestra dei suoi appartamenti privati, l'imperatore Wei fissava le acque scure e immobili del lago Songhai, circondato da centinaia di case sontuose. I nobili più potenti del regno vivevano sulle rive di quello specchio d'acqua, sotto gli occhi dell'uomo dal quale traevano la propria forza. Era in grado di nominare uno per uno i membri delle famiglie aristocratiche che litigavano come vespe ingioiellate e si contendevano il diritto di amministrare le regioni settentrionali dell'impero.

Il fumo e il caos della festa si dissolsero insieme alla bruma mattutina sui laghi. Di fronte a quello scenario d'antica bellezza era difficile credere alla minaccia che incombeva sull'impero, ma la guerra ormai era davvero alle porte. Se solo suo padre fosse stato ancora vivo, pensò. Il vecchio imperatore era stato in grado di sradicare anche la più labile traccia di disobbedienza dai più remoti angoli dell'impero. Wei aveva imparato molto da lui ma ora sentiva insopportabile il peso di quella nuova posizione. Aveva già perduto città che appartenevano ai Chin fin da quando il grande scisma aveva diviso l'impero in due regni, trecento anni prima. I suoi antenati avevano conosciuto un'epoca d'oro, e lui poteva solo sognare di riportare l'impero alla sua antica gloria.

Un sorriso amaro gli incurvò le labbra, mentre pensava a come avrebbe reagito suo padre all'invasione dei Mongoli. Avrebbe imperversato per i corridoi del palazzo, sfogando la rabbia sugli schiavi che gli capitavano a tiro, e avrebbe dato l'ordine di radunare l'esercito. Non aveva mai perduto una battaglia, e la sua sicurezza infondeva fiducia in tutti.

Un leggero colpo di tosse allontanò l'imperatore dai suoi pensieri.

Il Primo Ministro si prostrò davanti a lui fino a toccare il pavimento con la fronte. «Maestà imperiale, il generale Zhi Zhong è qui, come hai chiesto.»

«Fallo entrare, e bada che nessuno ci disturbi» rispose Wei, sedendosi ad aspettare l'uomo che lo avrebbe liberato dagli invasori. Non poteva fare a meno di pensare al re di Xi Xia e a come avesse risposto alla sua richiesta d'aiuto, tre anni prima. Con un profondo senso di vergogna, ricordò le parole sprezzanti che aveva scritto e il perverso piacere che aveva provato. Chi avrebbe mai immaginato, allora, che i Mongoli fossero ben più di un'orda di selvaggi urlanti? Si mordicchiò l'interno di una guancia, riflettendo sul da farsi. Se non fosse riuscito a sconfiggerli rapidamente, avrebbe dovuto trovare un modo per convincere i Tartari ad attaccare gli antichi nemici. L'oro dei Chin poteva vincere le battaglie, esattamente come gli archi e le lance. Rammentò con affetto le parole di suo padre e ancora una volta desiderò che fosse lì per consigliarlo.

Il generale Zhi Zhong era un uomo imponente, con il fisico

di un lottatore e la testa perfettamente rasata. Wei si rese conto di essersi involontariamente raddrizzato al suo ingresso, retaggio delle molte ore che aveva trascorso ad allenarsi assieme a lui, e pensò che fosse rassicurante vedere ancora il suo sguardo feroce e il suo enorme testone, anche se anni prima l'avevano fatto tremare. Quando Zhi Zhong, dopo essersi inchinato di fronte a lui, sollevò il capo e lo squadrò con ferocia, per un istante gli parve di essere ritornato bambino. Dovette fare appello a tutta la propria forza di volontà per parlare con voce ferma. «Stanno arrivando, generale, ho udito i rapporti.»

Zhi Zhong soppesò con lo sguardo il giovane uomo dal volto glabro che gli stava di fronte. Avrebbe preferito di gran lunga avere davanti suo padre. Il vecchio imperatore, a quel punto, sarebbe già entrato in azione. Ma la ruota della vita lo aveva portato via e adesso doveva vedersela con quel ragazzino. Strinse i pugni e raddrizzò ancora di più la schiena. «Hanno al massimo sessantacinquemila guerrieri, Altezza. La cavalleria è superba e sono tutti arcieri straordinariamente abili. Inoltre hanno imparato l'arte dell'assedio e dispongono di macchine da guerra molto potenti. Hanno raggiunto un livello di disciplina che non avevo mai avuto modo di osservare, prima.»

«Non parlarmi di quanto sono forti!» scattò il giovane imperatore. «Dimmi piuttosto come potremo sconfiggerli.»

Il generale non batté ciglio; il suo silenzio fu così eloquente che l'imperatore arrossì e gli fece cenno di proseguire.

«Per battere un nemico dobbiamo *conoscerlo*, mio signore, Figlio del Cielo.» Pronunciò il titolo per aiutarlo a riprendere il controllo e per ricordargli che doveva far fronte a una situazione di crisi. Attese fino a quando l'imperatore non ebbe riacquistato la consueta sicurezza, poi proseguì: «In passato avremmo cercato dei punti deboli nelle loro alleanze, ma non credo che questa volta funzionerà».

«Perché no?» domandò Wei. Perché quell'uomo non gli diceva semplicemente come sconfiggere la gente delle tribù? Da ragazzo si era dovuto sorbire un'infinità di prediche dal generale, e sembrava che nemmeno adesso che era a capo di un intero impero gli avrebbe risparmiato quella pena.

«Mai, in passato, i Mongoli sono riusciti a superare la muraglia esterna, Maestà» replicò Zhi Zhong, stringendosi nelle spalle. «Le fortificazioni non sono più quelle di una volta e il loro esercito non è stato respinto da un'armata più numerosa, come sarebbe successo un tempo. I successi ottenuti li hanno resi superbi.»

Tacque, ma l'imperatore non disse nulla. Lo sguardo del generale perse un po' della propria ferocia. Forse, si disse, il ragazzo stava imparando quando era il momento di tenere la bocca chiusa.

«Abbiamo subìto parecchie perdite per catturare i loro esploratori e condurli qui» riprese. «Negli ultimi giorni ne abbiamo torturati almeno una dozzina, e ora abbiamo una maggiore conoscenza del nemico.» Aggrottò la fronte. «Si sono uniti. Forse l'alleanza si scioglierà con il passare del tempo, ma almeno per quest'anno sono davvero forti. Hanno ingegneri, cosa che non mi sarei mai aspettato, e per giunta possono contare sulle ricchezze degli Xi Xia.» Il generale si interruppe con una smorfia di disprezzo al pensiero dei vecchi alleati. Poi aggiunse: «Sarò felice di marciare sul regno di Xi Xia, quando questa storia sarà finita».

«Gli esploratori, generale» lo incalzò l'imperatore Wei, impaziente.

«Dicono che Gengis goda del favore degli dèi» riprese Zhi Zhong. «Non ho trovato segni di disaffezione fra i prigionieri, ma non smetterò di cercare. È successo in altre occasioni che si siano divisi di fronte alla promessa di potenza e ricchezza.»

«Dimmi come li sconfiggerai, generale» scattò l'imperatore Wei, «o sarò costretto a trovare qualcun altro che lo faccia.»

Zhi Zhong si irrigidì. «Ora che hanno fatto breccia nella muraglia esterna, non siamo in grado di difendere le città sul Fiume Giallo, mio signore. Il territorio è pianeggiante e questo li avvantaggia. Dovrai rassegnarti all'idea di perdere qualche città, mio signore, mentre ci ritiriamo.»

L'imperatore Wei scosse il capo, frustrato, ma il generale proseguì: «Non dobbiamo permettere che siano loro a scegliere dove affrontarci. Linhe cadrà, come sono cadute Xamba e Wuyuan. Baotou, Hohhot, Jining, Xicheng... sono tutte sulla loro strada. Non possiamo salvare quelle città, solo vendicarle».

L'imperatore si alzò in piedi, furibondo. «Dovremo interrompere i commerci e tutti i nostri nemici sapranno che siamo deboli! Ti ho fatto venire qui perché mi dicessi come salvare le terre che ho ereditato, non perché stessi a guardare la loro distruzione al mio fianco.»

«Non possiamo salvarle, Maestà» replicò Zhi Zhong con fermezza. «Anch'io piangerò i morti, quando la guerra sarà finita. Andrò di città in città con il capo coperto di cenere a chiedere perdono. Ma quelle città cadranno, Maestà. Ho dato ordine ai soldati di ripiegare. Sono più utili qui.»

Il giovane imperatore era senza parole. A un tratto si rese conto che stava tormentando la fodera dell'abito e con uno sforzo riprese il controllo. «Bada a come parli, generale. Ho bisogno di una vittoria, e se mi dirai ancora una volta che devo rinunciare alle terre di mio padre, darò ordine che tu venga decapitato all'istante.»

Il generale sostenne lo sguardo furioso dell'imperatore senza batter ciglio. Non c'era più alcuna traccia di debolezza sul viso del giovane, e per un momento gli ricordò suo padre. Forse la guerra lo avrebbe fatto maturare là dove nient'altro ci era riuscito.

«Posso radunare duecentomila uomini per affrontarli, Maestà. Esauriremo le scorte di cibo della città per sfamare i soldati e la popolazione soffrirà la fame, ma la guardia imperiale sarà in grado di mantenere l'ordine. Sceglierò io il campo di battaglia, un luogo dove i Mongoli non potranno travolgerci con la loro cavalleria. Per Lao-Tzu, ti giuro, Figlio del Cielo, che li annienterò. Ho addestrato personalmente molti degli ufficiali e posso garantirti che non falliranno.»

L'imperatore fece cenno a uno schiavo e prese un bicchiere d'acqua dalle sue mani. Non offrì da bere al generale, sebbene quell'uomo avesse tre volte la sua età e la notte fosse calda. L'acqua della Fonte di Giada era destinata esclusivamente alla famiglia imperiale. «Ecco cosa volevo sentire» disse, sorseggiando l'acqua. «Dove avrà luogo la battaglia?»

«Quando tutte le città saranno cadute, i Mongoli punteranno su Yenking. Sanno che questa è la capitale, la città dell'imperatore, e verranno qui. Li fermerò sulle montagne, al passo di Yu-hung, quello che chiamano la "Bocca del Tasso". È abbastanza stretto da ostacolare l'avanzata dei cavalli e lì potremo ucciderli. Non raggiungeranno questa città, lo giuro.»

«Non riusciranno a conquistare Yenking nemmeno se tu dovessi fallire» disse l'imperatore.

Il generale Zhi Zhong lo guardò, chiedendosi se quel giovanotto avesse mai lasciato la città in cui era nato. Si schiarì la gola. «La questione non si porrà: distruggerò il loro esercito lassù e una volta passato l'inverno andrò nelle loro terre d'origine e li cancellerò dalla faccia della terra dal primo all'ultimo. Non riusciranno mai più a risollevarsi.»

L'imperatore si sentì rincuorato, a quelle parole. Se avessero vinto, non avrebbe dovuto affrontare il disprezzo di suo padre nella terra dei morti silenti e non avrebbe dovuto fare ammenda degli errori commessi. Pensò brevemente alle città che i Mongoli avrebbero conquistato, ma subito si sforzò di allontanare le immagini di sangue e fuoco che gli occupavano la mente. Bevve un altro sorso d'acqua. Le avrebbe ricostruite, giurò a se stesso. Il suo esercito avrebbe fatto a pezzi quei selvaggi, oppure li avrebbe inchiodati agli alberi del suo impero e le città sarebbero risorte. Il suo popolo avrebbe conosciuto la potenza dell'imperatore, avrebbe avuto la certezza di essere ancora amato dagli dèi.

«Mio padre mi disse che eri un martello, per i suoi nemici» disse con voce più gentile, posando una mano sulla spalla corazzata di Zhi Zhong. «Ricordati delle città violate, quando avrai la possibilità di vendicarle, e ripaga quelle bestie con la stessa moneta, nel mio nome.»

«Sarà fatto, Maestà» replicò Zhi Zhong, inchinandosi profondamente.

Ho Sa attraversò il vasto accampamento, assorto nei propri pensieri. Da quasi tre anni ormai, per ordine del suo sovrano, si trovava presso il khan dei Mongoli, tanto che a volte faceva fatica a ricordare l'ufficiale xi xia che era stato un tempo. Sicuramente il risvolto positivo era che quella gente lo aveva accettato senza fare domande. Khasar, poi, sembrava trovarlo simpatico, e avevano trascorso molte serate nella sua *ger* a bere *airag*, serviti dalle sue due mogli chin. Ho Sa sorrise fra sé, ripensando a quelle piacevoli serate. Khasar era un uomo generoso, a cui non dispiaceva prestare le mogli a un amico.

Si fermò un momento a ispezionare uno dei fasci di frecce sistemati sotto una struttura di legno e cuoio: i dardi erano perfetti, come sempre. Pur refrattari alle regole, i Mongoli trattavano i propri archi come figli, dedicando loro ogni possibile attenzione.

Da tempo si era reso conto che la gente delle tribù gli piaceva, anche se sentiva ancora la mancanza del tè di casa sua, così diverso dalla poltiglia salata che i Mongoli bevevano per difendersi dal freddo. E il freddo! Ho Sa non aveva mai conosciuto gelo più crudele di quello del primo inverno trascorso nella steppa. Aveva seguito tutti i consigli che gli avevano dato per difendersi, ciò nonostante aveva sofferto terribilmente.

Scosse il capo, chiedendosi che cosa avrebbe fatto il giorno in cui il re lo avrebbe richiamato, come di certo prima o poi sarebbe successo. Avrebbe ubbidito? Gengis lo aveva messo a capo di un'unità di cento soldati, sotto il comando di Khasar, e a Ho Sa piaceva il cameratismo che si era instaurato con gli altri ufficiali. Ciascuno di loro avrebbe potuto comandare delle unità anche nel regno di Xi Xia, ne era sicuro. Gengis non concedeva promozioni a chi non le meritava sul campo, e questo per Ho Sa era motivo di orgoglio: faceva parte del più grande esercito del mondo, era un guerriero e un comandante. Non era cosa da poco godere della fiducia del grande khan.

La *ger* della seconda moglie di Gengis era diversa da tutte le altre: le pareti di feltro erano foderate di seta e un intenso profumo di gelsomino aleggiava nell'aria. Ho Sa lo percepì, e come ogni volta ne fu stupito; non aveva idea di come Chakahai fosse riuscita a ottenere una scorta di quel prezioso tè. Di sicuro in tutti quegli anni lontana da casa la principessa non era mai stata in ozio. Sapeva, per esempio, che molte donne xi xia e chin si incontravano regolarmente nella sua *ger*. Quando il marito di una donna si era opposto, lei aveva fatto intervenire Gengis e da allora lei era stata libera di farle visita. Era bastata una sola parola al momento giusto.

Ho Sa sorrise inchinandosi davanti alla giovane principessa xi xia mentre due giovani serve chin lo aiutavano a togliere la pesante *deel* invernale.

«Che tu sia il benvenuto nella mia casa» disse Chakahai, inchinandosi a sua volta. «È stato gentile da parte tua venire.»

Aveva usato la lingua dei Chin, ma l'accento era quello della loro patria e Ho Sa sospirò, nell'udire quelle parole familiari, sapendo che lei le aveva pronunciate per fargli piacere.

«Sei la figlia del mio re e la moglie del mio khan» replicò lui inchinandosi. «Sono il tuo servo.»

«D'accordo, Ho Sa, ma siamo anche amici, spero.»

Raddrizzandosi, Ho Sa accettò una tazza di tè, annusandone con piacere la fragranza. «Naturalmente. Ma cos'è questo? Non sentivo questo profumo...» Inspirò profondamente e la nostalgia di casa lo colpì con la forza di un maglio.

«Mio padre mi manda un po' di tè quando invia a Gengis il suo tributo annuale. Le tribù spesso lo lasciano diventare vecchio, ma questo fa parte dell'ultima partita.»

Ho Sa sedette con cautela, stringendo la tazza tra le mani mentre sorseggiava il liquido caldo. «Sei stata molto gentile a pensare a me.»

Non intendeva farle pressione, anche se era curioso di sapere il motivo per cui lo aveva mandato a chiamare. Non era prudente trascorrere troppo tempo insieme. Anche se poteva apparire naturale che due xi xia apprezzassero la reciproca compagnia, un uomo non faceva visita alla moglie del suo khan senza una ragione precisa. In due anni, lui e la principessa si erano incontrati sì e no una mezza dozzina di volte.

Prima che Chakahai potesse replicare entrò Yao Shu, che si inchinò davanti alla padrona di casa tenendo le mani giunte davanti a sé. Ho Sa osservò divertito il monaco prendere una tazza di tè e aspirarne voluttuosamente il profumo, ma subito dopo si accigliò. Era già abbastanza pericoloso incontrare in privato la moglie del khan, ma adesso avrebbero rischiato di essere accusati di cospirazione. I suoi timori crebbero ulteriormente quando le due schiave si inchinarono e li lasciarono soli. Fece per alzarsi, dimentico del tè, ma Chakahai gli posò una mano sul braccio, invitandolo a stare seduto. Così fece, nonostante fosse a disagio. La principessa lo fissò con i grandi occhi neri. Era molto bella e intorno a lei non aleggiava l'odore di grasso di montone irrancidito che si sentiva ovunque nell'accampamento. Quando le sue dita aggraziate toccarono la sua pelle, sentì un brivido corrergli lungo la schiena.

«Sei mio ospite, Ho Sa. Ti ho invitato qui e sarebbe un'offesa se te ne andassi via adesso, no? Parla liberamente, perché io non conosco ancora bene le abitudini di questa gente.»

Era un rimprovero e al tempo stesso una bugia, perché Chakahai conosceva benissimo le usanze dei Mongoli e le loro sottigliezze. Ho Sa rammentò a se stesso che era figlia di un re e che nonostante l'apparente innocenza aveva dimestichezza con gli intrighi di corte. Si mise di nuovo a sedere, e si costrinse a sorseggiare il tè come se niente fosse.

«Nessuno può sentirci, qui» proseguì lei. «Temi che io voglia coinvolgerti in un complotto, Ho Sa, ma non è affatto così, credimi. Sono la seconda moglie del khan, gli ho dato un figlio e una figlia. Tu sei uno dei suoi ufficiali più fidati e Yao Shu ha insegnato agli altri figli di mio marito la lingua dei Chin e le arti marziali. Nessuno avrà il coraggio di spettegolare su di noi, e se scoprissi che qualcuno abbia osato tanto ordinerei che gli fosse tagliata la lingua.»

Ho Sa guardò la delicata fanciulla proferire quelle spaventose minacce e si domandò se sarebbe stata in grado di metterle in pratica. Quanti amici aveva nell'accampamento? Quanti schiavi chin e xi xia? "Sì, ne avrebbe il potere" decise infine. Si costrinse a sorridere, anche se si sentiva gelare. «Dunque, eccoci qui, Altezza, tre amici che bevono una tazza di tè insieme. Finirò la mia tazza, e poi me ne andrò.»

Chakahai sospirò e sotto gli sguardi sbigottiti dei due uomini i suoi occhi si colmarono di lacrime. «Sono condannata a essere sempre sola, dunque? Anche voi sospettate di me?» sussurrò.

Ho Sa non avrebbe mai osato protendersi a toccare un membro della famiglia reale, ma Yao Shu non aveva le sue inibizioni e le cinse le spalle con un braccio, lasciando che posasse il capo sul suo petto.

«Non sei sola» disse Ho Sa con dolcezza, «ma devi capire che tuo padre mi ha ceduto a tuo marito. È vero, per un momento ho pensato che potessi cospirare contro di lui. Per quale motivo, altrimenti, ci avresti invitato qui e avresti mandato via le tue schiave?»

La principessa si raddrizzò, scostando una ciocca di capelli che le era caduta sul viso. «Tu sei l'unico xi xia in questo accampamento» disse con voce decisa, le lacrime ormai dimenticate. «E Yao Shu è l'unico chin che non sia un soldato. Non tradirei mai mio marito, Ho Sa, né per te né per mille uomini. Ma ho dei figli, e una donna deve guardare al futuro. Resteremo seduti qui a guardare mentre l'impero Chin viene messo a ferro e fuoco? Permetteremo che l'ultimo baluardo di civiltà venga fatto a pezzi, senza dire *niente*?» Si volse a Yao Shu, che l'ascoltava attentamente. «Che ne sarà del buddhismo, amico mio? Lascerai che questa gente lo cancelli dalla faccia della terra?»

«Se ciò in cui credo potesse essere cancellato, mia signora, non avrei fede e non vivrei secondo i suoi princìpi» replicò Yao Shu. «Ma ciò in cui credo sopravvivrà alla guerra con i Chin, anche se i Chin stessi non dovessero farcela. Gli uomini si affannano per diventare imperatori e re, ma quei titoli sono senza importanza. Ci sarà sempre bisogno di coltivare i campi e le città saranno sempre ricettacoli di vizi e corruzione.» Si strinse nelle spalle. «Nessun uomo sa cosa il futuro ha in serbo per lui. Tuo marito ha permesso che i suoi figli venissero istruiti da me, e forse prima o poi le parole del Buddha germoglieranno in uno di loro. Tuttavia è sciocco cercare di guardare così lontano.»

«Ha ragione, Maestà» intervenne Ho Sa. «Sono la paura e la solitudine a farti parlare in questo modo, ora lo capisco. Non avevo considerato quanto sia difficile per te accettare tutto questo.» Trasse un respiro profondo, sapendo che stava giocando con il fuoco. Tuttavia, ammaliato dalla sua dolce presenza, disse: «Io ti sono amico, lo hai detto tu stessa».

Chakahai sorrise, gli occhi nuovamente lucidi di lacrime. Tese le mani, e i due uomini strinsero fra le proprie le sue fragili dita gelate. «Forse è così, ho avuto paura» disse. «Ho immaginato la città di mio padre devastata e il mio cuore trema per l'imperatore chin e la sua famiglia. Credete che possano sopravvivere a questa guerra?»

«Tutti gli uomini sono destinati a morire» replicò solenne Yao Shu, prima che Ho Sa potesse aprire bocca. «Le nostre vite sono come uccelli che volano davanti a una finestra illuminata per poi tornare nel buio. Ciò che importa è non causare sofferenza e difendere le creature più deboli. Solo così la nostra vita diventa un lampo di luce in grado di rischiarare le tenebre per molte vite future.»

Ho Sa guardò il monaco dalla testa rasata e lucente. Non era d'accordo con le sue parole e quasi rabbrividiva all'idea di un'esistenza così seria e priva di allegria. Preferiva la semplice filosofia di Khasar, convinto che il padre celeste non gli avesse dato tanta forza perché la sprecasse. Se un uomo era capace di sollevare una spada doveva usarla. E i deboli erano i nemici migliori: difficilmente sarebbero stati in grado di accoltellare l'avversario approfittando di una sua distrazione. Tuttavia, non disse nulla e notò soddisfatto che Chakahai si era tranquillizzata.

«Sei un uomo buono, Yao Shu, l'ho capito subito» disse la principessa, annuendo. «I figli di mio marito impareranno molto da te, ne sono certa. Forse un giorno avranno un cuore buddhista.» Si alzò di scatto, tanto che Ho Sa sobbalzò, rischiando di versarsi addosso il tè ormai freddo. «La nostra è un'antica cultura» aggiunse Chakahai, «e credo che dovremmo trasmetterla a questo popolo.»

Ho Sa lanciò un'occhiata sconcertata alla principessa, prima di alzarsi e di prendere congedo. Terminati i convenevoli di rito uscì all'aperto insieme a Yao Shu. I due uomini si squadrarono per un istante, per poi far ritorno alle rispettive *ger* prendendo vie separate.

18

La pace e l'ordine che di solito regnavano nella caserma imperiale di Baotou avevano lasciato il posto a un grande fermento mentre i soldati caricavano il loro equipaggiamento sui carri. Durante la notte era arrivato l'ordine di trasferimento da Yenking, e il comandante Lujan non aveva perso tempo. I Mongoli non dovevano trovare niente che fosse di valore, e tutto quello che i soldati non riuscivano a portare con sé doveva essere distrutto. Alcuni dei suoi uomini erano già all'opera per frantumare con meticolosa efficienza tutte le frecce e le lance in soprannumero.

Da quando era giunto l'ordine di abbandonare la città, Lujan non aveva più dormito: i soldati di stanza a Baotou erano lì da quasi quattro anni e molti si erano fatti una famiglia. Ma il generale Zhi Zhong, con la sua lettera, di certo non si era preoccupato di questo aspetto.

Probabilmente sarebbe stato degradato, o peggio, se avesse consentito ai soldati di portare con sé le proprie famiglie, ma non se la sentiva di lasciarli al nemico. Vide un gruppo di ragazzini sistemarsi su un carro e guardarsi intorno con occhi spaventati. Baotou era tutto il loro mondo e adesso, nel volgere di una sola notte, dovevano abbandonare ogni cosa e trasferirsi nella caserma più vicina. Lujan sospirò. Le persone coinvolte erano tante e non era stato possibile mantenere il segreto. Com'era prevedibile, i mariti avevano parlato con le mogli, queste avevano avvisato le amiche e la notizia aveva fatto il giro della città in un batter d'occhio. Forse era proprio per questo che gli ordini non contemplavano l'evacuazione delle famiglie, considerò Lujan.

Scosse il capo, sforzandosi di ignorare le grida terrorizzate che giungevano dall'esterno della caserma. Lì fuori si era radunata una gran folla, ma lui non poteva salvarli tutti e non aveva intenzione di disobbedire agli ordini. In cuor suo, anche se ne provava vergogna, era sollevato all'idea di non dover affrontare l'esercito mongolo.

Il sole era già sorto e temeva di essersi già attardato troppo. Se non avesse deciso di portar via da Baotou anche le famiglie dei soldati, avrebbero potuto scivolare fuori dalla città durante la notte, e non sarebbero stati costretti a passare fra due ali di folla ostile in pieno giorno. La porta della città distava appena quattrocento passi dalla caserma, ma sarebbe stata una carneficina se si fossero dovuti aprire la strada combattendo, pensò.

Due dei suoi uomini gli si avvicinarono di corsa mentre si occupavano degli ultimi preparativi. Non lo riconobbero, ma Lujan avvertì chiaramente la rabbia che li animava all'idea di dover abbandonare le amanti o gli amici. Ci sarebbero stati disordini una volta che la guarnigione avesse lasciato la città, e i membri delle tong si sarebbero riversati per le strade. Alcuni di loro erano criminali incalliti, feroci come cani selvatici che si riusciva a tenere a bada soltanto con la forza. Una volta partiti, i soldati avrebbero imperversato nelle strade in un crescendo di violenza fino a quando il nemico non fosse giunto a fare piazza pulita.

Per soffocare la preoccupazione, Lujan cercò di mettere a punto un piano per portare soldati e carri fuori dalla città senza problemi. Aveva disposto lungo tutta la colonna degli arcieri armati di balestra con l'ordine di lanciare le frecce sulla folla in caso di attacco. Se non fosse stato sufficiente, sarebbero intervenuti i picchieri in modo da consentire loro di lasciare Baotou. In ogni caso, quella fuga era un atto di vigliaccheria e doverla organizzare non era certo motivo d'orgoglio.

Un soldato di quelli che montavano la guardia davanti alla caserma lo raggiunse di corsa e per un istante Lujan pensò che la rivolta fosse già iniziata.

«Signore, c'è un uomo che chiede di parlarti. Gli ho detto di andarsene, ma mi ha consegnato questo oggetto per te, sicuro che lo avresti incontrato.»

Con una smorfia, Lujan guardò il frammento di conchiglia blu con impresso il monogramma di Chen Yi. Non aveva alcuna voglia di incontrarlo, ma i carri erano quasi pronti e gli uomini erano già schierati davanti alla porta in attesa del segnale di partenza. Annuì. «Conducilo qui, ma assicurati che nessuno riesca a entrare insieme a lui.»

Il soldato corse via e Lujan rimase ancora una volta solo con i propri pensieri. Chen Yi sarebbe morto insieme agli altri e nessuno avrebbe mai saputo dell'accordo che avevano stretto tanti anni prima. Era stato conveniente per entrambi, certo, ma ora l'idea di essere finalmente libero dalla sua influenza non gli dispiaceva affatto. Si sforzò di non cedere alla stanchezza quando il soldato tornò con il capo della Tong Blu. «Non posso fare niente per te, Chen Yi» gli disse. «Ho ordine di ritirarmi da Baotou e di unirmi all'esercito che si sta radunando davanti a Yenking. Non posso aiutarti.»

In quel momento notò che Chen Yi portava la spada al fianco. In teoria avrebbe dovuto consegnarla alle guardie prima di entrare, ma quel giorno tutte le regole erano saltate.

«Pensavo che avresti mentito» disse Chen Yi, «che mi avresti detto che state uscendo per un'esercitazione. Naturalmente non ti avrei creduto.»

«Sarai stato uno dei primi a sapere, immagino» replicò Lujan stringendosi nelle spalle. «Devo eseguire degli ordini.»

«E lascerai che Baotou sia rasa al suolo? Per anni ci avete ripetuto che siete i nostri protettori, e ora che siamo davvero in pericolo fuggite?»

Lujan arrossì. «Sono un soldato, Chen Yi. Quando il mio generale mi ordina di marciare, io marcio. Mi dispiace.»

«Vedo che hai permesso ai tuoi uomini di portare al sicuro mogli e figli» osservò Chen Yi. Era rosso in viso, ma Lujan non avrebbe saputo dire se per la rabbia o perché aveva corso fino alla caserma. «Tua moglie e i tuoi figli non correranno rischi, quando arriveranno i Mongoli.»

Lujan guardò i soldati. Molti stavano guardandolo, in attesa di un suo ordine per mettersi in marcia. «Ho approfittato della mia autorità, amico mio.»

«Non chiamare amico un uomo che stai per consegnare alla morte» ringhiò Chen Yi, così irato che Lujan non riuscì a sostenere il suo sguardo. «Prima o poi la ruota della fortuna girerà, Lujan, e allora i tuoi signori pagheranno per la loro crudeltà e tu per questa vergogna.»

«Devo andare, adesso» replicò Lujan, fissando un punto lontano. «Tu potresti sgomberare la città prima dell'arrivo dei Mongoli. Potresti salvare molte vite, se lo ordinassi.»

«Forse lo farò. Dopotutto, quando ve ne sarete andati da Baotou, qui non ci saranno altre autorità.»

Entrambi sapevano che era impossibile evacuare la popolazione. L'esercito mongolo si trovava a meno di due giorni dalla città e anche se avessero utilizzato ogni imbarcazione disponibile per fuggire lungo il fiume, non ci sarebbe stato spazio abbastanza per tutti. Gli abitanti di Baotou sarebbero stati massacrati durante la fuga e il loro sangue avrebbe tinto di rosso le risaie. «Buona fortuna» mormorò Lujan con un sospiro. Si era già attardato troppo.

Guardò Chen Yi, chiedendosi il motivo dell'incomprensibile luce di trionfo che a tratti gli leggeva negli occhi. Ma anziché domandargli spiegazioni si allontanò a grandi passi verso la testa della colonna e montò a cavallo. Poco dopo il portone della caserma si aprì e la folla si zittì immediatamente.

La gente si accalcava ai lati della strada, fissando con odio i soldati e i carri pronti a partire. Mentre la colonna si metteva in movimento, Lujan ordinò agli arcieri di tenersi pronti. Il silenzio era agghiacciante, e l'idea che da un momento all'altro sarebbe potuto scoppiare qualche tafferuglio lo preoccupava non poco. I soldati giocherellavano nervosamente con spade e picche, cercando di non guardare le persone che conoscevano. Di certo la scena era la stessa anche davanti alle altre caserme, pensò Lujan. Le colonne, tre in tutto, si sarebbero dovute incontrare fuori dalla città per dirigersi insieme a est, verso Yenking e il passo detto Bocca del Tasso. Per la prima volta nella storia, Baotou sarebbe rimasta priva di difese.

Chen Yi osservò la colonna di soldati che si allontanava verso la porta del fiume. Lujan non poteva sapere che in mezzo alla folla si trovavano molti dei suoi uomini, a cui lui stesso aveva ordinato di tenere a bada i cittadini più riottosi. Non voleva che Lujan ritardasse la partenza, e al contempo non aveva resistito alla tentazione di andare alla caserma ad assistere alla vergogna. Lujan era stato dalla sua parte per molti anni, anche se non erano mai diventati amici. Sapeva quanto gli costava andarsene da Baotou, e si era gustato ogni momento della sua umiliazione. A stento riusciva a celare la propria immensa soddisfazione. Nessuno avrebbe opposto resistenza all'arrivo dei Mongoli, nessuno avrebbe ricevuto ordine di combattere. Il tradimento dell'imperatore aveva consegnato Baotou a Chen Yi nel volgere di un solo mattino.

Rimase a guardare la colonna di soldati che si allontanava verso il fiume. Ora tutto dipendeva dal senso dell'onore dei due fratelli mongoli che aveva aiutato. Ancora una volta si chiese se aveva fatto bene a fidarsi di Khasar e Temuge, o se la loro gente avrebbe distrutto la sua preziosa città. Mentre la folla, immersa in un innaturale silenzio, osservava gli ultimi carri scomparire oltre le mura, Chen Yi innalzò una preghiera agli spiriti dei suoi antenati e poi, rammentando il suo servitore mongolo, Quishan, pregò anche il padre celeste di quello strano popolo perché lo aiutasse nei giorni a venire.

Appoggiato alla recinzione di legno di un ovile, Gengis guardava sorridendo il figlio Chagatai. Quella mattina, per i suoi dieci anni, gli aveva regalato un'armatura fatta su misura per la sua corporatura minuta. Il ragazzino era ancora troppo giovane per unirsi ai guerrieri in battaglia, ma era stato felice del regalo e aveva trascorso la mattinata a galoppare sul suo nuovo cavallo intorno all'accampamento, per mostrare a tutti il dono che aveva ricevuto. Molti sorridevano vedendolo passare agitando l'arco e alternando risate e grida di battaglia.

Raddrizzandosi, Gengis fece scorrere una mano sul pesante tessuto bianco della tenda che avevano innalzato davanti alle mura di Baotou. Era molto diversa dalle ger della sua gente, e per gli abitanti della città non sarebbe stato difficile identificarla. Pur essendo alta il doppio della sua ger, non era altrettanto solida e tremava a ogni raffica di vento, lembi di tessuto che ondeggiavano come mossi da un potente respiro.

Baotou era lì davanti a loro, vicinissima, e Gengis si chiese se i suoi fratelli avessero giudicato correttamente l'uomo che li aveva aiutati, Chen Yi. Gli esploratori, rientrando all'accampamento, avevano riferito di aver visto una colonna di soldati che si allontanava dalla città, il giorno precedente, e alcuni dei guerrieri più giovani si erano avvicinati abbastanza da ucciderne qualcuno con gli archi, prima di essere respinti. Stando a quanto avevano riferito, non doveva essere rimasto nessuno a difendere Baotou, e Gengis era di buon umore: in un modo o nell'altro la città sarebbe caduta, esattamente come tutte le altre.

Aveva parlato con il capomastro di Baotou, che lo aveva rassicurato sul conto di Chen Yi. Del resto, anche la famiglia di Lian si trovava all'interno delle mura che lui aveva aiutato a costruire e aveva tutte le ragioni per desiderare una resa pacifica.

Gengis fissò la tenda bianca. Gli abitanti di Baotou avevano tempo fino al tramonto per arrendersi. L'indomani avrebbero visto la tenda rossa, e a quel punto nessun accordo avrebbe più avuto importanza.

Sentendosi osservato, si voltò: il figlio maggiore, Jochi, stava fissandolo in silenzio, dall'altra parte del recinto delle capre. Nonostante la promessa fatta a Borte, Gengis si rese conto che la sua reazione era quella di chi è stato sfidato. Sostenne con freddezza lo sguardo del ragazzino fino a quando lui non distolse gli occhi, e solo allora parlò: «Fra un mese sarà il tuo compleanno» disse. «Farò preparare per te un'altra armatura.»

«Compirò dodici anni» replicò Jochi con aria di sufficienza, «e fra non molto potrò cavalcare con i guerrieri. Fino a quel momento, non ha senso che cavalchi per gioco come un bambino.»

Irritato perché il ragazzo aveva rifiutato la sua generosa offerta, Gengis stava per ribattere, ma Chagatai interruppe la loro conversazione. Si avvicinò al galoppo e balzò a terra agile come uno scoiattolo, correndo a legare le redini a un palo del recinto. Gengis non poté fare a meno di sorridere della sua esuberanza, sebbene avvertisse lo sguardo di Jochi fisso su di sé.

Chagatai fece un cenno alla silenziosa città di Baotou, distante meno di un miglio. «Perché non attacchiamo quella città, padre?» chiese, lanciando un'occhiata a Jochi.

«Perché i tuoi zii hanno fatto una promessa a un uomo che vive laggiù» replicò Gengis con pazienza. «In segno di ringraziamento per averci dato il capomastro che ci ha insegnato a conquistare le città, Baotou sarà risparmiata.» Tacque per un momento, e poi aggiunse: «A patto che si arrendano oggi».

«E domani cosa succederà?» intervenne d'un tratto Jochi. «Un'altra città e poi un'altra ancora?» Quando Gengis si girò verso di lui, il ragazzino si raddrizzò con fierezza. «Passeremo la vita a conquistare terre, una dopo l'altra?»

Gengis sentì il sangue andargli alla testa, ma rammentando lo scambio avuto con Borte si costrinse a rimanere calmo. «Non stiamo giocando» rispose. «Non ho scelto di distruggere le città dei Chin perché mi piacciono le mosche e il caldo di questa terra. Sono qui, *tu* sei qui, perché i Chin ci hanno oppresso per generazioni. A causa del loro oro, le tribù hanno combattuto le une contro le altre fin da tempi immemorabili. E se per caso riuscivamo a vivere in pace per un'intera generazione, loro ci scatenavano contro i Tartari, come un'orda di cani selvatici.»

«Ora non possono più farlo» replicò Jochi. «I Tartari sono stati sconfitti e noi siamo una nazione, lo hai detto tu stesso. Siamo troppo forti. Dunque adesso è la sete di vendetta a guidarci?»

Gli interessava davvero conoscere la risposta, ma non osava guardare il padre negli occhi e si limitava a sbirciarlo di sottecchi.

«Per te, la storia è soltanto un bel racconto» sbuffò suo padre. «Non eri nemmeno nato quando le tribù erano divise, non sai nulla di quel tempo e forse non puoi capire. È vero, in parte è la sete di vendetta che ci spinge. I nostri nemici devono sapere che non possono sottometterci senza scatenare una tempesta.» Sguainò la spada del padre e la girò verso il sole, in modo che riflettesse una lama di luce sul viso di Jochi. «Questa è un'arma eccellente, forgiata da un fabbro straordinario, ma se la seppellissi nel terreno, per quanto tempo resterebbe affilata?»

«Significa che le tribù sono come questa spada» disse Jochi, sorprendendolo.

«Può darsi» replicò Gengis, irritato per essere stato interrotto. Quel ragazzino era un po' troppo acuto per i suoi gusti. «Tutto quello che ho vinto può andare perduto, magari per colpa di un unico figlio sciocco che non ha la pazienza di ascoltare suo padre.»

Jochi sorrise e Gengis si rese conto che con quelle parole lo aveva riconosciuto come figlio, proprio mentre stava cercando di cancellargli quell'espressione arrogante dalla faccia. Aprì il cancello del recinto ed entrò, sollevando la spada. Le capre fuggirono verso l'angolo più lontano da lui, accalcandosi, salendo l'una sull'altra e belando penosamente.

«Visto che sei così intelligente, Jochi, dimmi, cosa accadrebbe se queste capre mi attaccassero?»

«Le uccideresti tutte» intervenne in fretta Chagatai, ansioso di essere coinvolto in quella sfida.

«Ti travolgerebbero» rispose invece Jochi, ignorando il fratello. «Vuoi dire che siamo capre, unite in una nazione?»

Sembrava divertito, e Gengis perse la pazienza. Di scatto tese un braccio e afferrò il figlio per il bavero della *deel*, mandandolo a ruzzolare fra le capre, che si dispersero belando spaventate.

«Noi siamo il *lupo*, ragazzino, e il lupo non si preoccupa delle bestie che uccide. Non si preoccupa di quello che potrebbe accadere finché le sue fauci e i suoi artigli sono tinti di sangue e fin quando avrà annientato tutti i nemici. E se ti azzardi a prendermi in giro un'altra volta, ti spedisco a far loro compagnia.»

Jochi si alzò in piedi, il viso inespressivo come una maschera. Se fosse stato Chagatai a reagire in quella maniera, il padre sarebbe stato fiero di tanta disciplina, invece Gengis e Jochi rimasero a fronteggiarsi in silenzio. Nessuno dei due voleva essere il primo a distogliere lo sguardo, ma Jochi era soltanto un bambino e dovette arrendersi. Con gli occhi colmi di lacrime per la frustrazione, si voltò e scavalcò il recinto. Gengis trasse un respiro profondo, cercando di smorzare l'ira che lo aveva travolto.

«Non devi pensare che finita questa guerra torneremo a una vita tranquilla» disse. «Siamo guerrieri e dedicare la mia giovinezza a distruggere la potenza dell'imperatore Chin mi colma di gioia. La sua famiglia ha governato a sufficienza, adesso è la volta della *mia* famiglia. Non metteranno mai più le loro gelide mani su di noi.»

Jochi respirava affannosamente, ma riuscì a controllarsi a sufficienza per porgli un'altra domanda: «Vuoi dire che non finirà mai? Che quando sarai vecchio e canuto continuerai a cercare nemici da combattere?».

«Se ce ne saranno ancora, sì» rispose Gengis. «Ciò che ho cominciato non si può lasciare a metà. Se perderemo coraggio, se esiteremo, in un batter d'occhio ce li ritroveremo addosso tutti quanti.» Si sforzò di trovare delle parole che risollevassero l'animo di Jochi. «Ma quando verrà quel momento, i miei figli saranno abbastanza grandi da conquistare nuove terre. Saranno re. Mangeranno cibi succulenti e porteranno spade tempestate di pietre preziose. Non penseranno più a quanto ho fatto per loro.»

Khasar e Temuge erano usciti dall'accampamento per vedere meglio le mura di Baotou. Il sole era basso sull'orizzonte, ma la giornata era stata calda ed entrambi affannavano in quell'aria afosa. Fra i monti della loro terra non sudavano mai e lo sporco si staccava come polvere dalla loro pelle. Nelle terre dei Chin, invece, i loro corpi si insudiciavano e le mosche li tormentavano costantemente. Temuge, specialmente, appariva pallido e malaticcio, e il suo stomaco brontolava mentre ripensava all'ultima volta che aveva visto la città. Negli ultimi tempi aveva trascorso parecchie sere nella *ger* piena di fumo di Kokchu, ed era ancora turbato da alcune sensazioni che aveva provato. Fu colto da un improvviso accesso di tosse, che lo lasciò spossato e ancor più pallido di prima.

Khasar aspettò che si riprendesse, guardandolo senza ombra di simpatia. «Sei ridotto male, fratellino. Se fossi un cavallo, ti ucciderei per dare da mangiare alle tribù.»

«Non capisci niente, come al solito» replicò Temuge con voce fievole, asciugandosi la bocca con il dorso della mano. Il rossore stava scomparendo dalle sue guance, e la sua pelle sembrava di cera.

«Capisco che ti stai ammazzando per baciare i piedi di quello schifoso sciamano» ribatté Khasar. «Cominci perfino a puzzare come lui.»

Temuge avrebbe potuto ignorare la frecciata del fratello, ma nei suoi occhi scorse una diffidenza che non aveva mai visto prima. L'aveva già notata in altri che lo collegavano allo sciamano del grande khan. Non era esattamente paura, a meno che non si intendesse il timore dell'ignoto, e fino a quel momento l'aveva sempre attribuita a semplice ignoranza. Ma ritrovarla ora nello sguardo del fratello gli procurò uno strano piacere. «Ho imparato molto da quell'uomo, fratello» disse. «A volte le cose che ho visto mi hanno spaventato.»

«Nelle tribù si mormorano un sacco di cose su di lui, tutte poco promettenti» mormorò Khasar. «Ho sentito che prende i neonati dalle madri che non li vogliono tenere e nessuno sa cosa ne faccia. Dicono anche che abbia ucciso un uomo semplicemente toccandolo» aggiunse, fissando le mura di Baotou.

«Ho imparato a chiamare la morte in questo modo» mentì Temuge, «la notte scorsa, mentre dormivi. È stato terribile ed è per questo che oggi tossisco così. Ma il mio corpo si riprenderà.»

Khasar guardò di sottecchi il fratello, cercando di capire se stesse dicendo la verità. «Sono sicuro che si è trattato di un trucco» disse.

Temuge sorrise. Le gengive macchiate di nero davano alla sua bocca un aspetto raccapricciante. «Non devi temere la mia sapienza, fratello» replicò con dolcezza. «La conoscenza non è pericolosa. Solo l'uomo lo è.»

«Sono queste le scemenze che ti insegna Kokchu?» sbottò Khasar. «Sembra di sentire quel monaco buddhista, Yao Shu. Almeno lui non ha paura dello sciamano. Quando si incontrano, sembrano due montoni a primavera.»

«Il monaco è uno sciocco» scattò Temuge. «Non dovrebbe essere lui a occuparsi dell'istruzione dei figli di Gengis. Uno di loro potrebbe diventare khan, un giorno, e questo "buddhismo" potrebbe rammollirlo.»

«Non se sarà quel monaco a insegnarglielo» sorrise Khasar. «Sa spaccare una tavola con le mani nude, ed è più di quanto sappia fare Kokchu. Mi piace, anche se riesce a farsi capire con difficoltà.»

«*Sa spaccare una tavola*» ripeté Temuge, facendo il verso al fratello. «C'era da aspettarselo che una cosa del genere ti avrebbe impressionato. Ma è lui che tiene lontani dall'accampamento gli spiriti malvagi nelle notti senza luna? No, lui raccoglie legna da ardere.»

Khasar sentì montare la rabbia. C'era qualcosa, in quella nuova sicurezza di Temuge, che lo faceva sentire a disagio, anche se non avrebbe saputo dire esattamente che cosa fosse.

«Non ho mai visto uno di questi spiriti chin che Kokchu dice di allontanare, mentre so che la legna da ardere mi serve.» Rise, vedendo Temuge avvampare di rabbia, e aggiunse: «Se dovessi scegliere fra i due, preferirei di gran lunga un uomo che sa combattere come il monaco e correrei il rischio di imbattermi in questi spiriti chin».

Furibondo, Temuge alzò il braccio contro il fratello e, con suo grande stupore, Khasar fece un passo indietro. Quell'uomo che non si sarebbe tirato indietro di fronte a un drappello di soldati armati era indietreggiato davanti a lui, la mano sull'elsa della spada. Tutto ciò era così assurdo che Temuge fu sul punto di scoppiare a ridere. Avrebbe voluto far notare a Khasar il lato comico della situazione, avrebbe voluto ricordargli che un tempo erano amici, ma il gelo si insinuò dentro di lui e Temuge segretamente esultò del timore che aveva visto negli occhi del fratello. «Non prenderti gioco degli spiriti, Khasar, e nemmeno degli uomini che li controllano. Non hai percorso i sentieri della luna, non hai visto quello che ho visto io. Sarei morto molte volte, se Kokchu non fosse stato lì a riportarmi alla vita.»

Khasar scosse il capo, rendendosi conto che il fratello aveva notato la sua reazione. Una parte di lui non credeva che il piccolo Temuge potesse sapere cose a lui sconosciute, ma i misteri esistevano e dopotutto Kokchu si era davvero ferito con il pugnale senza versare una sola goccia di sangue. Scoccò al fratello uno sguardo frustrato, poi girò sui tacchi e tornò alla sua *ger* e al suo mondo.

Rimasto solo, Temuge avrebbe voluto lanciare un grido di

trionfo. Mentre guardava Baotou, la porta della città si aprì e nell'accampamento alle sue spalle i corni squillarono chiamando a raccolta i guerrieri. "Che corrano" pensò, ancora ebbro della vittoria sul fratello. Il malessere era passato e si avviò con passo deciso verso la città, domandandosi se Chen Yi li avrebbe traditi e avesse piazzato degli arcieri sulle mura. Poi si rese conto che in fondo non gli importava: si sentiva invulnerabile e leggero.

19

La città di Baotou era immersa nel silenzio, quando Chen Yi accolse Gengis in casa sua. Insieme a lui c'era Ho Sa, e Chen Yi si inchinò profondamente davanti ai due uomini, riconoscendo che la promessa era stata mantenuta.

«Sei il benvenuto nella mia casa» disse Chen Yi nella lingua delle tribù.

Il khan torreggiava su di lui, più alto perfino di Khasar. Indossava un'armatura completa e portava una spada al fianco. Chen Yi avvertiva chiaramente la sua forza interiore, non aveva mai conosciuto un uomo di tal fatta.

Gengis si limitò a rispondere al suo saluto con un cenno del capo mentre a grandi passi si introduceva nel cortile. Chen Yi faceva loro strada e nella fretta non notò lo sguardo che il khan lanciò al gigantesco tetto dell'edificio. Ho Sa e Temuge gli avevano descritto ogni particolare, ma lui era curioso di vedere di persona come vivevano le persone abbienti in una città.

All'esterno, le strade si erano svuotate dei soliti mendicanti e tutti gli abitanti di Baotou si erano barricati nelle case per sfuggire agli uomini delle tribù che vagavano sbirciando attraverso porte e finestre alla ricerca di oggetti di valore. Gengis aveva ordinato di non fare razzia, ma nessuno pensava che l'ordine riguardasse anche le riserve di vino di riso. Persino le immagini degli dèi domestici erano molto ambite; gli uomini delle tribù pensavano di non avere mai abbastanza protezione nelle loro *ger* e raccoglievano ogni statuetta che apparisse loro sufficientemente potente.

Una guardia d'onore di guerrieri aspettava fuori dai cancelli, ma Gengis avrebbe potuto tranquillamente camminare per la città senza scorta. L'unico pericolo possibile veniva dai suoi uomini.

Chen Yi dovette sforzarsi di non mostrare il proprio nervosismo, mentre Gengis perlustrava l'abitazione, soffermandosi a guardare tutti quegli strani oggetti. Il khan sembrava teso, e lui non sapeva come iniziare la conversazione. Le sue guardie e i servitori erano stati mandati via in previsione di quell'incontro, e la casa gli sembrava stranamente vuota.

«Sono contento che il mio capomastro ti sia stato utile, mio signore» disse infine, per rompere il silenzio.

Gengis stava osservando incuriosito una ciotola di lacca nera e non sollevò nemmeno lo sguardo. Il khan sembrava troppo grande per quella stanza, come se da un momento all'altro potesse afferrare le travi del soffitto e far crollare l'edificio. Chen Yi si disse che era solo la sua reputazione a farlo apparire così forte, ma poi il khan posò su di lui gli occhi gialli e ogni suo pensiero si dissolse. «Non devi aver paura di me, Chen Yi» disse. «Ho Sa mi ha riferito che hai costruito un impero dal nulla. Che eri senza risorse ma sei sopravvissuto, e ora sei diventato ricco e potente.»

Sentendo quelle parole, Chen Yi guardò Ho Sa, ma il soldato xi xia rimase impassibile. Per la prima volta in vita sua si sentì smarrito. Gli era stata promessa Baotou, ma non sapeva se il khan avrebbe mantenuto la parola. Sapeva soltanto che quando il vento distrugge una casa, il padrone non può fare altro che stringersi nelle spalle e pensare che fosse destino, e che lui non poteva impedirlo. L'incontro con Gengis per lui era una situazione analoga. Le regole che aveva seguito per tutta la vita non valevano più. Sarebbe bastato un cenno di quell'uomo e Baotou sarebbe stata rasa al suolo.

«Sono un uomo ricco» convenne, ma si interruppe, notando che Gengis lo stava fissando con interesse. Aveva preso in mano la ciotola di lacca, che nelle sue mani sembrava terribilmente fragile.

«Cos'è la ricchezza, Chen Yi?» domandò il khan, agitando la ciotola. «Sei un uomo di città, di strade e di case. Che cosa ha valore per te? Questa?»

Aveva parlato molto in fretta, e Ho Sa tradusse lentamente, permettendo a Chen Yi di guadagnare tempo.

«Ci sono volute mille ore di lavoro per realizzare quella ciotola, signore» rispose Chen Yi, scoccando al soldato xi xia un'occhiata riconoscente. «Guardarla mi dà piacere.»

Gengis si rigirò la scodella fra le mani. Sembrava vagamente deluso e Chen Yi lanciò a Ho Sa un'occhiata interrogativa. Il soldato si limitò a inarcare le sopracciglia, come per invitarlo a continuare.

«Ma non è questo ciò che io considero ricchezza, signore» proseguì Chen Yi. «Ho patito la fame e conosco il valore del cibo. Ho avuto freddo e so cosa significa potersi riscaldare.»

Gengis si strinse nelle spalle. «Queste cose le sa anche una capra. Hai figli?»

Sapeva già la risposta, ma voleva conoscere il carattere di quell'uomo che apparteneva a un mondo così diverso dal suo.

«Ho tre figlie, signore. L'unico maschio mi è stato portato via.»

«Dunque che cos'è la ricchezza, Chen Yi?»

Quella domanda lo rese stranamente calmo. Non sapeva quale risposta si aspettasse il khan, così decise di parlare sinceramente. «Per me, signore, ricchezza significa vendetta, è la possibilità di colpire e abbattere i miei nemici; ricchezza è avere uomini disposti a uccidere e morire per me. Le mie figlie e mia moglie sono la mia ricchezza.» Con delicatezza, prese la scodella dalle mani di Gengis e la lasciò cadere sul pavimento di legno perfettamente lucidato, dove si infranse in mille minuscoli cocci. «Ogni altra cosa è priva di valore.»

Gengis sorrise brevemente. Khasar aveva detto il vero, quando gli aveva preannunciato che Chen Yi non si sarebbe lasciato intimidire. «Credo che se fossi nato in una città avrei vissuto come te, Chen Yi. Ma al tuo posto non mi sarei fidato dei miei fratelli.»

Chen Yi non gli disse che soltanto Khasar si era guadagnato la sua fiducia, ma Gengis sembrò intendere i suoi pensieri. «Khasar mi ha parlato bene di te. Non verrò meno alla parola che ti ha dato in mio nome. Baotou è tua. Per me è solo una tappa sulla strada per Yenking.»

«Ne sono felice, signore» disse Chen Yi, con un fremito di sollievo. «Posso offrirti del vino?»

Gengis annuì e tanto bastò perché l'atmosfera si rilassasse. Chen Yi si guardò intorno alla ricerca di un servo, prima di ricordare che li aveva mandati via tutti. Così, prese lui stesso i bicchieri, calpestando i preziosi frammenti della ciotola che un tempo aveva adornato la casa di un imperatore. Con le mani che gli tremavano impercettibilmente riempì tre bicchieri e solo allora Gengis si sedette, imitato da Ho Sa. Il soldato xi xia annuì brevemente quando i suoi occhi incontrarono quelli di Chen Yi, come se avesse passato una specie di esame.

Chen Yi sapeva che il khan non si sarebbe seduto, a meno che non avesse voluto qualcosa da lui. Osservando il suo viso piatto e scurito dal sole, si rese conto che anche Gengis era a disagio e che stava cercando il modo di dirgli qualcosa.

«Baotou deve sembrarti molto piccola, signore» si azzardò a dire, mentre Gengis sorseggiava il vino di riso, assaporandone il gusto sconosciuto.

«Non sono mai entrato in una città se non per distruggerla» replicò Gengis, «e vederne una così tranquilla mi fa uno strano effetto.»

Vuotò il bicchiere e se lo riempì di nuovo da solo, offrendo poi la bottiglia a Chen Yi e a Ho Sa.

«Ancora uno» accettò Chen Yi, «ma non di più, perché è molto forte e voglio restare lucido.»

«Questa roba è piscio di cavallo» sbuffò Gengis, «ma mi piace come scalda.»

«Ne farò mandare cento bottiglie al tuo accampamento» promise Chen Yi.

Il khan annuì. «Sei generoso.»

«Non è molto, in cambio della città in cui sono nato.»

Gengis parve rilassarsi e si appoggiò allo schienale. «Sei un uomo intelligente, Chen Yi. Khasar mi ha detto che comandavi in questa città anche quando c'erano i soldati.»

«Credo che abbia esagerato un poco, signore. Godo di una certa autorità nelle caste basse, tra i lavoratori e i commercianti. I nobili vivono in maniera diversa e solo raramente ho avuto la possibilità di... *imbrigliare* il loro potere.»

Gengis sospirò. Non poteva dar voce al disagio che provava nel trovarsi chiuso tra quattro mura, con la sensazione di essere oppresso dalla presenza di migliaia di persone tutto intorno. Inoltre, Khasar aveva ragione, la città puzzava terribilmente. «Dunque li odi, questi nobili?» domandò.

La domanda non era casuale e Chen Yi rifletté brevemente, prima di rispondere. Poiché non conosceva la lingua delle tribù a sufficienza, lasciò che fosse Ho Sa a tradurre le sue parole per il khan.

«Molti di loro hanno una vita così diversa dalla nostra, che è come se non esistessero. I giudici si adoperano per far rispettare le leggi dell'imperatore, ma non toccano i nobili: se io rubo, mi tagliano le mani o mi frustano a morte; se un nobile mi deruba, non c'è modo di ottenere giustizia. Non posso nemmeno fare qualcosa se mi sottrae una figlia o un figlio.» Attese con pazienza che Ho Sa terminasse di tradurre, sapendo che a quel punto i suoi sentimenti sarebbero stati evidenti anche agli occhi del khan, dopodiché aggiunse: «Sì, li odio».

«Ho visto degli impiccati vicino alla porta della caserma, due o tre dozzine» osservò Gengis. «È opera tua?»

«Ho saldato dei vecchi debiti, signore, prima del tuo arrivo.»

Gengis annuì, riempiendo di nuovo i bicchieri. «Un uomo deve sempre vendicarsi dei torti subiti. Sono in tanti a pensarla come te?»

«Moltissimi» rispose Chen Yi con un sorriso amaro. «Pochi nobili chin governano su un intero popolo. Senza l'esercito non potrebbero farlo.»

«Se siete più numerosi, perché non vi ribellate?» volle sapere Gengis, incuriosito.

Chen Yi sospirò, passando ancora una volta alla propria lingua.

«Fornai, muratori e marinai non sono in grado di combattere come un esercito, signore. Le famiglie nobili soffocano in modo spietato ogni velleità di ribellione. In passato, sono stati fatti dei tentativi ma le loro spie sono ovunque e basta avere una collezione di armi per avere i soldati addosso. Se dovesse scoppiare una rivolta, i nobili si rivolgerebbero all'imperatore e lui farebbe subito intervenire l'esercito. È già successo che intere città siano state messe a ferro e fuoco e che i loro abitanti siano stati passati a fil di spada.» Mentre Ho Sa traduceva, si rese conto che il khan non avrebbe capito la sua posizione e per un istante pensò quasi di sollevare una mano e interrompere il soldato xi xia, ma poi lo lasciò continuare. Dopotutto, Baotou era stata risparmiata.

Gengis scrutò l'uomo che aveva davanti, affascinato, e realizzò che l'idea di nazione che lui aveva inculcato a forza nella gente delle tribù non era condivisa da uomini come Chen Yi, non ancora. L'imperatore poteva anche governare tutte le città chin, ma il popolo non lo considerava un capo, non si sentiva parte integrante della sua famiglia. Era evidente che i nobili ricevevano la loro autorità dall'imperatore, ma era altrettanto evidente che Chen Yi li odiava per la loro arroganza, la ricchezza e il potere. Conoscere queste cose, pensò, gli sarebbe potuto tornare utile in futuro. «I nobili chin hanno messo gli occhi anche sulla mia gente, Chen Yi» disse, «e noi siamo diventati una nazione per opporci a loro, anzi, per distruggerli.»

«Anche tu governerai come loro?» domandò Chen Yi, incapace di nascondere l'amarezza. Stava parlando liberamente e sarebbe potuto costargli caro. La cautela con cui si esprimeva abitualmente tendeva a dileguarsi sotto gli occhi gialli di Gengis.

Con suo enorme sollievo, il khan ridacchiò. «Non ho pensato

a cosa accadrà dopo la guerra. Forse governerò queste terre. In fondo, non spetta al conquistatore?»

Chen Yi inspirò a fondo, prima di rispondere. «Certo. Ma anche il più umile dei tuoi guerrieri camminerà come un imperatore in mezzo a coloro che hai assoggettato? Si comporterà con arroganza e prenderà tutto ciò che vuole, senza esserselo guadagnato?»

«I nobili sono la famiglia dell'imperatore? Se mi stai chiedendo se i miei familiari prenderanno ciò che vogliono, la mia risposta è sì, lo faranno. I forti comandano, Chen Yi, i deboli si limitano a sognarlo.» Tacque per qualche istante, riflettendo. «Vuoi che imponga alla mia gente delle regole meschine?» aggiunse.

Chen Yi esitò a rispondere di nuovo. Aveva trascorso la vita fra spie e falsità, costruendo una rete di protezione che potesse essergli utile il giorno in cui l'esercito dell'imperatore avesse cercato di cacciarlo dalla sua città. Quel momento non era giunto; ora invece si trovava faccia a faccia con un uomo con cui si sentiva di poter parlare senza riserve. Non avrebbe mai più avuto una simile opportunità. «Capisco cosa vuoi dire» riprese, «ma il potere verrà poi tramandato di padre in figlio, per sempre? Quando uno smidollato, fra cent'anni, ucciderà un ragazzino, nessuno oserà protestare perché nelle vene di quell'uomo scorre il *tuo* sangue?»

Gengis rimase in silenzio per un po'. Infine scosse il capo. «Non conosco i nobili chin, ma i miei figli governeranno dopo di me, se ne avranno la forza. Forse, fra cent'anni, i miei discendenti saranno ancora al potere e assomiglieranno a questi nobili che tanto disprezzi.» Si strinse nelle spalle, vuotando il bicchiere. «Nella maggior parte dei casi gli uomini sono come pecore. Non sono come noi.» Con un cenno bloccò la risposta di Chen Yi. «Ne dubiti? Quanti, in questa città, hanno la tua influenza, il tuo potere? Quanti saprebbero comandare? Molti sarebbero atterriti alla sola idea. Per quelli come noi, invece, non c'è gioia maggiore della consapevolezza che nessuno verrà in nostro aiuto. La decisione è soltanto nostra.»

Sollevò il bicchiere e Chen Yi si affrettò a rompere il sigillo di cera di un'altra bottiglia e a versargli del vino.

Il silenzio si fece imbarazzante. Sorprendentemente, fu Ho Sa a infrangerlo. «Io ho dei figli» disse, «e non li vedo da tre anni. Quando saranno grandi mi seguiranno nell'esercito e la gente, conoscendo loro padre, si aspetterà molto da loro. Faranno carriera più in fretta di chi non ha un nome su cui contare, e questo mi rallegra. Per questo io sono disposto a lavorare sodo e a sopportare qualunque cosa.»

«Ma i tuoi figli non saranno mai dei nobili» ribatté Chen Yi. «E un ragazzino di una famiglia importante potrà ordinare loro di buttarsi nel fuoco e di morire solo per salvare una ciotola come quella che ho rotto poco fa.»

Gengis si accigliò, disturbato da quell'immagine. «Vorresti che tutti gli uomini fossero uguali?»

Chen Yi alzò le spalle. I suoi pensieri erano confusi dal vino che aveva bevuto, e non si rese conto di parlare nella lingua dei Chin. «Non sono uno sciocco. So bene che le leggi non valgono per l'imperatore o per la sua famiglia, che è lui a stabilirle e l'esercito a farle rispettare. So anche che l'imperatore non può essere soggetto a vincoli come gli altri uomini. Ma agli altri, alle migliaia di parassiti che mangiano dalla sua mano, perché dovrebbe essere permesso di uccidere e rubare impunemente?» Mentre Ho Sa traduceva sorseggiò il vino.

Gengis si stiracchiò e per la prima volta desiderò che Temuge fosse lì ad avvalorare le sue tesi. Aveva voluto confrontarsi con Chen Yi per comprendere la mentalità di quella strana gente che viveva in città, ma il piccoletto lo stava confondendo. «Se uno dei miei uomini vuole sposarsi» disse, «cerca un nemico e lo uccide per impadronirsi di tutti i suoi averi, dopodiché dà i cavalli e le capre che ha razziato al padre della ragazza. Si tratta dunque di omicidio e rapina? Se lo proibissi, li renderei deboli.» Si sentiva la testa leggera per via del vino, ma era di buon umore e riempì ancora una volta i tre bicchieri.

«Questo tuo guerriero ruberebbe alla sua famiglia, alla sua tribù?» volle sapere Chen Yi.

«No, perché in quel caso sarebbe un criminale da disprezzare.» Capì dove voleva andare a parare Chen Yi ancor prima che replicasse.

«Dunque, che cosa accadrà ora che le tribù sono unite?» domandò Chen Yi, protendendosi in avanti. «Come ti comporterai quando tutte le terre dei Chin saranno tue?»

Gengis era frastornato. Aveva già proibito ai giovani delle tribù di fare razzie ai danni delle altre famiglie, dando loro ordine di prelevare dal proprio bestiame i doni nuziali di cui avevano bisogno; ma non era una soluzione che avrebbe potuto sostenere a lungo. Quello di cui parlava Chen Yi in fondo non era che l'estensione di quella pace, benché su una scala talmente ampia che era difficile da immaginare.

«Ci penserò» rispose, la voce leggermente impastata. «Sono idee troppo complesse per affrontarle in una sola volta. Soprattutto perché l'imperatore ora se ne sta al sicuro nella sua città e noi abbiamo appena cominciato. Forse, l'anno prossimo, io sarò solo un mucchietto d'ossa.»

«O forse avrai sconfitto i nobili nelle loro fortezze e città» replicò Chen Yi, «e avrai la possibilità di cambiare ogni cosa. Sei un uomo che guarda al futuro, lo hai dimostrato risparmiando Baotou.»

Gengis scosse il capo. «La mia parola non può essere scalfita. Quando tutto è perduto, essa persiste. Ma se non avessi risparmiato Baotou, sarebbe toccato a un'altra città.»

«Non capisco» replicò Che Yi.

Gengis lo guardò con i suoi occhi gialli. «Le città non si arrenderanno se non ne trarranno beneficio» spiegò, sollevando un pugno chiuso. «Dovranno affrontare la minaccia più sanguinaria che si siano mai immaginati. Quando vedono la tenda rossa sanno che tutti gli uomini all'interno delle mura moriranno. Quando viene eretta quella nera sanno che nessuno sopravvivrà. Se non offro loro altro che morte, non hanno altra scelta che combattere fino all'ultimo uomo.» Abbassò il pugno e tese il bicchiere verso Chen Yi che lo riempì con mani tremanti. «Ma se risparmio anche una sola città, tutti sapranno che combattere *non è necessario* e che possono scegliere di arrendersi quando vedono la tenda bianca. Ecco perché ho risparmiato Baotou. Ecco perché sei ancora vivo.»

D'un tratto, Gengis rammentò l'altra ragione che lo aveva spinto a incontrare Chen Yi. La sua mente sembrava aver perduto la consueta lucidità: forse, si disse, non avrebbe dovuto bere così tanto. «Avete delle mappe, in questa città? Mappe delle terre a est?»

Chen Yi era frastornato da ciò che aveva udito: l'uomo che aveva di fronte era un conquistatore che né la debole nobiltà chin né il suo esercito corrotto sarebbero stati in grado di fermare. Con un brivido, si rese conto di quale futuro terribile li attendeva.

«C'è una biblioteca» rispose, balbettando leggermente, «ma finora non ho mai potuto entrarci. Comunque non credo che i soldati l'abbiano distrutta, prima di partire.»

«Ho bisogno di mappe e di qualcuno che le legga insieme a me. Mi aiuterai a pianificare la distruzione del tuo imperatore?»

Anche Chen Yi aveva bevuto parecchio, e i pensieri gli turbinavano nella mente, confusi. Pensò al figlio morto, impiccato da nobili che non si degnavano nemmeno di guardare un uomo di ceto inferiore. "Lasciamo che il mondo cambi" pensò; "lasciamo che brucino tutti quanti." «Quello non è il mio imperatore. Tutto quello che c'è in questa città è tuo. Farò ciò che posso. Se vuoi degli scribi a cui dettare nuove leggi, te li manderò.»

Gengis annuì. «Scrivere» borbottò con disprezzo, «intrappola le parole.»

«Le rende reali, mio signore. Le rende eterne.»

La mattina dopo l'incontro con Chen Yi Gengis si svegliò con un terribile mal di testa, così violento che per tutto il giorno non uscì dalla *ger* che per vomitare. Non ricordava cosa fosse accaduto dopo che avevano stappato la sesta bottiglia, ma di tanto in tanto gli tornavano in mente le parole di Chen Yi e le riferì a Kachiun e Temuge. Fino a quel momento la sua gente aveva conosciuto soltanto il governo del khan e una giustizia amministrata da un solo uomo. Per esercitare quella funzione avrebbe dovuto trascorrere intere giornate a dirimere controversie e a comminare punizioni a chi si era macchiato di qualche colpa. Era diventato un compito superiore alle sue forze, ma non poteva correre il rischio di perdere tutto quello che aveva conquistato riconoscendo ai khan minori il loro potere precedente.

Quando infine diede ordine di mettersi in marcia, Gengis si meravigliò di lasciare alle proprie spalle la città intatta e non un cumulo di macerie in fiamme. Chen Yi gli aveva dato le mappe delle terre chin che si estendevano fino al mare orientale, un bene più prezioso di qualunque bottino. Il piccoletto era rimasto a Baotou, mentre il capomastro Lian aveva deciso di accompagnare l'esercito mongolo fino a Yenking. Sembrava che considerasse le mura della città imperiale una sfida personale e si era presentato a Gengis per proporgli di accompagnarlo prima ancora che lui avesse il tempo di chiederglielo. Suo figlio si era occupato con successo dell'attività, durante la sua assenza, e se non fosse andato con loro probabilmente Lian avrebbe dovuto ritirarsi dagli affari.

La marcia dei Mongoli proseguì attraverso le terre dei Chin: il nucleo centrale di carri e *ger* si muoveva lentamente, circondato da decine di migliaia di uomini a cavallo che cercavano ogni opportunità per guadagnarsi le lodi dei propri comandanti. Gengis aveva ordinato ai messaggeri di precederli lungo il percorso fino alle montagne a ovest di Yenking, e ben presto la sua si rivelò una decisione felice. L'imperatore aveva ritirato la propria guarnigione da Hohhot e, priva di soldati a difenderla, la città si arrese senza che dovessero scoccare una sola freccia. Inoltre, seguendo l'esempio di Chen Yi, che aveva fatto arruolare nell'esercito mongolo i migliori uomini di Baotou perché apprendessero l'arte della guerra, Hohhot fornì duemila giovani da addestrare come genieri e picchieri. Poiché non avevano cavalli, Gengis decise di creare un corpo di fanteria che assegnò al comando di Arslan.

La guarnigione di Jining aveva rifiutato di obbedire agli ordini dell'imperatore, e poiché le porte della città erano rimaste serrate fu ridotta in cenere dopo il terzo giorno. In seguito, altre tre città si arresero senza combattere. Gli uomini giovani e forti furono fatti prigionieri e portati via come pecore. Non era possibile impiegarli tutti nell'esercito senza che in breve tempo il loro numero finisse per superare quello dei guerrieri mongoli, ma Gengis non poteva permettersi il lusso di lasciarsi alle spalle troppi uomini valorosi.

Era stata l'estate più calda che i Mongoli avessero mai visto, e poiché gli anziani prevedevano un inverno gelido, Gengis non sapeva se proseguire verso la capitale o rimandare la campagna all'anno seguente.

Le montagne che sorgevano davanti a Yenking si profilavano già all'orizzonte e i suoi esploratori avevano catturato delle spie dell'imperatore e le avevano interrogate; ciascuna di loro aveva contribuito ad aggiungere qualche importante dettaglio al quadro generale che Gengis si stava facendo.

Un mattino, al termine di una nottata piuttosto fredda, si sedette su una pila di selle di legno a riflettere sul da farsi. Il suo viso era rivolto verso il pallido sole che sorgeva dietro la catena di monti verdeggianti che nascondevano Yenking alla sua vista. Quelle vette ammantate di bruma erano più alte dei picchi che si innalzavano fra il deserto del Gobi e il regno di Xi Xia e facevano impallidire persino le imponenti montagne della sua terra. I messi imperiali catturati dagli esploratori avevano parlato di un passo conosciuto come Bocca del Tasso, e lui sentiva una specie di forza magnetica attirarlo verso quel luogo. L'imperatore aveva ammassato lì il suo esercito, puntando tutte le sue speranze su un'unica, potente forza, mille volte superiore all'armata che Gengis aveva condotto con sé. Lì, tutto sarebbe potuto finire, tutti i suoi sogni avrebbero rischiato di trasformarsi in cenere.

Ridacchiò fra sé, a quel pensiero. Qualunque cosa gli riservasse il futuro, l'avrebbe affrontata a testa alta e con la spada in pugno. Avrebbe combattuto fino alla fine, e se anche fosse caduto in battaglia, la sua vita sarebbe stata ben spesa. Avvertì un dolore acuto all'idea che i suoi figli non potessero sopravvivere alla sua morte, ma ricacciò indietro quel pensiero perché indice di debolezza. Ognuno di loro sarebbe stato l'artefice della propria vita, come lo era stato lui. Se fossero stati travolti dagli eventi, quello era il loro destino. Non poteva proteggerli da tutto.

Nella *ger* alle sue spalle udì strillare uno dei bambini di Chakahai, non avrebbe saputo dire se il maschio o la femmina. Il pensiero della figlia lo fece sorridere: benché avesse da poco imparato a camminare, la piccina gli correva sempre incontro, quando lo vedeva, e si aggrappava affettuosamente alle sue gambe. Sospirò ripensando alla furiosa gelosia che quel gesto aveva acceso in Borte, quando lo aveva visto. Conquistare città nemiche era assai più semplice che avere a che fare con le sue donne e i loro figli.

Con la coda dell'occhio, vide suo fratello avvicinarsi lungo uno dei sentieri che uscivano dall'accampamento.

«Sei venuto a rifugiarti quassù?» gli gridò Kachiun.

Gengis annuì, battendo con la mano sulle selle accanto a sé. Kachiun lo raggiunse con un paio di pezzi di pane non lievitato ripieni di carne di montone ancora calda e gliene porse uno. Gengis lo accettò con piacere. C'era aria di neve e non vedeva l'ora che arrivasse l'inverno. «Dov'è Khasar, stamattina?» domandò, mettendo in bocca un pezzo di pane.

«Al campo di addestramento con Ho Sa. Stanno insegnando ai Giovani Lupi come attaccare il nemico, mandandoli alla carica di gruppi di prigionieri. Hai visto cosa fa? Dà le lance ai prigionieri! Abbiamo perso tre guerrieri contro di loro, ieri.»

«L'ho saputo.»

Khasar utilizzava solo piccoli gruppi di prigionieri per gli allenamenti. Gengis era meravigliato della scarsa partecipazione di quella gente, perfino quando veniva loro consegnata una lancia o una spada. Secondo lui, era meglio morire lottando piuttosto che in rassegnata apatia. Scrollò le spalle. I giovani delle tribù dovevano imparare a combattere, e un tempo lo avrebbero fatto lottando fra loro. Khasar sapeva quel che faceva, Gengis ne era certo.

Kachiun lo guardava in silenzio, con un lieve sorriso sulle labbra. «Non chiedi mai di Temuge» osservò.

Gengis fece una smorfia. Il fratello minore lo metteva a disagio, e sembrava che Khasar non avesse più alcun rapporto con lui. A dire la verità, nemmeno lui riusciva a comprendere l'entusiasmo di Temuge per le pergamene chin di cui si circondava e che non smetteva mai di leggere, perfino di notte.

«Allora, come mai te ne stai seduto qui?» chiese Kachiun, cambiando discorso.

Gengis sbuffò. «Hai visto degli uomini qui vicino?»

«Ho visto uno dei figli del khan dei Woyela, il maggiore» ammise Kachiun, al quale non sfuggiva nulla.

«Ho detto loro di non avvicinarsi fino a quando non mi alzerò in piedi. Solo allora potranno venire da me con domande e richieste, come ogni mattina. Dovrò decidere chi ha diritto a un puledro, se il proprietario della giumenta o quello dello stallone, poi mi chiederanno di commissionare nuove armature a uno dei fabbri, che guarda caso è un loro parente. Ce n'è sempre una!» Un gemito gli sfuggì dalle labbra al pensiero. «Non potresti trattenerli un poco, così che possa andarmene?»

«E io che credevo che nulla potesse spaventarti» sorrise Kachiun. «Nomina qualcuno che possa occuparsi di queste cose al posto tuo. Tu devi essere libero di pianificare la guerra insieme ai tuoi generali.»

Gengis annuì, riluttante. «Me l'hai già detto, ma a chi potrei assegnare un compito così importante? Quell'uomo avrebbe più potere di chiunque altro.»

La risposta venne in mente a entrambi contemporaneamente, ma fu Kachiun a parlare per primo. «Temuge sarebbe onorato di occuparsene, lo sai.» Gengis non rispose, e lui proseguì: «Tra tutti, è meno probabile che sia lui a derubarti, o ad abusare della propria posizione. Nominalo responsabile dei commerci o qualcosa del genere, e vedrai che in pochi giorni prenderà in mano la situazione». E poiché Gengis non sembrava ancora convinto, aggiunse: «In questo modo, tra l'altro, sarebbe costretto a limitare il tempo che trascorre con Kokchu».

Gengis sollevò lo sguardo e vide gli uomini che lo aspettavano fare un passo avanti. Ripensò alla conversazione che aveva avuto con Chen Yi, a Baotou. Una parte di lui desiderava prendere di persona ogni decisione, ma era pur vero che aveva una guerra da vincere. «D'accordo» capitolò. «Digli che il compito è suo per un anno. Gli darò tre guerrieri che sono rimasti menomati in battaglia perché lo aiutino, così avranno qualcosa da fare. Ma voglio che uno di loro sia un tuo uomo, Kachiun, e che faccia rapporto solo a te. Nostro fratello avrà la possibilità di fare la cresta su ciò che gli passerà per le mani: entro certi limiti non sarà un problema, ma se diventerà avido intendo saperlo.» Si interruppe per un momento, poi aggiunse: «Assicurati che capisca che Kokchu non deve avere nulla a che fare con il suo nuovo ruolo». Sospirò. «Chi altro potrebbe occuparsene, se rifiuterà?»

«Non rifiuterà» lo rassicurò Kachiun. «Non è un uomo d'azione, fratello, e questo compito gli darà l'autorità che desidera nell'accampamento.»

«I Chin hanno giudici per amministrare la legge e dirimere le controversie» disse Gengis, lasciando vagare lo sguardo. «Ma la nostra gente accetterà mai che esistano persone simili tra noi?»

«Se non appartenessero alla tua famiglia, intendi? Solo una persona molto coraggiosa oserebbe immischiarsi in una faida di sangue, a prescindere dal titolo che porta. Anzi, credo che manderò a Temuge un'altra dozzina di guardie che badino alla sua sicurezza. Non sarebbe la prima volta se la nostra gente desse sfogo al proprio risentimento con una freccia nella schiena. Lui non è il loro khan, dopotutto.»

«Senza dubbio i suoi spiriti neri fermerebbero quella freccia in volo» ghignò Gengis. «Hai sentito cosa dicono di lui? La sua fama è persino peggiore di quella di Kokchu. Mi chiedo se lo sciamano si renda conto di che cosa ha creato.»

«Noi discendiamo da una stirpe di khan, fratello. Comandiamo ovunque ci mettano.»

«Vedremo se l'imperatore la penserà allo stesso modo» replicò Gengis, dandogli una pacca sulla schiena. «Forse, quando ci vedrà arrivare, ritirerà il suo esercito.»

«Dunque è per quest'anno? In inverno? Credo che presto nevicherà.»

«Non possiamo rimanere qui senza trovare pascoli migliori. Devo prendere una decisione in fretta, ma non mi piace l'idea di lasciare il loro esercito alla Bocca del Tasso senza sfidarlo. Noi siamo in grado di sopportare senza batter ciglio temperature che per loro sarebbero di grande impedimento.»

«Ma avranno sicuramente fortificato il passo, disseminato il terreno di chiodi, scavato trincee e via dicendo...» ribatté Kachiun. «Non sarà facile per noi.»

Gengis lo fissò con i suoi occhi gialli finché lui non distolse lo sguardo, posandolo sulle montagne che avevano intenzione di valicare. «Sono arroganti, Kachiun. Hanno commesso un grave errore facendomi sapere dove si trovano. Vogliono affrontarci su un terreno in cui sono più forti, dove si stanno preparando. Ma la loro muraglia non mi ha fermato, e non mi fermeranno nemmeno le loro montagne e il loro esercito.»

Kachiun, che conosceva bene il modo di pensare del fratello, sorrise. «Ho notato che tutti gli esploratori sono ai piedi delle alture. Perché lo hai fatto, se dobbiamo comunque rischiare il tutto per tutto attaccando il nemico sul passo?»

«I Chin sono convinti che le loro montagne siano troppo alte per essere superate» replicò Gengis con un sorriso sardonico. «C'è un'altra fortezza lassù, e soltanto le vette più alte sono sguarnite. Sono convinti che nessun uomo possa scalarle...» Sbuffò, sprezzante. «Sarà troppo difficile per i soldati chin, forse, ma noi siamo nati nella neve. Ricordo che nostro padre mi gettò fuori dalla *ger*, nudo, quando avevo solo otto anni. Possiamo sopportare il loro inverno, e possiamo superare quella fortezza.»

Anche Kachiun ricordava di aver pianto davanti alla porta della *ger* del padre, implorando di poter tornare dentro. Era una vecchia usanza, che molti credevano servisse a rafforzare i bambini, e si chiese se anche Gengis avesse fatto lo stesso con i suoi figli. Nel momento stesso in cui quel pensiero prendeva forma nella sua mente, intuì che lo aveva fatto. Suo fratello non tollerava alcuna debolezza, ma cercando di rendere forti i figli rischiava di spezzarli.

Gengis finì di mangiare e si leccò il grasso dalle dita. «Gli esploratori troveranno dei sentieri per aggirare il passo, e quando i Chin saranno chiusi nelle loro tende a tremare, noi piomberemo loro addosso. E allora, fratello, attraverserò la Bocca del Tasso ordinando alla loro gente di farmi strada.»

«I prigionieri?» trasecolò Kachiun.

«Non possiamo sfamarli» replicò Gengis stringendosi nelle spalle. «Ma potranno esserci utili come scudi umani, e la loro sarà una morte più rapida di quella per fame.»

Con quelle parole, Gengis si alzò in piedi, guardando le pesanti nuvole che in breve avrebbero trasformato le terre dei Chin in una distesa di neve e ghiaccio. L'inverno era sempre una stagione di morte, alla quale solo i più forti riuscivano a sopravvivere. Si alzò sospirando, e subito gli uomini che lo aspettavano si avvicinarono di corsa.

«Dì loro di andare a parlare con Temuge» disse stizzito a Kachiun, e si allontanò a grandi passi.

20

I due esploratori stavano morendo di fame. Perfino la zuppa di formaggio nelle loro bisacce si era congelata, mentre si arrampicavano sempre più in alto sopra il passo della Bocca del Tasso. A nord e a sud, la grande muraglia interna costruita dai Chin attraversava la catena montuosa. Era meno imponente di quella che avevano superato per entrare nella terra dei Chin, ma aveva resistito meglio al passare dei secoli e non vi erano tratti in rovina. Si snodava a perdita d'occhio attraverso le vallate, stretta nella morsa del ghiaccio, come un serpente grigio nel paesaggio innevato. Gli esploratori mongoli che in passato si erano fermati ad ammirarla, colmi di stupore, ora si limitarono a stringersi nelle spalle. I Chin non si erano dati la pena di costruire la muraglia fino in cima alla montagna, certi che nessuno avrebbe potuto sopravvivere fra rocce e nevai, ad altitudini che avrebbero fatto ghiacciare il sangue a qualunque essere umano. Ma si sbagliavano. Oltrepassato il punto in cui la muraglia si interrompeva, gli esploratori erano saliti verso la vetta ammantata di neve e di ghiaccio, alla ricerca di una via per attraversare la montagna.

Aveva nevicato ancora in pianura e in alta quota turbinavano nubi tempestose, avvolgendoli in un bagliore accecante. A volte, il vento apriva un varco nel bianco, rivelando il passo e tratti della muraglia interna che si allungavano come zampe di ragno in lontananza. Da quell'altezza, riuscivano a distinguere la chiazza scura dell'esercito chin. La loro gente era troppo lontana perché potessero vederla, ma era lì, nella pianura, e aspettava in trepida attesa il loro ritorno.

«Non si passa» gridò Taran, per farsi sentire nel vento. «Forse Beriakh e gli altri hanno avuto più fortuna di noi. È meglio tornare indietro.» Sentiva di avere le ossa congelate e aghi di ghiaccio conficcati nelle giunture. Era sicuro che presto sarebbero morti, e faticava a nascondere la paura.

Il suo compagno, Vesak, rispose con un grugnito, senza neanche guardarlo. Facevano parte di un gruppo di dieci esploratori, uno dei tanti che si erano addentrati nelle montagne a cercare un passaggio che consentisse loro di attaccare l'armata chin alle spalle. Benché avessero perso di vista i compagni, durante la notte, Taran era sicuro che Vesak sarebbe stato in grado di trovare la strada, ma il freddo lo stava paralizzando e non riusciva più a resistergli.

Vesak aveva trent'anni, era un uomo adulto, mentre Taran non ne aveva ancora compiuti quindici. Gli altri uomini del gruppo dicevano che Vesak conosceva il generale dei Giovani Lupi e che salutava Tsubodai come un vecchio amico, quando lo incontrava. Era possibile: entrambi erano degli Uriankhai, e come tutti gli uomini delle tribù del Nord sembravano incuranti del freddo. Taran stava scendendo faticosamente lungo un lastrone di ghiaccio quando a un tratto scivolò, rischiando di precipitare. Riuscì a conficcare il pugnale in una fessura del ghiaccio, e si fermò così bruscamente che rischiò di perdere la presa sull'impugnatura. Vesak si fermò un istante a rincuorarlo, poi riprese ad avanzare rapidamente e Taran si rimise in piedi e lo seguì, cercando di tenere il passo. Era immerso in uno stato di sofferenza e atroce sopportazione quando a un tratto vide Vesak fermarsi davanti a lui. Avevano seguito un crinale verso oriente, talmente scivoloso e pericoloso che Vesak aveva legato una corda fra loro, in modo che in caso di caduta uno potesse salvare l'altro. Solo gli strattoni che di tanto in tanto gli dava Vesak l'avevano tenuto sveglio mentre camminava. Era tutto concentrato a portare un piede davanti all'altro, e ci mise un poco a rendersi conto che il compagno si era accovacciato. Si lasciò cadere a terra con un gemito, mentre dalla sua *deel* si staccavano acuminati frammenti di ghiaccio. Indossava guanti di pelle di pecora, ma aveva le dita gelate. Prese un pugno di neve e se lo mise in bocca, ripensando alla sete che aveva sofferto la prima volta che avevano tentato di scalare quelle vette. Quando l'acqua nella borraccia si era ghiacciata non aveva potuto fare altro che sciogliere un po' di neve in bocca: un seppur minimo sollievo per la sua gola arida.

Chissà come facevano a sopravvivere i cavalli a casa quando i torrenti gelavano, si domandò accovacciandosi anche lui. Li aveva visti brucare la neve e sembrava che per loro fosse sufficiente. Intontito ed esausto, aprì la bocca per chiederlo a Vesak, ma l'uomo gli fece cenno di tacere.

Taran sentì i sensi risvegliarsi e il cuore riprendere vigore. Già altre volte avevano rischiato di imbattersi negli esploratori chin. Chiunque comandasse il forte li aveva spediti in massa a perlustrare i dintorni, e con la neve che cadeva così fitta arrampicarsi verso la cima della montagna era diventata una gara all'ultimo sangue tra i due schieramenti. Il fratello maggiore di Taran era incappato in uno di quegli uomini e gli era quasi caduto addosso. Gli aveva tagliato un orecchio e l'aveva portato come prova, rammentò Taran con un pizzico di invidia. Chissà se anche lui avrebbe avuto l'opportunità di conquistare un trofeo che gli avrebbe permesso di camminare orgoglioso in mezzo agli altri guerrieri. Meno di un terzo dei Giovani Lupi aveva ricevuto il battesimo del sangue, ed era risaputo che Tsubodai sceglieva i suoi ufficiali fra di loro, piuttosto che fra uomini di cui si ignorava il coraggio. Taran non aveva spada né arco, ma il suo coltello era affilato. Ruotò i polsi per sgranchirsi le giunture, poi strisciò silenziosamente accanto al compagno, cercando di scorgere quello che lui era riuscito a intravedere in tutto quel bianco. Vesak era immobile come una statua, e Taran cercò di imitarlo sebbene il freddo lo attanagliasse.

In lontananza si muoveva qualcosa. Gli esploratori chin indossavano abiti bianchi che si mimetizzavano con la neve e li rendevano quasi invisibili. Taran ripensò alle storie che aveva sentito raccontare dagli anziani della tribù, di come nelle montagne non si nascondessero soltanto uomini, quando nevicava. Sperò che si trattasse solo di leggende narrate per spaventare i bambini, ma a ogni buon conto strinse forte il pugnale. Accanto a lui, Vesak alzò il braccio e indicò nella stessa direzione in cui lui aveva visto qualcosa muoversi. Qualunque cosa fosse, ora non si muoveva più. Vesak si chinò su di lui per sussurrargli qualcosa e in quell'istante Taran vide un uomo alzarsi di scatto da un cumulo di neve, impugnando una balestra. Vesak aveva i riflessi pronti: notando gli occhi del compagno dilatarsi si gettò a terra, compiendo una strana rotazione del corpo. Taran udì la balestra scattare e un istante dopo la neve si tinse di rosso. Vesak lanciò un urlo di rabbia e dolore. Dimentico del freddo, il ragazzo si alzò in piedi e si lanciò in avanti, scivolando sul terreno infido; aveva solo pochi istanti prima che l'uomo incoccasse un altro dardo. La corda che lo assicurava al compagno si snodava come un serpente dietro di lui, ma non aveva il tempo di fermarsi a tagliarla. Raggiunse l'esploratore chin che stava armeggiando con la balestra e si scagliò contro di lui, scaraventandolo a terra. L'arma scivolò lontano e Taran si ritrovò intrappolato in un abbraccio con un uomo assai più forte di lui.

Per qualche istante lottarono in silenzio, soli e infreddoliti. Mentre rotolavano, Taran era finito sopra il soldato chin e tentava disperatamente di sfruttare il vantaggio colpendo il nemico con le ginocchia e con i gomiti; avrebbe voluto usare il coltello, ma l'altro gli aveva immobilizzato la mano che lo impugnava. Quando si ritrovò con gli occhi del nemico fissi nei propri, abbassò il capo di scatto e sentì il naso dell'avversario rompersi con un sinistro scricchiolio. L'uomo gridò di dolore ma non mollò la presa, e Taran continuò a colpire con la fronte il suo viso insanguinato finché con la mano libera non riuscì ad afferrargli la gola. Il soldato chin gli lasciò il polso e cercò di ficcargli le dita negli occhi, ma Taran lo colpì ancora una volta con la testa, senza guardare.

La lotta terminò all'improvviso così come era cominciata. Quando Taran aprì gli occhi, vide l'uomo riverso sulla schiena con lo sguardo ormai spento. Gli aveva conficcato il pugnale nel petto senza nemmeno rendersene conto, realizzò vedendo l'impugnatura sporgere dalla sua giubba foderata di pelliccia. Per un po' rimase sdraiato nella neve, cercando di riprendere fiato. A un tratto si rese conto che Vesak lo stava chiamando, e si sforzò di riprendere il controllo per non perdere la faccia davanti al guerriero più anziano.

Liberò il pugnale con uno strattone e si alzò, sbarazzandosi con un calcio della corda che durante la lotta gli si era aggrovigliata intorno ai piedi. Vesak lo chiamò di nuovo, con voce più fievole. Taran non riusciva a distogliere lo sguardo dall'uomo che aveva ucciso, ma si costrinse a non pensarci. In pochi istanti, tolse la *deel* al soldato e se la infilò. Senza quel pesante indumento, il suo corpo sembrava più piccolo, notò avvertendo un'improvvisa ondata di nausea. Quando si voltò verso Vesak, vide che si era messo a sedere e lo stava osservando. Gi fece un cenno con il capo, poi si chinò a mozzare un orecchio alla sua prima vittima e con quel trofeo tornò barcollando da Vesak. Il freddo riprese di nuovo a tormentarlo in tutta la sua intensità, e quando raggiunse il compagno era scosso da violenti brividi e batteva i denti.

Vesak ansimava, il viso contorto in una smorfia di dolore. La freccia lo aveva colpito al fianco, appena sotto le costole, e tutto intorno alla ferita il sangue iniziava già a congelarsi, simile a cera rossa. Tese un braccio per aiutarlo ad alzarsi, ma il guerriero scosse il capo. «Non sono in grado di mettermi in piedi» mormorò. «Lasciami seduto qui, mentre tu vai avanti.»

Taran scosse la testa e cercò di sollevarlo, ma Vesak era troppo pesante per lui e caddero di nuovo.

«Non posso venire con te» gemette Vesak, «lasciami morire. Fai del tuo meglio per seguire le tracce di quell'uomo. Veniva dall'alto, capisci? Deve esserci il modo di passare.»

«Potrei usare la giubba dell'uomo come una slitta, per trascinarti» suggerì Taran. Non poteva credere che il suo amico volesse rinunciare. Cercò di stendere la pelliccia sulla neve, ma le gambe gli cedettero e dovette appoggiarsi a una roccia per non cadere.

«Devi seguire a ritroso le tracce di quell'uomo, ragazzo» sussurrò Vesak. Aveva chiuso gli occhi e respirava con difficoltà. «Proveniva dall'altro versante della montagna.»

Taran sollevò lo sguardo verso il punto in cui giaceva il cadavere del soldato, e il ricordo di ciò che era accaduto lo colpì con forza allo stomaco. Sporgendosi in avanti, vomitò, ma non mangiava da ore ormai e dalle sue labbra colò solo un liquido giallo e viscoso che macchiò la neve con delle chiazze. Si pulì la bocca con il dorso della mano, furioso con se stesso. Vesak non aveva visto nulla. Il suo viso era già coperto di fiocchi di neve e per quanto il ragazzo lo scuotesse non reagì. Taran ora era solo, e il suo grido si perse nell'ululato del vento.

Dopo qualche tempo si costrinse ad alzarsi in piedi e si avvicinò al punto in cui il soldato chin si era appostato per tendere loro l'imboscata. Quando si mise a guardare oltre il soldato morto, all'improvviso sentì tornare le energie. Tagliata la corda con il coltello, riprese ad avanzare e ad arrampicarsi, scivolando più volte. Non c'era sentiero, ma il terreno sembrava piuttosto solido e riusciva a scavare abbastanza facilmente nella neve per crearsi degli appigli. Respirava a stento quell'aria rarefatta, quando a un tratto il vento si placò e lui si ritrovò al riparo di un enorme masso di granito. La vetta era ancora molto distante, ma non sarebbe stato necessario raggiungerla: davanti a lui c'era la corda che il soldato aveva usato per arrivare fin lì. Vesak aveva ragione, pensò, esisteva davvero un modo per valicare le montagne, e la preziosa muraglia interna dei Chin non si era rivelata migliore dell'altra.

Rimase immobile per un po', intorpidito e confuso. Poi si fece forza e con un ultimo sguardo ai due uomini morti si mise in cammino. Non poteva fallire, si disse. Tsubodai era in attesa di notizie.

Alle sue spalle, la neve ricoprì i cadaveri e cancellò ogni segno della sanguinosa battaglia, finché il paesaggio non fu di nuovo una distesa immacolata e perfetta.

Benché immerso nella neve, l'accampamento non era silenzioso. I generali di Gengis avevano ordinato agli uomini di continuare a esercitarsi nelle manovre e nel tiro con l'arco, e i guerrieri si allenavano per ore e ore, scoccando frecce contro fantocci di paglia dai cavalli in corsa. I ragazzini avevano il compito di recuperare le aste dai bersagli, approfittando dei brevi intervalli fra un tiro e l'altro.

Nonostante i giochi di guerra organizzati da Khasar, i prigionieri catturati nelle città erano ancora migliaia, e se ne stavano seduti o in piedi fuori dalle *ger*, intirizziti e denutriti. A sorvegliarli c'erano solo alcuni pastori, eppure nessuno di loro tentava la fuga. Ci avevano provato, all'inizio, ma i guerrieri mongoli avevano seguito le loro tracce ed erano ritornati all'accampamento con le loro teste mozzate, che conficcavano su alte picche a monito per gli altri prigionieri.

Da ogni *ger* usciva il denso fumo delle stufe su cui le donne cucinavano la carne e distillavano l'*airag* per scaldare i loro uomini. Durante l'allenamento i guerrieri mangiavano e bevevano più del solito, tentando di aggiungere qualche strato di grasso che li difendesse dal freddo. Era praticamente impossibile rimpinguarsi cavalcando per dodici ore al giorno, ma Gengis aveva ordinato di macellare quasi un terzo delle pecore per nutrire i suoi uomini.

Tsubodai condusse Taran alla grande *ger* non appena il giovane esploratore gli fece rapporto. Gengis stava discutendo con Khasar e Kachiun, ma alla vista di Tsubodai uscì subito per incontrarli. Notò immediatamente che il ragazzo era esausto e barcollava leggermente; aveva gli occhi cerchiati di nero e sembrava che non mangiasse da giorni.

«Venite con me nella *ger* di mia moglie» disse Gengis. «Vi darà della carne calda da mangiare e lì potremo parlare.»

Tsubodai chinò il capo e Taran cercò di imitarlo, emozionato all'idea di parlare con il khan in persona. Si mise a seguire i due uomini, ascoltando Tsubodai riferire a Gengis del passaggio scovato dai due esploratori. Lanciò un'occhiata alle montagne, pensando al compagno che aveva abbandonato lassù. Con il disgelo, a primavera, forse avrebbero ritrovato il corpo. Ma ora era troppo infreddolito per pensare, e non appena furono al riparo dal vento prese la ciotola di stufato e si mise a trangugiarla con aria impassibile.

Gengis guardava il ragazzo mangiare, divertito dal suo appetito famelico e dal modo in cui sbirciava di sottecchi l'aquila appollaiata sul trespolo. Il maestoso rapace rosso era incappucciato, ma si era girato verso il nuovo arrivato come se a sua volta volesse osservarlo.

Borte colmò il ragazzo di premure, riempiendogli la ciotola non appena la vuotava e dandogli anche un bicchiere di *airag* che lo fece tossire e sputacchiare; solo quando le guance livide del ragazzo si colorirono annuì soddisfatta.

«Così hai trovato il modo di passare dall'altra parte?» chiese Gengis, quando Taran sembrò sentirsi meglio.

«È stato Vesak, signore» rispose il ragazzo. A un tratto parve ricordare qualcosa, e con le dita ancora intorpidite dal freddo frugò nella sua borsa ed estrasse un orecchio che esibì con orgoglio. «E io ho ucciso il soldato che ci aveva teso un agguato.»

Gengis prese l'orecchio e lo esaminò attentamente, prima di restituirlo. «Hai fatto bene» commentò. «Sei in grado di ritrovare il passaggio?»

Taran annuì, afferrando l'orecchio come fosse un talismano. Erano accadute molte cose in breve tempo, e l'idea stessa di essere lì a parlare con il grande khan gli sembrava impossibile. Sicuramente, se lo avesse raccontato ai suoi amici, loro non gli avrebbero mai creduto. «Sì, signore» rispose senza esitare.

Gengis sorrise e fece un cenno a Tsubodai, rivolgendogli uno sguardo trionfante. «Va' a dormire, ragazzo. Riposati e mangia a sazietà, e poi dormi ancora. Dovrai essere bene in forze, per guidare lassù i miei fratelli» disse battendo la mano sulla spalla di Taran e facendolo vacillare.

«Vesak era un brav'uomo, mio signore» disse Tsubodai. «Lo conoscevo bene.» Gengis guardò il giovane guerriero al quale aveva affidato la guida di diecimila uomini, e dal dolore che lesse nei suoi occhi comprese che Vesak era appartenuto alla sua stessa tribù d'origine. Anche se aveva proibito che si parlasse delle vecchie famiglie, certi legami erano rimasti profondi. «Se sarà possibile trovare il suo corpo, voglio che sia riportato qui e che gli sia reso onore. Aveva moglie, figli?»

«Sì, signore» rispose Tsubodai.

«Mi assicurerò che non manchi loro nulla» disse Gengis. «Nessuno prenderà il loro bestiame, e sua moglie non potrà essere costretta ad andare nella *ger* di un altro uomo.»

«Ti ringrazio, mio signore» disse Tsubodai, palesemente sollevato, e uscì dalla *ger* insieme a Taran tenendogli una mano sulla spalla per dimostrargli il proprio orgoglio.

Due giorni dopo, quando Khasar e Kachiun radunarono i loro uomini per la partenza, la tempesta non si era ancora placata. Ciascuno di loro comandava cinquemila uomini, e sarebbe stato Taran a guidarli oltre le montagne. Gengis aveva fatto preparare migliaia di fantocci come quelli che venivano usati come bersagli nelle esercitazioni, e in quei due giorni furono montati su ogni cavallo disponibile, in modo che gli esploratori chin non potessero accorgersi che mancavano dei guerrieri.

Khasar e Kachiun si erano spalmati sul viso un generoso strato di grasso di montone per difendersi dal freddo. A differenza degli esploratori, che viaggiavano leggeri, i loro uomini erano appesantiti da archi, spade e da un centinaio di frecce divise in due pesanti faretre che portavano a tracolla. Complessivamente, i diecimila guerrieri avevano in dotazione un milione di frecce. Ci erano voluti due anni di lavoro per realizzarle ed erano quanto di più prezioso possedessero; senza una foresta di betulle a portata di mano sarebbe stato impossibile costruirne altre.

Tutto ciò che portavano con sé doveva essere avvolto in strisce di tela cerata per proteggerlo dall'umidità, e gli uomini sotto i loro pesanti indumenti si muovevano impacciati, battendo le mani e i piedi per difendersi dal morso del vento.

Taran era molto orgoglioso di dover fare da guida ai fratelli del grande khan, e per l'emozione riusciva a malapena a stare fermo. Quando furono pronti, Khasar e Kachiun fecero un cenno al ragazzo, guardando la lunga colonna di uomini che avrebbe valicato le montagne. La salita sarebbe stata ripida e veloce, una sfida crudele anche per gli uomini più in forma. Se fossero stati avvistati dagli esploratori chin, avrebbero dovuto raggiungere il passaggio fra le bianche cime prima che quelli avessero il tempo di fare rapporto ai loro superiori. Chi fosse caduto sarebbe stato abbandonato.

Taran si incamminò, curvo sotto la sferza del vento, e subito dopo si lanciò uno sguardo alle spalle, inquieto. Khasar si accorse del suo nervosismo e sorrise, imitato da Kachiun. Il freddo era terribile, ma fra gli uomini il morale era alto. Erano decisi a distruggere l'esercito che li aspettava dall'altra parte del passo, ma ancora di più li eccitava l'idea di prenderli alle spalle, una volta oltrepassato il valico che loro credevano inespugnabile.

Gengis in persona era venuto a vederli partire. «Hai tempo fino all'alba del terzo giorno, Kachiun» disse al fratello. «Poi attraverserò il passo.»

21

Al mattino del secondo giorno raggiunsero il punto in cui Vesak era morto. Taran scavò in un cumulo di neve fino a liberare il corpo dell'amico, e chiuso in un rispettoso silenzio gli ripulì il viso illividito dalla morte.

«Potremmo mettergli fra le mani una bandiera, per segnare il sentiero» mormorò Khasar a Kachiun, strappandogli un sorriso.

La colonna di guerrieri che procedevano in fila indiana si snodava lungo il crinale della montagna, e la bufera non accennava a placarsi. Tuttavia non misero fretta al giovane esploratore mentre avvolgeva il corpo di Vesak in una striscia di stoffa blu, affidandolo al padre celeste.

Poco dopo Taran si alzò in piedi e chinò il capo per un istante, prima di affrontare l'ultimo tratto in salita sul terreno ghiacciato. Via via che passavano davanti alla sagoma congelata di Vesak, i guerrieri resero onore alla salma del compagno caduto mormorando qualche parola di saluto o una preghiera.

Valicato il passo, Taran si ritrovò in un territorio che non conosceva, e furono costretti a rallentare. La luce del sole era fioca e raffiche di vento gelido soffiavano da tutte le direzioni, rendendo difficile avanzare verso est. Quando il cielo si apriva e rivelava loro le montagne tutto intorno, Khasar e Kachiun scrutavano il territorio, memorizzandone ogni dettaglio. Intorno a mezzogiorno stimarono di trovarsi a metà circa della discesa; in basso, sotto di loro, si scorgevano le fortezze gemelle a guardia del passo.

Uno strapiombo di oltre cinquanta piedi li costrinse a rallentare ulteriormente benché le corde lasciate dall'esploratore chin segnassero il percorso più agevole. Dopo essere state esposte al freddo per giorni, queste erano diventate fragili, così ne legarono delle altre e scesero con cautela. Quelli che indossavano guanti li infilarono fra le pieghe della *deel* per avere maggiore sensibilità nelle mani, ma ben presto si resero conto che le dita diventavano bianche e rigide a una velocità impressionante. Il rischio di assideramento era alto, e sarebbe stato un problema molto grave se avesse compromesso la loro capacità di usare l'arco. Mentre scendevano di corsa lungo il pendio sottostante, i guerrieri aprivano e chiudevano le mani per riattivare la circolazione, oppure le infilavano sotto le ascelle lasciando penzolare le maniche vuote della *deel*. Spesso capitava che scivolassero sul ghiaccio; quelli che tenevano le mani al riparo si facevano più male, ma presto si rialzavano, indolenziti e con il viso contorto in una smorfia, mentre i compagni li superavano senza degnarli di uno sguardo. Ciascuno di loro era solo e lottava per tenere il passo con gli altri, temendo di restare indietro.

Fu Taran ad avvisarli che il sentiero si divideva. Sotto la coltre di neve non si intravedeva che un'increspatura della superficie candida, ma la traccia andava indubbiamente in due direzioni diverse e lui non sapeva quale prendere.

Khasar lo raggiunse, e sollevò una mano per segnalare agli uomini che lo seguivano di fermarsi. La lunga fila di guerrieri si snodava fino a dove giaceva il corpo di Vesak. Non c'era tempo da perdere, e un solo errore, a quel punto, avrebbe potuto significare la morte in fondo a un vicolo cieco. Khasar si tormentò il labbro spaccato dal freddo e lanciò un'occhiata a Kachiun per cercare consiglio, ma il fratello si strinse nelle spalle. «Credo che dovremmo proseguire verso est» disse stancamente, «il sentiero laterale torna indietro, verso le fortezze.»

«Potrebbe offrirci un'altra opportunità di prenderli alle spalle» osservò Khasar, lasciando vagare lo sguardo in lontananza. A una ventina di passi di distanza da lui il sentiero si perdeva nei mulinelli di neve sollevati dal vento.

«Gengis vuole che arriviamo alle spalle dei Chin il più presto possibile» gli ricordò Kachiun, senza degnare di uno sguardo il giovane esploratore, che assisteva affascinato alla conversazione.

«Non poteva sapere che avremmo trovato un altro sentiero che gira proprio dietro le fortezze. Secondo me vale la pena di dare almeno un'occhiata.»

Kachiun scosse il capo, seccato. «Ci rimane una sola notte da passare in questo inferno, prima che lui si muova. Se ti perdi, morirai assiderato.»

Khasar guardò il suo viso preoccupato e sorrise. «Noto che dai per scontato che ci andrò io. Ma potrei ordinare a te di andarci, fratellino.»

Kachiun sospirò. Gengis non aveva affidato il comando della spedizione a uno dei due in particolare, ed essendoci Khasar di mezzo era stato un grave errore. «No, non potresti» replicò con fermezza. «Io andrò avanti, con o senza di te, ma non ti fermerò se deciderai di provare l'altro sentiero.»

Khasar annuì, pensoso. Nonostante il tono scanzonato, conosceva bene i rischi che correva. «D'accordo, allora. Aspetterò qui e prenderò con me gli ultimi mille uomini. Se il sentiero non porta da nessuna parte, tornerò indietro e ti raggiungerò durante la notte.»

I due fratelli si strinsero le mani per un breve momento, poi Kachiun e Taran ripresero il cammino, lasciandosi alle spalle Khasar che incitava gli uomini perché si affrettassero.

Contare novemila uomini che avanzavano lentamente nella neve fu un'operazione più lunga di quanto avesse immaginato, e quando scorse finalmente l'ultimo migliaio era ormai buio. Khasar si avvicinò a un guerriero che avanzava faticosamente e lo prese per il braccio, gridando per farsi udire al di sopra del rumore del vento. «Seguimi!» ordinò, e senza aspettare la risposta imboccò l'altro sentiero, affondando nella neve fresca fin quasi all'inguine. Gli uomini, stremati e intorpiditi dal freddo, lo seguirono senza discutere.

In assenza del fratello con cui parlare, Kachiun trascorse il resto della giornata in silenzio. Taran continuava a guidarli, sebbene non conoscesse il sentiero. La discesa era un po' più agevole, via via che si allontanavano dalle cime, e anche l'aria era meno rarefatta. Kachiun si rese conto che respirava con maggior facilità e che pur essendo esausto si sentiva più forte e vigile. Con il sopraggiungere della notte la tempesta si placò, e per la prima volta dopo giorni riuscirono a vedere le stelle, nitide e brillanti fra gli squarci nelle nubi. Il freddo si fece più intenso con l'avanzare della notte, ma non si fermarono, e per guadagnare energie sbocconcellarono della carne secca. La notte precedente avevano dormito sulle pendici dei monti, scavando delle buche nella neve come facevano i lupi. Kachiun aveva chiuso occhio solo per qualche ora, e adesso era disperatamente stanco. Tuttavia, non sapendo esattamente a quale distanza si trovasse l'esercito chin, non osava fermarsi a riposare.

Dopo un po' la discesa si fece meno ripida. Pallide betulle cominciavano a comparire qua e là fra i pini neri; a volte crescevano in macchie così fitte che i guerrieri marciavano su un tappeto di foglie secche. Kachiun trovava la loro presenza confortante, segno che il loro viaggio stava per finire, ma ancora non sapeva se erano riusciti ad aggirare i soldati chin o se stavano ancora marciando paralleli alla Bocca del Tasso.

Anche Taran era in difficoltà, e di tanto in tanto Kachiun lo vedeva mulinare le braccia per riattivare la circolazione fino alla punta delle dita, in modo che non congelassero. Lo imitò e disse agli uomini dietro di lui di passare la voce ai compagni perché facessero lo stesso. L'idea della colonna di truci guerrieri che marciava nella neve agitando le braccia come se fossero uccelli gli strappò un sorriso, malgrado il dolore che gli trafiggeva i muscoli.

La luna piena sorse luminosa sopra le montagne, rischiarando con un chiarore spettrale la fila che avanzava faticosamente. La vetta che avevano oltrepassato si stagliava sopra di loro, lontanissima, come se appartenesse a un altro mondo. Kachiun si chiese quanti dei suoi uomini fossero caduti durante la marcia e giacessero ora al suolo come Vesak. Si augurò che i compagni avessero preso le loro faretre prima che la neve li ricoprisse. Avrebbe dovuto ordinarlo espressamente, si rimproverò. L'alba era ancora lontana, e in lui persisteva la speranza di raggiungere l'esercito chin prima dell'attacco di Gengis. I pensieri si rincorrevano nella sua mente mentre marciava nella neve, soffermandosi ora su Khasar ora sui suoi figli rimasti all'accampamento. A volte sognava di essere all'interno di una *ger* calda e accogliente, ma poi tornava in sé con un sussulto e continuava ad arrancare nella neve. Una volta cadde, e Taran tornò indietro di corsa per aiutarlo a rialzarsi. Nessuno dei suoi uomini avrebbe lasciato il fratello del grande khan morire sul ciglio del sentiero, né gli avrebbero tolto la faretra per consegnarla a qualcun altro, di questo Kachiun era profondamente riconoscente.

Gli sembrava di camminare da un'eternità, quando finalmente emersero dalla macchia di alberi. Davanti a lui Taran si accovacciò di colpo e Kachiun lo imitò, raggiungendolo poi a carponi, sulle ginocchia indolenzite. Alle sue spalle udì gli uomini imprecare sottovoce via via che cozzavano gli uni contro gli altri a causa della brusca fermata. Mentre strisciava in avanti si guardò intorno. Di fronte a loro si estendeva una valle candida che sembrava allungarsi all'infinito. All'orizzonte si innalzavano montagne così alte e scoscese che pareva impossibile che qualcuno potesse scalarle. Alla sua sinistra, il passo della Bocca del Tasso dava accesso a un'altra grande pianura a non più di un miglio di distanza. Nella luce intensa del plenilunio i suoi occhi acuti accarezzarono quel vuoto, magnifico e mortale. Un mare di tende e stendardi sbarrava l'estremità del passo e il fumo sottile che si alzava dall'accampamento si mescolava alla nebbia che scendeva dalle cime.

Preoccupato, si rese conto che i Chin avevano radunato un esercito così grande che non se ne vedeva la fine. La Bocca del Tasso si apriva su una vasta conca di ghiaccio e neve circondata da alte vette. Da lì partiva la strada che conduceva alla città imperiale, ma i soldati chin la occupavano per intero e sembravano estendersi nell'intera pianura. L'esercito era in parte nascosto dalle montagne innevate, ma per quel che Kachiun riusciva a scorgere non c'erano dubbi che fosse il più grande che avesse mai visto. Gengis non poteva saperlo, e in ogni caso sarebbe sceso dal passo entro poche ore.

Con un'improvvisa fitta di paura, Kachiun si chiese se dall'accampamento nemico potessero vederli. Di certo gli esploratori chin pattugliavano la zona, e lui era lì con la sua colonna di guerrieri che si snodava attraverso le alture innevate. Speravano di coglierli di sorpresa, e lui stava per rovinare tutto. Diede una pacca sulla spalla a Taran per ringraziarlo della sua prontezza, e il ragazzo sorrise felice.

Kachiun elaborò rapidamente un piano e ordinò agli uomini di ritirarsi prima che sorgesse il sole e di trovare un riparo in modo da non essere visti dai nemici. Alzando gli occhi verso il cielo limpido sospirò, pensando che un po' di neve sarebbe tornata utile per nascondere le tracce. L'alba non era lontana, e si augurò che Khasar fosse riuscito a raggiungere la sua meta sano e salvo.

Lentamente e a fatica, la colonna di uomini iniziò a ripiegare su per il pendio, verso gli alberi. D'un tratto, mentre si arrampicava, gli tornò alla mente quando da bambino si era nascosto con la madre e i fratelli in una valle stretta fra le colline, poco più di una fenditura, dove la morte e la fame erano sempre in agguato. Quel giorno si sarebbe nascosto di nuovo, ma poi sarebbe saltato fuori ruggendo, e Gengis sarebbe stato al suo fianco. Sommessamente pregò il padre celeste che Khasar fosse sopravvissuto e non stesse morendo di freddo da qualche parte, solo e sperduto. Quell'immagine lo fece sorridere: suo fratello era una forza della natura. Se qualcuno poteva farcela, quello era lui.

Facendo scorrere la mano avanti e indietro sulla gola, Khasar segnalò ai suoi uomini di stare in silenzio. La bufera si era placata, e fra le nuvole che si inseguivano nel cielo avevano fatto capolino le stelle. La luna illuminava le pendici brulle della montagna e lui si trovava sull'orlo di uno strapiombo. A meno di cento passi di distanza, sotto di lui, si ergeva la torre scura di una delle due fortezze che guardavano il passo. Ma a separarlo dalla meta c'era un tratto costellato di rocce acuminate e così ripido che la neve era scivolata a valle, depositandosi in soffici cumuli alla base del forte. Khasar si chiese se i suoi uomini sarebbero stati in grado di affrontare quella discesa. Il forte stesso era stato costruito su uno sperone di roccia che dominava il passo e di sicuro la guarnigione che lo difendeva disponeva di armi sufficienti ad annientare chiunque si fosse avvicinato. In ogni caso, non si aspettavano di certo che qualcuno osasse attaccarli dalle rocce alle loro spalle.

Se non altro c'era la luna, pensò Khasar tornando dai suoi uomini. Ordinò a tutti di mangiare e riposare, mentre passavano avanti le corde. I mille guerrieri che lo avevano seguito facevano parte del *tumen* di Kachiun e lui non li conosceva bene, ma gli ufficiali fecero un passo avanti e ascoltarono le sue parole annuendo. Poco dopo, un primo gruppo di dieci uomini iniziò a legare insieme le corde, arrotolandole presso il ciglio della scarpata. Avevano le mani intirizzite e faticavano a fare i nodi, tanto che Khasar si chiese se non li stesse condannando tutti a una morte certa.

«Se cadete, cercate di rimanere in silenzio» bisbigliò al primo gruppo, «o le vostre grida sveglieranno i soldati del forte. Se siete così fortunati da atterrare nella neve fresca, potrete anche sopravvivere.»

Alcuni accennarono una smorfia, scuotendo il capo mentre si sporgevano oltre l'orlo dello strapiombo.

«Andrò io per primo» disse Khasar. Si sfilò i guanti e subito il freddo gli attanagliò le dita, poi afferrò saldamente la corda. Aveva scalato pareti più esposte e difficili di quella, pensò, ma in vita sua non era mai stato così stanco e infreddolito. Si sforzò di assumere un'espressione sicura, e per saggiarne la resistenza strattonò la corda che gli ufficiali avevano assicurato al tronco di una betulla. Sembrava tenesse. Indietreggiò verso il ciglio del burrone, cercando di non pensare al vuoto che si spalancava alle sue spalle. Nessuno poteva sopravvivere a una caduta da tale altezza, ne era sicuro.

«Non più di tre uomini per corda» ammonì, allungandosi il più possibile per puntare i piedi contro la parete di roccia gelata. «Legate insieme qualche altra fune, o ci metteremo tutta la notte a scendere» disse. Dare ordini gli serviva per dissimulare il nervosismo, la faccia di pietra per nascondere la paura.

Qualcuno si sporse per guardarlo scendere, mentre altri iniziavano a legare le corde per consentire ad altri compagni di seguirli. Poco dopo uno di loro fece un cenno di saluto agli amici, si sdraiò sulla pancia e dopo aver afferrato la corda che reggeva Khasar svanì oltre l'orlo del dirupo.

Gengis attendeva l'alba con impazienza. Aveva spedito degli esploratori in avanscoperta verso il passo, ordinando loro di spingersi fin dove possibile, e alcuni erano tornati con dei dardi conficcati nell'armatura. L'ultimo era giunto all'accampamento al tramonto, con due frecce che gli sporgevano dalla schiena. Una di esse era penetrata nella corazza di ferro e una striscia di sangue colava lungo la sua gamba e sui fianchi del cavallo. Gengis pretese che gli riferisse ciò che aveva veduto prima di farsi curare le ferite: aveva assoluto bisogno di quelle informazioni.

Il generale chin aveva lasciato aperto il passo. Prima di essere costretto a ripiegare da una pioggia di frecce, l'esploratore aveva scorto due grandi fortezze che dominavano la pianura sottostante, e Gengis non dubitava che i soldati al loro interno fossero pronti ad annientare chiunque si fosse avvicinato. Il fatto che la Bocca del Tasso non fosse stata bloccata lo preoccupava: evidentemente il generale chin voleva indurlo a tentare un assalto frontale, sicuro di riuscire ad avere la meglio sull'esercito mongolo.

All'inizio il passo era ampio circa un miglio, ma sotto le fortezze gemelle si restringeva formando un corridoio largo non più di qualche dozzina di passi. La sola idea di ritrovarsi imbottigliato lì dentro senza la possibilità di attaccare gli fece venire i brividi. Si sforzò di ricacciare quella sensazione di disagio, contando sul fatto che i suoi fratelli avrebbero attaccato il nemico alle spalle non appena la visibilità fosse stata sufficiente per prendere la mira. Ormai non avrebbe potuto richiamarli, se anche gli fosse venuto in mente un piano migliore. Non aveva idea di dove fossero, dovevano essere là da qualche parte, nascosti fra i picchi innevati.

Se non altro la tempesta si era placata, pensò, guardando la massa di prigionieri che aveva schierato vicino all'imboccatura del passo. Avrebbero preceduto l'esercito, prendendosi le frecce dei Chin destinate ai suoi uomini, e se dalle fortezze avessero versato l'olio che brucia sarebbero stati loro a ustionarsi.

Quella notte l'aria era gelida, ma lui non riusciva a dormire. Inspirò a fondo, sentendo il freddo scendergli nei polmoni. Ormai non mancava più molto all'alba. Ripassò i piani ancora una volta, pur sapendo che a quel punto non poteva fare più nulla. I suoi uomini erano ben nutriti e in forma, e lui avrebbe guidato in battaglia dei veterani dotati di una solida armatura. Aveva predisposto una prima linea di uomini armati di lancia, che avrebbero spinto avanti i prigionieri. I Giovani Lupi di Tsubodai sarebbero venuti dopo di lui e i guerrieri di Arslan e Jelme, ventimila uomini che non si sarebbero mai arresi neanche davanti alla battaglia più cruenta, avrebbero formato la retroguardia.

Gengis sguainò la spada del padre e provò qualche colpo, l'elsa a forma di testa di lupo che scintillava alla luce delle stelle. L'accampamento era immerso nel silenzio, benché ci fosse sempre qualcuno che non dormiva, da qualche parte. Cominciò ad allenarsi come gli aveva insegnato Arslan, eseguendo alcuni esercizi che allungavano e rafforzavano i muscoli. Il monaco Yao Shu stava insegnando ai suoi figli una disciplina molto simile, che li avrebbe irrobustiti. Eseguì una serie completa di esercizi, uno dietro l'altro. Non era più rapido e scattante come un tempo, ma era più forte e potente ed era sempre agile, nonostante le tante ferite che gli segnavano il corpo.

Non aveva voglia di aspettare l'alba. Infine si risolse a cercare una donna per sciogliere un po' i nervi. La sua prima moglie, Borte, stava dormendo nella sua *ger*, circondata dai suoi figli. La seconda stava sicuramente allattando la bambina da poco venuta al mondo. Si illuminò, pensando ai suoi seni candidi e gonfi di latte. Rinfoderò la spada e si avviò a grandi passi verso la *ger* di Chakahai, ridacchiando eccitato. Una donna calda e una battaglia in vista. Essere vivi, in una notte come quella, era fantastico.

Nella sua tenda, il generale Zhi Zhong sorseggiava lentamente un bicchiere di vino di riso caldo. Nemmeno lui riusciva a prendere sonno. L'inverno aveva serrato le montagne nella sua morsa di ghiaccio e lui aveva deciso di trascorrere i mesi più freddi con l'esercito. Non se ne era pentito: aveva undici figli e tre mogli, a Yenking, e quando era a casa c'era sempre qualche problema da risolvere. Al confronto, la vita nell'accampamento militare era riposante, forse perché ne conosceva ogni sfaccettatura. Sentire le sentinelle scambiarsi la parola d'ordine, al cambio della guardia, gli dava un senso di serenità. Aveva sempre sofferto di insonnia, e tra i soldati girava voce che lui non avesse bisogno di riposarsi e che rimanesse sempre sveglio alla luce della lanterna. Era una leggenda che gli faceva comodo alimentare perché gli uomini avessero la sensazione di essere guidati da un condottiero che non condivideva nessuna delle loro debolezze.

Pensò al grande esercito che lo circondava e ai preparativi che erano stati necessari per allestirlo. I reggimenti di fanti e lancieri da soli superavano di gran lunga il numero dei guerrieri dell'armata mongola, e per sfamare così tanti soldati avevano dovuto svuotare i magazzini di Yenking. Sorrise, ricordandosi della rabbia dei mercanti quando aveva presentato loro i documenti firmati dall'imperatore. Quei grassi venditori di granaglie pensavano di essere il cuore della città e Zhi Zhong si era divertito a ricordare loro chi detenesse davvero il potere. Senza l'esercito, le loro belle case non valevano nulla.

Nutrire duecentomila uomini per tutto l'inverno avrebbe ridotto in miseria i contadini per centinaia di miglia a est e a sud. Ma non c'erano alternative, pensò, scuotendo il capo. Nessuno combatteva in inverno, ma non potevano certo lasciare il passo incustodito. Perfino il giovane imperatore aveva compreso che sarebbero potuti passare mesi prima della battaglia. Era sicuro che i Mongoli sarebbero arrivati in primavera, in ogni caso lui era lì ad aspettarli. Si chiese oziosamente se anche il khan avesse i suoi stessi problemi di approvvigionamento. Zhi Zhong ne dubitava. Probabilmente i membri delle tribù si divoravano l'un l'altro e consideravano la carne umana una ghiottoneria.

Rabbrividì, avvertendo il freddo della notte insinuarsi nella tenda, e si strinse una coperta intorno alle spalle. Tutto era cambiato dalla morte del vecchio imperatore, l'uomo al quale Zhi Zhong aveva giurato fedeltà. Il mondo era stato scosso dalle fondamenta il giorno in cui era spirato nel sonno, dopo una lunga malattia. Scosse il capo, tristemente. Il figlio non era all'altezza del padre e vedere un ragazzo inesperto sul trono dell'impero minava le sue profonde convinzioni. Si era conclusa un'era, si disse, e forse alla morte del vecchio avrebbe dovuto ritirarsi; sarebbe stata una presa di posizione adeguata e dignitosa. Invece era rimasto e aveva aiutato il nuovo imperatore a insediarsi. Dopodiché erano arrivati i Mongoli e non era più stato possibile tirarsi indietro. Sarebbe passato almeno un altro anno prima che il generale potesse realmente pensare di uscire di scena.

Fece una smorfia, sentendo il freddo penetrargli nelle ossa. I Mongoli non soffrivano il freddo, rammentò. Sembravano capaci di resistere al gelo come le volpi, la pelle nuda coperta da un solo strato di pelliccia. Quegli uomini lo disgustavano: non costruivano nulla, non raggiungevano nulla nel corso delle loro brevi vite. Il vecchio imperatore li aveva tenuti al loro posto, ma il mondo era cambiato e ora quei selvaggi osavano minacciare le porte della grande città. Non avrebbe avuto alcuna pietà al termine della battaglia, decise. Se avesse lasciato i suoi uomini liberi di scorrazzare nei loro accampamenti, il sangue delle tribù sarebbe sopravvissuto in migliaia di bambini; ma lui non avrebbe consentito loro di moltiplicarsi come pidocchi, con il rischio che un giorno tornassero a minacciare Yenking. Non avrebbe avuto pace fino a quando non li avesse uccisi tutti, dal primo all'ultimo. Li avrebbe cancellati dalla faccia della terra, e forse un giorno la loro fine sarebbe servita da monito a chiunque fosse tentato di tramare contro i Chin. Era l'unica risposta che meritavano. Forse poteva fare quell'ultimo dono alla sua terra, prima di ritirarsi a vita privata: una vendetta così sanguinosa e definitiva che se ne sarebbe tramandato il ricordo per secoli. Il suo nome sarebbe stato legato allo sterminio di un'intera nazione, avrebbe avuto una sorta di immortalità e l'idea lo allettava. Cullato da quel pensiero, decise di lasciare la lanterna accesa e di provare a dormire.

Quando le prime luci dell'alba rischiararono l'orizzonte dietro le montagne, Gengis guardò le nubi che avvolgevano gli alti picchi. La pianura, più in basso, era ancora immersa nel buio e tale vista gli risollevò il morale. Il gregge di prigionieri che avrebbero preceduto l'esercito attraverso il passo era silenzioso. I suoi uomini si erano schierati alle spalle dei guerrieri scelti e con le dita tamburellavano impazienti sulle lance e sugli archi, in attesa degli ordini. Solo un migliaio di guerrieri sarebbe rimasto indietro, per proteggere le donne e i bambini nell'accampamento, anche se non c'era alcun pericolo: ogni minaccia nella steppa era già stata affrontata ed eliminata.

Gengis strinse con forza le redini della giumenta. Allo spuntare dell'alba, i tamburini avevano iniziato a scandire il ritmo che tutti associavano alla guerra. Ce n'erano un migliaio mescolati ai guerrieri, con i tamburi appesi a tracolla, e il suono che echeggiava fra le montagne gli regalava forti emozioni. I suoi fratelli erano da qualche parte, davanti a lui, mezzi assiderati dopo la lunga marcia tra le vette innevate, e più in là si ergeva la capitale dei Chin, che per millenni avevano organizzato scorrerie, corrompendo e uccidendo la sua gente.

Il sole si alzò nel cielo, nascosto dalle nubi, poi all'improvviso i suoi raggi dorati illuminarono la steppa e Gengis sentì il suo calore sul viso. Sollevò lo sguardo. Era giunta l'ora.

22

Nella pallida luce dell'alba che disegnava labili ombre fra gli alberi, Kachiun aspettava l'arrivo di Gengis, pur sapendo che avrebbe impiegato del tempo a raggiungere il cuore dell'esercito chin. Tutto intorno a lui, gli uomini stavano preparando gli archi e sciogliendo i fasci di frecce nelle faretre. Avevano perso dodici uomini durante la marcia tra i picchi innevati e altri mille erano andati con Khasar. Ciò nonostante, quando fosse giunto il momento, lui e i suoi uomini sarebbero stati in grado di scoccare quasi novecentomila frecce contro i nemici.

Kachiun aveva cercato invano un posto dove poter schierare i suoi guerrieri senza che i Chin li vedessero, ma nella valle non c'era alcun riparo: sarebbero stati esposti, e solo i nugoli di frecce li avrebbero protetti dall'attacco nemico.

L'accampamento chin iniziava appena a svegliarsi in quel gelido mattino. La neve caduta durante la notte aveva cancellato le orme intorno alle tende, che si stagliavano sullo sfondo immacolato dando un'impressione di pace che nulla rivelava della quantità di uomini armati nascosti al loro interno. Kachiun le scrutò con attenzione, ma non vi scorse alcunché che lasciasse intendere che i Chin fossero al corrente dell'imminente arrivo di Gengis: l'ultimo cambio della guardia si era svolto regolarmente e nei soldati non aveva colto nessun segno di panico.

Durante quelle ore aveva maturato una sorta di riluttante rispetto nei confronti del generale a capo dell'accampamento. Appena prima dell'alba, gli esploratori erano usciti a cavallo per un giro di ricognizione nella valle, e non rientrarono prima di averla percorsa tutta fino all'estremità meridionale. Era evidente che non si aspettavano che il nemico fosse così vicino, e lui li aveva sentiti chiamarsi l'un l'altro allegramente, senza mai darsi la pena di guardare verso le vette e le pendici delle montagne. Senza dubbio pensavano di trascorrere un inverno tranquillo.

Sobbalzò, quando uno degli ufficiali gli posò una mano sulla spalla e gli offrì un pezzo di pane con della carne. Affamato, Kachiun ringraziò il compagno con un cenno del capo e iniziò a mangiare. Di lì a poco avrebbe avuto bisogno di tutta la sua forza: scoccare cento frecce a ripetizione era un esercizio che avrebbe distrutto braccia e spalle anche a chi, come lui, era nato con l'arco in mano. Ordinò agli uomini di formare delle coppie e di esercitarsi durante l'attesa, così da sciogliere i muscoli e combattere il freddo. I guerrieri conoscevano bene l'importanza di quegli esercizi, e nessuno di loro voleva farsi trovare impreparato quando sarebbe giunto il momento.

L'accampamento era ancora tranquillo. Kachiun inghiottì l'ultimo boccone e si riempì la bocca di neve per calmare la sete. Lui e i suoi uomini avrebbero dovuto muoversi con tempismo perfetto, rifletté. Se avessero attaccato prima che i nemici avvistassero Gengis, una parte del vasto esercito dei Chin avrebbe potuto sopraffarli facilmente, d'altro canto, se fossero partiti in ritardo, suo fratello avrebbe perduto il vantaggio della sorpresa e magari sarebbe stato ucciso.

Cominciavano a dolergli gli occhi per lo sforzo di fissare l'accampamento, ma non osava distogliere lo sguardo.

Quando intuirono a cosa stavano andando incontro, i trentamila prigionieri chin cominciarono a lamentarsi. I cavalieri mongoli schierati alle loro spalle li pungolavano con le lance impedendo loro di tornare indietro, e non avevano altra scelta che continuare ad avanzare. Alcuni degli uomini più giovani tentarono la fuga, seguiti da migliaia di sguardi febbrili che tornavano a riempirsi di angoscia non appena i fuggitivi venivano decapitati con pochi, precisi colpi.

Il rullo dei tamburi, lo scalpitio dei cavalli e le voci degli uomini rimbalzavano fra le pareti di roccia del passo. In lontananza, Gengis scorse gli esploratori chin partire al galoppo verso l'accampamento per portare al generale la notizia del loro arrivo, ma non se ne preoccupò, perché l'elemento sorpresa per lui non era essenziale.

I prigionieri procedevano faticosamente sul terreno roccioso, guardandosi intorno atterriti nel tentativo di scorgere gli arcieri chin. Alcuni caddero, esausti, e subito furono raggiunti dai cavalieri mongoli che li uccisero senza pietà, mentre i loro compagni venivano sospinti in avanti con urla e incitamenti, come fossero capre.

Gengis passò in rassegna un'ultima volta le sue truppe, annotando mentalmente la posizione dei generali prima di concentrarsi su ciò che avevano davanti.

Finalmente, quando all'accampamento dei Chin giunsero gli esploratori con la notizia che Gengis stava avanzando alla testa di un numeroso esercito, Kachiun scorse dei movimenti frenetici tra le tende. Notò che la cavalleria aveva in dotazione degli animali di qualità eccellente. Forse, pensò, l'imperatore riservava le bestie più forti e resistenti alla guardia imperiale. Quei cavalli erano più grandi di quelli che usava la sua gente, e il loro mantello riluceva nella luce dell'alba mentre i cavalieri si schieravano in formazione, rivolti verso la Bocca del Tasso.

Interi reggimenti di balestrieri e lancieri si affrettavano verso le prime file, e Kachiun sussultò nel vederne il numero. Suo fratello avrebbe avuto difficoltà ad arginare la carica di così tanti soldati, realizzò, e nello spazio angusto della gola non avrebbe di certo potuto adottare la tattica di accerchiare il nemico.

Kachiun si voltò verso i suoi uomini e scoprì che lo stavano fissando, in attesa di ordini. «Al mio segnale, venite fuori di corsa. Ci avvicineremo il più possibile al nemico formando tre file da un capo all'altro della valle. Non riuscirete a sentirmi per via del rumore degli archi, quindi passate voce che ognuno deve scoccare venti frecce e poi aspettare. Darò ordine di scoccarne altre venti alzando e abbassando il braccio.»

«La loro cavalleria è corazzata. Ci travolgeranno» osservò un uomo accanto a lui, fissando un punto lontano. Erano tutti cavalieri, e per loro l'idea di affrontare una carica a piedi era inimmaginabile.

«No» replicò Kachiun, «niente al mondo è in grado di resistere ai miei arcieri. Le prime venti frecce semineranno il panico, e noi avanzeremo. Se caricheranno, e succederà di certo, li colpiremo uno dopo l'altro, trafiggendo loro la gola con i nostri dardi.»

Tornò a guardare l'accampamento chin nel fondovalle. Sembrava un formicaio impazzito. Gengis stava arrivando.

«Tenetevi pronti» mormorò, e il sudore gli imperlò la fronte. Non poteva permettersi di sbagliare. «Aspettiamo ancora un po', e poi partiamo a tutta velocità.»

Verso la metà del passo, i prigionieri incapparono nei primi appostamenti di arcieri. I soldati chin si erano piazzati su alcuni speroni di roccia a circa cinquanta piedi di altezza. I prigionieri furono i primi a vederli, e subito si spostarono verso il centro della gola, ammassandosi l'uno sull'altro e rallentando l'avanzata del resto dell'armata mongola. Era impossibile mancarli, e le frecce dei Chin ne fecero strage. Non appena le grida dei prigionieri echeggiarono nella gola, la prima linea di arcieri mongoli sollevò gli archi. Ciascuno di loro era in grado di colpire l'ala di un uccello in volo, e quando gli avversari furono a tiro le loro frecce fischiarono nell'aria; i soldati chin precipitarono nella gola e i guerrieri di Gengis avanzarono spingendo avanti i prigionieri.

Poco oltre, la via si restringeva, passando tra due giganteschi speroni di roccia. I prigionieri si incanalarono nella strettoia, correndo e incespicando davanti alle lance impietose dei Mongoli. Poco dopo apparvero loro le due fortezze gemelle che sovrastavano il sentiero. Nessuno degli esploratori si era spinto più avanti, da lì in poi si sarebbero trovati in terra sconosciuta, senza sapere che cosa li attendeva.

Khasar stava sudando. Avevano impiegato parecchio tempo a far scendere mille uomini con tre sole corde, e via via che i guerrieri giungevano a terra sani e salvi cresceva in lui la tentazione di abbandonare gli altri. Gli uomini affondavano fino alla vita nei cumuli di neve appena si muovevano, e lui iniziava a dubitare di trovarsi su un sentiero usato per la caccia dagli occupanti del forte. Sempre che non vi fossero degli scalini scavati nella roccia, più avanti, che lui non aveva visto. I suoi uomini avevano trovato la strada che portava al retro del forte, ma nel buio non riusciva a distinguere vie d'accesso. Come la sua gemella dall'altra parte del passo, la fortezza era stata costruita in modo da essere inespugnabile da chiunque fosse transitato per la Bocca del Tasso. Per quel che ne sapevano loro, era possibile che la guarnigione di stanza nella fortezza entrasse e uscisse per mezzo di corde.

Tre dei suoi uomini erano caduti, durante la discesa, e contrariamente alle aspettative uno di loro era sopravvissuto. Fortunatamente era caduto in un cumulo di neve così profondo che i suoi compagni avevano dovuto scavare per tirarlo fuori. Gli altri due non avevano avuto la stessa sorte, e avevano battuto la testa sugli spuntoni di roccia. Nessuno di loro aveva gridato e gli unici suoni nella notte erano i richiami dei gufi che tornavano ai loro nidi.

All'alba, Khasar fece muovere gli uomini attraverso la neve fresca. Il forte torreggiava alto e nero sopra di loro, e lui si era quasi pentito di aver sottratto a Kachiun un decimo delle truppe senza una buona ragione. Poco dopo, all'improvviso, incrociarono un sentiero, e più avanti videro una grossa catasta di legna da ardere. Evidentemente i soldati chin andavano a far legna nei boschi circostanti e l'accatastavano lì in previsione del lungo inverno. Uno degli uomini trovò un'ascia dalla lunga impugnatura conficcata in un ceppo. La lama era ben oliata, appena chiazzata di ruggine. Nel vederla Khasar sorrise, intuendo che doveva esserci un modo per entrare.

A un tratto nella gola echeggiarono un rumore di persone in marcia e le voci lamentose dei prigionieri. Gengis stava arrivando, e lui non aveva ancora raggiunto una posizione utile per aiutare il fratello. «Dobbiamo entrare in quel forte» disse agli uomini attorno a lui. «Dev'esserci una porta attraverso cui introducono la legna. Andiamo!» E partì di corsa, seguito dai guerrieri che estraevano spade e archi.

Il generale Zhi Zhong, al centro di un turbine di messaggeri, impartiva ordini via via che gli arrivavano nuove informazioni. Non aveva dormito, ma si sentiva pieno di energie e soprattutto di indignazione. Benché la bufera si fosse placata, l'aria era ancora gelida e il ghiaccio ricopriva il terreno e le cime tutto intorno. Con quel freddo, le mani avrebbero perso la presa sulle spade, i cavalli sarebbero incespicati e i soldati si sarebbero sentiti venir meno le forze. Osservò pensoso un fuoco da campo pronto per essere acceso; forse avrebbe potuto ordinare che gli portassero del cibo caldo, ma l'allarme era scattato prima che i soldati avessero fatto colazione e ormai non c'era più tempo. Nessuno attaccava battaglia in inverno, si disse sarcastico, ripensando a quanto ne fosse stato sicuro solo poche ore prima.

Aveva presidiato il passo per mesi mentre l'esercito mongolo devastava le terre sull'altro versante, e i suoi uomini avevano avuto tutto il tempo per prepararsi. Non appena i nemici fossero giunti a tiro, i suoi balestrieri li avrebbero accolti scagliando loro addosso mille dardi ogni dieci battiti del cuore, e questo sarebbe stato solo l'inizio. Rabbrividì quando una raffica di vento lo investì, ruggendo fra le tende dell'accampamento. Aveva costretto quei selvaggi ad affrontarlo nell'unico luogo in cui non potevano usare le loro tattiche, adatte solo per le battaglie in campo aperto. La Bocca del Tasso avrebbe protetto i fianchi della sua armata meglio di qualunque esercito. Che venissero pure, pensò.

Gengis osservò i prigionieri sfilare sotto le fortezze gemelle: erano così numerosi e lontani che per quanto aguzzasse la vista riusciva a malapena a vedere cosa stava succedendo. Udì delle grida in lontananza e all'improvviso una vampata di fuoco si innalzò nell'aria gelida. Anche i prigionieri in coda al gruppo l'avevano vista ed esitarono, terrorizzati. Senza che ci fosse bisogno di un suo diretto ordine, i guerrieri di Gengis spianarono le lance, costringendoli a procedere lungo la strettoia tra le fortezze. Per quante armi possedessero i Chin, trentamila prigionieri erano troppi perché potessero fermarli, e alcuni di loro avevano già superato il passo e si erano riversati dall'altra parte. Gengis continuò ad avanzare, augurandosi che, quando fosse arrivato il suo turno di passare sotto le fortezze, la guarnigione avesse esaurito l'olio e le frecce. Via via che si avvicinava al punto più stretto della gola, i cadaveri immobili sul sentiero aumentavano sempre di più.

Distinse degli arcieri sugli spalti delle due fortezze, ma notò sconcertato che scoccavano i loro dardi dall'altro lato del passo, come se mirassero ai loro compagni. Non sapeva come interpretare quello strano comportamento, e pensò con un pizzico di preoccupazione che non gli piacevano le sorprese, soprattutto se si trovava imbottigliato in un posto come quello.

Avvicinandosi alle fortezze riconobbe i sordi tonfi prodotti dai proiettili lanciati dalle catapulte. Vide un filo di fumo levarsi dalla sommità del passo e lingue di fuoco danzare sulle mura del forte alla sua sinistra. Gli arcieri precipitarono dalle piattaforme, i corpi in fiamme, e dall'altra parte si alzarono grida di giubilo. Con il cuore in gola, Gengis si rese conto di quale potesse essere la spiegazione e gridò ai suoi uomini di tenersi il più possibile sulla destra della Bocca del Tasso, lontani dalla fortezza di sinistra.

Uno dei suoi fratelli doveva essersi impadronito del forte, intuì. Chiunque fosse, gli avrebbe reso ogni onore alla fine della battaglia, sempre ammesso che entrambi fossero ancora vivi.

C'erano così tanti cadaveri sul sentiero che il suo cavallo non poteva fare a meno di calpestarli; per questo nitriva in continuazione, terrorizzato. Il cuore gli batteva all'impazzata quando un'ombra gli oscurò il viso; si trovava quasi sotto le fortezze, in quella strettoia mortale creata da nobili chin di generazioni passate. Migliaia di prigionieri avevano perso la vita, al punto che in molti tratti non si vedeva nemmeno più il terreno tra i corpi dei cadaveri che giacevano a terra scomposti. Tuttavia, benché decimata, quella sgangherata avanguardia era riuscita a oltrepassare quel varco, e ora correva in preda a un cieco terrore. I Mongoli non avevano quasi subìto perdite, e quando Gengis passò sotto la fortezza di destra si mise a urlare esultante per farsi sentire dai guerrieri che avevano dato loro manforte. Ma riusciva a malapena a sentire se stesso, ed era impossibile che loro percepissero i suoi richiami.

Si protese in avanti per controllare la giumenta, che sotto la pioggia di frecce avrebbe voluto lanciarsi al galoppo, e sollevò la mano per segnalare ai suoi guerrieri di rimanere compatti. Uno dei due forti stava bruciando all'interno, e si vedevano lingue di fuoco che uscivano dalle feritoie. Quando Gengis alzò gli occhi, una piattaforma di legno crollò avvolta dalle fiamme e precipitò nella gola; alcuni cavalli, spaventati, si lanciarono al galoppo dietro ai prigionieri.

Gengis si raddrizzò sulla sella per guardare oltre il passo, e deglutì nervosamente scorgendo una linea scura che bloccava l'estremità della gola. In quel punto, il passo si restringeva nuovamente, creando una strettoia simile a quella che avevano appena superato. Era una difesa naturale perfetta, rifletté; non c'era modo di passare se non travolgendo l'esercito dei Chin. I prigionieri erano già quasi arrivati laggiù e Gengis sentì scattare le balestre.

Bersagliati dai proiettili, si lasciarono prendere dal panico e si misero a correre pazzi di paura in mezzo a un'autentica tempesta di dardi. Gengis scoprì i denti in un ghigno, sapendo che ben presto sarebbe stato il suo turno.

Il messaggero, livido di paura, tremava ancora ripensando a quello che aveva visto: era un militare di carriera eppure niente, fino a quel momento, l'aveva preparato alla carneficina che si era consumata sul passo. «Hanno conquistato una delle fortezze, generale» disse, «e hanno rivolto le catapulte verso l'altra.»

Il generale Zhi Zhong lo fissò, irritato dalla paura che mostrava. «Gli arcieri e i balestrieri del forte non avrebbero comunque potuto far molto contro una simile moltitudine» rispose. «Saremo noi, *qui*, a fermare la loro avanzata.»

Il messaggero parve rincuorato dalla compostezza del generale e riprese a respirare. Zhi Zhong aspettò che avesse ripreso il controllo, dopodiché fece un cenno a uno dei soldati. «Portalo via e frustalo a sangue» ordinò. «Smetterai soltanto quando avrà imparato la lezione. Oppure dopo avergli dato sessanta frustate, a seconda di quello che arriverà prima.»

Il messaggero chinò il capo arrossendo di vergogna mentre lo conducevano fuori, e per la prima volta quella mattina Zhi Zhong rimase solo. Imprecando sottovoce, uscì dalla tenda in cerca di informazioni. Sapeva già che i Mongoli spingevano i prigionieri chin davanti a sé usandoli come scudi umani e non poté far altro che apprezzare quella tattica, pur scervellandosi per trovare una contromossa. Decine di migliaia di uomini inermi si sarebbero potuti rivelare pericolosi quanto un esercito, se avessero raggiunto le sue linee. Avrebbero infatti vanificato l'efficacia della linea di arcieri e balestrieri che aveva schierato sul passo. Ordinò a un soldato di mandare al fronte altri carri carichi di frecce e si mise a guardarli mentre si allontanavano sobbalzando.

Il khan era stato intelligente, ma prima o poi i prigionieri sarebbero morti tutti e Zhi Zhong era ancora fiducioso. Senza i loro scudi umani, i Mongoli avrebbero dovuto lottare per conquistare ogni singolo passo. Inoltre, privi dello spazio per manovrare, si sarebbero trovati in trappola e i suoi uomini li avrebbero massacrati.

Attese, chiedendosi se dovesse avvicinarsi alla linea del fronte. Da dove si trovava, vedeva la colonna di fumo nero che si innalzava dalla fortezza conquistata e si lasciò sfuggire un'imprecazione. Era una perdita umiliante, ma l'imperatore avrebbe chiuso un occhio se le tribù fossero state annientate.

Zhi Zhong si era riproposto di decimarli, per poi fare aprire un varco nel proprio esercito nella speranza che il nemico ci si infilasse, ritrovandosi circondato. Attaccati su tutti i fronti, i Mongoli sarebbero stati travolti dalla forza schiacciante dei suoi veterani. Era una buona tattica. L'alternativa era bloccare del tutto il passo, ma dopo aver attentamente soppesato i pro e i contro di entrambe le strategie, la prima gli era parsa la più promettente. Con mano ferma, cercando di apparire sicuro di sé a chi gli stava intorno, prese una brocca d'acqua e se ne versò un po' in una tazza, sorseggiandola mentre osservava il passo.

A un tratto colse con la coda dell'occhio un movimento nella vallata coperta di neve, e scrutando in quella direzione vide, con un brivido di terrore, scure sagome di uomini emergere correndo dal bosco e ricompattarsi in ranghi sotto i suoi occhi.

In quello stesso istante degli esploratori a cavallo fecero irruzione nell'accampamento portandogli la notizia di quell'ulteriore sviluppo. Le cime dei monti che circondavano il passo non si potevano scalare, era impossibile, pensò esterrefatto. Riuscì a non farsi prendere dal panico e iniziò a impartire ordini prima ancora che i messaggeri lo raggiungessero. «Reggimenti di cavalleria da uno a venti, in formazione!» ruggì. «Tenete l'ala sinistra e spazzate via quelle linee.»

Dei cavalieri partirono di corsa per diramare l'ordine e metà della cavalleria cominciò a staccarsi dal nucleo centrale dell'esercito. Il generale osservò i Mongoli serrare i ranghi e avvicinarsi correndo nella neve. Si impose di mantenere la calma: quegli uomini avevano superato delle montagne fino a quel momento considerate invalicabili, e di certo erano esausti. I suoi guerrieri li avrebbero travolti.

Sembrò che i ventimila cavalieri imperiali impiegassero un'eternità a formare i ranghi dell'ala sinistra e, a quel punto, i Mongoli si erano fermati e avevano preso posizione. Zhi Zhong serrò i pugni mentre i suoi cavalieri si avviavano al trotto verso il nemico immobile nella neve. Non erano più di diecimila, stimò, e una linea di fanti non poteva resistere a una carica organizzata. Sarebbero stati annientati.

Sotto gli occhi del generale, i cavalieri spronarono i cavalli al galoppo e sollevarono le spade, preparandosi a colpire. Zhi Zhong si costrinse a distogliere lo sguardo e a guardare verso il passo. Avevano costretto i prigionieri a precederli, avevano conquistato uno dei forti e avevano attaccato su un fianco il suo esercito, pensò con la bocca arida. Se questo era tutto quello di cui erano capaci, sarebbe ancora riuscito a batterli. Per un attimo la sua sicurezza vacillò e prese in considerazione l'idea di far bloccare il passo. Poi però ci ripensò: non sarebbe stato necessario. Benché il suo rispetto per il grande khan fosse cresciuto parecchio in quelle ultime ore, credeva ciecamente nelle capacità del suo esercito.

23

Proprio di fronte a loro, la cavalleria chin partì al galoppo. Non era ancora il momento, pensò Kachiun, e rimase immobile a guardare, insieme ai suoi novemila uomini. Perlomeno la valle non era sufficientemente larga perché i cavalieri potessero accerchiarli. Avvertiva il nervosismo dei compagni: nessuno di loro aveva mai affrontato una carica senza essere a cavallo e adesso capivano come dovesse sentirsi l'avversario. Il sole scintillò sulle armature e sulle spade dei Chin, pronti ad abbattersi su di loro.

«Ricordate!» urlò Kachiun. «Questi uomini non ci hanno mai incontrati in battaglia e non sanno cosa siamo capaci di fare. Una freccia per disarcionarli da cavallo, e un'altra subito dopo può ucciderli. Scegliete i vostri bersagli, e al mio segnale scoccate venti frecce!»

Tese l'arco fino a sfiorare l'orecchio destro con il possente braccio, avvertendone la forza. Si era allenato per anni, rafforzando i muscoli fino a farli diventare d'acciaio proprio in vista di quel giorno, pensò.

Sentì il terreno vibrare mentre l'orda di cavalieri si avvicinava. Quando furono a seicento passi, guardò gli uomini ai suoi fianchi e si azzardò a lanciare una rapida occhiata a quelli che stavano dietro di lui. Tutti avevano teso il proprio arco ed erano pronti a scagliare la morte addosso al nemico.

I soldati lanciarono il loro grido di battaglia, che echeggiò nella valle, infrangendosi contro le silenziose file dei guerrieri mongoli. Erano dotati di ottime armature e di scudi che li avrebbero protetti dalla maggior parte delle frecce, notò Kachiun mentre il nemico si avventava su di loro a velocità impressionante. La massima gittata degli archi era di quattrocento iarde, ma permise che superassero quel limite indisturbati. A trecento iarde, vide che i suoi uomini lo sbirciavano con la coda dell'occhio, aspettando il suo segnale. A duecento, la linea di cavalli sembrava un muro e Kachiun sentì la paura montare dentro di lui mentre dava l'ordine. «Colpite!» ruggì, lasciando andare la corda dell'arco.

Novemila frecce scoccarono simultaneamente con un sibilo terrificante. I cavalieri sbandarono come se avessero colpito una parete. Molti soldati furono sbalzati di sella e altrettanti cavalli caddero; quelli che li seguivano non furono in grado di fermarsi e cozzarono contro di loro a tutta velocità. Kachiun a quel punto aveva già incoccato un'altra freccia e stava tendendo l'arco. Un istante dopo, un secondo nugolo di frecce si abbatté sui nemici.

I cavalieri chin non avrebbero potuto fermarsi neanche se avessero capito cosa stava accadendo. Le prime linee caddero e quelli che riuscirono a spronare i cavalli passando sopra i compagni caduti furono trafitti da una seconda ondata di frecce, troppo rapide e letali perché avessero il tempo di accorgersene.

Via via che scoccava le sue, Kachiun contava ad alta voce, mirando ai visi dei soldati chin che si rialzavano barcollando. Se non riusciva a vedere la faccia puntava al petto, confidando che la spessa punta della freccia avrebbe trapassato le piastre dell'armatura. Arrivato al quindicesimo tiro iniziò a sentire i muscoli della spalla indolenziti. La carica della cavalleria si era schiantata contro un martello e non era riuscita ad avvicinarsi, realizzò pescando dalla faretra la sua ventesima freccia.

«Trenta passi avanti, con me!» gridò, mettendosi a correre. I suoi guerrieri lo seguirono, estraendo dalle faretre nuovi fasci di frecce.

I soldati chin erano ancora diverse migliaia. Molti di loro, che erano stati sbalzati di sella quando i cavalli erano caduti nella ressa di uomini e bestie morenti, cercavano di farsi strada tra i cadaveri e gli ufficiali abbaiarono ordini sollecitandoli a rimontare in sella.

Kachiun alzò il pugno destro e i suoi guerrieri si fermarono. Un ufficiale diede uno scappellotto a uno dei guerrieri più giovani, sbottando: «Se ti vedo colpire un altro cavallo ti strozzo con le mie mani!».

Ridacchiando, Kachiun gridò: «Ancora venti frecce! Mirate agli uomini!» e l'ordine passò velocemente di bocca in bocca.

La cavalleria chin si era ripresa dal primo attacco e Kachiun vide gli ufficiali con i loro elmi piumati incitare i propri uomini. Mirò a uno di loro che stava balzando in sella con un agile volteggio agitando la spada, e lo colpì al collo; un istante dopo altre novemila frecce seguirono la sua, con esito devastante. Da quella distanza gli arcieri mongoli potevano scegliere il bersaglio e la disordinata carica dei Chin si infranse contro il muro di frecce; il panico si diffuse tra le loro file e solo alcuni cavalieri emersero illesi dal caos con gli scudi irti di frecce. A malincuore, Kachiun ruggì: «Cavalli!» e un istante dopo gli animali caddero al suolo con un macabro rumore di ossa spezzate.

Le frecce piovvero sui soldati chin, uccidendo prima i più coraggiosi e poi i più deboli e timorosi, che invano cercavano di far voltare i cavalli e di tornare verso le proprie file.

I muscoli della spalla gli bruciavano quando scoccò il quarantesimo dardo e si fermò ad aspettare che gli uomini intorno a lui finissero a loro volta. La valle davanti a loro, costellata di cadaveri e inzuppata di sangue, formava una macabra chiazza rossastra nella neve. A quel punto i Chin non avevano più modo di attaccare e, benché gli ufficiali continuassero a incitarli a caricare, non furono in grado di riguadagnare l'impeto iniziale.

Kachiun riprese a correre e senza nemmeno ordinarlo i suoi uomini lo seguirono. Contò venti passi e poi, mettendo a tacere il buonsenso, si lasciò trascinare dall'euforia e proseguì per altri venti, fino a giungere pericolosamente vicino alla massa di uomini e cavalli caduti. Appena un centinaio di iarde li separava dal nemico quando Kachiun lasciò cadere un altro fascio di frecce nella neve fresca e tranciò il nodo che le teneva insieme. I soldati chin gridarono di terrore nel vedere i nemici tendere di nuovo gli archi, e quando la prima raffica li raggiunse si lasciarono travolgere dal panico e si diedero alla fuga.

Per ogni soldato che moriva tentando di sottrarsi alla micidiale pioggia di dardi, altrettanti perdevano la vita cadendo sotto la spinta dei compagni che premevano alle loro spalle. I Mongoli miravano con cura e colpivano metodicamente qualunque cosa si muovesse, a cominciare dagli ufficiali che ben presto furono decimati.

«Rallentate!» ordinò Kachiun ai suoi uomini, scoccando la quindicesima freccia. Per un attimo considerò la possibilità di avvicinarsi ulteriormente ai ranghi nemici, ma si costrinse ad agire con cautela e resistette alla tentazione di inseguire i nemici in fuga. C'era tempo, si disse.

Diminuita la frequenza dei tiri, come lui aveva ordinato, la mira degli arcieri mongoli divenne sempre più precisa, così che centinaia di nemici morirono colpiti da più di una freccia. Avevano scoccato sessanta frecce ciascuno, e le faretre erano ormai leggere.

Kachiun si fermò. La cavalleria era stata sbaragliata, e molti soldati stavano fuggendo a briglia sciolta. Tuttavia, avrebbero potuto riformare i ranghi e, anche se lui non aveva paura che lo attaccassero di nuovo, valutò la possibilità di costringerli a ritirarsi definitivamente entro le loro linee. Avanzare ancora era molto pericoloso, lo sapeva, perché sarebbero stati troppo vicini. "Se i generali chin avessero i suoi uomini al seguito, avrebbero avuto ancora qualche possibilità." Guardò i visi sorridenti degli uomini che lo circondavano e scoppiò a ridere. «Camminerete al mio fianco?» domandò loro, e quando gli risposero acclamandolo riprese ad avanzare, estraendo un'altra freccia dalla faretra, fino a raggiungere la prima linea di caduti. Molti erano ancora vivi e alcuni dei Mongoli si chinarono a prendere le loro preziose spade perdendo preziosi istanti per infilarle nella cintura della *deel*. Kachiun fu quasi travolto da un cavallo impazzito; protese fulmineo il braccio per agguantare le redini e le mancò, ma due dei suoi uomini riuscirono a bloccare l'animale poco più avanti. C'erano centinaia di animali senza cavaliere. Poco dopo riuscì a fermarne uno che sbuffava e scalpitava davanti alla solida linea di arcieri. Lo tranquillizzò, accarezzandogli il naso vellutato, senza staccare gli occhi dai cavalieri chin che stavano ricompattando le file. Aveva fatto vedere di che cosa erano capaci gli arcieri mongoli, pensò soddisfatto. Forse era ora di dimostrare loro quello che sapevano fare a cavallo.

«Prendete le spade e montate in sella!» gridò, e via via che l'ordine correva di bocca in bocca vide i guerrieri precipitarsi pieni di entusiasmo verso i cavalli dei Chin e balzare loro in groppa. Ce n'era a sufficienza per tutti, sebbene alcuni degli animali fossero ancora impauriti e sporchi del sangue del loro precedente cavaliere. Kachiun balzò in sella e si alzò sulle staffe per vedere cosa stesse facendo il nemico. Avrebbe voluto che Khasar fosse lì a vederlo: suo fratello avrebbe apprezzato moltissimo l'idea di attaccare i Chin con i loro stessi cavalli! Con un grido di sfida, spronò il cavallo e si lanciò in avanti.

L'estremità del passo era nel caos, quando Gengis vi arrivò passando sopra un tappeto di cadaveri e dardi di ferro. Le balestre nemiche avevano ucciso quasi tutti i prigionieri, ma qualcuno di loro era riuscito a raggiungere le file dei Chin e si era aperto la strada scalciando e sgomitando oltre la prima linea; quando vedevano un'arma l'afferravano e sferravano colpi all'impazzata tutto intorno, finché non venivano abbattuti.

Mentre procedeva, Gengis sentì i dardi scagliati dalle balestre sfrecciargli accanto sibilando e una volta dovette persino chinarsi sulla sella per evitarne alcuni che lo avrebbero centrato. L'enorme esercito dei Chin era davanti a lui, ormai. Via via che avanzava, Gengis si rese conto che la gola si allargava e che soltanto di lato era cinta da una parete di roccia. Da lontano aveva pensato che si trattasse di un grande cancello, ma avvicinandosi si rese conto che i Chin, su un lato, avevano sollevato un enorme tronco d'albero. C'erano delle corde, assicurate alla roccia, e Gengis comprese che se l'avessero lasciato cadere, bloccando il passo e tagliando in due il suo esercito, per lui sarebbe stata la fine. Proprio mentre rifletteva sul da farsi, prossimo al panico, la sua armata fu costretta a fermarsi davanti a una collina di cadaveri. Con un gemito di frustrazione, aspettandosi da un momento all'altro di essere colpito o di veder cadere l'albero, Gengis chiamò per nome gli uomini che lo precedevano, ordinando loro di proseguire a piedi e indicando il massiccio tronco che avrebbe potuto mandare in frantumi tutte le sue speranze. Seguendo le sue indicazioni, loro cercarono affannosamente di raggiungere le corde e tagliarle.

Gli ultimi prigionieri si avventarono contro le barriere di giunchi intrecciati che proteggevano i soldati chin mentre incoccavano le frecce, e i guerrieri mongoli si unirono a loro, le spade che brillavano nel sole. Le balestre si erano fermate e sugli spalti i soldati gesticolavano chiedendo nuovi rifornimenti di dardi. Avevano esaurito le scorte di proiettili, finalmente, pensò Gengis osservando il terreno costellato di quelle orribili punte di ferro e della massa di cadaveri irti di frecce. Se l'albero fosse rimasto al suo posto, presto avrebbe sfondato le linee dei Chin. Sguainò la spada di suo padre e improvvisamente la tensione si sciolse. Alle sue spalle, i Mongoli sollevarono le lance e le spade e spronarono i cavalli, costringendoli a scalare i cumuli di cadaveri. Le ultime barricate furono spazzate via e Gengis passò all'ombra del gigantesco albero come se una forza irresistibile lo trascinasse verso l'esercito dell'imperatore Chin.

I cavalieri mongoli si lanciarono contro i soldati chin, penetrando nelle loro linee. Via via che avanzavano, i pericoli crescevano perché i nemici non erano più soltanto davanti, ma anche sui lati. Gengis colpiva tutto quello che si muoveva intorno a lui con uno stile da flagellatore che riusciva a mantenere per ore. Davanti a sé vide la cavalleria nemica, ormai in preda al panico, ripiegare verso le proprie linee e sfondarle. Con tutte quelle lame che gli turbinavano intorno, non si azzardava a guardare l'albero alle sue spalle, e solo quando un'altra linea di guerrieri si abbatté al galoppo contro la cavalleria sollevò lo sguardo, riconoscendo i propri guerrieri sui cavalli dei Chin. Lanciò un grido di giubilo, avvertendo il panico e la confusione che si andavano impadronendo dei nemici. Nel frattempo i Mongoli macellavano i reggimenti di balestrieri ormai inermi, aprendosi la strada sempre più in profondità nelle linee nemiche. Quell'imprevista carica laterale era stata fondamentale, pensò Gengis vedendo i suoi cavalieri, i migliori del mondo, gettare scompiglio nelle linee dei Chin cavalcando come demoni in mezzo a loro.

In quel momento una lama squarciò la gola della sua giumenta e il sangue schizzò addosso ai soldati che combattevano. Gengis sentì l'animale cadere e balzò a terra, atterrando due nemici con la forza del proprio peso. A quel punto non aveva più la visione d'insieme e poteva soltanto continuare a combattere, sperando che fosse abbastanza.

I suoi guerrieri emergevano dal passo sempre più numerosi, avventandosi sul nemico. L'armata mongola sfondò le linee dei Chin come un pugno di ferro, facendo così vacillare l'impero.

Il generale Zhi Zhong osservò sbalordito i Mongoli che sfondavano la sua prima linea. Aveva visto la cavalleria costretta a fuggire e a ripiegare verso il corpo centrale dell'esercito, diffondendo il panico fra le truppe. Sarebbe riuscito a ricompattare i ranghi, ne era certo, se quei dannati Mongoli non avessero inseguito i fuggiaschi sui cavalli che avevano rubato loro. Cavalcavano con incredibile abilità, tenendosi in perfetto equilibrio mentre scoccavano frecce a ripetizione da cavalli lanciati al galoppo, tanto che riuscirono a creare un vuoto. Vide un reggimento di soldati armati di spada cedere di schianto e un istante dopo le truppe schierate sul passo arretrarono disordinatamente e un'altra orda di quei selvaggi si riversò sui suoi uomini atterriti, come se fossero bambini armati di spade giocattolo.

Il generale era attonito, non riusciva a pensare. I suoi ufficiali lo guardavano in attesa di ordini, ma stavano succedendo troppe cose tutte insieme e troppo in fretta. Si irrigidì. No, poteva ancora riprendersi; più della metà del suo esercito non aveva ancora incontrato il nemico e c'erano altri venti reggimenti di cavalleria schierati nella retroguardia. Ordinò che gli portassero il cavallo e montò in sella. «Bloccate il passo!» gridò, e i messaggeri si lanciarono verso il fronte, dove il generale aveva schierato degli uomini pronti a eseguire quel compito. Se erano ancora vivi, forse sarebbe riuscito a bloccare l'avanzata dei Mongoli attraverso il passo, e allora li avrebbe circondati annientando quelli che con tanta arroganza avevano osato irrompere a cavallo fra le sue linee. A quel punto il tronco era la sua ultima speranza, l'unico modo per guadagnare il tempo necessario per riorganizzarsi.

Tsubodai vide Gengis varcare il passo a tutta velocità e immediatamente sentì la tensione scemare intorno a sé, via via che i guerrieri seguivano il khan fuori della gola. I Giovani Lupi fremevano di eccitazione, scalpitando per gettarsi nella mischia. Molti di loro erano ancora così imbottigliati nella marea di persone e cavalli che non riuscivano a muoversi. Alcuni di loro avevano addirittura compiuto un mezzo giro su se stessi a causa della folla, e lottavano per tornare a combattere nelle prime file.

Tsubodai aveva quasi perso di vista Gengis quando si accorse che una delle corde sopra di lui si stava tendendo. Guardando in alto, capì immediatamente che, se l'albero sospeso sulla gola fosse caduto, lui e i suoi uomini sarebbero stati tagliati fuori dal resto dell'esercito. I Giovani Lupi non si erano resi conto del pericolo e continuavano a spronare i cavalli, lanciando acute grida di guerra. Un'altra corda si tese e Tsubodai imprecò: l'albero era enorme, ma non avrebbero impiegato molto a farlo cadere. «Bersagli, lassù!» urlò con quanto fiato aveva in gola, mentre scoccava una freccia dopo l'altra, più rapidamente di quanto avesse mai fatto. Il primo dardo colpì un soldato chin alla gola, facendolo precipitare da una fune insieme ai due compagni a cui aveva tentato di aggrapparsi. La corda si allentò, ma altri accorsero per portare a termine l'ordine del generale Zhi Zhong e l'albero cominciò a inclinarsi. I Giovani Lupi di Tsubodai risposero con una raffica di frecce, uccidendo dozzine di nemici, ma ormai era troppo tardi: l'ultimo dei soldati chin lasciò cadere l'albero proprio su di loro e il tronco cadde con un fragore spaventoso che echeggiò in tutta la gola. Tsubodai si trovava a non più di venti passi dall'uscita della strettoia quando l'albero cadde; il suo cavallo scartò, terrorizzato, e dovette faticare per mantenere il controllo.

Perfino i pochi prigionieri superstiti nell'udire quel boato si immobilizzarono e all'improvviso un silenzio spettrale calò sulla Bocca del Tasso. Durò soltanto un istante; poi fu squarciato dall'urlo lacerante di un guerriero che era rimasto con le gambe incastrate sotto al tronco.

Tsubodai guardò inorridito il tronco che bloccava il passaggio: era alto quanto un uomo. Nessun cavallo sarebbe stato in grado di saltarlo. Migliaia di sguardi si volsero istintivamente verso di lui, ma non sapeva cosa fare. Con un crampo allo stomaco vide comparire, oltre il tronco, i picchieri. Quelli che osavano fare capolino venivano immediatamente ricacciati indietro da un nugolo di frecce, ma le loro armi continuavano a essere lì, come una fila di denti di ferro che correva lungo tutto il tronco.

«Asce!» tuonò Tsubodai. «Qui!»

Non aveva idea di quanto tempo avrebbero impiegato per tagliare un tronco così grosso, ma dovevano riuscirci: il loro khan era rimasto intrappolato dall'altra parte.

24

Gengis vide il tronco cadere e ululò di rabbia, tranciando di netto la testa di un uomo con un unico fendente. Era circondato da un mare di stendardi rossi e oro, che si agitavano al vento con un rumore simile a un batter d'ali. Combatteva da solo, disperatamente. Evidentemente non avevano ancora capito chi avevano di fronte, perché soltanto i soldati che aveva intorno cercavano di abbattere il demonio che li affrontava ringhiando, saettando e ruotando su se stesso, utilizzando ogni parte dell'armatura come un'arma, lottando per rimanere vivo, senza mai smettere di muoversi perché farlo avrebbe significato morire.

I Chin, avvertendo l'improvvisa incertezza nei nemici, ripresero vigore e si lanciarono in un nuovo attacco. Impotente, Gengis vide un reggimento di cavalieri abbattersi contro il fianco della sua armata. Aveva perso di vista Kachiun, era appiedato in mezzo ai nemici e avvolto in una nube di polvere; la morte era ormai a un soffio.

Stava per cedere alla disperazione, quando vide un cavaliere avanzare verso di lui facendosi strada tra i nemici a colpi di spada. Era Tolui, il lottatore. Il gigantesco guerriero lo sollevò di peso e se lo caricò in sella, dopodiché riprese a mulinare la spada tra i nemici ruggenti. Gengis gli urlò un ringraziamento e tornò a concentrarsi sulla battaglia. I dardi delle balestre si schiantavano contro le loro armature senza riuscire a penetrarle, ma strappando via le larghe piastre.

«A me! Difendete il khan!» ruggì Tolui, e vedendo un cavallo senza cavaliere spronò il proprio animale in quella direzione.

Mentre balzava sulla sella vuota, Gengis sentì una spada ferirlo alla coscia, strappandogli un grido di dolore. Ma il bruciore della ferita spazzò via lo sconforto e gli restituì la lucidità di cui aveva bisogno. Continuando a combattere, si guardò intorno, cercando di farsi un'idea dell'andamento della battaglia.

Era un caos. I Chin attaccavano disordinatamente, come se si affidassero alla sola superiorità numerica. Ma Gengis sapeva che a est, nelle retrovie, il generale stava cercando di ristabilire l'ordine e che presto la cavalleria nemica avrebbe raggiunto i suoi uomini anche se al momento combattevano al centro della massa ribollente di soldati. Scosse il capo per liberare gli occhi dal sangue. Non si era accorto di essere stato ferito, ma aveva un taglio sulla testa e aveva perso l'elmo.

«Il khan!» gridò Tolui con voce tonante.

Kachiun lo udì e rispose agitando la spada, pur sapendo che non poteva raggiungere il fratello; molti dei suoi uomini erano morti, le faretre erano vuote ed erano troppo lontani dalla Bocca del Tasso per raggiungere il khan. Ciò nonostante, sollevò la spada e aprì un lungo squarcio nel fianco del cavallo che montava. Pazzo di dolore, l'animale schizzò in avanti mandando a gambe levate i soldati che lo circondavano, mentre Kachiun, senza smettere di mulinare la spada, chiamava a raccolta i suoi guerrieri, ordinando loro di seguirlo.

Il cavallo continuò la sua folle corsa finché non urtò qualcosa e cedette di schianto. Kachiun sentì lo sterno dell'animale spezzarsi con un sinistro scricchiolio, e un istante dopo si sentì catapultare oltre il collo dell'animale, finendo dritto contro un soldato chin. Sentendo alle proprie spalle il richiamo di uno dei suoi guerrieri, si girò e afferrò il braccio che quello gli tendeva, issandosi in sella dietro di lui, intontito dal dolore.

I cinquemila guerrieri che gli erano rimasti combattevano

come demoni, incuranti della propria salvezza. Quelli che si ritrovarono imbottigliati nella calca ferirono i propri cavalli come aveva fatto Kachiun, guidando gli animali che scalciavano e nitrivano come impazziti verso lo spazio aperto tra le montagne. Dovevano raggiungere Gengis prima che fosse troppo tardi.

Il secondo cavallo incespicò e Kachiun rischiò di cadere di nuovo, ma l'animale riuscì miracolosamente a raddrizzarsi e riprese a correre, le froge dilatate per il terrore, sfondando le retrovie nemiche e ritrovandosi in campo aperto. Ovunque c'erano cavalli senza cavaliere e Kachiun, senza riflettere, si sporse verso uno di essi, afferrandolo per le redini. Lo strattone fu talmente violento che quasi gli slogò la spalla destra e lo costrinse ad allontanarsi dalla battaglia per calmare il cavallo. I suoi uomini l'avevano seguito in quella folle carica attraverso il cuore dell'esercito chin, ma non potevano esserne rimasti più di tremila.

«Andiamo!» urlò, scuotendo il capo per schiarirsi la mente. Quasi non ci vedeva più, la testa gli doleva per la caduta di poco prima e aveva la faccia gonfia, ma si lanciò al galoppo lungo il margine dell'esercito per raggiungere il fratello. Mezzo miglio più avanti, la retroguardia della cavalleria di Zhi Zhong cavalcava verso il passo per chiuderlo. Si trattava di ventimila uomini e cavalli freschi e Kachiun sapeva che erano troppi per loro, tuttavia non rallentò. Dimentico del dolore, sollevò la spada e ringhiò al vento, scoprendo i denti rossi di sangue.

Appena un migliaio di cavalieri mongoli era riuscito ad attraversare il passo prima che l'albero cadesse. Per metà erano già morti, e gli altri si erano raccolti attorno al khan, pronti a difenderlo finché avevano respiro. I soldati chin turbinavano tutto intorno come vespe impazzite, ma i guerrieri mongoli combattevano come indemoniati. Tra un colpo e l'altro Gengis guardava indietro, verso il tronco caduto che bloccava il passo. I suoi uomini erano nati per la guerra e ognuno di loro era assai più abile dei soldati della fanteria chin che li accerchiavano. Le faretre ormai erano vuote, ma molti guidavano le proprie cavalcature come se fossero un tutt'uno con loro e i cavalli sapevano quando arretrare davanti a un fendente e quando scalciare e colpire in pieno petto chi osasse avvicinarsi troppo. I cavalieri mongoli sfrecciavano davanti alla prima linea dell'esercito chin e nessuno riusciva ad abbatterli. I dardi delle balestre si infrangevano sulle loro armature, e il combattimento era troppo ravvicinato perché potessero entrare in azione gli arcieri. Nessuno osava avvicinarsi a quei feroci guerrieri armati di spade grondanti di sangue. Erano uomini difficili da uccidere; sapevano che il khan era con loro e che dovevano soltanto resistere fino a quando i compagni non fossero riusciti ad aprire un varco nel tronco che sbarrava il passo. Tuttavia il loro numero iniziava a calare, anche se ogni mongolo che cadeva portava con sé dieci o venti nemici, e le occhiate che lanciavano verso il passo erano sempre più insistenti e disperate.

Jelme e Arslan arrivarono insieme al passo bloccato. Tsubodai, pallido come un cencio, li salutò con un cenno del capo.

«Ci vogliono più uomini con le asce» sbottò Jelme. «Di questo passo ci vorranno ore.»

Tsubodai lo squadrò con freddezza. «Siete voi che comandate, generali. Stavo solo aspettando che arrivaste al fronte.» Senza aggiungere altro girò il cavallo e gridò ai suoi uomini: «Lupi, smontate! Archi e spade! A piedi! Con me!».

Mentre i due guerrieri più anziani prendevano il comando degli uomini armati d'ascia, Tsubodai si arrampicò sul tronco con la spada sguainata, e dopo aver allontanato uno dei picchieri chin con un calcio balzò tra i nemici. I suoi uomini si precipitarono dietro di lui, travolgendo i loro stessi compagni armati d'ascia. Bruciavano ancora di rabbia per il vile tranello teso loro dai Chin, e non intendevano lasciare che il loro giovane generale andasse da solo a salvare il khan.

Sollevando lo sguardo, Gengis vide i Giovani Lupi unirsi alla battaglia, sorprendendo i Chin alle spalle e aprendo un enorme squarcio nei loro ranghi. Quelli che venivano feriti sembravano non accorgersene, e tenevano lo sguardo fisso su Tsubodai che avanzava con furia incontenibile. Il giovane condottiero aveva visto il khan, e quel giorno non aveva ancora combattuto. Si avventò sui Chin con una dozzina di vigorosi, giovani guerrieri che avanzavano a velocità inarrestabile, lasciandosi alle spalle una scia di morte.

«Ti stavo aspettando» gridò Gengis a Tsubodai. «Che cosa vuoi da me, questa volta?»

Il giovane generale rise, sollevato nel vederlo vivo, mentre schivava un fendente e trafiggeva l'uomo che l'aveva sferrato. Estrasse la spada dal cadavere con uno strattone e proseguì passando sopra al corpo. I Chin vacillarono sotto l'urto dei Giovani Lupi, ma la loro superiorità numerica era tale da poter bloccare anche i diecimila guerrieri di Tsubodai. A un tratto, dall'ala dell'immenso esercito chin, giunse il suono dei corni della cavalleria. Gengis si girò sulla sella, mentre la fanteria si ritirava lasciando via libera alla cavalleria chin che si avventava su di loro. Sorrise, ansante, mentre i suoi uomini si radunavano intorno a lui. «Hanno degli splendidi cavalli» disse. «Voglio la prima scelta, quando avremo finito con loro.»

Quelli che lo sentirono scoppiarono a ridere, poi spronarono i cavalli e, lasciato Tsubodai a tenere la posizione sul passo, si scagliarono contro il nemico.

Il comandante della cavalleria chin cadde non appena le due forze cozzarono l'una contro l'altra con violenza inaudita, e i suoi uomini furono sbalzati di sella. Quelli che riuscirono a rimanere in groppa cercarono di reagire, ma colpivano solo l'aria mentre i Mongoli schivavano o deviavano i colpi con superba bravura. Gengis e i suoi guerrieri si scagliarono contro la cavalleria nemica nonostante il dolore al braccio e la sensazione che i nemici si moltiplicassero all'infinito. Fu ferito al fianco, dove l'armatura si era rotta, e un altro colpo lo spinse all'indietro con tale violenza che per un istante vide il pallido cielo invernale sopra di sé. Con uno sforzo eroico riuscì a riprendere l'equilibrio e a tenersi in sella. Non poteva permettersi di cadere, non in quel momento. Udì delle grida terrorizzate quando i cavalieri di Kachiun attaccarono alle spalle la cavalleria nemica, e si chiese se avrebbe incontrato il fratello, al centro della mischia, o se sarebbe morto prima. C'erano tanti nemici, troppi. Non si aspettava più di sopravvivere, ormai, e quel pensiero gli donò una spensieratezza che rese la carica un momento di pura gioia. Gli sembrava quasi di vedere suo padre che cavalcava al suo fianco. Forse il vecchio sarebbe stato orgoglioso di loro: i suoi figli non avrebbero potuto scegliere una fine più gloriosa.

Alle sue spalle, il tronco era stato finalmente diviso in tre parti e rimosso e i guerrieri mongoli avanzavano lentamente sulla pianura ghiacciata, decisi a vendicare il loro khan. In testa all'armata cavalcavano Jelme e Arslan, pronti alla battaglia.

«Se potessi tornare indietro, Jelme, non cambierei la mia vita» disse Arslan al figlio, lasciando vagare lo sguardo sulle bandiere e gli stendardi dei Chin che sventolavano in lontananza. «Sarei comunque qui.»

«In quale altro posto vorresti essere, vecchio?» replicò Jelme con un sorriso, e incoccata una freccia, la scagliò contro il nemico.

Zhi Zhong guardò con un senso di incredibile frustrazione il passo ormai aperto e i ventimila guerrieri che si riversavano nella pianura, pronti a combattere. Gli dèi non avevano voluto mettere il khan nelle sue mani. La cavalleria stessa era alle prese con i pochi guerrieri che difendevano il khan, quando un altro gruppo si era fatto strada nel cuore dell'esercito chin con l'impeto di una tigre che affonda gli artigli nel ventre di un cervo in fuga. I Mongoli non sembravano comunicare fra loro, eppure agivano all'unisono sul campo di battaglia. Invece, nel suo esercito, c'era un unico centro di comando ed era lui stesso a coordinare gli spostamenti. Zhi Zhong si stropicciò gli occhi, cercando di penetrare con lo sguardo nelle nubi di polvere sollevate dai combattenti.

I suoi picchieri erano nel caos e alcuni si erano persino dati alla fuga. «Poteva ancora salvare la battaglia?, si chiese. Non aveva più strategie da mettere in atto; erano arrivati allo scontro diretto e dalla sua parte aveva solo il numero.

Diede nuovi ordini ai messaggeri, e rimase a guardarli mentre si lanciavano al galoppo attraverso il campo di battaglia. I Mongoli che scendevano dal passo si facevano strada tra i suoi uomini scagliando frecce a ripetizione e creando una trincea al centro dell'esercito schierato. Sotto l'implacabile precisione dei loro colpi, le sue truppe erano costrette a ripiegare, e gli uomini si ammassavano proprio dove avrebbero invece dovuto allargarsi. Zhi Zhong si asciugò la fronte imperlata di sudore nel vedere i Mongoli irrompere fra i suoi picchieri come se fossero disarmati, e dividersi poi in gruppi di cento per attaccare il suo esercito su tutti i lati, facendolo a pezzi.

Poco dopo, uno dei guerrieri che infuriavano nella mischia lo scorse in lontananza, mentre se ne stava lì in piedi tutto solo a dirigere la battaglia. Subito lo indicò ai compagni. Zhi Zhong immaginò il loro sorriso di trionfo nel riconoscere le bandiere di segnalazione sventolare tutto intorno alla sua tenda. Vide una dozzina di archi volgersi verso di lui e altri guerrieri tirare le redini per far girare i cavalli. Non potevano colpirlo, si disse, era troppo distante. Centinaia di uomini della sua guardia personale si frapponevano fra lui e il nemico, ma non potevano fermare le frecce e all'improvviso il generale avvertì una fitta di terrore. Quei selvaggi delle pianure erano dei demoni, pensò. Aveva provato di tutto per fermarli e non ci era riuscito. Molti di loro erano feriti, ma sembrava che non provassero dolore e continuavano a tendere gli archi con le mani sporche di sangue e a spronare i cavalli.

A un tratto una freccia gli trafisse l'armatura, strappandogli un grido; come se quel suono avesse liberato la sua paura, il generale si mise a urlare, atterrito, chiamando a raccolta la guardia personale mentre faceva caracollare il cavallo a forza di braccia, acquattato sulla sella. Altre frecce gli passarono sibilando sopra la testa, uccidendo gli uomini intorno a lui e, di fronte alla possibilità di rimanere ucciso, il generale perse completamente la propria sicurezza. Spronò il cavallo e si allontanò a tutta velocità, senza degnare di uno sguardo i visi attoniti dei soldati che stava abbandonando. Alcuni, che non avevano fatto in tempo a spostarsi, furono investiti dal suo cavallo; molti altri seguirono il suo esempio e, gettate le armi, si diedero alla fuga. Il vento gli faceva lacrimare gli occhi, ma il generale Zhi Zhong non se ne accorse: sapeva soltanto che doveva fuggire dai Mongoli che stavano inseguendolo. Alle sue spalle, l'esercito si sfaldò definitivamente e i guerrieri di Gengis massacrarono i soldati imperiali uccidendoli senza pietà.

Per tre volte alcuni ufficiali tentarono di radunare gli uomini, ma fallirono ripetutamente. Gengis, infatti, più abile nello sfruttare lo spazio, riuscì a organizzare delle cariche che li fecero disperdere. E quando anche gli uomini di Jelme finirono le frecce, usarono le lance, scagliandosi contro i nemici a tutta velocità.

Quando vide fuggire il generale chin, Gengis scordò le terribili ferite che aveva riportato. Il sole si era alzato sul campo insanguinato e a mezzogiorno delle armate dell'imperatore rimanevano soltanto macabri cumuli di morti e pochi fuggitivi che cercavano disperatamente di sottrarsi ai loro inseguitori.

Via via che si allontanava dal campo di battaglia, Zhi Zhong riuscì a riprendere il controllo di sé. I suoni della battaglia svanirono alle sue spalle mentre galoppava sulla strada per Yenking, e la sua mente riprese gradualmente la consueta lucidità. Solo una volta si girò a guardare la massa ribollente di soldati che combattevano, e un groppo amaro di vergogna e rabbia gli si formò in gola.

Una parte della sua guardia personale lo aveva seguito, leale nonostante il suo tradimento. Senza una parola, si schierarono in formazione intorno a lui, così che quando si avvicinò ai cancelli della città imperiale il generale era scortato da una falange di quasi cento uomini. Zhi Zhong riconobbe un ufficiale di Baotou tra quelli che cavalcavano in testa, ma da principio non riuscì a rammentare il suo nome. La città era sempre più vicina e dovette fare un enorme sforzo per calmarsi e dominare il battito furioso del proprio cuore. Lujan, ecco come si chiamava quell'uomo, ricordò infine.

Madido di sudore sotto l'armatura, fissò le alte mura e il fossato che circondavano la città. Dopo il caos e lo spargimento di sangue a cui aveva assistito, Yenking appariva pacificamente assopita mentre si svegliava per andare incontro a un nuovo giorno. Zhi Zhong era stato più rapido di qualunque messaggero, e l'imperatore non sapeva ancora nulla della catastrofe che si era verificata ad appena venti miglia da lì.

«Vuoi essere giustiziato, Lujan?» chiese all'uomo che gli cavalcava accanto.

«Ho una famiglia, generale» rispose l'ufficiale, impallidendo alla prospettiva di ciò che li attendeva.

«Allora ascoltami e segui i miei ordini» gli disse Zhi Zhong.

I soldati di guardia alla porta avevano riconosciuto il generale da lontano e abbassarono il ponte levatoio. Zhi Zhong si girò sulla sella e gridò agli uomini che lo scortavano: «Devo informare l'imperatore. Possiamo contrattaccare con la guardia cittadina».

Le sue parole ebbero un effetto corroborante sugli uomini, che si raddrizzarono sulle selle. Avevano ancora fiducia nel loro generale, e credevano che sarebbe stato possibile arginare in qualche modo quel disastro. Zhi Zhong entrò in città, assumendo un'espressione impenetrabile, il rumore degli zoccoli che echeggiava nelle sue orecchie. Aveva perso. Peggio, era fuggito.

Il palazzo imperiale era un'imponente costruzione all'interno della città, circondata da splendidi giardini. Zhi Zhong si diresse verso il cancello più vicino, dal quale si entrava nella sala delle udienze. Probabilmente a quell'ora il giovane imperatore stava ancora dormendo, ma sentendo le novità si sarebbe svegliato in fretta.

Le guardie dovettero smontare da cavallo al cancello esterno e procedere a piedi lungo un'ampia strada fiancheggiata da tigli e poi attraverso una serie di saloni comunicanti tra loro. Prima che giungessero alla presenza dell'imperatore, le guardie imperiali sbarrarono loro il passo.

Zhi Zhong consegnò la spada, impassibile, e attese che si facessero da parte. I suoi soldati sarebbero rimasti lì mentre lui entrava nella sala delle udienze. Immaginò che gli schiavi stessero svegliando l'imperatore Wei, e che si affaccendassero intorno a lui informandolo che il generale era tornato. Presto nel palazzo si sarebbero rincorsi i pettegolezzi e tutti avrebbero conosciuto la portata della tragedia, ma l'imperatore doveva essere informato per primo.

Passò parecchio tempo prima che le porte della sala si aprissero davanti a Zhi Zhong. Il generale entrò a passi decisi e si diresse verso la figura seduta all'estremità opposta della stanza. Come aveva immaginato, il viso dell'imperatore era ancora gonfio di sonno e ciocche ribelli sfuggivano dalla treccia, segno che era stato pettinato in tutta fretta.

«Cosa devi dirmi di così importante?» domandò bruscamente.

Finalmente calmo, il generale si inginocchiò davanti al sovrano. «È un grande onore essere al tuo cospetto, Maestà» disse, sollevando lo sguardo e fissando l'imperatore con un'espressione così folle che il giovane si strinse al petto la tunica, spaventato.

Zhi Zhong si alzò lentamente, guardandosi intorno. L'imperatore aveva congedato i suoi ministri per ascoltare le comunicazioni del generale, e nella sala c'erano soltanto sei schiavi; a Zhi Zhong non importava nulla di loro. Trasse un profondo respiro. La sua mente era stata confusa per lungo tempo, ma adesso, finalmente, tutto gli era chiaro. «I Mongoli hanno attraversato il passo» disse. «Non sono riuscito a bloccarli.»

Vide l'imperatore impallidire, la sua pelle farsi cerea nella luce che entrava dalle alte finestre. «L'esercito? Siamo stati costretti a ritirarci?» chiese Wei, alzandosi in piedi.

«È stato annientato, Maestà.» Fissò con fermezza il volto del giovane uomo davanti a lui. «Ho servito tuo padre con onore, Maestà. Con lui avrei vinto. Con te, che non vali altrettanto, ho fallito.»

L'imperatore Wei lo guardò, sbalordito. «Sei venuto qui a dirmi questo e osi insultarmi nel mio stesso palazzo?»

Il generale sospirò. Non aveva la spada, ma estrasse un lungo coltello che aveva nascosto sotto l'armatura. Nel vedere quella lama, il giovane imperatore si irrigidì, spaventato.

«Tuo padre non mi avrebbe permesso di avvicinarmi, Maestà. Avrebbe saputo che non ci si può fidare di un generale che torna sconfitto. Deludendoti ho meritato la morte, e adesso non ho altra scelta.»

L'imperatore prese fiato per chiamare aiuto, ma Zhi Zhong lo afferrò e gli serrò la gola con una mano, soffocando il grido. Il giovane cercò di divincolarsi, colpendo l'armatura e graffiandogli il viso, ma era molto più debole di lui e non riuscì a liberarsi. Il generale avrebbe potuto strangolarlo, ma sarebbe stato un disonore per il figlio di un grande uomo, così mentre l'imperatore continuava a dibattersi gli affondò la lama nel cuore.

Le mani di Wei lasciarono la presa, e solo allora Zhi Zhong avvertì il bruciore dei graffi sulle guance. Sollevò il giovane e lo rimise a sedere sul trono, mentre una macchia di sangue si allargava sulla sua tunica ricamata tutto intorno alla lama.

Gli schiavi urlavano, ma il generale li ignorò e rimase fermo davanti al corpo del giovane imperatore. Non aveva avuto scelta, si disse.

Le porte si aprirono di colpo e le guardie dell'imperatore fecero irruzione nella sala. Subito sollevarono le armi, ma Zhi Zhong li fronteggiò imperturbabile mentre i suoi uomini invadevano il corridoio alle loro spalle. Lujan aveva eseguito gli ordini ed era già zuppo di sangue; non gli ci volle molto a eliminare anche le ultime guardie. Quando ebbe finito, rimase fermo al centro della sala, fissando sconvolto il volto pallido dell'imperatore morto. «Lo hai ucciso» proruppe, atterrito. «E adesso che cosa facciamo?»

Il generale guardò gli uomini esausti e sporchi di sangue che avevano portato fin lì il fetore del campo di battaglia. Forse, più avanti, avrebbe pianto per tutto quello che aveva perso, per tutto quello che aveva fatto, ma non era quello il momento. «Diremo alla gente che l'imperatore è morto e che la città deve essere chiusa e fortificata. I Mongoli stanno arrivando e non possiamo fare nient'altro.»

«Ma chi sarà imperatore adesso? Uno dei suoi figli?» volle sapere Lujan. Era pallidissimo e non aveva il coraggio di guardare il corpo riverso sul trono.

«Il maschio più grande ha appena sei anni» replicò Zhi Zhong. «Quando i funerali saranno terminati, portalo da me. Governerò come suo reggente.»

Lujan fissò il generale. «Salute al nuovo imperatore» bisbigliò, e si inchinò fino a toccare il pavimento di legno con la fronte. Gli altri soldati lo imitarono e il generale Zhi Zhong sorrise. «Diecimila anni» disse con dolcezza. «Diecimila anni.»

25

Il cielo si tinse di nero sopra le montagne e il fumo denso si propagò per miglia. Molti Chin si erano arresi, alla fine, ma i Mongoli avevano riportato troppe perdite per dimostrare clemenza ai vinti, e il massacro sul passo e nei territori circostanti proseguì per giorni.

Le aste delle picche e gli stendardi furono bruciati in enormi falò. Le famiglie avevano attraversato lentamente il passo dietro i guerrieri, portando i carri e le forge per fondere il ferro recuperato dalle punte delle lance e delle frecce. Donne e bambini aiutarono a spogliare i cadaveri delle armature e di ogni altra cosa di valore, e le provviste di cibo dei Chin furono sistemate sotto la neve perché si mantenessero fresche. Nessuno contò i cadaveri, in effetti non era necessario; chiunque avesse visto gli enormi cumuli di corpi non li avrebbe mai dimenticati. Già il giorno seguente il puzzo era insopportabile e nugoli di mosche morivano crepitando tra le fiamme dei falò.

Poco lontano, Gengis aspettava i suoi generali per andare a vedere la città che aveva mandato contro di loro un così vasto esercito. Kachiun e Khasar lo raggiunsero, osservando straniti il campo di battaglia, i fuochi che lo costellavano fin dove arrivava lo sguardo. I falò proiettavano ombre tremolanti sulle montagne della valle e perfino i Mongoli che piangevano i loro morti erano impressionati da quello spettacolo.

I tre fratelli attesero in silenzio che gli uomini che Gengis aveva convocato li raggiungessero. Per primo arrivò Tsubodai, pallido e orgoglioso, con il braccio sinistro striato da vistose suture nere. Jelme e Arslan giunsero insieme, stagliandosi scuri contro le fiamme dei fuochi. Per ultimi arrivarono Ho Sa e Lian, il capomastro. Solo Temuge, che doveva organizzare il trasferimento dell'accampamento verso un fiume a circa dieci miglia di distanza verso nord, non li accompagnò. Le fiamme sarebbero divampate ancora per giorni, pur senza essere alimentate, le mosche erano sempre di più e Temuge era nauseato dal costante ronzio e dal fetore dei cadaveri.

Gengis non riusciva a distogliere lo sguardo dalla pianura. Stava assistendo alla morte di un impero, ne era certo. Mai come nella battaglia della Bocca del Tasso era giunto tanto vicino a essere sconfitto e annientato; quell'esperienza lo aveva segnato e sapeva che se avesse chiuso gli occhi avrebbe potuto rievocare quei momenti per tutto il resto della sua vita. Ottomila guerrieri mongoli erano stati avvolti in sudari bianchi e portati sulle montagne, dove spiccavano nella neve simili a dita ossute, e lui stesso aveva assistito al loro funerale celeste, per rendere onore a loro e alle loro famiglie. Aquile e lupi si stavano già cibando delle loro spoglie mortali.

«Temuge ha il comando dell'accampamento» disse ai generali. «Adesso andiamo a vedere questa Yenking e questo imperatore.» E spronò il cavallo, seguito dagli altri.

Yenking sorgeva in una grande pianura ed era la più grande città che avessero mai visto. Via via che si avvicinavano, le mura diventavano sempre più imponenti, e Gengis rammentò le parole di Wen Chao, l'ambasciatore chin che aveva conosciuto tanti anni prima. Era stato lui a dirgli che gli uomini erano in grado di costruire città grandi come montagne, e Yenking era una di quelle.

Le mura di scura pietra grigia si innalzavano per almeno cinquanta piedi, e Gengis ordinò a Lian e Ho Sa di fare un giro intorno alla città per contare le torri di legno che si elevavano ancora più in alto. Quando tornarono, avevano cavalcato per oltre cinque miglia e riferirono di aver contato quasi mille torri. Sugli spalti merlati c'erano gigantesche balestre, manovrate da soldati silenziosi e vigili.

Gengis osservò Lian sperando di scorgere sul suo viso una qualche traccia di ottimismo, ma il capomastro era visibilmente scoraggiato; non aveva mai visto la capitale, e non aveva idea di come si potesse far breccia in mura di quelle dimensioni.

Agli angoli dell'immenso rettangolo c'erano quattro forti, separati dalla cinta muraria da un ampio fossato, e un altro fossato circondava tutto il complesso. L'unica apertura nelle mura era costituita da un gigantesco canale che scorreva attraverso una grata di ferro, a sua volta protetta da piattaforme di arcieri e catapulte, e che si allungava verso sud a perdita d'occhio. Tutto a Yenking era di proporzioni inimmaginabili, e nessuno di loro aveva idea di come si sarebbero potuti forzare i cancelli.

Dapprima Gengis e i suoi generali si avvicinarono alle mura come avevano fatto a Yinchuan o nelle altre città chin a ovest. Poi all'improvviso l'aria fu lacerata da un boato e accanto a loro passò qualcosa di scuro che fece scartare di lato il cavallo di Kachiun a causa dello spostamento d'aria. Gengis fu quasi sbalzato di sella quando la sua giumenta si impennò, e rimase a fissare sbigottito l'asta che si era conficcata nel terreno morbido e che sembrava più un tronco d'albero che un dardo.

Senza una parola, lui e i suoi generali si ritirarono fuori dalla portata di quell'arma micidiale, sempre più demoralizzati. Avvicinarsi a meno di cinquecento passi dalle mura significava esporsi al rischio di essere trafitti da quei giganteschi pali con la punta di ferro. La sola idea che uno di quei dardi si abbattesse sui suoi cavalieri era spaventosa.

«Possiamo espugnare questa città, Lian?» domandò all'uomo che aveva fatto breccia in mura meno imponenti.

Il capomastro evitò di incrociare il suo sguardo e si girò verso la città. Alla fine scosse il capo. «Nessun'altra città ha mura così larghe» rispose. «Da quell'altezza, la gittata delle loro armi sarà sempre maggiore di qualunque macchina da guerra potrò mai costruire. Se edificassimo dei terrapieni, forse potrei proteggere i nostri trabucchi, ma se noi possiamo raggiungere loro, loro possono fare altrettanto e distruggere le nostre macchine.»

Frustrato, Gengis guardò Yenking. Essere giunti fino a quel punto e dover rinunciare davanti all'ultimo ostacolo era esasperante. Appena il giorno precedente si era congratulato con Khasar per la conquista del forte e con Kachiun per il suo provvidenziale attacco a sorpresa. Si era convinto che la sua gente fosse inarrestabile, che le conquiste sarebbero sempre state semplici, e anche il suo esercito pensava che il mondo fosse a portata di mano. Di fronte a Yenking, invece, gli sembrava quasi di sentire l'imperatore farsi beffe della sua sconsiderata ambizione. Impassibile, si girò verso i fratelli. «Le famiglie troveranno buoni pascoli, qui, e noi avremo il tempo di organizzare l'attacco.»

Khasar e Kachiun annuirono, incerti, comprendendo che la loro travolgente campagna di conquista si era fermata davanti alle mura di Yenking. Anche loro, come Gengis, si erano abituati al ritmo rapido ed eccitante con cui avevano espugnato le città. I carri della loro gente erano così carichi d'oro e ricchezze che a ogni spostamento di una certa entità si rompevano gli assali.

«Quanto tempo ci vuole per prendere per fame una città come questa?» chiese d'un tratto Gengis.

Lian non ne aveva idea, ma non voleva ammettere la propria ignoranza. «Ho sentito dire che più di un milione di sudditi dell'imperatore vive a Yenking. È difficile immaginare come facciano a sfamare così tante persone, ma devono avere enormi granai e magazzini. Dopotutto, sanno che stiamo arrivando ormai da mesi.» Vide Gengis accigliarsi e si affrettò ad aggiungere: «Potrebbero volerci tre anni, forse quattro, mio signore».

Khasar emise un sonoro gemito, ma il più giovane di loro, Tsubodai, si illuminò. «Non hanno più un esercito per spezzare l'assedio, signore. Non sarà necessario che rimaniamo tutti qui. Se non possiamo abbattere le mura, forse potresti permetterci di compiere delle razzie in questa nuova terra. Adesso, non sappiamo nemmeno cos'altro ci sia oltre Yenking.»

Gengis si voltò verso il ragazzo, rincuorato dalla bramosia che gli accendeva lo sguardo. «Hai ragione. Se dovrò aspettare che l'imperatore si riduca pelle e ossa prima di capitolare, almeno i miei generali non staranno con le mani in mano.» Abbracciò con un gesto il vasto territorio che si estendeva davanti a loro a perdita d'occhio. «Quando avrete sistemato le vostre famiglie venite a propormi una direzione, e sarà vostra. Non perderemo tempo qui, a diventare grassi e lenti.»

Tsubodai sorrise, e il suo entusiasmo contagiò anche i compagni, dissolvendo l'umore cupo di pochi istanti prima. «Come desideri, mio signore» disse.

Zhi Zhong camminava avanti e indietro nella sala del trono, aspettando che i ministri dell'imperatore lo raggiungessero. Era un mattino sereno e pacifico e dall'esterno gli giungevano i richiami sgraziati delle gazze. Senza dubbio gli indovini avrebbero tratto qualche presagio da quegli uccelli litigiosi se li avessero visti, pensò.

I funerali dell'imperatore Wei erano durati quasi dieci giorni, e mezza città si era stracciata le vesti e si era cosparsa il corpo di cenere prima che il cadavere fosse cremato. Zhi Zhong aveva dovuto assistere a infinite orazioni funebri da parte delle famiglie nobili, ma nessuno di fronte al suo sguardo rabbioso e alle sue guardie armate aveva osato commentare il modo in cui era morto l'imperatore. Aveva colto la rosa imperiale, recidendola con un solo colpo netto, così che tutto il resto era rimasto intatto.

I primi giorni erano stati caotici, ma dopo l'esecuzione di tre ministri che avevano osato ribellarsi ogni altra forma di resistenza si era dissolta e il grandioso funerale era proseguito come se il giovane imperatore fosse morto nel sonno.

Era stata una piacevole novità scoprire che i nobili al governo avevano pianificato quell'evento assai prima che ve ne fosse bisogno. L'impero chin era già sopravvissuto a ribellioni e regicidi, e dopo una prima reazione oltraggiata tutti erano tornati alle consuete occupazioni, quasi con sollievo. I cittadini di Yenking sapevano soltanto che il Figlio del Cielo aveva lasciato il suo corpo mortale, e piangevano la sua morte per le strade, ignari di quanto fosse accaduto.

Il figlioletto dell'imperatore non aveva pianto, quando gli avevano comunicato che il padre era mancato. In questo, almeno, l'imperatore Wei aveva saputo preparare la sua famiglia. La madre del bambino aveva abbastanza buonsenso da rendersi conto che protestare le sarebbe costato la vita; così era rimasta in silenzio durante le esequie, fissando, pallida e bellissima, le fiamme che consumavano il corpo del marito. Quando la pira funeraria era crollata in un crepitio di fiamme, Zhi Zhong aveva avuto l'impressione di avvertire il suo sguardo su di sé. Ma quando aveva sollevato gli occhi l'aveva vista a capo chino, apparentemente intenta a implorare la benevolenza degli dèi. La *sua* benevolenza, si disse il generale, visto che il risultato era più o meno lo stesso.

Digrignò i denti, senza smettere di misurare la sala a grandi passi. Prima il funerale era durato più a lungo del previsto, poi gli era stato comunicato che l'incoronazione sarebbe durata altri cinque giorni. Tutto questo era esasperante. La città era in lutto e nessuno dei contadini lavorava quando si svolgevano simili eventi. Aveva dovuto sottoporsi a prove interminabili per i nuovi abiti che avrebbero sottolineato la sua posizione di reggente, ed era perfino rimasto immobile mentre i ministri gli elencavano nervosamente le sue nuove responsabilità. Nel frattempo, il khan dei Mongoli si aggirava come un lupo affamato intorno alla città.

Nel poco tempo libero che gli era rimasto, Zhi Zhong si era arrampicato sulle mura e aveva osservato da una dozzina di punti diversi quelle tribù di selvaggi che si accampavano sulla terra dell'impero; a volte aveva perfino l'impressione di sentire nel vento il loro odore di montone irrancidito e latte di capra. Era seccante essere stato battuto da un branco di pastori, ma non avrebbero preso Yenking, si disse. Gli imperatori che avevano fatto costruire la città avevano voluto dimostrare la loro potenza, e la capitale dell'impero non sarebbe caduta tanto facilmente.

Si svegliava ancora di notte, tormentato da incubi in cui gli davano la caccia e le frecce sibilavano tutto intorno a lui come zanzare. Che cos'altro avrebbe potuto fare? Nessuno aveva mai pensato che i Mongoli potessero scalare le montagne per prenderlo alle spalle. Zhi Zhong non si vergognava più della sconfitta. Gli dèi gli erano stati ostili e tuttavia gli avevano consegnato la città, perché la governasse come reggente. Sarebbe rimasto a guardare l'esercito mongolo che si schiantava inutilmente contro le mura e poi, quando fossero stati in un bagno di sangue, avrebbe preso la testa del loro khan e l'avrebbe seppellita con le proprie mani nel più profondo dei pozzi neri della città.

Quel pensiero gli risollevò un po' l'umore mentre aspettava che l'imperatore bambino facesse la sua comparsa. Da qualche parte, in lontananza, udiva il rintocco dei gong che annunciavano alla gente la presenza di un nuovo Figlio del Cielo.

Le porte della sala delle incoronazioni si aprirono, rivelando il volto sudato di Ruin Chu, il Primo Ministro. «Mio signore, non hai ancora indossato l'abito da cerimonia!» esclamò. «L'imperatore sarà qui da un momento all'altro.»

Sembrava sul punto di cedere, dopo giorni trascorsi a organizzare il funerale e l'incoronazione e Zhi Zhong, che trovava quell'ometto irritante, pregustò l'impatto che avrebbero avuto le sue parole. «Li ho lasciati nei miei appartamenti, ministro. Non ne avrò bisogno, oggi.»

«Ma, signore, ogni momento della cerimonia è stato pianificato con cura. Tu devi...»

«Non dirmi cosa *devo* fare» scattò Zhi Zhong. «Porta qui il moccioso e mettigli una corona in testa. Recita inni, canta, brucia bastoncini di incenso, fa' quello che ti pare, ma dimmi solo un'altra volta quello che *devo* fare e ti taglierò la testa.»

Il Primo Ministro spalancò la bocca per lo stupore, poi abbassò gli occhi, rabbrividendo. Sapeva che l'uomo davanti a lui aveva ucciso l'imperatore, che era un brutale traditore, e non dubitava che sarebbe stato capace di spargere altro sangue perfino nel giorno dell'incoronazione. Così si inchinò e uscì dalla sala camminando all'indietro.

Zhi Zhong udì il passo lento della processione e attese in silenzio che il Primo Ministro la raggiungesse. Scoppiò a ridere quando sentì che il corteo accelerava il passo.

Quando le porte si aprirono la seconda volta, le persone che circondavano il bambino di sei anni, che stava per essere incoronato imperatore, a stento riuscivano a celare la loro paura. Zhi Zhong notò che camminava eretto, nonostante non avesse dormito molto negli ultimi giorni.

La processione rallentò di nuovo passando davanti a Zhi Zhong, diretta verso il trono dorato. Persino i monaci buddhisti che avanzavano facendo dondolare i turiboli e colmando l'aria di fumo bianco si innervosirono nel vedere il generale con l'armatura, unico uomo armato nella sala. Zhi Zhong si avviò, rigido, dietro di loro, mentre il figlio dell'imperatore Wei prendeva posto sul trono. Era appena l'inizio dell'ultima fase dell'incoronazione: solo per recitare i titoli che spettavano al nuovo sovrano avrebbero fatto mezzogiorno.

Zhi Zhong guardò stizzito i ministri accomodarsi come pavoni al centro della sala. L'incenso gli faceva venire sonno e non poteva fare a meno di pensare ai Mongoli nella pianura, fuori dalla città. All'inizio aveva riconosciuto la necessità dei rituali per mantenere l'ordine dopo che aveva ucciso l'imperatore. La città avrebbe potuto esplodere, senza una mano forte a guidarla, ed era stato necessario concedere ai nobili il conforto delle tradizioni. Ora però non ne poteva più. La città era tranquilla nel suo dolore, e i Mongoli avevano cominciato a costruire grandi trabucchi e muri di pietra per proteggere le macchine da guerra.

Con un'esclamazione d'impazienza, Zhi Zhong avanzò nella sala, interrompendo la voce cantilenante del sacerdote. Il bambino si immobilizzò, raggelato, nel vedere quell'uomo dall'armatura nera. Zhi Zhong prese la corona imperiale dal suo cuscino di seta dorata; era sorprendentemente pesante e per un istante toccarla gli procurò un moto di sgomento: era stato lui a uccidere l'uomo che l'aveva portata per ultimo.

La piazzò con fermezza sulla testa del bambino. «Xuan, sei il nuovo imperatore, il Figlio del Cielo» disse. «Che tu possa regnare con saggezza.» E ignorando l'espressione sbigottita dei presenti proseguì: «Io sono il tuo reggente, il tuo braccio destro. Fino al compimento del ventesimo anno di età, mi ubbidirai in ogni cosa, senza fare domande. Hai capito?».

Gli occhi del bambino si colmarono di lacrime. Riusciva a stento a rendersi conto di ciò che stava accadendo. «Io... io ho capito» balbettò.

«E così abbiamo finito. Festeggiate pure, io torno sulle mura.»

Lasciandosi alle spalle i ministri esterrefatti, Zhi Zhong si diresse in fretta verso le porte, le spalancò e uscì dal palazzo. L'edificio sorgeva su un poggio presso il lago Songhai, le cui acque alimentavano il grande canale, e dall'alto delle gradinate poteva vedere i sudditi in attesa. Non appena fosse stata data la notizia, le campane avrebbero suonato a distesa e i contadini si sarebbero ubriacati per giorni. Inspirò a fondo, guardando verso le mura: là fuori, i suoi nemici cercavano un punto debole. Ma non sarebbero riusciti a entrare.

Temuge guardava distrattamente i tre uomini che un tempo erano stati khan nelle loro tribù, riconoscendo l'arroganza in ogni loro gesto e il disprezzo a stento celato. Quando avrebbero capito che non avevano più alcun potere nel nuovo ordine creato da suo fratello? C'era un solo *gurkhan*, un solo uomo superiore a tutti loro. Quello che avevano davanti era il fratello del grande khan, eppure osavano rivolgersi a lui come se fosse un loro pari.

Gengis gli aveva dato fiducia attribuendogli il titolo di signore dei commerci, ma era stato lui a definire il proprio ruolo sbaragliando ogni opposizione. Adesso si crogiolava nel potere che esercitava e sorrideva ancora ripensando a come il giorno prima avesse fatto attendere a lungo Kokchu, che aveva chiesto

di vederlo. Lo sciamano era pallido di rabbia, quando finalmente Temuge lo aveva ricevuto nella grande *ger* del khan. Permettergli di usare la sua tenda per il lavoro era un altro segno
dell'approvazione di Gengis, un gesto che non mancava di impressionare i postulanti. Non serviva a nulla appellarsi al
grande khan se non si gradiva una decisione presa in suo nome,
Temuge aveva fatto sì che tutti lo capissero. Se Kokchu voleva
degli uomini perché lo accompagnassero a esplorare un antico
tempio a centinaia di miglia di distanza, doveva chiedere la sua
autorizzazione e il bottino sarebbe stato esaminato da Temuge
in persona.

Temuge intrecciò le dita davanti a sé, ascoltando a malapena
i tre uomini. Il khan dei Woyela, che non era in grado di stare
in piedi da solo, era sorretto da due dei suoi figli. Sarebbe stato
gentile offrirgli una sedia ma Temuge non era tipo da dimenticare le vecchie ferite, così li aveva lasciati in piedi a parlare di
pascoli e legname, mentre lui lasciava vagare lo sguardo.

«Se non permetti che le mandrie si spostino verso nuovi pascoli senza uno di quei tuoi lasciapassare» stava dicendo il
woyela, «saremo costretti a macellare degli animali sani perché
sono morti di fame.»

Da quando Gengis gli aveva tranciato i tendini delle gambe,
era ingrassato. Temuge si divertiva a vederlo avvampare di rabbia, e continuò a guardarlo pigramente senza rispondere. Nessuno di loro sapeva leggere né scrivere, e l'idea di utilizzare le
piccole tessere quadrate di legno di pino con l'immagine di un
lupo impressa a fuoco era stata un successo, pensò soddisfatto.
I suoi uomini le richiedevano ogni volta che vedevano qualcuno
che tagliava legna o barattava beni saccheggiati o mille altre
cose. Il sistema non era ancora perfetto, ma Gengis lo aveva sostenuto, respingendo con fermezza tutti quelli che erano andati
da lui a lamentarsi.

Quando gli uomini ebbero finito la loro tirata, Temuge rispose con voce amabile, come se stesse discorrendo del tempo.
Aveva scoperto che la gentilezza li faceva andare su tutte le furie, e si divertiva un mondo a stuzzicarli. «In tutta la nostra sto-

ria non siamo mai stati così tanti in un unico luogo» disse, scuotendo il capo a mo' di garbato rimprovero. «L'organizzazione è indispensabile, se vogliamo prosperare. Se lasciassi a tutti la libertà di tagliare alberi a proprio piacimento, non ne rimarrebbero abbastanza per il prossimo inverno, capisci? Per il momento, ho stabilito che prenderemo la legna solo dai boschi che distano più di tre giorni di cavallo da qui. Ci vogliono tempo e fatica, ma ne vedrete i benefici il prossimo anno.»

Il suo garbato discorso li irritava e la cosa peggiore era che non potevano muovergli alcuna obiezione. Erano guerrieri e lui si era reso conto di poterli raggirare con le sue parole, ora che erano obbligati ad ascoltarlo.

«Ma i pascoli?» obiettò il khan dei Woyela. «Non possiamo spostare nemmeno una capra senza che uno dei tuoi uomini venga a chiederci un lasciapassare che dimostri la tua approvazione. Le tribù cominciano a perdere la pazienza con tutti questi controlli. Non è mai stato così.»

Temuge sorrise al khan infuriato, notando che il suo peso cominciava a diventare troppo gravoso per i figli che lo sorreggevano. «Woyela, le tribù non esistono più, non l'hai ancora imparato? Credevo che lo rammentassi ogni giorno.»

Fece un cenno con la mano e un servitore chin gli porse un bicchiere di *airag*. Aveva scelto i suoi servi tra coloro che Gengis aveva reclutato nelle città; alcuni avevano servito nelle case di famiglie nobili e sapevano come trattare un uomo della sua posizione. Ogni mattina faceva un bagno caldo in una vasca di ferro costruita appositamente. Era l'unico uomo nell'accampamento a lavarsi in quel modo e per la prima volta sentiva l'odore della sua gente. Quel pensiero gli fece arricciare il naso. Ecco come doveva vivere un uomo, si disse, sorseggiando la bevanda mentre i Woyela aspettavano.

«I tempi sono cambiati, signori» disse infine. «Non potremo andarcene di qui fino a quando la città non sarà stata espugnata, il che significa che i pascoli devono essere gestiti con oculatezza. Se non esercitassi un po' di controllo non ci sarebbe più un filo d'erba in estate, e come faremo a quel punto? Volete forse che mio fratello sia separato dalle sue mandrie da un migliaio di miglia? Io non credo.» Si strinse nelle spalle. «Forse, alla fine dell'estate, saremo un po' affamati, forse dovremo macellare un po' di bestiame se la terra non basterà a sfamarlo tutto. Non ho forse mandato degli uomini a cercare del sale per conservare la carne? L'imperatore morirà di fame prima di noi.»

Gli uomini lo guardarono delusi, in silenzio. Avrebbero potuto citare numerosi esempi dell'asfissiante controllo che Temuge esercitava sul vasto accampamento, ma lui aveva una scusa per ogni cosa. Le latrine non dovevano essere scavate troppo vicino all'acqua corrente. Era consentito far accoppiare i cavalli solo seguendo un preciso elenco di linee di sangue che Temuge in persona aveva compilato senza consultare nessun altro. Se un uomo possedeva una giumenta e uno stallone, non poteva più farli accoppiare senza chiedergli il permesso. Tutti ne erano indispettiti, e lo scontento si stava diffondendo nell'accampamento.

Nessuno osava lamentarsi apertamente, almeno finché Gengis lo appoggiava. D'altronde, se avesse dato retta alle proteste, avrebbe minato la sua autorità e svuotato la nuova posizione di ogni valore. E conoscendolo Temuge sapeva che Gengis non lo avrebbe mai fatto: gli aveva assegnato quel ruolo e non avrebbe interferito. E lui non vedeva l'ora di dimostragli che cosa fosse in grado di fare un uomo intelligente se non gli si mettevano i bastoni fra le ruote.

«Se è tutto, ho molte altre persone da vedere, stamattina» disse. «Forse ora ti è chiaro perché è così difficile incontrarmi. C'è sempre qualcuno che non riesce a capire cosa *dobbiamo* fare qui, cosa dobbiamo diventare.»

Non aveva concesso loro nulla di ciò che chiedevano e la loro frustrazione per lui era come un balsamo, ciò nonostante non riuscì a resistere alla tentazione di stuzzicarli ancora un poco. «Come ho detto sono molto impegnato, ma se c'è qualcos'altro troverò il tempo di ascoltare ciò che avete da dire, naturalmente.»

«Tu senti ma non ascolti» replicò stancamente il khan zoppo.

Temuge allargò le braccia, fingendosi rammaricato. «Non tutti quelli che vengono da me riescono a capire fino in fondo i problemi che sollevano. È successo persino che si siano svolte delle transazioni nell'accampamento senza che mi siano state mandate le decime per il khan» disse fissando negli occhi il vecchio khan.

Lo sguardo febbricitante dell'uomo vacillò. Quanto sapeva Temuge? Correva voce che pagasse delle spie perché gli riferissero tutto ciò che succedeva al campo, ogni accordo, ogni transazione, ogni scambio di beni. Nessuno conosceva la reale portata della sua influenza.

Temuge sospirò, scuotendo la testa come se fosse deluso. «Speravo che me ne avresti parlato spontaneamente, Woyela. Non hai forse venduto una dozzina di giumente a una delle reclute chin?» Sorrise, incoraggiante. «Ho sentito dire che hai spuntato un buon prezzo, anche se le bestie non erano delle migliori. Non ho ancora ricevuto i due cavalli della decima che devi a mio fratello, ma suppongo che saranno qui prima del tramonto, dico bene?»

Chinando il capo in segno d'assenso, il khan dei Woyela si chiese chi potesse averlo tradito.

«Eccellente» sorrise Temuge. «Ti ringrazio per aver rubato un po' di tempo a quelli che ancora rispettano la tua autorità. Ricorda che sono sempre qui, se avessi bisogno di sottoporre qualcos'altro alla mia attenzione.»

Non si alzò in piedi quando i visitatori uscirono dalla *ger* del khan. Uno di quelli che non aveva parlato gli rivolse uno sguardo furente e Temuge decise di farlo tenere d'occhio. Lo temevano, sia come sciamano sia come ombra di suo fratello. Kokchu aveva detto il vero: leggere la paura negli occhi del prossimo era una cosa fantastica. Gli faceva provare una sensazione di forza e leggerezza che solo la pasta nera di Kokchu era in grado di dargli.

C'erano altri uomini che attendevano per vederlo, e alcuni di loro erano stati chiamati proprio da lui. Pensò al tedioso pomeriggio che lo aspettava e d'impulso decise che non voleva saperne. Si girò verso il servitore. «Prepara una tazza di *airag* caldo con un cucchiaio della mia medicina» disse. La pasta nera gli avrebbe colmato la mente di visioni colorate e poi avrebbe dormito tutto il pomeriggio. Che lo aspettassero pure, pensò stiracchiandosi, soddisfatto di come si era comportato quella mattina.

26

Ci vollero due mesi per costruire i terrapieni di pietra e legno necessari per proteggere le grandi macchine da guerra. I trabucchi disegnati da Lian erano stati costruiti nelle foreste vicine. Ancora con i tronchi appiccicosi di resina, furono poste a circa un miglio di distanza dalle mura della città, dove incombevano come mostri minacciosi, in attesa di essere spostati all'ombra delle barriere che li avrebbero riparati. Era un lavoro lento e faticoso, ma per certi versi era servito all'esercito mongolo per acquisire sicurezza. Nessuno era uscito dalle mura per attaccarli, e a nord c'era un lago d'acqua dolce sulle cui rive nidificavano uccelli che avrebbero potuto cacciare durante l'inverno. Erano padroni incontrastati della pianura, ma non avevano quasi nulla che li tenesse impegnati. Erano abituati a combattere quotidianamente per conquistare nuovi territori e ora quell'inattività forzata iniziava a inasprire i rapporti tra le tribù: c'erano state violente risse causate da vecchie faide, e il giorno prima due uomini e una donna erano stati trovati morti sulla riva del lago senza che si sapesse chi li avesse assassinati.

Gengis non sapeva se i terrapieni che aveva ordinato di costruire sarebbero serviti a proteggere le pesanti catapulte, ma aveva bisogno di qualcosa che tenesse occupati i guerrieri. Se non altro, farli lavorare fino allo sfinimento li teneva in forma e impediva loro di litigare. Gli esploratori avevano scoperto una collina di ardesia a meno di una giornata di cavallo da Yenking e i guerrieri si erano messi a cavare la pietra con l'entusiasmo con cui affrontavano ogni impresa, spezzandone grandi lastre con cunei e martelli e caricandole poi sui carri. L'esperienza di Lian si dimostrò utilissima in quel frangente, e per settimane il capomastro si allontanò dalla cava solo raramente. Insegnò ai guerrieri come saldare le pietre con un impasto di argilla bruciata e in breve i terrapieni cominciarono a crescere a vista d'occhio. Gengis aveva perso il conto di quanti carri erano passati traballando davanti alla sua *ger*, ma Temuge aveva tutto sotto controllo e annotava ogni cosa sulle poche pergamene ricavate dalle razzie.

Lian aveva disegnato dei nuovi contrappesi per i trabucchi, grosse reti di corda colme di massi appese alle leve della macchina. Mentre li stavano realizzando, due uomini erano rimasti gravemente feriti alle mani e Kokchu aveva dovuto amputare loro gli arti maciullati; aveva strofinato un intruglio denso e granuloso sulle loro gengive per attenuare il dolore, ma le loro urla si erano sentite a grande distanza.

I lavori proseguirono sotto l'occhio attento degli assediati, e Gengis non poté far nulla per impedire che alcune delle giganteshe catapulte che campeggiavano sulle mura venissero spostate lungo i bastioni per fronteggiare i suoi trabucchi. Squadre di guardie imperiali costruirono nuovi alloggiamenti per le giganteshe macchine, lavorando alacremente quanto i guerrieri mongoli.

Ci vollero centinaia di uomini per spingere i trabucchi sui terrapieni costruiti davanti a Yenking e, quando finalmente furono in posizione, Gengis osservò frustrato gli ingegneri chin armare sette catapulte e lanciare altrettanti dardi con la punta di ferro contro i terrapieni. I trabucchi risposero con due lanci di massi che si infransero contro le mura, frantumandosi in mille pezzi. E le macchine da guerra dei Chin rimasero intatte.

Ci voleva un'eternità per ricaricare le pesanti leve sotto l'incessante fuoco delle catapulte nemiche e, prima ancora che i trabucchi fossero pronti per il secondo lancio, i terrapieni costruiti dai Mongoli iniziarono a mostrare le prime crepe, e dopo poco crollarono completamente. A ogni colpo i massi si schiantavano sulle rampe di terra e pietra, riempendo Lian e i suoi uomini di schegge. Molti caddero, feriti al viso o alle mani, e si ritirarono barcollando sotto l'incessante bombardamento. Lian, illeso, rimase immobile sotto la pioggia di detriti, osservando in un cupo silenzio i terrapieni che crollavano lasciando allo scoperto le macchine.

Per un po' sembrò che i trabucchi si sarebbero salvati, ma poi un colpo andò a segno, seguito da altri tre. Via via che gli uomini sulle mura si stancavano, il ritmo del bombardamento rallentava, ma ormai quasi ogni loro colpo dava esito positivo, schiantandosi con forza devastante sul bersaglio. Diversi guerrieri morirono cercando di trascinare le macchine da guerra fuori tiro, ma presto i Mongoli si resero conto che non c'era nulla da fare. Gengis non riuscì a trattenere un gemito di fronte a quello sfacelo. Era abbastanza vicino alla città da sentire le grida di trionfo degli assediati e, benché gli scocciasse dover dare ragione a Lian, doveva ammettere che senza una protezione efficace non erano in grado di competere con la gittata delle macchine piazzate in alto sulle mura. Senza un riparo, qualunque cosa avessero costruito sarebbe stata distrutta. Insieme a Lian e ai generali aveva preso in considerazione la possibilità di costruire delle alte torri messe su ruote, e magari ricoperte di lamine di ferro, con le quali scalare le mura, ma i giganteschi dardi le avrebbero perforate con la stessa facilità con cui le sue frecce penetravano nelle armature. D'altro canto, se i suoi fabbri avessero predisposto un rivestimento metallico più spesso, le torri sarebbero diventate così pesanti che sarebbe stato impossibile muoverle.

Tsubodai spedì alcuni guerrieri coraggiosi a recuperare i feriti, mentre Gengis camminava nervosamente avanti e indietro, riflettendo. I suoi uomini erano convinti che lui fosse in grado di conquistare Yenking come aveva fatto con le altre città, e vedere le straordinarie costruzioni di Lian ridotte a un cumulo di schegge non avrebbe certo sollevato il morale delle truppe.

Mentre osservava i Giovani Lupi rischiare la vita per trarre in salvo gli operai caduti, Kachiun lo raggiunse e smontò da cavallo. La sua espressione era impenetrabile, ma Gengis ebbe l'impressione di cogliere la sua stessa, profonda irritazione.

«Chiunque abbia costruito questa città ha fatto un ottimo lavoro» commentò Kachiun. «Non riusciremo a prenderla con la forza.»

«Allora la prenderemo per fame» replicò brusco Gengis. «Ho fatto innalzare la tenda nera. Non ci sarà alcuna pietà.»

Kachiun annuì, scrutando il fratello. Gengis non era mai in forma quando era costretto all'inattività, e i suoi generali preferivano stargli alla larga. Nei giorni precedenti, durante la costruzione dei giganteschi terrapieni, il suo umore era migliorato, e tutti erano stati fiduciosi nel buon esito del piano. Ma a quel punto era ormai evidente che il comandante dei Chin aveva semplicemente atteso che le loro macchine da guerra giungessero a portata di tiro. Chiunque fosse, era un tipo paziente, e i nemici pazienti erano anche i più pericolosi.

Kachiun sapeva che se Gengis era sotto pressione tendeva a precipitarsi a prendere decisioni. Per il momento ascoltava ancora i consigli dei suoi generali, ma con il progredire dell'inverno la tentazione di lanciarsi in qualche tentativo azzardato sarebbe cresciuta, e le tribù ne avrebbero patito le conseguenze.

«Che ne diresti di mandare degli uomini a scalare le mura di notte?» domandò Gengis, confermando le fosche previsioni di Kachiun. «Cinquanta o cento, per appiccare degli incendi in città.»

«Le mura si potrebbero anche scalare» replicò Kachiun con cautela, «ma le guardie che pattugliano gli spalti sono tantissime, e tu stesso qualche giorno fa hai detto che sarebbe un inutile spreco di uomini.»

Gengis si strinse nelle spalle, stizzito. «Allora avevamo le catapulte. Adesso potrebbe valerne la pena.»

Fissò sul fratello gli occhi gialli e Kachiun sostenne il suo sguardo senza batter ciglio, sapendo che Gengis si aspettava che parlasse con franchezza. «Lian ha detto che ci sono più di un milione di persone, in città» replicò. «Se li mandassimo a scalare le mura, i nostri uomini sarebbero braccati come cani selvaggi e diventerebbero una facile preda per i soldati.»

Gengis sbuffò, torvo e avvilito, e Kachiun cercò di farsi venire in mente qualcosa che potesse risollevargli il morale. «Forse è arrivato il momento di mandare i generali a razziare altre terre, come avevi detto. La vittoria, qui, non sarà rapida e ci sono altre città da conquistare. Lascia che i tuoi figli vadano con loro, perché imparino il nostro modo di commerciare.»

Kachiun vide il dubbio balenare sul viso del fratello e pensò di aver capito che cosa lo tratteneva. I generali erano uomini di cui Gengis si fidava ciecamente e che erano autorizzati ad agire anche senza la sua supervisione. Erano leali sotto ogni aspetto, ma fino a quel momento la guerra era stata condotta sotto il suo diretto controllo, e mandarli a centinaia di miglia di distanza non sarebbe stata una decisione che Gengis avrebbe preso a cuor leggero. Aveva detto più volte di essere d'accordo, ma poi non aveva mai dato l'ordine.

«È il tradimento ciò che temi?» volle sapere Kachiun. «Da parte di chi? Di Arslan e di suo figlio Jelme, che sono con noi fin dall'inizio? Da parte di Khasar o di Tsubodai, che ti venera? Da me?»

Gengis sorrise a denti stretti. Lasciò scivolare lo sguardo sulle mura di Yenking, ancora intatte davanti a lui, e con un sospiro ammise che non poteva tenere tutti quegli uomini inattivi per tre anni; prima o poi si sarebbero scannati l'un l'altro, facendo il gioco dell'imperatore chin. «Devo lasciar andare l'intero esercito? Potrei restare qui da solo e sfidare i Chin a venire fuori.»

Kachiun ridacchiò all'idea. «A dire il vero, credo che penserebbero a una trappola e ti lascerebbero lì. Se io fossi l'imperatore, comunque, addestrerei alla guerra ogni uomo abile all'interno delle mura e ricostruirei un esercito. Non puoi ridurre troppo il numero degli uomini a guardia di Yenking, se non vuoi che si mettano a preparare un attacco.»

Gengis sbuffò ancora una volta. «Non si diventa guerrieri in pochi mesi. Lascia che si allenino, questi fornai e mercanti: sarò ben contento di mostrare loro cosa significa essere un combattente nato.»

«Con voce tonante, senza dubbio, e magari con un pene di fuoco» replicò Kachiun, serissimo.

Dopo un attimo di silenzio, i due fratelli scoppiarono in una fragorosa risata. Gengis aveva superato il malumore che si era impadronito di lui con la distruzione dei trabucchi, e a Kachiun parve quasi di percepire l'energia che gli cresceva dentro, mentre pensava al futuro.

«Ho detto che li avrei lasciati andare, Kachiun, e lo farò, ma è ancora presto. Non sappiamo se altre città cercheranno di portare aiuto a Yenking e potremmo aver bisogno che tutti gli uomini restino qui. Ma se la città non sarà ancora caduta in primavera, lascerò i generali liberi di andare a caccia.»

Zhi Zhong stava in piedi davanti all'alta finestra della sala delle udienze, nel palazzo d'estate. Non aveva ancora rivolto la parola all'imperatore bambino da quando lo aveva incoronato: Xuan si trovava da qualche parte nel labirinto di corridoi e stanze che formavano gli appartamenti ufficiali che un tempo erano appartenuti a suo padre, e lui ci pensava di rado.

Quella mattina, dopo la distruzione dei trabucchi mongoli, i soldati lo avevano acclamato. Avevano atteso un segno di approvazione da parte sua, ma lui aveva concesso solo un breve cenno del capo al loro ufficiale prima di scendere dalle mura per tornare in città. Quando era rimasto solo, però, aveva serrato il pugno, trionfante. Quel successo non era sufficiente a cancellare il ricordo della sconfitta subita alla Bocca del Tasso, ma era una specie di vittoria e i cittadini impauriti avevano bisogno di qualcosa che li risollevasse dalla disperazione. Zhi Zhong fece una smorfia pensando ai numerosi suicidi di cui era stato informato. Quattro fanciulle di nobile famiglia erano state trovate morte nelle loro stanze quando era giunta la notizia che l'esercito era stato sconfitto; tutte e quattro si conoscevano fra loro e, a quanto pareva, avevano preferito una fine dignitosa agli stupri e alla distruzione che temevano inevitabili. Altre undici avevano seguito il loro esempio nelle settimane seguenti, e Zhi Zhong paventava che quella nuova abitudine potesse diffondersi. Intrecciò le mani dietro la schiena e osservò pensieroso le case dei nobili, dall'altra parte del lago. Quel giorno avrebbero ricevuto notizie migliori e forse per un po' avrebbero messo da parte i loro pugnali d'avorio e il disprezzo per le sue capacità. Yenking poteva ancora resistere agli invasori.

A un tratto si rese conto di essere stanco e affamato. Non mangiava dall'alba, e con tutte le riunioni a cui aveva dovuto presenziare durante la giornata si era scordato dei pasti. Sembrava che tutte le autorità di Yenking avessero bisogno della sua approvazione e del suo consiglio, come se lui potesse sapere cosa avrebbe riservato loro il futuro. Aggrottò la fronte, pensando alle riserve di cibo che si stavano assottigliando. Era l'unico punto debole delle sue difese, ma era stato lui stesso a svuotare i magazzini della città per sfamare l'esercito, e adesso i Mongoli gozzovigliavano con le scorte di viveri che aveva ammassato nelle fortezze della Bocca del Tasso. La sola idea lo faceva infuriare, ma non serviva a niente piangere sul latte versato, si disse. Dopotutto, sia lui sia l'imperatore allora erano convinti che i Mongoli sarebbero stati respinti molto prima di raggiungere la città imperiale.

Fece una smorfia, riflettendo. I mercanti di Yenking non erano stupidi. Il cibo veniva già razionato e perfino il mercato nero era crollato, quando si erano resi conto che l'assedio sarebbe potuto durare molto a lungo. Qualcuno continuava a vendere merci sottobanco, con profitti enormi, ma la maggior parte preferiva ammassare provviste per le proprie famiglie, sperando di superare indenne la tempesta per poi arricchirsi di nuovo quando tutto fosse tornato alla normalità.

Zhi Zhong decise che avrebbe convocato i mercanti più ricchi per farsi dire dove avevano nascosto le loro provviste. Senza di esse, in capo a un mese i cittadini avrebbero divorato cani e gatti, e poi? Poi si sarebbe trovato intrappolato lì con un milione di persone che morivano di fame. Un inferno.

L'unica speranza era che i Mongoli si stancassero e abbandonassero l'assedio per attaccare altre città, dalle difese meno impenetrabili. Ruotò stancamente il capo e si stropicciò gli occhi, sollevato dal fatto che soltanto gli schiavi fossero testimoni di quella sua debolezza. Non aveva mai lavorato così tanto e così duramente in vita sua. Dormiva pochissimo e quando finalmente riusciva a prendere sonno non faceva altro che sognare piani e stratagemmi. La notte precedente era rimasto con le squadre di arcieri sulle mura e non aveva dormito affatto.

Con un sorriso tirato, ripensò alla distruzione delle macchine da guerra mongole. Avrebbe dato qualunque cosa per vedere la faccia del khan in quel momento. Prese in considerazione l'idea di convocare i ministri per un'ultima riunione, ma subito ci ripensò. Quel giorno aveva incrinato l'immagine vincente del khan mongolo, e non aveva voglia di vedere la solita espressione sconfitta nei loro sguardi.

Si allontanò dalla finestra e, dopo aver lanciato un ultimo sguardo a un tavolo pieno di scartoffie, si avviò lungo i corridoi bui che portavano alla sala da bagno che l'imperatore Wei utilizzava ogni sera. Pregustando il piacere che lo attendeva, spinse la porta della sala e si diresse verso la vasca incassata nel pavimento. Gli schiavi avevano già scaldato l'acqua e cominciarono a svestirlo con la solita efficienza mentre lui guardava le due ancelle pronte a massaggiarlo con oli profumati. Si congratulò mentalmente con l'imperatore Wei per il suo buongusto, pensando soddisfatto che le schiave della casa imperiale sarebbero state sprecate per il piccolo Xuan, almeno per qualche altro anno ancora.

Non appena fu nudo, Zhi Zhong si immerse nella vasca, apprezzando la sensazione di pace che si avvertiva in quella sala dall'alto soffitto, e si rilassò mentre le ragazze lo insaponavano, massaggiandogli delicatamente la pelle. Come per magia, il loro tocco cancellò il peso delle preoccupazioni di quel giorno. Dopo un po', prese una di loro per mano e la tirò fuori dall'acqua con sé. La fece sdraiare sul bordo della vasca, con le gambe nell'acqua fino alle ginocchia. Il contatto con il pavimento freddo le inturgidì i capezzoli. Zhi Zhong la possedette in silenzio, mentre lei, ben addestrata, gli accarezzava la schiena e gemeva piano sotto di lui. L'altra ragazza li osservò per un po' con spassionato interesse, poi riprese a insaponargli la schiena, strusciandosi contro di lui e facendolo gemere di piacere. Senza aprire gli occhi, Zhi Zhong trovò la sua mano e la guidò in basso, verso il punto in cui i corpi si congiungevano, in modo che potesse sentirlo mentre penetrava la sua compagna. La giovane schiava lo afferrò con consumata abilità, e lui sorrise, sentendo una grande calma impossessarsi della sua mente nello stesso momento in cui il suo corpo si tendeva e fremeva di piacere. Governare Yenking aveva i suoi lati positivi, pensò.

Tre notti dopo la distruzione dei trabucchi mongoli, due uomini si calarono silenziosamente dalle mura di Yenking. Giunti a terra, lasciarono andare le funi che furono prontamente ritirate dalle guardie del reggente, in attesa sulle mura. Nell'oscurità, uno dei due uomini guardò di sottecchi il compagno, cercando di non lasciar trasparire il nervosismo. Non gli piaceva la compagnia del sicario e non vedeva l'ora che le loro strade si dividessero. Aveva già compiuto una missione come quella, per conto dell'imperatore Wei, e non vedeva l'ora di infiltrarsi fra i Chin che erano entrati al servizio del khan dei Mongoli. Li considerava dei traditori meritevoli di morte, tuttavia avrebbe sorriso e lavorato sodo insieme a loro, mentre raccoglieva le informazioni che gli servivano. Il suo contributo era importante quanto quello dei soldati di guardia sulle mura. Il reggente aveva bisogno di ogni più piccola informazione sulle tribù, e la spia non sottovalutava il proprio valore.

Non conosceva il nome del sicario, probabilmente tenuto segreto per ragioni di sicurezza, come il suo. Avevano trascorso parecchio tempo insieme, sulle mura, aspettando la notte, eppure quell'uomo vestito di scuro non aveva detto una sola parola. La spia non aveva potuto fare a meno di osservarlo di sottecchi, mentre lui controllava le armi, assicurando per bene le minuscole ma letali lame che facevano parte del suo equipaggiamento. Senza dubbio Zhi Zhong aveva pagato una fortuna in oro per assicurarsi i suoi servigi, che quasi certamente avrebbero significato la morte sia per il bersaglio sia per lo stesso sicario.

Era strano stare accovacciati nel buio accanto a un uomo che pur consapevole della morte che lo attendeva non mostrava alcun segno di paura. La spia rabbrividì, pensando che non avrebbe voluto prendere il suo posto per niente al mondo, e che proprio non riusciva a spiegarsi il suo modo di pensare. Quale devozione poteva ispirare una tale fanatica lealtà? Per quanto le sue missioni, in passato, fossero state pericolose, lui aveva sempre sperato di cavarsela e di tornare a casa dai suoi padroni.

Con quei vestiti scuri, il sicario era poco più di un'ombra e la spia sapeva che se anche gli avesse sussurrato qualcosa nel buio lui non avrebbe risposto. Era concentrato sul suo obiettivo, non si sarebbe concesso alcuna distrazione. In silenzio, salirono a bordo di una barchetta di legno e spingendosi con una lunga pertica attraversarono il fossato. Alla poppa della barca era assicurata una corda, perché potesse essere tirata indietro e nascosta oppure affondata. Non sarebbe rimasta alcuna traccia di loro.

Quando giunsero sull'altra sponda, udirono tintinnare i finimenti di un cavallo e si accovacciarono. Gli esploratori mongoli erano efficienti, ma non potevano scrutare in ogni pozza di oscurità; inoltre si aspettavano uno spiegamento di forze, non due uomini in attesa di poter penetrare furtivamente nell'accampamento. La spia sapeva dove si trovavano le *ger* delle reclute chin, costruite a perfetta imitazione di quelle dei loro nuovi padroni. C'era il rischio che lo scoprissero e lo uccidessero, ma ne era abituato e il pensiero non lo turbava più di tanto. Guardò ancora una volta il sicario e, questa volta, l'uomo girò la testa verso di lui. La spia distolse lo sguardo, imbarazzata. Per tutta la vita aveva sentito parlare di quella specie di setta segreta i cui membri si allenavano costantemente per portare la morte. Non avevano onore, non come lo intendevano i soldati, almeno. La spia aveva finto di essere un soldato molte volte, abbastanza da conoscere la loro mentalità, e avvertì una punta di disgusto per quell'uomo che viveva solo per uccidere.

Aveva visto le fiale di veleno che nascondeva e la cordicella che si era avvolto intorno al polso. Si diceva che i sicari uccidessero in sacrificio a divinità oscure e che la loro stessa morte fosse la loro estrema dimostrazione di fedeltà, che avrebbe garantito loro un posto di primo piano nella ruota della vita. La spia rabbrividì di nuovo, irritata all'idea che il suo lavoro l'avesse messo in contatto con un simile individuo.

Gli esploratori mongoli si allontanarono, e quando la notte tornò silenziosa la spia accennò ad alzarsi. In quel momento, un tocco sul braccio lo fece trasalire e il sicario gli mise in mano una boccetta appiccicosa che puzzava di grasso di montone. La spia guardò il compagno con aria interrogativa.

«Strofinatelo sulla pelle» mormorò il sicario. «Per i cani.»

La spia annuì, ma quando alzò gli occhi, la figura scura si stava già allontanando senza far rumore e in pochi istanti scomparve nell'oscurità. La spia iniziò a sfregarsi il grasso sulla pelle, ringraziando gli antenati per il provvidenziale dono. In un primo momento pensò che fosse stato un gesto gentile da parte del sicario, ma poi gli venne in mente che probabilmente quell'uomo voleva soltanto evitare imprevisti che avrebbero potuto compromettere la sua missione.

Quando ebbe finito di spalmarsi addosso l'unguento, si alzò e si mise a correre nel buio, puntando verso la destinazione che aveva individuato quando c'era ancora luce. Senza il suo malvagio compagno si sentiva più sicuro. In breve sarebbe stato fra le reclute chin a chiacchierare come se le conoscesse da sempre. Lo aveva già fatto in altre occasioni, quando il defunto imperatore sospettava della lealtà di qualche funzionario di provincia. Accantonò quel pensiero, affrettandosi. Doveva arrivare alle *ger* prima che il sicario colpisse o che qualcuno lo fermasse e lo interrogasse. Entrò nell'accampamento addormentato, salutando come se niente fosse un guerriero mongolo che era uscito da una *ger* per orinare. L'uomo bofonchiò qualcosa nella sua lingua, senza aspettarsi di essere compreso. Un cane sollevò il muso al suo passaggio, ringhiando appena. La spia sorrise nel buio. Era dentro.

Il sicario si avvicinò alla *ger* del khan, scivolando come un fantasma tra le ombre. Il condottiero mongolo si comportava da idiota, lasciando che tutti, sulle mura di Yenking, sapessero dove si trovava. Era il tipo di errore che un uomo poteva commettere una volta sola, quando ancora non conosceva la Tong Nera. Il sicario non sapeva se i Mongoli sarebbero tornati alle loro steppe non appena il khan fosse morto, e non gli importava saperlo. Il suo padrone gli aveva consegnato durante una cerimonia formale un rotolo legato con un nastro di seta nera e lui aveva giurato solennemente che avrebbe portato a termine la missione. Qualunque cosa fosse accaduta non sarebbe tornato dai suoi fratelli: in caso di fallimento si sarebbe ucciso piuttosto che rivelare i segreti della setta. Gli angoli della sua bocca si alzarono in un sorriso feroce: non avrebbe fallito. I Mongoli erano pastori di pecore, bravi con l'arco ma bambini indifesi davanti a un uomo con le sue capacità. Non era quindi un grande onore essere incaricati di uccidere uno di quei selvaggi puzzolenti, anche se si trattava del khan. Accantonò quel pensiero con decisione: il suo onore dipendeva dall'obbedienza e da una morte esemplare.

Nessuno lo vide quando raggiunse la grande *ger* di Gengis. Strisciando intorno alle pareti di feltro bianco che brillavano nel buio, cercò di localizzare le guardie. C'erano due uomini, poco lontano, che aspettavano annoiati e in silenzio che qualcuno venisse a sostituirli. Dalle mura di Yenking non era stato in grado di distinguere i particolari e non sapeva quante volte avvenisse il cambio della guardia durante la notte. Avrebbe dovuto muoversi in fretta, non appena avesse portato a termine il suo compito di morte.

Rimase immobile, in attesa, mentre uno degli uomini iniziava il giro di ronda intorno alla *ger*. La guardia non era allerta e quando avvertì la sua presenza era già troppo tardi: qualcosa si strinse intorno alla sua gola, soffocando il suo grido sul nascere; solo un sospiro gli sfuggì dalle labbra e il suo compagno gli chiese cosa fosse successo. Il sicario lasciò scivolare a terra il cadavere e si avvicinò all'angolo del carro, afferrando il secondo uomo non appena lo vide arrivare. Anche la seconda guardia morì senza un lamento, e il sicario la lasciò dov'era, affrettandosi a salire i gradini che portavano all'ingresso. Era di corporatura minuta, e il legno scricchiolò appena sotto il suo peso.

Nel buio avvertì il lento respiro di un uomo profondamente addormentato e si avvicinò in silenzio, accovacciandosi accanto al letto. Dopo qualche istante estrasse una lama affilata che aveva intinto in una miscela d'olio e fuliggine perché non scintillasse e premette una mano contro la fonte del respiro, trovando la bocca. L'uomo addormentato sobbalzò e il sicario gli tagliò la gola con un colpo netto, senza dargli il tempo di emettere neppure un lamento. Poi attese in silenzio. Nell'oscurità non riusciva a distinguere i lineamenti della sua vittima, così le posò una mano sulla faccia. Quell'uomo non aveva lo stesso odore dei guerrieri all'esterno, notò, accigliandosi mentre ne sfiorava con i polpastrelli la bocca e gli occhi, muovendosi poi verso l'attaccatura dei capelli. Trovò una treccia unta d'olio, la tipica acconciatura della sua gente.

Con un'imprecazione si rese conto che doveva trattarsi di un servitore, uno di quelli che meritavano la morte per aver accettato di servire quella gente. Sedette sui talloni, riflettendo sul da farsi. Il khan non poteva essere lontano, ne era sicuro. Diverse *ger* circondavano la più grande, e una di esse doveva ospitare l'uomo che stava cercando. Il sicario si ricompose, recitando un mantra, come gli era stato insegnato. Non si era ancora guadagnato il diritto di morire.

27

Il sicario entrò in un'altra *ger*. Avvertiva la presenza di qualcuno ma il buio era assoluto, così chiuse gli occhi concentrandosi sui suoni. In quell'ambiente angusto c'erano cinque persone addormentate, ignare della sua presenza. Quattro erano senza ombra di dubbio bambini; l'altra persona poteva essere la madre, anche se non ne aveva la certezza. Anche una sola scintilla da una pietra focaia gli avrebbe permesso di scorgere i loro visi, ma era un rischio troppo grande: se si fossero svegliati, non sarebbe stato in grado di ucciderli tutti prima che gridassero.

Prese una decisione rapida, e con un colpo netto fece scaturire una scintilla di luce nella *ger*, sufficiente a illuminare le cinque persone addormentate. Nessuno di loro era abbastanza grande da poter essere un uomo adulto, notò. Dov'era il khan?

Si girò per andarsene. Non gli rimaneva più molto tempo; presto qualcuno avrebbe scoperto i corpi delle guardie uccise e avrebbe subito dato l'allarme. Poi uno dei bambini borbottò nel sonno e lui si immobilizzò. Gli parve un'eternità prima che tornasse il silenzio, poi finalmente si avvicinò alla porta e uscì. Chiudendosi delicatamente l'uscio alle spalle, si guardò intorno cercando la *ger* del khan. Fatta eccezione per l'arrogante tenda nera montata davanti alla città e per l'enorme *ger* sul carro, sembravano tutte uguali.

A un tratto udì un rumore alle proprie spalle, qualcuno doveva averlo scoperto. Come un fulmine, si dileguò nell'ombra. In un istante parole a lui sconosciute interruppero la quiete della notte, e in un batter d'occhio i guerrieri si riversarono fuori da tutte le *ger*, armati di archi e spade.

Jochi si era messo a gridare, disturbato nel sonno dalla silenziosa presenza dell'uomo che si era introdotto nella sua tenda. I tre fratelli al suo richiamo si svegliarono di soprassalto e cominciarono a interrogarlo nel buio.

«Cosa succede?» domandò Borte, districandosi dalle coperte.

Jochi era in piedi, nel buio. «C'era qualcuno» disse. «Guardie!»

«Sveglierai tutti» lo rimproverò la madre. «Devi aver fatto un brutto sogno.»

«No. L'ho visto, ne sono sicuro» replicò il ragazzino.

I corni suonavano l'allarme e Borte imprecò a bassa voce. «Prega di aver ragione, Jochi, o tuo padre ti spellerà vivo.»

Jochi aprì la porta e uscì, senza curarsi di rispondere. I guerrieri accorrevano fuori dalle *ger*, cercando eventuali intrusi prima ancora di accertarsi che ve ne fossero. Il ragazzo deglutì, sperando di non aver sognato tutto. Anche Chagatai si alzò e uscì. Era a torso nudo, con indosso solo i calzoni. Era una notte buia e senza luna. Nella confusione, per due volte alcuni guerrieri li afferrarono, lasciandoli soltanto dopo averli riconosciuti.

Jochi vide suo padre avvicinarsi a grandi passi fra le *ger*, la spada sguainata.

«Cosa succede?» domandò, fissando Jochi e rendendosi conto che il figlio era nervoso.

Per un momento, lo sguardo implacabile del padre immobilizzò il ragazzino, terrorizzato alla sola idea di aver svegliato tutti senza motivo. Poi però Jochi si costrinse a reagire. «C'era un uomo nella *ger*. Mi sono svegliato e l'ho visto mentre apriva la porta per andarsene» dichiarò.

Gengis stava per replicare quando alcune voci, nel buio, gridarono: «Ci sono dei morti, qui!».

Subito il khan perse interesse per i figli e si mise a imprecare: l'idea che un nemico si fosse infiltrato nell'accampamento era intollerabile. «Trovatelo!» ruggì.

Vide Kachiun avvicinarsi di corsa, la spada in pugno, seguito da Khasar.

«Dimmi» disse Kachiun, il viso ancora pesto e insonnolito.

Gengis era teso come la corda di un arco. «Jochi ha visto un uomo nella sua *ger* e ci sono delle sentinelle morte. C'è qualcuno qui, e voglio che lo troviate subito.»

«Gengis!» lo chiamò Borte, e mentre si girava verso di lei vide con la coda dell'occhio una sagoma scura che scivolava lungo la parete della *ger*. Un attimo dopo un uomo gli saltò addosso. Il khan roteò la spada con forza, ma il sicario schivò il colpo, rotolò a terra e si rialzò come un fulmine. Aveva delle lame in mano e sarebbe riuscito a lanciarle prima che Gengis potesse colpirlo con la spada. Il khan si avventò contro di lui, facendolo cadere. Avvertì una fitta di dolore trafiggergli il collo, e dopo un istante vide i suoi fratelli colpire ripetutamente quell'uomo con le loro spade. Il sicario si accasciò senza un lamento.

Gengis cercò di alzarsi, ma gli girava la testa e aveva la vista offuscata. «Sono ferito...» mormorò, crollando in ginocchio. Si passò una mano sul collo e, guardandosi le dita sporche di sangue, cadde riverso sull'erba gelata.

A un tratto gli parve di vedere Jelme che gli si avvicinava. Si muoveva lentamente, e non riusciva a capire che cosa stesse dicendo. Lo vide chinarsi e scostare la stoffa mettendo a nudo la sua ferita sul collo. Quando parlò di nuovo, sentì la sua voce rimbombare, confondendosi con l'assordante fruscio che gli echeggiava nelle orecchie.

Jelme prese il coltello del sicario e imprecò vedendo la macchia scura sulla lama. «Questo pugnale è avvelenato» disse, e la sua paura si rifletté sui visi di Kachiun e Khasar.

Senza aggiungere altro, si chinò su Gengis e iniziò a succhiare il sangue che sgorgava dal taglio. Era caldo e amaro e quando si rialzò per sputarlo il suo stomaco si contrasse in un conato di vomito. Ma non aveva intenzione di smettere, sebbene Gengis, ormai privo di forze, gli colpisse debolmente il viso ogni volta che si scostava. Udiva in sottofondo il pianto disperato dei figli più piccoli del khan che guardavano il padre esanime. Solo Jochi e Chagatai lo osservarono in silenzio succhiare e sputare il sangue di Gengis.

Kokchu, che si era aperto un varco tra la folla, si fermò sbigottito nel vedere il khan riverso a terra; per un istante rimase immobile, poi si inginocchiò accanto a lui, tastandogli il petto per sentire il cuore. Batteva a velocità folle e per un po' non riuscì a distinguere un battito dall'altro. Il corpo di Gengis era madido di sudore e la sua pelle arrossata e calda.

Jelme continuava a succhiare e sputare, il sangue che gli macchiava la *deel*. Aveva le labbra intorpidite e si chiese se il veleno fosse penetrato anche nel suo corpo. Non che gli importasse. Agiva meccanicamente, ed era come se stesse osservando la scena dall'esterno. Il sangue gli colava dalla bocca ogni volta che si sollevava, ansimando.

«Non devi succhiare troppo sangue» lo ammonì Kokchu, tenendo la mano ossuta sul petto del khan, «o sarà troppo debole per resistere all'azione del veleno rimasto.»

Jelme lo guardò con gli occhi vitrei, poi annuì brevemente prima di chinarsi un'altra volta sulla ferita sanguinante. Aveva le guance in fiamme ma non poteva fermarsi senza mettere a repentaglio la vita del suo khan.

Kokchu sentì il cuore di Gengis perdere un colpo e per un istante pensò che si sarebbe fermato sotto le sue mani. Terrorizzato, si rese conto che aveva bisogno di quell'uomo per mantenere il rispetto della tribù, specie ora che Temuge lo aveva abbandonato. Iniziò dunque a pregare ad alta voce, chiamando gli spiriti con i loro antichi nomi. Invocò gli antenati del khan, Yesugei e perfino Bekter, il fratello che Gengis aveva ucciso con le proprie mani. Aveva bisogno della loro forza per tenere sbarrate le porte del regno dei morti al khan. Via via che li chiamava, avvertiva la loro presenza, li sentiva sospirare intorno a sé.

Il cuore sotto la sua mano mancò un altro battito e Gengis

ansimò forte, gli occhi sbarrati sul nulla. Kokchu sentì il polso rallentare all'improvviso, come se si fosse chiusa d'un colpo una porta. Rabbrividì, pensando che per qualche istante aveva tenuto il futuro delle tribù nelle proprie mani. «Basta così» disse rauco, «il suo cuore è più forte, adesso.»

Jelme si sollevò e, come avrebbe fatto per curare un taglio su un cavallo, mescolò un po' di terra e saliva e la premette sulla ferita. Kokchu si chinò a guardare, sollevato nel vedere che il sangue si era fermato. Nessuna delle vene principali era stata recisa. Forse Gengis sarebbe sopravvissuto.

Riprese a pregare ad alta voce, esortando gli spiriti dei morti a prendersi cura dell'uomo che aveva creato un popolo. Non potevano volerlo fra loro, non mentre era impegnato in una missione così importante. Di questo era certo. Fece scorrere le mani sul corpo supino, come se stesse cingendo il khan con i fili invisibili di una ragnatela soprannaturale. Poi alzò lo sguardo su Borte, che aveva gli occhi rossi e si dondolava avanti e indietro, sconvolta. Accanto a lei c'era Hoelun, spaventosamente pallida, intrappolata nel ricordo della morte di un altro khan, avvenuta molti anni prima.

Kokchu fece loro cenno di avvicinarsi. «Gli spiriti lo stanno trattenendo fra noi, per il momento» disse, fissandole con occhi spiritati. «Yesugei è qui, con suo padre Bartan. Anche Bekter è qui per assistere suo fratello divenuto khan. Jelme ha succhiato via molto veleno, ma il cuore è ancora debole, incerto, a volte batte piano a volte più forte. Ha bisogno di riposo. Se vuole mangiare, dategli sangue e latte per rinvigorirlo.» Non avvertiva più la tenebrosa freddezza degli spiriti intorno a sé, ma sapeva che avevano fatto il loro lavoro, perché Gengis era ancora vivo. Chiamò i fratelli del khan perché lo portassero dentro la *ger*. Kachiun, come se si stesse risvegliando in quel momento da una specie di sonno innaturale, ordinò che l'accampamento venisse setacciato da cima a fondo alla ricerca di altri eventuali nemici ancora nascosti; poi, insieme a Khasar, sollevò il fratello e insieme lo trasportarono nella *ger* di Borte.

Jelme rimase inginocchiato per terra. Scuoteva il capo, in preda all'angoscia. Suo padre Arslan lo raggiunse nel momento in cui stava iniziando a vomitare sul terreno sporco di sangue.

«Aiutatemi» ordinò Arslan, sollevando il figlio. Jelme era pallido come un morto e non riusciva a reggersi in piedi. «Che cos'ha?» domandò Arslan a Kokchu.

Lo sciamano distolse lo sguardo dalla *ger* di Gengis e con le dita separò le palpebre chiuse di Jelme per guardarlo negli occhi. Le pupille erano dilatate e scure. «Potrebbe aver inghiottito del sangue» spiegò, accigliandosi. «Un po' del veleno è entrato dentro di lui.» Infilò una mano sotto la tunica lorda di sangue di Jelme, tastandogli il petto. «Non può averne assorbito molto, ed è un uomo forte. Tienilo sveglio e cerca di farlo camminare. Ti porterò una pozione a base di carbone che lo aiuterà.»

Arslan annuì, poi si mise il braccio del figlio intorno al collo, come in un abbraccio, e si avviò verso la sua *ger*.

La folla di guerrieri, donne e bambini non accennava a disperdersi. Nessuno voleva andare a dormire prima di essere sicuro che il khan sarebbe sopravvissuto. Kokchu li ignorò. Doveva preparare subito un impasto di carbone per assorbire il veleno che Jelme aveva assunto e, pur sapendo che a lui avrebbe giovato ben poco, voleva farne un po' anche per Gengis.

Si avviò verso la sua *ger*, e i presenti si scostarono, facendogli largo. In quel momento, Kokchu vide Temuge che si avvicinava, spingendo da parte chi gli intralciava il passo. Con sguardo malizioso gli andò incontro. «Arrivi tardi per aiutare il khan» osservò. «I tuoi fratelli hanno ammazzato il sicario mentre Jelme e io abbiamo tenuto in vita Gengis.»

«Sicario?» ripeté Temuge, guardando la gente raccolta lì intorno, i visi impietriti dalla paura. Poi i suoi occhi si posarono sulla figura vestita di nero che giaceva scomposta per terra e deglutì.

«Alcune questioni vanno risolte alla vecchia maniera» disse Kokchu. «Non si possono contare né inserire in una delle tue liste.»

Avvertendo il disprezzo nelle parole dello sciamano, Temuge reagì come se lo avesse schiaffeggiato. «Come osi parlarmi in questo modo?» scattò, ma Kokchu si strinse nelle spalle e se ne andò. Non aveva saputo resistere alla tentazione di ferirlo, anche se sapeva che se ne sarebbe pentito. Quella notte, la morte aveva visitato l'accampamento, e lui si sentiva nel suo elemento.

La folla diventava sempre più numerosa, via via che la gente, assetata di notizie, giungeva anche dalle *ger* più lontane, e in attesa dell'alba furono accese delle torce. Il corpo martoriato del sicario rimase dov'era, e nessuno ebbe il coraggio di accostarvisi.

Tornando con le due scodelle di denso liquido nero, Kokchu pensò che tutta quella folla sembrava una mandria di yak nel giorno del macello, spaventata ma incapace di capire. Arslan aprì la bocca del figlio mentre lo sciamano vi versava l'amara pozione. Jelme tossì e sputacchiò, schizzando gocce di liquido sul viso del padre. Mentre lo sciamano macinava il carbone per la pozione, il ragazzo aveva ripreso i sensi. Così Kokchu si sentì tranquillo di lasciarlo solo con il padre. Consegnò la scodella semivuota ad Arslan e proseguì verso la *ger* di Borte. Gengis non poteva morire, non sotto le mura di Yenking. Se pensava al futuro, non poteva fare a meno di avere paura, ma ricacciò indietro quel sentimento, mentre si chinava per entrare nella piccola *ger*. La serenità era parte del suo ruolo, e non avrebbe permesso che qualcuno si accorgesse di quanto fosse turbato.

Poco prima dell'alba, Khasar e Kachiun uscirono dalla *ger*, indifferenti alle migliaia di occhi che subito si fissarono su di loro. Khasar recuperò la spada che sporgeva dal petto del morto e la infilò nel fodero.

«Il khan è vivo?» chiese qualcuno.

Khasar si guardò intorno, senza sapere chi avesse parlato. «È vivo» rispose, e quelle parole passarono come un sussurro di bocca in bocca.

Anche Kachiun recuperò la spada da dove l'aveva lasciata cadere, trasalendo nell'udire tante voci intorno a sé. Non poteva fare nulla per suo fratello e proprio perché mal sopportava di sentirsi tanto impotente proruppe stizzito: «I nostri nemici stanno forse dormendo, mentre noi stiamo qui? No di certo. Tornate alle vostre *ger* e vi terremo aggiornati».

Sotto il suo sguardo truce, i guerrieri si avviarono per primi, seguiti dalle donne e dai bambini, che di tanto in tanto si giravano indietro a guardare.

Kachiun e Khasar rimasero accanto alla *ger* in cui giaceva Gengis, come se montassero la guardia. Poco prima era arrivata la seconda moglie del khan, Chakahai, il viso pallidissimo contratto in una smorfia di paura. Tutti avevano guardato Borte per vedere come avrebbe reagito, ma lei si era limitata a fare un cenno alla donna xi xia, accettando la sua presenza. Nel silenzio Kachiun riusciva a sentire Kokchu salmodiare i suoi incantesimi all'interno della *ger*. Non aveva voglia di tornare dentro, fra tutte quelle persone che amavano suo fratello. Era come se il suo dolore fosse indebolito dalla presenza degli altri. Inspirò a fondo l'aria fredda, cercando di schiarirsi le idee. «Non possiamo fare altro. È quasi giorno, ormai, e ci sono alcune cose di cui dobbiamo discutere. Vieni con me, Khasar, facciamo un giro.»

Camminarono a lungo sull'erba ghiacciata, allontanandosi dall'accampamento fino a raggiungere un punto in cui nessuno potesse ascoltare la loro conversazione.

«Allora, che cosa c'è? Cosa vuoi?» chiese infine Khasar, posando una mano sul braccio del fratello.

Kachiun si girò verso di lui, cupo. «Questa notte abbiamo fallito, non abbiamo saputo proteggere l'accampamento. Avrei dovuto prevedere che l'imperatore mandasse dei sicari. Avrei dovuto mettere più uomini a guardia delle mura.»

Khasar era troppo stanco per discutere. «Non puoi cambiare ciò che è successo» disse, «ma se ti conosco bene non si ripeterà.»

«Una sola volta potrebbe essere sufficiente» scattò Kachiun. «Cosa accadrà se Gengis morisse?»

Khasar scosse il capo. Non voleva pensarci, ma Kachiun lo

prese per le spalle e lo scosse. «Non lo so!» rispose allora. «Se muore torneremo a casa, fra i Monti Khenti, e offriremo il suo corpo alle aquile e agli avvoltoi. Lui è il khan: cosa ti aspetti che ti risponda?»

Kachiun lo lasciò. «Se lo faremo, l'imperatore proclamerà la sua vittoria su di noi» mormorò.

Sembrava che stesse parlando da solo, e Khasar non disse nulla. Non riusciva a immaginare un futuro senza Gengis.

«L'imperatore vedrebbe la nostra armata ripiegare» proseguì Kachiun, torvo, «e in capo a un anno tutte le città chin saprebbero che siamo stati respinti. Non capisci, fratello? Perderemmo ogni cosa.»

«Possiamo sempre tornare» replicò Khasar con uno sbadiglio, chiedendosi quando fosse stata l'ultima volta che aveva chiuso occhio.

«Nel giro di due anni saranno loro ad attaccare noi» sbuffò Kachiun. «L'imperatore ha visto cosa sappiamo fare e non commetterà gli stessi errori un'altra volta. Abbiamo solo quest'unica occasione, Khasar. Non puoi ferire un orso e scappare. Ti darà la caccia e ti ucciderà.»

«Gengis vivrà» replicò Khasar, ostinato. «Non può morire, è troppo forte.»

«Apri gli occhi, fratello! Gengis può morire esattamente come ogni altro uomo. E se morirà, chi guiderà il nostro popolo? O resteremo a guardare mentre ogni tribù se ne andrà per la sua strada? E allora chi fermerà l'esercito dei Chin, quando verranno a darci la caccia?»

In lontananza, dietro Yenking, Khasar scorse il riverbero rosa dell'aurora e si sentì sollevato al pensiero che quella notte stava ormai per finire. Kachiun aveva ragione. Se Gengis fosse morto, la nuova nazione si sarebbe sbriciolata, le tribù avrebbero ricominciato a litigare e i vecchi khan avrebbero riaffermato la propria autorità. Scosse la testa, cercando di scacciare quelle preoccupazioni. «Capisco cosa vuoi dire, non sono uno sciocco» disse, infine. «Vuoi che accetti te come khan.»

Kachiun rimase impassibile. Era l'unica soluzione possibile.

Ma se Khasar non fosse stato d'accordo, il nuovo giorno sarebbe iniziato con uno scontro sanguinoso fra chi voleva andare via e chi voleva restare. Gengis aveva unificato le tribù, ma al primo segno di debolezza i khan avrebbero assaporato la libertà e avrebbero combattuto per riprendersela. Inspirò a fondo e, quando parlò, la sua voce era calma. «Sì, fratello. Se Gengis dovesse morire oggi, le tribù dovranno continuare a sentire la presenza di una mano forte.»

«Io sono più vecchio di te» replicò Khasar pacatamente. «E comando un ugual numero di guerrieri.»

«Tu non sapresti guidare un popolo, lo sai» ribatté Kachiun. «Tuttavia, se credi di poterlo fare, io ti giurerò fedeltà. Gli altri generali faranno lo stesso e i khan li seguiranno. Comunque sia, non ho intenzione di battermi per questo, non con una posta così alta in gioco.»

Khasar si stropicciò gli occhi con i pugni, sforzandosi di ricacciare indietro la stanchezza. Sapeva quanto doveva essere costato a Kachiun fargli quell'offerta. L'idea di guidare le tribù era esaltante, una cosa a cui non aveva mai pensato prima, e lo tentava. Tuttavia, non era stato lui a intuire il rischio che avrebbe corso il loro popolo, ancora molto fragile, e sentiva questa consapevolezza come una spina nel fianco. I generali si sarebbero rivolti a lui aspettandosi che fosse in grado di risolvere i loro problemi e di superare le loro difficoltà. Avrebbe dovuto pianificare battaglie, e il trionfo o il fallimento sarebbero stati frutto delle sue parole. Il suo orgoglio si scontrava con la realtà che il fratello minore sarebbe stato più abile nel comando. Non aveva dubbi che Kachiun gli avrebbe dato il suo pieno sostegno, se fosse divenuto khan. Lui avrebbe governato la loro gente, e nessuno avrebbe mai saputo nulla di quella conversazione. Come Gengis, sarebbe stato il padre di tutti, sarebbe stato responsabile delle loro vite, avrebbe dovuto proteggerli contro la minaccia di un impero che voleva la loro distruzione. Chiuse gli occhi, cercando di cancellare quelle immagini. «Se Gengis muore, sarò io a giurare fedeltà a te, fratellino. Sarai khan.»

Kachiun tirò un sospiro di sollievo, contento di aver ottenuto la completa fiducia del fratello. «Se morirà, metterò a ferro e fuoco tutte le città dei Chin, a cominciare da Yenking» disse, ed entrambi si volsero a guardare le possenti mura della città, uniti nel loro desiderio di vendetta.

Zhi Zhong era in piedi su una delle piattaforme degli arcieri che dominavano la pianura e l'accampamento mongolo. Soffiava un vento gelido che gli aveva intorpidito le dita posate sulla ringhiera di legno. Era lì da ore, in attesa di un segno che gli confermasse che la missione del sicario era andata a buon fine, e pochi istanti prima, finalmente, la sua pazienza era stata premiata. Fra le *ger* si erano accese all'improvviso delle luci. Stringendo convulsamente la ringhiera, Zhi Zhong si era sporto in avanti, aguzzando la vista nelle tenebre. Ombre scure entravano e uscivano di corsa dalle zone illuminate, e Zhi Zhong sentì la speranza crescere, immaginando il panico che dilagava nell'accampamento. «*Muori*» sussurrò nel buio.

28

Gengis aprì gli occhi iniettati di sangue e vide accanto a sé le sue due mogli e sua madre. Si sentiva molto debole e il collo gli faceva un male cane. Sollevò una mano per toccare la ferita, ma Chakahai lo fermò. Lui la fissò, confuso, cercando di ricordare cosa fosse accaduto. Era fuori dalla *ger*, di notte, circondato da guerrieri che accorrevano da ogni parte, e poi? Era ancora buio, e nella *ger* solo una piccola lampada a olio sfidava l'oscurità, quindi non doveva essere passato molto tempo. Batté le palpebre e fissò Borte. Era molto pallida, il viso segnato da profonde occhiaie scure, sembrava preoccupata, ma le sue labbra si erano incurvate in un sorriso.

«Perché... sono qui?» chiese con un filo di voce.

«Sei stato avvelenato» rispose Hoelun. «Un sicario dei Chin ti ha colpito con un coltello e Jelme ha succhiato fuori il veleno dalla ferita. Ti ha salvato la vita.»

Non parlò di Kokchu. Aveva tollerato la sua presenza quando era arrivato e aveva sopportato persino il suo salmodiare, ma non gli aveva permesso di rimanere al capezzale del khan e non aveva consentito a nessun altro di entrare. Chiunque avesse visto suo figlio in quelle condizioni l'avrebbe ricordato così, debole e malato, e questo avrebbe minato la sua autorità. E lei, in qualità di moglie e madre di un khan, conosceva bene la mentalità della sua gente e sapeva quanto fosse importante salvaguardarla.

Con un enorme sforzo, Gengis si sollevò sui gomiti e, come se non avesse aspettato altro che quel momento, una fitta di dolore gli attraversò la testa. «Secchio» gemette, sporgendosi dal letto e, appena Hoelun gli mise accanto un catino di cuoio, vomitò un denso liquido nero, il corpo scosso da spasmi violenti. Il dolore alle tempie era quasi insopportabile ma non riusciva a smettere di vomitare, anche se ormai non aveva più nulla nello stomaco. Infine tornò ad accasciarsi sul letto, premendosi una mano sugli occhi per escludere la fioca luce che lo infastidiva.

«Bevi questo, figlio mio» disse Hoelun. «Sei ancora debole per la ferita.»

Gengis guardò la scodella che lei gli aveva accostato alle labbra. Si sforzò di bere qualche sorso dell'aspra miscela di sangue e latte, poi la respinse. Aveva l'impressione di avere gli occhi pieni di terra e il cuore gli batteva forte, era più lucido. «Aiutatemi ad alzarmi e vestirmi. Non posso restare qui sdraiato, all'oscuro di tutto.»

Tentò di sollevarsi, ma Borte lo spinse gentilmente indietro, costringendolo a rimanere sdraiato. Gengis non ebbe la forza di resisterle, e per un attimo pensò di chiamare uno dei fratelli. Non gli piaceva sentirsi così vulnerabile e Kachiun di certo non avrebbe ignorato un suo ordine. «Non riesco a ricordare» mormorò con voce rauca. «Abbiamo catturato l'uomo che mi ha avvelenato?»

Le tre donne si scambiarono uno sguardo, poi Hoelun spiegò: «È morto. Sono passati due giorni da allora, figlio mio, e per tutto questo tempo hai lottato fra la vita e la morte».

Gengis la fissò confuso, poi all'improvviso sentì montare dentro di sé una gran rabbia. Era in piena salute e da un momento all'altro si era ritrovato in un letto, in quello stato. Qualcuno lo aveva ferito, quel sicario che avevano menzionato. Furibondo, cercò ancora una volta di alzarsi. «Kachiun!» chiamò, ma la sua voce era poco più che un sospiro.

Le donne lo sostennero mentre si adagiava fra le coperte e una di loro gli mise una pezzuola umida e fresca sulla fronte. Gengis non ricordava di aver mai visto le sue due mogli insieme, nella stessa *ger*, e quella situazione innaturale lo faceva sentire a disagio, come se volessero parlare di lui. Aveva bisogno...

Si addormentò di colpo e le tre donne si rilassarono. Era la terza volta che si svegliava, in quei due giorni, e tutte le volte aveva posto le stesse domande. Per fortuna non ricordava né che avevano dovuto aiutarlo a orinare dentro un secchio né che gli avevano cambiato le coperte ogni volta che le sue viscere si erano svuotate, espellendo la sostanza che gli avvelenava l'organismo. Forse era nera a causa della pozione a base di carbone che gli aveva somministrato lo sciamano, ma anche l'urina era molto scura e nessuna delle donne aveva mai visto niente di simile. C'era stato un attimo di tensione la prima volta che Gengis aveva riempito il secchio; Borte e Chakahai si erano scambiate uno sguardo di sfida. Una era la figlia di un re, l'altra la prima moglie di Gengis, e nessuna delle due aveva intenzione di abbassarsi a svolgere un'incombenza così umile, tanto che alla fine era stata Hoelun a portarlo fuori, fissando su entrambe uno sguardo furioso.

«Questa volta sembrava più forte» osservò Chakahai dopo un po'. «I suoi occhi erano limpidi.»

Hoelun annuì, passandosi una mano sul viso. Erano tutte e tre esauste; in quei giorni erano uscite dalla *ger* solo per portare fuori i rifiuti o per andare a prendere una ciotola di sangue e latte fresco. «Sopravvivrà» disse, «e i responsabili se ne pentiranno. Mio figlio sa dimostrare pietà, ma non perdonerà mai un simile gesto. Sarebbe stato meglio per loro se fosse morto.»

La spia scivolò rapida nell'ombra, sapendo di avere poco tempo prima che la luna sbucasse di nuovo dalle nuvole. Si era mescolata alle migliaia di reclute chin, e fortunatamente nessuno gli aveva chiesto da dove venisse. Avrebbe potuto essere di Baotou o di Linhe, o di un'altra città ancora... Gli ufficiali mongoli addetti all'addestramento dei Chin erano pochi e nessuno di loro vedeva di buon grado quel compito, così non era stato difficile aggregarsi a uno dei gruppi di reclute. L'ufficiale lo aveva guardato a malapena, gli aveva consegnato un arco e lo aveva spedito a unirsi a una dozzina di altri arcieri.

Quando aveva visto la gente dell'accampamento scambiarsi delle specie di tessere di legno, per un po' aveva temuto che si trattasse di qualche sistema di controllo simile a quello adottato nell'esercito chin. I Chin conoscevano bene il pericolo rappresentato dalle spie, e avevano inventato dei sistemi per individuarle. Sorrise, a quel pensiero. I Mongoli non avevano né parole d'ordine né codici; l'unica difficoltà che aveva incontrato era stata la necessità di sembrare inetto quanto gli altri. Il primo giorno aveva fatto un errore, scoccando una freccia diritta nel centro del bersaglio. Non aveva idea di quanto fossero maldestri i contadini chin con i quali si allenava, e solo quando li aveva visti tirare con l'arco si era reso conto che nessuno di loro era bravo quanto lui. Sforzandosi di nascondere la paura, quando l'ufficiale mongolo gli aveva chiesto a gesti di ripetere il tiro aveva di proposito mancato il bersaglio, e il guerriero si era allontanato scuotendo il capo e mascherando a stento il disprezzo per la sua incapacità.

Il fallito omicidio aveva avuto le sue conseguenze sull'organizzazione del campo, e per evitare altri tentativi di intrusione gli ufficiali mongoli avevano deciso che tutto il perimetro venisse pattugliato notte e giorno, perfino nella zona che ospitava le reclute chin. La spia si era offerta volontaria per il turno di guardia dalla mezzanotte all'alba, in modo tale da rimanere sola ai margini dell'accampamento e allontanarsi indisturbata per qualche ora. Era consapevole dell'altissimo rischio che avrebbe corso, ma doveva fare rapporto al padrone, o tutti i suoi sforzi sarebbero stati inutili.

Correva a piedi nudi nella notte, cercando di non pensare a cosa sarebbe accaduto se un ufficiale avesse deciso di controllare che le sentinelle fossero al loro posto. Non poteva prevedere il proprio destino, e di certo avrebbe udito l'allarme se avessero scoperto che non c'era più, si disse. Una volta arrivata sotto le mura avrebbe gridato la parola d'ordine, e in pochi istanti gli avrebbero calato una corda e lui sarebbe stato di nuovo al sicuro.

A un tratto qualcosa si mosse alla sua destra e la spia si gettò a terra, immobile, cercando di controllare il respiro. Da quando il khan era stato aggredito, gli esploratori pattugliavano la zona anche di notte, ed erano molto più allerta di prima. Non potevano sorvegliare l'intero perimetro della città, ma erano veloci e silenziosi, e se l'avessero catturata non avrebbero avuto pietà. Si appiattì ancor di più al suolo, chiedendosi se i Chin avrebbero mandato altri sicari, nel caso in cui il khan fosse sopravvissuto.

Poco dopo, il guerriero mongolo schioccò la lingua e si allontanò, senza vederlo. Quando tornò il silenzio, la spia si alzò e riprese a correre a rotta di collo. Tutto dipendeva dalla velocità.

La città si stagliava nera sotto il cielo coperto di nuvole. La spia contò dieci torri di guardia a partire dall'angolo meridionale e, raggiunto il punto convenuto presso il fossato, si sdraiò sulla pancia e cercò a tentoni la corda della barchetta di giunchi che era stata preparata per lei. Vi salì e con poche vigorose spinte raggiunse la sponda opposta, dove legò la fune a un grosso masso per impedire che l'imbarcazione andasse alla deriva.

Tutto intorno alla città, tra il fossato e le mura, si snodava una larga strada di pietra, umida e scivolosa. La spia l'attraversò di corsa e raggiunse i bastioni che proteggevano la sua città.

Sopra di lui, nascosti dalle merlature degli spalti, c'erano almeno una dozzina di silenziose sentinelle. Non avrebbero parlato, ma erano chin come lui, usavano la sua lingua, e questa consapevolezza bastò a dissolvere la tensione accumulata in quei giorni nel campo mongolo. Si chinò a cercare un sasso. Nel cielo le nubi si muovevano in fretta e la spia si rese conto che in pochi istanti si sarebbe aperto uno squarcio fra le nuvole e la luna avrebbe illuminato il paesaggio. Doveva agire in fretta. Batté con il sasso sulla parete di pietra e il suono echeggiò forte nel silenzio della notte. Subito dopo udì il fruscio di una corda che veniva calata dagli spalti, l'afferrò e iniziò ad arrampicarsi.

Raggiunse la sommità del muro in pochi istanti e una squadra di arcieri si mise subito ad arrotolare la fune. Il suo padrone era lì ad aspettarlo, e alla sua vista si inchinò profondamente.

«Parla» disse l'uomo, lasciando vagare lo sguardo sull'accampamento mongolo.

«Il khan è stato ferito. Non ho avuto modo di avvicinarmi, ma è ancora vivo. Tutti ne parlano nell'accampamento, ma nessuno sa chi prenderà il comando se Gengis dovesse morire.»

«Uno dei suoi fratelli» mormorò l'uomo.

«Forse» convenne la spia, chiedendosi chi altri potesse essersi infiltrato nel campo, «ma il rischio che le tribù si disgreghino, tornando sotto il controllo dei vecchi khan, è altissimo. È il momento ideale per attaccare.»

Il suo padrone sbuffò, irritato. «Non mi interessano le tue conclusioni, dimmi solo quello che hai sentito. Se avessimo un esercito, credi che il reggente se ne starebbe fermo dentro le mura?»

«Ti chiedo scusa» replicò la spia. «Con quello che hanno recuperato dai nostri magazzini alla Bocca del Tasso, i Mongoli hanno provviste sufficienti per poter rimanere qui per anni. C'è una fazione che vorrebbe fare un altro tentativo con i trabucchi per abbattere le mura, ma sono in pochi e non hanno molto seguito.»

«Che altro c'è? Dimmi qualcosa che sia interessante per il reggente» sbottò l'uomo, afferrando la spia per le spalle.

«Se il khan muore, probabilmente torneranno alle loro montagne. Tutti gli uomini lo dicono. Ma se vive, potrebbero rimanere qui per anni.»

Il padrone imprecò, maledicendolo, e la spia sopportò i rimproveri in silenzio, a capo chino. Non aveva fallito, lo sapeva. Il suo compito era raccogliere notizie e fare rapporto, ed era esattamente ciò che aveva fatto.

«Trova qualcuno che possiamo corrompere. Con l'oro, con la paura, qualunque cosa. Trova qualcuno, in quell'accampamento, che possa convincere il khan a togliere la tenda nera. Finché sta lì, non possiamo fare nulla.»

«Sì padrone» replicò la spia.

L'uomo gli volse le spalle, congedandolo, e la spia tornò a calarsi lungo le mura; in pochi istanti attraversò il fossato e legò la barchetta sull'altra sponda, sicura che qualcuno l'avrebbe fatta sparire e che i Mongoli non avrebbero scoperto nulla.

Si mise a correre, tenendo d'occhio il movimento delle nuvole e cercando di orientarsi nelle tenebre. Quando la luna fece capolino dalle nubi si nascose fra i cespugli, aspettando il momento giusto per tornare alla propria postazione di guardia. Per ingannare l'attesa, si mise a pensare agli uomini di fiducia del khan. Khasar non andava bene, neanche Kachiun e neppure uno qualunque degli altri generali: tutti loro desideravano che Yenking venisse rasa al suolo, una pietra dopo l'altra. Per un momento pensò a Temuge. Almeno non era un guerriero, anche se di lui sapeva molto poco. Le nuvole nascosero di nuovo la luna e la spia schizzò verso l'accampamento, riprendendo il proprio posto come se nulla fosse. Fece appena in tempo a raccogliere l'arco e il coltello e a calzare un paio di sandali di corda, quando a un tratto sentì avvicinarsi qualcuno.

«Qualcosa da riferire, Ma Tsin?» domandò Tsubodai nel buio, parlando nella lingua dei Chin.

Con enorme sforzo, la spia riuscì a controllare il respiro affannoso quel tanto da rispondere: «Niente generale. È una notte tranquilla».

Trattenne il fiato, temendo che la sua assenza fosse stata notata, ma Tsubodai borbottò un saluto e se ne andò per controllare la sentinella successiva. Rimasta di nuovo sola, la spia si ritrovò in un bagno di sudore. Il generale mongolo lo aveva chiamato per nome, rifletté. Possibile che sospettasse qualcosa? Improbabile, decise infine. Senza dubbio Tsubodai aveva chiesto i nomi delle sentinelle all'ufficiale di guardia prima di iniziare la ronda. Altri uomini sarebbero rimasti sbalorditi da una tale prova di memoria, ma non la spia, che conosceva l'esercito troppo bene per lasciarsi impressionare dai trucchetti degli ufficiali.

Mentre attendeva immobile che il cuore rallentasse i battiti, cercò di capire cosa ci fosse dietro l'ordine che aveva ricevuto.

Poteva esserci solo la resa, rifletté. Per quale altro motivo il reggente avrebbe chiesto che la tenda nera fosse rimossa? Evidentemente aveva intenzione di offrire un tributo in cambio della salvezza di Yenking, ma se il khan lo avesse saputo si sarebbe reso conto che erano sul punto di crollare e avrebbe pregustato la vittoria. La spia scosse il capo, spaventata da quella prospettiva. L'esercito aveva svuotato i magazzini della città, per poi perdere tutto nella battaglia della Bocca del Tasso. Yenking aveva sofferto la fame fin dal principio e Zhi Zhong era più disperato di quanto si potesse immaginare.

Con uno scatto d'orgoglio, la spia si rese conto che era stata scelta per quella missione proprio perché era abile come sicario e come soldato, oltre che come spia, capacità queste che la rendevano senza dubbio più adatta di chiunque altro. Doveva trovare un uomo che mettesse l'oro al di sopra del proprio khan, e per esperienza sapeva che ce n'era sempre uno. In quei pochi giorni, aveva individuato parecchi vecchi khan che erano stati scalzati da Gengis. Forse poteva convincere qualcuno di loro che era più vantaggioso accettare un tributo anziché procedere con la distruzione. Gli tornò alla mente Temuge, chiedendosi come mai l'istinto lo riportasse sempre in quella direzione. Annuì nel buio, pregustando la difficoltà della sfida che lo aspettava.

Quando Gengis si svegliò, il terzo giorno, Hoelun era uscita a prendere del cibo. Fece le stesse domande, ma questa volta si rifiutò di tornare a sdraiarsi, e poiché doveva urinare si mise a sedere, posò i piedi per terra e si alzò. Poi, con l'aiuto di Chakahai e Borte, raggiunse il palo centrale della *ger* accanto al quale era stato sistemato un secchio e sollevò lo sguardo sulle due donne, stupito di vederle insieme. «Pensate di rimanere a guardare?» domandò, e per qualche imperscrutabile ragione entrambe le mogli sorrisero. «Fuori di qui» tuonò allora, trattenendosi a stento fino a quando non furono uscite. L'odore disgustoso dell'urina gli fece arricciare il naso. Anche il colore era tutto fuorché normale, notò. «Kachiun!» chiamò. «Vieni qui!»

Dall'esterno giunse un grido di gioia e con un sorriso Gengis realizzò che i suoi guerrieri erano rimasti lì intorno in attesa della sua guarigione. Si aggrappò al palo, riflettendo sul modo migliore di riprendere il controllo dell'accampamento. C'erano così tante cose da fare.

La porta si spalancò di colpo e Kachiun comparve sulla soglia sfidando Borte e Chakahai, che tentavano di impedirgli di entrare. «Mi ha chiamato» ripeteva, spingendole da parte nel modo più gentile possibile, e appena vide il fratello in piedi tacque.

Gengis indossava solo un paio di brache sporche ed era più pallido e magro che mai. «Mi dai una mano a vestirmi, Kachiun?» gli domandò. «Sono troppo debole per farlo da solo.»

Gli occhi di Kachiun si colmarono di lacrime e Gengis lo fissò, sbalordito. «Non starai piangendo, vero? Per tutti gli spiriti, sono circondato da femminucce.»

Kachiun rise, asciugandosi gli occhi prima che Chakahai o Borte potessero vederlo. «Sono felice di vederti meglio, fratello. Cominciavo a temere che non ce l'avresti fatta.»

Gengis sbuffò. «Manda qualcuno a prendere la mia armatura e fammi portare da mangiare» disse, senza lasciare il palo della *ger* per non correre il rischio di cadere. «Le mie donne mi hanno lasciato quasi morire di fame.»

Fuori, intanto, la notizia passava di bocca in bocca: Gengis era sveglio, era vivo. Nell'accampamento si levarono grida di giubilo, che in breve giunsero fino alle mura di Yenking, interrompendo Zhi Zhong durante una riunione con i ministri.

Quando Gengis emerse dalla *ger* di Borte, i guerrieri si erano riuniti per acclamarlo, battendo gli archi sulle armature. Kachiun era accanto a lui, pronto a sorreggerlo se ce ne fosse stato bisogno, ma il khan si avviò con passo fermo verso la grande *ger* sul carro, e salì per i gradini senza dare segni di debolezza.

Non appena furono all'interno e Kachiun lo lasciò per andare a chiamare i generali, ebbe la netta sensazione che la volontà allentasse la presa sul suo corpo indebolito.

Tornato con gli altri, Kachiun si accorse subito che il fratello era molto pallido e che aveva la fronte madida di sudore nonostante il freddo. Intorno al collo aveva una fasciatura che spiccava come un collare e, benché il viso fosse così scarno da intuire la forma del cranio, i suoi occhi risplendevano limpidi, mentre salutava i suoi generali.

Khasar sorrise nel vedere il suo consueto sguardo di falco, mentre si accomodava fra Arslan e Tsubodai. Per ultimo giunse Jelme e Gengis gli fece cenno di avvicinarsi. Temeva che le gambe non lo avrebbero retto, ma il giovane si inginocchiò e lui gli posò una mano su una spalla. «Kachiun mi ha detto che sei stato molto male a causa del veleno che hai succhiato dal mio corpo» disse.

Jelme scosse il capo. «È stata una cosa da niente.»

«Tu e io ci siamo scambiati il sangue» continuò Gengis, serio. «Questo fa di te mio fratello, come Khasar, Kachiun e Temuge.»

Jelme non rispose. La mano sulla sua spalla tremava e gli occhi del khan erano infossati e febbricitanti, ma era vivo.

«Riceverai un quinto delle mie mandrie, cento rotoli di seta e una dozzina di ottimi archi e spade. Io ti renderò onore davanti alle tribù, Jelme, per ciò che hai fatto.»

Il giovane chinò il capo, avvertendo su di sé lo sguardo orgoglioso di Arslan. Gengis ritirò la mano e lasciò scivolare lo sguardo sugli uomini che si erano riuniti intorno a lui. «Se io fossi morto, chi di voi avrebbe guidato le tribù?» domandò.

Tutti gli occhi si posarono su Kachiun, che annuì. Gengis sorrise, chiedendosi quante discussioni si fossero svolte mentre lui lottava contro la morte. Aveva immaginato che sarebbe stato Khasar a succedergli, ma non c'era alcuna traccia di umiliazione nel suo sguardo. Evidentemente Kachiun aveva saputo prenderlo per il verso giusto.

«Siamo stati sciocchi a non prevedere questa eventualità» proseguì Gengis. «Considerate ciò che è accaduto come un avvertimento: tutti noi possiamo cadere, e se succederà i Chin si approfitteranno della nostra debolezza per colpirci. Ciascuno di voi nominerà un uomo di fiducia che prenda il suo posto. E poi un altro che prenda il posto del primo. Stabilirete una linea di successione al comando che arrivi fino all'ultimo dei soldati, così che tutti sappiano di avere qualcuno che li guida, a prescindere da quanti muoiano intorno a lui. Una cosa del genere non dovrà più accadere.» Fece una pausa, lasciando svanire un improvviso attacco di vertigini. Sarebbe stata una riunione breve, decise. «Per quanto mi riguarda, intendo accettare la vostra volontà e nomino dunque Kachiun mio successore fino a quando i miei figli non saranno cresciuti. Khasar lo seguirà, e se anche lui dovesse cadere sarà Jelme a governare le tribù e a vendicare il nostro nome.»

Uno dopo l'altro, gli uomini che andava menzionando chinarono il capo accettando il nuovo ordine e traendone conforto. Gengis non poteva sapere quanto fossero stati vicini a precipitare nel caos durante la sua malattia. I vecchi khan avevano riunito intorno a sé i propri uomini e i legami di lealtà di un tempo si erano imposti sui *tumen* e sui loro generali. In un solo colpo, il sicario aveva fatto riemergere i vecchi vincoli di sangue.

Benché ferito, Gengis conosceva bene la sua gente e non sarebbe stato difficile fare il nome di cinquanta uomini che avrebbero gioito della sua morte, considerandola una liberazione. Nessuno parlò, mentre il khan rifletteva sul futuro. La prima cosa da fare era riorganizzare le strutture dell'esercito con cui avevano conquistato le città chin. Qualsiasi altra cosa avrebbe infranto il suo sogno di unità e avrebbe finito per distruggerli tutti.

«Kachiun e io abbiamo parlato spesso della possibilità di dividerci e di prendere strade separate. Ho sempre esitato, ma ora è giunto il momento. Alcuni di voi hanno dimenticato il giuramento che hanno fatto a me e ai loro generali ed è necessario rinfrescare loro la memoria.»

Guardò in faccia i guerrieri che lo circondavano. Nessuno di loro era debole, ma avevano ancora bisogno della sua guida, dell'autorità che solo lui poteva conferire loro. Forse Kachiun sarebbe stato capace di tenerli uniti, se lui fosse morto, ma non esistevano garanzie in tal senso. «Quando ve ne andrete, schierate i *tumen* sulla pianura, bene in vista. Fate in modo che dalle mura vedano la nostra forza e capiscano quanto li disprezziamo. Lasciate che temano la nostra armata e che paventino il loro futuro.» Si volse verso Tsubodai, il cui sguardo brillava di eccitazione. «Tu prenderai Jochi con te, Tsubodai. Il ragazzo ti rispetta. Non voglio che sia trattato come un principe» aggiunse dopo una breve riflessione. «È un ragazzo arrogante e suscettibile e in questo deve cambiare. Non aver paura di insegnargli la disciplina in mio nome.»

«Come desideri, mio signore» rispose Tsubodai.

«Dove andrete?» domandò Gengis, incuriosito.

Tsubodai non esitò. Ci aveva pensato spesso dopo la battaglia della Bocca del Tasso. «A nord, mio signore, oltre i territori di caccia della mia vecchia tribù, gli Uriankhai, e poi ancora più avanti.»

«Molto bene. Kachiun?»

«Io resterò qui, fratello. Voglio veder cadere la città» replicò lui.

Gengis sorrise davanti all'espressione truce del fratello. «La tua compagnia è la benvenuta. Jelme?»

«A Oriente, mio signore. Non ho mai visto l'oceano, e non sappiamo nulla di quelle terre.»

Gengis sospirò. Anche lui era nato nel mare d'erba e l'idea di partire lo tentava. Ma prima voleva sconfiggere Yenking. «Porta con te mio figlio Chagatai, Jelme. È un bravo ragazzo e un giorno potrebbe diventare khan.»

Il generale annuì, solenne, sopraffatto dall'onore che Gengis gli aveva tributato. Solo il giorno prima, tutti loro aspettavano nervosamente di vedere che cosa sarebbe accaduto alle tribù quando fosse giunta la notizia della morte di Gengis, e adesso sentirlo dare ordini li rassicurava. Come diceva la gente, Gengis era davvero il prediletto degli spiriti, pensò sentendosi gonfiare il petto d'orgoglio; e il suo tentativo di mostrare a tutti la faccia di pietra fallì miseramente.

«Voglio che tu resti con me, Arslan, in attesa del momento in cui la città sarà costretta ad arrendersi per fame» proseguì Gengis. «Dopo, forse, potremo tornarcene a casa e goderci qualche anno di pace nelle steppe.»

«Parli come un uomo malato, fratello» si intromise Khasar. «Quando sarai guarito, sicuramente vorrai seguirmi a sud e cogliere le città dei Chin come frutti maturi, una dopo l'altra. Ricordi l'ambasciatore Wen Chao? Io voglio andare a Kaifeng, verso sud, e vedere la sua faccia quando mi rivedrà.»

«Che sud sia, Khasar. Mio figlio Ogedai ha appena dieci anni, ma imparerà di più da te che non restando qui a fissare le mura. Terrò con me solo il piccolo Tolui. Adora quel monaco buddhista che hai portato qui insieme a Ho Sa e Temuge.»

«Allora prenderò con me anche Ho Sa» disse Khasar. «In realtà, potrei portare anche Temuge, in modo che non possa causare altri problemi.»

Gengis rifletté un momento. Non era sordo come sembrava alle lamentele circa il più giovane dei suoi fratelli. «No, mi è utile qui. Si frappone fra me e migliaia di sciocche domande, risparmiandomi un sacco di fastidi.»

Khasar sbuffò, lasciando intendere chiaramente la propria opinione al riguardo.

Gengis proseguì, pensoso, come se la malattia gli avesse sgombrato la mente. «Temuge desidera da tempo mandare in giro dei piccoli gruppi a raccogliere informazioni su altre terre, e forse ha ragione quando dice che potrebbero scoprire qualcosa di utile. Aspettare il loro ritorno forse ci aiuterà ad alleviare il tedio dell'attesa davanti a questa città maledetta. Sceglierò gli uomini adatti» concluse con un cenno del capo, «e partiranno insieme a voi. Andremo in *tutte* le direzioni.»

D'un tratto sentì che le energie lo abbandonavano, all'improvviso come erano tornate, e chiuse gli occhi per combattere lo stordimento. «Andate tutti, adesso, tranne Kachiun. Riunite i vostri *tumen* e dite addio alle vostre mogli e amanti. Saranno al sicuro con me... a meno che non siano molto attraenti.»

Sorrise debolmente mentre gli uomini si alzavano, contento di vederli assai più sicuri di quando erano arrivati. Ma rimasto solo con Kachiun si lasciò andare, sembrando di colpo molto più vecchio. «Devo riposare, Kachiun, ma non voglio tornare in quella *ger* che puzza di morte e malattia. Puoi mettere qualcuno a guardia della porta, in modo che possa dormire e mangiare qui? Non voglio che mi vedano.»

«Certo fratello. Posso almeno fare venire Borte perché ti aiuti a spogliarti e a mangiare? In fondo ha già visto il peggio.»

Gengis si strinse nelle spalle. «Sarà meglio che tu faccia venire entrambe le mie mogli» rispose con voce flebile. «La pace fra loro non durerà, se ne favorisco una a scapito dell'altra.»

I suoi occhi erano velati. Lo sforzo di quell'incontro lo aveva esaurito e le mani, che aveva abbandonato in grembo, tremavano. Kachiun si girò per andarsene, ma il fratello lo fermò. «Come hai fatto a convincere Khasar ad accettarti come mio successore?»

«Gli ho detto che poteva essere khan» rispose Kachiun, senza girarsi. «Credo di averlo terrorizzato.»

29

I generali impiegarono sei giorni a radunare i loro uomini in reggimenti di diecimila guerrieri, pronti a partire. In sostanza, ogni *tumen* era una squadra di razziatori che agiva su vasta scala, e sebbene tutti conoscessero alla perfezione di cosa si trattasse, la partenza di un numero così grande di guerrieri richiedeva una grande organizzazione. Temuge e i suoi uomini furono molto occupati con provviste, cavalli, armi e, ovviamente, con le loro liste. Per questa volta però gli ufficiali non si lamentarono dell'interferenza del fratello del khan: davanti a loro c'erano terre che nessuno di loro aveva mai visto e il desiderio di partire era evidente negli sguardi che lanciavano nella direzione scelta dal proprio generale.

Quelli che sarebbero rimasti, invece, non erano dello stesso umore e Gengis dovette affidarsi al fratello per mantenere la disciplina durante la convalescenza. Ben presto Kachiun adottò una tattica che si rivelò sorprendentemente efficace: bastava che lanciasse un'occhiata alla *ger* del khan perché tutti si calmassero. Nessuno voleva disturbare Gengis mentre recuperava le forze; il semplice fatto che fosse ancora vivo aveva ridimensionato il potere che i vecchi khan avevano cercato di riaffermare. Solo il khan dei Woyela aveva chiesto di vedere Gengis, incurante delle conseguenze. Kachiun allora era andato a trovarlo nella sua *ger*, e da quel momento il vecchio storpio non aveva più proferito una sola parola. I suoi figli sarebbero andati a sud con Khasar e lui sarebbe rimasto solo, fatta eccezione per due servi che lo avrebbero aiutato a tenersi in piedi.

Era nevicato durante la notte, ma quella mattina il cielo era azzurro e il sole splendeva su Yenking. I guerrieri, schierati in grandi quadrati sulla pianura ghiacciata, attendevano ordini. Gli ufficiali passarono in rassegna i ranghi e l'equipaggiamento, benché tutti si fossero preparati scrupolosamente. A quel punto, anche la pur minima dimenticanza avrebbe potuto comportare la morte. Gli uomini ridevano e scherzavano fra loro. Erano abituati a spostarsi continuamente, e la sosta forzata a Yenking era stata un fatto innaturale. Durante il viaggio avrebbero incontrato città più abbordabili e ciascun *tumen* aveva in dotazione dei trabucchi caricati su una dozzina di carri e degli uomini addestrati a utilizzarli. I carri li avrebbero rallentati, ovviamente, ma tutti si ricordavano di Yinchuan, nel regno di Xi Xia. Con quelle macchine, non sarebbero stati costretti ad accamparsi fuori dalle mura delle città, ma avrebbero sfondato le porte e spodestato i loro re. La prospettiva era allettante e l'atmosfera allegra, come in un giorno di festa.

Temuge aveva fornito a ciascun generale delle tende bianche, rosse e nere, e i guerrieri furono felici di vederle arrotolate e ben legate sui carri, segno inequivocabile della loro intenzione di conquistare tutto ciò che avrebbero incontrato. Era la forza a darne loro il diritto.

Oltre ai *tumen*, Gengis aveva fatto preparare dieci gruppi di venti guerrieri ciascuno, che sarebbero partiti alla scoperta di nuove terre. Da principio, aveva pensato che dovessero essere delle squadre di razziatori, ma poi il fratello minore lo aveva convinto a dar loro oro e oggetti presi dal bottino comune, da usare come doni o merce di scambio. Temuge aveva parlato con il comandante di ciascun gruppo, assicurandosi che avesse ben chiaro che il suo compito era osservare, apprendere e in certi casi persino corrompere.

Temuge li aveva chiamati ambasciatori, un termine che aveva

appreso da Wen Chao tanti anni prima. Era consapevole di quanto valessero, anche se loro non riuscivano a rendersene conto. Per questo quegli uomini erano assai meno allegri di quelli che partivano alla conquista di terre e città.

Gengis aveva tolto la fasciatura dal collo, mettendo a nudo una spessa cicatrice circondata da un alone giallo e viola. Inspirò a fondo l'aria fredda, coprendosi la bocca con la mano per soffocare un colpo di tosse. Non era ancora in forma, ma avrebbe voluto partire con gli altri, anche solo con gli ambasciatori. Guardò irritato verso Yenking, paragonandola a un rospo acquattato nella pianura. Senza dubbio l'imperatore chin in quel momento era sulle mura, a osservare quegli strani movimenti di uomini e cavalli. Sputò a terra, in segno di disprezzo per quel generale che alla Bocca del Tasso si era nascosto dietro i soldati e ora se ne stava al riparo dietro le mura. Chissà per quante stagioni avrebbe resistito là dentro, pensò.

«Gli uomini sono pronti» annunciò Kachiun, smontando da cavallo. «Temuge non riesce a trovare altri modi per irritarli, ringraziando gli spiriti. Vuoi suonare il corno tu stesso?»

Gengis guardò il lucido corno appeso al collo del fratello e scosse il capo. «Prima voglio salutare i miei figli» disse. «Portali qui.» E accennò a una coperta stesa per terra, sopra la quale c'erano una bottiglia di *airag* e quattro tazze.

Kachiun chinò il capo, montò in sella e spinse il cavallo al galoppo fra i *tumen* in attesa. I nipoti erano distanti fra loro, e rintracciarli tutti per portarli dal padre avrebbe richiesto parecchio tempo. Ciascun guerriero aveva in dotazione due cavalli, e nell'aria risuonavano i loro nitriti.

Gengis stava seduto a gambe incrociate sulla coperta in attesa che Kachiun tornasse con Jochi, Chagatai e Ogedai. I tre ragazzi si sedettero davanti a lui. In silenzio, Gengis versò l'*airag* nelle tazze e loro le presero con la mano destra, sorreggendo il gomito con la sinistra per mostrare di non avere in pugno un'arma.

Gengis li osservò con attenzione, senza trovare nulla da ridire nei loro gesti. Jochi indossava un'armatura nuova, un po' abbondante per il suo corpo snello. Chagatai aveva ancora quella che aveva ricevuto in regalo per il suo compleanno. Ogedai invece portava la *deel* imbottita, perché a dieci anni era ancora troppo piccolo per un'armatura da uomo. Il bambino guardò dubbioso la tazza di *airag*, ma la sorseggiò come gli altri, conservando un'espressione impassibile.

«I miei piccoli lupi» disse infine Gengis con un sorriso. «Sarete uomini, quando vi rivedrò la prossima volta. Avete parlato con vostra madre?»

«Sì» rispose Jochi.

Gengis lo guardò, domandandosi che cosa avesse fatto per meritare l'infinita ostilità che leggeva negli occhi del ragazzo. Senza smettere di fissarlo, riprese a parlare, rivolgendosi a tutti e tre: «Non sarete trattati come principi, quando lascerete questo accampamento. L'ho detto molto chiaramente ai vostri generali. Non riceverete alcun trattamento speciale: viaggerete come ogni altro guerriero e, quando sarete chiamati a combattere, nessuno verrà a salvarvi perché siete miei figli. Avete capito?».

Le sue parole sembrarono smorzare l'entusiasmo dei ragazzi, e i loro sorrisi si spensero. Uno dopo l'altro, annuirono. Jochi vuotò la tazza e la posò sulla coperta.

«Se sarete promossi al rango di ufficiali» proseguì Gengis, «sarà solo perché avrete dimostrato di essere più rapidi nelle decisioni, più abili e più coraggiosi dei vostri compagni. Nessuno vuole essere comandato da uno sciocco, nemmeno se è mio figlio.» Fece una pausa, perché comprendessero bene le sue parole, poi riprese, spostando lo sguardo su Chagatai. «Comunque, voi *siete* miei figli, e mi aspetto che facciate onore al sangue che corre nelle vostre vene. Gli altri guerrieri penseranno alla prossima battaglia, o a quella appena terminata. Voi dovrete pensare alla nazione che un giorno potreste guidare. Spero che troviate degli uomini di cui potrete fidarvi e che creiate con loro un legame forte e profondo. Mi aspetto che pretendiate il massimo da voi stessi. Quando avrete paura, non datelo a vedere. Nessun altro saprà che cosa provate, e qualunque sia stata l'origine della vostra paura passerà e la dimenticherete. Il modo in cui vi comporterete, invece, sarà ricordato.»

Aveva moltissime cose da dire loro, ed era gratificante vedere che anche Jochi pendeva dalle sue labbra. D'altra parte, da chi avrebbero potuto apprendere come si comanda se non da loro padre? Era il suo ultimo dovere nei loro confronti, perché presto sarebbero stati uomini.

«Quando sarete stanchi, non ditelo, e gli altri penseranno che siete fatti di ferro. Non permettete a nessuno di prendersi gioco di voi, nemmeno per scherzo. Gli uomini lo fanno per vedere chi ha la forza di contrastarli. Mostrate loro che non vi lasciate intimidire, e se sarà necessario combattere, ebbene, combattete.»

«E se fosse un ufficiale, a prenderci in giro?» domandò Jochi.

Gengis lo guardò con durezza. «Ho visto uomini cercare di uscire da una situazione del genere con un sorriso, oppure chinando il capo, o magari facendo i buffoni per far ridere gli altri ancora di più, ma se vi comporterete così non otterrete mai il comando. Dovete ubbidire agli ordini che vi verranno dati, ma conservare la dignità.» Rifletté un momento, poi riprese: «Da questo momento non siete più bambini. Nemmeno tu, Ogedai. Se dovete combattere, anche contro un amico, battetelo più in fretta che potete e una volta per tutte. Uccidetelo, se è necessario, oppure risparmiatelo... ma guardatevi sempre da chi è in debito con voi, perché coverà del risentimento. Chiunque osi alzare il pugno contro di voi deve sapere che rischia la vita, e che *perderà*. Se non potete vincere subito, vendicatevi, dovesse essere l'ultima cosa che farete. Viaggerete con uomini che rispettano soltanto chi è più forte e più duro di loro. Sopra ogni cosa, rispettano il successo. Ricordatelo».

Li guardò, uno per uno, e si accorse che Ogedai stava tremando per la freddezza di quelle parole, ma si costrinse a rimanere impassibile e continuò. «Non permettete mai a voi stessi di diventare molli, o un giorno qualcuno vi porterà via tutto. Ascoltate chi ne sa più di voi ma siate voi ad avere l'ultima parola in ogni conversazione, fintanto che vi chiederanno di esprimere il vostro parere. Guardatevi dai deboli che vengono da voi per via del vostro nome, e scegliete i vostri compagni con la stessa attenzione con cui scegliereste una moglie. Se c'è una qualità che mi ha permesso di comandare sul nostro popolo, è questa: saper vedere la differenza fra un guerriero spaccone e un uomo come Tsubodai o Jelme o Khasar.»

Un ghigno aleggiò per un istante sul volto di Jochi, ma Gengis si costrinse a non mostrare la propria irritazione.

«Un'ultima cosa. Non sprecate il vostro seme.» Jochi arrossì, mentre Chagatai spalancava la bocca per lo stupore. Solo Ogedai sembrava confuso. «I ragazzi che giocano ogni notte con le proprie parti intime» proseguì Gengis, «diventano deboli e ossessionati dai bisogni del corpo. Tenete le mani a posto e considerate il desiderio alla stregua di ogni altra debolezza. L'astinenza vi renderà forti. Avrete mogli e amanti a tempo debito.»

I ragazzi rimasero seduti in un silenzio imbarazzato e Gengis si slacciò la spada dal fianco. Non lo aveva programmato, ma gli sembrava giusto, e voleva fare qualcosa che i suoi figli avrebbero ricordato. «Prendila, Chagatai» disse, consegnando la spada al figlio. Lo guardò mentre sollevava l'elsa con la testa di lupo verso il sole e poi sguainava lentamente la spada che suo padre aveva portato per tutta la sua giovinezza. Gli occhi lucidi d'invidia degli altri due erano puntati sul metallo scintillante. «Mio padre Yesugei l'aveva addosso il giorno in cui è morto» disse Gengis con dolcezza. «Suo padre se la fece forgiare quando i Lupi erano nemici di tutte le altre tribù. È una lama che ha ucciso e che ha visto la nascita di una nazione. Non disonorarla.»

Chagatai si inchinò, sopraffatto dall'emozione. «No, signore» replicò.

Gengis non degnò di un solo sguardo il viso pallido di Jochi. «Adesso andate» disse. «Quando arriverete presso i vostri generali, io soffierò nel corno. Ci rivedremo quando sarete uomini e potremo incontrarci da eguali.»

«Aspetterò con ansia quel giorno, padre» disse Jochi a un tratto.

Gengis spostò gli occhi gialli su di lui, ma non rispose, e un attimo dopo i tre ragazzi si allontanarono al galoppo, senza parlare fra loro e senza guardarsi indietro.

«Perché non hai dato la spada a Jochi?» volle sapere Kachiun, quando rimase solo con il fratello.

«Al bastardo di un Tartaro?» scattò Gengis. «Ogni volta che ci incontriamo mi sembra di vedere suo padre.»

Kachiun scosse il capo, rattristato all'idea che il fratello potesse essere così cieco a quel proposito quando era stato così lungimirante in tutto il resto. «Noi siamo una strana famiglia» disse. «Lasciati soli diventiamo deboli e molli, ma se qualcuno ci sfida, spingendoci all'odio, diventiamo forti abbastanza da poterci vendicare.» Gengis lo guardò perplesso, e Kachiun riprese con un sospiro: «Se davvero volevi indebolire Jochi, avresti dovuto dare a *lui* la spada. Ora invece ti considererà un nemico e diventerà duro come il ferro, esattamente come hai fatto tu. È questo che volevi?».

Gengis era sbigottito. Suo fratello vedeva le cose con dolorosa chiarezza, e lui non sapeva come rispondere.

«Consigli interessanti» proseguì Kachiun, schiarendosi la gola, «soprattutto quello riguardo al seme.» Gengis lo ignorò, lo sguardo fisso sulle figure ormai distanti dei figli che si stavano riunendo al proprio *tumen*. «Non sembra che sprecare il proprio seme abbia danneggiato Khasar» proseguì Kachiun.

Ridacchiando, Gengis allungò una mano verso il corno che il fratello aveva al collo, si alzò in piedi e vi soffiò. Un suono profondo e prolungato si diffuse nella pianura. Prima ancora che si esaurisse, i *tumen* presero a muoversi. Avrebbe voluto essere con loro, pensò. Ma prima doveva conquistare Yenking.

Con un sospiro di piacere, Temuge si abbandonò alle mani esperte del servo che lo massaggiava, sciogliendo la tensione dei muscoli. I Chin sembravano avere un'idea di civiltà assolutamente incomprensibile per qualsiasi uomo delle tribù. Sorrise, pensando a come avrebbe reagito un guerriero se gli avesse offerto di massaggiargli i polpacci con l'olio. Di certo lo avrebbe considerato un insulto, e magari gli avrebbe dato una sonora battuta con i bastoni che si usavano per follare la lana.

Gli era dispiaciuto molto quando aveva perso il suo primo servitore. Anche se apriva bocca di rado, e di fatto non conosceva la lingua mongola, aveva dato alla sua giornata un ritmo gradevole e tranquillo: Temuge si era abituato a svegliarsi dopo l'alba e fare il bagno, dopodiché il suo servo lo vestiva e gli preparava una leggera colazione. Temuge trascorreva la mattinata leggendo i rapporti dei suoi uomini, prima di iniziare il lavoro vero e proprio. Non c'era da stupirsi se la morte di quell'uomo per mano di un sicario gli fosse sembrata una tragedia.

Forse non era poi stata una perdita così grave, rifletté ancora Temuge, mentre il nuovo servo gli massaggiava con i pollici i muscoli della schiena. Il vecchio Sen non capiva niente di oli e di massaggi e in più questo servo parlava, ogni volta che Temuge glielo consentiva, spiegandogli tutti gli aspetti della società chin che destavano il suo interesse. «Molto bene, Ma Tsin» mormorò, «la tensione è quasi scomparsa.»

«Ne sono lieto, padrone» replicò la spia. Non gli piaceva strofinare la schiena di quell'uomo, ma una volta aveva passato quasi un anno a fare il buttafuori in un bordello e conosceva i modi in cui le ragazze facevano rilassare i propri clienti. «Ho visto i *tumen* partire, stamattina, padrone» proseguì in tono leggero. «Non avevo mai visto tanti cavalli e soldati tutti in una volta.»

«Mi semplifica la vita averli fuori dai piedi» borbottò Temuge. «Non ne potevo più di lamentele e litigi, e credo che per mio fratello sia lo stesso.»

«Riporteranno molto oro al khan, ne sono sicuro» proseguì la spia, massaggiandogli con vigore la parte centrale della schiena.

«Non ne abbiamo bisogno» borbottò Temuge. «Abbiamo

carri pieni di monete, e solo le reclute chin sembrano interessate a quella roba.»

La spia si fermò un momento, sforzandosi di comprendere quell'aspetto della mentalità mongola. «È vero, dunque, che non vi interessa la ricchezza?» chiese riprendendo il massaggio. «L'ho sentito dire in giro.»

«Che cosa ce ne facciamo? Mio fratello ha raccolto oro e argento perché sembra che ci sia gente avida di questi metalli, ma in fondo a cosa servono? La vera ricchezza non è certo questa.»

«Potreste usarli per comprare cavalli, armi o perfino terra» insistette la spia.

«E da chi? I cavalli ce li prendiamo e basta e la terra è nostra in ogni caso.»

La spia ammiccò, irritata. Temuge non aveva motivo di mentirgli, ma se quella era la verità non sarebbe stato facile corromperlo. Decise di riprovarci, anche se temeva che non sarebbe servito a molto. «Nelle città dei Chin, con l'oro si possono comprare una grande casa sul lago, cibi raffinati, perfino migliaia di servi.» Tacque un momento, cercando altri esempi. Per chi era nato in una società abituata all'uso del denaro era difficile spiegare una cosa tanto ovvia. «Puoi usarlo per diventare influente o per ottenere il favore dei potenti. Puoi comprare rare opere d'arte, magari come dono per le mogli. Con il denaro si può fare tutto.»

«Ho capito» sbottò Temuge, irritato. «Adesso sta' zitto.»

La spia era sul punto di rinunciare. Il fratello del khan non afferrava il concetto. E a dire il vero il suo atteggiamento la spingeva a rendersi conto della natura artificiosa del mondo in cui era sempre vissuta. L'oro era un metallo davvero troppo morbido per poterci fare qualcosa di utile. Come mai era diventato così prezioso? «Ma se volessi un cavallo di proprietà di un uomo delle tribù, padrone? Supponiamo che il suo cavallo sia particolarmente bello.»

«Se hai a cuore le tue mani, devi stare zitto» scattò Temuge.

La spia tacque, ma dopo un po' fu lo stesso Temuge a rompere il silenzio. «Gli darei cinque cavalli di minor valore» sospirò, «o due schiavi, o sei archi, o una spada di buona qualità. Quello che desidera, a seconda del mio bisogno. Se gli dicessi che gli darei una sacca di metallo prezioso perché si compri un nuovo cavallo, mi direbbe di andare a prendere in giro qualcun altro» concluse ridacchiando.

Si mise a sedere, sbadigliando. Era quasi buio ed era stata una giornata faticosa. «Penso che prenderò qualche goccia della mia medicina, stasera, Ma Tsin. Mi aiuterà a dormire.»

La spia aiutò Temuge a indossare una tunica di seta. Le pretese del suo padrone la divertivano, ma al tempo stesso si sentiva frustrata. Il potere dei piccoli khan era svanito nel momento in cui Gengis aveva ordinato che fossero formati i *tumen*, ma il fatto che fossero partiti non era del tutto negativo, visto che nessuno di loro era davvero importante nell'accampamento. Per limitare il danno, aveva fatto in modo di prendere il posto del servo ucciso dal sicario. Doversi muovere tanto in fretta era rischioso, e sentiva la tensione crescere di giorno in giorno. Considerava Temuge un uomo vanesio e superficiale, eppure non era ancora riuscito a trovare una leva che potesse spingerlo al tradimento. Ma non disponeva di un candidato migliore. La tenda nera doveva essere smontata al più presto, senza che Gengis venisse al corrente dell'agonia di Yenking. Il reggente gli aveva affidato un compito quasi impossibile, pensò preparando un infuso di *airag* caldo al quale aggiunse una cucchiaiata della crema nera dello sciamano, raschiandola dal fondo di un barattolo. La annusò, domandandosi se fosse a base di oppio. I nobili, in città, fumavano l'oppio, e sembravano dipendere dalle loro pipe almeno quanto Temuge dipendeva dalla sua bevanda. «La tua medicina è quasi finita, padrone» annunciò.

«Chiederò allo sciamano di darmene ancora» sospirò Temuge.

«Posso andarci io» si offrì la spia. «Non dovresti occuparti di simili sciocchezze.»

«Hai ragione» replicò Temuge, compiaciuto. Prese la tazza e iniziò a sorseggiare l'infuso, chiudendo gli occhi. «Va' da lui, ma non dirgli nulla di quel che fai per me. Kokchu non è una brava persona, e tu non devi riferirgli niente di ciò che vedi o senti in questa *ger*.»

«Sarebbe più facile se potessi comperare la crema da lui con monete d'oro, padrone.»

«A Kokchu non interessa il tuo oro» ribatté Temuge, senza aprire gli occhi. «Penso che gli importi solo del potere.» Vuotò la tazza fino all'ultima goccia, inghiottendo anche l'amaro residuo sul fondo. Provava uno strano turbamento all'idea che il barattolo fosse vuoto. Ne avrebbe avuto bisogno il mattino seguente. «Va' da lui stasera, Ma Tsin, e se riesci cerca di scoprire come prepara quella crema, in modo da potermela fare tu. Gliel'ho chiesto, ma non vuole dirmelo. Credo che gli piaccia avere un certo potere su di me. Se riuscirai a carpirgli il segreto, non lo dimenticherò.»

«Sarà fatto, padrone» replicò la spia. Quella notte doveva tornare a Yenking a fare rapporto, ma prima avrebbe fatto visita allo sciamano. Tutto poteva tornare utile e per il momento aveva ottenuto ben pochi risultati, mentre Yenking si indeboliva sempre più.

30

Quell'estate fu la più tranquilla che Gengis avesse mai trascorso. Se non fosse stato per l'ingombrante presenza della città sarebbe stata perfino riposante. Unico neo di un periodo altrimenti sereno era la salute: non riusciva a tornare in forma, perseguitato da una tosse persistente i cui accessi lo lasciavano boccheggiante e che con l'arrivo della stagione fredda iniziò a peggiorare. Kokchu era diventato un frequentatore abituale della sua *ger*: gli portava infusi di erbe e miele così amari che riusciva a malapena a mandarli giù e che comunque gli davano soltanto un sollievo temporaneo. Continuava a perdere peso, al punto che sotto la pelle giallastra e malsana si intravedevano le ossa.

Yenking era sempre lì davanti a lui, immutata e solida, e ogni volta che la guardava aveva l'impressione che lo sbeffeggiasse. Era trascorso quasi un anno dalla vittoria alla Bocca del Tasso e c'erano momenti in cui avrebbe dato qualsiasi cosa per poter tornarsene a casa a riprendere le forze fra le colline e i fiumi della sua giovinezza.

Ormai assuefatto all'atmosfera letargica dell'accampamento, alzò a malapena gli occhi quando la sagoma di Kachiun si profilò sulla soglia della grande *ger*. Ma notando una strana espressione sul viso del fratello, si raddrizzò. «Vedo che ci sono novità, Kachiun. Dimmi se è qualcosa di importante.»

«Credo di sì. Gli esploratori che abbiamo mandato a sud sono tornati con la notizia che Yenking sta per ricevere rinforzi. Hanno avvistato una colonna di circa cinquantamila soldati, con vettovaglie e una grande mandria di bestiame al seguito.»

«Allora Khasar non li ha incontrati» osservò Gengis, già di umore migliore. «O forse arrivano da un'altra direzione.» Sapevano entrambi che due eserciti potevano tranquillamente passare l'uno accanto all'altro senza incontrarsi, magari separati soltanto da una valle, e quella terra era vasta oltre ogni immaginazione.

Kachiun fu contento di vedere in Gengis una scintilla dell'antico entusiasmo. Il veleno che gli scorreva nel sangue lo aveva molto indebolito, era evidente, e mentre si accingeva a rispondergli fu costretto a interrompersi da un violento attacco di tosse che lo lasciò paonazzo e senza fiato.

«La città farà di tutto per aiutarli ad arrivare» osservò Kachiun, parlando ad alta voce per sovrastare i colpi di tosse. «Mi chiedo se rimpiangeremo di aver mandato via metà dell'esercito.»

Gengis scosse il capo, e uscì dalla *ger* per sputare un grumo di catarro nel tentativo di liberarsi la gola. «Guarda questa» disse quando ebbe ripreso fiato, prendendo una balestra chin che faceva parte del bottino conquistato nella battaglia della Bocca del Tasso. Kachiun seguì il suo sguardo fino a un bersaglio posto a trecento iarde di distanza dalla *ger*, in fondo a un sentiero. Gengis per recuperare le forze si esercitava ogni giorno per ore nel tiro con l'arco ed era affascinato dal meccanismo delle armi dei Chin. Sotto gli occhi di Kachiun prese accuratamente la mira e premette il grilletto intagliato. Il dardo nero non raggiunse il bersaglio, e Kachiun sorrise, comprendendo immediatamente dove volesse arrivare il fratello: senza una parola, prese uno degli archi di Gengis e dopo aver incoccato una freccia la tirò centrando il disco di paglia.

Pallidissimo, Gengis annuì. «Le provviste per la città rallentano la loro marcia. Prendi i tuoi uomini e vai ad attaccarli lungo la colonna, badando a rimanere fuori tiro. Una volta che avrai sfoltito le loro linee, io farò il resto al loro arrivo.»

Le parole degli esploratori fecero il giro dell'accampamento in un batter d'occhio, e quando Kachiun galoppò fra le *ger* per chiamare a raccolta i suoi uomini scoprì che erano già tutti pronti a montare in sella. Benché la nuova tattica di guerra fosse poco più sofisticata di quella delle vecchie bande di razziatori, la struttura di comando si era evoluta parecchio e prevedeva che i guerrieri si suddividessero in squadre di dieci uomini, dette *arban*, a loro volta raggruppate in dieci unità che prendevano il nome di *jargon* e così via secondo uno schema di ripartizione decimale fino a raggiungere i *tumen*. In seguito agli ordini impartiti da Kachiun, molti dovettero tornare alle *ger* per prendere altre cinquanta frecce, prima di unirsi agli altri guerrieri che formavano il grande *tumen*. Kachiun passò in rassegna la formazione, galoppando avanti e indietro con un lungo stendardo svolazzante di seta dorata.

Parlò ancora una volta con gli esploratori che avevano avvistato la colonna dei rinforzi e passò lo stendardo a un messaggero in prima fila – un ragazzino di non più di dodici anni –, osservando soddisfatto la formazione che si andava componendo. Non avevano bisogno di provviste per quell'incursione fulminea e gli uomini quindi avevano soltanto arco e spada agganciati alla sella. «Se permetteremo che raggiungano la città» gridò, «ci vorrà almeno un altro anno, prima che Yenking cada. Fermateli, e i loro cavalli e le loro armi saranno vostri.»

Quelli che riuscirono a sentirlo ruggirono il proprio apprezzamento e Kachiun alzò e abbassò il braccio destro, dando il segnale di avanzare.

La colonna era stata avvistata a quaranta miglia da Yenking, e nel lasso di tempo che Kachiun aveva impiegato a raggiungerla ne aveva percorso un'altra trentina. Sapendo di essere stati avvistati, i Chin avevano cercato di far avanzare il bestiame più in fretta, ma si trovavano a circa dodici miglia dalla città quando videro la nube di polvere sollevata dai guerrieri di Kachiun.

L'ufficiale al comando, Sung Li Sen, imprecò a fior di labbra. Aveva con sé cinquantamila guerrieri, accorsi da Kaifeng per portare rinforzi alla città dell'imperatore. La colonna era lunghissima e imponente, con un'infinità di carri e buoi al seguito. Guardò i reggimenti di cavalleria ai quali aveva affidato la difesa dei fianchi della colonna e fece un cenno ai comandanti. Sarebbe stato un lungo combattimento.

«Ai vostri posti!» gridò, e l'ordine passò di bocca in bocca lungo la colonna. Gli ordini che aveva ricevuto erano chiari: non doveva fermarsi finché non avesse raggiunto Yenking. Se il nemico avesse ingaggiato battaglia, avrebbero dovuto combattere senza fermarsi, evitando di lasciarsi coinvolgere in scaramucce. Avrebbe preferito di gran lunga avere carta bianca per poter distruggere quei selvaggi. Si sarebbe occupato dei rifornimenti a Yenking solo dopo averli battuti, pensò accigliandosi.

I soldati sollevarono le lance e il lungo serpentone di uomini assunse l'aspetto di un istrice. I balestrieri caricarono le armi e Sung Li Sen annuì fra sé. Riusciva a distinguere i Mongoli con sufficiente chiarezza, ormai, e si drizzò sulla sella consapevole che i suoi uomini lo guardavano per prendere coraggio. Pochi di loro si erano spinti così a nord, in precedenza, e tutto quello che sapevano era che l'imperatore aveva chiesto aiuto alle città del sud contro le tribù di selvaggi invasori. Con sorpresa, Sung Li Sen notò che i cavalieri mongoli si dividevano secondo una linea invisibile, come se la sua colonna fosse una punta di lancia alla quale non osavano avvicinarsi. Si rese conto che sarebbero passati di fianco a loro e un sorriso tirato gli incurvò le labbra: quella formazione si adattava perfettamente agli ordini che aveva ricevuto. La strada per Yenking era libera, e lui non si sarebbe fermato.

Kachiun aspettò fino all'ultimo momento prima di spingere il cavallo al galoppo. Adorava il rombo che udiva intorno a sé e si sollevò in piedi sulle staffe, lanciando un grido di battaglia. Il cuore gli batteva forte quando raggiunse la colonna chin e scoccò la prima freccia. Vide i nemici rispondere con una raffica di dardi, che si conficcarono per terra senza raggiungere il bersaglio. Erano intoccabili, si rese conto Kachiun, e rise di gusto mentre scoccava una freccia dopo l'altra, quasi senza mirare.

La cavalleria chin riuscì a malapena a prendere velocità prima di essere completamente annientata dai cinquemila guerrieri mongoli che galoppavano da ciascuna parte della colonna, e Kachiun sorrise soddisfatto nel vedere che i suoi uomini si erano ben guardati dall'uccidere i loro cavalli, visto il numero ridotto di cavalieri che i Chin avevano messo in campo.

Spazzata via la cavalleria, Kachiun cominciò a prendere di mira gli ufficiali nemici. Nel volgere di sessanta battiti, gli uomini del suo *tumen* scoccarono centomila frecce, e malgrado le armature laccate i Chin caddero a migliaia, ostacolando l'avanzata dei compagni che li seguivano. Spaventate dall'odore del sangue, le bestie si innervosirono e di lì a poco si diedero alla fuga calpestando un centinaio di altri soldati e aprendo uno squarcio nella colonna. Kachiun aveva raggiunto la fine della colonna e mentre descriveva un'ampia curva per tornare indietro fu raggiunto da alcuni dardi nemici, ma erano troppo deboli per procurargli seri danni e si limitarono a rimbalzare sulle placche di ferro dell'armatura. Dopo molti mesi di noioso addestramento, era fantastico cavalcare di nuovo contro un nemico, per giunta inoffensivo. Forse avrebbero dovuto portare più frecce, pensò accorgendosi che la prima faretra era già vuota. E infilate le dita nella seconda, che conteneva gli ultimi cinquanta dardi, prese una freccia e la scoccò, abbattendo un portabandiera.

Batté le palpebre per liberare gli occhi dalle lacrime causate dal vento. Avevano decimato i nemici al punto che riusciva a vedere i suoi guerrieri cavalcare dall'altra parte della colonna, anche loro incolumi. Nell'arco di sessanta battiti furono scoccate altre cento frecce e la colonna dei Chin iniziò a disgregarsi.

I soldati si gettarono sotto i carri in cerca di riparo, mentre quelli che non erano riusciti a nascondersi morivano tutto intorno; un grido di terrore si levò dai picchieri quando si resero conto che gli ufficiali erano stati uccisi e non c'era più nessuno a guidarli verso Yenking.

Kachiun tornò indietro lungo la colonna nemica, osservando i suoi guerrieri mentre scoccavano frecce a ripetizione sul nemico inerme, lasciandosi alle spalle una lunga scia di morte. Nonostante tutto la colonna continuava ad avanzare e i soldati chin mantenevano la disciplina, pur proseguendo più lentamente. Alcuni uomini avevano preso il posto degli ufficiali morti e urlavano ordini, sapendo che se si fossero lasciati prendere dal panico sarebbero stati distrutti completamente. Kachiun aveva visto altre armate darsi alla fuga per molto meno e suo malgrado provò un impeto di ammirazione per il loro coraggio.

Raggiunse la testa della colonna e girò ancora una volta il cavallo, avvicinandosi e tendendo l'arco. I muscoli della spalla gli bruciavano per lo sforzo e aveva le dita indolenzite. Ridendo, pensò alla faccia che avrebbe fatto il fratello vedendo quei pochi sopravvissuti allo sbando avvicinarsi a Yenking, dove era appostato per dar loro il suo benvenuto. A un tratto la colonna parve contrarsi e rabbrividire nella morsa del panico, ma i balestrieri continuarono a difendersi. Doveva prendere una decisione rapida, si rese conto, vedendo che i suoi uomini aspettavano soltanto l'ordine di sguainare la spada per distruggere definitivamente la colonna. Erano tutti a corto di frecce, ormai, e pur conoscendo gli ordini del khan lo fissavano speranzosi.

Kachiun strinse i denti. Yenking era ancora lontana, e di certo Gengis lo avrebbe perdonato se avesse deciso di finire il lavoro da solo. Dopo tanti anni di battaglie, riusciva a sentire con chiarezza quando il collasso definitivo del nemico era ormai prossimo. Si mordicchiò l'interno della guancia, indeciso, ma alla fine scosse il capo e sollevò il pugno, descrivendo un cerchio con il braccio. Tutti gli ufficiali ripeterono il suo gesto e i guerrieri ripiegarono, lasciando che la colonna semidistrutta si allontanasse.

Kachiun osservò i suoi uomini ricompattare i ranghi, ansimando euforici. Chi aveva ancora delle frecce le scoccò, scegliendo accuratamente il proprio bersaglio. Era frustrante per loro permettere ai nemici di allontanarsi e in tanti lanciavano occhiate di fuoco agli ufficiali, furiosi per essere stati costretti a ripiegare. Lo stesso Kachiun dovette fingere di non sentire le loro lamentele.

Mentre la colonna si allontanava, i soldati chin si volgevano indietro, temendo un attacco alle spalle, ma Kachiun rimase fermo, lasciando che guadagnassero un certo vantaggio prima di ordinare ai suoi guerrieri di schierarsi in coda alla colonna, per scortarla verso Yenking.

Si erano lasciati alle spalle una scia di cadaveri lunga più di un miglio, e Kachiun spedì un centinaio di guerrieri a depredare i corpi e a dare il colpo di grazia ai feriti, senza mai lasciare con lo sguardo la colonna che procedeva verso Gengis.

Nel tardo pomeriggio, finalmente la colonna giunse in vista della città cui avrebbe dovuto portare rinforzi. I soldati chin sopravvissuti camminavano a capo chino, prostrati da quella lunga marcia, e quando videro i diecimila guerrieri mongoli armati di lance e archi che sbarravano loro la strada proruppero in un coro di lamenti disperati. La colonna parve contrarsi ancora una volta quando i soldati si fermarono, sapendo che sarebbe stato impossibile aprirsi un varco in quella barriera. Kachiun sollevò il pugno, ordinando ai suoi cavalieri di trattenere i cavalli, e quando vide Gengis cavalcare nell'erba alta in testa al suo *tumen* si compiacque di non averlo privato di quel momento.

I soldati chin lo guardarono avanzare con occhi vacui, sfiniti dalla lunga marcia forzata e dal passo che avevano dovuto mantenere. Avevano abbandonato i carri, fuggendo, e Kachiun aveva spedito alcuni uomini a esaminarne il contenuto.

Resosi conto dello stato d'animo dei nemici, Gengis si avvicinò alla colonna e la percorse per tutta la lunghezza. Un mormorio di approvazione si levò fra i suoi uomini per la dimostrazione di coraggio del khan. Cavalcava così vicino al nemico che un soldato armato di balestra avrebbe potuto colpirlo, ma Gengis non degnò i Chin di un solo sguardo, apparentemente noncurante delle migliaia di uomini che si giravano a guardarlo. «Non me ne hai lasciati molti, fratello» osservò affiancando Kachiun.

Kachiun si accorse che era pallido e sudato per via della cavalcata. D'impulso, smontò da cavallo e toccò con la fronte il piede del fratello. «Avrei voluto che fossi con me per vedere le facce dei loro ufficiali» disse. «Siamo davvero lupi in un mondo di agnelli, fratello.»

Gengis annuì, troppo stanco per condividere il buon umore di Kachiun. «Non vedo provviste» commentò.

«Le hanno abbandonate, compresa la più bella mandria di manzi che tu abbia mai visto.»

«Non mangio carne di manzo da un pezzo» si rianimò Gengis. «Arrostiremo quelle bestie sotto le mura di Yenking, in modo che il profumo della carne varchi le mura e penetri nella città. Hai fatto un buon lavoro, fratello. La facciamo finita?»

Entrambi guardarono la colonna di uomini, dimezzata rispetto alle sue dimensioni originarie.

«Troppe bocche da sfamare» disse Kachiun, scrollando le spalle, «a meno che tu non voglia dar loro le provviste che hanno portato fin qui. Ma prima lascia che provi a disarmarli, o potrebbero ancora combattere.»

«Credi che si arrenderanno?» chiese Gengis. Il suggerimento del fratello gli faceva brillare gli occhi, e sembrava colpito dall'evidente orgoglio che vibrava nella voce di Kachiun. Più di ogni altra cosa, le tribù rispettavano i condottieri capaci di vincere con l'ingegno piuttosto che con la forza.

Kachiun si strinse nelle spalle. «Vediamo.» Radunati una dozzina di uomini che parlavano la lingua dei Chin, li spedì a proporre ai soldati un'onorevole resa e dopo un po' Gengis udì il fragore delle armi che cadevano a terra. Senza dubbio, alla loro decisione aveva contribuito il fatto che erano esausti dopo essere stati inseguiti per un giorno intero da un nemico che li aveva colpiti con potenza impressionante senza riportare danni.

Era ormai l'imbrunire quando finirono di raccogliere tutte le lance, le balestre e le spade, e nel frattempo Gengis aveva provveduto a rifornire i suoi guerrieri di frecce. Prima che il buio calasse definitivamente sulla pianura, uno squillo di corno risuonò e ventimila archi si tesero. I soldati chin urlarono di terrore rendendosi conto di essere stati traditi, ma le loro grida furono soffocate dal sibilo delle frecce che implacabili si abbatterono su di loro.

Quella sera, quando la luna sorse sulla piana di Yenking, furono macellati e arrostiti centinaia di bovini. Zhi Zhong li osservò disperato dalle mura. A Yenking, intanto, si mangiavano i morti.

Al culmine della festa, la spia notò che lo sciamano si era alzato e si allontanava barcollando fra le *ger*. Si mise in piedi silenziosamente per seguirlo, lasciando Temuge addormentato a smaltire il gigantesco pezzo di manzo che aveva divorato. I guerrieri cantavano e danzavano intorno ai falò al ritmo incessante dei tamburi e il frastuono copriva il rumore dei suoi passi. Vide Kokchu fermarsi a urinare sul sentiero e imprecare nel buio per essersi bagnato i piedi. A un certo punto, lo sciamano si infilò nel buio fra due carri e lo perse di vista, ma non affrettò il passo per raggiungerlo. Probabilmente stava andando dalla schiava chin che teneva rinchiusa nella propria *ger*, pensò. Camminando, cercò di riflettere su ciò che gli avrebbe detto. L'ultima volta che era stata in città aveva sentito dire che il reggente aveva organizzato una lotteria della morte: una persona per famiglia veniva costretta a infilare il braccio dentro un vaso di terracotta; chi estraeva un sasso bianco veniva ucciso e macellato per esser dato in pasto agli altri. Ogni giorno si assisteva a scene spaventose.

Persa nei propri pensieri, voltò l'angolo di una *ger* e un'ombra gli si parò davanti. La spia gridò di spavento e di terrore, sentendo il freddo di una lama contro la gola.

Quando Kokchu parlò, la sua voce era bassa e ferma, senza traccia di ubriachezza. «È tutta la sera che mi osservi, schiavo, e adesso mi segui fino a casa. Fermo!» sibilò, vedendo che l'uomo alzava le mani, impaurito. «Se ti muovi, ti taglio la gola. E adesso resta immobile mentre ti perquisisco.»

La spia ubbidì, lasciando che le mani ossute gli frugassero il corpo. Lo sciamano, che non poteva raggiungere le caviglie dello schiavo continuando a tenere la lama premuta contro il suo collo, trovò un piccolo pugnale e lo gettò via senza degnarlo di uno sguardo. Non fece caso al coltello che il suo prigioniero teneva infilato nello stivale, e la spia tirò un sospiro di sollievo.

Le *ger* erano immerse nel buio, e nessuno poteva vederli.

«Perché mai uno schiavo dovrebbe seguirmi?» domandò sospettoso Kokchu. «Quando vieni da me a prendere la medicina per il tuo padrone, i tuoi occhietti frugano dappertutto e fai un sacco di domande apparentemente innocenti. Sei una spia di Temuge, o forse un altro assassino? Se è così, il tuo padrone ha fatto una pessima scelta.»

La spia non replicò, pur irrigidendosi, ferita nell'orgoglio. Sapeva di aver lanciato solo qualche rapida occhiata verso lo sciamano, quella sera, e si chiese quale mente contorta potesse produrre un atteggiamento tanto sospettoso. Sentì il coltello premere con maggior forza contro la gola e rispose la prima cosa che gli venne in mente: «Se mi uccidi, non saprai nulla».

Kokchu rimase a lungo in silenzio, riflettendo. «Che cosa dovrei sapere?» chiese infine.

«Sono certo che troveresti interessante ciò che potrei raccontare» replicò la spia, abbandonando l'abituale cautela. Sapeva che la sua vita era in pericolo e che Kokchu avrebbe potuto ucciderla anche solo per il gusto di privare Temuge di uno schiavo. «Lasciami parlare e non te ne pentirai.»

Kokchu gli diede uno spintone, e la spia cadde. Per un istante pensò a come avrebbe potuto disarmarlo senza ucciderlo, ma poi cercò di rilassarsi, intrecciò le mani sopra la testa e lasciò che Kokchu la spingesse verso la propria *ger*. Quando giunsero davanti alla porta, si fece coraggio ed entrò. Si era spinto troppo oltre, ormai, e non aveva più modo di far passare per uno stupido scherzo ciò che aveva dichiarato. Sapeva esattamente cosa doveva fare a quel punto. Era stato il reggente in persona a dirglielo, l'ultima volta che era stato a Yenking.

Una fanciulla di rara bellezza era inginocchiata accanto alla porta. Una lanterna le illuminava il viso e la spia si sentì stringere il cuore nel vedere quella delicata giovinetta costretta ad aspettare lo sciamano come una cagna, ma si sforzò di nascondere ciò che provava quando Kokchu le ordinò di andarsene e di lasciarli soli.

La fanciulla lanciò una rapida occhiata al compatriota, prima di uscire, e lo sciamano ridacchiò. «Sembra che tu le piaccia, schiavo» osservò. «Quella donna mi ha stancato e pensavo di darla a uno degli ufficiali chin. Chissà, forse potresti fartela passare, quando avranno finito di insegnarle un po' di umiltà.»

La spia ignorò le sue parole e sedette su un basso giaciglio, lasciando cadere le braccia con naturalezza vicino alle caviglie. Se l'incontro non fosse andato come desiderava, avrebbe potuto uccidere lo sciamano e tornare alle mura prima che qualcuno se ne accorgesse.

Quel pensiero gli diede sicurezza e Kokchu se ne accorse. «Adesso siamo soli, schiavo» disse, accigliandosi. «Non ho bisogno di te, né di quello che vuoi dirmi. Parla in fretta, o ti darò in pasto ai cani.»

La spia trasse un profondo respiro, preparandosi a dire ciò che avrebbe potuto condannarla a un'orribile morte sotto tortura, all'alba. Non aveva scelto lei quel momento; erano stati i morti di Yenking, e se aveva sbagliato a valutare la persona che aveva di fronte, sarebbe morta. Raddrizzò la schiena, si posò una mano sul ginocchio e fissò Kokchu con severa disapprovazione. Lo sciamano guardò meravigliato quell'uomo che in un istante si era tramutato da schiavo spaventato in guerriero dignitoso. «Sono un uomo di Yenking» disse a bassa voce, «un uomo dell'imperatore.» Le pupille di Kokchu si dilatarono per la sorpresa, e la spia aggiunse: «Ora la mia vita è nelle tue mani». Poi, quell'uomo, spinto da un improvviso impulso, prese il pugnale dallo stivale e lo posò sul pavimento davanti a sé.

Kokchu fece un cenno con il capo a quel segno di fiducia, ma non abbassò la propria arma. «L'imperatore deve essere disperato, o impazzito per la fame» replicò.

«L'imperatore è un bambino di sette anni. Adesso la città è governata dal generale che è stato sconfitto dal tuo khan alla Bocca del Tasso.»

«È stato lui a mandarti qui? Perché?» volle sapere Kokchu, incuriosito. Ma prima che l'uomo potesse replicare proseguì, rispondendosi da solo: «Perché il sicario ha fallito, ovviamente. Perché vuole che le tribù se ne vadano prima che la sua gente muoia di fame o si ribelli e incenerisca la città dall'interno».

«Esatto» confermò la spia. «Se anche il generale fosse disposto a pagare un cospicuo tributo pur di salvare la città, ormai la tenda nera è stata eretta davanti alle mura e non gli rimane altra scelta che cercare di resistere per un altro anno o due» mentì.

Kokchu posò finalmente il coltello, e Ma Tsin si chiese come dovesse interpretare quel gesto. Il reggente lo aveva mandato nella tana del lupo per trattare la resa, ma l'unica cosa su cui poteva basarsi era il suo istinto. Qualcosa gli diceva che Kokchu faceva parte delle tribù, ma non era uno di loro. Era esattamente il tipo d'uomo che gli serviva, ma la sua vita era ancora appesa a un filo. Se lo sciamano avesse scelto di essere leale con il suo khan, per lui sarebbe stata la fine, si rese conto Ma Tsin. Gengis avrebbe saputo che la resistenza di Yenking era ormai spezzata e il gioiello più prezioso dell'imperatore sarebbe stato perduto per sempre. In un bagno di sudore, la spia riprese a parlare prima che Kokchu avesse il tempo di replicare. «Se vedrà la tenda bianca, il mio imperatore pagherà uno straordinario tributo: seta sufficiente a ricoprire la strada da qui fino alla vostra terra, pietre preziose, schiavi, opere scritte di magia, scienze e medicina, oro, legname...» Aveva notato che gli occhi di Kokchu si erano illuminati quando aveva nominato la magia, ma continuò a elencare: «...carta, giada, migliaia di carri carichi di ricchezze di ogni tipo, sufficienti a fondare un impero, se è quello che il tuo khan desidera. Abbastanza per costruire intere città, se lo desiderate.»

«Avrebbe tutto questo comunque, una volta conquistata Yenking» mormorò Kokchu.

Ma Tsin scosse il capo con fermezza. «Alla fine, quando la sconfitta sarà inevitabile, la città sarà data alle fiamme e al tuo khan resterà soltanto un cumulo di cenere; e dovrà comunque aspettare altri due anni in questa pianura.»

Tacque, spiando la reazione di Kokchu alle sue parole.

Lo sciamano rimase immobile come una statua. «Perché non hai fatto questa proposta al khan in persona?» domandò infine.

Ma Tsin scosse il capo, d'un tratto esausto. «Parliamoci chiaro, sciamano: Gengis ha fatto erigere la tenda nera e tutti i suoi uomini sanno che significa morte. Accettare l'offerta dell'imperatore sarebbe una ferita per il suo orgoglio e, stando a ciò che ho visto, lui preferirebbe che Yenking bruciasse. Ma se un altro uomo, uno di cui si fida, gli parlasse in privato e gli suggerisse di mostrare pietà per gli innocenti che soffrono nella città?»

«Pietà?» ripeté Kokchu, scoppiando a ridere. «Per Gengis la pietà è un segno di debolezza. Non potresti mai convincerlo.»

Al tono sprezzante dello sciamano, la spia non riuscì a reprimere un moto di rabbia. «Allora dimmi come posso fare, oppure uccidimi e dammi in pasto ai cani. Ti ho detto tutto quello che so.»

«*Io* potrei convincerlo» rispose Kokchu. «Lui sa cosa sono capace di fare.»

«Sei temuto, nell'accampamento» disse la spia, afferrandolo per un braccio ossuto. «Sei dunque tu l'uomo di cui ho bisogno?»

«Sono io» ammise Kokchu con una smorfia. «Rimane solo da stabilire il prezzo per il mio aiuto. Quanto vale la città per l'imperatore? Quale prezzo dovrei chiedere in cambio della sua vita?»

«Qualunque cosa tu voglia farà parte del tributo per il khan» disse la spia. Non poteva fare altro che fidarsi di lui e sperare in bene.

Kokchu rimase in silenzio per un po', come se stesse soppesando l'uomo che aveva di fronte. «C'è molta vera magia nel mondo, schiavo. Io l'ho vista, e l'ho usata. Se i Chin possiedono delle conoscenze in materia, il tuo imperatore bambino potrà tenersi la sua preziosa città» disse infine. «A un uomo non basterebbero cento vite per imparare tutto quello che c'è da sapere, ma io voglio conoscere ogni segreto scoperto dalla tua gente.»

«Ci sono tanti segreti, sciamano: dal sistema per fare la carta e la seta alla polvere che brucia, dal compasso all'olio combustibile. Che cosa vuoi sapere?»

Kokchu sbuffò. «Non mercanteggiare con me. Voglio sapere tutto. Ci sono uomini che conoscono queste arti, nella tua città?»

Ma Tsin annuì. «Preti e dottori di molti ordini.»

«Fa' in modo che condividano i loro segreti con me, come omaggio fra colleghi. Dì loro di non tralasciare nulla o racconterò al mio khan di aver avuto una visione di sangue, così lui tornerà qui e brucerà la vostra terra fino al mare. Hai capito?»

«Lo farò» rispose la spia, sentendosi mancare per il sollievo. Sentiva delle voci avvicinarsi e aveva fretta di finire quella faccenda. «Quando vedrà la tenda bianca, l'imperatore si arrenderà.» Rifletté un istante, poi aggiunse: «Ma se il tuo khan dovesse tradirci, sciamano, tutto quello che vuoi sapere sarà distrutto. C'è abbastanza polvere che brucia, in città, da ridurre in cenere anche le pietre».

«Una minaccia coraggiosa» replicò Kokchu sogghignando. «Chissà se la tua gente lo farebbe davvero. Ho ascoltato quello che avevi da dire, schiavo; hai fatto il tuo lavoro. Ora tornatene alla tua città e attendi insieme al tuo imperatore che venga eretta la tenda bianca.»

Ma Tsin avrebbe voluto esortare lo sciamano a fare in fretta, ma preferì tacere per non indebolire la propria posizione, sapendo che a Kokchu non importava nulla della gente che moriva in città.

Le voci all'esterno si fecero sempre più alte e concitate.

«Che cosa sta succedendo là fuori?» scattò Kokchu, infastidito. Fece cenno alla spia di uscire e la seguì all'esterno. Tutti stavano guardando verso la città.

Le giovani donne salivano lentamente i gradini di pietra, avvolte nelle bianche vesti del lutto. Erano terribilmente magre e a piedi nudi, eppure non tremavano, come se fossero del tutto indifferenti al freddo. I soldati sulle mura si ritrassero intimoriti al loro passaggio, nessuno osò fermarle. Si radunarono sulle mura di Yenking a migliaia, a decine di migliaia, e perfino il vento si quietò. Il silenzio era assoluto.

La strada di pietra che correva tutto intorno alle mura, cinquanta piedi sotto di loro, era ghiacciata. Insieme, le giovani donne salirono sul parapetto di pietra, alcune sole, altre tenendosi per mano lungo tutto il perimetro delle mura, fissando la pianura illuminata dal chiarore della luna.

La spia trattenne il respiro, sussurrando una preghiera che non recitava da molto tempo, il cuore spezzato dal dolore per la sua città e per la sua gente.

Le figure vestite di bianco sembravano fantasmi. Quando i guerrieri mongoli si accorsero che si trattava di donne, cominciarono a chiamarle con voce rauca, ridendo e scherzando. Con gli occhi colmi di lacrime, Ma Tsin scosse il capo per non udire quelle grida sguaiate. Molte delle fanciulle allineate sulle mura guardavano in basso, verso il nemico che era giunto fino alle porte della città dell'imperatore.

Poi, sotto lo sguardo disperato della spia, saltarono.

I guerrieri tacquero di colpo, sbigottiti. Da lontano, i corpi che precipitavano verso il basso sembravano petali bianchi. Perfino Kokchu scosse il capo, impressionato. Altre migliaia di fanciulle vestite di bianco comparvero sulle mura e si lanciarono nel vuoto, schiantandosi sulla pietra senza un grido.

«Se ci tradirai, la città e tutto ciò che contiene finiranno in cenere» bisbigliò la spia, avvicinandosi allo sciamano.

Kokchu non ne dubitava più.

31

Nacquero molti bambini, quell'inverno. Molti erano figli dei guerrieri che erano partiti con i generali o con uno dei gruppi di ambasciatori organizzati da Temuge. Dopo la cattura della colonna che avrebbe dovuto portare rifornimenti alla città assediata c'era cibo in abbondanza, e il grande accampamento mongolo era pacifico e prospero come non mai. Ma si trattava di una pace fasulla ed erano pochi gli uomini che durante il giorno non volgevano gli occhi verso la città, in attesa.

Gengis soffriva il freddo per la prima volta in vita sua. Aveva scarso appetito, ma si sforzava di mangiare ogni giorno carne e riso. Aveva riacquistato anche un po' di peso, benché la tosse continuasse a tormentarlo lasciandolo senza fiato. Per un uomo come lui, che non si ammalava mai, era terribilmente frustrante essere tradito dal proprio corpo. Di tutti gli uomini dell'accampamento, era lui quello che fissava più spesso la città, come se volesse costringerla alla resa con la sola forza di volontà.

Kokchu andò da lui nel cuore di una gelida notte. Per qualche imperscrutabile motivo alla sera la tosse peggiorava, e Gengis si era abituato alle visite dello sciamano che, prima dell'alba, gli portava una bevanda calda. Le *ger* erano molto vicine fra loro, e tutti quelli che gli stavano intorno potevano sentire i suoi colpi di tosse.

Gengis si alzò a sedere quando udì le sentinelle bloccare Kokchu. Nessun sicario avrebbe più potuto tentare di ucciderlo, con sei uomini di guardia attorno alla grande *ger*. Rimase a fissare il buio fino a quando lo sciamano non entrò e accese una lanterna che pendeva dal soffitto. Per un po', Gengis non riuscì a rivolgergli la parola, squassato dagli spasmi della tosse. Quando l'accesso terminò, sussurrò con voce roca: «Benvenuto nella mia casa, Kokchu. Quali nuove erbe vuoi provare stanotte?». Forse era la sua immaginazione, ma gli sembrava che lo sciamano fosse stranamente nervoso. Aveva la fronte bagnata di sudore e Gengis si chiese se non si stesse ammalando anche lui.

«A quanto pare, niente di quello che ho riesce a farti stare meglio, mio signore. Ho provato tutto ciò che conosco» rispose. «Mi chiedo se per caso non ci sia qualcos'altro che ti impedisce di guarire.»

«Qualcos'altro?» ripeté Gengis. La gola gli prudeva e inghiottì con forza per bloccare un nuovo attacco di tosse. Ormai era diventato un gesto abituale.

«L'imperatore ha mandato dei sicari a ucciderti, mio signore. Forse ha altri modi per attaccarti, modi invisibili che non si possono contrastare.»

Gengis rifletté un momento. «Pensi che abbia degli stregoni, in città? Se il meglio che sanno fare è farmi venire la tosse, non ho paura di loro.»

Kokchu scosse il capo. «Le maledizioni possono uccidere, mio signore. Avrei dovuto pensarci prima.»

Gengis tornò a sdraiarsi. «A cosa stai pensando?» domandò stancamente.

Kokchu gli fece cenno di alzarsi e distolse lo sguardo per non guardarlo mentre si sollevava faticosamente. «Vieni nella mia *ger*, signore. Chiamerò gli spiriti, e vedrò se sei segnato da qualche oscuro maleficio.»

Gengis strinse gli occhi, sospettoso, ma annuì. «D'accordo. Dì alle guardie di andare a chiamare Temuge perché si unisca a noi.»

«Non è necessario, signore. Tuo fratello non ha esperienza di queste faccende...»

Gengis stava tossendo, e il suono si trasformò in un ruggito di rabbia. «Fa' come ti dico, sciamano, oppure vattene.»

Kokchu strinse le labbra e si inchinò.

Gengis lo seguì fino alla piccola *ger*, ma rimase fuori nella neve mentre lo sciamano entrava. Quando poco dopo Temuge lo raggiunse, scortato dal guerriero che lo aveva tirato giù dal letto, Gengis lo trascinò dove Kokchu non poteva sentirli. «A quanto pare dovrò sopportare i suoi fumi e i suoi riti, fratello. Ti fidi di quell'uomo?»

«No» rispose Temuge, ancora irritato per essere stato svegliato nel cuore della notte.

Gengis sorrise della sua espressione stizzita. «Come pensavo. È per questo che ti ho fatto venire: tu entrerai con me, e lo terrai d'occhio mentre sarò nella sua *ger*.» Fece un cenno al guerriero e l'uomo si avvicinò in fretta. «Fai la guardia a questa *ger*, Kuyuk, e non permettere a nessuno di disturbarci.»

«Come desideri, mio signore» rispose il guerriero, chinando il capo.

«Se io e Temuge non dovessimo uscire, il tuo compito sarà uccidere lo sciamano» proseguì Gengis. Poi, notando che Temuge lo stava guardando, scrollò le spalle e aggiunse: «Non sono abituato a fidarmi facilmente, fratello».

Tratto un ultimo, profondo respiro, Gengis si schiarì la gola ed entrò nella *ger* dello sciamano, seguito da Temuge. Lo spazio era così angusto che a malapena riuscirono a sedersi, le ginocchia che si sfioravano.

Kokchu accese dei piccoli coni di incenso disposti per terra su piatti d'oro, dai quali si levò un fumo denso e aromatico. Quando i primi sbuffi lo raggiunsero, Gengis si piegò in due, prostrato da un violentissimo accesso di tosse. Kokchu si agitò, temendo che il khan potesse avere un collasso, ma dopo un po' Gengis riuscì a respirare di nuovo. Aspirò l'aria avidamente, sentendola scivolare lungo la gola come acqua di fonte in un caldo giorno d'estate. Inspirò a fondo più volte, sentendosi sempre più intontito. «Ora va meglio» borbottò, fissando lo sciamano con gli occhi iniettati di sangue.

Sebbene Temuge non gli togliesse gli occhi di dosso, lo sciamano era nel suo elemento, e preparò una ciotola di crema nera per Gengis.

«Che cos'è?» volle sapere lui, bloccandogli il polso con un movimento fulmineo della mano.

Kokchu deglutì con forza, sorpreso dalla velocità di movimento del khan. «Ti aiuterà a tagliare i legami con la carne, mio signore. Mi permetterà di guidarti sui sentieri degli spiriti.»

«Io l'ho presa» si intromise Temuge, con un improvviso bagliore negli occhi. «Non fa male.»

«Questa notte tu non la prenderai» replicò Gengis, ignorando il suo disappunto. «Ti limiterai a guardare.» Poi aprì la bocca e lasciò che lo sciamano gli strofinasse sulle gengive quella pasta nera. Da principio non provò nulla, ma poco dopo notò che la fioca luce delle lampade era diventata più brillante. La fissò, meravigliato, mentre sembrava aumentare sempre più, colmando la *ger* di un bagliore dorato.

«Prendi la mia mano» sussurrò Kokchu, «e cammina con me.»

Temuge vide il fratello roteare gli occhi e crollare, poi anche Kokchu chiuse gli occhi e lui si sentì stranamente solo. Lentamente, nel silenzio, si rilassò, ripensando alle visioni che aveva avuto nella piccola *ger*. Il suo sguardo si posò sul vasetto di pasta nera e, con gesto fulmineo, lo fece sparire fra le pieghe della sua *deel*. Il suo schiavo, Ma Tsin, lo aveva rifornito regolarmente, prima di sparire. Temuge aveva smesso da un pezzo di domandarsi dove fosse finito, anche se sospettava che ci fosse lo zampino di Kokchu. Fra i Chin poteva trovare quanti servitori voleva, ma nessuno si era rivelato abile come lui.

Temuge non aveva modo di sapere quanto tempo fosse passato. Gli sembrava di essere seduto lì da una vita, quando il corso dei suoi pensieri fu interrotto dalla voce rauca e distante di Kokchu. Le parole risuonarono nella *ger* e Temuge si ritrasse davanti a quel fiume di suoni privi di senso. Anche Gengis parve risvegliarsi, e spalancò gli occhi vitrei.

A un tratto lo sciamano si accasciò, lasciando andare la mano di Gengis, che batté le palpebre, lentamente, ancora avvolto nelle spire della droga.

Kokchu giaceva su un fianco, e un filo di saliva gli colava dalla bocca. Mentre Temuge lo fissava, disgustato, il balbettio confuso cessò di colpo e lo sciamano iniziò a parlare con voce ferma e bassa, senza aprire gli occhi. «Vedo una tenda bianca davanti alle mura. Vedo l'imperatore che parla con i soldati. Insieme a lui ci sono degli uomini che stanno pregando. Uno di loro è un bambino, e il suo viso è bagnato di lacrime.»

Lo sciamano tacque e Temuge si chinò verso di lui, temendo che il silenzio significasse che il suo cuore aveva ceduto. Gli sfiorò leggermente la spalla e Kokchu sobbalzò e iniziò a contorcersi, emettendo suoni privi di senso. Dopo un po' tacque di nuovo, poi riprese a parlare, con la stessa voce bassa di prima. «Vedo tesori, un tributo. *Migliaia* di carri e di schiavi. Seta, armi, avorio. Montagne di giada che arrivano fino al cielo. Abbastanza da costruire un impero. Come scintilla!»

Temuge aspettò che proseguisse, ma Kokchu rimase in silenzio. Gengis si era accasciato contro l'intelaiatura di giunchi della *ger* e russava piano. Il respiro di Kokchu rallentò e il suo pugno chiuso si aprì, come se anche lui stesse dormendo. Ancora una volta, Temuge si ritrovò solo, sbalordito da ciò che aveva udito. Chissà se i due uomini una volta svegli avrebbero rammentato quelle parole, si chiese, pensando che il suo ricordo delle visioni era sempre piuttosto confuso. Poi gli venne in mente che Kokchu non aveva messo in bocca la crema nera e si ripromise di raccontare al khan tutto quello che aveva visto.

Temuge sapeva che suo fratello avrebbe dormito per molte ore. Scosse stancamente il capo. Dopo due anni, Gengis era stanco dell'assedio e avrebbe colto al volo la possibilità di mettervi fine. Se la visione di Kokchu fosse stata vera, pensò con una smorfia, in futuro suo fratello avrebbe fatto riferimento allo sciamano per ogni minima cosa.

Prese in considerazione la possibilità di tagliare la gola dello sciamano mentre dormiva. Per un uomo abituato alla magia nera, non sarebbe stato difficile inventare una spiegazione. Già immaginava come avrebbe raccontato a Gengis di aver visto una linea rossa comparire sulla gola di Kokchu. Sarebbe stato lui a riferirgli la visione dello sciamano. Senza far rumore, estrasse il pugnale e si chinò verso lo sciamano. In quel preciso istante Kokchu aprì gli occhi, come se un sesto senso lo avesse risvegliato, e sollevò il braccio di scatto, facendo cadere il pugnale dalle mani di Temuge.

«Allora sei vivo, Kokchu!» disse in fretta lui. «Per un momento ho creduto che gli spiriti si fossero impossessati di te, ed ero pronto a ucciderli.»

Kokchu si alzò a sedere, gli occhi limpidi e lo sguardo attento. «Sei troppo timoroso, Temuge» replicò con un ghigno. «Nessuno spirito può farmi del male.»

Entrambi conoscevano la verità, ma nessuno dei due aveva intenzione di parlare. Si fissarono in cagnesco per un po', poi Temuge disse: «Ordinerò alla guardia di riportare mio fratello alla sua *ger*. Pensi che la sua tosse migliorerà?».

Kokchu scosse il capo. «Non ho visto alcuna maledizione. Puoi portarlo via, se vuoi. Io devo riflettere su ciò che gli spiriti mi hanno rivelato.»

Temuge avrebbe voluto stuzzicarlo con un commento pungente, ma non gli venne in mente nulla, così uscì nella neve per andare a chiamare la sentinella. L'uomo si caricò Gengis sulle spalle, e Temuge rimase a guardarli con una smorfia mentre si allontanavano. Se Kokchu avesse guadagnato importanza agli occhi del khan, non ne sarebbe venuto niente di buono, ne era sicuro.

Zhi Zhong fu svegliato di soprassalto da un rumore di passi. Scosse il capo per snebbiarsi la mente, ignorando i crampi della fame che ormai non gli lasciavano tregua. Perfino la corte dell'imperatore soffriva a causa della carestia. Il giorno precedente, Zhi Zhong aveva mangiato solo una scodella di zuppa annacquata, augurandosi che i pezzi di carne che vi galleggiavano fossero dell'ultimo cavallo dell'imperatore, macellato mesi prima. Da soldato, aveva imparato a non rifiutare mai un pasto, anche se la carne non era fresca.

Si alzò in piedi, scostando le coperte e prendendo la spada mentre un servitore entrava nella stanza. «Come osi disturbarmi a quest'ora?» sbottò. Era ancora buio, fuori, e il sonno non voleva abbandonarlo. Abbassò la spada, mentre il servo si prostrava ai suoi piedi, toccando il pavimento con la fronte.

«Mio signore, la tua presenza è richiesta dal Figlio del Cielo» disse l'uomo, senza alzare lo sguardo.

Zhi Zhong aggrottò la fronte, sorpreso: l'imperatore bambino non aveva mai osato mandarlo a chiamare, prima. Decise di dissimulare la rabbia fino a quando non ne avesse saputo di più e chiamò gli schiavi perché lo vestissero e lo lavassero.

Dominando a stento la paura, il servo aggiunse: «Mio signore, l'imperatore ha detto di fare presto».

«Xuan aspetterà finché non sarò pronto» scattò Zhi Zhong, terrorizzando ancor di più l'uomo. «Aspettami fuori.»

Il servo si alzò in un balzo e per un istante Zhi Zhong fu tentato di aiutarlo a uscire con un calcio. Nonostante quanto aveva appena detto, quando giunsero gli schiavi ordinò loro di sbrigarsi. Decise di rinunciare al consueto bagno e si fece legare i lunghi capelli con una fibbia di bronzo, lasciandoli ricadere sulla schiena, sopra l'armatura. Puzzava di sudore e il suo umore peggiorò ulteriormente al pensiero che dietro a quella convocazione ci fossero i ministri dell'imperatore.

Quando uscì dalla stanza e si avviò per i corridoi, preceduto dal servo, notò che non era ancora sorta l'alba. Era l'ora del giorno che preferiva, anche se lo stomaco gli doleva per la fame.

L'imperatore lo aspettava nella sala delle udienze, la stessa in cui Zhi Zhong aveva ucciso suo padre. Mentre si avvicinava, passando fra due ali di guardie, si chiese se qualcuno avesse raccontato al bambino che suo padre era morto proprio in quella stanza.

I ministri si affollavano intorno al trono come uno stormo di uccelli colorati. Ruin Chu, il Primo Ministro, aveva un'espressione nervosa e arrogante al tempo stesso. L'imperatore, seduto al suo fianco sull'imponente trono, sembrava ancora più piccolo. Zhi Zhong si avvicinò e si inginocchiò davanti al sovrano. «Il Figlio del Cielo mi ha chiamato e io sono venuto» disse con voce nitida.

Notò che gli occhi di Xuan si erano posati sulla spada che portava al fianco e immaginò che il bambino sapesse cosa era accaduto a suo padre. Se era così, la scelta della sala significava qualcosa di preciso e Zhi Zhong si impose di dominare l'impazienza finché non avesse saputo cosa rendesse i ministri dell'imperatore così sicuri di sé.

Con sua grande sorpresa, fu lo stesso Xuan a parlare. «La mia città sta morendo, reggente» disse con voce tremante. «Un quinto degli abitanti sono morti per la lotteria o gettandosi dalle mura.»

Zhi Zhong trattenne la risposta tagliente che gli era sorta spontanea nel ripensare a quell'increscioso incidente, sapendo che doveva esserci dell'altro se Xuan lo aveva fatto chiamare.

«I morti non vengono seppelliti, con tante bocche da sfamare» proseguì l'imperatore bambino, «e ogni giorno per non morire dobbiamo subire la vergogna di cibarci dei loro corpi.»

«Perché mi hai convocato?» domandò brusco Zhi Zhong, stanco di quella tirata.

Ruin Chu sgranò gli occhi di fronte a tanta impudenza, e il reggente gli lanciò un'occhiata sprezzante.

Il bambino seduto sul trono si protese in avanti, facendosi coraggio. «Il khan dei Mongoli ha alzato di nuovo la tenda bianca davanti alle mura. La spia che hai mandato all'accampamento ha avuto successo, e finalmente possiamo pagare un tributo.»

Zhi Zhong strinse il pugno, sopraffatto. Non era la vittoria che avrebbe voluto, ma era sempre meglio che ritrovarsi intrappolato in quella città che si stava trasformando in una tomba.

Con un enorme sforzo di volontà, incurvò le labbra in un sorriso. «Dunque, Maestà, sopravvivrai. Andrò sulle mura per vedere la tenda bianca e poi manderò dei messaggeri al khan. Parleremo ancora.»

Notò l'espressione di scherno con cui i ministri lo guardavano e sentì di odiarli profondamente. Lo consideravano responsabile del disastro che aveva messo in ginocchio Yenking. La vergogna della resa si sarebbe diffusa rapidamente in città, insieme al sollievo. Tutti, dai nobili dell'alta corte fino all'ultimo dei pescatori, avrebbero saputo che l'imperatore era stato costretto a pagare un tributo. Tuttavia, avrebbero avuto salva la vita e sarebbero sfuggiti alla trappola per topi in cui si era trasformata la loro città. Non appena avessero consegnato ai Mongoli il tributo, la corte imperiale avrebbe potuto spostarsi a sud per riprendere forza e trovare nuovi alleati. Forse avrebbero potuto ottenere persino il sostegno dell'impero Sung, all'estremo sud, facendo leva sui legami di sangue che li univano. Ci sarebbero state altre battaglie contro i Mongoli invasori, ma non avrebbero mai più permesso che l'imperatore venisse intrappolato. In ogni caso, erano vivi.

La sala delle udienze era gelida e Zhi Zhong rabbrividì, rendendosi conto di essere al centro degli sguardi dell'imperatore e dei ministri. Non c'erano parole che potessero alleviare l'amarezza del compito che lo attendeva, e cercò di non pensarci. Non serviva a nulla rimanere a guardare la città agonizzante, aspettando che i guerrieri mongoli ne scalassero le mura per trovare solo cadaveri. Presto i Chin sarebbero stati di nuovo forti, e il pensiero che i dolci lussi del sud li stavano aspettando lo risollevò un poco. «È la decisione giusta, Figlio del Cielo» disse, inchinandosi profondamente prima di lasciare la stanza.

Non appena se ne fu andato, uno degli schiavi in piedi lungo la parete fece un passo avanti. Aveva la testa completamente calva, priva persino di sopracciglia e ciglia, e lucida di unguento. Dagli occhi dell'imperatore bambino era scomparsa ogni traccia di nervosismo, e quando si posarono su di lui brillavano di collera. Lo schiavo si irrigidì e fissò lo sguardo sulle pesanti porte che si erano appena chiuse dietro al reggente.

«Lascialo vivere finché non sarà stato pagato il tributo» disse Xuan. «Poi dovrà morire, nel modo più doloroso possibile. Pagherà per i suoi errori, e per mio padre.»

Il capo dei sicari della Tong Nera si inchinò rispettosamente al cospetto del bambino che governava l'impero. «Sarà fatta la tua volontà, mio imperatore.»

32

Com'era strano vedere le porte di Yenking aprirsi, pensò Gengis osservando il primo carro uscire traballando dalle mura. Il fatto che fosse trainato da uomini e non da animali da soma la diceva lunga sulla situazione in cui versava la città. La tentazione di lanciarsi all'attacco era forte, dopo tanti mesi trascorsi a sognare quel momento. Aveva preso la decisione giusta, si disse guardando di sottecchi Kokchu che stava alla sua destra, in sella a uno dei cavalli migliori delle tribù.

Un leggero sorriso incurvò le labbra dello sciamano nel constatare che la sua profezia si era avverata. Quando aveva riferito a Gengis i dettagli della sua visione, il khan gli aveva promesso che, se l'imperatore avesse pagato il tributo, lui avrebbe potuto scegliere per primo tutto ciò che desiderava. In questo modo, non solo avrebbe acquisito potere e influenza, ma sarebbe anche diventato più ricco di quanto avesse mai sognato. Pur avendo mentito a Gengis, privandolo forse di una sanguinosa vittoria, si sentiva la coscienza a posto: Yenking era caduta, e lui era l'artefice di quel trionfo. Trentamila guerrieri accolsero con grida di giubilo l'arrivo dei carri, pregustando gli abiti di seta verde che avrebbero indossato entro la sera. Quel momento era destinato a rimanere impresso nella storia del loro popolo. Avevano costretto un imperatore a inginocchiarsi davanti a loro, e la sua città impenetrabile, ormai sconfitta, non poteva far altro che cedere tutte le proprie ricchezze.

Attraverso le porte aperte, i generali riuscirono finalmente a sbirciare all'interno della città. Scorsero una lunga strada che l'attraversava fino a scomparire in lontananza. I carri con i tributi formavano un lungo serpente che si snodava nella pianura, circondato da uomini che si affaccendavano intorno alla colonna come se si trattasse di un'operazione militare. Quasi tutti erano denutriti e inciampavano spesso per la debolezza, ma ogni volta che si fermavano a riprendere fiato gli ufficiali li frustavano selvaggiamente, costringendoli a ripartire.

Centinaia di carri avevano raggiunto l'accampamento ed erano stati sistemati in file ordinate mentre gli uomini tornavano in città per prenderne altri. Temuge aveva ordinato ad alcuni guerrieri di prendere nota di quanto arrivava, ma il caos regnava sovrano e Gengis ridacchiò nel vederlo correre da una parte all'altra, rosso in viso, gridando ordini e ammirando le nuove ricchezze che sembravano scaturire dal nulla.

«Cosa te ne farai di tutta questa roba?» gli domandò a un tratto Kachiun.

Gengis sollevò lo sguardo, riscuotendosi dai suoi pensieri. «Quante cose può trasportare un uomo senza essere troppo impacciato per combattere?» rispose, facendo spallucce.

Kachiun rise. «Temuge vuole che costruiamo la nostra capitale, te lo ha detto? Sta progettando un posto che assomiglia parecchio a una città chin.» Gengis sbuffò, costretto a chinarsi sulla sella da un nuovo accesso di tosse, e Kachiun riprese a parlare, come se non avesse notato la sua debolezza. «Non possiamo seppellire tutto questo oro, fratello. Dovremo farci qualcosa.»

Quando riprese fiato, Gengis si trattenne dal dargli la risposta tagliente che gli era sorta spontanea. «Io e te abbiamo visitato le case dei Chin. Ti ricordi il loro odore? Quando immagino la mia casa, penso a fiumi puliti e valli coperte di erba soffice, non a un modo per fingere di essere nobili chin che vivono dietro pareti di pietra. Non abbiamo appena dimostrato che le mura rendono deboli?» E per sottolineare le proprie parole indicò i carri che continuavano a uscire da Yenking. Erano ormai un migliaio e se ne vedevano ancora tanti, allineati lungo la strada che si snodava all'interno della città.

«Allora non avremo mura» ribatté Kachiun. «I guerrieri che vedi qui saranno le nostre mura, e saranno più resistenti di qualunque costruzione.»

«Vedo che Temuge è stato convincente» osservò Gengis lanciandogli uno sguardo canzonatorio.

Kachiun distolse lo sguardo, imbarazzato. «Non mi riferisco alle piazze del mercato o alle stanze da bagno di cui parla, bensì ai posti in cui si può imparare, agli uomini di medicina capaci di guarire le ferite dei guerrieri. Nostro fratello immagina un tempo in cui non saremo più in guerra. E il fatto che finora non abbiamo mai conosciuto nulla del genere non significa che non potrà succedere in futuro.»

Rimasero in silenzio a guardare le file di carri. Anche utilizzando tutti i cavalli di riserva, avrebbero avuto serie difficoltà a organizzare la partenza. E con tutte quelle ricchezze era naturale mettersi a fantasticare sulle infinite possibilità che si aprivano per loro.

«Non riesco quasi a immaginare che cosa significhi vivere in pace» disse Gengis. «Non l'ho mai conosciuta. Tutto quello che desidero in questo momento è tornare a casa e guarire da questa malattia che mi tormenta, andare a cavallo tutto il giorno e tornare forte come un tempo. Vuoi che mi metta a costruire delle città nella mia steppa?»

Kachiun scosse il capo. «Non delle città, fratello. Noi siamo cavalieri, e sarà sempre così, ma forse dovremmo costruire una capitale, un'unica città per la nazione che abbiamo creato. Da come me ne ha parlato Temuge, immagino grandi campi d'addestramento, un posto in cui i nostri figli possano crescere senza conoscere la paura che abbiamo vissuto noi.»

«Crescerebbero deboli» obiettò Gengis. «Diventerebbero delle inutili pappamolle come i Chin, e un giorno arriverebbe qualcuno come noi, duro, agile e forte. Che ne sarebbe della nostra gente, allora?»

Kachiun lasciò correre lo sguardo sulle decine di migliaia di guerrieri che si aggiravano a piedi o a cavallo nell'enorme accampamento. Sorrise e scosse la testa. «Noi siamo lupi, fratello, ma anche i lupi hanno bisogno di un posto in cui riposare. Non desidero le strade di pietra di Temuge, ma forse potremmo costruire una città di *ger*, da spostare ogni volta che i pascoli scarseggiano.»

«Così è meglio» disse Gengis. «Ci penserò, Kachiun. Avrò tempo a sufficenza durante il viaggio verso casa, e come dici tu non possiamo certo seppellire tutto quest'oro.»

Insieme ai carri erano arrivati anche migliaia di schiavi, perlopiù ragazzini di entrambi i sessi dall'aspetto miserevole, offerti in dono dall'imperatore al khan vincitore.

«Potrebbero costruirla loro, per noi» disse Kachiun, indicandoli con un gesto della mano. «E quando saremo vecchi, avremo un posto dove morire serenamente.»

«Ti ho detto che ci penserò, fratello. Chissà quali fantastiche terre da conquistare avranno trovato Tsubodai, Jelme e Khasar... Forse non avremo mai bisogno di un posto per dormire che non sia un cavallo.»

Kachiun sorrise, sapendo di non dover insistere troppo. «Guardati intorno» disse al fratello. «Ricordi quando eravamo solo noi?»

Non era necessario aggiungere altro. C'era stato un tempo in cui la morte era una presenza costante nelle loro vite, e ogni uomo un nemico. «Ricordo» annuì Gengis. In confronto alle immagini della loro infanzia, lo spettacolo della pianura invasa da tutti quei carri e da migliaia di guerrieri era impressionante.

Mentre lasciava scorrere lo sguardo sulla pianura, Gengis vide il Primo Ministro dell'imperatore trotterellare verso di loro. Non aveva voglia di parlare con lui. Quell'uomo fingeva di essere pieno di buona volontà, ma la sua avversione per i guerrieri delle tribù era evidente in ogni suo sguardo. Per giunta, i cavalli lo innervosivano e lui aveva lo stesso effetto sugli animali.

Il Primo Ministro si inchinò profondamente davanti a lui prima di srotolare un foglio di carta.

«Che cos'è?» domandò Gengis nella lingua dei Chin prima che Ruin Chu potesse aprire bocca. Era stata Chakahai a insegnargliela, premiando i suoi progressi in maniera fantasiosa.

Il Primo Ministro parve confuso, ma si riprese rapidamente. «L'elenco dei tributi, signore.»

«Consegnalo a mio fratello Temuge. Lui saprà cosa farne.»

Quello arrossì, e arrotolò nuovamente il foglio. «Credevo desiderassi controllare l'adeguatezza del tributo, signore» disse.

«Non ho mai pensato che qualcuno potesse essere tanto stupido da non consegnarmi quanto promesso, Ruin Chu» ribatté Gengis, accigliandosi. «Mi stai dicendo che la tua gente non ha onore?»

«*No*, mio signore...» balbettò Ruin Chu.

Gengis lo zittì con un gesto imperioso. «Mio fratello controllerà» disse. Lasciò vagare lo sguardo sulle file di carri carichi e aggiunse: «Non ho ancora visto il tuo padrone con l'offerta formale della resa, Ruin Chu. Dov'è?».

Il Primo Ministro arrossì di nuovo, riflettendo sulla risposta da dare. Il generale Zhi Zhong non aveva visto il sorgere del sole e lui era stato convocato nei suoi appartamenti all'alba. Rabbrividì, rammentando i segni che aveva visto sul cadavere. Quella del reggente non era stata una morte facile. «Il generale Zhi Zhong non è riuscito a sopravvivere a questi giorni difficili, signore» disse infine.

Gengis lo fissò senza espressione.

«Che cosa vuoi che mi importi di un altro dei vostri soldati? Ti sto dicendo che non ho visto l'imperatore. Pensa forse che prenderò il suo oro e me ne andrò senza neanche sapere che faccia ha?»

Le labbra di Ruin Chu si mossero, ma non ne uscì nemmeno un suono. Gengis gli si avvicinò. «Torna a Yenking, ministro, e portami l'imperatore. Se non sarà qui a mezzogiorno, tutte le ricchezze del mondo non basteranno a salvare la tua città.»

Ruin Chu deglutì, visibilmente spaventato. Aveva sperato

che il khan mongolo non avrebbe insistito per vedere un bambino di sette anni. Chissà se il piccolo Xuan sarebbe sopravvissuto a quell'incontro, si chiese. Non poteva esserne certo: i Mongoli erano crudeli, e non si tiravano indietro davanti a nulla. Tuttavia non aveva scelta. Si inchinò ancor più profondamente di prima. «Sarà fatto, mio signore» mormorò.

Il sole era alto nel cielo quando la lunga processione di carri si interruppe per far passare la portantina dell'imperatore, scortata da cento uomini armati. Procedevano in silenzio e nel vederli anche i Mongoli si zittirono, accodandosi al corteo via via che si avvicinava al luogo in cui Gengis attendeva insieme ai suoi generali. Non era stata eretta alcuna tenda speciale per accogliere l'imperatore, e il khan avvertì un fremito di soggezione nel vedere la portantina procedere verso di lui. Quel bambino non aveva avuto alcun ruolo nella storia delle tribù, ma era il simbolo di tutto quello contro cui avevano combattuto, era il motivo per cui le tribù si erano unite formando una nazione. Gengis posò la mano sull'elsa di una delle spade di Arslan che portava alla vita. Quando era stata forgiata, lui era khan di appena cinquanta persone, in un accampamento in mezzo al ghiaccio e alla neve. A quell'epoca non osava nemmeno sognare che un giorno avrebbe ordinato all'imperatore dei Chin di venire da lui.

Gli schiavi posarono a terra la portantina con estrema delicatezza e si rialzarono, rigidi, fissando diritti davanti a sé. Ruin Chu scostò le tende. Uscì un bambino che indossava una lunga giacca verde tempestata di pietre preziose e con il collo alto e rigido e un paio di pantaloni neri. L'imperatore guardò Gengis dritto negli occhi, senza mostrare alcuna paura, e il khan non poté fare a meno di ammirare il suo coraggio. Fece un passo avanti, avvertendo lo sguardo dei soldati su di sé. «Dì a questi uomini di stare indietro, Ruin Chu» disse a bassa voce.

Il ministrò chinò il capo e impartì l'ordine. Gengis attese che gli ufficiali arretrassero, non senza averlo fissato rabbiosamente.

La sola idea che potessero proteggere il bambino nel cuore dell'accampamento mongolo era ridicola, tuttavia Gengis apprezzò la loro fiera lealtà. Non desiderava lo scontro e non appena si furono allontanati si dimenticò di loro e si avvicinò all'imperatore. «Sei il benvenuto nel mio accampamento» lo salutò nella lingua dei Chin.

Il bambino continuò a fissarlo senza parlare, e Gengis notò che le sue mani tremavano. «Hai avuto tutto quello che volevi» disse a un tratto, con voce acuta per la tensione.

«Volevo che l'assedio finisse» replicò Gengis, «e questa è una fine.»

Il bambino sollevò il capo, simile a un rigido manichino scintillante. «Adesso ci attaccherai?» domandò.

Gengis scosse il capo. «La mia parola è d'onore, piccolo uomo. Forse, se ci fosse tuo padre davanti a me, potrei prendere in considerazione l'idea di attaccarvi. Molti dei miei uomini la considererebbero una strategia eccellente.» Tacque, deglutendo per attenuare il prurito alla gola, ma un colpo di tosse gli sfuggì ugualmente. «Ho ucciso lupi. Non darò la caccia ai conigli.»

«Non sarò sempre così giovane, khan» replicò il bambino. «Potresti pentirti di avermi lasciato vivo.»

Gengis sorrise dello sguardo di sfida del piccolo. Con un unico, agile movimento estrasse la spada e la posò sulla spalla del bambino, sfiorandogli il colletto. «Tutti i grandi uomini hanno dei nemici, imperatore. I tuoi sapranno che io ti ho posato la spada sul collo, e che tutti gli eserciti e le città dei Chin non sono stati in grado di evitarlo. Un giorno capirai perché questo mi dà più soddisfazione che averti ucciso.» Un altro colpo di tosse gli squassò il petto. «Ti ho offerto la pace, ragazzino, ma non posso prometterti che non tornerò mai più, né che i miei figli o i miei generali in futuro non si ripresenteranno sotto le tue mura. Hai pagato la pace per un anno, forse per due o tre. È molto più di quanto la tua gente abbia mai concesso alla mia.» Con un sospiro rimise la spada nel fodero. «C'è un'altra cosa, prima che io torni nelle terre della mia infanzia.»

«Che cos'altro vuoi?» domandò Xuan. Era pallido come un fantasma, ma i suoi occhi erano di ghiaccio.

«Inginocchiati davanti a me, imperatore, e io me ne andrò.»

Sorpreso, vide gli occhi del bambino riempirsi di lacrime. «Non lo farò!»

Subito Ruin Chu si avvicinò e si chinò nervosamente sul bambino. «Figlio del Cielo, devi farlo» bisbigliò.

Dopo qualche istante il bambino curvò le spalle, sconfitto, e tenendo lo sguardo fisso nel vuoto si inginocchiò davanti al khan.

Gengis assaporò a lungo quel momento, in silenzio, prima di far cenno al Primo Ministro di aiutare il piccolo ad alzarsi. «Non dimenticare questo giorno, quando sarai cresciuto» disse con dolcezza.

Xuan non rispose. Ruin Chu lo accompagnò alla portantina e, non appena l'imperatore si sedette, il corteo si avviò verso la città.

Gengis rimase a guardarli mentre se ne andavano. Il tributo era stato pagato e l'esercito aspettava soltanto l'ordine di partire. Nulla lo tratteneva più in quella maledetta pianura che fin dall'inizio gli aveva portato soltanto debolezza e frustrazione. «Andiamo a casa» disse a Kachiun.

E quando i corni risuonarono nella pianura, l'armata mongola iniziò a muoversi.

La salute di Gengis peggiorò durante le prime settimane di viaggio. La sua pelle bruciava al tatto, sudava costantemente, e aveva un terribile prurito all'inguine, alle ascelle e dovunque vi fossero peli fra cui poteva accumularsi la sporcizia. Respirava a fatica, emettendo uno strano sibilo che peggiorava di notte, e non riusciva mai a schiarirsi del tutto la gola. Non vedeva l'ora di raggiungere le sue montagne, con i loro venti freschi e puliti. Per l'impazienza, passava l'intera giornata in sella, scrutando l'orizzonte.

Avevano lasciato Yenking da un mese quando arrivarono ai confini del deserto. Prima di attraversarlo si fermarono nei pressi di un fiume per fare scorta d'acqua. Qui li raggiunsero gli ultimi esploratori che Gengis si era lasciato alle spalle. Due di loro non si unirono agli amici intorno ai falò, ma andarono dritti alla *ger* del khan. C'erano Kachiun e Arslan, con Gengis, e tutti e tre uscirono per ascoltare il rapporto.

I due uomini smontarono da cavallo, entrambi ricoperti di polvere e sporcizia. «Mio khan» cominciò uno di loro, parlando a fatica e vacillando per la stanchezza. Gengis lanciò un'occhiata al fratello, chiedendosi cosa potesse averli spinti a raggiungerli in tutta fretta. «L'imperatore ha lasciato Yenking, signore. È andato a sud, insieme ad almeno mille persone» concluse l'uomo.

«È fuggito?» domandò Gengis, incredulo.

«Verso sud, signore. Hanno abbandonato la città, lasciando le porte spalancate. Non so quanti sopravvissuti ci siano. L'imperatore ha portato con sé moltissimi carri e schiavi, e tutti i suoi ministri.»

Nessuno parlò, in attesa che Gengis finisse di tossire. «Gli ho concesso la pace» disse infine il khan, «e ora lui grida al mondo che per lui la mia parola non significa nulla.»

«Che importanza ha, fratello?» ribatté Kachiun. «A sud c'è Khasar, nessuna città oserà dargli ospitalità...»

Gengis lo zittì con un gesto furioso. «Non tornerò lì, Kachiun, ma ogni cosa ha le sue conseguenze. Lui ha violato la pace che gli ho offerto, fuggendo verso i suoi eserciti al sud, e adesso tu gli farai pagare il prezzo della sua scelta.»

«Fratello?»

«No, Kachiun, ne ho abbastanza di questi giochetti. Prendi i tuoi uomini e va' a radere al suolo Yenking. Questa è la mia risposta.»

E davanti alla furia del fratello, Kachiun non poté fare altro che chinare la testa. «Sarà fatto, mio signore.»

Nota storica

La storia ha lasciato traccia del suo colore nel sangue,
così che tutti gli uomini sarebbero tiranni, se potessero.

Daniel Defoe

La data esatta della nascita di Gengis Khan si può soltanto ipotizzare. Vista la natura nomade delle tribù mongole, l'anno e il luogo di nascita del grande condottiero non furono mai registrati. Inoltre, le piccole tribù calcolavano lo scorrere del tempo in base agli avvenimenti più significativi della loro vita, rendendo pertanto difficile collocarli in un preciso giorno dell'anno. È solo quando Gengis entrò in contatto con il resto del mondo che la cronologia delle sue conquiste acquisì una certa affidabilità.

I Mongoli invasero le terre degli Xi Xia, a sud del Gobi, nel 1206 e nello stesso anno Gengis fu proclamato khan di tutte le tribù. Secondo il calendario cinese, accadde nell'anno del Fuoco e della Tigre, alla fine dell'era Taihe. Aveva probabilmente un'età compresa tra i venticinque e i trentotto anni quando unificò il suo popolo. Non mi sono soffermato a descrivere gli anni di guerra e di alleanze durante i quali radunò sotto il suo comando le grandi tribù. Benché molto interessante, la sua storia ha sempre avuto uno scopo più alto. A chiunque volesse approfondire l'argomento, raccomando la *Storia segreta dei Mongoli*, a cura di Sergej Kozin (ed. it. TEA, Milano 2000).

I Naiman furono l'ultima grande tribù che cercò di non farsi assorbire all'interno della nuova nazione. Il khan dei Naiman si rifugiò sul Monte Nakhu, ritirandosi verso la cima via via che l'esercito di Gengis avanzava. Gengis gli offrì di risparmiare la vita dei suoi guerrieri giurati, ma quelli rifiutarono e lui li fece uccidere tutti. Gli altri guerrieri e le loro famiglie furono assorbiti nella sua tribù.

Kokchu fu un potente sciamano, conosciuto anche come Teb-Tenggeri. Non si sa esattamente come arrivò a essere tanto influente. Sia Hoelun sia Borte si lamentarono di lui con Gengis in diverse occasioni. La sua capacità di influenzare il grande khan diventò a un certo punto fonte di grande preoccupazione per i suoi generali e familiari. Gengis credeva in un unico padre celeste: una forma di paganesimo supportata dal mondo degli spiriti dello sciamanesimo. Kokchu, tuttavia, rimane un enigma, benché una delle leggi delle tribù proibisse di versare il sangue dei sovrani e dei sacerdoti. Ma non ho ancora finito di raccontare la sua storia.

Quando le tribù risposero alla chiamata di Gengis e si radunarono, il khan degli Uiguri scrisse il suo giuramento di fedeltà quasi esattamente come l'ho riportato nel libro. L'episodio in cui Khasar viene pestato e Temuge viene costretto a inginocchiarsi, invece, non si svolse tra loro e i figli del khan dei Woyela, bensì con quelli del clan Khongkhotan.

Gengis inondò la vallata degli Xi Xia e fu costretto a ritirarsi di fronte alle acque che continuavano a salire. Anche se deve essere stato imbarazzante, la distruzione del raccolto costrinse il re a negoziare la resa e alla fine consegnò un prezioso alleato al popolo mongolo. Non era la prima volta che Gengis era nella condizione di esigere un tributo. Si sa che le tribù mongole ricorrevano già in precedenza a questo genere di trattative, anche se su scala minore. È interessante domandarsi che cosa abbia fatto Gengis delle ricchezze degli Xi Xia e in seguito della città dell'imperatore, visto che la proprietà personale per lui non aveva significato, al di là di ciò che poteva trasportare sul proprio cavallo. I tributi avrebbero sicuramente impressionato la gente delle tribù e consolidato il suo potere, ma a parte questo non servivano a molto.

La sorte degli Xi Xia avrebbe potuto essere diversa se il principe Wei dell'impero Chin avesse risposto alla richiesta d'aiuto del loro sovrano. Il suo messaggio fu: «Torna a nostro vantaggio che i nostri nemici si combattono l'un l'altro. Quale pericolo corriamo noi?».

Fu soltanto per caso che Gengis aggirò la Grande Muraglia Cinese. La strada per Yenking attraverso le terre degli Xi Xia passava semplicemente intorno alla fortificazione. La Grande Muraglia tuttavia rappresentò un solido ostacolo soltanto sulle montagne attorno a

Yenking, che sarebbe diventata l'odierna Beijing (Pechino). In altri punti dell'impero era crollata o ridotta a poco più di un terrapieno sorvegliato da un occasionale posto di guardia. Solo nei secoli successivi i vari tratti fortificati furono uniti fino a formare una barriera ininterrotta contro le invasioni.

Vale la pena di notare che la pronuncia occidentale dei toponimi cinesi è sempre approssimativa, poiché si avvale di un alfabeto diverso per scrivere gli stessi suoni. Di conseguenza, Xi Xia spesso viene traslitterato come Tsi-Tsia, oppure Hsi-Hsia, e nello stesso modo la parola Chin talvolta si trova scritta Jin o persino Kin. Sung in alcuni testi viene reso con Song. Sono riuscito a trovare ben ventuno forme diverse del nome Gengis, dai più esotici Gentchiscan e Tchen-Kis ai più prosaici Jingis, Chinggis, Jengiz e Genghis. La parola mongola *Ordo*, o *Ordu*, significa accampamento o quartier generale, ed è la stessa da cui deriva il termine italiano *orda*. Secondo alcuni dizionari la parola sciamano è di origine mongola, e i Gurkhas del Nepal potrebbero tranquillamente derivare il proprio nome dal termine *Gurkhan*, che significa khan dei khan.

Gengis aveva quattro figli legittimi e, come accade per tutti i nomi mongoli, se ne trovano diverse traslitterazioni: Jochi a volte è scritto Juji; Chagatai diventa Jagatai e Ogedai è traslitterato con Ogdai. L'ultimo figlio era Tolui, che a volte viene scritto Tule.

Come accadde nel caso della principessa xi xia, Gengis prese spesso in moglie donne dei nemici sconfitti. Uno dei suoi ultimi decreti prevedeva che tutti i suoi figli fossero considerati legittimi, anche se questo non parve influenzare in alcun modo il diritto ereditario dei quattro figli maggiori.

Le città circondate da mura furono sempre un grosso problema per Gengis. Al tempo in cui cinse d'assedio Yenking, la città era circondata da villaggi-fortezza che ospitavano granai e un imponente arsenale. Intorno alla cinta muraria correva un fossato e alla base le mura erano spesse quasi cinquanta piedi ed erano altrettanto alte. C'erano tredici porte ben costruite, e il canale che ancor oggi è il più lungo del mondo, più di mille miglia, che corre da sud a est fino a Hangzhou. Quasi tutte le grandi capitali del mondo sono sorte sulle rive di un corso d'acqua. Beijing invece fu costruita intorno a tre grandi laghi – Beihei a nord, Zhonghai (o Songhai) al centro e Nanhai a sud. Potrebbe essere il sito più antico che sia mai stato occupato ininterrottamente dall'uomo, dal momento che sono stati rinvenuti frammenti di uno scheletro che risale a mezzo milione di anni fa, quello del cosiddetto "uomo di Pechino".

Ai tempi dell'invasione di Gengis attraverso il passo chiamato Bocca del Tasso, Yenking aveva attraversato un periodo fiorente che aveva avuto come esito una fortificazione di cinque miglia di circonferenza e una popolazione di venticinquemila famiglie, vale a dire approssimativamente un milione di persone. È facile immaginare che ve ne fosse almeno un mezzo milione in più che non compariva nei censimenti ufficiali. Allora, il famoso Giardino Proibito all'interno delle mura e il Palazzo d'Estate dell'imperatore (distrutto dai soldati inglesi e francesi nel 1860) non erano ancora stati costruiti. Oggi la città conta circa *quindici* milioni di abitanti ed è ancora possibile arrivarvi attraverso il passo che vide una delle più sanguinose battaglie della storia. Anche questa ha una data sicura: 1211. A quell'epoca Gengis era l'indiscusso condottiero dei Mongoli da cinque anni; era nel fiore della forma fisica e combatteva insieme ai suoi uomini. Non è probabile che avesse più di quarant'anni, ma è plausibile che ne avesse una trentina, come ho immaginato io nel libro.

La battaglia del passo della Bocca del Tasso è considerata una delle più grandi vittorie di Gengis. In schiacciante inferiorità numerica e nell'impossibilità di effettuare manovre di truppe, Gengis mandò i suoi uomini ad attaccare i fianchi dell'esercito nemico dopo essersi inerpicati lungo i fianchi di montagne che i Chin consideravano invalicabili. La cavalleria nemica fu messa in fuga dai cavalieri mongoli e si racconta che dieci anni dopo il terreno fosse ancora cosparso di scheletri per un raggio di *trenta* miglia. A causa dei soliti problemi di traslitterazione, il passo nell'antichità era conosciuto come Yuhung, che significa Tasso.

Dopo aver perso la battaglia, il generale Zhi Zhong tornò veramente a uccidere il giovane imperatore, nominando un altro sovrano mentre lui governava come reggente.

La città di Yenking era stata costruita per essere invulnerabile e c'erano quasi un migliaio di torri di guardia sulle mura, ciascuna dotata di balestre in grado di scoccare enormi dardi a una distanza di due terzi di miglio. E avevano trabucchi in grado di lanciare proiettili molto pesanti a centinaia di iarde di distanza oltre le mura. Possedevano la polvere da sparo e iniziavano a impiegarla in guerra, benché a quell'epoca fosse utilizzata principalmente a scopo difensivo. Inoltre, avevano catapulte con cui presumibilmente lanciavano bombe di terracotta piene di petrolio distillato, ovvero una specie di nafta. Andare all'assalto di una fortezza del genere avrebbe significato la distruzione per l'esercito mongolo, che decise quindi di devastare le terre tutto intorno alla città e di costringere Yenking alla resa per fame.

Ci vollero quattro anni e gli abitanti di Yenking furono costretti a cibarsi dei loro stessi morti prima di arrendersi e aprire le porte della città, nel 1215. Gengis accettò la resa insieme a un tributo di valore inimmaginabile, dopodiché tornò nelle praterie della sua giovinezza, come in effetti fece durante tutto il corso della sua vita. Finito l'assedio, l'imperatore fuggì verso sud. Pur non scomodandosi personalmente a tornare indietro, Gengis inviò un esercito alla città per vendicarsi. Alcuni quartieri di Yenking bruciarono per un mese.

Malgrado l'odio che nutriva nei confronti dei Chin, Gengis non riuscì a vederli sconfitti e soggiogati. Tale impresa sarebbe riuscita soltanto ai suoi figli e al nipote Kublai. All'apice del successo, infatti, Gengis lasciò la Cina e si diresse a ovest. È vero che i sovrani islamici si rifiutarono di riconoscere la sua autorità, ma Gengis aveva una visione troppo alta dell'impero per reagire senza riflettere. È in effetti piuttosto strano, e un fatto generalmente trascurato dalla storiografia ufficiale, che lasciasse la Cina proprio quando questa era sul punto di cadere ai suoi piedi. Forse accadde semplicemente perché fu distratto dalla sfida dello scià di Khwarazm, Ala-ud-Din Mohammed. E Gengis non era uomo da non rispondere a una sfida, anzi!

Comprendendo l'importanza di un'unione nazionale e di un sistema legislativo, sviluppò nel corso del tempo un proprio codice, detto Yasa.

Se i potenti, i condottieri militari e i capi dei molti discendenti dei governanti futuri non aderiranno strettamente allo Yasa, la forza dello Stato ne risentirà e finirà per esaurirsi. E allora non avrà importanza se cercheranno Gengis Khan: non lo troveranno.

Gengis Khan

In queste parole vediamo il visionario in grado di sognare un popolo nato dalle tribù divise e possiamo comprendere che cosa significasse governare su un così vasto impero.

Il sistema delle tende bianca, rossa e nera fu realmente utilizzato da Gengis come l'ho descritto. Si trattava di una specie di propaganda volta a far crollare le città rapidamente per il terrore. Poiché i pascoli erano sempre un problema, i Mongoli cercavano di evitare il più possibile i lunghi assedi, che per giunta non si addicevano né al carattere né alle strategie di Gengis, per il quale velocità e mobilità erano fattori centrali. Nello stesso modo, costringere il nemico a rifugiarsi in una città per ridurre le sue risorse era una questione di semplice buonsenso. In un certo modo, Gengis era prima di tutto un individuo pragmatico, ma occorre menzionare un aspetto fondamentale della cultura mongola: la vendetta. L'espressione «abbiamo perso molti uomini validi» era spesso utilizzata per giustificare degli attacchi a sorpresa dopo la ritirata.

Gengis era anche disponibile a provare nuove tecniche e armi, come per esempio la lancia lunga. L'arco sarebbe sempre stato l'arma principe della cavalleria mongola, che tuttavia utilizzava anche le lance esattamente come facevano i cavalieri medievali. Queste in particolare si dimostravano molto efficaci nelle cariche contro fanteria o cavalleria.

Il tradimento è un'altra importante chiave di lettura delle vittorie mongole. Gengis e i suoi generali consideravano l'attacco diretto quasi sconveniente. Una vittoria ottenuta con l'astuzia portava maggior onore e di conseguenza i Mongoli cercavano sempre un modo per ridicolizzare il nemico, fingendo di ritirarsi, nascondendo truppe di rinforzo e perfino utilizzando fantocci di paglia montati su cavalli per creare l'illusione di una potenza maggiore di quella che in realtà possedevano. È interessante notare che sette secoli più tardi Baden-Powell adottò il medesimo approccio per difendere Mafeking, durante la guerra anglo-boera, organizzando finti campi minati, mandando uomini a disseminare il terreno di filo spinato invisibile e utilizzando ogni sorta di trappole e inganni. Ci sono cose che non cambiano mai.

L'episodio in cui Jelme succhia il sangue dal collo di Gengis è di particolare interesse. Non è stata tramandata alcuna notizia riguardo alla possibilità che fosse stato avvelenato, ma in quale altra maniera si potrebbe spiegare un simile gesto? Non sarebbe stato necessario succhiare il sangue già coagulato da una semplice ferita al collo, in quanto non avrebbe accelerato la guarigione e anzi avrebbe potuto far scoppiare le pareti delle arterie già indebolite dalla lacerazione. Storicamente il fatto accadde prima rispetto a quanto ho raccontato nel libro, ma mi è parso così straordinario che non ho voluto escluderlo. È il genere di incidente che tende a essere reinterpretato dalla storiografia ufficiale, perché talvolta il parziale successo di un tentativo di assassinio è visto come disonorevole.

Un avvenimento storico realmente accaduto, che tuttavia non ho inserito nel romanzo, è quello in cui un mongolo bandito dalle tribù, che stava morendo di fame, prese in ostaggio il figlio minore di Gengis, Tolui, tenendolo sotto la minaccia di un coltello. Non sapremo mai che cosa intendesse fare, perché fu ucciso immediatamente da Jelme. Avvenimenti simili tuttavia spiegano per quale motivo, quando i Mongoli vennero in contatto con la setta araba degli Assassini, non si fermarono di fronte a nulla pur di distruggerla.

Gengis non era certo invincibile e fu ferito molte volte in battaglia. Tuttavia la fortuna non lo abbandonò mai e sopravvisse molte e molte volte, meritando forse la fama che aveva presso i suoi uomini di essere un conquistatore benedetto dagli dèi.

Un ultimo accenno alle distanze percorse. Uno dei principali vantaggi dell'esercito mongolo era la capacità di cambiare rapidamente formazione su qualunque terreno in modo da poter sferrare un attacco di sorpresa. Ci sono testimonianze attendibili che parlano di seicento miglia percorse in soli nove giorni, a una media di settanta miglia al giorno, e di cavalcate estreme di centoquaranta miglia in un solo giorno al termine delle quali i cavalieri sarebbero stati in grado di continuare ancora. Le galoppate più lunghe prevedevano cambi di cavalli durante il percorso, ma Marco Polo parla di messaggeri mongoli in grado di coprire una distanza di duecentocinquanta miglia dall'alba al tramonto. Durante l'inverno, i robusti cavalli mongoli venivano lasciati liberi. Mangiavano neve a sufficienza per placare la sete ed erano in grado di scavarvi buche per raggiungere l'erba sottostante. Quando il frate francescano Giovanni da Pian del Carpine attraversò la steppa per far visita a Kublai Khan che si trovava

445

a Karakorum, i Mongoli gli consigliarono di utilizzare i loro cavalli al posto di quelli che aveva, se non voleva vederli morire di fame. I cavalli europei, infatti, erano stati selezionati per la pura forza fisica, come nel caso del Suffolk Punch Shire, oppure per la velocità nella corsa, mai per la resistenza.

Anche l'episodio dei "petali caduti" è vero: sessantamila giovani donne si gettarono dalle mura di Yenking piuttosto che vedere la loro città cadere nelle mani degli invasori.

Stampa: Grafica Veneta S.p.A. - via Malcanton, 1 - 35010 Trebaseleghe (PD)

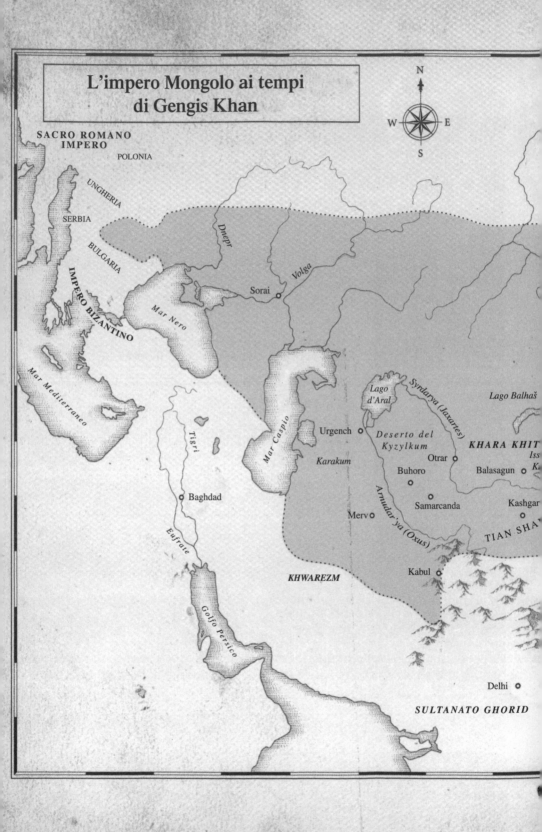

L'impero Mongolo ai tempi di Gengis Khan

SACRO ROMANO
IMPERO

POLONIA

UNGHERIA

SERBIA

BULGARIA

IMPERO BIZANTINO

Mar Mediterraneo

Mar Nero

Dnepr

Volga

Sorai

Mar Caspio

Tigri

Baghdad

Eufrate

Golfo Persico

Lago
d'Aral

Syrdarya (Jaxartes)

Lago Balhaš

Deserto del
Kyzylkum

KHARA KHIT

Iss

Urgench

Karakum

Otrar

Buhoro

Balasagun

Ka

Samarcanda

Kashgar

Merv

Amudar'ya (Oxus)

TIAN SHA

Kabul

KHWAREZM

Delhi

SULTANATO GHORID